ELITE DE PRATA

DANI FRANCIS

ELITE DE PRATA

SILVER ELITE 1

Tradução
CAROLINA CÂNDIDO

parelela

A Editora Paralela é uma divisão da Editora Schwarcz S.A.

Grafia atualizada segundo o Acordo Ortográfico da Língua Portuguesa de 1990, que entrou em vigor no Brasil em 2009.

TÍTULO ORIGINAL Silver Elite

CAPA Amy Musgrave

ILUSTRAÇÕES DE CAPA AdobeStock/ Verslood

ILUSTRAÇÕES DE MIOLO AdobeStock/ Azat Valeev

MAPA Chloe Bolland

PREPARAÇÃO Júlia Ribeiro

REVISÃO Jane Pessoa e Juliana Cury

Dados Internacionais de Catalogação na Publicação (CIP)
(Câmara Brasileira do Livro, SP, Brasil)

Francis, Dani
Elite de Prata / Dani Francis ; tradução Carolina Cândido. — 1ª ed. — São Paulo : Paralela, 2025. — (Silver Elite ; 1).

Título original : Silver Elite.
ISBN 978-85-8439-479-1

1. Ficção norte-americana I. Título.

25-278787 CDD-813

Índice para catálogo sistemático:
1. Ficção : Literatura norte-americana 813

Cibele Maria Dias — Bibliotecária — CRB-8/9427

1ª reimpressão

EDITORA SCHWARCZ S.A.
Rua Bandeira Paulista, 702, cj. 32
04532-002 — São Paulo — SP
Telefone: (11) 3707-3500
editoraparalela.com.br
atendimentoaoleitor@editoraparalela.com.br
facebook.com/editoraparalela
instagram.com/editoraparalela
x.com/editoraparalela

Para as mulheres deste mundo que botam pra quebrar.
Por cada batalha que vocês travaram e por cada obstáculo ultrapassado.
Vocês me inspiram todos os dias.

O CONTINENTE

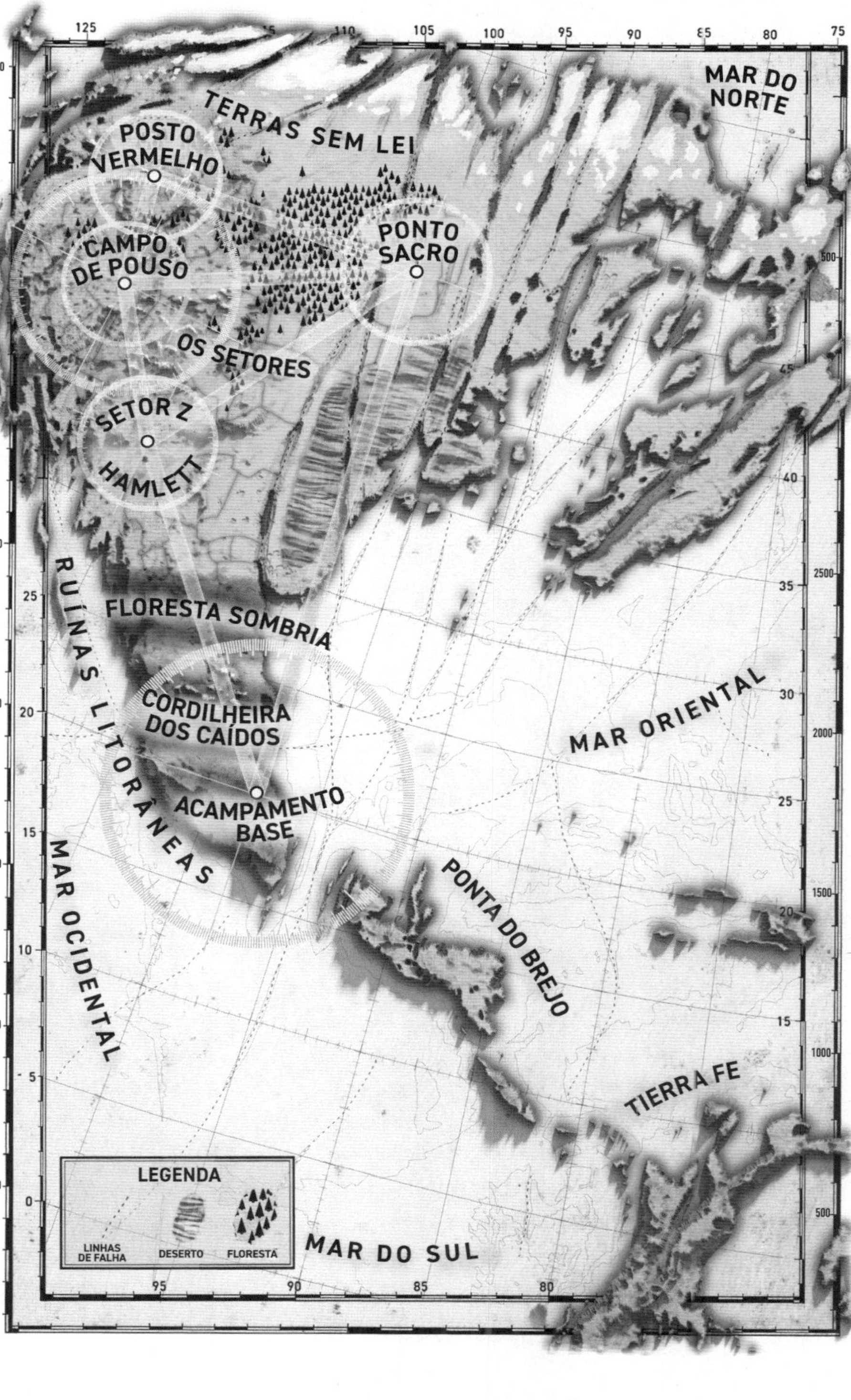

1

Cresci na mais pura, incessante e sufocante escuridão.

Adoraria dizer que estou exagerando, mas não estou. Eu tinha apenas cinco anos quando meu tio, às escondidas, me levou da cidade para morar na Floresta Sombria, o lugar que assombra os pesadelos das crianças. Uma floresta de eterno breu. Lembro de arregalar os olhos quando a vi pela primeira vez: a agourenta névoa escura que se erguia da terra e pairava muito acima do topo das árvores. Lembro do pavor que parecia penetrar nos ossos e do pânico sufocante quando fomos engolidos pelo breu. Lembro de como, antes mesmo de completar uma hora de trilha, tropecei em um crânio. Eu me ajoelhei para analisar o que me fez pisar em falso e, apesar de não conseguir enxergar um palmo diante do nariz, pude sentir as órbitas vazias e deslizar os dedos pelo osso liso e corroído pelo tempo.

Quando perguntei ao tio Jim o que era aquilo, ele disse: "É só uma pedra".

Mesmo aos cinco anos, não era fácil me enganar.

Não seria o último esqueleto que encontraríamos nos três anos que passamos na Floresta Sombria. E quando voltamos à civilização, o medo e eu já éramos bons amigos. Hoje em dia, um predador poderia saltar para me atacar, e eu não iria nem piscar. Um jato do Comando poderia bombardear nossa casa, e meu coração continuaria batendo no mesmo ritmo.

Quando se sente medo diariamente ainda criança, não restam muitas coisas a se temer na vida adulta.

A não ser, talvez, conversas-fiadas.

Prefiro lutar desarmada contra um puma a ter que me submeter a conversas desconfortáveis. Estou falando sério.

— Aonde você vai?

Droga. Estava me esforçando ao máximo para sair da cama de fininho, sem alertar meu companheiro.

A voz do jovem soldado está marcada pelo sono e por um toque sedutor que ainda persiste. Olho fixamente para o chão enquanto abotoo minha calça jeans. Sei que ele não está usando nada por baixo daquele lençol fino.

— Ah. Hum. A lugar nenhum. Só estava me vestindo porque estou com frio — minto, ajeitando a parte da frente da minha regata preta sobre as cicatrizes no meu quadril esquerdo.

Minhas queimaduras, que descem abaixo do cós da calça e se estendem até o meio da coxa, são um lembrete permanente de quem eu sou e por que não posso ficar na presença desse cara por mais tempo do que o necessário.

Falei para ele que as cicatrizes foram causadas por um acidente. Uma panela com água fervente que caiu em mim quando criança.

Tem um fundinho de verdade nisso.

Mas se ele soubesse o que minha carne mutilada esconde, provavelmente não a teria acariciado com uma compaixão tão infinita.

— Vem cá. Posso te esquentar — promete ele.

Dou um sorriso falso e olho em seus olhos. São bonitos. Castanho-escuros.

— Espera só um pouquinho? Já que estou de pé, vou ao banheiro. Você disse que era ali no corredor?

Será que pareço ansiosa demais?

Acho que sim, mas estou desesperada para sair daqui. Já é tarde. Bem mais tarde do que o horário que prometi voltar. Eu só ia passar na vila para tomar uma bebida e cumprimentar alguns amigos nas festividades do Dia da Liberdade. Não era para ficar com ninguém, ainda mais com um soldado do Comando.

Não há muitas coisas dignas de serem celebradas no Continente. Nada daquelas festas que parecem tão paradisíacas quanto nos livros de história. E, sejamos sinceros, deve ser algum tipo de ironia mórbida ver um monte de Modificados dançando, bebendo e transando para comemorar o aniversário de um evento que levou à própria chacina deles. Mas os Mods gostam de dançar, beber e trepar, então... melhor aproveitarmos enquanto podemos, seja qual for o motivo.

— Você não vai fugir de mim, vai? — Ele está me provocando de novo, mas há um tom de insatisfação em sua voz. Merda. Percebeu que estou me preparando para cair fora.

— Claro que não.

Finjo me concentrar em fechar o zíper das botas, já decidida de que isso foi uma péssima ideia. Tento não criar o hábito de me envolver com ninguém do Comando, o exército do Continente, mas a presença fugaz deles é bastante atraente. Soldados só podem sair da base três vezes por ano, o que significa que qualquer coisa com eles sempre será temporária.

— Acho bom. Porque ainda não estou pronto para deixar você ir embora — afirma com um sorriso. Ele tem vinte e cinco anos e foi muito gentil quando suas mãos exploraram meu corpo.

Sou uma péssima pessoa por não conseguir lembrar o nome dele?

Pego meu rifle e passo a alça pelo ombro. Percebo que ele está me observando.

— O que foi?

— Você está um verdadeiro espetáculo agora — diz ele, mordendo o lábio.

— Sério?

— Sério. Não se vê garotas com armas na cidade.

Ele tem razão. Não se vê mesmo. Foi por isso que meu tio nos levou para o Setor Z, no extremo oeste. É um dos setores provedores, onde as pessoas costumam ser rancheiras e fazendeiras, e os cidadãos têm permissão para ter armas. Todas registradas e devidamente controladas, é claro. Não se consegue licença sem passar por testes rigorosos para provar sua competência, mas isso nunca foi um problema para mim. Recebi minha autorização de porte de armas aos treze anos. Sou mais do que competente, muito mais do que os avaliadores foram capazes de perceber. Tio Jim me avisou para "pegar leve" no dia do teste.

— É útil por aqui — digo. — Alguns coiotes brancos tentam matar minhas vacas todas as noites.

Ele ri.

— Vou ter que visitar sua fazenda um dia, ver o que você anda fazendo por lá.

O comentário aleatório me deixa desconfiada. Por que ele quer ir até a fazenda? Foi só uma observação inocente ou devo me preocupar?

Quando se trata do Comando, prefiro pecar pelo excesso de cautela, então abro rapidamente um caminho para sondar a mente dele. Seu escudo é mais grosso que aço. Talvez eu conseguisse encontrar uma brecha se tentasse por mais tempo, mas é forte demais para atravessar de imediato. Isso não me surpreende. Uma das primeiras coisas que soldados como ele aprendem é se proteger de Mods. E estão certos em fazer isso. Primais não têm dons aprimorados. Também não sentem sinais físicos quando alguém invade seus pensamentos, enquanto Mods sentem algo parecido com um choque elétrico. Gente como ele *deveria* estar sempre alerta.

Rompo o caminho. Valeu a pena tentar. A única vez que seu escudo vacilou esta noite foi quando estávamos pelados, mas os pensamentos dele eram uma mistura de *não pare* e *isso*.

Serviu para aumentar meu ego, não vou mentir.

— Algum motivo pra você levar a arma para o banheiro? — Ele ergue a sobrancelha.

— Armas registradas devem permanecer com o proprietário a todo momento — recito, como manda o manual que todos os donos de arma recebem após a certificação. — Não deixa a cama esfriar. Já volto.

Não vou voltar. Na verdade, estou me segurando para não sair correndo porta afora.

— Vou te mostrar onde é — oferece ele.

Faço menção de recusar, mas ele já está levantando da cama, passando a calça pelo quadril estreito. Pelo menos não está vestindo o uniforme padrão azul-marinho do Comando. Não sei se conseguiria ficar excitada se ele estivesse. Com exceção das ficadas ocasionais com soldados bêbados, eu odeio esses babacas, e a maioria deles também me odeia. Seu objetivo é exterminar pessoas como eu. Os Aberrantes, como nos chamam. Ou sangue de prata, quando querem ser gentis.

A única aberração por aqui é o General Redden e seu ódio irracional pelos Mods. A gente não pediu para ser assim. Uma guerra estúpida de cento e cinquenta anos atrás liberou a toxina que nos transformou nisso. Não tivemos escolha.

Apesar de cada célula do meu corpo implorar para fugir, deixo o soldado me guiar até o corredor de carpete bordô do segundo andar da estalagem. Viramos no canto e continuamos andando.

— Chegamos. — Como o cavalheiro que é, abre a porta do banheiro para mim.

— Valeu. — Forço outro sorriso. — Te vejo no quarto.

— Se você se perder, grite que eu venho te resgatar, beleza?

No banheiro, fico atrás da porta e escuto o som de seus passos se afastando. Solto o ar devagar, esperando até não ouvi-lo mais. O reflexo no espelho revela um rubor na minha pele bronzeada, mas isso é fruto do sexo. Meus olhos mostram impaciência. O soldado elogiou a cor deles várias vezes esta noite — castanho-mel com manchas douradas.

Meu tio diz que tenho os olhos da minha mãe, mas não me lembro do rosto dela, e isso me incomoda. Estava com cinco anos quando ela me mandou embora, idade suficiente para ter memórias concretas. Eu *deveria* me lembrar dos olhos dela. Às vezes acho que consigo me lembrar da voz, do sorriso, mas nunca sei se é só minha imaginação preenchendo os espaços vazios.

Espero mais um minuto antes de sair do banheiro. Quero correr, mas preciso passar pela porta dele para chegar às escadas. Vou ter que andar na ponta dos pés.

Prendo a respiração, viro no canto do corredor e avanço pelo carpete gasto. Estou quase conseguindo fugir quando vejo a maçaneta da porta dele girar.

Conforme a porta se abre, ajo sem pensar e entro às pressas no quarto mais próximo, fechando a porta atrás de mim.

Invadir o quarto de um desconhecido não deve ter sido a melhor decisão, mas foi instintivo — e me arrependo profundamente quando um braço musculoso me prende pelo peito.

— Não se mexa — diz uma voz masculina.

Mais uma vez, ajo por reflexo. Com o punho, acerto um maxilar rígido. O dono do maxilar nem se move. Ele me desarma mais rápido do que consigo piscar, jogando meu rifle no chão. Então me gira e me prende contra a porta. O homem alto se aproxima de forma ameaçadora, o braço parecendo uma barra de aço pressionando meus peitos.

— Quem é você, porra? — ele rosna no meu ouvido.

Meu coração dispara. Respiro fundo, umedecendo os lábios secos.

— Eu sou...

As palavras morrem quando olho para o rosto dele.

Ah.

Acho que escolhi a pessoa errada para me divertir hoje.

Esse cara é... tão bonito que é difícil de acreditar. Acho que nunca vi alguém tão bonito antes, homem ou mulher. Por alguns instantes, fico perdida em seus olhos azul-cobalto, que me encaram sob cílios espessos. O cabelo escuro está penteado para trás, destacando traços simétricos e impecáveis, como se tivessem sido esculpidos em pedra. A barba, em um tamanho perfeito, sombreia um maxilar forte, e em um dos cantos da boca há uma covinha discreta. Eu me pergunto quanto ela se destaca quando o homem sorri, embora, pelo brilho frio e perigoso em seus olhos, tendo a achar que ele não sorri com frequência.

— Se veio pra me matar, não está fazendo um bom trabalho.

— Matar você? — repito, saindo do transe. — Não é por isso que estou aqui.

— Não? — Ouço um barulho metálico e percebo que ele está chutando meu rifle para longe. Me esforço para não avançar e pegá-lo. — Você invade meu quarto no meio da noite com uma arma e quer que eu acredite que não está com más intenções?

— Acredite no que quiser. — Tento me livrar do seu aperto. É inútil. O braço dele nem se mexe. — Não estou aqui pra te matar.

— Então é só uma visitinha? — Ele passa a língua no canto da boca. Depois, com os olhos brilhando, observa meu decote, que desponta sob seu braço forte. — Agradeço o gesto, mas não estou interessado. Já me dei bem hoje. — Os lábios dele se curvam. — Você devia ter vindo mais cedo, quando minha convidada ainda estava aqui. Poderíamos ter feito uma festinha.

Fico boquiaberta.

— É sério isso? Também não estou nem um pouco interessada. Só estou me escondendo, seu babaca.

Ele ergue uma sobrancelha, intrigado.

— De quem?

— Não é da sua conta. Dá pra me soltar? Não consigo respirar.

— Não. E me parece que você está respirando normalmente.

Não estou. Não tem ar. A cada respiração, inalo o cheiro dele. Tem notas de pinho, couro e um toque apimentado. É meio que incrível. E o corpo dele é surreal. Grande, largo e com músculos bem definidos, os bíceps flexionados enquanto me mantém presa. Aposto que ele fica espetacular sem roupa.

— Me solta — ordeno. — Desculpa por ter invadido seu quarto, mas garanto que não sou uma ameaça.

— Por que está armada?

— Sou fazendeira. Tenho licença pra usar essa arma.

Ele observa meu rosto, encarando minha boca por um instante. Ainda que meu coração vacile sob seu escrutínio, tento aproveitar a distração e subo meu joelho em direção à virilha dele. Ele reage sem nem piscar, segurando minha perna antes que eu consiga acertá-lo. No instante seguinte, estou caindo de bunda no chão com um baque surdo. Sinto meus ossos estremecerem quando ele cai, pesado, em cima de mim. Fico presa pelas suas longas pernas, e seu antebraço pressiona a minha traqueia. Agora não consigo respirar *mesmo*.

Ofegante, bato nos ombros dele com as duas mãos, mas o homem não se move. Ele me observa de cima com um olhar debochado.

— Isso não foi nada legal — murmura ele —, mirar na minha virilha assim.

Não consigo responder, porque ele está me sufocando. Tento acertá-lo de novo com um golpe fraco. Meu Deus, ele é forte. Eu *achava* que era uma lutadora habilidosa. Meu tio me treina desde os cinco anos. Mas aqui estou, deitada de costas, incapaz de fazer qualquer coisa enquanto ele me domina com o peso do corpo.

Não, não é verdade. Tem *algo* que eu posso fazer.

Outra lição importante que meu tio me ensinou é que, em combate, você deve ganhar vantagem de qualquer maneira. Com homens, há um jeito infalível de conseguir isso.

— Não posso dizer que me arrependo — sussurro com dificuldade. — Considerando o resultado. — Minha voz sai rouca pela falta de oxigênio.

A dele soa desconfiada.

— Resultado?

— Você em cima de mim.

Dou um sorrisinho discreto, sem constrangimentos, notando um leve brilho se acender em seus olhos.

— Não é uma posição tão ruim assim — acrescento, conseguindo puxar um fiapo de ar. — Antes eu não estava interessada, mas agora...

Mexo os quadris como um convite.

Ele se retesa, os lábios entreabertos. Por um breve instante, os quadris dele respondem no mesmo ritmo, movendo-se de leve.

Então ele começa a rir.

— Boa tentativa. — Ele aproxima a boca do meu ouvido, e meus batimentos disparam. — Se eu te soltar, promete manter mãos e joelhos longe de mim?

— E *você* promete? — retruco.

Ainda rindo, ele sai de cima de mim e vai até meu rifle. Eu me levanto, ajeitando a camisa com indignação, enquanto o observo inspecionar o número de série da arma. Aproveito para examinar o quarto, mas não há muito o que ver. Os lençóis estão bagunçados, provavelmente por causa do que ele e sua "convidada" fizeram antes. Não sei se devo sentir inveja ou — com essa personalidade encantadora dele — pena da garota.

Há um comunicador na mesa de cabeceira, uma jaqueta preta jogada sobre uma poltrona vermelha sob a janela e um par de botas pretas perto da porta. Só isso. Nada mais que revele quem ele é. Não o vi lá fora na praça mais cedo comemorando com os outros, o que é estranho. Por que ele está em Hamlett se não é pelo Dia da Liberdade? É raro encontrar viajantes apenas de passagem. Tudo a oeste do Setor Z está submerso, e não há comunidades na costa. Toda vez que a Companhia tenta reconstruir algo por lá, outro terremoto destrói a cidade ou a vila inteira.

Eu o analiso de novo e tento ler sua mente, mas seu escudo é forte demais. Interessante. A maioria dos Primais não tem escudo e, se tem, é fácil de atravessar. Isso significa que ou esse homem é Modificado, ou um soldado, ou um Primal civil que, por algum motivo misterioso, aprendeu a proteger seus pensamentos.

Ele segura meu rifle com firmeza, mas não o aponta para mim. Apenas fica parado, me observando com aqueles olhos azuis perigosos.

— Dá pra rodar logo o número de série no seu comunicador pra confirmar que eu não sou uma assassina e me deixar seguir minha vida?

— Ou posso só te matar e seguir com a *minha* — o babaca responde.

— Ah, nossa, estou morrendo de medo de você. — Levo as duas mão à cintura. — Vai, atira. Pelo menos esse sofrimento vai ter fim.

Ele inclina a cabeça, ainda me encarando.

— Qual o seu nome?

Levo um susto quando outra pessoa responde:

— Wren?

Ou melhor, alguém está no corredor me procurando.

— Wren? Ainda está aqui?

Ouço os passos do soldado passando pela porta, ficando mais distantes conforme ele vira o canto do corredor.

O estranho me provoca:

— Melhor ir logo, *Wren*. Talvez consiga chegar até a porta da frente antes que seu namorado te pegue.

— Ele não é meu namorado, e eu não vou sair daqui sem meu rifle.

Depois de um instante, ele gira a arma pela coronha e me entrega. Ponho a alça no ombro e marcho até a porta.

— Prazer te conhecer, babaca — resmungo sem olhar para trás.

A risada dele faz minha pele se arrepiar.

Aproveito o corredor vazio e desço apressada as escadas até o térreo. Assim que alcanço a saída, ouço meu nome de novo.

— Wren, espera.

Sufoco um resmungo. O soldado está descendo a escada.

— Você prometeu que não ia fugir de mim — ele diz ao se aproximar. Há um lampejo de decepção em seus olhos.

— Desculpa. — Solto um suspiro exagerado e invento uma mentira convincente. — Eu não sou boa em despedidas.

Ele parece ficar mais tranquilo.

— E de qualquer forma eu preciso ir, de verdade. Uma das nossas cercas caiu durante a tempestade da outra noite, e meu tio vai me matar se eu não me levantar ao amanhecer pra consertá-la.

— Preciso te ver de novo. Talvez eu consiga uma folga no próximo mês.

— Você sabe onde me encontrar — respondo com leveza, porque vai demorar para que ele consiga outra folga. Até lá, ele já terá me esquecido.

Assim espero.

Sempre há o risco de ele ficar tão obcecado que dê um jeito de trocar de designação com outro soldado e ser enviado para o meu setor. Mas duvido que eu seja *tão* boa de cama assim.

— Qual é o seu registro?

Dou a informação com relutância, observando enquanto ele digita os números no comunicador. Um momento depois, o aparelho elegante no meu bolso emite um som suave.

Ele abre um sorriso com covinha.

— Fui eu.

Puxo o comunicador e salvo o registro dele. Detesto isso. Somos obrigados a carregá-lo sempre, mas só presto atenção quando chega alguma mensagem da Companhia. No restante do tempo, mantenho contato mínimo com tio Jim ou com meus amigos. Nada importante, claro; temos outros meios de comunicação para assuntos sérios. Nenhum Mod em sã consciência usaria um dispositivo da Companhia para se comunicar, não quando cada palavra falada ou digitada é gravada, com uma sala cheia de agentes da Inteligência monitorando cada troca. Isso também vale para a Conexa, nossa rede online. Seríamos idiotas se confiássemos nesses meios para falar abertamente.

— Vou te acompanhar até a saída — ele diz.

Consigo ouvir o burburinho de vozes além das portas da estalagem.

O ritmo acelerado de uma música que não reconheço. Presumo que faça parte da lista de melodias aprovadas pelo Conselho de Comunicação da Companhia. Toda mídia precisa ser revisada por eles antes de ser liberada para a população.

Saímos para o pátio, onde a brisa continua tão agradável quanto estava antes de entrarmos na estalagem. O aroma de carne grelhada e espigas de milho com manteiga perfuma o ar da noite. A praça da vila está toda iluminada. Lotada e barulhenta, com risadas frequentes se sobrepondo à música.

Um desconforto me invade ao ver as dúzias de soldados circulando por ali. O Dia da Liberdade é a única época do ano em que muitos deles podem retornar aos seus setores e ver seus familiares e amigos. A maioria parece inofensiva, mas há uniformes azuis demais por aqui hoje à noite para o meu gosto.

Queria que voltassem para a cidade e nos deixassem em paz. Ninguém aqui gosta de fingir sorrisos e bancar o simpático. Até mesmo os Primais detestam o controle excessivo do General, o modo como ele comanda cada aspecto das nossas vidas. Ou pelo menos a maioria odeia. Sempre há aqueles leais fanáticos dispostos a trair a própria mãe por um aceno de cabeça do General ou de seus bajuladores. Um Primal idiota do meu setor literalmente entregou a própria mãe quando descobriu que ela era Modificada. Ela passara quase vinte anos escondendo com sucesso seus dons do filho e, então, em *um único* descuido, um momento de distração lendo mentes sem abaixar as mangas, e seu único filho já a estava denunciando. A última notícia que tive foi que ele havia sido promovido para liderar sua própria unidade no Comando.

Mas acredito que isso não é tão ruim quanto Mods que se viram uns contra os outros, os simpatizantes que servem Redden no Ponto Sacro, nossa capital. Esses traidores moram lá com todo o conforto. Com certeza a lealdade ao General compensa.

Os gritos alegres de crianças chamam a minha atenção. Eu me viro na direção do barulho e sorrio. A algumas centenas de metros dali, em uma clareira gramada, acontece uma brincadeira de pega-pega. As crianças da vila gritam e riem enquanto a pegadora, uma garota magra de cabelos vermelhos vivos, corre tentando encostar em alguém.

— Wren! — uma voz animada me chama.

Tana Archer se aproxima com passos incertos. Olhos brilhantes, bochechas coradas. Está na cara que andou bebendo do próprio estoque. O pai de Tana, Griff, é dono do único bar da praça.

— Estava me perguntando onde você tinha se enfiado. — Com uma expressão sugestiva, ela alterna o olhar entre mim e o soldado. Mesmo sorrindo para nós dois, sinto que ela tenta se conectar comigo.

Todo telepata tem uma assinatura única. Quando eu era criança, meu tio descreveu isso como nossa essência, uma onda de energia que pertence só a cada um de nós. É quase impossível explicar a não ser que você sinta, mas, depois que uma conexão inicial é formada, é possível reconhecer automaticamente a energia de quem tenta se conectar.

— Alguém andou ocupada — Tana provoca mentalmente.

A voz dela sempre tem um tom mais grave na minha mente do que quando ela fala. Certa vez perguntei ao meu tio porque as vozes telepáticas das pessoas soam tão diferentes das vozes audíveis. "Você já ouviu sua própria voz em uma gravação e pensou: *Eu não falo assim?*", foi sua resposta. "Isso acontece porque, para os seus ouvidos, sua voz sempre soa diferente. Quando falamos telepaticamente, ouço sua voz como *você* a ouve. Quando você fala em voz alta, ouço como *eu* a percebo." É estranho como fazia certo sentido quando ele explicava assim.

— Você precisa parar de trepar com os soldados, amiga.

— Ei, é só pra isso que eles servem — respondo, e Tana vira o rosto para disfarçar a risada.

Sei que as veias dela estão pulsando sob as mangas compridas, escondidas de olhares curiosos. Com a pele escura, as veias de Tana parecem ainda mais brilhantes quando estão iluminadas, em comparação com os Mods de pele mais clara.

Eu, por outro lado, estou de regata e não tenho essa preocupação. Mais uma coisa que eu vivia perguntando ao meu tio, porque era confuso ver o brilho prateado nas veias dele a cada vez que usávamos telepatia. Por que *minhas* veias continuavam normais? Eu era uma criança irritante, sempre perturbando-o com minhas dúvidas. Na época, ele não tinha a resposta. Só deu de ombros e disse: "Já faz mais de um século e ainda há muitas coisas que ninguém entende a respeito de pessoas como nós".

Esse é o problema com os Modificados — não há uma fórmula exata. Sim, a maioria é o retrato perfeito dos sangue de prata, com as veias dos braços brilhando ao usar seus poderes. Alguns poucos, como eu, não se encaixam nesse padrão. Seja qual for a razão, não posso negar que isso me torna... bom, sem querer ser convencida, mas...

Inestimável.

Uma Mod que consegue usar seus poderes sem denunciar suas ações aos inimigos é uma vantagem imensa para a Rebelião.

Mas quando a rede tentou me recrutar pela primeira vez, meu tio disse um sonoro não. Ele foi firme. *Wren não vai arriscar a própria vida. Ponto-final.* Quando me tornei adolescente, ficou mais difícil para ele me impedir. Sou teimosa. Amo o tio Jim de todo coração, mas sou dona de mim.

Começamos com missões pequenas quando eu tinha dezesseis anos. Transporte de suprimentos. Entregas rápidas. Usávamos a fazenda para esconder Mods resgatados da cidade ou das minas. Sempre fico revoltada ao saber quantos de nós ainda são prisioneiros nos campos de trabalho forçado espalhados pelos setores.

— Você não vai embora, vai? — Tana pergunta. — Mal te vi hoje. Você não pode ir!

Meu soldado sorri.

— Era o que eu estava dizendo pra ela.

— Tenho que ir — respondo, dando de ombros. — Você conhece meu tio. Deve estar andando de um lado para outro na varanda, me esperando.

Como se tivesse sido convocado, sinto uma pressão forte na mente. A assinatura de Jim. Ele está pedindo para se conectar, e eu permito.

— Está tarde. Volte pra casa. — A voz dele é um estrondo grave.

Resisto à vontade de revirar os olhos.

— Já estou indo.

— Fica só pra uma dança? — Tana implora.

— Não posso mesmo.

Para ser sincera, eu ficaria por aqui e passaria um tempo com Tana se esse soldado não estivesse grudado em mim. Ai, qual é mesmo o nome dele? Acho que é Max. Ou será que é Mark?

Pelo que fizemos mais cedo, fico sem graça de perguntar, então toco o braço dele.

— Certo, hã... querido... foi divertido, mas preciso ir agora.

Tana parece prestes a explodir de tanto rir.

— Querido?

— Cala a boca. Eu não consigo me lembrar do nome dele. É Max ou Mark?

— O nome dele é Jordan!

Ah. Eu estava longe de acertar.

— A pergunta mais importante é... quem é aquele babaca lindo hospedado na estalagem? — Meu coração ainda está descompassado depois daquele encontro explosivo.

— Não fiquei sabendo de nenhum babaca lindo. Só vi soldados fazendo check-in hoje. Ou talvez eu tenha visto e só esqueci? Ele era soldado?

— Não faço ideia. Mas você se lembraria daquele rosto, confia em mim.

Era um rosto impressionante. Um belo de um desperdício em um babaca como ele.

— Hum. Se for pra me deslumbrar com um rosto, que seja de uma mulher linda, senão, tô fora.

— Posso te levar pra casa? — Jordan interrompe nossa conversa silenciosa, o olhar esperançoso fixo em mim.

— Não precisa. Tenho minha moto.

Tana se afasta, dando a nós o momento de privacidade que Jordan claramente deseja.

Ele segura meu rosto entre as mãos.

— Tão difícil — ele protesta em um tom brincalhão. — Pelo menos me dá um beijo de despedida. — Ele desliza o polegar pelo canto do meu maxilar enquanto aproxima a boca da minha.

Deixo ele me beijar, apesar da impaciência crescendo no meu peito.

Nós nos separamos ao som de gritos de crianças.

Um segundo depois, o caos toma conta da praça. Tana se aproxima, correndo.

— Que porra é essa?! — exclamo enquanto nós três corremos em direção à origem da confusão.

Pelo que consigo perceber na escuridão, há uma criança no chão, mas tudo o que vejo é um borrão frenético de braços se debatendo e pernas chutando. As outras crianças se afastam às pressas da clareira, gritando por ajuda.

— É aquele maldito coiote branco! — Tana xinga. — Ele tem rondado a floresta nos arredores da vila a semana inteira.

Merda. O mesmo híbrido de lobo e coiote tem causado problemas na fazenda também. Encontrei uma das minhas novilhas morta no pasto sul duas manhãs atrás. Não sei como aquela criatura passou pela cerca.

— Ele pegou o menino! — uma garotinha grita para os adultos que se aglomeram nos limites do gramado.

Outro grito rasga o ar, carregado de terror e agonia. Meu coração vai parar na boca, os batimentos disparados. Do outro lado do gramado, o garoto agora está de costas, com o coiote branco em cima dele. O animal é *enorme*.

— Robbie! — uma mulher grita. É Rachel, professora da escola. O que significa que o garoto em perigo é seu filho, de oito anos.

Está escuro demais para ver com clareza desse ângulo, mas não parece que os dentes do animal estejam no pescoço do garoto. Acho que estão cravados no braço dele e... meu Deus, a criatura começou a arrastar o menino.

Não penso duas vezes antes de levantar meu rifle.

— Wren!

Apesar do grito de protesto de Tana, avanço alguns passos, deixando Robbie e o coiote branco na mira. Vários homens correm pelo gramado. Estão a meio caminho do garoto, mas ele estará morto antes que cheguem.

— Não! Parem ela! — Rachel grita, desesperada.

Aponto, meu rifle apoiado no ombro.

— Para com isso, Wren! Você vai acertar meu bebê!

Eu a ignoro e disparo.

2

Sinto um arrepio desconfortável quando vejo o homem alto e barbudo se aproximar. O Controlador Fletcher foi o primeiro a chegar ao menino depois que atirei na criatura. Outros homens o seguem, e um deles embala o filho de Rachel nos braços.

— Me dá ele! — Ela avança para o grupo, tentando alcançar o menino com as roupas encharcadas de sangue. — Onde está Betta? Alguém precisa encontrar Betta! — Lágrimas escorrem pelo rosto de Rachel.

— Nina já correu para acordá-la — garante a irmã dela, Elsie. — Vai ficar tudo bem, querida. Respira fundo. Betta vai conseguir ajudá-lo.

Betta é nossa médica. Rachel tem sorte de ela estar por perto, porque nem toda vila tem esse privilégio. Os moradores da cidade vizinha precisam vir até Hamlett para receber atendimento médico.

Tana e eu nos aproximamos para ver melhor o menino chorando. O fato de ele estar acordado e sentindo dor o suficiente para chorar é um bom sinal. Apesar da enorme quantidade de sangue, parece que a maior parte dos estragos se concentrou no braço esquerdo dele. Tana faz uma careta ao notar as marcas irregulares de dentes e um pedaço de pele pendurado no ferimento aberto.

— Ele vai ficar bem? — ela pergunta, aflita.

Elsie pressiona um pano contra o braço do menino.

— O sangramento parece estar diminuindo. Mas ele vai precisar de muitos pontos.

Rachel volta a chorar ao perceber minha presença.

— Você o salvou, Wren. Obrigada.

Toco o braço dela e passo suavemente a mão na cabeça de Robbie, acariciando seus cachinhos pretos.

— Que bom que ele está bem.

O grupo segue apressado em direção às fileiras de prédios de um e dois andares que compõem o lado norte da praça da cidade. O povo de Hamlett tem tudo de que precisa aqui. Armazém de rações, bar, escola, salão de dança, centro de mídia, clínica médica. Nossas vidas inteiras resumidas a alguns quilômetros quadrados. O que não temos são políticos ou forças policiais como aprendíamos na escola. Ao contrário das gerações passadas, nossas vilas e cidades são policiadas por soldados e administradas por controladores. Os controladores respondem aos presidentes de setor, que por sua vez respondem ao General Merrick Redden, nosso benevolente líder. A Companhia de Redden é uma máquina militar extremamente eficiente. Ele não precisa de política ou de cargos supérfluos.

O controlador de Hamlett permanece parado, erguendo as sobrancelhas para mim.

— Sua bala atravessou o olho dele — comenta Fletcher. — Muito bem.

Dou de ombros. Sinto, muito desconfortavelmente, o olhar de Jordan fixo em mim.

— Não menospreze isso — comenta Fletcher. — Você salvou aquele garoto, Wren.

Resisto ao impulso de dar de ombros mais uma vez.

— Bem, sabe como é. Tenho bastante experiência com predadores atacando meu gado. Só agi por instinto.

— Ótimos instintos, então. Diga ao seu tio que ele te ensinou bem.

Não vou dizer nada. Jim ficaria horrorizado se soubesse que disparei a arma na cidade, mesmo com a vida de uma criança em risco.

De repente, sinto uma necessidade urgente de ir embora. Minhas pernas me afastam sem que eu me despeça de Fletcher. Tana e Jordan me seguem, embora o soldado não seja tão bem-vindo. Merda. Preciso sair daqui.

— Você tá bem? — Tana pergunta, preocupada, segurando minha mão para me parar.

— Tô sim. Mas sério, preciso ir pra casa. — Aperto a mão dela e continuo atravessando o chão de terra. — Passa lá em casa essa semana. A gente dá uma volta.

— Você precisa me deixar ir embora, Tana. Senão ele vai ficar no meu pé.

— Foi mal. A gente se fala.

— Combinado — ela responde antes de se afastar.

Jordan continua colado em mim. Quando chegamos à minha velha motocicleta coberta de poeira, ele está com aquele brilho nos olhos de novo.

— Nunca vi ninguém atirar assim — ele comenta, admirado.

— Como eu disse, tenho experiência na fazenda.

— Wren — diz ele com firmeza. — Você acertou o *olho* daquele animal. A uns cem metros, fácil. Um alvo em movimento. E com uma criança no meio. Você podia ter estourado a cabeça dela por acidente.

Fico tensa, e entendo aquilo como uma grande ofensa. *Estourado a cabeça dela?* Duvido muito. Garanto que sou melhor atiradora do que qualquer um da unidade de Jordan. E ele nem é da Brigada de Prata, onde estão os soldados de elite. Acho que ele disse que serviu na Cobre. Eu derrotaria um soldado da Cobre com os pés nas costas. Estou prestes a desafiar esse cara para uma competição de tiro...

Não, meu bom senso me impede. *Você não vai fazer isso.*

A única regra que meu tio me ensinou desde pequena foi nunca chamar a atenção para mim mesma.

E, como a idiota que sou, foi exatamente isso que fiz hoje.

Merda.

Eu não devia ter atirado.

— Eu adoraria ir até a fazenda praticar tiro com você. Não querendo me gabar, mas também sou bom com rifles. Seria divertido.

— Ah, meu tio não permite visitas — digo, mas faço uma careta ao lembrar que acabei de convidar Tana. Tento consertar a mentira ao acrescentar: — Tana é a única que ele tolera. Talvez porque somos amigas de infância. Ele a considera uma sobrinha.

— Bom, quem sabe um dia. — Jordan balança a cabeça. — Mas foi um tiro e tanto.

Tento distraí-lo da conversa sobre minha pontaria ficando na ponta dos pés e pressionando meus lábios contra os dele.

Ele se surpreende, mas logo sorri.

— E isso foi por quê?

— Nada. Eu só me diverti hoje. — Dou um passo para trás. — Boa noite, Jordan.

Pego o capacete preto da traseira da minha moto e o coloco, evitando encará-lo enquanto fecho a fivela. Um momento depois, o motor ronca. Acelero, ainda sentindo o olhar dele sobre mim.

Preciso *mesmo* parar de transar com soldados. Da próxima vez que eu me sentir... carente... talvez precise procurar em outro lugar. Há alguns homens solteiros na vila, mas Tana diz que eles estão interessados em algo mais sério. Não quero nada sério. Tenho só vinte anos. Não estou pronta para me dedicar a outra pessoa. Os relacionamentos alheios me parecem sufocantes, e já vi muitas mulheres se curvando aos caprichos de um homem.

Não eu.

Chego à estrada pavimentada no fim da cidade, onde uma placa de metal azul brilha na escuridão. Letras brancas exibem nosso setor, vila e população. Eles atualizam isso anualmente, mas a população de Hamlett não cresceu muito com o passar dos anos. Do jeitinho que Redden gosta. O General afirma que, antes da Última Guerra, a superpopulação era um problema sério. Não teríamos chegado a esse ponto crítico, a um conflito global, com sete continentes devastados, quatro deles destruídos ou submersos, se não fosse por todas as pessoas brigando pelos recursos cada vez mais escassos.

Ganância. Tudo sempre volta para a ganância.

Sinto um leve formigamento na mente, um convite familiar. Sorrio para mim mesma ao reconhecer a energia. Quando aceito a conexão, uma voz grave preenche minha cabeça.

— Ainda está fora?

Respondo rápido.

— Não. Estou indo pra casa.

— Caramba. Já partiu o coração dele? Você trabalha rápido.

— Ah, cala a boca. Como se você não partisse corações todas as noites.

— Sou celibatário.

— Rá!

— Você sempre ri de mim. Para com isso.

— Para de falar besteira.

Mas esse não é o estilo do Lobo. Ele não tem filtro, nunca teve. E adora flertar, sem parar, embora isso só tenha começado na adolescência. Um dia éramos duas crianças falando sobre coisas de criança; no outro, discutíamos nossas vidas amorosas. Meio estranho, considerando que nunca nos vimos pessoalmente.

Eu me conectei com Lobo quando tinha seis anos, e até hoje me lembro da empolgação que senti ao ouvir a voz dele pela primeira vez. Era uma manhã quente de verão. Eu brincava na clareira em frente à casinha que o tio Jim construiu para nós. Existem trechos na Floresta Sombria onde o sol consegue atravessar, mesmo que seja só um feixe fino, e nossa clareira gramada era um desses refúgios. Todos os dias, tínhamos cinco ou seis horas de luz solar intensa antes que a névoa se movesse e a escuridão voltasse a nos engolir. Naquela manhã, corri até Jim, vibrando de alegria.

— Tio! — exclamei. — Fiz um *amigo*.

Como era de esperar, Jim reagiu com desconfiança. Não sei por que pensei que seria diferente.

— Que amigo? — ele questionou, levantando o olhar da viga que estava lixando. Naquele ano, ele começara a construir passarelas elevadas sobre os poços de areia movediça para facilitar nosso deslocamento durante as caçadas. Eu adorava correr sobre aquelas tábuas nas nossas expedições.

Em vez de compartilhar da minha felicidade quando contei que um garoto aleatório abriu um caminho na minha mente e disse oi, Jim agarrou a frente do meu suéter, apertando o tecido áspero com força. Anos depois, quando eu já tinha mais idade, ele admitiria o medo que sentiu naquele dia, o quanto sempre temeu que algo assim acontecesse. Ligações espontâneas são comuns entre crianças telepatas. Crianças, especialmente as pequenas, têm pouco controle sobre seus dons. Mas naquela manhã na clareira, ele parecia mais furioso do que assustado. Ordenou que eu nunca mais falasse com a voz na minha cabeça.

A lembrança traz de volta o familiar sentimento de culpa. Prometi que fecharia a conexão com o menino curioso, só alguns anos mais velho que eu. O problema é que, quando se cresce em um mundo escuro com um guardião rabugento e ninguém da sua idade, você aceita de bom grado a companhia de outra criança para brincar, mesmo que estejam brincando apenas na mente.

Não desobedeci totalmente ao tio Jim. Quando o menino voltou a fazer contato e eu, culpada, permiti, fui clara ao dizer que não podia dizer meu nome.

— Isso é ridículo — ele reclamou quando informei que não tinha permissão para isso. Mas nos divertimos escolhendo codinomes. Escolhi Margarida porque era minha flor favorita. Ele escolheu Lobo porque gostava de lobos.

Sei que deveria ter expulsado o garoto da minha cabeça — literalmente —, mas a vida era solitária naquela época. Éramos só Jim e eu, morando em um lugar com apenas cinco horas de sol e muitas coisas assustadoras tentando nos matar. Eu precisava do Lobo. Gostava da companhia dele. Ainda gosto, mesmo quando ele tira sarro de mim por partir corações.

— Falando sério — ele começa —, como foi sua noite? Preciso viver através de você. Já faz uns meses pra mim.

Fico surpresa. Pelo jeito convencido dele, parece ser muito popular com as mulheres.

— Por quê?

— Estive ocupado.

— Então é por isso que você anda sumido.

Fazia semanas que eu não tinha notícias dele antes do nosso contato repentino de hoje.

Não pergunto com o que estava ocupado, assim como ele nunca me perguntaria. É o procedimento padrão quando se é Modificado. Não existe confiança absoluta. Mesmo Jim, o homem que arriscou a vida por mim e pelos meus pais, teoricamente a única pessoa em quem eu deveria confiar de olhos fechados, não sabe de tudo sobre mim. Caso contrário, saberia sobre Lobo.

— Respondendo sua pergunta, foi divertido. Mas ele ficou meio carente no fim. Ficava implorando pra me ver de novo. Acho que não posso culpá-lo. Sou deslumbrante.

Isso arranca uma gargalhada dele.

— Você se acha, né, garota?

Dou risada também, mas logo perde a graça quando penso no desejo sincero de Jordan de me ver de novo.

— Isso já te incomodou?

— O quê?

— Mentir pros Primais. Tipo aquelas com quem você transa. Ou seus amigos da escola. Colegas de trabalho. Sabe como é, os que são bonzinhos. Você se sente mal por mentir pra eles?

Ele pensa um pouco antes de responder.

— Às vezes — ele admite. — Mas é melhor sentir culpa de vez em quando do que a outra alternativa. Ou alternativas, no plural. Nunca se sabe como um Primal vai reagir ao descobrir que o amante, amigo ou colega de trabalho é um sangue de prata.

Ele não está errado. No melhor dos cenários, ficam horrorizados, mas são convencidos a manter segredo. O cenário mais provável é te denunciarem e assistirem à sua execução no Comando, vibrando enquanto o pelotão de fuzilamento puxa o gatilho.

— Por que isso, Margarida? Está se sentindo mal por ter mentido pro soldado esta noite?

— Não é bem isso. Eu me sinto... desencorajada por saber que ele nunca vai saber quem eu sou de verdade. Ele não faz ideia de que passou a noite inteira com uma mulher que ele nunca será capaz de conhecer. Às vezes, eu queria que as pessoas pudessem me conhecer.

— Eu te conheço. — A voz dele ecoa rouca na minha mente. — Serve de alguma coisa?

Sinto um aperto no coração e preciso engolir o nó na garganta.

— Serve, sim. — Engulo em seco de novo, querendo aliviar o clima. — Enfim, preciso ir. Estou tentando me concentrar na direção. Não se pode usar telepatia e dirigir, sabia?

— Essa regra não existe.

— Se as coisas fossem como Redden quer, existiria.

Na verdade, se as coisas fossem como nosso estimado líder quer, a telepatia seria proibida porque todos nós já estaríamos mortos. Ele quase conseguiu nos exterminar durante o Expurgo dos Sangue de Prata, vinte e cinco anos atrás, antes de comandar o Continente. Os homens dele arrastaram dezenas de milhares de Mods de suas casas para serem executados. Esse é o nível do ódio dele.

A parte mais triste é que o Golpe não teria sido bem-sucedido se não houvesse multidões que concordavam com ele. Que achassem que somos aberrantes. Que somos abominações e que nossos dons não são naturais, ainda que o que consigo fazer com a mente seja tão natural para mim quanto respirar.

Reduzo a velocidade ao me aproximar da longa estrada de terra da nossa propriedade. Logo avisto nossa fazenda, com a antiga casa de dois andares e algumas construções espalhadas por um terreno extenso demais para nós dois. Mas nossas duzentas cabeças de gado precisam desse espaço.

Tio Jim tinha bons contatos quando saímos da Floresta Sombria e conseguiu um terreno privilegiado, e ainda por cima em um setor provedor. A Rebelião sempre valorizou Jim, cujos esforços insurgentes como Julian Ash foram numerosos e eficazes. Infelizmente, esses esforços também o transformaram em um alvo prioritário para o Comando. Jim será procurado pelo resto da vida.

Agora, no breu da noite, com apenas o brilho fraco da luz solar da varanda me guiando para casa, penso na Floresta Sombria. Na noite eterna. É estranho, mas às vezes sinto falta de lá. Eram tempos mais simples.

Três anos lutando para sobreviver... tão simples! Minha consciência debocha de mim.

Está bem, está bem. Era difícil. Além de cansativo; estávamos sempre em estado de alerta. Certa vez, caí de uma das passarelas do tio Jim em um poço negro e percebi quão rápido poderia ter me afogado se ele não estivesse lá para me resgatar. Era assustador para uma garotinha.

— Por que você demorou tanto? — meu tio pergunta quando entro em casa.

Ele está sentado em sua velha poltrona de couro, bebendo um copo de uísque sintético. Ele sempre resmunga que bebida sintética não chega aos pés da real. Nunca provei nada puro, então não posso opinar.

— Não precisava esperar acordado.

— Não faço nada que não quero. — Ele me acompanha com os olhos castanho-escuros enquanto penduro meu rifle no gancho perto da porta. — Como foi a comemoração?

Hesito, pensando no quanto devo contar a ele. Escolho dizer a verdade, porque nós dois sabemos que ele perceberia na hora se eu tentasse mentir.

— Não fique bravo — começo.

— Porra, Wren — ele rosna.

— Eu disse pra não ficar bravo. — Eu me aproximo da poltrona e cruzo os braços. — Não é nada de mais, juro. E acho que você vai concordar que agi certo. Se não tivesse agido, Robbie estaria morto.

— Quem diabo é Robbie?

É claro que Jim nunca tentou fazer amizade com os moradores de Hamlett. Ele é recluso. E meio cuzão. A vila o conhece como o cara antissocial que aparece uma ou duas vezes por mês pra transar ou comprar uísque na loja do sr. Paul. Às vezes, quando está se sentindo mais sociável, resolve comer algo e tomar uma cerveja no bar. Quando está lá, não perde tempo com conversa-fiada. Apesar do sobrenome, é mais fácil ouvir um "vai se ferrar" de Jim Darlington do que um "olá". Suspeito que alguém da Rebelião tenha colocado a palavra *darling*, querido, na identidade nova dele só para irritá-lo.

Mas ele é leal. A mim. Aos amigos da Rebelião. Se ele ama e confia em alguém, é capaz de fazer de tudo para proteger essa pessoa. Literalmente. Ele me levou para a Floresta Sombria para me manter em segurança.

Mas se ele *não* ama nem confia em você... bem... é melhor ficar longe, porque ele tem mais espinhos do que o cacto crescendo lá fora.

— Robbie é o filho da Rachel Solway, e ele quase foi atacado por um coiote branco. O mesmo que estava rondando a gente.

— Esse maldito híbrido é um estorvo.

— Sim, pois é, e o estorvo estava faminto. Invadiu a festa. Então eu o matei. — Hesito quando Jim estreita os olhos. Ele me conhece bem. — Foi um tiro impressionante.

Ele franze a testa.

— Quão impressionante?

— O controlador comentou. Disse que você me treinou bem.

— Wren. — Ele fala meu nome como se fosse um palavrão.

— Desculpa! Você acha que eu devia ter deixado o garoto morrer ou algo do tipo?

— Sim.

— Como você me deixou morrer? — desafio.

— Prometi aos seus pais que não deixaria você morrer. Não é a mesma situação.

— Talvez eu tenha prometido a Rachel que não deixaria o filho *dela* morrer. Quer dizer, foi uma promessa que fiz três segundos antes do híbrido atacar, mas eu cumpri.

— Eu não quero que você...

— ... chame a atenção para mim mesma — termino, resmungando. — Eu sei. E entendo. Mas sou adulta e sei me cuidar. Caso tenha esquecido, eu trabalho pra rede.

Ele dá uma risada cínica.

— Você não trabalha pra eles. Você participou de algumas operações simples. Isso não quer dizer nada.

Abro a boca, indignada, mas ele me interrompe:

— Você nunca esteve em combate. Nunca teve que se virar pra sobreviver na cidade.

— Sobrevivi a situações piores — argumento.

— Não, não sobreviveu. A cidade é um ninho de cobras. Você não pode baixar a guarda no Ponto. Nunca.

— Eu tenho uma vantagem — comento, tentando não parecer convencida enquanto ergo meus braços nus. Uso a telepatia para provar meu ponto.

— Viu? Não tem nada acontecendo nas minhas veias. Posso operar na cidade sem ser detectada.

— Ah, claro, garota. Até você incitar alguém sem querer. E aí, como pretende sair dessa, hein?

O lembrete me faz levar a mão ao quadril para massageá-lo. Uma reação automática. Sei muito bem que a queimadura existe por causa desse homem. Meu guardião. A pessoa que deveria me proteger.

Doeu *muito*. Eu ainda me lembro do cheiro da minha carne queimando. Foi para o meu próprio bem, entendo isso agora, mas não significa que eu não o odeie um pouquinho por ter feito aquilo comigo.

— Para de drama. Não incito ninguém há anos — resmungo.

Mas ele não está errado. Quando acontece, é sempre de forma inesperada. Ao longo dos anos, treinamos muito para tentar controlar isso, mas nunca funcionou. Nem sei dizer *como* faço para incitar. Eu tinha sete anos quando incitei Jim pela primeira vez. Nessa época, já estávamos praticando havia horas, dias, meses, na nossa clareira. Todas as manhãs, sentávamos de frente um para o outro, a faca do meu tio ao lado, na grama, enquanto ele me mandava abrir um caminho, invadir sua mente e obrigá-lo a pegar a faca. Obrigá-lo a pegar a faca e cortar a palma da mão.

— Repita, Wren — ele ordenou naquela manhã.

E eu repeti. Várias vezes, na minha mente. *Pegue a faca, pegue a faca*. Mas a mão dele não se movia.

Depois de algum tempo, comecei a choramingar.

— Não quero mais fazer isso. Por favor.

— Você tem que continuar. Precisa aprender a controlar esse poder.

— Mas *por quê*?

— Porque vão te matar se souberem que você faz isso. — Jim nunca mediu as palavras, nem mesmo com uma garotinha assustada. — Tente dizer em voz alta — sugeriu. — Ouvi dizer que às vezes ajuda.

Obediente, usei minha voz.

— Pegue a faca, pegue a faca...

De novo. E de novo. Fiquei tão frustrada e furiosa com aquele treino inútil, minha cabeça zunindo cada vez mais alto, até que uma onda de energia passou por mim e...

Ele pegou a faca e cortou a palma da mão. Fiquei tão apavorada que corri para a cabana e não saí por horas.

— Você ainda pretende ir para o Setor T essa semana? — pergunto, mudando de assunto.

Cansei de levar bronca. Recebo pelo menos uma bronca por dia de Jim, e já batemos a cota hoje cedo, quando ele me repreendeu por esquecer de limpar a baia da Kelley.

— Depois de amanhã, talvez. Me avise se quiser que eu traga algo de lá.

— Vou avisar, obrigada. E não ouse sair sem se despedir.

— Nunca — ele responde de forma áspera, e qualquer irritação que eu sentia pela bronca desaparece.

Quando eu tinha dez anos, ele sumiu por uma semana em uma missão com a Rebelião. Simplesmente foi embora sem avisar. Pediu para o pai da Tana ficar na fazenda comigo e voltou dias depois, sem entender *por que* eu estava brava com ele. Depois de um dia inteiro de silêncio, ele prometeu nunca mais sair sem se despedir.

Jim é durão, mas sei que me ama. Tenho certeza de que essa não era a vida que ele imaginava para si. Quinze anos antes, ele passou de coronel do Comando, aos trinta anos, a um desertor caçado, responsável por proteger uma menina de cinco anos. Foi forçado a deixar tudo para trás. Carreira, casa, amigos. Mas ele fez isso. Pelos meus pais. Por mim.

— Certo. Vou dormir. — Ele se levanta da poltrona. — Boa noite, passarinho.

O apelido me faz sorrir.

— Boa noite.

No quarto, tomo um banho e me preparo para dormir. Pego no sono pensando não no soldado com quem passei a noite, mas no estranho gostosão e mal-educado da estalagem.

Ao amanhecer, vou ao celeiro para selar minha gentil égua da raça Appaloosa. Eu poderia pegar o jipe, seria mais rápido, mas gosto de passar um tempo com Kelley.

— Oi, linda — murmuro, passando a mão em seu dorso malhado. Kelley tem uma pelagem marrom-escura com branco e olhos grandes e brilhantes que refletem meu sorriso. — Pronta pra consertar uma cerca?

Ela relincha. Entendo isso como um sim e monto, segurando de leve as rédeas de couro enquanto a conduzo para longe dos estábulos e em direção à trilha.

A pior parte de trabalhar na fazenda são as tarefas repetitivas. Adoraria passar o dia todo montando a Kelley e nadando no riacho, mas isso não é possível. Fico atolada até o pescoço alimentando animais, limpando estábulos e enchendo bebedouros. E essas ainda são as tarefas mais *leves*. Consertar cercas é a que menos gosto, mas uma das mais importantes. Nossas cercas mantêm o gado dentro e os predadores fora.

Kelley e eu seguimos para o pasto norte, então desmonto e a deixo pastando enquanto procuro a parte quebrada da cerca que meu tio mencionou. Logo começo o conserto, usando um esticador para puxar as pontas do arame partido e uni-las com uma luva de pressão. Depois passo a manhã inteira inspecionando cada pedaço da cerca até ter certeza de que não há brechas para os coiotes brancos que querem atacar nosso rebanho.

Estou tirando minhas luvas grossas de trabalho quando o tio Jim tenta se conectar comigo. Um segundo depois, o alerta dele ecoa na minha cabeça:

— Não volte pra casa. Fique longe.

Endireito as costas no mesmo instante.

— Por quê? O que está acontecendo?

— O Comando está aqui — ele responde num tom sombrio.

Meu coração acelera. Por que o Comando está na nossa casa? Sempre somos avisados antes de uma inspeção.

Correndo até Kelley, tento me conectar com Tana, mas ela não me deixa entrar. Deve estar dormindo, morta ou me ignorando. Aposto que está dormindo. Ela estava bem bêbada ontem à noite.

— Tio Jim? O senhor está bem? Estou voltando.

— De jeito nenhum. Fique onde está.

É, até parece.

Subo rápido na sela e faço um estalo com a língua para que Kelley ande. Como ela demora a reagir, pressiono minhas pernas contra ela e a faço disparar a galope.

Não pegamos o mesmo caminho de volta para a fazenda, aquele que nos deixaria expostas em campo aberto. Seguimos por um terreno mais alto, parando em uma saliência rochosa bem acima do pasto sul, onde o rebanho está pastando. De lá, tenho um ponto perfeito para observar a casa. Está a algumas centenas de metros, mas Mods têm a visão perfeita. Não precisamos de coisas incômodas como óculos.

Desço da sela e me aproximo silenciosamente da beira das pedras, espiando por cima. Vejo os caminhões: dois deles, verde-oliva, com o emblema preto e prata do Comando pintado nas portas. Quando avisto o tio Jim, meu coração quase sai pela boca.

Ele veste sua camisa de flanela de mangas compridas e a calça jeans desbotada de sempre. Está de joelhos na terra, o chapéu de caubói jogado no chão a alguns metros de distância. Um homem fardado, com um distintivo de oficial na manga direita, pressiona o cano de uma arma contra a testa do meu tio.

— Eu consigo ver o senhor. Estou vendo eles. Por que estão aqui? — Minhas pernas estão tão fracas quanto minha respiração.

— Eles vieram pra ver você atirar.

O pânico me invade. Isso é culpa *minha?*

Meu olhar percorre os soldados. Quatro deles estão imóveis como estátuas atrás do que parece ser o líder. Meu estômago revira quando percebo que um deles é Jordan.

Isso *é* culpa minha. *Eu* fiz isso. Aquele tiro impossível que disparei ontem à noite chamou a atenção para mim, e agora o Comando está apontando uma arma para a cabeça do meu tio.

Estou com meu rifle. Posso acabar com eles. Atirar neles... O desespero é como um nó na minha garganta, porque é impossível que eu consiga eliminar todos os cinco sem que um deles dê um tiro bem na cabeça de Jim.

— O que eu faço?

— Dê meia-volta e procure o Griff — ordena ele, as mangas longas escondendo o fato de que está se comunicando comigo. — Ele vai cuidar de você.

Engulo o grito de desespero quando o oficial usa a mão livre para agarrar uma mecha do cabelo loiro e comprido do meu tio. Ele empurra sua cabeça para trás e rosna algumas palavras, com um sorriso debochado. Há algo familiar nos olhos frios do oficial. Seu rosto, sua postura... tudo grita: *Eu sei quem você é.*

Minhas mãos tremem quando me conecto com Jim de novo.

— Eles sabem que você é Julian Ash?

— Sabem.

Essa é a última coisa que ele diz antes de ser jogado na parte de trás de um veículo e levado para longe.

3

— Tana! Eles levaram o Jim.

Pela primeira vez durante toda a manhã, minha amiga me responde.

— Quem? — Ela parece aterrorizada.

— O Comando. Por que você não nos avisou?

Tana é a primeira linha de defesa entre nós e o Comando, já que ninguém consegue chegar até a fazenda sem antes passar por Hamlett, onde todas as unidades precisam parar e se registrar com o nosso controlador. Foi assim que conseguimos manter Jim fora do radar todos esses anos. Tana, uma projetora, já salvou a pele do meu tio mais de uma vez. Sempre que soldados chegam à vila, ela projeta o rosto deles para nós, e se Jim reconhecer algum, parte para as montanhas enquanto eu, com um ar de lamento, informo aos soldados que estão inspecionando que meu tio saiu com o rebanho e só volta de manhã. Esse sistema funcionava bem para nós. Até agora.

— Eu estava dormindo. Nunca tive uma ressaca tão forte na vida. De qualquer forma, nem passou pela minha cabeça que poderiam fazer uma inspeção no fim de semana.

Porque não era uma inspeção. Eles vieram até a fazenda só para me ver atirar. Porque fui burra o bastante para disparar meu rifle na frente de um soldado.

É tudo culpa minha.

— Eles já foram embora, mas deixaram um cara aqui. Esperando por mim, acredito.

— Você não pode voltar pra lá.

— Nossa, jura? Estou indo aí. Vou usar o túnel.

— Vou avisar meu pai.

Corto a conexão e monto de novo. Sinto o mais puro pânico ao longo do rápido trajeto até o abrigo na passagem norte. Por sorte, não preciso voltar para casa. O tio Jim e eu temos planos de contingência até o pescoço.

Na parte de trás do abrigo de madeira há um alçapão cuja porta giro para abrir, revelando a rampa de metal abaixo. Eu me agacho e deslizo pela rampa em direção ao canto empoeirado onde escondemos a moto. O espaço não é muito mais alto do que a própria moto, o que me força a ficar agachada enquanto a empurro pela rampa, junto com uma bolsa de lona. Verifico a bateria solar da moto para garantir que está carregada. Tenho baterias extras na bolsa, caso precise.

Do lado de fora, observo com atenção as nuvens que se aproximam, grandes e cinzentas. Espero que não seja um presságio do que está por vir. Desvio o olhar do céu cada vez mais escuro e acaricio a crina grossa de Kelley.

— Vá pra casa, garota.

Dou um tapa na anca dela, e Kelley sai em disparada. Ela sabe o caminho de volta. Só posso rezar para que o soldado lá embaixo não tenha um dedo nervoso no gatilho. Se ele matar minha égua tão querida, vou atrás dele, meto uma bala em sua cabeça e depois caço até seu fantasma.

Sigo pelos caminhos menos usados até o vilarejo e escondo a moto em um galpão de metal atrás de uma casinha de tijolos, cujos donos morreram há alguns anos. A casa ainda não foi destinada a ninguém e permanece abandonada desde então. O galpão é um ponto de entrega da rede, convenientemente localizado a menos de cinquenta metros dos limites da floresta.

Estou prestes a sair do galpão quando ouço algo. Um barulho baixo e mecânico, como a vibração das asas de beija-flores, se eles tivessem asas de metal.

Um drone de vigilância.

Com o coração acelerado, eu me jogo para dentro e me encosto na parede. As câmeras de vigilância nos setores estão por toda parte, e seus olhares incessantes são um aviso contínuo de que a Companhia está sempre observando. Pelo canto do olho, percebo os movimentos indistintos do drone enquanto ele paira perto da janela suja, na parte de trás do galpão. É raro ver um drone tão perto de Hamlett. Somos um vilarejo pequeno e insignificante. Quase sem importância.

Até agora, eu acho.

Até descobrirem que o infame Julian Ash está se escondendo neste pequeno e insignificante vilarejo.

Por minha causa.

Ignoro as batidas desenfreadas do meu coração e espero até não ouvir mais o drone. Então, dou um passo com todo o cuidado, espiando pela porta. Quando vejo o borrão cinza no céu, zumbindo na direção oposta, quase desabo de alívio.

Agora. Preciso ir *agora*.

Sem esperar nem mais um segundo sequer, corro na direção da floresta.

Muito tempo atrás, alguém cavou um sistema de túneis em meio à floresta, na época em que as tensões políticas estavam particularmente altas. A ironia é que esse é um túnel Primal. Porque, no fim das contas, não importa quem são seus líderes — todos eles são uns imbecis. O Presidente Severn, que governou antes do General Redden, era um Modificado que acreditava que éramos uma raça nova e superior. Após serem perseguidos por décadas, ele e seus seguidores decidiram que seria uma excelente ideia fazer o mesmo com os Primais. Idiotas. Nada de bom pode surgir do pensamento de que um grupo é melhor do que outro. Não suporto o General Merrick Redden, mas não odeio todos os Primais. Também existem *os bons*.

Como o homem que me encontra no fim do túnel. O pai de Tana, Griff, não é Modificado como a filha. Mas ele é leal à Tana e à rede.

— Tana me contou o que aconteceu — diz Griff, curvando-se para me abraçar. Ele é um homem enorme com a cabeça raspada e a barba cheia, e seu abraço caloroso e seguro é muito bem-vindo. — Você está bem? Já conseguiu falar com ele?

— Não. Ele não está me deixando conectar.

A preocupação cresce dentro de mim. É bem provável que Jim esteja mantendo nossa conexão fechada porque acha que está me protegendo. Mas também pode ser por outro motivo. Algo mais grave. Ele pode estar inconsciente.

Ou morto.

Não. Não pode ser. Ainda sinto a energia do meu tio quando abro caminho até ele. Ainda consigo seguir o fio que liga nossa mente. Jim me disse uma vez que, quando alguém morre, a assinatura desaparece por completo. Não seria possível sentir mais aquela pessoa.

Mas eu o sinto, caramba.

— Você sabe para onde o levaram? — pergunta Griff.

— Acredito que para a cidade. Um dos oficiais o reconheceu. Sabem que ele é um desertor do Comando. — O pânico queima minha garganta. — Eles vão matá-lo.

— Talvez não. Pode ser que o mandem pra um daqueles campos.

O tio Jim preferiria cortar a própria garganta a virar mão de obra escrava para a Companhia.

— Tem um soldado de guarda na casa, me esperando. Eles vão querer falar comigo.

— Vão mesmo. Então temos que tirar você daqui. A rede tem um esconderijo em S. Podemos começar por aí, e depois seguir para o sul.

— Nem pensar. Não vou fugir. Vou até a cidade resgatar meu tio.

— Wren. — O tom dele é firme. — Isso não é uma opção, está me ouvindo? Se ele fosse prisioneiro em um campo de trabalho forçado, a rede com certeza tentaria resgatá-lo. Mas ele está sendo levado para o Ponto. Vai ter que enfrentar o Tribunal.

O Tribunal é o único sistema de justiça no Continente, composto de um pequeno conselho de homens e mulheres que decidem o destino do acusado, geralmente na hora e com pouquíssimas informações. Qualquer pessoa considerada culpada é condenada à morte ou ao trabalho forçado. Pelo que sei, o Tribunal só liberta culpados se forem apoiadores fiéis do General. Esses crimes são penalizados com um puxãozinho de orelha e uma bronca do tipo *não faça isso de novo.*

— Não me importo. — Balanço a cabeça com teimosia. — Vou à cidade de um jeito ou de outro. A questão é: Você vai me ajudar ou preciso fazer isso sozinha?

Griff suspira.

— Vou falar com a rede.

A Rebelião me arranja um passe de lazer e uma passagem no trem seguinte de alta velocidade para o Ponto Sacro, ou só Ponto, como todo mundo chama. Passar o polegar pelo scanner na estação de trem é uma tarefa de arrepiar os cabelos, porque nosso contato na rede descobriu que minha identidade já estava comprometida. Por sorte, ao longo dos anos, a Rebelião conseguiu se infiltrar em todos os níveis da Companhia, inclusive na Inteligência. Dez minutos antes de eu embarcar, nossa agente invadiu meu arquivo para remover o alerta. Ela fez isso sob o pretexto de uma falha no sistema e nos avisou de que ele vai se reiniciar em seis horas. Isso me dá tempo suficiente para chegar à cidade. Uma vez lá, a sinalização será reativada, e eu voltarei a ser marcada como uma pessoa procurada. O que significa que precisarei ser discreta, custe o que custar.

Apesar da garantia de que minha identidade está segura no momento, ainda fico ansiosa quando sou escaneada pela segunda vez, já dentro do trem. É um procedimento padrão, junto com o pedido para pressionar meu polegar na tela do atendente.

Muitas décadas antes, alguém no governo tentou implementar uma abordagem mais avançada para a verificação de identidade: microchips implantados sob a pele. Mas não só os chips não funcionavam nas pessoas Modificadas, como algo nos impulsos elétricos naturais do corpo humano fazia com que os microchips falhassem até mesmo nos Primais. O método não era confiável, então desistiram do programa.

Encontro um assento vazio na última fileira do vagão do meio. Me sinto vulnerável sem meu rifle — que droga, a essa altura eu mataria por uma simples faca cega —, mas levar armas em um trem civil é impossível. É preciso passar por duas verificações de segurança só para entrar na estação. Continuo olhando para baixo, fingindo ler algo no meu comunicador. São quatro horas de viagem, e resisto à vontade de ficar batendo o pé. O Comando deve ter levado Jim em um de seus jatos, não de trem. Talvez ele já tenha enfrentado o Tribunal a essa altura. Minhas tentativas de contatá-lo telepaticamente continuam sendo rejeitadas. Ou ele está impedindo a conexão de propósito, ou não tem como se conectar comigo.

Meus pensamentos correm soltos, transformando-se em lembranças. Uma específica. A primeira vez que o tio Jim me ensinou a criar um caminho da minha mente até a dele. Algumas semanas depois de fugirmos da cidade, ele me fez sentar na grama do lado de fora de nossa cabana na Floresta Sombria e me disse para fechar os olhos. Para imaginar minha mente como um vasto espaço vazio.

— Pessoas como nós são movidas por energia — explicou, como se uma criança de cinco anos fosse capaz de entender esse conceito. — Mas o cérebro não consegue *ver* essa energia, então cria imagens para representá-la. Entende o que quero dizer?

— Não. — Eu o encarei, petulante.

Ele suspirou.

— Vou te mostrar.

Sua voz grave tornou-se quase hipnótica enquanto me mandava fechar os olhos de novo para que pudesse me mostrar como encontrar o caminho.

— Apenas escuridão, Wren. Você não vê nada, apenas uma corda prateada. Está vendo a corda?

— Uhum.

— Ótimo. Imagine-a se estendendo à sua frente. E, no final dela, há uma luz prateada. Está vendo a luz? Muito bem. Agora você vai se abaixar, pegar a corda e segurá-la. Esse é o seu caminho, entendeu? Da corda até a luz. Você vai seguir o caminho.

— Seguir para onde? — perguntei, confusa.

— Para a minha mente — ele respondeu. — Você está na luz? Bom trabalho. O que está sentindo agora?

Deixei escapar um resmungo.

— Não gosto disso. É... pesado. Dá dor de cabeça.

— Você está sentindo a pressão aumentar. É meu escudo me protegendo de você. Tente imaginar o escudo. Ele parece uma parede de metal, não parece? Aço espesso.

— Uhum.

— Isso...

— E tem brilhos dourados flutuando no ar. É bonito.

Ele ficou em silêncio por tanto tempo que abri os olhos. Tio Jim estava franzindo a testa. Ele parecia desconfortável. Mas quando nossos olhares se encontraram, ele assentiu rápido e voltou à lição.

— Da próxima vez, vou te ensinar a procurar rachaduras no escudo de alguém. Mas, por enquanto, vou abaixar o meu para que possamos praticar. Feche os olhos de novo. Entre na luz prateada.

Fiz o que ele mandou, e ele xingou de repente, me assustando. Abri os olhos a tempo de vê-lo esfregar a nuca.

— Está tudo bem — ele garantiu ao notar minha preocupação. — Vamos continuar. Você está dentro da minha mente agora. Estou sentindo você aqui. Olhos fechados, Wren. Isso aí. A coisa mais importante que você precisa saber sobre os Modificados, sobre pessoas como nós, é que nossa mente tem duas frequências.

De olhos ainda fechados, murmurei:

— Não sei o que são fecrências.

— Frequências. É como... — Ele parou. — Ondas do mar. Uma onda emite energia positiva... essa é pra falar. A outra emite energia negativa... essa é pra ouvir. A primeira coisa que você verá quando atravessar o escudo de alguém é uma porta aberta. Depois da porta, ondas negras vão tentar te expulsar. Está vendo elas, passarinho?

— Uhum.

— Ótimo...

— O que tem no corredor? — interrompi.

Outra longa pausa.

Ele pigarreou.

— Ignore isso por enquanto. Concentre-se nas ondas negras. Abra caminho através delas até que desapareçam e me diga o que ouve.

Lembro que me concentrei tanto que minhas pálpebras começaram a tremer. Jim não esperava que eu conseguisse de primeira. É raro que crianças consigam. Por isso, ele ficou visivelmente chocado quando atravessei as ondas de energia negativa que tentavam me repelir. Minha expressão se iluminou de alegria.

— Você está orgulhoso de mim. — Mordi o lábio, me esforçando para ouvir mais seus pensamentos. — Você está...

Minha felicidade sumiu.

— Você está com medo de mim — acusei.

— Não — Jim corrigiu, a voz áspera. — Não estou com medo de você. Estou com medo *por* você, passarinho.

Naquela época, não entendi o que ele quis dizer.

Ele pigarreou.

— Então. É assim que se lê uma mente. Agora volte pela porta e vá para o corredor que viu. Siga a onda de energia positiva. Essa é sua segunda frequência. É onde estabelecemos uma conexão pra usarmos a telepatia.

— O que é pelepatia?

— Telepatia. Significa que podemos conversar um com o outro na nossa mente. E uma vez que formarmos uma conexão, não importa se eu estiver muito longe de você ou se meu escudo estiver ativo. Se quiser falar comigo, tudo o que precisa fazer é acessar essa frequência, seguir meu fio de energia e cutucar meu escudo pra pedir a conexão. Pra conversar.

Ainda estava distraída com o que ele havia dito antes, mas me forcei para afastar suas palavras estranhas da mente — *Estou com medo* por *você*, *passarinho* — e me concentrar na lição. Eu podia perceber que tio Jim estava impressionado com o quanto tudo isso parecia natural para mim.

No momento em que adicionamos escudos e projeção de imagens ao plano de aula, ele parou de se surpreender com o que eu conseguia fazer.

Quando finalmente chegamos à estação, me sinto completamente tensa de ansiedade. Desço do trem, apressada, e me conecto com Polly, minha mediadora de sempre.

— Estou aqui.

— Seus contatos estão esperando do lado de fora. Ela é uma Primal. Camiseta preta, boné verde. Seu contato silencioso é Declan. Ele será seu mediador.

Saio da estação e me aproximo com cuidado da mulher de boné verde, tentando não ceder à paranoia de que todos estão olhando para nós.

— Ele está morto? — pergunto, em vez de cumprimentá-la.

— Ainda não — é a resposta.

Ela é uma mulher pálida, de cabelo preto, por volta dos trinta anos, que se apresenta como Faye e me leva até um carro que nos espera na pista de desembarque. O homem ao volante tem pele escura e um olhar penetrante. Ele se vira para me cumprimentar quando entro pela porta de trás.

— Você é meu contato silencioso no Ponto? Declan?

Ele parece surpreso.

— Como você fez isso?

— Fiz o quê?

— Abriu um caminho tão rápido.

Franzo a testa.

— Não foi tão rápido assim.

Mas suponho que foi, sim. Sempre me esqueço de que há outras pessoas cujos poderes não são tão fortes quanto os meus. Ou tão variados.

Declan me encara com um olhar astuto, como se estivesse avaliando minha competência, meu valor. É angustiante. Então ele volta a olhar para a frente e nos conduz pelo ponto de controle de saída, deixando o terminal do trem para trás.

— Julian Ash se apresentou ao Tribunal há duas horas — Faye me informa. — Eles o consideraram culpado de traição e encobrimento.

Olho para ela, surpresa.

— Encobrimento? Eles sabem que Jim é Modificado? Como?

— Jayde Valence se juntou recentemente ao Tribunal.

Inspiro fundo. Não é preciso dizer mais nada. Valence é, sem sombra de dúvida, a maior leitora de mentes do Continente. Ela também é uma lealista dos Primais e traidora do seu povo, atuando há mais de dez anos como braço direito do General Redden. Começou a servir à Companhia com apenas dezessete anos, e dizem que é calculista e muito inteligente. Mas o que mais me aterroriza é a capacidade dela de romper quase qualquer escudo mental.

Meu tio tem o escudo mais forte que conheço. Se ela foi capaz de ler os pensamentos dele, isso é extraordinário. E aterrorizante, porque... o que ela sabe sobre *mim*? Quanto de mim estava na cabeça de Jim? É por isso que ele não está se conectando comigo? Será que está preocupado que Jayde Valence volte e, de alguma forma, descubra minha identidade?

Ignoro o medo e tento me concentrar na voz de Faye.

— ... ele será fuzilado amanhã de manhã.

— O quê?

— A execução será às nove horas.

— Não podemos deixar isso acontecer. — Respiro fundo, tentando me acalmar. — A rede vai organizar uma missão de resgate, certo?

— Não — diz Declan do banco da frente, com ênfase.

— Como assim, não? Ele é um dos agentes mais importantes de vocês!

Os olhos de Declan encontram os meus pelo espelho retrovisor.

— Não. Não é.

Meu corpo se enrijece.

— E o que isso quer dizer?

— Quer dizer que ele não é. Quer dizer que ele vive escondido há quinze anos. Ele foi comprometido anos atrás. Como poderia ser um agente valioso se ainda existem Primais vivos que se lembram do rosto dele? Não podemos usá-lo em nenhuma operação importante.

— Não é verdade. — Minha objeção parece fraca até para mim. Porque é fraca. Nada do que Declan disse está errado. Mas...

Ele é meu tio, droga.

— Ainda assim, ele é um Mod — insisto —, nós resgatamos os nossos.

— As pessoas do alto escalão passaram o dia inteiro discutindo isso — comenta Faye. — Se existisse uma maneira de salvá-lo, eles salvariam. Mas é arriscado demais.

— Qual é o sentido dessa rede se não for pra assumir missões de alto risco pra salvar Mods? Manda aquele seu piloto fodão bombardear alguma coisa e criar uma distração enquanto resgatamos Jim.

— E quantos civis morreriam no processo? — rebate Declan. — Além disso, não temos bombardeiros disponíveis, e Grayson Blake é importante demais pra nossa causa pra ser colocado em risco. Ninguém do alto escalão vai deixar Blake sobrevoar a base do Comando em plena manhã e se expor desse jeito.

— Então, pra que ele serve? — murmuro.

Faz quase dois anos que escuto histórias sobre os feitos cruéis desse piloto prodígio.

Faye me olha com empatia, mas tanto ela como Declan estão firmes na ideia de que Jim não passa de uma pessoa descartável.

— Julian Ash não é nosso objetivo — diz Declan. — Você é. Sua vila e setor estão cheios de soldados agora. Você teve sorte de Griff te tirar de lá a tempo. Nosso único trabalho é te pôr em um abrigo seguro e mantê-la escondida até conseguirmos uma nova identidade pra você. — Ele faz um som de reprovação. — Teria sido mais fácil se você tivesse concordado em ficar nos setores em vez de insistir no Ponto, mas...

— Eu não vim até aqui para ir pra um abrigo seguro. Eu vim pra resgatar meu tio.

Declan não cede.

— Julian Ash não tem como ser resgatado. Concentre-se em proteger a si mesma.

A frustração aperta meu peito. Por que essas pessoas não estão mais preocupadas com Jim? Desde quando nos tornamos descartáveis para nossos líderes? Abro uma conexão desesperada com Tana.

— A execução de Jim está marcada para amanhã, e a rede se recusa a resgatá-lo.

— Eu sei. Polly acabou de me contar. — Há uma pausa. — Wren... o que quer que você esteja pensando...

— Nem eu sei o que estou pensando.

Não sei mesmo. Não tenho plano nenhum. Só sei que estou no lugar mais perigoso do Continente, sem nenhuma arma, com minha identidade marcada e meu tio prestes a ser fuzilado.

Minha mente dispara enquanto avalio as opções. O pelotão de fuzilamento do Comando opera na Praça Sul, uma área de acesso aberto bem dentro da base. As execuções sempre acontecem em público, e todos os cidadãos são incentivados a assistir. A maioria deles gosta. O que não é tão doentio quanto parece, já que, de acordo com meus antigos livros escolares, nossos antepassados também adoravam violência e sangue. Faziam da morte um espetáculo.

Suponho que ter acesso ao local da execução me ajude nessa tarefa. Posso me esgueirar pela multidão de forma despercebida, chegar perto da plataforma e... e depois? O que exatamente vou fazer? Enfrentar sozinha um pelotão de fuzilamento? E aí, se por algum milagre evitar a morte por oito rifles de assalto, liberto o tio Jim e... saio tranquilamente da base militar?

Esse plano não é viável. Preciso pensar em algo um pouco menos... suicida.

E só tenho, ah, veja só, doze horas para resolver isso.

4

Horas mais tarde, estou deitada na cama de solteiro do esconderijo, olhando para o teto e desejando poder falar com Jim. Estou desesperada por sua orientação. *Ele* saberia exatamente o que fazer em uma situação como essa. Se os papéis estivessem invertidos, ele saberia como me salvar, como fez quinze anos antes.

Eu me deito de lado e abraço os joelhos contra o peito, mordendo o lábio para segurar o choro. Penso na primeira semana que passei com Julian Ash. Como ele era grosseiro. Intimidador. Nas muitas vezes em que brigou comigo por um motivo ou outro, como quando me aproximei demais do arbusto de cicuta roxa nos limites da clareira. *Garota*, ele sempre rosnava. *Fique longe dessas plantas.* Uma das primeiras coisas que fez quando acampamos foi me arrastar até algumas plantas híbridas e explicar quais delas podiam me matar e como. Em outras palavras: *Fique longe dessas merdas.*

No fim daquela semana, eu já estava começando a me acostumar com ele. Não me entenda mal, ele ainda me deixava nervosa. Suas ordens rígidas e total falta de delicadeza eram assustadoras. Mas já não tinha medo dele. Eu me sentia segura.

Ficava fascinada com todos os pássaros que visitavam nossa clareira. Certa manhã, vi três deles na minha árvore favorita, pousados placidamente em um galho retorcido. Um, dois, três, enfileirados. Eles me encaravam. Sem se incomodar com a minha presença. Curiosos, até.

— Como eles se chamam? — perguntei ao meu tio.

Ele observou suas marcas e disse:

— Sabiá-azul-do-leste.

Estendi um braço, tentando alcançar o galho, mas me faltavam alguns metros para isso. Baixei o braço e fiz biquinho, virando-me de volta para Jim.

— Como *você* se chama?

Ele pensou por um tempo.

— Pode me chamar de Tio.

— Mas você não é.

— Aqui, eu sou.

— Mas...

— Chega, menina.

— Meu nome não é Menina — retruquei, erguendo o queixo. — Meu nome é...

— Não — ele interrompeu. — Não é. — Ele se ajoelhou na minha frente, segurando meu queixo quando tentei desviar o olhar. — Esse nome que você acha que é seu, você precisa esquecer, entendeu? A garotinha que você era morreu. Agora você é outra pessoa.

— Mas eu não quero ser — resmunguei, antes de me distrair com um novo visitante na árvore dos pássaros. — Olha! — Apontei para um dos galhos mais baixos. — Como ela se chama?

Jim estreitou os olhos para o pequeno pássaro marrom-claro.

— Acho que é uma carriça.

— É um nome engraçado.

— É mesmo. Em inglês é diferente, é *wren*.

— Assim fica mais bonito.

Ele ergueu uma sobrancelha.

— Esse pode ser seu nome.

Franzi a testa, sem entender.

— Você não gosta quando te chamo de menina, certo?

— Não é meu nome — retruquei, teimosa.

— Você tem razão. Por que o seu nome é Wren.

Franzi a testa mais ainda.

— É?

— Se você quiser, será.

Torci o nariz por um momento, pensando a respeito.

— E você ainda é o Tio?

— Sou. Eu sou o Tio, e você é a Wren.

Quinze anos mais tarde, ele ainda é o Tio para mim. Ainda é meu guardião e meu protetor, e não há nada que eu possa fazer para salvá-lo.

Engolindo o nó na garganta, deslizo para fora das cobertas e me visto. Está na hora de ir.

Os cidadãos estão sedentos por sangue. Dá para sentir no ar — a eletricidade da expectativa. E eu odeio todos eles por isso.

Saí escondida do esconderijo ao amanhecer. A rede já deve estar tentando me rastrear, mas sei como me manter fora do radar. Afinal, cresci na escuridão. Sou uma sombra. Enquanto atravesso a zona oeste do Ponto Sacro, onde fica a base do Comando, evito cada patrulha de rua e cada drone de vigilância. A última coisa de que preciso hoje é despertar a suspeita de algum soldado e ter que escanear meu polegar, justo agora que minha identidade voltou a ser marcada.

Vou resgatar Jim.

Ainda não sei como farei isso. Mas sei que não vou deixá-lo morrer. Eu me recuso.

A Praça Sul é basicamente um pátio glorificado. O chão é de terra avermelhada, cercado por muros altos de pedra. Para entrar, é preciso passar por um par de portões de ferro imponentes, vigiados por soldados da Brigada de Estanho, que, junto com a de Cobre, tem o programa de treinamento mais fácil e geralmente designa soldados para patrulhas de nível inferior ou funções de sentinela. Os guardas da Praça Sul hoje parecem mais novos que eu, mas a única função deles é revistar os cidadãos que passam pelos portões para o espetáculo matinal.

Meu corpo se contrai de frustração quando entro completamente desarmada na praça. Eu me sinto nua.

Quando vejo o patíbulo, um nó de pavor se forma na minha garganta. Minha visão fica borrada por um instante. O palco de execução de madeira tem cerca de um metro e vinte de altura, e a multidão já está aglomerada diante dele. Abro caminho pelo mar crescente de pessoas, dando algumas cotoveladas até chegar à primeira fila. Atrás do palco, há outro conjunto de portões elétricos; além das barras negras, só escuridão, mas sei que levam ao túnel que desce até as entranhas da base.

Sinto as palmas úmidas. Estou ansiosa, e o sentimento só piora com os puxões constantes na minha mente. Senti Declan tentando se conectar comigo a manhã inteira. Tana também. Mas não deixei ninguém entrar.

Não me importa que Tana deva estar morrendo de preocupação ou que Declan esteja irritado por eu ter fugido do esconderijo. Não me importo nem um pouco. Porque isso se trata de Jim. Ele salvou minha vida inúmeras vezes, e agora é minha vez de salvar a dele. De algum jeito. Assim espero.

A expectativa é agonizante. Quarenta e cinco minutos de inquietação e pés se movendo de um lado para outro, até que, finalmente, o portão do túnel range ao se abrir, e um burburinho animado percorre a multidão. As duas metades se afastam para permitir a saída de um caminhão do Comando, emergindo do espaço cavernoso e escuro.

O ressentimento arde na minha garganta. Que se foda a Rebelião por estar tão disposta a sacrificar Jim. Eles não teriam metade das informações que têm se não fosse por homens como Julian Ash, que arriscaram a vida para se infiltrar em instituições como o Comando. Ele subiu nas posições até se tornar coronel. Todos os planos que ele obteve, todas as informações que desviou da base ao longo dos anos, e agora o estão abandonando porque são covardes demais para tentar resgatá-lo.

Sinto um formigamento na mente. Tana está tentando se conectar de novo. Ignoro. Tenho certeza de que ela já adivinhou onde estou.

A multidão murmura mais uma vez, as vozes reverberando pela praça.

Dois oficiais uniformizados descem do caminhão e marcham até a parte traseira.

Meu coração vai parar na garganta quando finalmente vejo Jim.

Respiro aliviada ao perceber que ele não parece tão mal. Ainda está usando sua calça jeans e camiseta, mas a camisa xadrez sumiu. As mãos dele estão algemadas à frente do corpo. Há manchas de sujeira nos braços musculosos e na camiseta branca, mas, fora isso, parece ileso. Sem hematomas. Sem o nariz sangrando. Fico grata por isso. Ele está sob custódia desde ontem, então poderia estar bem pior.

Não sei bem o que esperava. Um rosto desfigurado, talvez? Mas não. Eles querem que todos o vejam claramente. Que saboreiem o medo e a derrota em seus olhos antes que as balas rasguem sua carne.

Só que não há medo nenhum quando os dois homens o arrastam pelos degraus de madeira até o patíbulo. Eles não o forçam a se ajoelhar. Ele permanece de pé, ombros erguidos, rosto impassível. Até que ele varre a multidão com o olhar e me encontra. Só então ele reage. Mas de forma discreta. A mandíbula se contrai, os lábios se apertam.

Pela primeira vez em quase vinte e quatro horas, sinto um toque na minha mente.

O pânico me toma. O que ele está *fazendo*? Seus braços estão expostos. Todos vão saber se ele...

Mas eles já sabem, lembro a mim mesma, o pânico se transformando em resignação.

Deixo que ele entre. Preciso ouvir sua voz.

— Vai embora, Wren. Agora. Você não pode ficar aqui.

— Eu não vou embora.

— Aberração! — grita alguém na multidão.

— Imperfeito!

Eles estão vendo o que eu vejo. É menos perceptível sob o sol da manhã do que quando Jim usa seus dons à noite — quando suas veias ficam parecendo sinais prateados brilhantes. Mas agora todos conseguem ver. Ondulando. Como se prata líquida corresse por elas.

De repente, a cabeça de Jim tomba para trás. Alguém atirou uma pedra nele. A indignação sobe quente pela minha espinha. Se estivesse com meu rifle, esse desgraçado já estaria morto.

Os oficiais do Comando apontam seus rifles para a multidão no mesmo instante.

— Basta! — um deles grita. — Ele vai ter o que merece em breve.

— Como podemos impedir isso? — pergunto a Jim.

— Não podemos. Você não deveria estar aqui.

— E onde mais eu estaria?

Olho ao redor, desesperada. Preciso de uma arma, mas os cidadãos estão desarmados. As únicas armas pertencem aos oficiais no palco. Rifles de assalto de curto alcance. Dá para o gasto. Um dos homens está falando em seu comunicador agora. Posso tentar distraí-lo e...

— Nem pense nisso — Jim adverte.

Lanço um olhar furioso para ele. Não gosto da resignação em sua expressão. Não estava ali antes, mas agora há um ar de derrota nele. Jim não é burro. Ele entende que, se estou aqui sozinha, significa que a rede não o considerou digno de resgate. E se ele nem sequer tentou escapar, é porque sabe que não há saída.

Um segundo caminhão sai roncando do túnel.

O pelotão de fuzilamento chegou.

Nunca vi uma execução antes. Só estive na cidade duas vezes na vida — pelo que consigo lembrar, pelo menos. Ambas com um passe de lazer, junto com Griff e Tana. Mas não era turismo; era uma missão da Rebelião. Chamo de missão, mas, na verdade, só entregamos alguns comunicadores roubados para um garoto que mal parecia ter treze anos, e ele saiu correndo para um beco. Tio Jim resmungou na minha cabeça o tempo todo, preocupado. Ele raramente vinha até o Ponto Sacro para evitar ser reconhecido, e olha aonde isso nos levou. Quinze anos mantendo-o fora de vista, e ele foi identificado em casa. Por minha culpa.

Preciso de todas as minhas forças para não chorar. Ele está ali, de pé, o cabelo caindo sobre o rosto, as mãos atadas, as veias revelando-o como a aberração que essas pessoas acreditam que ele é. E tudo isso por minha causa.

O pelotão é formado por seis homens e duas mulheres, todos vestindo macacões azul-marinho do Comando. Eles sobem os degraus e formam uma fila, obedientes, em uma das extremidades do patíbulo. A raiva me atravessa. Um deles é um jovem atarracado, de cabeça raspada, os olhos brilhando com algo que só posso descrever como expectativa. Está animado com isso. Os outros só parecem entediados. Acho que isso me enfurece ainda mais. Essas pessoas estão prestes a fuzilar um homem, e parecem *entediadas*.

— Wren...

O aviso de Jim ecoa na minha mente. Ele deve ter visto a sede de sangue nos meus olhos.

— Eu não vou deixar isso acontecer — rosno para ele.

Mas o que posso fazer?

Talvez eles aceitem uma troca? Eu por ele?

... o que é uma ideia absurda, porque, vamos combinar, dois Mods são melhores do que um. Se eu revelasse quem sou, estaria lá com ele, esperando minha própria chuva de balas. E talvez seja o que eu mereça, já que é por minha causa que ele está nessa situação.

— Você precisa ir agora. — Há tristeza em sua voz.

A emoção me toma. As lágrimas nublam minha visão. Curvo a cabeça até o ombro e limpo o rosto disfarçadamente, como se estivesse coçando algo. Não posso permitir que essas pessoas me vejam chorar, que saibam o quanto isso me afeta.

A mulher ao meu lado me olha estranho. O cabelo dela é claro, seus traços são delicados, e suas bochechas estão coradas de animação. Ela trouxe duas crianças. Crianças pequenas. Como se estivessem em um passeio em família. Como se tivessem conseguido um passe de lazer para o Setor B para visitar o único zoológico do Continente. Jim é o animal enjaulado que elas vieram admirar, em exibição para que se divirtam. Eu não conheço essa mulher, mas a odeio.

Um dos oficiais dá um passo à frente, até a beira do patíbulo. A manga esquerda de seu uniforme exibe o emblema de coronel. É a mesma patente que Jim tinha quando minha mãe implorou para que ele me tirasse do Ponto. Ela sabia que nunca conseguiria me manter segura. Eu já estava manifestando poderes aos cinco anos, dons que, para a maioria das pessoas, só aparecem por volta dos doze. Ela estava apavorada por mim.

Minha mãe também era coronel quando foi executada por traição. Eu me pergunto se aconteceu nesse mesmo patíbulo. Talvez ela tenha ficado exatamente onde Jim está agora. Talvez a mancha do seu sangue ainda esteja nas tábuas de madeira sob os pés descalços dele.

— Julian Ash, o Tribunal Continental o considerou culpado de traição e encobrimento — a voz do coronel ecoa pela praça. — E, como tal, foi sentenciado à morte.

Um rugido atravessa a multidão. Estão empolgados. Animais.

— Uma última palavra?

Meu tio encara o coronel, impassível. Mas essa seriedade não é o que ouço na minha cabeça. Quando Jim fala comigo, há ternura em sua voz, ainda que pareça áspera.

— Eu te amo, Wren. Espero que saiba disso.

Meu estômago se revira. Parece que alguém está apertando meu coração com unhas afiadas, cravando-as em cada cavidade, fazendo o músculo quente e dolorido gritar dentro do meu peito.

— Nada a dizer? Ótimo. Isso facilita nosso trabalho — o coronel diz com um sorriso de escárnio. Então ele e o outro oficial descem do patíbulo para ficar de canto, e todo o meu corpo começa a tremer.

O medo e a histeria chicoteiam dentro de mim como o cabo solto que se desprendeu na fazenda durante a tempestade do mês passado. O negócio chicoteava no ar, faíscas saltando contra a lateral da casa e se espalhando pelo alpendre, deslizando pela grama. É assim que me sinto agora. Um fio desencapado, se retorcendo desesperadamente, tentando encontrar um lugar seguro para aterrissar.

Parem com isso, quero gritar para o pelotão de fuzilamento. *Parem. Deixem ele em paz.*

— Armas em posição! — o coronel ordena.

Eles levantam as armas e miram em Jim, e eu nunca senti tanta dor quanto agora, vendo meu tio baixar o olhar. Ele não vai olhar para eles. Não vai olhar para mim. Ele desistiu.

Abaixem as armas, quero gritar. *Abaixem. Abaixem.*

Um murmúrio de confusão percorre os espectadores.

Uma respiração.

Metade do pelotão abaixou a arma.

Os que ainda estão em posição trocam olhares confusos com seus companheiros. Uma das mulheres, uma morena alta, parece perplexa. Ela dá de ombros, o corpo se contraindo. Em seguida, balança a cabeça algumas vezes, como se tentasse se livrar de alguma coisa. Quando ela volta a mirar o rifle, eu a encaro furiosamente. *Baixa essa merda agora.*

Todos os oito rifles são apontados para o chão.

Percebo que eles conseguem me ouvir. Eles conseguem me *ouvir*. Uma onda familiar me atravessa, como se minha mente estivesse viva de repente, explodindo de energia. É a mesma sensação que tive na primeira vez em que consegui incitar Jim na Floresta Sombria.

Naquele dia, fiquei tão assustada que interrompi a ligação.

Isso não vai acontecer hoje. Não vou parar. Não vou me assustar a ponto de me impedir.

Uma calma se espalha por mim enquanto encaro as oito pessoas que querem assassinar meu tio.

Apontem as armas para a cabeça, ordeno. *Agora.*

Observo o rosto deles. Suas feições estão paralisadas entre confusão e pavor. Melhor assim, que eles sintam o que estou sentindo.

Apontem as armas para a cabeça.

Prendo a respiração quando uma onda de tontura me atinge de repente. Cambaleio um pouco. Isso está exigindo muito da minha mente, mais do que estou acostumada.

Percebo quando Jim vira a cabeça de repente para a multidão, me procurando. Vejo um brilho prateado quando suas veias começam a pulsar. Acho que ele está tentando entrar em contato comigo, mas não há espaço na minha cabeça, porque abri oito espaços e estou me esforçando para incitar o comando.

Apontem as armas para a cabeça. Apontem as armas para a cabeça.

Meu corpo sente o peso do incitamento, o suor brotando na minha testa, os membros começando a fraquejar. Isso não aconteceu com Jim. Essa exaustão. Mas está funcionando. Eles estão obedecendo. Os canos dos rifles estão se movendo. Lentamente. Centímetro por centímetro.

— O que vocês estão fazendo?! — o coronel grita para o pelotão.

O homem atarracado, aquele que parecia genuinamente animado com a ideia de matar alguém, agora tenta, desesperado, lutar contra meu comando. Luta contra as próprias mãos, que giram o rifle devagar. O suor escorre pelo rosto dele.

Encostem o cano na testa. Agora.

— Eu não consigo parar! — ele ofega. — Alguém está me controlando!

Gritos e exclamações percorrem a multidão. Cada membro do pelotão está com a própria arma voltada para si mesmo.

Mal consigo respirar. Estou usando toda a minha concentração para dar o último comando.

Puxem o gatilho, puxem o gatilho, puxem o gatilho...

Meus pulmões travam, sem conseguir puxar o oxigênio. Está difícil demais. Fogos de artifício explodem no meu cérebro. Pontos estranhos, como poeira dourada, giram diante dos meus olhos. Pisco, tentando dissipá-los. A tontura só piora. Não sei como controlar isso. Mal consigo incitar uma mente, quem dirá oito, e entro em pânico novamente porque sei que estou perdendo o controle. É como se eu estivesse no riacho da fazenda, tentando me segurar nas pedras cobertas de musgo para sair da água, mas deslizando para dentro repetidas vezes. Está escorregadio demais. Estou tentando me firmar, tentando segurar, tentando...

Puxem o gatilho, puxem o gatilho...

Perco o controle.

As armas avançam como um estilingue se rompendo. Um, dois, três, oito. Todas se voltam para Jim, e minha última ordem — *puxem o gatilho* — é a única coisa que eles têm na mente.

Eles atiram.

Os gritos se misturam ao barulho dos tiros. Quase caio quando as balas atingem o peito de Jim, arremessando-o para trás. Mesmo enquanto cai, com a camisa tingida de vermelho, ele vira a cabeça em minha direção. Por um segundo de partir o coração, seus olhos encontram os meus. E eu o ouço na minha mente.

— Adeus, passarinho.

Ele já está morto antes de atingir o chão. A ligação se rompe de repente. Jim não está mais na minha cabeça. Não sinto mais sua energia. Não sinto mais nada. Por um momento, fico parada, completamente entorpecida. A multidão ainda está em alvoroço. Alguns gritam de empolgação. Outros, de horror, porque entenderam o que acabaram de testemunhar.

— Incitador — ouço alguém sibilar.

Não sei se foi dirigido a mim, mas não importa. Não posso chamar a atenção.

O incitamento é punível com a morte. E não só isso, é o único crime capital no Continente onde o acusado não tem direito a um julgamento no Tribunal. O que é um problemão dos infernos. Até mesmo uma tentativa de assassinato contra o General garante uma audiência com o Tribunal.

Incitadores, pura e simplesmente, não podem existir. Os Primais têm muito medo de nós.

Os cidadãos já estão se dispersando da plataforma, facilitando minha fuga. Dou uma última olhada em Jim, o homem que eu amo mais do que qualquer outro neste mundo. Morto. Se foi. Então me viro e começo a me mover. Não corro. Ando rápido o suficiente para ver os portões externos se aproximando depressa, mas devagar o bastante para não chamar a atenção.

Mas estou errada. Não passei despercebida.

Estou a poucos metros da saída quando alguém me agarra pelo ombro e me puxa para trás.

Cambaleio, tentando recuperar o equilíbrio. Vislumbro um uniforme.

Vejo um borrão de movimento quando alguém ergue a mão, segurando uma pistola de uso exclusivo do Comando, e uma voz sibila no meu ouvido.

— Onde você pensa que vai?

5

Não há janelas nesta sala. Odeio salas sem janelas. Não sou claustrofóbica. As paredes não estão se fechando ao meu redor. Consigo respirar normalmente. Mas tenho essa sensação sufocante de estar presa como gado em um curral. Sem rotas de fuga, sem armas. Isso me enlouquece. Faz minha pele coçar, como se aquelas formigas amarelas da Floresta Sombria estivessem rastejando por todo o meu corpo.

Não me vendaram ao me trazer para esta sala de interrogatório, então fico repassando a sequência de voltas e corredores que percorremos até aqui. *Direita, esquerda, direita, direita, esquerda, porta azul.* Só preciso refazer o caminho quando surgir a oportunidade de fugir. *Porta azul, direita, esquerda, esquerda, direita, esquerda.* Repito as direções como um mantra na cabeça enquanto espero que o Comando se lembre de que eu existo.

Isso não demora a acontecer. A porta se abre menos de um minuto depois, e dois deles entram. Um homem e uma mulher, ambos na casa dos vinte anos. Os dois têm cabelos escuros, o dela preso em um rabo de cavalo baixo, o dele cortado bem curto. Os olhos dela são cor de avelã. Astutos e semicerrados. Os dele, castanho-escuros, quase pretos, como o café que Jim toma — tomava — todas as manhãs.

Sem dizer uma palavra, os dois ocupam as cadeiras do outro lado da mesa. A mulher coloca um tablet cinza-chumbo sobre a superfície, mas a tela permanece apagada. Dois pares de olhos se fixam no meu rosto. Encaro de volta, sem demonstrar nenhuma emoção.

A porta não se fecha. Uma terceira pessoa entra.

Dessa vez, preciso me esforçar para não reagir.

É o babaca bonito da estalagem.

Não sei dizer ao certo o que estou sentindo quando ele fecha a porta e fica de pé diante dela. Nossos olhares se encontram. Assim como eu, ele não reage. Mas sei que me reconhece. Tem que ter reconhecido. Afinal, foi há apenas duas noites que eu estava esmagada sob o corpo dele. Um corpo que agora está vestido com um uniforme azul-marinho. Eu devia ter adivinhado que ele era um soldado. Ele se movimentava como um.

E continua tão atraente quanto eu me lembrava, ocupando todo o ar da sala com seu porte largo e o rosto impressionante. Isso me irrita.

— Sou a soldado Tyler Struck — diz enfim a jovem, a voz fria, mas educada. — Este é o oficial Xavier Ford.

Ela faz um gesto em direção ao homem ao seu lado. Ele também é bonito, de um jeito mais grosseiro, menos convencional que o cara atrás deles. O cara que não se apresenta. Que continua ali, em silêncio, impossível de decifrar. Entediado? Irritado? Não sei dizer.

Sei que é inútil, considerando que eles são do Comando, mas faço uma averiguação mental mesmo assim.

Telepatia e leitura de mente sempre começam do mesmo jeito: você abre um caminho. A primeira só funciona com Mods, já que nossos cérebros vêm equipados com aquela segunda frequência de que Jim me falou. As ondas de energia positiva. A segunda, por sua vez, seja ao tentar infiltrar a mente de um Mod ou a de um Primal, exige acessar a primeira frequência, onde a mente-alvo vai resistir ativamente às suas tentativas e liberar energia negativa. O sistema de alerta natural do cérebro.

Se a mente-alvo estiver bem protegida, você nem chega a ter a chance de desarmar o alarme. Mas se houver qualquer ponto fraco na barreira, por menor que seja, tudo se resume a encontrar um jeito de entrar.

As barreiras desses três são tão espessas que é como se eu tivesse batido de frente com uma parede de tijolos a cento e cinquenta quilômetros por hora. As finas cordas mentais que lanço ricocheteiam de volta e vibram como correntes na minha cabeça.

Estou intrigada. Essas pessoas não são soldados comuns. Não são como Jordan, da Brigada de Cobre. Claramente receberam um treinamento avançado de proteção mental.

Brigada de Prata. Esse seria meu palpite.

— Como você conseguiu incitar oito mentes? — Struck pergunta sem rodeios.

Eu a olho boquiaberta.

— O que faz você pensar que eu fiz aquilo?

— Está dizendo que não foi?

— Claro que não. — Acrescento um leve gaguejar às palavras. Sou uma boa atriz. É um dos motivos pelos quais Jim sempre confiou em mim para lidar com os soldados em Hamlett.

— Bem, sabemos que não foi o prisioneiro. Ele foi avaliado.

Fico com medo de saber como exatamente o "avaliaram", e, mais uma vez, me preocupo com o que Jayde Valence pode ter visto dentro da mente de Jim.

— Então, se não foi ele... sobra você. — Struck inclina a cabeça na minha direção.

— Não fui eu.

— Mesmo — diz ela. Não foi uma pergunta.

— Antes de mais nada, eu não sou Aberrante — digo para eles. — E em segundo lugar, mesmo que fosse, não é possível controlar tantas mentes assim.

— É possível, porque nós vimos acontecer — Ford diz como se estivesse entediado, mas há um quê de dureza ali. Ele ergue uma sobrancelha. — Você não viu acontecer, lindinha?

Tensiono o maxilar tanto pelo apelido como pelo tom debochado.

— Não me chame assim. E não sei *o que* eu vi. Só sei que vocês mataram meu tio.

Struck se surpreende por um instante, como se não esperasse que eu mencionasse Jim antes deles. Mas a melhor forma de lidar com um interrogatório é fingir que não há nada a esconder.

— Não é por isso que estamos aqui? — pergunto, sem alterar a voz. — Vocês mataram meu tio.

Ford cruza os braços e se recosta levemente na cadeira.

— Seu tio era um desertor do Comando.

— É mentira. Sei que foi isso que vocês o acusaram de ser, mas... — balanço a cabeça e repito — é mentira.

— Entendido, lindinha. Então você alega que não tinha noção de quem seu tio era. Qual é exatamente o grau de parentesco entre vocês?

— Não temos nenhum — respondo, dessa vez decidindo ignorar o apelido debochado. — Não de sangue, pelo menos. Ele me adotou.

Struck ativa o tablet, pressionando o polegar no scanner para desbloquear a tela. Olho para a porta, onde o sr. Silencioso continua nos observando. Ele repousa as mãos de forma relaxada nos passantes do cinto, o rosto impassível enquanto cruza o olhar comigo. Ele mantém o contato visual por tanto tempo que meu coração acelera, e sou eu quem desvia primeiro. O que não é do meu feitio. Nunca recuo.

Tento me concentrar na tela que Struck desliza com o dedo. Quando uma foto aparece, ela a amplia.

É Jim. Sinto um aperto no peito ao vê-lo. Faço questão de deixar a dor transparecer no meu rosto.

Ela empurra o tablet na minha direção.

— Este é o coronel Julian Ash.

— Você pode chamá-lo do que quiser, mas esse não é o nome dele.

— É o nome dele. Este é Julian Ash, um coronel da Brigada de Prata que desertou há quinze anos. Fugiu logo depois de perder toda a sua unidade em um atentado no Posto Solar.

— Não — retruco, batendo o dedo na foto. — Este é Jim Darlington. E não acredito em nenhuma palavra do que estão dizendo, não mesmo. Jim não é um desertor.

— Ele é, sim. E não só isso, como também é Aberrante.

Começo a rir.

— De todas as mentiras que vocês contaram sobre ele, essa é a minha favorita.

— Não vamos nos fazer de bestas — Xavier Ford diz, revirando os olhos. — Você estava na execução. Segundo os relatos, os braços dele estavam praticamente brilhando.

— Seus relatos estão errados. Não vi nada disso. — Cruzo os braços e o desafio a me contrariar.

— Também fizemos uma verificação dos seus antecedentes — Struck continua.

Ela desliza a tela até exibir uma foto minha. Foi tirada no ano passado, para o meu documento de identidade. A Companhia exige que os cidadãos atualizem suas fotos anualmente.

— Wren Darlington — ela lê o nome na tela. — Você não existia até os oito anos de idade.

— Foi quando Jim me encontrou.

— Encontrou você — Ford repete, com ceticismo.

Dou de ombros.

— Não me lembro de nada antes disso.

Eles ficam mais céticos. O rosto bonito na porta continua sem revelar nada.

— Se vocês têm meu arquivo, então devem ter todos os meus relatórios mentais também.

Jim era esperto. A primeira coisa que fez quando saímos da Floresta Sombria e nos estabelecemos no Setor Z foi me mandar para uma avaliação de saúde mental infantil. Eu já tinha talento para mentir naquela época.

— A conclusão foi que seja lá qual for o trauma que sofri quando criança, isso causou perda de memória — continuo. — Ninguém sabe dizer o que aconteceu com meus pais, mas talvez tenham morrido em um ataque de Aberrantes. Parece que houve algumas emboscadas na região em que Jim me encontrou vagando.

— Certo. — Ford ri, irônico. — Esse nômade benevolente que achou você na beira da estrada, te acolheu e te adotou como se fosse dele. Quanta bondade a dele.

— Você deve viver em um mundo bem deprimente se acha que as pessoas não podem ajudar umas às outras. É tão difícil acreditar que alguém pode ser uma pessoa boa de verdade?

— Julian Ash não era uma pessoa boa.

— Pare de chamá-lo assim — disparo, e vejo uma leve mudança na expressão de Struck. Ela está começando a acreditar em mim.

Mas ainda não convenci Ford. E quanto ao homem na porta, não faço ideia do papel dele nisso tudo.

— Jim era uma pessoa boa — insisto. — Convivi com ele desde que tinha oito anos. São *doze* anos. Acredite, se ele fosse um supersoldado Aberrante, eu saberia. Em algum momento ele teria deixado escapar alguma coisa.

— Você sabia — Ford retruca. — Porque está mentindo para nós agora.

— Não estou mentindo. Moro numa fazenda. Jim é fazendeiro. *Era* fazendeiro.

Um nó se forma na minha garganta. Nem preciso fingir dessa vez. A lembrança do corpo dele, crivado de balas, desmoronando sobre a plataforma de madeira é como uma lâmina cravada direto no meu coração.

— Fazendeiros, é? — Ford se recosta na cadeira. — Quantas cabeças de gado?

— Duzentas. — Franzo a testa, fingindo não entender por que ele está perguntando isso.

— Que tipo?

— Vacas. Algumas novilhas. Você deveria saber. — Não resisto à provocação. — Nosso gado alimenta você e o seu exército.

Struck fala de novo:

— Sabe, nunca estive numa fazenda. Por que não nos conta um pouco sobre a vida de fazendeiro?

Ford concorda, parecendo se divertir.

— Isso mesmo, lindinha. Nos instrua. Descreva um dia na vida de um fazendeiro.

Encaro os dois.

— É sério isso? Vocês acham que passei a vida inteira fingindo ser fazendeira? Por que não voltamos a ter essa conversa depois que um de vocês enfiar o braço inteiro dentro de uma vaca parindo, pode ser?

— Descreva seu dia. — Ford não se abala com meu sarcasmo.

Com fingida irritação, cedo à exigência. Durante a hora seguinte, sou bombardeada de perguntas pela incansável dupla, enquanto o homem de cabelo escuro continua sem dizer uma única palavra. Olho para ele mais de uma vez. Avaliando-o. Às vezes, admirando-o. A versão de mangas curtas do uniforme do Comando revela as tatuagens que se espalham por seus braços e bíceps. Os desenhos se enroscam pela pele, mas não consigo distingui-los.

Quando Struck volta ao incidente de incitação, me obrigo a me concentrar.

— Estão vendo o que estou vestindo? — Faço um gesto para mim mesma. Estou de regata. — Se estivesse na multidão, na cabeça de oito pessoas obrigando-as a fazer o que quer que fosse, eu teria sido vista. Aberrantes brilham quando fazem suas paradas psíquicas. — Eu me finjo de tonta, usando as palavras toscas que uma aldeã Primal ignorante usaria.

— Então por que você fugiu? — Struck pergunta, inclinando a cabeça. — Por que foi vista tentando escapar da cena do...

— Porque vocês tinham acabado de matar meu tio!

Respiro fundo e finjo me acalmar.

Na verdade, estou completamente estável. Nem um pouquinho abalada. Sinto meu luto, é claro. Preocupação, talvez, pensando quanto tempo vão me manter aqui. Mas sei que vão acabar me liberando de volta para o meu setor. Não fiz nada de errado. Não para eles, pelo menos.

O único crime que cometi foi não ter conseguido salvar a vida de Jim. Vou me punir por isso pelo resto da vida.

— Me desculpem. — Solto o ar de novo. — Não quis gritar. Mas não *fiz* nada. Só sei que eu estava me divertindo na celebração do Dia da Liberdade da minha vila há duas noites — lanço um olhar para o soldado silencioso — e na manhã seguinte, o Comando veio e levou meu tio. Vocês acham mesmo que eu ia ficar em Z depois disso? Claro que não. Vocês levaram meu tio. *É claro* que eu viria até aqui para trazê-lo de volta.

— Então você admite que tentou interferir nos assuntos do Comando? — Ford ergue uma sobrancelha de novo.

— Não, eu tentei salvar meu tio porque ele não fez nada de errado. Vocês estão errados. Em tudo. — Empurro o tablet de volta para eles. — Jim não é um imperfeito. Podemos revisar esse arquivo de cabo a rabo, linha por linha, e isso não mudaria em nada o que eu penso.

— Não. Esse homem, seu tio, o cadáver com todas aquelas balas no peito — estremeço com a descrição gráfica de Ford — é o Coronel Julian Ash. As digitais dele confirmaram.

— Você está mentindo.

— As digitais confirmaram — Struck reforça. — Não sabemos como Ash conseguiu trocar as impressões digitais no sistema da Companhia...

Eu sei. Temos pessoas em todos os lugares.

— ... mas elas foram comparadas com as do arquivo do Comando, e a correspondência foi perfeita.

— Não acredito em vocês — digo, teimosa, enquanto por dentro estou mais do que aliviada por não terem encontrado falhas no meu arquivo.

Crianças não são registradas e cadastradas no sistema de Identificação Continental antes dos doze anos, o que significa que essas pessoas nunca vão saber quem eu era antes de entrar no banco de dados. Para eles, sempre fui Wren Darlington.

— Você não acredita em nós, é? Que coincidência. Nós também não acreditamos em você. — Ford dá um sorrisinho sarcástico e empurra a cadeira para trás.

Os dois se levantam. Struck prende o tablet sob o braço.

— O quê? É só isso? — Franzo a testa. — Acabou?

— Ah, não, lindinha — Ford diz. — Isso é só o começo.

Eles vão até a porta, esperando que o estranho da estalagem saia do caminho.

— E você? — disparo, olhando para as costas dele. — O sr. Silencioso aí. Não tem nada a dizer? Quem é você?

Ele para e me lança um olhar por cima do ombro. Seus lábios se curvam de forma discreta quando ele enfim fala:

— Sou quem decide se você sai daqui viva.

6

Eles me deixam na sala por quase três horas. Sozinha, mas não completamente sozinha de verdade. Estou ciente da luz vermelha no canto do teto. Estão me observando, então mantenho uma expressão de angústia. Preciso que acreditem que estou com medo e preocupada com o que vão fazer comigo. Eu me curvo na cadeira, retorcendo as mãos sobre a superfície fria da mesa. Enquanto isso, aproveito as veias com que fui presenteada e tento me conectar com Declan. Mas o homem está levando ao pé da letra o papel de *contato silencioso*. Ou seja, está em um silêncio enfático. Acho que não deveria estar surpresa. Tentaram me colocar em um esconderijo e eu fugi. Ele deve estar puto pra caralho.

Além disso, eles nem se deram ao trabalho de resgatar Jim, que já foi uma peça crucial da Rebelião. Não chego nem perto de ser crucial.

Isso me torna descartável.

Tana também está quieta, e isso me preocupa. Declan disse que meu vilarejo estava fervilhando de soldados antes de eu ser detida. Estão interrogando qualquer um que me conhece? Espero que Tana e Griff estejam seguros, mas enquanto ela mantiver nossa conexão fechada, tudo o que posso fazer é me preocupar e rezar.

Quando Ford e o sr. Silencioso voltam, estão acompanhados por uma mulher diferente.

Esta não precisa de apresentação.

É Jayde Valence.

A ansiedade revira meu estômago. Nunca ouvi falar de ninguém que tenha saído triunfante de um interrogatório com Valence.

Nem mesmo o escudo do tio Jim conseguiu resistir.

Tento não encará-la, mas é difícil. Todos sabem por que o General, que classifica os Mods no mesmo nível dos ratos raivosos que perambulam pelos becos do Ponto, escolheu superar o próprio nojo e permitir que Jayde fizesse parte de seu círculo mais próximo. Ela é uma ferramenta poderosa demais para ser desperdiçada. A prova disso está literalmente estampada em seu rosto. A marca de sangue fica bem no alto de sua bochecha esquerda. Um círculo vermelho perfeito, com cerca de cinco centímetros de diâmetro, um contraste gritante com sua pele alva como lírio-branco.

Estremeço só de pensar no que poderia ter acontecido se a minha marca tivesse surgido em outro lugar que não na minha coxa. Será que Jim teria queimado meu rosto? Quero acreditar que não, mas, no fundo, sei que a resposta é sim. Ele fez uma promessa aos meus pais e teria ido até as últimas consequências para me proteger.

Jayde caminha até a mesa. Os dois homens ficam de cada lado da porta, encostados nas paredes de concreto. Braços cruzados. Expressões de tédio.

— Wren Darlington — ela diz.

— Sim.

— Meu nome é Jayde.

— Eu sei quem você é.

Ela ergue a sobrancelha.

— Já te vi nas transmissões com o General.

Ela assente.

Seu cabelo claro está preso na altura da nuca em um coque firme, destacando as maçãs de seu rosto. Pessoalmente, ela é bem mais bonita. Mas seus traços simétricos e a boca em formato de coração não são o bastante para me fazer esquecer o que ela é.

Uma traidora.

Uma simpatizante.

Ela oprime e mata outros Mods. Pessoas como ela me dão nojo.

Engulo o desgosto e tento acalmar os nervos. Manter minhas emoções sob controle. Mas minha confiança está fraquejando porque... e se eu não conseguir?

Jim me ensinou a erguer escudos. A construir um cofre de aço ao redor da minha mente e mantê-lo bem fechado, espesso o suficiente para que nada o penetre. Mas isso não era tudo o que praticávamos. Ele também me mostrou a como deixar a porta do cofre entreaberta e esvaziar a mente que ele protege. Esvaziar até que não sobre nada além de escuridão. Silêncio. E então...

Pense no que você quer que eles ouçam.

Já começo a preparar minha mente quando Jayde puxa a cadeira à minha frente. Jim me contou sobre um estudo que analisou os cérebros dos Modificados e concluiu que não havia diferença na quantidade de pensamentos que um Mod tem em comparação com um Primal. Esse mesmo estudo revelou que pensamos cerca de dez mil pensamentos por dia. Algumas pessoas pensam mais, outras, menos. A média é de seis ou sete por minuto.

Claro, isso sem levar em conta a ansiedade. Uma pessoa inocente ficaria nervosa na minha situação. Minha mente deveria estar a mil.

Jayde se senta e me encara. Não diz mais nada.

Este é o interrogatório sobre o qual as pessoas da Rebelião falaram. Ela não vai fazer nenhuma pergunta.

Quando ela traça um caminho, não é sutil. Não está tentando esconder.

Não está entrando na minha mente com cuidado, como quem mergulha um pé hesitante na água gelada. E há um motivo para isso. Se você não entra devagar, um choque elétrico percorre a nuca de um Mod. É quase impossível não reagir, não se sobressaltar, não se mover quando um choque te atravessa.

A menos que você tenha treinado para isso também.

A menos que tenha sentido esse choque desde os cinco anos, repetidas vezes, de forma impiedosa, enquanto treinava na Floresta Sombria com Julian Ash para disfarçar sua mente.

Nem sequer pisco quando sinto a investida dela.

Ela continua a me encarar.

— Você não vai dizer nada? — pergunto, irritada.

Por que ela não fala?

Qual é o problema dela?

Ela me encara.

— Está bem — digo.

Sinto um desconforto enorme. Tento desviar o olhar para as minhas mãos, mas Xavier Ford rosna da porta:

— Olhe para ela.

Engulo em seco e volto a encarar Valence.

Ela está tentando ler minha mente. Tem que estar.

O General é um idiota se acha que pode confiar nela. Não me importa há quanto tempo ela trabalha para ele. Não dá para confiar nessas pessoas.

Agora, encaro-a de frente.

Eu. Não. Confio. Em. Você.

Está me ouvindo, sua vadia tóxica?

Ela me encara.

Sem piscar.

Ela teria reagido se estivesse na minha mente, certo? Eu reagiria a isso.

Essas pessoas são malucas. Por que acham que sou Aberrante?

Não fiz nada de errado.

Aqueles desgraçados mataram o tio Jim.

Não tem como Jim ser quem eles dizem que é.

Não pode ser.

Mas e se for?

— Eu sei o que você está fazendo, e é uma perda de tempo. — Minha frustração acelera meu coração. — Você pode, por favor, dizer alguma coisa?

Ela me encara.

O que ela acha que vai acontecer? Que o silêncio dela vai me assustar até que eu confesse crimes que não cometi? Será que as pessoas fazem isso mesmo?

Mas e se ele fosse mesmo Aberrante?

Disseram que os braços dele estavam brilhando na execução. Não tinha nada brilhando, porra!

Se ele era um imperfeito, então isso quer dizer que mentiu para mim esse tempo todo. Quer dizer que eu estava vivendo com um deles.

E se ele podia ler minha mente também?

Engulo um som estrangulado.

Jim era um imperfeito?

— Fala alguma coisa! — exclamo.

Ela me encara.

Olho de relance para a porta de novo. Dessa vez, ninguém me repreende por isso.

Esse Xavier pode ser um babaca, mas é um pedaço de mau caminho. Será que ele está solteiro? Eles não devem confraternizar no Comando. Ou vai ver ele é gay. Não sei. Só quero sair daqui.

Quero ir para casa.

E se Jim mentiu para mim?

Quero

ir

para

casa.

Mordo o lábio com força.

Não chore na frente dessa mulher.

Jayde empurra a cadeira para trás.

Onde ela está indo?

Para onde você está indo, sua desgraçada inútil?!

— O que está acontecendo? Pra onde você vai?

A mulher me ignora. Na porta, ela encara o sr. Silencioso com seus olhos cinza e frios.

— Ela está limpa. Façam com ela o que acharem melhor.

Jayde sai da sala. Sinto o caminho se fechar, a conexão mental se romper, mas mantenho o disfarce. Enquanto o sr. Silencioso desliza o dedo pela tela do tablet e Ford continua parado em silêncio, deixo os pensamentos falsos correrem soltos por mais sessenta segundos.

Só quando enfim volto a ter meus próprios pensamentos é que a onda de alívio me atinge em cheio. Brutal e vertiginosa.

Eu consegui.

Consegui mesmo.

Enganei Jayde Valence.

Abro um caminho para contar a Jim, mas então sinto a pontada quente da dor no peito. Eu me esqueço a todo instante de que a conexão não existe mais. A lembrança é como um soco no estômago, e preciso de toda a minha força de vontade para não me curvar e desabar em lágrimas. Ele se foi de verdade.

Por que meu escudo resistiu contra Jayde e o dele não? Como consegui disfarçar minha mente e Jim não conseguiu — sendo que foi *ele* quem me ensinou a fazer isso, para começo de conversa? Ele tinha muito mais habilidade em disfarçar do que eu jamais terei, então por que...

Por minha causa.

O pavor aperta minha garganta quando esse pensamento me ocorre. E se o tio Jim *disfarçou* a própria mente durante o interrogatório, conduzindo Jayde de propósito para longe de mim?

Com minha compostura prestes a desmoronar, me obrigo a não pensar em Jim. Não aqui, e não agora. Depois. Pense nele depois.

O sr. Silencioso desliza o dedo pela tela mais uma vez antes de se dirigir a Ford.

— Coloque-a na Zona C até eu estar pronto para ela.

Até que ele esteja pronto para mim?

Isso não foi assustador, imagina.

A cela é pintada em um tom de cinza opaco que machuca meus olhos. Há uma pia e um vaso sanitário de metal no canto, e uma cama de solteiro que ocupa quase todo o pequeno espaço. Imagino que seja aqui que a base mantém seus prisioneiros. É apertado e frio, mas pelo menos o quarto tem uma janela, o que já é uma melhora em relação ao último.

Depois que a porta se tranca com um bipe eletrônico, subo na cama e tento espiar pela janela, que é gradeada e encardida. É alta demais para me permitir ver qualquer coisa além do pátio de concreto monótono um andar abaixo.

Afundo no colchão puído e respiro o ar estagnado.

Façam com ela o que acharem melhor.

A incerteza do meu destino corrói minhas entranhas. Minha vida está nas mãos de pessoas que não conheço, e não gosto disso. E não só isso, mas essa é a primeira vez, desde que acordei ao amanhecer, que posso refletir sobre o que aconteceu hoje na Praça Sul.

Controlei oito mentes.

Oito.

Quase matei oito pessoas.

Oito.

Meu estômago se revira, fazendo a bile ir parar na minha garganta, e eu me forço a engoli-la. Não me arrependo do que fiz. Estava tentando salvar a pessoa mais importante da minha vida.

Mas a *forma* como fiz isso...

Começo a tremer e me encolho sobre o colchão, abraçando os joelhos. Não estou nem aí se estão me observando. Tive que me segurar durante o interrogatório que durou o dia inteiro, mas agora vale tudo.

Algumas pessoas acham o poder viciante, mas não quero saber do dom com que fui amaldiçoada. Não quero a habilidade de incitar. Eu não *quero* essa merda. Não consigo apagar da memória o rosto deles quando perceberam que suas armas estavam fora de controle. A ideia de interferir na autonomia de alguém, de pensar que alguém possa fazer isso *comigo*, me dá vontade de vomitar.

E, ao mesmo tempo, queria ter conseguido matar todos os membros daquele pelotão de fuzilamento, porque talvez assim Jim ainda estivesse vivo. Mas ele está morto, e agora tudo o que eu quero é vê-los mortos *também*. A sede de vingança é tão forte que consigo senti-la na boca.

Eles vão pagar. Cada um deles.

Não sei como, nem quando, mas mesmo que eu precise usar a incitação de novo, vou fazer com que paguem.

Eu me endireito e me recosto na parede, abraçando os joelhos. Quando percebo o toque na minha mente, sinto uma onda de alívio.

É Tana.

— Wren! Você está bem? — ela pergunta no segundo em que nos conectamos. Sinto a preocupação dela reverberar pelo meu corpo.

— Mataram o tio Jim.

Quero enfiar a cabeça nas mãos e chorar, mas não faço isso. Se há uma câmera me observando, estou disposta a mostrar um pouco de fraqueza — mas não lágrimas. Nunca lágrimas.

— Eu sei. Sinto muito. Onde você está?

— Na base do Comando. Sentada numa cela.

— Merda.

— Tentei me conectar com você desde a execução. Onde você estava?

— Trabalhando. Hamlett está cheia de soldados, e o excedente está hospedado na estalagem. Passei o dia todo no balcão da recepção, sendo vigiada como um falcão. Eles estão interrogando todo mundo na vila. Perguntando sobre Jim. Sobre você.

— Eu sei. Passaram o dia inteiro me interrogando.

Mordo o lábio inferior, pensando se devo contar a ela sobre meu encontro com Jayde Valence. Por um lado, é o tipo de façanha que garantiria a um Mod o direito de se gabar para sempre.

Mas Tana não faz ideia de quão poderosas são minhas habilidades. Que eu tenho uma marca de sangue escondida sob camadas de pele queimada.

— Também ouvimos dizer que houve um incitador na execução do Jim — Tana diz, com um tom de admiração na voz.

É.

Ela também não sabe disso.

— Não sei do que estão falando, sério mesmo — respondo. — Eu estava lá. Não vi nada que parecesse incitação. Acho que o pelotão só se confundiu quando devia disparar.

Sinto uma pontada de culpa pela mentira. Mas fiz uma promessa a Jim há muito tempo de que nunca revelaria a nenhuma alma viva que tenho o poder de incitar, e não pretendo quebrar essa promessa hoje.

— Enfim — digo, ansiosa para mudar de assunto. — Podemos falar disso depois. Agora preciso que você contate alguém da rede. Alguém influente. Eles precisam me tirar daqui.

Há um longo silêncio.

— Tana?

— Ninguém vai te tirar daí.

Engulo meu ressentimento. Ótimo. Bom saber minha posição nisso tudo.

— Disseram que você teve sua chance de ir para um esconderijo e ganhar uma nova identidade, mas escolheu fugir. Polly me mandou checar quando descobrirmos o que vão fazer com você.

— Preciso ir.

— Wren...

— Preciso pensar. Falo com você depois.

Corto a conexão e ignoro os toques seguintes. A única voz em que consigo me concentrar agora é a minha. Preciso pensar nas minhas opções.

Será que *tenho* opções?

A rede não está interessada em me resgatar, mas mesmo que estivesse, e depois? Ficaria pulando de um esconderijo para outro pelo resto da vida? Viveria escondida? Encontraria um cirurgião que alterasse minha aparência para que pudesse voltar à sociedade e viver debaixo do nariz do Comando? A quantidade de créditos de Luxo necessária para algumas míseras injeções cosméticas já é astronômica — nem consigo imaginar quanto custaria uma reconstrução facial completa.

E, de qualquer forma, que se foda isso. Eu gosto do meu rosto.

Acho que poderia tentar encontrar um acampamento dos Fiéis, mas essa opção não me agrada nem um pouco, e não só porque provavelmente me matariam no instante em que me vissem. Essas pessoas não gostam de estranhos. Eu me lembro de alguns anos atrás, quando dois garotos adolescentes de Hamlett desapareceram depois de decidirem procurar um acampamento dos Fiéis que, segundo rumores, havia surgido na floresta nos arredores da cidade. Os homens do Controlador Fletcher encontraram os esqueletos dos garotos um ano mais tarde, nos escombros de um acampamento abandonado.

Porém, mais do que o medo de que meus ossos apareçam numa floresta daqui a um ano, não sou uma dessas que acreditam que a Era Antiga era melhor do que esta. Ou, pelo menos, não vejo como poderia ter sido, já que levou à destruição global.

Entrelaço os dedos ao redor dos joelhos e penso em como minhas opções são limitadas. No quanto estou ferrada. O sol está se pondo, e a cela começa a perder a pouca luz que entra pela janela minúscula. Apesar de haver uma faixa de luz fluorescente no teto, ela não está acesa. Talvez seja programada para ligar em um horário específico.

Outra hora se passa. Agora o quarto está mergulhado em sombras. Mas só por alguns minutos. Como imaginei, as luzes do teto piscam e acendem, como se seguissem um cronograma. Elas estalam, e sou obrigada a ouvir o barulho por mais uma hora, até que se reduz a um zumbido quase imperceptível.

Passos ecoam no corredor. Fico tensa no mesmo instante, esperando. Até agora, todos passaram direto pela minha cela.

Mas agora alguém para bem na minha porta.

Ouço o bipe agudo de um teclado, e então a porta se abre.

Meus batimentos aceleram quando o sr. Silencioso entra. Ele não está mais usando o uniforme do Comando. Agora veste uma calça escura e uma camisa preta de um tecido elástico, com mangas longas que aderem aos músculos definidos dos braços.

Ele entra, a luz do teto destaca sua silhueta. Qualquer outra pessoa sob aquele brilho implacável pareceria abatida e severa — essas sombras impiedosas não são nada amigáveis. Ainda assim, o rosto dele continua simplesmente deslumbrante. Alguém tão bonito assim não deveria ser soldado. Se trabalhasse nos Serviços Humanos, provavelmente estaria faturando uma fortuna. Seria um excelente prostituto. As elites do Ponto pagariam uma boa grana por algumas horas em um quarto com ele.

Ele me avalia dos pés à cabeça.

Fico me perguntando o que ele está vendo. Nem consigo imaginar o estado em que estou agora. Sinto-me exausta e imunda, e meu cabelo está solto e bagunçado depois de passar a noite inteira enfiando os dedos nele. Pulo do colchão para que fiquemos ambos de pé. Ele ainda é bem mais alto do que eu, mas é melhor do que dar a ele a vantagem de parecer submissa, sentada.

— Meu nome é Cross.

Escondo a surpresa. Não esperava uma apresentação formal. Ergo uma sobrancelha.

— Cross tipo cruz? Que porcaria de nome é esse? É seu sobrenome?

Ele ergue uma sobrancelha em resposta.

— Que ironia que alguém com nome de pássaro se ache no direito de criticar o meu. Por que Wren, em inglês ainda? Por que não Pardal? Pomba?

Estreito os olhos.

— Sou o capitão da Brigada de Prata — ele continua.

Eu *sabia* que eles eram da Brigada de Prata. Os escudos de ferro. Os métodos de interrogatório. A confiança repleta de arrogância.

— Capitão Cross — falo, debochada. — Você não é novo demais pra esse posto?

Ele não pode ter mais de vinte e dois anos.

Ele ignora o comentário e diz:

— Pode me chamar de capitão ou senhor. Não tenho preferência.

— E Babaca? Posso te chamar assim?

Ele ignora isso também.

— Alguém trouxe sua ração de jantar?

— Não — digo, tensa. — Presumi que seu plano de me matar de fome já estivesse em andamento.

— Ninguém quer que você morra de fome. — A voz dele assume um tom zombeteiro. — Precisamos de você forte e saudável para o Programa.

Meus ombros enrijecem, tensos.

— O que isso quer dizer?

— Quer dizer que você vai se juntar ao Comando. — Ele sorri sem um pingo de humor. — Você começa amanhã.

7

Sinto um aperto no peito quando ouço as palavras dele e finalmente entendo a gravidade da minha situação.

Não.

Nunca.

Minha lista de opções disponíveis pode ser mais escassa que as dispensas de um cidadão do Setor B, mas eu preferiria comer ratos a me tornar uma recruta do Comando.

— O quê? — pergunto, minha boca se abrindo em surpresa.

— Não gosto de me repetir. — Cross vira em direção à porta.

— Não ouse sair daqui sem me dar uma explicação.

Ele se vira de volta, erguendo uma sobrancelha.

— Estou curioso. Em que momento te dei a impressão de que você tem direito a uma explicação?

— Isso se chama cortesia.

— E você acha que eu pareço ser cortês? — Pelo visto ele está se divertindo. Mas então cruza os braços e decide ter um pouco de piedade de mim. — Decidi não te mandar de volta para o seu setor. Suas habilidades serão mais bem aproveitadas aqui.

— Não, minhas habilidades são necessárias na fazenda. Meus animais dependem de mim e, sem o meu tio, não tem ninguém pra cuidar...

— Sua fazenda foi realocada. Os novos moradores se instalarão amanhã de manhã.

O aperto no peito fica ainda mais intenso ao ouvir essas palavras. Agora, corro o sério risco de desabar em lágrimas. A fazenda é meu lar. Meus olhos ardem enquanto tento respirar normalmente. Sei que essa é a prática da Companhia. Casas são realocadas o tempo todo. Cidadãos são transferidos para novas indústrias se a Companhia assim quiser. Mas não me importo se é algo comum.

Eles deram *minha* casa para outra pessoa.

A indignação cresce dentro de mim. Para quem eles a designaram? E se o novo cuidador não tratar bem os animais? E se maltratarem Kelley? A simples ideia de nunca mais ver minha doce égua me rasga por dentro.

— Então me deixe trabalhar para os novos moradores — me ouço implorando. O fato de estar pedindo qualquer coisa para esse homem me dá ânsia. — Eu seria uma boa ajudante na fazenda.

— Não.

Estou tremendo de raiva.

— Eu não vou me juntar ao Comando.

— É isso ou um dos campos de trabalho forçado.

— Ótimo. Fico com o campo de trabalho forçado.

— Você não tem poder de escolha.

Solto um rosnado audível.

— Então por que fez parecer que o campo de trabalho era uma opção?

Um canto da boca dele se ergue. Juro que vejo um brilho de humor em seus olhos azuis.

— A ilusão de escolha pode ser reconfortante para algumas pessoas.

— Você é um otário. — Respiro fundo para me acalmar.

Ele ignora isso também.

— Você vai passar a noite aqui na prisão militar. As rações serão entregues em breve. Amanhã de manhã, alguém virá te levar para o banho e para se vestir antes da orientação.

— Orientação?

— É uma sincronia perfeita, não acha? — Ele debocha de novo. — Você caindo nas nossas mãos um dia antes do início do novo ciclo. Parece até coisa do destino.

— Não.

A ideia de me tornar uma peça da máquina de guerra do General contra os Mods me enche de um pavor nauseante.

— O que foi? Acha que não vai dar conta?

— Eu dou conta muito bem, *Cross*. Só não tenho interesse em seguir ordens das pessoas que assassinaram o meu tio.

Em um instante, os ombros largos dele se retesam. Seu olhar fica gélido quando ele dá um passo na minha direção. Recuo por instinto, depois xingo a mim mesma por ter cedido espaço.

— Seu tio foi um desertor do Comando e um traidor da Companhia. O que significa que ou você sabe mais do que está dizendo, ou foi burra demais para perceber a verdade sobre o seu tutor.

Ele se aproxima. Dessa vez, eu me mantenho firme. Agora, apenas alguns centímetros nos separam.

Cross se inclina até sua boca ficar próxima do meu ouvido.

— E eu suspeito que você, *Pomba*, não seja burra.

A proximidade dele faz os pelos da minha nuca se arrepiarem. Meu coração dispara, mas me obrigo a encará-lo.

— Caso tenha se esquecido, Jayde Valence estava dentro da minha cabeça. Ela não é uma leitora de mentes poderosa? Se eu soubesse o que meu tio era, ela teria visto nos meus pensamentos.

Meu comentário não diminui a suspeita nos olhos dele.

— Se acha que estou mentindo, por que está me mandando para o Programa? — resmungo.

— Porque não confio em você. Nem um pouco. — Ele dá de ombros. — A Tenente-Coronel Valence acredita que você não é uma ameaça. Ainda não decidi se concordo com essa avaliação. Até lá, vou te manter sob vigilância constante.

— Me sinto tão especial.

— E deveria mesmo — ele responde com sinceridade. — Poucos cidadãos têm a chance de treinar para a Brigada de Prata. É um programa altamente competitivo, e noventa por cento dos candidatos são rejeitados. Sugiro que não estrague essa oportunidade. Um posto na Prata traz algumas vantagens.

Levanto o queixo em desafio.

— Então o que é isso... um castigo ou uma oportunidade?

— Isso ainda não foi decidido.

Ele se vira para a porta, e eu o chamo antes que possa sair. Não quero que ele vá embora. Ele pode ser um babaca, mas não quero ficar sozinha nesta cela de novo. O tempo passa devagar demais entre essas paredes apertadas, cada segundo se alongando em uma eternidade, e eu não posso sentir a sensação sufocante de isolamento outra vez. Não fui feita para o confinamento. Algumas pessoas aguentam. Eu não sou uma delas.

— Se noventa por cento dos candidatos são rejeitados, o que te faz pensar que eu pertenço aos dez por cento de aprovados? Você está depositando fé demais nessas habilidades que acha que tenho.

Ele me olha, parecendo se divertir.

— Você quer mesmo jogar esse jogo?

Franzo a testa.

— Que jogo?

— O jogo onde fingimos que eu não te vi acertar um tiro no olho de um coiote branco a quase duzentos metros de distância.

Merda.

Ele nota minha expressão e dá um sorrisinho.

— Você achou mesmo que eu não te seguiria depois que saiu da estalagem naquela noite?

É claro que ele seguiu.

— Foi pura sorte — minto. — Sei atirar bem, mas não sou tão boa assim.

— É o que vamos descobrir em breve.

Rindo baixinho, ele sai da cela e tranca a porta.

Cerro os dentes para não soltar um grito. Por que Jim teve que me ensinar a atirar?

E por que sou tão boa nisso?

E por que *diabos* ele partiu?

Você me abandonou! Grito em silêncio, para o lugar na minha mente onde a presença dele deveria estar. *Você me abandonou, porra!*

Então acontece. As lágrimas transbordam, descendo em duas trilhas quentes pelo meu rosto. Desabo no colchão e choro com as mãos no rosto, pouco me importando com as câmeras. Não tenho mais forças para manter a máscara. Sou só uma garota destruída, patética, sozinha em um mundo igualmente destruído e patético. Tio Jim se foi. Tana e o pai dela estão aqui para me apoiar, eu sei, mas eles não são Jim.

Agora não tenho mais nada. Não tenho Jim. Não tenho a fazenda.

Mas então sinto Lobo tentando se conectar comigo e lembro que não estou completamente sozinha. Meu amigo mais antigo ainda está por aí. Ao menos até que ele seja capturado também. E um dia, ele será. O General Redden não vai parar até que todos estejamos mortos ou sejamos escravizados por ele.

— Oi. — É tudo o que consigo dizer, e percebo como essa sílaba solitária vacila.

— Você está chorando?

Não o culpo por parecer tão surpreso. Não sou do tipo que demonstra fraqueza.

— Não. Acho que estou ficando doente. Fico feliz que tenha me procurado. Preciso me distrair.

— Por quê?

— Dia ruim. — É tudo o que digo. Eu nunca colocaria Lobo em perigo contando que estou em mãos inimigas. — Me distraia. O que você está fazendo agora?

— Olhando para o mar.

Algo se aperta no meu peito. Acho que é nostalgia. Uma das poucas coisas que sei sobre a localização do Lobo é que ele está perto da costa, e eu o invejo por isso. Só vi o mar uma vez, quando meu tio e eu dirigimos até a fronteira de Z depois de passar semanas implorando para ele me levar. Na escola, estávamos aprendendo sobre a geografia do Continente antes da Última Guerra, e a ideia de um imenso corpo de água, cheio de sal e criaturas maravilhosas não saía da minha cabeça. Eu *precisava* ver com meus próprios olhos. Jim acabou cedendo, e a experiência foi algo que só posso descrever como um choque de realidade.

Naquele dia, percebi o quanto somos insignificantes para este planeta.

— Parece lindo. Queria poder ver. Está agitado? Calmo?

— Calmo. Nem uma ondulação.

— Lindo.

— Margarida… por que o seu dia foi ruim?

Quero contar para ele. Um dia eu conto. Mas não hoje. Se eu falar de Jim e do buraco imenso que a perda dele deixou no meu peito, vou desmoronar.

— Não quero pensar nisso. Me fala mais sobre o mar.

Meu sono é agitado e fragmentado. A cela é fria demais, o colchão duro demais. De manhã, uma soldado vem me buscar e me leva até um grande vestiário com uma área de chuveiros separada. Ela me entrega um monte de roupas e uma escova de dentes, depois espera do lado de fora do corredor enquanto me arrumo.

O banho é ótimo, mas as roupas fornecidas, não. Calça justa e uma camiseta de manga curta, ambas azul-marinho. Meias e botas de cano curto, ambas pretas. A camisa tem a palavra RECRUTA bordada sobre o lado esquerdo do peito, com um número embaixo.

Cinquenta e seis.

Este é o meu pior pesadelo. Estou completamente indefesa e em território inimigo. Presa entre predadores, só que eles ainda não perceberam que eu sou a presa e, se descobrirem a verdade, vou ter o mesmo destino que Jim e minha mãe.

Eu me encaro no espelho. *Você vai encontrar um jeito de sair daqui.*

Eu preciso. Se a Rebelião não está preocupada em me ajudar, então vou ter que me ajudar sozinha. Cedo ou tarde, um plano vai surgir para mim. Até lá, vou ficar firme. Fingir. Proteger minha identidade.

Meu nome é Wren Darlington e eu não sou uma Mod.

Passei a vida inteira escondendo quem sou. Hoje não será diferente.

A soldado avalia minha aparência quando saio do vestiário. Ela assente levemente com a cabeça e diz:

— Vou te escoltar até o centro de treinamento.

Desisti de tentar memorizar a disposição dessa base. É um labirinto dentro do outro. Para chegar ao centro de treinamento, saímos por um conjunto de portas metálicas e subimos em um caminhão do Comando. Observo o perfil da mulher, depois o número de identificação no uniforme dela. Os uniformes do Comando exibem números, não nomes. A única estrela cinza-escura me diz que ela é da Brigada de Estanho.

Ela nos guia através de um pátio aberto em direção a uma estrutura enorme. Feia, cinza, retangular, infinita.

— Os alojamentos ficam na ala oeste da instalação — ela aponta para a esquerda. — Qualquer pertence que você tenha trazido ontem para o registro foi inspecionado e estará na sua cama.

— Ontem seus superiores me prenderam, me jogaram numa cela e me informaram que eu estava sendo recrutada à força — digo sem emoção. —

Me explica uma coisinha, em que momento, exatamente, eu tive tempo pra arrumar minhas coisas?

Ela nem pisca.

— Se houver itens que deseja trazer do seu setor, pode fazer uma solicitação ao seu oficial comandante.

Cerro os dentes.

Dentro do centro de treinamento, ela me guia por um corredor largo, com paredes brancas. Paramos diante de um conjunto intimidador de portas de aço. Observo-a pressionar o polegar no teclado. Depois que as portas destravam com um zumbido estridente, ela empurra uma delas e me olha, esperando. Acho que é para eu entrar.

— Boa sorte — é o que ela diz, antes que as portas se fechem atrás de mim com outro zumbido.

Eu me vejo dentro de uma sala cavernosa, com paredes de blocos de concreto e canos expostos correndo pelo teto alto. Fileiras de estações de trabalho se alinham no chão brilhante, voltadas para uma gigantesca holotela que ocupa quase uma parede inteira. Há duas cadeiras por mesa, e não restam muitos lugares vazios. Sou invadida por um mar de azul-marinho.

O murmúrio baixo das vozes vacila por um instante quando cabeças se viram na minha direção. Não devo causar grande impacto, porque logo sou ignorada pela maioria. Eles voltam às suas conversas, restando apenas alguns olhares curiosos.

Observo os demais recrutas — uns cinquenta — exibindo expressões que vão da ansiedade contida à firmeza inabalável. São um grupo diverso em tons de pele e cores de cabelo, mas, para mim, são todos iguais.

Cada um deles é meu inimigo.

Falando em inimigos, meu interrogador favorito, Xavier Ford, está na frente da sala. Ele ainda não me viu; está ocupado conversando com outro homem de uniforme de costas para mim. Estão acompanhados por uma mulher que presumo ser civil, já que veste um vestido branco e sapatos de salto pretos. Uma das orelhas dela está cheia de piercings, algo que parece destoar da roupa elegante.

Ela é a primeira a me notar. Toca o braço de Ford, e ele me encara com seu olhar frio.

— Sente-se — ele rosna. — Estamos prestes a começar.

Há quatro estações de trabalho disponíveis, o que significa quatro possíveis companheiros de mesa. Dois deles me encaram com um nível de desconfiança que indica que não sou bem-vinda. O terceiro é um cara de cabelo dourado e um brilho travesso nos olhos. Ele cheira a problema, e quando nossos olhares se encontram e ele pisca para mim, tenho certeza de que o melhor a fazer é ficar longe.

Escolho a quarta opção: um assento na segunda fileira, ao lado de uma jovem de cabelo castanho-claro, preso em uma longa trança amarrada com um laço azul. À primeira vista, o rosto dela parece comum. Olhando de novo, noto suas sardas e os lábios desenhados com perfeição. Ela é surpreendentemente bonita.

Ela me encara com cautela.

— Bom dia.

Aceno em resposta e olho para a frente. A mulher de vestido branco passa por nós, seus saltos ecoando alto enquanto vai até a porta. O oficial Ford dá um passo à frente e cruza os braços, nos encarando com desprezo. Pelo canto do olho, vejo o outro soldado distribuindo pequenos tablets pretos para as pessoas da primeira fila.

Quando Ford fala, parece entediado.

— Sou o Segundo-Tenente Xavier Ford, e serei o instrutor principal desta sessão. Podem me chamar de senhor ou ST. Não tenho preferência.

Eu me pergunto se ele roubou esse discurso do Capitão Cross. Um já é o *Babaca*, então vou chamar esse de *Otário*.

Ele varre a sala com o olhar.

— Alguns de vocês se inscreveram para este programa. Outros foram recrutados. — O olhar dele recai sobre mim.

Forçada é a palavra que ele está procurando.

— Independentemente de como vieram parar aqui, posso garantir que metade de vocês não estará mais conosco em oito semanas.

A esperança brota dentro de mim. Quero levantar a mão e facilitar as coisas para ele, sair agora mesmo. Mas então imagino o rosto do Capitão Cross e já sei qual será a resposta.

O soldado que está distribuindo os tablets chega à nossa estação de trabalho. Quando ele coloca o meu sobre a mesa, meu coração congela.

Eu o conheço.

8

Quando eu era criança, meu tio me levava até a cidade vizinha a cada poucos meses para buscar suprimentos para a fazenda. A loja de ração era de uma mulher chamada Morlee Hadley. Ao menos parte dela. A Companhia detém cinquenta e um por cento de todas as empresas do Continente, e é por isso que nunca vi vantagem em entrar para o setor comercial. Ganhar alguns créditos de Luxo e passes de lazer extras não parecia valer tanto a pena assim. Algumas pessoas, porém, gostam dos benefícios, e Morlee era uma delas. Ela amava aquela loja quase tanto quanto amava o filho. *Meu Matty é tão inteligente. Meu Matty tem grandes ambições. Meu Matty vai governar o Continente um dia.* Passava o tempo todo elogiando aquele menino. Ela o adorava.

Morlee também me adorava. Sempre me dava um docinho quando o tio Jim não estava olhando. Ele não era nem um pouco sentimental, não se importava em me mimar ou gastar seus créditos de Luxo para tornar minha vida um pouco mais doce. Morlee me dava uma piscadinha, e então eu sentia um leve toque na minha mente. Quando a deixava entrar, sua voz brincalhona ecoava dentro da minha cabeça.

— Nosso segredinho, anjo. Não conta para o Jim.

— Nunca — eu sempre prometia. Mas tenho certeza de que Jim sabia. Ele não era burro.

Certo dia, entramos na loja e outra pessoa estava atrás do balcão. Fiquei tão decepcionada. Achei que ela estava doente. Mas Morlee também não estava lá na outra vez em que fomos. Nem na outra. E o homem carrancudo que assumiu o balcão não parecia preocupado com a ausência dela.

Foi só depois, por meio dos boatos em Hamlett e das conversas sussurradas entre Jim e o novo dono, que descobri a verdade.

O filho dela a havia entregado para o Comando.

O menino de quem ela falava com tanto orgulho traiu a própria mãe e a denunciou por encobrimento. Jim acabou me contando que ela foi enviada para um campo de trabalho forçado no norte. Escravizada em uma mina de sal.

Por causa desse cara que está bem na minha frente.

Ele não demonstra nenhum sinal de ter me reconhecido ao largar o tablet. E suponho que não deve ter mesmo. Só nos encontramos uma vez, e eu era uma criança. Não havia motivo para um garoto de dezessete anos prestar atenção na menina de doze na loja de ração da mãe dele. Mas nunca me esqueci do rosto dele. Morlee era uma mulher bondosa. Merecia mais do que um filho como ele.

Respiro fundo. Me forço a não encará-lo, a não deixar minha raiva transparecer. Então ele segue para a próxima estação de trabalho, e um pouco da tensão nos meus ombros se dissipa. A presença de Matt Hadley nesta sala, nesta base, é só mais um lembrete do perigo em que me meti.

Jim estava certo. O Ponto *é* um ninho de víboras.

— Isto aqui — diz Ford, erguendo um tablet — é o dispositivo de vocês. Enquanto estiverem aqui, ele substituirá o comunicador da Companhia. É por onde vocês receberão todas as comunicações e alertas, e por onde acessarão suas agendas e notas de desempenho. Enquanto estivermos em sessão na base, vocês devem carregá-lo o tempo todo. Quando realizarmos operações fora da base, vocês devem usar um dispositivo no pulso.

Hadley retorna para a frente da sala e se posiciona à esquerda de Ford. Sua postura é rígida como um bastão. A expressão, imóvel como pedra.

— Este é o oficial Hadley. Ele será um dos seus instrutores.

Oficial Hadley. Tento ignorar o nojo quando ele acena com a cabeça em cumprimento. Parece que trair seu próprio povo, sua própria mãe, ajuda a subir na hierarquia do Comando.

— Encostem os polegares agora para ativar o dispositivo — ordena Hadley, a voz seca e cortante.

Todos obedecem, então a contragosto faço o mesmo. Pressiono o polegar no scanner ao lado do teclado numérico, e o tablet ganha vida.

Meu nome aparece na tela.

WREN DARLINGTON, RECRUTA 56

Para meu desgosto, minha vida inteira já está armazenada nesse pedacinho fino de tecnologia. Biometria. Relatórios médicos. Histórico escolar, não só do fundamental mas do médio *também*.

Ainda pior do que estar cercada por víboras é se dar conta de que é impossível escapar delas. Estão sempre de olho em você.

Talvez aquelas crenças dos Fiéis sobre a Era Antiga estejam certas. Pelo menos naquela época ainda havia certa privacidade, uma ilusão de liberdade. Era possível viver longe da civilização, se você quisesse. Uma vida mais difícil, sem dúvida, mas esse é o ponto da liberdade, né? Sempre há um preço a se pagar. Os Fiéis são livres... para viver nas sombras. Para desmontar acampamento quando quiserem e procurar um novo lar nas margens da sociedade. Para lutar contra a fome e serem caçados pelo Comando.

Não sei se conseguiria fazer isso de novo. Já vivi na Floresta Sombria. Não quero voltar a viver nas sombras.

— O Programa é dividido em oito fases — diz Hadley. — Uma combinação de instrução teórica e trabalho de campo.

Em seguida, ele começa a exaltar as qualidades da Brigada de Prata. Nossos soldados são os mais inteligentes, os mais rápidos, os mais fortes. E conforme ele fala, me sinto cada vez mais impotente. Sinto a garganta fechar, e embora tenha certo receio de usar telepatia perto de tantos desconhecidos, o desespero forma um nó tão apertado no meu peito que exige medidas drásticas.

— Tana, por favor — imploro à minha melhor amiga. — Você precisa encontrar alguém na rede que possa me ajudar. Qualquer um. Eles realocaram minha fazenda e me jogaram no programa de treinamento do Comando. Preciso sair daqui.

— Estou tentando, Wren. Juro que estou tentando. Mas eles não...

Ela fica em silêncio.

... se importam.

Era isso que ela não queria dizer. Eles não. Se. Importam.

— Continue tentando — digo a ela.

Agora mal consigo respirar direito, porque fica cada vez mais óbvio que ninguém vai me ajudar.

Inspiro pelo nariz e tento entrar na mente de Xavier Ford de novo. Está completamente bloqueada, assim como a de Hadley, me deixando sem escolha a não ser prestar atenção nos outros recrutas.

Hesito. Tento resistir à vontade de vasculhar antes de me convencer de que é por um bem maior. De que adianta ter esse poder se me recusar a usá-lo?

Não fico surpresa ao perceber que todos os outros recrutas estão blindados. Uma das primeiras leis decretadas pelo General Redden depois do golpe contra o regime anterior foi que todas as crianças Primais do Continente deveriam aprender a erguer barreiras mentais assim que entrassem na escola primária. Para o azar deles — e nossa sorte —, erguer uma barreira de verdade exige muito mais treino do que uma ou duas horas semanais de visualização.

Se eu tentasse, talvez conseguisse atravessar a maioria dessas barreiras, mas não tenho paciência nem tempo para varrer uma mente de cada vez. Acabo escolhendo minha colega de assento, porque ela está bem do meu lado, e sua expressão me faz hesitar. Ela observa Ford com atenção, absorvendo cada palavra. Com os dentes cravados no lábio inferior.

A barreira mental dela é decente, mas não muito sólida. Parece mais um metal maleável, macio o bastante para que, com um toque preciso, eu consiga perfurá-la. Abro um caminho e, como esperado, logo capto os mais tênues ecos da mente dela.

Você não...

... não é boa...

... boa o suficiente.

Você não é boa o suficiente.

O pensamento se repete na cabeça dela, mesmo enquanto ela morde o lábio e se esforça para prestar atenção nas palavras de Ford.

Eu recuo no mesmo instante.

Merda.

É por esse motivo que odeio fazer isso. Ler mentes é a maior invasão de privacidade que existe. E todo mundo, até mesmo os Primais, merece ter privacidade. A mente de uma pessoa deveria ser o único lugar onde ela se sente completa e inquestionavelmente segura. Pessoas como eu roubam esse refúgio, e a cada vez que leio uma mente desavisada, me odeio mais um pouquinho.

Não há espaço para moralidade na guerra. Lá no fundo eu sei disso, sei que *preciso* usar todas as armas que tenho. Mas às vezes, quando escuto as inseguranças mais enraizadas de alguém, me lembro do porquê, na história de outras pessoas, sou vista como a vilã.

O monólogo interno da minha colega de assento me atinge de um jeito estranho. Ela é tão objetiva. Não está desolada. Nem ressentida. *Você não é boa o suficiente.* É uma constatação. A afirmação de um fato vindo de alguém que aceitou essa verdade há muito tempo.

Isso me faz baixar a guarda de um jeito que raramente acontece.

Eu me inclino para perto dela e sussurro:

— Meu nome é Wren.

Ela dá um pulo na cadeira e me encara. Depois de um segundo, murmura de volta:

— Sou Lydia, mas todo mundo me chama de Lyddie.

Faço um gesto com a cabeça na direção da frente da sala.

— Esse cara adora o som da própria voz, hein?

Um sorriso discreto surge nos lábios dela.

— ... antes de vocês serem separados em suas células e começarmos oficialmente — Hadley está dizendo —, prestem atenção no dispositivo. Cada um de vocês deverá responder a dez perguntas. Podem começar agora.

Olho para minha tela.

Havia uma mulher nesta sala quando você se sentou. Qual era a cor da camisa dela?

Fico olhando para a pergunta. Ao meu lado, Lyddie já está escrevendo no dispositivo.

Tá. Isso é claramente algum tipo de teste.

A pergunta é: eu quero passar neste teste... ou fracassar?

Minha mente dispara. Não sei o que seria mais vantajoso para mim. Se fracassar, talvez me expulsem do Programa. Esse seria o melhor cenário possível. Por outro lado, não é como se os setores tivessem uma fila de candidatos promissores para a brigada mais seleta do Comando. O Capitão Cross não vai sair cortando gente sem critério, ainda mais baseado no que parece ser um teste aleatório de memória.

Por outro lado, se você não consegue passar em um simples teste de memória, será que merece *mesmo* estar na brigada mais seleta do Comando? Se eu estivesse comandando o programa, não iria querer idiotas na minha equipe. Mas eu sou uma desgraçada sem coração. O pessoal daqui pode ser mais tolerante com falhas.

— Darlington — Ford rosna. — Não é opcional.

Baixo o olhar para o tablet. Merda. Escolhe logo. Passar ou falhar.

Não chame a atenção para si mesma.

Ele pode estar morto, mas sua voz ainda ecoa na minha mente. Eu *sei* que esse seria o conselho de Jim. Então, cerro os dentes e uso o indicador para escrever na tela com minha caligrafia desleixada.

Havia uma mulher nesta sala quando você se sentou. Qual era a cor da camisa dela?

Ela não estava de camisa. Era um vestido, e era branco.

Toco no botão *avançar*.

Em qual orelha a mulher tinha piercings?

Orelha esquerda.

Ela estava segurando um tablet?

Ela não estava, mas escrevo *sim*. Se o objetivo é não chamar a atenção, então não posso zerar nem acertar todas. Não vou gabaritar o teste.

Quantos oficiais estavam na sala quando você se sentou?

Eu poderia escrever *dois*. Em vez disso, escrevo:

Um oficial e um grande otário.

Erro mais três de propósito e então me recosto na cadeira enquanto minha pontuação pisca na tela: 60%.

Ford dá uma olhada no tablet e diz:

— Soldado Hutchfield. Levante-se.

Na mesa ao lado da nossa, uma jovem de cabelo claro se levanta, hesitante.

— Você está dispensada. Apresente-se ao seu comandante na Brigada de Ouro.

Ela abre a boca, surpresa.

— O quê? Por quê?

— Você está dispensada — ele repete.

— Mas...

— Não tenho tempo para discutir com você, soldado. Você teve sua chance e a desperdiçou. Preste atenção da próxima vez.

— Isso não é justo! — ela protesta. — Como a gente ia saber que seríamos testados sobre as roupas das pessoas e quantos brincos usavam?

Ele cerra o maxilar.

— Você não acertou nenhuma resposta. Se é tão desatenta assim em um ambiente de pouca pressão, não quero você me dando cobertura numa operação de muita pressão. Acabou pra você. Cai fora agora.

A sala mergulha em um silêncio sepulcral. Então, os passos de Hutchfield ecoam enquanto ela sai batendo os pés com força no chão.

Impassível, Ford começa a listar mais nomes:

— Abernathy, Dern, Jasser, Kilmeade, Rhodes, Xinn. Vocês também zeraram. Estão dispensados. Voltarão para seus setores.

Puta merda!

Fiz a escolha errada.

Assim que os recrutas dispensados saem, Ford se dirige aos que ficaram:

— A Brigada de Prata só aceita os melhores. Recrutas que não mostrarem potencial durante o Programa serão realocados para suas brigadas atuais ou enviados de volta aos setores de onde vieram.

Eu me animo. Certo. Ainda tenho chances de ser cortada. Tudo que preciso fazer é... não me destacar.

Consigo fazer isso.

9

Depois do nosso quiz improvisado, somos divididos em duas células. Vermelha e Preta. Lyddie e eu ficamos na Célula Preta, e suspiro de alívio ao ver que Hadley será o líder da Célula Vermelha.

Hoje teremos apenas aula teórica, o que me parece a coisa mais tediosa do mundo. Mal consegui aguentar os meus anos escolares em Hamlett. Não sei nem dizer quantas mensagens o tio Jim recebeu dos meus professores pelo comunicador, me denunciando por não prestar atenção na aula ou por desaparecer da escola. Não me saio bem acorrentada a uma carteira. Preciso respirar ar puro e ter liberdade para ir aonde quiser.

Aqui a liberdade não existe e, se eu não der um jeito de sair dessa base, vou acabar enlouquecendo.

Ford anuncia que faremos um intervalo e, enquanto os outros recrutas aproveitam para conversar, encontro um canto tranquilo junto à parede e analiso a programação no meu dispositivo. Esta semana está identificada como FASE 1 e envolve sobretudo treinamento com armas, o que me intriga. Longo alcance, curto alcance, alvos móveis.

Que droga, as outras fases também são muito intrigantes. Táticas de interrogatório. Levantamento de informações. Facas. Combate direto. Operações secretas. Fundamentos de voo.

Fico incomodada com a pontada de empolgação que sobe pelo meu corpo. Não posso me permitir gostar dessas coisas. E com toda a certeza não posso me permitir ser boa em nada disso. Meu objetivo é fracassar para que me mandem de volta para os setores. De volta para a fazenda. Por mais tentadoras que algumas dessas matérias sejam, não posso nem pensar em me destacar nelas.

Continuo rolando a tela, reparando nos quatro dias de descanso que parecem ter sido marcados aleatoriamente entre duas fases. Eles vêm logo depois de uma aula chamada RAI.

Apesar de não ter intenção de fazer amigos, já fui simpática com Lyddie, então volto para a nossa estação de trabalho e me recosto na mesa.

— Você sabe o que é RAI? — pergunto a ela. — Está na Fase 7.

Ela desvia o olhar do dispositivo.

— Ah. Resistência a Interrogatórios.

Franzo as sobrancelhas.

— Somos nós que vamos resistir ao interrogatório?

— Acho que sim, mas não tenho certeza. — Ela larga o tablet, interpretando minha presença como um convite para socializar. — Você é do Ponto?

— Não. Do Setor Z.

— Uau. Sempre quis ir para o oeste. Ouvi dizer que tem muito espaço aberto.

— Tem mesmo. Sinto falta disso. Você cresceu no Ponto?

Ela assente, brincando distraidamente com a ponta da trança.

— Minha mãe trabalha para a Companhia. Biotecnologia. E meu pai está na Inteligência do Comando. Tem gente que acha que isso faz de mim uma protegida, mas eu não sou.

Ela baixa a voz enquanto olha para um grupo de recrutas reunidos na primeira fileira. Alguns lançam olhares em sua direção, depois se viram e cochicham entre si. Ouço alguém rir.

Duas manchas rosadas surgem nas bochechas dela.

— Passei em todas as avaliações necessárias.

A forma como a mandíbula dela se contraiu ao dizer *protegida* me faz pensar que isso não é bem um elogio.

— O que é uma protegida? — pergunto, desconfiada.

— Os filhos de pessoas com credenciais de segurança elevadas. Protegidos só são aceitos no Programa por causa dos pais, mesmo que não tenham qualificação para isso. Basicamente, eles passaram a vida inteira sabendo que iriam acabar na Brigada de Prata. Talvez até na Elite de Prata.

— O que é isso?

— Uma unidade dentro da Brigada de Prata. Forças especiais. Os Elites têm as credenciais de segurança mais altas e lideram as operações mais arriscadas.

— Tipo o quê?

Ela dá uma risadinha.

— Você não sabe nada a respeito da brigada?

— Não — admito.

— Então por que está aqui? — O ceticismo brilha nos olhos dela.

Seguro a língua, percebendo que talvez não seja uma boa ideia contar a alguém que estou aqui contra a minha vontade. Pelo menos não até avaliar se esse alguém é confiável, embora tenha a sensação de que a resposta para isso será sempre *nem um pouco*.

— Eu sou muito impulsiva — respondo, por fim.

Isso arranca outra risada dela.

— Você se inscreveu para a Brigada de Prata por impulso?

— Basicamente isso. Tinha um monte de soldados na minha vila por causa do Dia da Liberdade e acabei conversando com um deles. — Dou um sorrisinho safado. — Na verdade, fiz mais do que conversar.

Ela sorri de volta.

— Ele fez parecer tão emocionante que, quando me dei conta, já estava aqui — dou de ombros.

Parece plausível. E não é exatamente uma mentira. Acho que sou a pessoa mais impulsiva que conheço. Algo que Jim tentou, com todas as forças, corrigir em mim. Mesmo quando criança, eu sempre corria direto para o perigo. Na Floresta Sombria, precisávamos tomar banho em um riacho que ficava a quase um quilômetro e meio da nossa clareira, o único lugar onde havia um bolsão de luz. Isso significava se aventurar na escuridão total, onde não dava para ver um palmo diante do rosto. Sempre que ouvíamos um barulho, eu ficava curiosa, querendo investigar. Jim me puxava de volta e rosnava:

— Garota, o que você está fazendo? Fica atrás de mim.

Faço muitas coisas sem pensar. Como aquele tiro impressionante no Dia da Liberdade.

Jim estava certo. Eu devia ter deixado aquele garoto morrer. Devia ter deixado o coiote branco acabar com ele.

Deixo a cena se desenrolar na minha mente. Rachel teria sofrido. Teríamos feito um funeral para Robbie no cemitério atrás da praça da cidade, e eu teria ficado ali, rangendo os dentes, sufocada pela culpa de saber que poderia ter acertado aquele tiro...

Não.

Não me arrependo de ter salvado o garoto.

Mesmo que Jim tenha morrido por causa disso?

Afasto o pensamento para longe, enterrando a vergonha que vem com ele em algum lugar bem fundo dentro de mim. Preciso encontrar uma forma de me blindar disso. De me tornar imune à lembrança de que foi por *minha causa* que a pessoa que eu mais amava no mundo morreu. Caso contrário, isso vai me destruir.

— Wren?

Pisco algumas vezes.

— Desculpa. O quê?

— Perguntei se tem mais alguém do seu setor aqui. — Lyddie gesticula ao redor da sala.

Balanço a cabeça.

— Não. Você conhece algum dos outros recrutas?

— Alguns.

Ela volta a olhar para o grupo da frente. Eu me concentro em uma garota de cabelo preto na altura do queixo, com olhos escuros grandes demais para o rosto. Ela dá um sorrisinho sarcástico quando percebe que estou olhando e depois se vira para falar com um rapaz de cabelo castanho ondulado que passa dos ombros. Quando o olhar dele encontra o meu, um arrepio me atravessa. Os olhos dele têm cor de carvão, mas a frieza do gelo. Frios e sem vida.

Ele me observa com a intensidade de um predador na Floresta Sombria. Seus lábios se curvam em um sorriso, e eu desvio o olhar.

— Fique longe dele — Lyddie me avisa, sussurrando.

— Quem é?

— Anson. Estudou comigo no ensino médio. Você não vai querer se meter com ele. Ele... — Ela pensa por um momento. Então, com um tom neutro, conclui. — Ele gosta de ver as pessoas sofrerem.

Bem, isso é perturbador.

— E a garota?

— Kess. Ela é uma cretina.

Disfarço um sorriso. Lyddie continua apontando alguns dos outros recrutas e fornecendo algumas informações sobre cada um. Deixo que ela fale sem interrupções. Em um mundo onde alianças mudam como areia ao vento, conhecimento é poder, e eu quero me armar com o máximo que conseguir. Memorizo cada nome e rosto para usar depois.

Uma protegida chamada Bryce, cujo pai também trabalha na Inteligência do Comando.

Uma soldado loira, Ivy, que está refazendo o Programa depois de ter falhado na primeira tentativa.

Um cara magricela chamado Lash, que está sentado sozinho, entediado, observando a todos.

— Vocês montam em cavalos no Z? — Lyddie pergunta quando a conversa volta para nós.

— Setor Z? — pergunta uma voz masculina arrastada. — Eita, porra. Temos uma boiadeira entre nós?

É o cara de cabelo dourado e olhos travessos.

Lanço um olhar rápido para ele antes de responder à Lyddie.

— Passei a vida em cima de um cavalo.

Cabelos Dourados para na nossa frente, os polegares enfiados nos bolsos da calça. O uniforme veste seu corpo alto e musculoso muito, muito bem. Vejo Lyddie olhando para ele com admiração, mas desviando rápido quando percebe que foi flagrada. Ele me dá uma piscadela sugestiva, enquanto o rosto dela fica vermelho. Eu, por outro lado, não estou tão impressionada. Ele é, sem dúvida, atraente. Mas aqueles olhos são perigosos.

— Você tem um nome, boiadeira?

— Você tem? — retruco.

— Kaine Sutler. Setor D.

— Região do carvão — comento, desconfiada, enquanto desvio o olhar para as mãos dele. São bonitas demais para um minerador. E todo mundo sabe que até as crianças de D ajudam nas minas. Algumas nem chegam a terminar a escola se estiver faltando gente para o trabalho. — E aí, como foi sua vida nas minas?

Ele sorri.

— Não foi. Ter tido um pouco de asma quando criança foi a melhor coisa que me aconteceu. Nunca precisei nem chegar perto de uma mina.

— E qual era sua designação de trabalho, então? — Lyddie pergunta.

Todo estudante, a partir dos quinze anos, passa os dois últimos anos complementando os estudos com uma designação de trabalho. Eu pude fazer a minha na fazenda.

— Fábrica de embalagens — ele responde, antes de nos observar. — E vocês duas ainda não me disseram como se chamam. — O olhar dele se demora em mim, e não em Lyddie.

— Wren — digo, sem vontade. — Darlington.

— Lyddie De Velde. — Ela estende o braço, e ele envolve os dedos em torno do pulso dela como cumprimento. Percebo que ela segura o pulso dele por mais tempo do que o necessário.

Quando ele estende a mão para mim, eu apenas o encaro. Isso o faz rir.

— Enfim, Z, hein? É um setor de provedores. Família de agricultores? Fazendeiros?

— Fazendeiros.

— Então você manda bem com cordas? Porque eu não reclamaria se você me amarrasse.

Esse cara vai ser insuportável. Eu já sei.

— Você vai passar as próximas oito semanas flertando ou está só tentando colocar tudo pra fora de uma vez? — pergunto em um tom educado.

— As oito semanas inteiras — ele promete, e Lyddie dá uma risadinha.

Sou obrigada a passar um dia inteiro tentando não arrancar os cabelos de tédio enquanto leio os manuais mais monótonos do mundo. Por fim, somos dispensados e conduzidos até o refeitório para o jantar. Depois disso, ninguém menos que Tyler Struck, minha outra interrogadora, junta-se a Hadley para nos escoltar até nossas acomodações. Ela olha na minha direção, mas não faz nenhum comentário sobre minha repentina promoção de suspeita a recruta.

No caminho até os alojamentos, passamos por uma ampla área de convívio, com assentos confortáveis e máquinas de café. Também há um armazém de suprimentos. Struck explica que recebemos uma cota de dez créditos de Luxo por semana para gastar enquanto estivermos aqui e que, dependendo do nosso desempenho em cada fase, podemos ganhar créditos extras.

Os alojamentos são mistos. Não gosto nem um pouco disso, considerando que Anson passou o dia inteiro me encarando. Não estou nem um pouco a fim de sentir aqueles olhos predatórios em mim enquanto durmo. Pelo menos os chuveiros e banheiros não são mistos.

Os recrutas da Célula Vermelha de Hadley ficam em um dos extremos do corredor. Struck conduz a Célula Preta para o outro extremo, e nós a seguimos para dentro de mais um cômodo sem janelas. Estou começando a achar que o Comando detesta a luz natural. O espaço é enorme, com um teto alto e duas fileiras de camas arrumadas impecavelmente. Os pertences de todos estão alinhados contra uma parede de armários. Malas pretas, cada uma contendo uma etiqueta com nome. Não tenho pertences, só o uniforme e a escova de dentes que me deram. Daria tudo por um pente agora.

Struck faz um gesto amplo com o braço.

— Um por cama.

— E se a gente sentir frio? — pergunta Kaine, com um olhar malicioso.

— Um por cama — ela repete. — E há consequências para quem quebrar as regras, então recomendo que façam o que for ordenado. Nada de dividir. Nada de trocar depois que escolherem as camas. Sem exceções.

Após dizer isso, ela nos deixa para decidirmos como as camas serão divididas. Assim que ela sai, todo mundo se apressa para pegar suas coisas. Para minha surpresa, encontro uma mala com meu nome nela. Coloco-a na cama ao lado da de Lyddie, enquanto Kaine se instala ao meu lado. Ótimo.

Abro o zíper da mala e verifico rapidamente o que tem ali. Três uniformes extras — um preto de mangas compridas, um idêntico ao que estou usando e um mais formal, engomado até demais. Segundo Lyddie, cada uniforme tem uma função: treino, casual e formal. Percebo que ela quer entrar em mais detalhes, mas me viro para continuar conferindo meus itens.

Encontro um short de algodão folgado e uma regata branca, que imagino que sejam para dormir. Um pacote de roupas íntimas, todas brancas e sem graça. Dois sutiãs e, embora eu saiba que todas as minhas medidas estão registradas no meu arquivo de identificação, acho extremamente invasivo pensar que alguém escolheu um sutiã para mim. O último item na bolsa é um nécessaire com um pente e alguns outros itens de higiene.

Cada um de nós recebe um armário e uma prateleira acima da cama. A maioria dos recrutas está usando o espaço para guardar pequenas recordações que trouxeram de casa. A minha prateleira permanece vazia.

Ao meu lado, Lyddie tira uma foto digital de dentro da bolsa e, com todo o cuidado, coloca o pequeno projetor na prateleira. É uma foto dela em um terraço de pedra ao lado de duas pessoas que devem ser seus pais, com a cúpula de vidro do prédio do Capitólio ao fundo. Ela não estava brincando quando disse que os pais eram influentes.

Quando os pelos da minha nuca se arrepiam, eu me viro e encontro Anson me encarando de novo. Os olhos dele brilham em expectativa.

Está bem, então. Pego meu pijama e meu nécessaire, decidindo me trocar em um dos banheiros.

— Ah, que peninha. Nada de cama para o cordeirinho azarado.

Demoro um segundo para perceber que Kess não está tirando sarro de mim, mas da garota atrás de mim. Ela deve ter uns dezoito ou dezenove anos e está encostada na parede, segurando a bolsa de viagem com timidez.

Olho da garota para as fileiras de camas. Tecnicamente, deveriam ser pelo menos vinte e oito, já que começamos o dia com cinquenta e seis recrutas. Ford cortou sete depois do teste, o que nos deixa com vinte e quatro na Célula Preta. Mas há apenas vinte e três camas e um grande espaço vazio no fim da fileira, como se algumas tivessem sido removidas de propósito. Isso parece ser mais um dos testes absurdos deles, mas não faço ideia do que querem com isso.

— Deve ser algum engano. Será que é melhor eu perguntar? — A adolescente tem uma expressão de puro pavor. A voz treme.

Não, ela não é um cordeiro; até cordeiros têm mais confiança do que isso. Ela parece mais com um dos meus bezerrinhos recém-nascidos, ainda desajeitados, tentando seguir a mãe enquanto se ajustam a esse mundo grande e assustador no qual foram jogados de repente.

— Não vai fazer diferença — diz Ivy que, ao contrário de mim, parece não ter problema nenhum em se despir na frente de vinte e três desconhecidos e do olhar inquietante de Anson.

Ivy desabotoa a calça e a puxa para baixo, revelando as pernas nuas. Em seguida, pega uma calça de moletom com cordão na cintura que deve ter trazido de casa. O tecido azul-claro, com listras finas, me diz que ela vem de uma família rica, provavelmente da elite do Ponto.

Tecidos desse tipo são muito raros. A filosofia do General Redden gira em torno da funcionalidade. Eficiência. Os tecidos que saem de suas fábricas têxteis são práticos, em tons sólidos de cinza, preto e azul. Não há muitas lojas nos setores que vendam roupas com estampas ou padrões, mas, se você tiver créditos, pode encomendar peças sob medida no Ponto Sacro. Todos os listrados e florais que seu coração desejar.

— Eles fazem isso no início de toda sessão — Ivy explica. — Sempre falta uma cama para os recrutas.

— Parece que o cordeirinho vai ter que dormir no chão. — Kess estala a língua. — Que dó.

O cordeirinho morde o lábio.

— Vou procurar alguém. — Ela dá um passo. Sinto pena da menina.

— Eu já falei que não vai adiantar. — Ivy parece irritada. — Eles não vão ligar. Fazem isso de propósito.

— Para quê? — pergunta um cara cujo nome não consigo me lembrar. Ford e Hadley ladraram nomes demais hoje.

— Eles fazem isso para descobrir quem tem o coração mole — Ivy comenta, dando de ombros. — Em toda sessão, alguém sempre acaba cedendo a própria cama e, no dia seguinte, é cortado do Programa.

Lyddie, hesitante, resolve fazer uma pergunta:

— Por que eles são cortados?

— Porque a compaixão é vista como um ponto fraco.

Isso só pode ser piada. Sinto minha irritação borbulhar diante de uma estratégia tão sem sentido.

Eu me aproximo da garota.

— Qual é o seu nome?

— Pera — responde ela.

— Pode ficar com a minha cama, Pera. — Começo a recolher minhas coisas.

— Wren — protesta Lyddie. — Você não ouviu o que a Ivy acabou de falar? E se você for cortada?

— Eles não vão me cortar. — Tenho certeza disso, já que o Capitão Cross disse que queria ficar de olho em mim.

E se de fato me cortarem, então só vejo vantagens. Não tem nada que eu gostaria mais do que cair fora desta base.

— Estou falando sério, pode ficar com a cama — digo para Pera, fechando a mala.

— Não, eu durmo no chão. Não tem problema. — A voz dela é tão suave. Ela não vai durar muito nesse programa sendo frágil assim.

— De jeito nenhum — digo, sentindo a determinação crescer dentro de mim. — Você não vai dormir no chão.

Quando ela tenta protestar de novo, ignoro suas objeções e a conduzo até minha cama.

— Pode ficar — insisto.

Com uma mistura de gratidão e relutância, ela cede, largando a bolsa no chão e afundando no conforto do colchão.

— Obrigada — sussurra, e eu noto um brilho úmido em seus olhos.

Não, ela com certeza não vai durar muito tempo.

Pego meus itens de higiene e vou em direção à porta. Quando passo por Kess, escuto a risada dela atrás de mim. Olho por cima do ombro.

— O quê?

— Isso foi patético — informa ela.

Dou de ombros e continuo andando.

Quando volto do banheiro, Pera salta da cama que antes era minha.

— Estou me sentindo péssima — dispara ela de repente. — Por favor, pegue sua cama de volta. Eu não quero que você durma no chão.

Ergo uma sobrancelha.

— Quem disse que eu vou dormir no chão?

Jogo minhas coisas no baú aos pés da cama de Kaine e dou uma olhada no homem estendido diante de mim. Uma calça fina e preta cobre suas longas pernas, e ele está sem camisa, revelando um peito musculoso e bem definido. Ele me observa com interesse, aguardando meu próximo movimento. Assim como quase todo mundo no quarto.

É uma cama de solteiro. Vai ser apertado. Ainda assim, vou até lá e seguro a ponta do cobertor.

Sem dizer uma palavra, Kaine o ergue e me dá espaço para me enfiar debaixo das cobertas. Pelo canto do olho, vejo um sorriso se formando no rosto dele.

— Nem vem com graça — aviso. — Fique com as mãos longe de mim se quiser continuar com elas amanhã.

— Para com isso, Darlington. Ameaças de violência só me deixam com mais tesão.

Alguém solta um riso abafado. Não tento ver quem é. Em vez disso, me viro de lado e fico de costas para ele. Do lado de fora do alojamento, o som abafado de botas no chão e vozes sussurradas só aumentam meu desconforto. Aqui dentro, as paredes frias de concreto parecem se fechar ao meu redor, me sufocando com um peso opressor. Inspiro devagar e tento ignorar tudo ao meu redor. As vozes murmuradas. As risadas. As respirações que não são minhas.

O colchão estreito afunda e sinto Kaine deslizar para debaixo do cobertor, o espaço apertado forçando nossos corpos a ficarem próximos. Ele se deita de costas, e seu ombro e quadril ficam a milímetros de mim, tão perto que consigo sentir o calor emanando dele. Eu teria escolhido dormir com Lyddie, se ela não parecesse do tipo que preferiria morrer a quebrar as regras. Dividir a cama com Kaine é um risco, mas, se eu tiver sorte, ele não vai tentar me tocar.

Sem aviso, as luzes do teto se apagam, mergulhando o quarto na escuridão.

Uma voz ecoa na penumbra:

— Ei, Sutler, tenta não fazer muito barulho quando for comer ela hoje à noite.

Anson.

— Fica tranquilo, Booth, vou gritar seu nome quando estiver gozando — Kaine responde. — Vou quebrar esse galho. Sei que é o mais perto que você vai chegar de trepar.

— Vai se foder, Sutler.

O colchão vibra quando Kaine ri.

Fecho os olhos e o ignoro. Apesar do espaço apertado, acabo pegando no sono, o som ritmado da respiração dos meus inimigos me embalando em um descanso inquieto.

10

Estou em um casulo. É bem agradável. Eu me enterro cada vez mais fundo nele, aproveitando o calor e a sensação de segurança que proporciona. Até que as teias de aranha na minha mente começam a se dissipar, e eu fico alerta o suficiente para entender que o casulo, na verdade, é um corpo masculino enrolado no meu, e que minhas costas estão pressionadas contra um membro que acorda mais rápido que o dono.

Que merda é essa?!

Antes que eu possa pular da cama, uma voz cortante rasga o silêncio.

— Darlington! Sutler! Em pé, agora!

Hadley. Ele paira sobre nós, a desaprovação desenhando linhas severas em seu rosto.

Eu me levanto depressa. Kaine, ainda meio adormecido, sai todo desajeitado do colchão, como um cervo dando seus primeiros passos. Ele passa a mão pelo cabelo loiro desgrenhado e abre um sorriso sonolento para mim.

— Você ficou se esfregando em mim enquanto dormia — diz ele.

— Cala a boca — ordena Hadley.

Ele observa a fileira de camas. Um murmúrio de confusão se espalha pelo dormitório com a presença repentina do oficial comandante. Os recrutas começam a se sentar ou a se levantar.

Hadley alterna o olhar entre mim e meu companheiro de cama.

— A Soldado Struck não foi clara o bastante ontem à noite, quando explicou as regras para vocês? Um por cama. Sem exceções.

Kaine e eu ficamos em silêncio.

Hadley me analisa por tempo demais, mas não do jeito que a maioria dos homens olharia para uma mulher de pijama e sem sutiã. Então ele franze a testa com uma expressão séria.

— Vista-se e venha comigo.

Kaine dá um passo à frente.

— Você não — dispara Hadley. — Só ela.

Meu estômago se revira de apreensão. Por que ele quer que apenas eu o acompanhe?

O que ele sabe?

Meu coração acelera quando outra pergunta surge.

Ele me reconhece?

A expressão dele não revela nada.

— Eu disse para se vestir — ele ordena, mais ríspido dessa vez. — Ou eu faço isso por você.

Ouço algumas risadas vindo do outro lado do dormitório. Kess e Anson. Lyddie me lança um olhar preocupado.

— Tenho tempo para me arrumar antes de começarmos nossa aventura matinal? — pergunto a Hadley.

Ele tensiona o maxilar.

— Você tem três minutos.

— Obrigada. *Senhor*. — Viro o rosto antes que ele possa ver minha expressão de sarcasmo.

Exatos três minutos depois, Hadley me busca nos lavatórios e faz um gesto curto para que eu o siga. Não tive tempo de pentear o cabelo, então o desembaraço com os dedos enquanto ando.

— Para onde estamos indo?

Ele não responde.

Dou uma olhada discreta de lado. Ele até poderia ser bonito, se não fosse pelo jeito como pressiona os lábios em uma linha fina, sem nenhum vestígio de sorriso ou sequer uma careta. Há um ar de indiferença nele. Algo distante e frio. Seu rosto não demonstra nem um pingo de emoção.

Será que ele sentiu alguma coisa quando denunciou Morlee? Será que sente algo agora, ao pensar nas mãos dela, provavelmente ásperas e frágeis depois de passar os últimos oito anos cavando sal do amanhecer ao anoitecer?

Caminhamos pelos corredores do labirinto que compõe a base. Hadley escaneia o polegar em um par de portas largas, que deslizam para nos dar passagem, e então deparamos com uma sequência interminável de portas de aço, cada uma numerada, mas sem qualquer indicação de nomes ou departamentos. Ao menos até virarmos em um corredor mais curto e pararmos diante de uma porta com uma placa prateada.

CAPITÃO DE OPERAÇÕES.

Droga.

A porta emite um zumbido ao chegarmos. Ele está nos esperando. Hadley aponta para a entrada aberta e resmunga algo antes de dar meia-volta.

— Mil desculpas por te causar tamanho incômodo — digo atrás dele.

Seus ombros enrijecem, mas ele continua marchando.

Entro em um escritório tão grande que daria para dividir em várias salas menores. O teto é um emaranhado sinuoso de tubulações. Uma mesa imponente ocupa um lado da sala, enquanto uma longa mesa de reuniões, cercada por cadeiras pretas acolchoadas, domina o outro. Mapas e papéis estão espalhados sobre a mesa, e eu resisto à vontade de me aproximar e bisbilhotar.

É claro que não há uma única janela. Só luz artificial, dando ao ambiente uma atmosfera opressora.

Encontro o Capitão Cross encostado na mesa. Ele veste preto dos pés à cabeça, e as mangas curtas revelam os redemoinhos de tinta em seus braços.

— O que essa base tem contra janelas? — pergunto.

Ele cruza os braços.

— O que você tem contra seguir as regras?

— Acho limitantes.

Ele suspira e pega um tablet. Então, começa a ler:

— "Recruta 56 encontrada em posição comprometedora com Recruta 42. Dividindo a mesma cama." — Ele me encara novamente, um brilho cínico no olhar. — Hadley é um homem de poucas palavras. Quer me dar mais detalhes?

Dou de ombros.

— Eu não queria dormir no chão.

— É um por cama no alojamento.

— Não havia camas suficientes. — Lanço um olhar significativo para ele. — Ah, não. Eu falhei no seu testezinho.

Ele me observa, sem demonstrar nenhuma emoção.

— Cedi minha cama para outra recruta. Tenho o coração mole. — Ergo o queixo em desafio. — Não vai me cortar?

— Não.

— Mas eu quebrei as regras.

— Quebrou mesmo — ele concorda.

Tem algo profundamente irritante no rosto dele. É tão... simétrico. E aquela covinha está sempre ameaçando aparecer, como se ele *quisesse* sorrir, mas não pudesse permitir que isso acontecesse.

— Ouvi dizer que quem tem coração mole sempre é cortado — digo, sentindo a frustração crescer.

— Normalmente, sim. Mas vou abrir uma exceção para você, Pombinha. — Ele apoia o tablet na mesa, e meu olhar é atraído para os bíceps definidos e a pele coberta de tatuagens. — Dito isso, nem vinte e quatro horas se passaram e você já foi fichada. Isso não é um bom sinal.

— Você deveria me cortar — digo, esperançosa.

— Não. — A covinha ameaça aparecer de novo.

Cerro os dentes.

— Você sente prazer em obrigar mulheres a fazer coisas que não querem?

— Não sabia que você estava tão interessada em saber o que me dá prazer.

Dou um passo para trás.

— Não estou.

Ele me encara.

— Tem certeza?

— Pra caralho.

— Que pena. Eu adoraria matar sua curiosidade. — Ele reduz a distância entre nós, e um arrepio me toma quando ele se inclina e sussurra no meu ouvido: — Gosto de pegar pesado.

Cerro os dentes ainda mais, tentando ignorar as ondas de calor.

Não. Eu não posso sentir nem uma *pontinha* de atração por esse homem. Ele comanda a brigada responsável por caçar pessoas como eu. Preciso ser um muro de gelo. Devo matá-lo na primeira oportunidade.

Ele me observa de novo, silencioso, pensativo. Então pergunta:

— Você vai me dar trabalho?

— É bem provável.

— Não teste a minha paciência, Pomba. Você não vai me querer como inimigo.

O tom letal não me abala.

Ele já é meu inimigo.

— Posso ir agora?

Ele assente.

— Está dispensada.

— Obrigada, senhor — zombo.

Para meu desgosto, ele pega o tablet e me segue até a porta. Sua voz me detém antes que eu possa sair.

— Darlington.

Ele é tão mais alto que ergo o queixo por instinto para encontrar seus olhos. São ridiculamente azuis.

— Que foi?

— É melhor você ficar numa boa. Os instrutores adoram dificultar a vida dos encrenqueiros.

— Bom, eu planejo dificultar a vida *deles*, então é justo que eles revidem.

Ele balança a cabeça.

— Vamos.

— Ah, vai me acompanhar até o café da manhã? — Caminhamos lado a lado, e sou forçada a andar mais rápido para acompanhar suas passadas mais longas.

— Não. O café da manhã foi adiado. Eu vou falar com os recrutas primeiro. Não pude fazer isso ontem porque fui chamado para fora da base de última hora.

— Para aprontar mais um pouquinho na estalagem de algum vilarejo?

Isso me rende outro olhar intenso. Droga, preciso parar de provocá-lo.

— Coisa do tipo.

Seguimos por vários corredores até chegarmos a um grande ginásio de treinamento, com paredes cinzentas e tatames pretos cobrindo o chão. Não quero ser vista entrando com o capitão, mas não tenho muita escolha. Cabeças se viram na nossa direção.

No meio do mar de uniformes azul-marinho, avisto Lyddie e vou até ela. Kaine também está lá. Ele lança um olhar por cima do meu ombro, na direção do Capitão Cross, que se aproxima dos instrutores.

— Nunca tive uma mulher disposta a enfrentar a ira de um capitão do Comando só pra dividir a cama comigo — comenta Kaine, dando uma piscadinha.

Eu o ignoro e me volto para Lyddie.

— Perdi alguma coisa importante?

— Não. Você se meteu em encrenca?

— Só uma advertência — minto.

Estou começando a perceber que talvez seja impossível me meter em encrenca. Não vou a lugar nenhum, a menos que Cross queira. Mas, ao mesmo tempo, que mensagem isso passa para os instrutores, se ele deixar um recruta incompetente continuar treinando para a tão valorizada Brigada de Prata? Ele pareceria fraco. Incompetente também. O que significa que preciso continuar. Quanto pior eu for, mais rápido vou acordar desse pesadelo.

Minha atenção se volta para o capitão. Por mais que eu me odeie por isso, não consigo deixar de admirar como a camisa se ajusta aos ombros largos dele e como seu cabelo escuro cai sobre a testa em uma bagunça perfeitamente calculada.

Não sou a única observando. Ao meu lado, Lyddie exibe uma expressão sonhadora.

Segurando o riso, me inclino um pouco mais para perto e comento:

— Por favor, não me diga que você está interessada no capitão.

— Claro que não. — As bochechas dela ficam vermelhas. — Mas... tipo... não me diga que você não notou.

— Notei o quê?

— O rosto dele. O corpo.

— Prefiro os meus — Kaine diz, e eu reviro os olhos.

— Ele não é feio — admito, mantendo um tom casual, mesmo quando meu coração acelera ao me lembrar daquele sussurro aveludado no meu ouvido.

Gosto de pegar pesado.

Ele estava tentando me provocar. Sei disso. Só queria que não tivesse funcionado.

Como se sentisse meu olhar, ele vira a cabeça na minha direção. Levanto a mão em um aceno doce e delicado, acompanhado de um largo sorriso falso. Uma leve covinha aparece antes de ele voltar a atenção para o homem mais velho de uniforme com quem conversa. Ele tem o cabelo escuro, começando a ficar grisalho, e ostenta quatro estrelas prateadas na manga. Outro capitão desta brigada.

É então que percebo Ivy me lançando um olhar de desaprovação. Não sou a única a notar, já que Lyddie murmura:

— Ah, alguém não gostou disso.

— Quem? Ivy?

Lyddie assente.

— Eles já ficaram juntos.

Consigo esconder minha surpresa a tempo. Não posso demonstrar muito interesse por ninguém aqui, nem mesmo pelo nosso ilustre capitão.

— Ah, é? Como você sabe disso? — Lyddie está se revelando uma fonte valiosa de informações, o que faz dela um recurso inesperado para mim.

— Ela estava alguns níveis à minha frente na escola, mas a irmã dela era da minha turma. Mira falava bastante sobre os dois. Acho que durou cerca de um ano. Terminou quando ele entrou para o Comando.

Interessante.

Lanço outro olhar discreto na direção de Ivy. Mas não é discreto o bastante. Ela ainda está me observando. Ainda com a testa franzida.

— É por isso que ela está aqui agora? Tentando se reaproximar dele?

— Não me surpreenderia. Já é a segunda vez dela aqui. Mas se ela está refazendo tudo para chamar a atenção dele, é bem patético. Ele não está interessado. Supera.

Não posso dizer que odeio completamente esse lado venenoso da Lyddie.

— Caramba, Lydia. Por trás dessas sardas se esconde uma verdadeira víbora — diz Kaine, rindo.

— Não sou uma víbora — ela protesta. — Só estou dizendo que temos apenas duas chances na Brigada de Prata, e ela já falhou uma vez. A essa altura, é melhor aceitar logo... seu lugar é no Cobre. Vai vigiar um portão ou coisa do tipo.

Seguro o riso enquanto Kaine dá uma risadinha. Sim. Lyddie rancorosa é um deleite.

— Por que eles terminaram? — pergunto.

— Não sei. Talvez o papai não tenha aprovado.

— O papai dela?

— Não, o dele. — Lyddie dá de ombros. — O General não é bem do tipo que recebe estranhos de braços abertos.

— O General? O que ele tem a ver com isso?

Ela me lança um olhar divertido.

— É o pai dele.

— Pai de quem? — Parece que estamos tendo duas conversas diferentes.

— Do Cross. — Quando percebe que não estou entendendo, Lyddie faz um gesto sutil na direção do homem alto e tatuado do outro lado da sala. — Aquele ali é Cross Redden, Wren. O filho do General.

11

Pensei que Cross fosse o sobrenome dele.

Mas não é.

É o primeiro nome.

Sobrenome *Redden*.

Minha garganta arde de nojo enquanto relembro a interação dessa manhã. Deixei que ele sussurrasse no meu ouvido. Deixei meus batimentos dispararem por causa dele. Eu me senti atraída por ele.

Senti, no passado, é o crucial aqui, porque no instante em que a revelação de Lyddie se infiltra no meu sangue, toda a atração é sugada de mim como se fosse um veneno.

Eu sabia que Merrick Redden tinha filhos, mas ele sempre os manteve longe dos holofotes. Em todas as transmissões que vi, ele sempre apareceu sozinho. Nem mesmo a esposa aparecia ao lado dele, e eu sei que ele é casado.

— Ah. Bom, agora faz sentido como alguém tão jovem subiu tão rápido na hierarquia. — Tento esconder meu choque com uma resposta sarcástica.

Lyddie balança a cabeça com convicção.

— Ah, não. Pelo que ouvi, ele conquistou cada estrela.

Será que um dia eu já fui tão ingênua?

— O irmão mais velho dele é coronel — ela acrescenta.

— Claro, e aposto que *ele* é um supersoldado do Comando que também conquistou cada estrela.

— Travis trabalha na Inteligência.

— A-ten-ção!

Hadley grita, e a sala inteira fica em silêncio tão depressa que é quase desorientador.

Meus músculos se retesam ao som da voz de Hadley. Sempre que vejo seu rosto ou escuto sua voz, penso em Morlee e tenho vontade de estrangulá-lo.

Cross caminha até a frente da sala e observa os recrutas reunidos.

— Sou Cross Redden, capitão de operações da Brigada de Prata. — Ele aponta com a cabeça para o capitão mais velho, que está a alguns passos de distância. — Este é Deron Radek, nosso capitão administrativo.

Radek nos cumprimenta brevemente, acenando com a cabeça.

— Não vou tomar muito do tempo de vocês — diz Cross. — Quero que cada um olhe para a pessoa à sua esquerda e depois para a pessoa à sua direita.

Obedeço sem questionar, alternando o olhar entre Lyddie e Kaine.

— Esses são os seus companheiros. E aqui, você só é tão forte quanto o seu companheiro mais fraco.

Fico esperando ele finalizar essa fala com alguma baboseira motivacional sobre como isso significa que devemos nos unir e apoiar uns aos outros. Os fortes sustentam os fracos até que os fracos sejam fortes o suficiente para se sustentarem sozinhos. A união prevalece!

Em vez disso, ele diz:

— Aqui não é um lugar para fracos. Na Brigada de Prata, nós devoramos os fracos. Eliminamos eles como um câncer.

Ah, talvez a ingênua *seja eu*. Adeus, espírito de equipe.

Seus olhos, daquele tom hipnotizante de azul, parecem perfurar cada recruta com uma intensidade fria, como se estivessem à procura de qualquer sinal de fraqueza.

— Pelas próximas oito semanas, vocês terão que provar sua força, porque essa é a única maneira de chegar à Brigada de Prata.

Apesar da pouca idade, há uma seriedade em seu comportamento que não condiz com seus anos de vida, uma experiência que dá peso às palavras. Ele fala com uma autoridade que exige respeito. É extremamente sexy.

Filho do general, Wren.

Eu me encolho por dentro. Uso esse lembrete como combustível. Na hierarquia dos inimigos, esse homem acabou de ficar entre os três primeiros.

— Pelas próximas oito semanas, a minha palavra é a única que importa nesta instalação. Vou acompanhar o progresso de vocês e também participar de algumas operações.

— Sim, por favor — Lyddie murmura baixinho. Dou uma cotovelada nas costelas dela.

— Cada relatório diário é enviado diretamente para mim. Se eu decidir que você deve ser cortado, você será cortado. Se eu decidir que merece uma segunda chance, você terá uma segunda chance. — Ele encara a multidão. — Mas eu não sou muito chegado nisso. É bem raro que eu dê segundas chances, então meu conselho é que façam certo na primeira vez. Na Brigada de Prata, só aceitamos os melhores.

— Como se entra na Elite? — alguém pergunta.

O olhar que Cross lança na direção da voz é de uma frieza enorme.

— Recruta 18... eu disse que você podia falar?

Silêncio total.

— Ah, agora ficou tímido? Responda à pergunta. Eu te dei permissão para falar?

O garoto abaixa a cabeça, envergonhado.

— Não, senhor.

— Então cala a porra dessa boca.

É irritante o quanto isso me excita, ouvi-lo colocar o cara no lugar dele.

— E já vou acabar com as esperanças de vocês agora mesmo — Cross continua. — Não existe um caminho garantido para ser selecionado para a Elite de Prata. Tirar a nota mais alta em todas as aulas não significa merda nenhuma. Se exibir também não serve de nada. Os candidatos da Elite são escolhidos a dedo por mim, e o meu processo de seleção não é da porra da conta de ninguém.

Ao meu lado, Kaine abafa um risinho.

— Se estiver na lista de finalistas, você vai descobrir ao fim do Programa.

Com isso, ele inclina a cabeça para o outro capitão, que dá um passo à frente. Radek tem uma voz que soa como se ele engolisse punhados de vidro quebrado com frequência.

— Nós não fazemos com que as leis sejam cumpridas — explica Radek. — Isso é responsabilidade da Brigada de Estanho. Nós não patrulhamos as ruas, isso é dever do Cobre e do Ouro. Aproveitamos melhor nossas habilidades em missões mais críticas. Nosso trabalho é localizar e desmantelar os acampamentos dos Fiéis. Identificar e erradicar redes criminosas dentro das nossas cidades. Limpar nossas ruas e nossos distritos dos sangue de prata.

Preciso de todas as minhas forças para disfarçar minha raiva.

— Mas os Aberrantes não são a única ameaça ao Continente e ao nosso modo de viver...

Ele para no meio da frase quando as portas duplas do outro lado da sala se escancaram de repente, deixando uma lufada de ar frio atravessar o ginásio.

O retardatário entra sem pressa, e sua chegada interrompe a assembleia com a sutileza de uma marreta. Parece mais novo do que eu, talvez tenha dezoito ou dezenove anos. Alto, músculos definidos e traços angulosos, as maçãs do rosto salientes. Ele me parece familiar, mas tenho certeza de que nunca o vi antes.

Meus olhos acompanham seu andar preguiçoso e arrogante. A camisa azul está para fora da calça. O zíper, aberto. Ele puxa a roupa para cima enquanto anda, completamente indiferente aos olhares de reprovação voltados para ele.

Ao notar Radek e Cross, faz um gesto exagerado com a mão.

— Ah, por favor, continuem. — Ele ri. — Não liguem para mim.

Disfarço uma risada. Outros não têm tanta sorte, e algumas risadinhas ecoam pela plateia.

Visivelmente irritado, Cross avança na direção do intruso, que ergue as mãos em uma rendição fingida.

— Calma aí, capitão.

— Quem é esse? — murmuro para Lyddie.

— O irmão dele — ela murmura de volta.

Ergo as sobrancelhas.

— O coronel?

— Não. Esse aí é o meio-irmão dele, Roe. Ele é mais novo. — Minha versão favorita da Lyddie faz uma aparição: aquela cuja voz engrossa ao menor indício de escândalo. — Ele é o filho bastardo do General.

Isso desperta meu interesse. Excelente. Segredos de família significam mais informações para o meu arsenal. Talvez eu consiga usar isso contra o capitão, se a oportunidade surgir.

Cross se aproxima do jovem, e eu observo a troca entre eles com interesse. A insolência brilhando nos olhos de Roe. A rigidez do maxilar de Cross, que é um pouco mais alto, mas os dois têm quase a mesma altura. A tensão entre eles é palpável, tão densa que consigo senti-la de onde estou. Há uma montanha de problemas não resolvidos entre os dois.

Cross se inclina e murmura algo que ninguém consegue ouvir. Mas os olhos escuros do irmão se inflamam. Então ele dá um tapa no ombro do mais novo — não de um jeito amigável, mas como um aviso — e sai da sala.

Com a mandíbula cerrada, Roe fica parado ali, enfurecido com o que quer que tenha sido sussurrado no ouvido dele, até que Xavier Ford avança e ordena que ele se junte ao grupo.

Passo boa parte do café da manhã lançando olhares furtivos para o filho bastardo do General. Ele parece próximo de Anson, o que já é um grande sinal de alerta. Mas mesmo que não fosse amigo do cara mais sinistro da nossa célula, eu ainda o classificaria como perigoso. A energia que ele emana faz cada pelo do meu corpo se arrepiar.

De acordo com meu dispositivo, nossa primeira aula é uma avaliação de armamentos. Vamos até um estande de tiro mal iluminado, onde o cheiro metálico do óleo de arma paira no ar. Fileiras de alvos cobrem a parede do fundo, e não consigo evitar um frio na barriga de animação.

Todos se organizam em formação. Ocupo meu lugar entre eles, tentando me misturar, tentando não chamar a atenção.

Ford está prestes a nos dar as instruções quando Cross entra no estande. Odeio como meu olhar é atraído para ele no mesmo instante. Ele se junta ao tenente e é inegável que, juntos, os dois formam uma dupla intimidadora. Ambos são altos e têm ombros largos, com olhares astutos e uma linguagem corporal que deixa claro que eles podem e vão matar sem hesitar, se necessário.

Percebo que Ivy também observa Cross. Apesar de não haver desejo explícito em seu olhar, ela assiste a cada movimento dele, por menor que seja. Até o jeito como Cross afasta uma mecha de cabelo da testa merece toda a sua atenção.

— Vamos lá. Peguem as armas — ordena Ford, enquanto Cross verifica algo em seu tablet.

Um por um, os recrutas avançam e pegam um rifle do suporte.

Quando chega a minha vez, Cross ergue a cabeça e me olha de canto de olho, um sorrisinho brincando em seus lábios.

— Demos sorte hoje, pessoal — anuncia. — Temos uma atiradora de elite entre nós.

— Longe disso — digo.

Mantenho a expressão neutra, mas ouço a voz dele na minha cabeça, me dizendo que ele viu o tiro que salvou o filho de Rachel. Se meu objetivo é não chamar a atenção, então não posso repetir um disparo daqueles hoje.

— Darlington, por que não começa? — Ford claramente está se divertindo com meu desconforto.

Reprimo uma careta e dou um passo à frente.

— Isso vai ser divertido — diz Roe com a voz arrastada.

Percebo que, assim como Ivy, ele olha para Cross sempre que pode.

Quando os alvos deslizam para a posição no fim do estande, ergo o rifle até o ombro, deixando os dedos traçarem os contornos familiares da empunhadura. Miro, estreitando os olhos pelo visor. Meu indicador paira sobre o gatilho, mas, em vez de focar o centro do alvo, deixo meu olhar vagar, ajustando a mira ligeiramente para fora do ponto exato.

— Hoje, se possível — ironiza Ford.

O disparo ecoa pelo estande, e minha bala atinge a borda do alvo com um som abafado.

— Acho que é isso que chamam de anticlímax — comenta Roe, arrancando algumas risadas.

Ford ergue as sobrancelhas, parecendo se divertir.

— De novo.

Murmúrios percorrem a turma quando disparo, errando o alvo de propósito pela segunda vez. Olho de lado e vejo Kess e Ivy rindo baixinho.

Cross me observa com atenção. Dessa vez, é ele quem diz:

— De novo.

Disparo mais uma vez. Erro de novo.

O riso dos meus "companheiros" e o sorriso cada vez mais largo de Ford me irritam, mas continuo fingindo incompetência. O centro do alvo nunca vê sequer um grão de chumbo. A cada disparo, miro para os lados, espalhando as balas em um padrão caótico. O suor brota na minha testa enquanto luto contra meus instintos naturais.

Ser ruim em algo é *difícil*.

— Nossa, que merda — comenta Ford. — Você é patética, lindinha.

Kess solta um grunhido debochado. Alto.

Os cantos da minha boca ameaçam se curvar em um sorriso, a vontade de mostrar a eles o quão "inútil" eu sou crescendo dentro de mim. Mas o objetivo é fingir bem o suficiente para me manter fora do radar, então cerro os dentes e engulo meu orgulho.

Em vez disso, digo:

— Não me chame assim.

— Eu te chamo como eu quiser — ele retruca, para o grande deleite dos outros recrutas.

Vejo Roe sorrindo. Anson solta uma risada baixa, áspera como pedra arranhando metal.

Volto a atenção para Cross e o encaro com a expressão mais inocente possível.

— Quer que eu continue atirando, capitão?

Um músculo em sua mandíbula se contrai, mas não consigo dizer se é irritação ou se ele está segurando um sorriso. Então, ele anota algo no tablet e lança um olhar para seu tenente.

— Quem é o próximo?

FASE 1

Instrutor — Ford (ST)

Estudante — Wren Darlington, R56

Aula — Avaliação de armamentos

Nota — 10%

OBSERVAÇÕES DO INSTRUTOR

Péssima mira. Darlington sabe segurar um rifle, e só.

12

Eles me trazem uma cama. Ou melhor, ela já está ao lado da cama de Kaine quando voltamos para o alojamento da Célula Preta após o jantar. Meu primeiro dia como recruta do Comando não foi tão horrível quanto eu esperava. Claro, isso não quer dizer que aceitei meu destino. À noite, deslizo para debaixo das cobertas e tento traçar meu plano de fuga, mas, quando o sono enfim me vence, ainda não estou nem perto de descobrir como vou sair daqui.

O dia seguinte começa com o que é essencialmente uma aula de geografia. Odeio esse tipo de coisa. Minha colega de carteira, por outro lado, parece estar se divertindo muito. Lyddie devora os mapas antigos projetados a partir de nossos dispositivos. Lugares com nomes como Nova Virgínia e sul de Ontário saltam diante de nós, todos completamente estranhos para mim. Hadley explica que são locais que sobreviveram aos bombardeios da Última Guerra, muito antes do sistema de setores ser implementado. E embora estejam livres de radiação há muito tempo, nunca foram de fato reconstruídos.

Toco o brilhante holomapa branco, passando o dedo sobre a peça triangular de terra que compõe o continente de Carora.

— O que você acha que tem lá embaixo? — pergunto a Kaine, que está na estação de trabalho ao lado da nossa.

Eu perguntaria a Lyddie, mas ela é uma daquelas alunas perfeccionistas e está mordendo o lábio há uns dez minutos, tentando decorar todos esses lugares como se esperasse por um teste.

Kaine dá de ombros.

— Canibais.

Dou risada.

— Fala sério.

— É sério. Que outro motivo eles teriam pra se apagar do mapa?

— Mas eles não se apagaram. Estão bem aqui. — Circulo a projeção com o dedo.

— Da civilização, então — ele corrige. — Ninguém se isola de qualquer tipo de contato humano se não for por algum motivo bizarro.

Na primeira fileira, Ivy e seu colega Bryce também parecem concentrados em Carora.

— Por que o Comando nunca conseguiu instalar um posto avançado em Carora? — Bryce pergunta à nossa instrutora, uma soldado chamada Dava.

— Já tentaram fazer isso. Mas os planos foram abandonados décadas atrás. Não vale mais o risco.

Eu me lembro que Jim comentou a respeito disso certa vez. Como a Companhia não estava mais disposta a enviar soldados para lá. Não existe nenhuma comunicação vinda de Carora há mais de cem anos. Sempre que alguma aeronave ou embarcação segue naquela direção, nunca mais volta.

— De vez em quando mandamos uma unidade de Inteligência para sobrevoar a área, mas nunca obtemos resultados. — Dava dá de ombros. — Não é mais uma prioridade para o General.

Voltamos aos nossos mapas depois disso, e eu volto ao meu tédio.

Durante o intervalo da tarde, Roe se aproxima enquanto espero na fila para pegar minha bandeja de comida.

Ele não é tão bonito quanto o irmão, talvez porque Cross quase não se pareça com o General, a não ser pela altura e porte físico. Roe, por outro lado, herdou os traços duros de Merrick Redden. As feições bem marcadas e os olhos escuros e inquietantes. E ele anda com a arrogância de alguém que nunca se sentiu ameaçado na vida. Sempre teve a proteção do papai. Mas não o sobrenome — nossa instrutora da manhã o chamou pelo sobrenome Dunbar. Acho isso curioso.

— O quê? — pergunto, quando percebo que ele continua me encarando.

— Anson acha que você é a mulher mais gostosa daqui.

— Ah, é?

— É, sim... — Ele faz uma pausa, pensativo. — Acho que discordo dele.

Dou um passo à frente conforme a fila anda.

— Valeu por me avisar. Eu estava morrendo de curiosidade para saber em que posição ficava na hierarquia de gostosura entre os recrutas. Agora já sei.

Ele dá uma risada baixa.

— Ah. Agora eu entendi.

— O quê?

— Por que ele te acha atraente. — Ele se inclina um pouco mais para perto. — Porque você é bem babaca.

Não consigo segurar a risada.

— Quem te ensinou a flertar?

— Não estou flertando. Não quero trepar com você.

— Obrigada por esclarecer isso também. Eu estava louquinha por você, até ouvir isso.

Saio andando. Ele é divertido, mas de um jeito nada reconfortante. Parece o tipo de pessoa que cortaria sua garganta sem nem piscar. Deve ser por isso que ele e Anson se dão tão bem.

Eu me junto a Lyddie e Kaine, mantendo a cabeça baixa enquanto como. Sinto os olhos de Roe em mim o tempo todo.

Proteção mental. É nossa primeira aula depois do almoço, e estou apreensiva desde que vi isso listado no meu dispositivo.

Eu me sento ao lado de Lyddie, com as mãos entrelaçadas no colo, tentando ignorar o incômodo persistente que revira meu estômago. Mas eu entendo. Proteger a própria mente é uma habilidade essencial em um mundo onde existem pessoas capazes de invadi-la. E não posso negar que estou curiosa para saber as táticas deles. Talvez, se entender exatamente como constroem seus escudos, possa descobrir como desarmá-los.

Enquanto esperamos pelo instrutor, envio as averiguações mentais de sempre. Polly. Declan. Tana. Só a última responde. Minha melhor amiga parece cada vez mais preocupada a cada vez que nos conectamos.

— Tudo bem por aí?

— Por enquanto, sim. Mal dormi essa noite. Fiquei tentando encontrar um jeito de sair daqui.

— Sendo bem sincera, talvez seja melhor você ficar onde está. Deve estar mais segura nessa base do que estaria em Hamlett agora. Quando cheguei pra trabalhar na estalagem de manhã, tinha um drone de vigilância na praça da cidade. Eles estão monitorando cada passo nosso.

A culpa cresce dentro de mim.

— Me desculpa. Eles só estão aí por minha causa e por causa do Jim.

— Por isso mesmo que você não pode voltar para Z, amiga. Mesmo que ache um jeito de fugir, não volte pra casa.

A culpa se transforma em um nó apertado. *Então para onde eu deveria ir?* Sinto vontade de gritar.

— Onde você está agora? — Tana pergunta. — Está sozinha?

— Não. Estou numa aula sobre proteção mental.

— Rá. Essa vai ser interessante.

Tyler Struck entra pela porta. Ela ocupa seu lugar diante do holoquadro e começa sem rodeios.

— Para derrotar o inimigo, você precisa entender o inimigo.

Seu dedo desliza pelo ar, e um rabisco de letras brancas surge no éter escurecido.

Ela escreve TELEPATAS.

É difícil resistir ao impulso sarcástico de levantar a mão e dizer *sou eu*.

Ela escreve PROJETORES.

Eu de novo.

LEITORES DE MENTE.

Presente.

CURANDEIROS.

Quem me dera.

EMPATAS.

Tô fora.

VIDENTES.

Sai pra lá. Não quero esse fardo.

INCITADORES.

Meu bom humor acaba na hora.

Esfrego as mãos enquanto um enjoo sobe pelo meu estômago. Eu poderia tentar. Deveria tentar. Procurar falhas no escudo dela, forçar minha própria intenção na mente dela. *Pegue sua arma e atire em si mesma. Atire em todo mundo aqui, menos em mim.* Se o escudo dela não fosse praticamente impenetrável.

E, ainda assim, rompi oito escudos na execução de Jim. Não eram da Brigada de Prata, mas isso não significa que não tenham feito aulas como esta em seus programas de treinamento. De alguma forma, em um momento de puro desespero e raiva, consegui atravessar aqueles escudos, mas não sei se sou capaz de repetir o que quer que tenha me levado a isso. Exigiria muito mais treinamento, algo que não posso me dar ao luxo de ter nesta base. E um parceiro de treino, o que é ainda mais perigoso, porque significaria confiar a alguém meu poder de incitação.

Tio Jim era a única pessoa neste mundo que sabia que eu possuía esse poder, e ele fez questão de me ensinar a importância do sigilo. "Ninguém pode saber", me alertava com aquela voz firme e objetiva. "Ninguém, Wren. Nem mesmo seus amigos mais próximos."

Ele era inflexível quanto a isso. Se os Primais descobrissem que havia um incitador entre eles, eu seria morta na hora. Mas até os Mods tinham suas ressalvas com incitadores.

O Presidente Severn manchou nossa reputação com sua mania de dobrar até mesmo os aliados Modificados à sua vontade. Ao contrário de mim, nosso ex-líder nunca se preocupou com as implicações morais do incitamento.

— No caso dos empatas — um cara de cabelo cacheado pergunta, hesitante. — Eles podem fazer *a gente* sentir alguma coisa? Tipo, machucar ou causar dor?

— Não, mas eles conseguem sentir o que você está sentindo — responde Struck. — Seja dor, desejo, tristeza. Suas emoções se tornam as deles.

— Eu não entendo muito bem o conceito de projeção — alguém intervém. Uma jovem de pele escura e cabelo preto curto. Acho que o nome dela é Betima. — Eles podem fazer você ver algo que não existe? Por exemplo... se você estiver numa rua da cidade, debaixo de chuva, eles podem te fazer pensar que está num dia ensolarado à beira do lago?

— Não. Eles só podem projetar o que estão vendo naquele momento, não algo que imaginam na mente. Pelo menos até onde sabemos. É possível que *consigam* te fazer ver outras coisas. Com os Aberrantes, tudo é possível. Depois de mais de um século de pesquisa, ainda há muitas coisas pra aprender e muitas coisas que não entendemos.

Ela não está errada. Muitas vezes, nem eu consigo me entender. Por que minhas veias parecem normais, enquanto Tana precisa esconder os braços se quiser usar telepatia em público? Como consigo abrir um caminho tão rápido, quando os outros levam um minuto ou mais? Por que alguns Mods podem curar e eu não?

— O que sabemos é que existem formas de nos protegermos deles. E a maneira mais eficaz de fazer isso é manter a mente blindada o tempo todo.

— E quando estamos dormindo? — pergunta Pera. Ela está tão tímida agora quanto ontem. Sua voz treme toda vez que tenta falar.

— Você não precisa se proteger enquanto dorme. As ondas do seu cérebro impedem os Aberrantes de se infiltrarem nesse estado. Mas quando está acordado, sua barreira deve ser como uma armadura. Precisa se tornar algo instintivo. Você deve prestar atenção em si mesma o tempo todo, lembrando-se ao longo do dia de garantir que seu escudo esteja intacto.

— A gente aprende essa porcaria toda no fundamental — Roe parece entediado.

— Não, vocês aprenderam apenas o básico sobre escudos — corrige Struck. — Se forem aceitos na Brigada de Prata, terão contato com os sangue de prata, muitas vezes sem nem perceber. Seu escudo precisa ter dez camadas e ser impenetrável. Vocês nunca podem baixar a guarda. Nunca podem deixar sua mente vulnerável. Se fizerem isso...

Ela circula uma palavra na holotela.

INCITADORES.

— Esses aqui? São monstros. Não têm o menor escrúpulo em infiltrar uma mente inocente e manipulá-la. Tirar de alguém o poder de escolha.

Meu estômago revira de novo. Ela está errada. Não sou um monstro. Se pudesse escolher, nunca incitaria ninguém. Sempre aconteceu de forma involuntária, normalmente sob forte estresse. Não sei controlar isso.

Ivy pergunta:

— Tinha um incitador na multidão durante uma execução recente. Vocês conseguiram capturá-lo?

— Como você soube disso? — O tom de Struck é calmo, mas ela olha na minha direção.

Eu a encaro de volta, inexpressiva.

Ivy lança um olhar curioso para mim antes de voltar a atenção para nossa instrutora.

— Minha brigada protege os portões da Praça Sul. Um dos meus companheiros estava lá quando aconteceu.

— Quem era o cadáver? — Pela primeira vez, vejo um vestígio de animação na expressão de Anson: quando estamos falando de morte. Esse aí é um verdadeiro psicopata.

— Era um desertor do Comando que acabou se revelando um Aberrante. — Struck passa a mão sobre a holotela, dispersando todas as palavras como partículas de poeira. — Já chega de conversa. Vamos começar.

Durante a hora seguinte, ela nos guia pelos fundamentos da criação de escudos, conduzindo uma série de exercícios de visualização. Não é muito diferente do que Jim fazia comigo quando eu era criança, embora o método de Tyler Struck seja bem mais gentil. E paciente. Tio Jim nunca foi conhecido pela paciência.

Lyddie está completamente concentrada na tarefa. Ela fecha os olhos quando mandam. Inspira, expira, conforme as instruções. Suas pálpebras tremem sem parar, uma prova do esforço mental que está fazendo, da intensidade com que visualiza o cofre de aço sem portas e sem ar que nossa instrutora descreve.

Eu acompanho o exercício, mas estou bem mais interessada em observar meus colegas. Em certo momento, quando abro os olhos só um pouquinho para analisar os rostos ao meu redor, pego Kaine me observando de volta. Ele sorri e sussurra:

— Quer dar uns beijos? — Reviro os olhos e no mesmo instante Struck manda ele calar a boca e focar.

Faltam dez minutos para o fim da aula quando Struck a encerra, mas ainda não nos dispensa. Em vez disso, diz algo em seu comunicador. Poucos minutos depois, outra mulher entra na sala.

Murmúrios de insatisfação se espalham pela turma.

Eu entendo o motivo no mesmo instante.

Ela é Modificada.

13

Antes do Golpe, Mods podiam circular livremente pela sociedade sem que ninguém notasse a diferença. Qualquer pessoa em uma loja podia ser Modificada. Um colega de classe. O lixeiro que você cumprimenta ao passar pela rua.

O General Redden mudou tudo isso, tornando impossível para um Mod passar despercebido. Depois de aprisionar e, em seguida, executar o Presidente Severn, ele marcou os Aberrantes, tatuando faixas finas e pretas ao redor de seu pulso esquerdo — se jurassem lealdade. Os que não juravam recebiam uma segunda tatuagem, uma faixa vermelha, indicando que eram prisioneiros.

Seria fácil pensar que Redden estava sendo misericordioso, até mesmo tolerante, se não fosse pelo fato de que quase não se vê tatuagens no Continente. Em outras palavras, para o General, Mod bom é Mod morto. Ele matou tantos de nós no Expurgo dos Sangue de Prata, dezenas de milhares, e poupou apenas os que considerava úteis.

A mulher à nossa frente não é uma lealista. Seu pulso exibe tanto a tatuagem preta como a vermelha.

Ela é uma escrava.

Demonstro um interesse moderado enquanto absorvo cada detalhe que consigo. Ela parece estar na casa dos trinta. É baixa, franzina. A pele é mais pálida que leite. O cabelo, castanho, grosso e encaracolado.

Ela deve ser uma telepata poderosa, como Jayde Valence. Não haveria outra razão para o General permitir uma Mod em sua preciosa base militar. Mods úteis geralmente são usados como mão de obra e enviados para campos de trabalho forçado, mas nem sempre. Não é segredo que Redden sente repulsa pelo nosso sangue e preferiria que todos fôssemos eliminados, sobretudo os que têm o dom da telepatia, já que acredita que teriam mais facilidade para entrar numa conspiração contra ele.

Porém, ele também não é burro. Sua mente estratégica reconhece que alguns de nós podem ser usados como armas, embora eu tenha certeza de que ele prefere as armas que são leais a ele, como Jayde. Não que isso faça diferença. Mesmo os lealistas que têm permissão para viver na sociedade possuem menos direitos do que os Primais. Há um quarto de século, os Mods que não se escondem têm sido tratados como cidadãos de segunda classe.

Meus companheiros murmuram entre si, as vozes carregadas de desprezo.

— Não sabia que tinha imperfeitos nesta base.

— Espero que ela não chegue muito perto.

Cerro os punhos, cravando as unhas na pele enquanto me esforço ao máximo para manter as emoções sob controle. É difícil me manter impassível.

— Esta é Amira — anuncia Struck. — No final de cada aula, ela vai testar seus escudos.

Merda.

Sinto um arrepio na espinha. Como devo lidar com isso? Se meu escudo for forte demais, ela vai desconfiar. Mas se for muito fraco, corro o risco de ela ouvir meus verdadeiros pensamentos.

— Não quero que esse rato de laboratório encoste em mim — Bryce declara, dizendo em voz alta o que a maioria dos meus companheiros está pensando. Os ombros dela formam uma linha reta e cheia de tensão.

— Não é preciso contato físico — Struck assegura aos recrutas. — Vai levar menos de um minuto.

— Não — Bryce retruca, teimosa. — Não vou deixar que ela leia minha mente.

— Construa um escudo forte e ela não conseguirá.

— Ela não vai entrar na minha cabeça — insiste Bryce.

Struck pega o tablet.

— Certo. Como preferir, Granger. Vou conceder seu pedido para ser cortada do Programa.

Bryce arregala os olhos, em choque.

— Não! Você não pode fazer isso!

— Então você vai permitir que Amira teste seu escudo.

— Vou contar isso para o meu pai. — O desespero faz a voz da jovem tremer.

— Você pode falar com quem quiser. Mas, para concluir o Programa, precisa completar essa aula. E, para fazer isso, seu escudo precisa ser testado.

A Mod, Amira, permanece imóvel, inexpressiva. Parece uma estátua, com sua blusa de mangas curtas e calça justa. Fico me perguntando se ela tem que lidar com esse tipo de coisa toda vez que começa uma sessão.

— Mais alguém quer protestar? — Struck pergunta à turma.

Ninguém responde.

— Ótimo. — Ela faz um sinal para Amira, que cruza a sala até uma mesa vazia no fundo. — Vamos começar com Granger. Por favor, vá até Amira.

A morena alta parece à beira de um colapso ao se levantar da cadeira. As pernas dela estão tremendo de verdade, e eu quase sinto pena. Sei muito bem que as pessoas têm medo de nós. Já vi isso com meus próprios olhos em Hamlett, o medo e a apreensão no rosto dos aldeões quando falam sobre os Mods. Mas faz tempo que não vejo alguém tão apavorado só por estar perto de um de nós.

Todos observam, curiosos, enquanto Bryce se senta, cruzando os braços com obstinação e olhando para baixo.

A interação toda dura cerca de trinta segundos. Amira observa Bryce por um instante, toca algo em seu tablet e, em seguida, dispensa a mulher traumatizada. Ivy, a colega de Bryce, é a próxima.

Depois de um tempo, meus colegas perdem o interesse. Ficar olhando uma mulher encarar outra pessoa por alguns segundos não é o mais empolgante dos espetáculos. Logo, eles se distraem fazendo comentários depreciativos sobre os Modificados, e alguns deles são mentiras descaradas.

— Minha tia disse que o sangue deles é tóxico — comenta a colega de Betima com um tom cheio de confiança. Como se fosse um fato. — Se eles tiverem um ferimento aberto e o sangue deles entrar na *sua* corrente sanguínea, você pode morrer na hora.

Dou uma risadinha. Ela me olha de lado, franzindo a testa.

— O que foi?

Dou de ombros.

— Essa é a coisa mais idiota que já ouvi.

— Minha tia disse...

— Sua tia é uma idiota.

Kaine ri, mas percebo que Lyddie não está sorrindo. Ela parece preocupada, seus olhos castanho-claros se voltando para o fundo da sala, onde Amira agora está sentada com Lash.

Eu me inclino para mais perto.

— Tudo bem?

Ela engole em seco, o rosto um pouco pálido.

— Não gosto da ideia de uma Aberrante mexendo no meu cérebro.

Tarde demais, quase digo.

Você não é boa o suficiente.

Ainda penso no mantra interno de Lyddie. E isso ainda me entristece.

— E se ela encostar em mim sem querer?

Não consigo evitar a decepção que aperta minha garganta. Não sei por que achei que Lyddie seria mais mente aberta. Talvez porque eu já estivesse começando a vê-la como uma amiga, e meus amigos nunca se preocupariam com o risco de que eu encostasse neles.

Preciso me lembrar de que ela é fruto do meio em que cresceu. A mãe trabalha para a Companhia. O pai, para o Comando. Ela foi criada para me odiar e me temer.

Mas, ainda assim, dói um pouco.

— Eles não podem controlar sua mente só de tocar em você — asseguro.

— Você não sabe disso.

— Se fosse assim a gente saberia com certeza. Se o toque deles fosse perigoso, haveria registros disso, não é?

Olho para Betima em busca de apoio, mas ela não parece confortável com a conversa. Quando me viro para Kaine, o rosto dele está inexpressivo.

— Pelo amor de Deus, gente, eles não são monstros! — digo, exasperada.

Lyddie ergue as sobrancelhas no mesmo instante, e meu estômago afunda ao perceber a atenção que atraí. A algumas mesas de distância, Roe me encara com a testa franzida. Bryce se vira na cadeira, horrorizada.

Volto atrás o mais rápido que posso.

— Só estou dizendo que eles ainda são seres humanos. Não são mutantes, são *humanos*. Isso significa que podemos enfrentá-los como qualquer outra pessoa. Eles não vão disparar raios pelos olhos nem derreter sua pele com um toque...

— Darlington, é a sua vez — Tyler Struck anuncia, e nunca me senti tão grata por ser interrompida.

Dou um pulo da cadeira e caminho até Amira. Seus olhos são gentis. Gentis demais. Como não estão ardendo de raiva? Como não brilham de indignação diante da injustiça?

Um incômodo de culpa me revira o estômago ao perceber que estou julgando a mulher. Não deveria. Talvez ela seja como eu, apenas esperando o momento certo. Em uma luta interna para encontrar uma saída da própria situação.

Enquanto me aproximo da mesa, algo dentro de mim muda. A tentação de me abrir para ela, de me revelar e criar uma conexão é avassaladora. Consigo *sentir* a atração da presença dela. Consigo quase provar o desejo de me conectar com alguém que me entende.

Nem pense nisso.

Eu me sento na cadeira à sua frente e construo um escudo frágil. Nada que levante suspeitas. Ao mesmo tempo, disfarço minha mente, esvaziando-a de qualquer pensamento que não seja a falta que sinto da minha égua, Kelley.

Sei o momento exato em que ela atravessa meu escudo pela descarga eletrônica que percorre minha nuca. Não demonstro nada além de ignorância diante da invasão, mas não consigo fingir que não notei as veias dela começando a se mover sob a pele. Seus braços brilham sob a luz fluorescente.

— Razoável — ela reconhece depois de uns trinta segundos. Sinto o caminho se fechar, e as veias dela se acalmam nos braços. — Mas fácil de atravessar. — Ela abre um sorriso tranquilo. — Nunca andei a cavalo. Ela parece dócil.

— Ela é.

Olho para as tatuagens em seu pulso.

Há quanto tempo ela é escrava?

Quero perguntar. Quero saber se já tentou fugir antes. Mil perguntas queimam na minha língua.

Enquanto ela abaixa a cabeça para registrar algo no tablet, um sentimento ainda mais perigoso começa a se espalhar por mim. Aquele chamado retorna. O desejo desesperador de abrir um caminho.

Respiro fundo.

Por que não fazer isso? Ela é uma prisioneira. Não tem lealdade a essas pessoas. Vai *querer* saber que não está sozinha aqui...

— Sutler, sua vez.

A voz da instrutora rompe a névoa dos meus pensamentos.

Meus sentidos voltam ao foco, e a clareza me atinge como uma onda gelada, me sacudindo de volta à realidade e à decisão absurda que quase tomei.

Qual é o meu problema?

Em que planeta seria uma boa ideia me conectar com essa mulher?

Em público.

Enquanto ela está de mangas curtas.

Retorno à minha mesa e dou um aperto rápido e tranquilizador no ombro de Lyddie.

— Viu? — digo a ela. — Nada de mais.

Há um filme sendo exibido na área de convívio hoje à noite. Mais uma propaganda da Companhia, imagino. Lyddie disse que é sobre alienígenas, mas tenho certeza de que vão dar um jeito de vilanizar os Mods. Aqueles nojentos sangue de prata que arruinaram a sociedade.

Enquanto todo mundo da Célula Preta se reúne depois do jantar, volto para o dormitório. Minha mente está inquieta hoje. Ou melhor, esteve inquieta o dia todo. A ansiedade começou com o aviso de Tana para eu não voltar ao Setor Z e só piorou depois da aula de proteção mental.

Ainda consigo ver aquela palavra na holotela. INCITADORES. Consigo ouvir Tyler Struck me chamando de monstro.

Tana está errada. Aqui não é mais seguro para mim. Como poderia ser, se possuo o único poder que não despertará a menor piedade nos meus inimigos? Se fosse uma curandeira, iriam querer me usar. Se fosse uma telepata poderosa como Jayde, seria o bichinho de estimação do General.

Mas eu tirei o pior número na loteria das mutações.

Se descobrirem o que posso fazer, vão me matar. E eu não tenho nenhuma forma de controlar se eles vão descobrir ou não. Se mexerem demais com as minhas emoções, posso incitar sem aviso. Posso me revelar contra a minha própria vontade. Ou pior... machucar, sem querer, alguém de quem gosto. Talvez até matar.

Quando sinto Lobo tentando se conectar, me agarro àquele fio de energia como se estivesse me afogando e ele fosse um colete salva-vidas. Qualquer coisa para desviar o trem de pensamento desgovernado no qual estou prestes a embarcar.

— Ei, Margarida. — O cansaço na voz dele me atinge em cheio.

— Putz. Você parece tão acabado quanto me sinto.

— Estou. Exausto pra caralho. — Ele suspira. — Foi um dia longo.

— Tudo certo?

— Na maior parte, sim. O que você tá fazendo agora?

— Pensando. — Me deito de costas e apoio a cabeça no travesseiro. — Relembrando.

— Hmm. O que estamos relembrando?

— Daquela vez em que eu quase matei meu pai.

A risada dele tem um tom irônico.

— Ah. Lembro disso. Você tinha treze? Catorze?

— Catorze.

— Você sabe que não fez de propósito, né?

Ele não está errado, foi mesmo um acidente. Só que ele, hã, não sabe todo o contexto.

Adoro Lobo, mas o que compartilho com ele sempre vai ser, de certa forma, editado. Ele não sabe que o pai de quem falo tantas vezes é Jim, que nem sequer era meu parente de sangue.

Ele não sabe que tenho mais do que o poder da telepatia.

E com certeza não sabe que, na noite em que a caminhonete do Jim saiu da estrada e capotou cerca de seis vezes antes de virar um monte de metal retorcido... isso aconteceu porque eu o incitei a fazer isso.

— Claro que sei — respondo.

— A estrada estava molhada. Você pisou com força demais no acelerador e derrapou para o acostamento.

Não caiu uma gota de chuva naquela noite. E eu não estava no banco do motorista.

— Foi um acidente — diz Lobo.

Foi um momento de raiva impulsiva e imatura.

Tio Jim me arrancou da praça da cidade, onde Tana e eu estávamos tomando umas cervejas com alguns garotos de Hamlett. Garotos bem mais velhos. Ele me humilhou na frente dos meus amigos. Me jogou no ombro e me atirou no banco do passageiro da caminhonete enquanto eu xingava e gritava com ele. Ignorou meus protestos e dirigiu para casa. Nem sequer olhou para mim enquanto eu rosnava para ele dar a volta e me levar de volta até os meus amigos.

Estávamos na metade do caminho para o rancho quando minha frustração transbordou. Foi então que gritei, tomada pela raiva, "vira essa caminhonete *agora*!".

E ele virou. Com um puxão tão brusco no volante que o carro capotou.

— Eu sei, eu sei. Mas isso não muda o fato de que foi aterrorizante. Tivemos sorte de sair vivos.

Jim teve sorte de sair vivo.

Sempre me perguntei se ele teria preferido que eu morresse naquela noite. Sei que ele me amava, mas... eu era um fardo para ele. Sei que era.

Pressiono os lábios para conter um soluço e tento me distrair jogando uma acusação para cima do Lobo.

— De alguma forma, você sempre dá um jeito de mudar o rumo das conversas para mim. Agora me diz por que está tão exausto hoje.

— Não sei. Acho que estou me sentindo do mesmo jeito que você estava no Dia da Liberdade. Cansado de tudo. De fingir que sou normal, de esconder o que sou... é cansativo. — Ele faz uma longa pausa. — Todo dia, sinto que perco um pedaço de mim.

É raro ver o Lobo tão vulnerável. Mas entendo o que ele está sentindo. Às vezes, o peso das minhas habilidades se torna tão esmagador que fica difícil até respirar.

— É cansativo. Sempre olhando por cima do ombro, sempre questionando cada palavra, cada ação. — Mordo o lábio e encaro o teto. — Quanto tempo você acha que alguém aguenta antes de colapsar?

— Não vamos colapsar.

Ele parece bem certo disso.

— Não?

— Nada disso, Margarida. A gente tem um ao outro. Vamos nos manter fortes.

As palavras dele são um alívio para minha alma cansada. Mas essa sensação de conforto não dura muito tempo. Assim que ele se afasta da minha mente, me sinto presa e inquieta de novo.

Deslizo para fora da cama e vou até a porta. Vozes ecoam da área de convívio. O filme ainda está passando. Sigo na direção oposta, em direção à saída do prédio. Estou bem ciente das câmeras presas ao teto, acompanhando cada movimento meu.

Quando saio, levo um susto ao ver Kaine sentado no fim dos degraus, segurando seu dispositivo.

— Lendo alguma coisa interessante? — pergunto.

Ele vira a cabeça loira para me encarar.

— Nem um pouco.

— Quer dar uma volta?

— Claro. — Ele guarda o dispositivo no bolso de trás, espera eu descer os degraus e estende a mão para mim.

Eu a encaro.

— O quê? — Kaine pergunta.

— O que você está fazendo?

— Se vamos fazer uma caminhada romântica juntos, Darlington, temos que andar de mãos dadas.

Solto uma risadinha.

— Segura a sua própria mão, Kaine.

Os olhos verdes dele brilham enquanto nos afastamos dos alojamentos. A noite está estranhamente silenciosa, considerando que ainda nem são nove horas. Esperava ver mais movimento, ouvir mais vozes ecoando na escuridão. Mas os únicos sons são minha respiração e o zumbido distante do campo de força que delimita o perímetro da base. Tento ignorar as torres de vigilância, a sensação incômoda de estar sendo observada, não apenas pelos guardas, mas também pelas câmeras piscando ao nosso redor.

Kaine também está quieto. Espero algum comentário provocativo, mas ele mantém o olhar fixo à frente, as mãos enfiadas de qualquer jeito nos bolsos da calça do uniforme. Sigo o exemplo e fico em silêncio.

Seguimos sem pressa em direção ao quadrante leste, onde vários armazéns de suprimentos se escondem nas sombras. Logo além deles, fica um dos portões de entrega da base. Quando nos aproximamos, finalmente ouço algumas vozes. Masculinas. Elas flutuam para fora da porta aberta de um pequeno edifício de fachada cinza.

Fico tensa no mesmo instante. Não é só a porta do edifício que está aberta.

O portão de entrega também está.

E há uma motocicleta parada ao lado, sem ninguém por perto.

14

Essa é a minha chance.

A menos que seja uma armadilha.

Só pode ser uma armadilha, certo?

Por que outro motivo o portão de entregas estaria entreaberto? E por que há uma motocicleta aqui?

Ou o destino em pessoa está me estendendo a mão, ou Cross Redden preparou uma armadilha para mim. Um teste. A Recruta 56 vai ficar no lugar, como uma boa soldadinha, ou vai tentar fugir?

Paro de andar.

— Tudo bem? — pergunta Kaine.

Respiro fundo para me recompor e olho para a motocicleta, depois para Kaine. Ele me observa com uma mistura de divertimento e preocupação.

— O que foi, Darlington?

— É melhor você voltar para os alojamentos — digo a ele.

Olho para a moto e, em seguida, analiso os arredores, buscando qualquer sinal de movimento nas sombras. A cerca de cinquenta metros, a torre de vigilância mais próxima parece ameaçadora, o holofote varrendo o terreno.

Tudo depende do momento certo.

— Darlington... — É um aviso. — Seja lá o que você estiver pensando agora...

— Volte logo para os alojamentos, Sutler. A gente se vê depois.

— Wren — ele rosna, mas já estou avançando, a adrenalina latejando nas veias.

Alcanço a motocicleta, meus dedos tremendo ao agarrar o guidão. É preciso usar a digital para ligar o motor, mas quem quer seja o dono da moto não a trancou. Jogo a perna por cima, montando na máquina, e com um olhar pesaroso para Kaine, ligo o motor.

Ele ronca, ganhando vida. Sem hesitar nem por um segundo, giro o acelerador e a moto dispara, a velocidade repentina me jogando para trás. O portão aberto está *logo ali*. Inclino o corpo para a frente, me pressionando contra o guidão, incentivando a moto a ir mais rápido. O mundo ao redor sai de foco, e só vejo o caminho estreito adiante.

Passo pelo portão a toda velocidade, o ar frio da noite batendo em meu rosto. É uma sensação eletrizante... a liberdade. Uma emoção selvagem e intoxicante que enche meu peito enquanto disparo pela estrada pavimentada. Atrás de mim, a base do Comando se dissolve na escuridão, o peso opressor dos seus muros se dissipando dos meus ombros. À minha frente, a estrada aberta se estende como um convite ao desconhecido.

Levo um tempo para me situar quando o caminho chega ao fim de repente. Preciso virar. Mas devo ir para a esquerda ou para a direita...? O Ponto Sacro fica a leste daqui. Seria impossível me esconder na cidade. Muitos patrulheiros. Drones.

Vou para a esquerda. O Setor E faz fronteira com o Ponto, e todas aquelas aulas tediosas de geografia que eu aguentei no fundamental me ensinaram que E é basicamente uma floresta imensa. Se conseguir chegar à floresta, posso desaparecer.

Acelero a moto, mas ainda não é rápido o suficiente. Eu daria tudo por uma moto de alta velocidade agora. Nunca pilotei uma, mas Tana já. Ela disse que, quando a propulsão química entra em ação, parece um foguete sendo lançado para o espaço.

O vento uiva e zune nos meus ouvidos, fazendo minha pele arder, mas não posso reduzir a velocidade. Essa foi ou a melhor decisão que já tomei na vida ou a mais idiota, e estou começando a achar que foi a segunda opção. Não consigo afastar a tensão crescente que sinto, o medo de que alguém venha atrás de mim. Aperto o acelerador com mais força, e o motor responde com um rugido desafiador na noite.

A paisagem passa por mim em borrões pretos e cinza, iluminada apenas pelo feixe estreito do farol da moto. Acabo de vislumbrar algo que parecem ser copas de árvores no horizonte quando escuto.

Um segundo motor.

— Merda! — grito contra o vento.

Arrisco um olhar por cima do ombro e vejo a outra moto se aproximando, parecendo maior a cada segundo que passa. Está vindo *rápido*. É de alta velocidade, sem dúvida.

O pânico toma conta de mim, e eu acelero mais, enquanto o motor ruge em protesto na tentativa de deixar meu perseguidor para trás. Mas ele continua se aproximando. Vejo o farol dançando na minha visão periférica. Meus batimentos martelam nos ouvidos, cada músculo do meu corpo tensionado ao máximo conforme levo a moto ao limite.

Olho de novo para trás e engulo um grito de frustração.

Cross.

Seu rosto está quase todo oculto pelas sombras, mas aquele sorriso convencido é inconfundível. Ele está gostando disso. Da emoção da caça.

Fecho os dedos com ainda mais força em torno do guidão, os nós brancos de tensão. Deve haver uma saída, um caminho que não termine com a minha captura. Mas a estrada deserta se estende infinitamente à frente. Onde está a porcaria da floresta?

— Darlington! Encoste.

A voz dele sai abafada pelo vento. Ele reduziu a distância entre nós e agora está bem ao meu lado.

Cerro os dentes e me recuso a olhar para ele.

— Cai fora! — grito. — Estou ocupada!

— É melhor você encostar. — É a resposta dele, quase inaudível.

E então, à distância, eu vejo. O brilho fraco e fantasmagórico de um campo de força.

Sinto meu coração afundar. Se continuar, vou me chocar contra ele a toda velocidade e ser eletrocutada, frita até virar cinzas antes mesmo de sentir o gosto da liberdade.

Mas não posso parar, porra.

— Pare, porra! — Cross rosna.

O campo de força se aproxima, sua aura cintilante pairando como uma cortina de pequenas estrelas contra o céu noturno. Talvez eu possa...

O quê? desafia minha voz interior, incrédula. *Me matar com uma descarga elétrica fatal?*

Percebo que Cross não está mais ao meu lado. Ele reduziu a velocidade. Acho que *ele* não está a fim de morrer.

O campo de força está a menos de seis metros agora. A derrota e a raiva borbulham dentro de mim, uma fúria feroz e impotente. Com um puxão desesperado, viro o guidão, tentando parar. Os pneus guincham alto, a moto derrapa violentamente e eu perco o controle. O chão se aproxima em alta velocidade quando sou arremessada do assento.

Caio com força no chão. Uma dor aguda atravessa minha bochecha quando colapso na superfície áspera. Sinto o gosto metálico de sangue preencher minha boca. Resmungo, me apoiando nos braços trêmulos, enquanto meus ouvidos zumbem e eu arfo em busca de ar. A moto está a poucos metros de distância, o motor ainda roncando baixinho antes de engasgar e desligar.

Os passos de Cross são silenciosos quando ele se aproxima.

— Sério? Um campo de força? — murmuro para ele. — Parece um desperdício de recursos colossal instalar um negócio desses no meio do nada.

— Na verdade, tem se provado um ótimo investimento. Você ficaria surpresa em saber a quantidade de desertores que esse campo já pegou.

Ele estende a mão para me ajudar a levantar. Eu a afasto com um tapa e o encaro com raiva.

— Não preciso da sua ajuda — rosno, limpando o sangue do rosto com as costas da mão. — E não sou uma desertora.

Ele ri baixinho.

— Não? Então como você chama essa perseguição emocionante que acabou de acontecer?

Dou de ombros, finalmente conseguindo ficar de pé.

— Eu queria sentir o vento no rosto.

Cross se aproxima mais. Seu cabelo escuro está bagunçado pelo vento, e ele passa os dedos pelos fios, o que chama a minha atenção para seu braço tatuado. Ele tem aquele tipo de tatuagem que precisa ser estudada de perto. De longe, parecem apenas redemoinhos e espirais sem sentido, mas agora que estou perto, percebo que são asas e chamas, com pequenas linhas de texto entrelaçadas no desenho. Fico irritada com o interesse que isso desperta em mim.

Ele é o filho do General Redden.

Eu não deveria me importar com o significado das tatuagens dele.

Não deveria notar o quanto elas o fazem parecer perigoso.

Não deveria achar esse perigo vergonhosamente sexy.

— Então isso foi... o quê? Uma excursão divertida? — A sobrancelha arqueada dele é um sinal de que não comprou minha desculpa esfarrapada.

— Isso mesmo.

Passo a palma das mãos na frente da calça e faço uma careta ao perceber que tenho pedacinhos de cascalho cravados na pele. Aquela derrapada na estrada vai deixar bem mais do que apenas cortes pequenos e hematomas.

— Mas — continuo, deixando as mãos caírem ao lado do corpo — se estivesse *de fato* tentando fugir, você iria mesmo me culpar? Eu já disse que não quero fazer parte do Programa. Não quero estar aqui.

Ele me encara com uma intensidade tão grande que me faz querer desviar o olhar.

— Você quer sair daqui tanto assim? Tudo bem. Você venceu. Vou te liberar do Programa.

— Vai mesmo? — Quase cambaleio de alívio. — Vai me mandar de volta para Z?

— Não.

Assinto, sentindo a resignação se instalar.

— Vou para um campo de trabalho forçado, então?

— Não. Se você sair do Programa, o único lugar para onde vai é de volta para a prisão militar.

— Por quanto tempo? — exijo saber.

— Pelo tempo que eu quiser te manter lá.

Cross caminha até a minha moto caída. Observo seu corpo definido enquanto ele se abaixa para levantá-la. Não consigo evitar o turbilhão constante de desejo sempre que estou perto desse maldito corpo.

— Sobe — ele ordena.

Fico parada no lugar. A prisão? Deus. Não. Não posso voltar para lá. Para aquele quarto minúsculo com uma janela minúscula e paredes sufocantes. Ele poderia me manter trancada naquele lugar por meses, anos até, por pura birra. A perspectiva de perder o pouco de liberdade que tenho me apavora. Meu cérebro trabalha a mil enquanto tento encontrar uma solução.

— Por favor. Me deixe voltar para o meu setor. — Quase estremeço ao perceber o desespero na minha própria voz.

Ele também percebe, porque, ao se aproximar de mim, sua expressão se suaviza só um pouco, e vislumbro algo parecido com compaixão em seu olhar.

Então ele diz:

— Não.

Engulo em seco, sentindo o peso da realidade cair sobre mim.

— A gente precisa encontrar uma forma de chegar a um acordo. — Eu o observo por um tempo. — Deve ter alguma coisa que eu possa fazer para te convencer a me deixar ir para casa.

Não deixo de notar o brilho nos olhos dele, cheios de desejo. Ao menos acho que é desejo. Pode ser irritação. Repulsa.

Mas se *for* desejo...

Engulo em seco de novo, dessa vez tentando umedecer a boca que ficou seca de repente. Eu poderia fazer isso. Não há razão para não conseguir. Na verdade, seria fácil me deixar levar pela moralidade distorcida que governa nosso mundo, onde os fins sempre justificam os meios, custe o que custar.

Diminuo a distância entre nós. Nenhum de nós diz uma palavra sequer enquanto nos encaramos na escuridão. Ele é muito maior do que eu. Mais alto, mais largo, mais forte. Eu me sinto pequena e vulnerável ao seu lado, no meio da estrada deserta. Passo as mãos trêmulas pelo cabelo, prendendo algumas mechas desgrenhadas atrás das orelhas. Cross acompanha cada movimento meu com o olhar.

— Você está se oferecendo para transar comigo, Pombinha?

A diversão estampada no rosto dele me faz estreitar os lábios.

— Se é isso que precisa pra fecharmos um acordo, então sim, acho que é o que estou oferecendo.

Aquela maldita covinha surge em sua bochecha, mas seu sorriso está mais para uma provocação do que para um consentimento.

— É mesmo? Você está disposta a fazer qualquer coisa pra fechar esse acordo?

— Estou.

Ele observa meu corpo inteiro, se demorando na poeira que cobre minhas roupas, no sangue ressecado na pele do meu braço esquerdo, que foi arrastado pelo asfalto quando fui jogada da moto. Dessa vez, não há como confundir o desejo em seus olhos.

— Está bem. — A voz dele é áspera, rouca. — Vem aqui.

Minhas pernas se recusam a se mover. Fico ali, imóvel, meu coração acelerado enquanto observo Cross levar as mãos até a frente da calça. Mal consigo respirar. Com um único movimento preciso, ele abre o botão da calça escura e abaixa o zíper.

Ele me olha com expectativa.

— Não tenho a noite toda.

Finalmente consigo puxar o ar para dentro dos pulmões, mas isso só me causa tontura. Sinto vergonha quando meu lábio inferior começa a tremer, e o mordo com força para conter essa reação traiçoeira. Ele não pode perceber o quanto estou abalada.

— Eu... — Respiro fundo mais uma vez e desvio o olhar do rosto debochado dele. — Retiro a oferta.

— Foi o que pensei.

O babaca ri enquanto fecha o zíper da calça. Ele sabia desde o começo que eu nunca faria isso. Só estava tirando uma com a minha cara.

Dou um pulo quando, de repente, sinto sua presença ao meu lado. Seu quadril roça no meu, nossos braços se tocam, e sua boca paira logo acima da minha orelha.

— Você seria uma péssima prostituta, Pomba.

A indignação me invade. Empurro-o para longe, respirando fundo para conter a raiva.

— Vai se foder.

— Sim, já percebi que você quer muito isso.

A arrogância de suas palavras me faz ranger os dentes.

— Não se iluda.

Ele parece se divertir ainda mais.

— Você costuma mentir melhor do que isso. Eu vejo como você me olha.

Uma onda de vergonha me invade, se misturando à fúria que revira meu estômago. Odeio admitir que ele está certo. Há algo entre nós. Algo sexual.

Pode ser... pode ser que eu me sinta atraída por ele.

Então talvez eu tenha ódio de mim mesma. Já dormi com soldados antes, mas sentir atração por Cross é uma traição das grandes. É como cuspir na cara de cada Mod do Continente.

O sobrenome dele é Redden. Não há justificativa para me envolver com ele. Eu nunca conseguiria explicar isso para Tana, ou para Lobo, ou para todas as outras pessoas inocentes que sofreram por causa da família Redden.

Os lábios de Cross se curvam para cima diante do meu silêncio.

— Sugiro que você tire essa ideia da cabeça, Darlington. Sou seu capitão de operações. Não transo com recrutas. — Ele vai até a moto. — Agora anda. Está na hora de ir.

— Eu vou ficar no Programa. — É preciso muito esforço para dizer essas palavras.

Ele para e me encara.

— É mesmo?

— É. Se tenho que escolher entre o Programa ou a prisão, escolho o Programa.

— Quanta generosidade da sua parte. Agora sobe logo na porra dessa moto.

Acordo várias horas depois com o brilho cegante das luzes fluorescentes. Um coro de gemidos ecoa pelo alojamento enquanto piscamos contra a claridade agressiva. Por instinto, estendo a mão para um rifle que não está ali.

— Todo mundo de pé! Agora! — rosna Xavier Ford. Sua voz tem um tom áspero, cortando a névoa do sono.

Eu me levanto depressa, juntando-me aos outros enquanto ficamos em posição de sentido ao pé da cama. Meu corpo ainda dói da queda da moto, e a queimadura no meu braço arde quando passo a mão nela sem querer.

Ford não está sozinho. Cross entra a passos firmes e para ao lado do tenente; ambos estão vestidos de preto dos pés à cabeça. Meu estômago se revira quando Cross observa todos no quarto e, por fim, me encara com um olhar capaz de derreter aço.

— Desculpem interromper o sono de beleza de vocês — diz ele, cheio de sarcasmo. — Vocês podem agradecer à Darlington por esse chamado matinal.

Sinto cada cabeça se virar na minha direção. Cerro os punhos, desejando desaparecer.

— Darlington decidiu que precisava sentir o vento no rosto esta noite — Cross continua. — Roubou um veículo do Comando e resolveu dar uma voltinha.

Não preciso de poderes empáticos para saber o que todos estão sentindo. As expressões variam entre choque, raiva e desprezo.

— Tá de sacanagem comigo, né? — ouço Kess resmungar.

— Então *todo mundo* vai sentir o vento no rosto — finaliza Cross. — Peguem seus equipamentos. Vocês vão correr até o sol nascer.

Um coro de reclamações se espalha pelo ar. Os olhares furiosos recaem sobre mim, mas não posso fazer nada para aliviar a tensão. Pego minhas botas e as amarro depressa.

— Voltinha, é? — murmura Kaine, da cama ao lado da minha. — Me pareceu mais do que isso.

— Não foi — retruco em voz baixa, evitando os olhos curiosos dele. — Eu só... eu só precisava sair.

No beliche à nossa frente, Bryce Granger ouve minha resposta.

— E agora todo mundo vai ter que pagar por isso — ela rebate. — Valeu.

— Chega de papo — corta Ford. — Se mexam.

Ao sairmos do alojamento, o ar frio da noite me acerta como um tapa no rosto. A base está silenciosa, exceto pelo som de nossas botas no asfalto. Ford e Cross nos conduzem até a pista que contorna o perímetro do complexo. Um caminhão cuja carroceria está aberta nos aguarda. Ford assume o volante enquanto Cross se acomoda no banco do passageiro. Com um ar entediado, Ford acende um baseado.

— Muito bem, comecem a correr — ordena Cross com a voz arrastada. — E continuem correndo. Quem parar será cortado do Programa.

O sorriso de deboche que ele me lança deixa claro que essa ameaça não se aplica a mim. Se eu parar, vou direto para a prisão.

Começamos a correr, primeiro de forma desordenada e sonolenta, mas logo encontramos um ritmo. O ar frio é cortante, e cada respiração queima meus pulmões. Posso ouvir a respiração irregular dos outros ao meu redor e sentir o peso do ressentimento deles de um jeito quase palpável.

— Por que você fez isso, Wren? — pergunta Lyddie, ofegante, sua voz abafada pelo som das passadas no chão.

Ao contrário dos outros, ela parece mais decepcionada do que irritada. Aff. Detesto quando as pessoas ficam decepcionadas comigo. Isso é muito pior.

— Não sei — admito. — Acho que eu só... precisava me sentir viva. — É a melhor mentira que consigo inventar, e a desculpa soa vazia até para mim.

— Uau, parabéns — ouço Ivy dizer atrás de nós. — Estamos todos nos sentindo bem vivos agora.

Mais à frente, Kess, que corre ao lado de Roe e Anson, se vira para me lançar um olhar carregado de desprezo.

— Egoísta de merda — ela sibila. — Você está fodida.

A voz de Ford se espalha pelo ar, vinda do caminhão que segue o grupo em um ritmo preguiçoso.

— Acelerem, imbecis! Vocês estão se arrastando feito lesmas!

Minhas pernas ardem, meu corpo implora por descanso, mas continuo. A lembrança do vento no meu cabelo enquanto eu fugia da base mais cedo parece muito distante agora.

— Ei, Darlington — resmunga Betima, irritada. — Da próxima vez que quiser se sentir viva, tenta não arrastar a gente junto, beleza?

A cada vez que nos aproximamos do caminhão, resisto ao impulso de olhar para Cross. A cada vez que passamos por um portão de saída, me obrigo a não lançar um olhar desejoso para ele. Só vacilo uma vez, deixando meu olhar se demorar nos portões que levam à Praça Sul, e quase posso ouvir a voz de Cross na minha cabeça. *Vai, tenta fugir de novo. Eu desafio você.*

Não. Não vou tentar fugir de novo. Não há mais espaço para a Wren impulsiva. Preciso ser mais contida daqui para a frente. Se eu for fugir, não pode ser uma decisão impulsiva como a de hoje. Tem que ser planejada. Metódica.

Está na hora de agir com inteligência.

FASE 1

Instrutor — Hadley (O), Ford (ST)

Estudante — Wren Darlington, R56

Aula — Combate direto

Nota — 30%

OBSERVAÇÕES DO INSTRUTOR

Darlington demonstra falta de coordenação. Atitude insolente. Sem força no tronco ou instintos de combate. Quase um peso morto.

15

Quando eu tinha seis anos, já era especialista em sobrevivência.

Jim me ensinou a acender uma fogueira e a mantê-la acesa. A consertar minhas roupas. A costurar meus próprios ferimentos.

Ele me ensinou a reconhecer as plantas perigosas da Floresta Sombria e a usar o veneno para eliminar as presas que invadiam nossa clareira quando o sol ia embora.

Ele me ensinou a me esconder sempre que ouvíamos o rugido esporádico de um caça rasgando o céu, porque não tinha certeza se a abertura na névoa era grande o bastante para nos tornar visíveis lá de cima.

Ele me ensinou a me defender apenas com os punhos, as pernas, os dentes. Me mostrou que qualquer parte do meu corpo pode ser uma arma.

Ele me ensinou a sobreviver.

Tudo isso para dizer que consigo descer a porrada em Lyddie De Velde sem nem suar.

E, no entanto, estou aqui, deitada de costas no tatame, fingindo que não consigo recuperar o fôlego.

Cada vez que ela avança, hesitante e desajeitada, deixo que leve a melhor. A maioria dos recrutas está ocupada com seus próprios combates, mas um pequeno grupo está reunido ao nosso redor. Suspeito que todos estejam torcendo para que eu seja destroçada no tatame.

Já faz dias desde que cumprimos nossa punição coletiva por causa da minha infração individual, e grande parte dos recrutas ainda não me perdoou por tê-los feito correr em círculos. Três recrutas foram eliminados naquele dia, incluindo a tímida Pera. Embora, no caso dela, fosse apenas uma questão de tempo. Ela nunca se adaptaria. A adolescente entrou para o Programa logo depois de terminar o ensino médio, o que, na minha opinião, foi um erro. Pelo menos dois terços dos outros recrutas passaram um ano ou mais em designações de trabalho antes de virem para cá.

Kess faz questão de me lembrar o quanto me odeia. Mas pelo menos ela deixa isso bem claro, enquanto Ivy prefere cochichar sobre mim no refeitório com Bryce. Ivy está sempre sussurrando, essa praga.

As duas estão assistindo à minha luta nesta manhã. O riso delas me irrita, mas ignoro e movo as pernas rapidamente para desequilibrar Lyddie. Uso tão pouca força que espero que ela segure firme.

Mas ela desaba no tatame.

Merda!

Será que ela não podia ser um pouco *melhor* nisso?

Só quando deliberadamente a deixo me imobilizar, me prendendo pelo peito com as pernas e pressionando minha traqueia com o cotovelo, é que Ford me permite desistir.

— Puta merda, Darlington, que vergonha você está passando — ele suspira enquanto saio do tatame.

— Quase como se eu não devesse estar aqui — digo, olhando diretamente para ele.

Terminamos o dia no estande de tiro, onde nosso instrutor de armamento, Ivan, nos apresenta um novo rifle de precisão que o General está pondo em circulação. Quando chega a minha vez de testar a arma, me repreendo pela animação borbulhando dentro de mim.

Só existe uma empresa no Continente que fabrica armas de fogo: a Tecmel. Eu tenho um rifle da Tecmel em casa. Quer dizer, na minha antiga casa. A casa que Cross Redden e o pai déspota dele entregaram a estranhos. Mas esse rifle traz uma marca de fabricação que não reconheço. REMM-4.

— O que é REMM? — pergunto a Ivan. Nada me irrita mais do que demonstrar um interesse genuíno por esse programa, mas a curiosidade fala mais alto.

— Fabricante de defesa — responde o homem mais velho. Ele tem a cabeça coberta de cachos grisalhos e a pegada mais firme que já vi. — O General acabou de conceder um contrato gigantesco à REMM para desenvolver uma linha de armas para condições de baixa luminosidade. Vamos testar essa no campo durante as suas operações de treinamento.

Ele me mostra a mira noturna acoplável. É leve. Ajustável. Perfeita.

Chego a sentir um arrepio de prazer. Fico decepcionada de verdade quando preciso devolver a arma.

Kaine me cutuca na altura das costelas.

— Você tá com cara de quem queria dormir abraçada com esse rifle.

— Cala a boca.

— É sério. Tá até ofegante. — Ele sorri. — Para alguém que ama tanto armas de fogo, era de esperar que tivesse uma mira melhor.

Abro um sorriso gentil

— Não é preciso ser bom nas coisas que se ama, Sutler. Tipo você, que deve adorar sexo, mas ser bem ruim de cama.

Isso o faz rir.

— Quer descobrir?

— Não, obrigada.

— Azar o seu.

— Não acho que seja, não.

Lyddie dá uma risadinha. Os grupos da Célula Preta se formaram de forma espontânea, e nós três acabamos formando um trio improvável. Desconfio de todos os outros, sobretudo da Brigada dos Psicopatas, composta por Anson, Roe e Kess. Mas, curiosamente, hoje noto Ivy junto deles. Ela passa a maior parte do tempo com Bryce e um recruta chamado Jones, então vê-la ali, no meio dos três, me deixa em alerta. Estão amontoados como uma matilha de coiotes brancos.

— Você está segurando errado — Ivan me repreende quando chega minha vez de atirar de novo. Ele já demonstrou a pegada correta com as duas mãos umas seis vezes, mas, olha só, ainda não consegui acertar.

— Estou tentando — digo, fingindo desamparo.

— Sutler — ele ordena. — Vai treinar com Darlington.

Bem, essa saiu pela culatra.

Kaine se aproxima sorrindo. Está bonito hoje. Ele sempre está bonito. E o problema é que ele sabe disso.

— Então, você precisa aprender a pegar melhor, é?

Suspiro quando vejo seu sorriso atrevido.

— Aqui, boiadeira. Deixa que eu mostro. — As mãos dele roçam nos meus ombros quando ele se posiciona atrás de mim.

— Não tem necessidade nenhuma de ficar tão perto — resmungo. — Mostra o jeito certo de pegar e vaza.

— Não. Acho que isso exige um treinamento intensivo, com contato direto. Ivan concorda. — Kaine chama por cima do ombro: — Não é, Ivan?

O homem de meia-idade está ocupado com Lyddie. Acho que nem ouviu o que Kaine disse, mas mesmo assim responde:

— Afirmativo.

— Viu?

Suspiro de novo.

Kaine envolve meus ombros por trás com os dois braços. Enrijeço no mesmo instante.

— É só uma demonstração, Darlington. Relaxa.

Falar é fácil. Meu coração acelera levemente com a proximidade dele. Kaine desliza as mãos pelos meus braços, guiando-os para a posição correta. O hálito quente dele roça a minha nuca, e sinto um arrepio me percorrer.

— Mantenha sua mão dominante bem alta na empunhadura. — Ele cobre minha mão, ajustando minha posição. — Assim. Sentiu?

— Aham — consigo responder.

Ele posiciona a outra mão por cima, sobre minha mão esquerda.

— Com a mão de apoio, você precisa envolver a mão dominante. Mantenha os polegares alinhados. Viu?

Faço que sim, mas minha mente está mais concentrada na sensação do corpo dele colado ao meu, seus braços me envolvendo. É... difícil de ignorar.

— Arruma sua postura. Mais aberta.

Banco a desentendida e afasto mais os pés.

— Assim?

— Perfeito. Isso aí. Agora, dedo no gatilho. Foca o alvo. E... aperta.

Aperto o gatilho, e o recuo me empurra para trás, contra o peito de Kaine. Nenhum de nós se importa com o trajeto da bala. Estou muito mais concentrada na forma como a ponta dos dedos dele roça meu ombro.

Viro a cabeça para cima e dou de cara com um par de olhos verdes semicerrados. A intensidade de seu olhar faz um arrepio quente subir pelas minhas pernas.

— Viu? Não é tão difícil assim — sussurra ele, a boca perigosamente perto da minha orelha. — Você leva jeito.

— Kaine — sussurro de volta.

Ele passa a língua pelos lábios.

— Hum?

— Para de dar em cima de mim, porra. — Eu o empurro para longe, arrancando uma risada dele.

— Você é muito sem graça, boiadeira — ele acusa, ainda rindo enquanto volta despreocupadamente para sua posição.

Mais tarde, seguimos até o refeitório para o jantar. Sento-me com Lyddie e Kaine a uma mesa no canto da sala, onde somos recebidos por dois recrutas que não costumam andar com a gente. Um deles é Lash, ou o Observador, como Lyddie o chama em segredo, por causa de seu hábito inquietante de observar todo mundo e quase nunca participar das conversas. Ele se senta à minha frente, em silêncio, e percebo que olha várias vezes na minha direção. Quando ergo uma sobrancelha, ele dá de ombros e volta a olhar para a comida. A outra é Betima que, para nossa surpresa, é hilária. Ela passa boa parte do jantar nos entretendo com histórias sobre a experiência terrível que teve em sua designação de trabalho após o ensino médio.

Enquanto como, começo a notar os sussurros.

Eles vêm da mesa de Kess, o que é estranho, já que aqueles idiotas não costumam se preocupar em falar baixo. Ivy e Bryce estão sentadas com eles esta noite, o que mais uma vez me acende um alerta.

Os cochichos continuam durante todo o jantar, e não consigo me livrar da sensação de que é sobre mim, mesmo que ninguém pareça estar me encarando ou debochando. É só um pressentimento. Um mau pressentimento.

Espero para tomar banho mais perto da hora em que as luzes se apagam, porque a maioria das outras mulheres toma banho antes do jantar e, assim, consigo ter mais privacidade. Hoje, Lyddie vem comigo. Ela entra no box ao lado do meu, e conversamos por cima da divisória enquanto o vapor preenche o banheiro iluminado por luzes fluorescentes.

— O Kaine tá mega a fim de você — diz ela, os olhos brilhando.

— Acho que ele fica a fim de qualquer coisa que se mova.

— Não. Ele gosta de *você*. Dá pra ver.

— Talvez.

Ela inclina a cabeça de forma desafiadora, fazendo gotas de água deslizarem por seu pescoço delicado.

— Nem ouse dizer que não gosta dele também. Ele é o cara mais bonito do Programa.

— E o que mais se acha — rebato.

— E qual o problema em se achar? — Lyddie desliga o chuveiro e pega a toalha. — Um pouco de arrogância pode ser divertido.

Ela tem razão. Kaine é, sem dúvida, divertido. Eu gosto de flertar com ele, e a ideia de acabar na cama com ele é tentadora... se eu não precisasse estar sempre em alerta aqui. Sexo é uma distração que talvez eu não possa me dar ao luxo de ter agora. Não quando estou em território inimigo.

Eu me enrolo na toalha e sigo Lyddie até a fileira de pias. O tecido felpudo vai até meus joelhos, escondendo as cicatrizes de queimadura na minha coxa, mas quando me inclino para limpar o espelho embaçado, a toalha sobe, e ouço Lyddie prender a respiração.

Lanço um olhar sugestivo para ela.

— Pode perguntar se quiser.

Ela desvia o olhar, mas logo volta a me encarar, meio sem jeito.

— Desculpa. É falta de educação ficar olhando.

— Não tem problema.

Ela morde o lábio e passa a escova no cabelo molhado. Sei o que ela quer perguntar, mas demora uma eternidade para criar coragem.

— Então, hum, o que aconteceu?

Dou de ombros.

— Foi um acidente. Quando era criança, derrubei uma panela de água fervente em mim mesma.

— Caramba. — Ela faz uma careta. — Deve ter doído muito.

Foi excruciante. Ainda sinto o cheiro de carne queimada às vezes, de tão vívida que é a lembrança. Tão clara quanto meu reflexo no espelho. Corria pela clareira com os braços abertos, fingindo voar junto aos sábias-azuis que batiam as asas ao meu redor. Então pisquei, e o tio Jim me agarrou. Estava aflito, ignorando minha confusão e meus protestos, enquanto segurava minha cintura e abaixava um pouco o cós dos meus shorts. Ele tinha visto alguma coisa quando ergui os braços e a bainha da minha camisa subiu, revelando um pedaço de pele bronzeada.

— Quando isso apareceu? — ele perguntou, e eu me lembro de olhar para a marca de nascença. Um círculo perfeito logo abaixo do meu osso do quadril. Cerca de cinco centímetros de diâmetro.

Vermelho-sangue.

— Não sei — resmunguei, porque de fato não sabia.

Mas ele não gostou da minha resposta. Ficou agitado, demonstrando raiva. Medo.

— Quando essa marca apareceu, Wren?

— Não sei — insisti, e vi quando ele respirou fundo.

— Wren. — Ele pigarreou, suavizando o tom áspero da voz. — Eu te amo muito.

Franzi a testa. Isso não combinava com ele... sentimentos. Ele não costumava demonstrar emoções, e com certeza jamais falava delas.

— Posso voltar para os pássaros agora? — resmunguei.

— Não. Fique aqui do meu lado. Parada. Não se mexa.

Com uma das mãos, ele puxou minha camisa até o umbigo e baixou meus shorts até o quadril. Antes que eu pudesse entender as intenções dele, Jim já segurava o cabo da panela fumegante sobre o fogo, e eu gritei quando a água fervente escorreu sobre minha pele exposta. Um som agudo e arrepiante, que fez todos os pássaros na clareira alçarem voo, fugindo desesperadamente. Jogou a panela vazia para o canto e tentou me alcançar. Ele me chamou, mas gritei para que não me tocasse. Afastei seu braço estendido com um tapa e recuei apavorada, meus gritos cortando o ar.

— Me desculpe, passarinho. Tive que fazer isso. — A voz dele soava rouca, enquanto a pele da minha coxa enrugava e borbulhava, chamuscada e avermelhada. Um pedaço do tecido da minha camisa derreteu e grudou na carne queimada.

Naquele dia, eu o odiei. O tipo de ódio que faz suas mãos tremerem e a respiração ficar entrecortada.

Minha mente adulta entende por que ele fez isso. Ele agiu pensando no meu bem. A marca de sangue precisava ser destruída, simples assim.

Mas agora carrego uma marca diferente. Um símbolo de feiura que faz Lyddie me observar com pena antes de desviar os olhos de volta para o próprio reflexo.

Os sussurros continuam na manhã seguinte. Percebo Ivy me encarando com uma expressão fechada no espelho antes de sair dos banheiros. Percebo o sorriso debochado de Kess. O olhar vazio de Anson e o calculista de Roe. Ainda não decifrei o irmão mais novo do capitão. Ele é arrogante, trata nossos instrutores com insolência e desdém. Sinto nele uma petulância destrutiva que me deixa inquieta, mas, ao mesmo tempo, tenho a impressão de que é muito mais inteligente do que aparenta.

Fingindo procurar meu dispositivo, demoro um pouco mais nos alojamentos para evitar caminhar com eles até o refeitório. Só depois que saem e seus passos se afastam é que me aventuro pelo corredor.

O tilintar de talheres contra pratos preenche o vasto refeitório quando entro alguns minutos depois. Pego uma bandeja, entro na fila e aceito, sem reclamar, meu prato de ovos mexidos com bacon. E não é bacon sintético. Acho que a única vantagem de ser prisioneira do Comando é que esses idiotas comem carne de verdade.

Percorro o refeitório com os olhos até encontrar a cabeça loira de Kaine. Ele está com Lash, Lyddie e Betima, mas não na mesa do canto onde nos sentamos ontem. Meia dúzia de membros da Célula Vermelha chegaram antes de nós dessa vez.

O refeitório é o único lugar em que vemos os recrutas da Célula Vermelha. Eles costumam ficar de um lado do salão, isolados. É curioso como nos dividimos naturalmente em duas forças opostas, desconfiando uns dos outros apesar de nunca competirmos nem sequer interagirmos.

Percebo que estou recebendo muitos olhares. O barulho das bandejas e o burburinho das conversas continuam, mas sinto olhos demais sobre mim, e não gosto disso. Os sussurros me acompanham pelo caminho, e quando finalmente chego à mesa, já estou irritada.

— Algum motivo para todo mundo estar falando de mim?

— Hã? — O tom de Lyddie é neutro demais, quase suspeito. — Acho que não estão, não.

— Estão sim — Kaine corrige, e Betima ri baixinho.

— O que está acontecendo?

O silêncio se instala. Até Kaine, que nunca perde a piada, fica de boca fechada.

— O que está acontecendo? — repito.

— Bom. É... — Lyddie está fazendo aquilo de novo: tentando ser delicada demais em vez de dizer logo o que precisa ser dito.

— Desembucha, Lydia.

Ela empurra os ovos no prato de um lado para outro.

— Algumas pessoas estão dizendo... que, hum, seu tio era Aberrante. — Ela evita meu olhar. — E que foi executado por encobrimento.

Jogo o garfo com força na bandeja.

— Essa cutucou a ferida — murmura Kaine.

Enquanto a amargura me atravessa, cerro os dentes com tanta força que me surpreende ninguém ouvir meus molares rangendo.

Por fim, consigo falar. Minha voz sai baixa e controlada.

— Meu tio não era Aberrante.

— Ele foi executado? — Lyddie pergunta. Ao lado dela, o olhar fixo de Lash é tão intenso que chega a ser perturbador.

Concordo, derrotada.

— Ele enfrentou o pelotão de fuzilamento. Mas o que estão dizendo sobre ele não é verdade.

Mesmo enquanto a mentira escapa dos meus lábios, sinto o peso da verdade me esmagando, amplificado pelos olhares furtivos lançados na minha direção. Cada uma dessas pessoas adoraria me ver morta se soubesse o que eu sou. Foram ensinadas desde que nasceram de que há algo de errado comigo. Sou uma aberração. Sou imperfeita. Não pertenço à sociedade como eles. Não somos iguais. Eles são melhores do que eu.

Mas não são. Não são melhores nem piores. Todos nós vivemos nesse maldito Continente juntos, e todos estamos igualmente fodidos.

— Eu não sei o que está acontecendo — continuo —, mas ele foi acusado de deserção e encobrimento. Beleza, posso até acreditar na parte da deserção. Eles me mostraram o arquivo que confirma que ele fazia parte do Comando. Não sei por que ele saiu, mas sei com certeza que ele *não era* Aberrante. Morei com ele por doze anos. É impossível que ele tenha sido um deles esse tempo todo, eu iria suspeitar.

O alívio brilha nos olhos de Lyddie.

— Nem imagino como ele teria conseguido esconder isso. Ainda mais por causa das veias. Não dá pra disfarçar isso pra sempre.

— Exatamente. Ninguém conseguiria manter uma farsa dessas por tanto tempo. Eu teria percebido. — Balanço a cabeça. — Jamais moraria sob o mesmo teto que um imperfeito.

Fico impressionada com minhas habilidades de atuação. Sinto até um embrulho no estômago ao perceber a facilidade com que digo essas besteiras.

— Pelo menos agora faz sentido o motivo de você estar aqui — comenta Lash, fazendo uma rara contribuição à conversa. — Já que não parece estar gostando muito.

Olho para ele com desconfiança.

— Eles estão fazendo você provar sua lealdade, não é? — Ele dá de ombros. — Já ouvi falar disso. Alistam familiares de criminosos como teste de lealdade.

Ele me entregou de bandeja uma ótima desculpa, e não penso duas vezes antes de usá-la.

— É isso, basicamente. Acho que o Comando não teria sido minha primeira escolha. Sinto falta da fazenda. Mas, se servir ao General for o que preciso para ganhar a confiança dele, estou dentro.

Lyddie concorda com a cabeça.

— Mas como todo mundo descobriu esse lance do meu tio? — Empurro a bandeja para o lado. Perdi a fome de vez.

Kaine responde:

— Eversea.

Levo um segundo para associar o sobrenome à dona.

— Ivy?

A irritação faz minha garganta coçar enquanto a procuro. Ela está sentada com Bryce e alguns outros. Quando nossos olhares se cruzam, ela esboça um meio-sorriso debochado. Lembro dela comentando que um dos colegas da Brigada de Cobre esteve na Praça Sul para a execução de Jim, mas me pergunto como ela fez a conexão entre *mim* e ele.

Será que Cross Redden contou para ela?

Fico irritada só de pensar que ele possa ter feito isso.

O silêncio volta a se instalar na mesa. Pelo canto do olho, percebo um movimento. Viro a cabeça a tempo de ver Kess se aproximando com passos despreocupados, e cerro os punhos involuntariamente.

Eu a ignoro e me concentro na minha comida quase intocada, torcendo para que ela entenda o recado e vá embora.

Mas não. Ela para bem atrás de mim, respirando na minha nuca.

— Ajuda a gente com uma coisinha, Darlington.

Não me viro.

— Prefiro não.

— Ah, mas acho que vai ser divertido.

— Eu acho — digo, mudando de posição na cadeira devagar — que temos definições bem diferentes de diversão. — Eu a encaro com firmeza. — Então talvez seja melhor você voltar pra sua mesa agora.

— Não vou a lugar nenhum.

— Como quiser. Pode ficar aí feito uma idiota e me assistir tomar café da manhã. — Mantenho o contato visual enquanto levo a xícara de café aos lábios. Tomo um longo gole.

O cabelo preto de Kess balança na altura do queixo quando ela olha para os amigos. Todos acompanham com interesse. Roe se recosta na cadeira, as pernas largadas à frente, mas o olhar atento contrasta com a pose despreocupada.

Sabendo que não pode dar o braço a torcer, Kess chuta o pé da minha cadeira, fazendo a xícara sacudir na minha mão. Consigo não derramar nem uma gota.

— Para de me encarar, vadia.

Não posso deixar de rir.

— Você que está parada aí que nem uma esquisita. Ninguém está te prendendo aqui.

Kaine ri baixo enquanto toma um gole de café.

— Só depois que você esclarecer uma coisa pra mim. — Ela sorri de lado, adorando o confronto. — Você sabia que ele era um imperfeito?

Nem pense em cair nessa.

— Quem? — faço questão de parecer entediada.

— Seu tio traidor. Aquele que tomou uma chuva de balas.

Sinto que todos nos refeitório estão olhando para nós agora, esperando para ver minha reação. Respiro fundo pelo nariz. Engulo a raiva.

— O que você quer de mim, Kess? — disparo, minha paciência se esgotando.

— Como eu disse, estamos curiosos. As veias dele ficavam prateadas quando ele te comia? Ouvi dizer que isso acontece com eles na cama.

Meu sangue ferve ao ouvir as palavras ecoando na minha cabeça.

Eu me levanto de uma vez só.

— Darlington — Kaine adverte.

Eu o ignoro.

— Você não vai querer me irritar logo de manhã — digo para Kess.

— Ou o quê? Vai me dedurar? — Ela faz um gesto com a cabeça na direção da mesa dos instrutores.

Não tenho dúvida de que Hadley e Struck percebem a tensão crescendo do outro lado da sala, mas continuam sentados. Observam tudo por trás de suas xícaras de café.

— Vai em frente — ela provoca. — Vai lá contar pra eles que seus coleguinhas estão te magoando. Falando coisas maldosas sobre o seu tio Aberrante.

Ela não vale minha energia. Faço menção de me virar, mas ela continua tagarelando.

— Ouvi dizer que o imperfeito te adotou quando você tinha seis anos ou algo assim. Meio novinha demais... Mas suponho que os sangue de prata não sejam conhecidos pela moral, né? E vai ver você até gostava quando ele passava a mão em você...

Em um impulso, viro e acerto Kess em cheio no queixo. Ela cambaleia para trás, pega de surpresa pelo golpe repentino. Mas se recupera rápido, avançando na minha direção com um rosnado furioso.

— Wren! — ouço Lyddie gritar, mas já não estou mais prestando atenção. Nem em Lyddie. Nem em Kess. Nem em ninguém.

Que se fodam essas pessoas. Esses Primais arrogantes que acham que são donos do mundo.

O refeitório vira um caos. Gritos e assovios ecoam, cadeiras raspam no chão enquanto os recrutas se levantam às pressas. Não dou a mínima. Descarrego toda a minha dor e raiva reprimidas em Kess, defendendo a honra de Jim a cada golpe.

Meu golpe seguinte a faz voar até a mesa ao lado, mas ela me puxa junto. Batemos contra as cadeiras e caímos no chão.

— *Vaca* — ela rosna.

O sangue lateja nos meus ouvidos. Cada golpe que desfiro é movido pelo desejo ardente de calar essa mulher insuportável. Fico por cima dela e afundo os nós dos dedos em seu queixo, fazendo sua cabeça bater com força no chão. Ela solta um rosnado furioso, levanta o antebraço direito para bloquear e, com o punho esquerdo, acerta minha boca em cheio. Meu lábio raspa contra um dente, e sinto a umidade quente escorrendo pelo queixo. Antes que Kess consiga me acertar de novo, afasto sua mão e cravo meu cotovelo no rosto dela.

Nada é tão satisfatório quanto o estalo do nariz dela se quebrando. Nada é tão gratificante quanto os dois filetes vermelhos escorrendo de suas narinas.

De repente, sou arrancada do chão. Braços fortes envolvem minha cintura, me puxando para longe de Kess. Eu me debato contra quem quer que esteja me segurando, a visão turva de raiva enquanto vejo Roe e Anson ajudando Kess a se levantar.

— Calma aí, boiadeira. — A voz de Kaine. Um alerta em meu ouvido.

— Me solta — rosno.

— Não. — O braço dele é como uma barra de ferro. Meu peito sobe e desce com pesar. Sinto o gosto de sangue na boca.

Hadley e Struck correm até nós, se enfiando entre os dois grupos.

— Chega! — Hadley ruge acima do burburinho. — Parem com isso, vocês duas!

Kess tenta avançar de novo, mas Hadley a empurra para trás com firmeza.

— Deixa isso para a noite de arena — ele dispara.

À medida que a adrenalina diminui, percebo que estou ofegante, com os nós dos dedos machucados e ensanguentados pela briga.

— Puta merda, Darlington — resmunga Struck, me arrancando dos braços de Kaine. — Anda, vem comigo.

Ela me arrasta para longe da confusão, minha cara pegando fogo de raiva.

Ouço Hadley falando com alguém atrás de mim.

— Levem ela para a enfermaria — diz, e levo um segundo para perceber que ele está falando de Kess. Ótimo.

Enquanto sou escoltada para fora, um gosto amargo de satisfação me invade. Que se foda essa escrota.

16

CAPITÃO DE OPERAÇÕES.

Pela segunda vez na mesma semana, sou escoltada até aquela maldita porta.

O som das minhas botas no chão polido parece mais alto do que o normal, cada passo me aproximando do confronto inevitável. Dessa vez, não vou deixar que o rosto bem delineado dele tenha qualquer efeito sobre mim. Agora que sei quem é o pai dele, agora que ele me entregou para minha célula e nos fez correr no meio da noite, não sinto mais nenhuma atração por ele. Não há nada de sensual em...

Um peito nu surge no meu campo de visão quando entro no escritório cavernoso.

Ele está tirando a camisa de mangas compridas. O tecido preto desliza, revelando o peito definido e adornado com cicatrizes e armas. Músculos firmes. Um leve brilho de suor reluzindo em sua pele.

Sinto meu rosto esquentar quando uma onda de calor sobe pelo meu corpo. Parece que tenho areia na boca. Engulo em seco, mas isso só serve para arranhar minha garganta. O peitoral dele é magnífico.

Ele me encara em silêncio. Os bíceps se contraem quando ele joga a camisa sobre a mesa de reuniões.

Ainda está ali. A atração inegável que ferve sob a superfície. A mesma que ele zombou na noite da minha fuga fracassada. Quero afogá-la até que deixe de existir.

Redden, lembro a mim mesma. Cross *Redden*.

O pai dele é um monstro e, consequentemente, ele também é.

Observo em silêncio enquanto ele alcança as alças presas ao corpo e começa a retirar as armas. Três pistolas. O mesmo número de facas. Cada lâmina brilha na penumbra do cômodo. Ele as coloca sobre a mesa com uma precisão calculada, uma de cada vez.

Detesto a forma como meu coração dispara ao olhar para seu peitoral. Odeio o jeito como meu olhar percorre seus ombros largos e músculos definidos. Ele pega outra camisa e olha para mim enquanto a veste. É a camisa azul-marinho do uniforme, e me pergunto de onde ele veio, armado até os dentes, suado e vestido de preto, tão cedo assim. Talvez nem tenha dormido.

— Duas vezes na mesma semana — diz ele. — É um novo recorde.

Ele me olha de cima a baixo e depois fixa o olhar no canto da minha boca.

Passo a língua e sinto o sangue seco ali.

— Eu avisei que ia dar trabalho.

— Então isso vai se tornar um hábito?

— Sendo bem sincera, as chances são grandes.

Ele quase sorri. Eu sei porque aquela covinha aparece bem discretamente antes de voltar a sumir. Ele vai até a mesa e pega o tablet. Um segundo depois, começa a ler em voz alta.

— Falta de coordenação. Atitude insolente. Sem força no tronco ou instintos de combate. Quase um peso morto.

— Não seja tão duro com você mesmo, Capitão. Tenho certeza de que você deve ter *alguma* habilidade que se salve.

— Essa é a opinião de Ford sobre suas habilidades de luta.

Eu me faço de inocente.

— Enfrentei alguns adversários bem difíceis ontem. Não tive a menor chance.

Cross me analisa de novo, pensativo.

— E ainda assim, Kess Farren é uma das nossas recrutas mais promissoras e você acabou de mandá-la para a enfermaria.

— Ela não parecia muito promissora com a cara debaixo do meu punho.

O andar dele exala arrogância quando vem até mim. Eu me mantenho firme no lugar, mesmo com o coração acelerado, mas, quando ele toca minha boca, meu coração parece parar de bater.

— Esta boca — ele avisa, deslizando o polegar pela linha dos meus lábios até alcançar o corte no canto — ainda vai te meter em encrencas, Pombinha.

Parece impossível respirar. Quando enfim consigo puxar o ar, meu peito se ergue e ele olha para baixo.

Redden. Cross Redden.

Bem devagar, avanço um pouco mais. Ele pisca, surpreso. Nossos corpos quase se tocam enquanto continuo, forçando-o a recuar até a mesa. Até sua bunda se chocar contra a madeira sólida e ele não ter mais para onde ir. Passo a língua no canto da boca, sentindo o gosto metálico do sangue.

— Cross — digo.

Ele pisca devagar, como se fosse estranho ouvir o próprio nome saindo da minha boca.

— Não sei como o General te criou, mas de onde eu venho, não se toca em uma mulher sem o consentimento dela.

Passo os dedos sobre o corte, arranhando a pele até que ele se abra de novo. O sangue escorre e mancha a ponta dos meus dedos. Então, estendo a mão e deslizo os dedos ensanguentados sobre o emblema da Brigada de Prata na camisa dele. Sorrio ao ver o prateado tingido de vermelho.

As narinas dele inflam.

— Ou seja — concluo, com um tom frio —, nunca mais encoste em mim sem a minha permissão.

Cross não desvia o olhar do meu.

— Senão...?

Franzo a testa.

— O que você vai fazer, Darlington? Me bater? Vai em frente. Pode bater.

Cerro os punhos, pressionando-os contra as laterais do corpo antes de recuar um passo.

— Não me provoque.

— Vai em frente — ele repete, os dentes à mostra em um sorriso sombrio. — Um pouco de diversão vai cair bem.

— Já não se divertiu o bastante ontem à noite? Porque pelo que vi, você estava cheio de armas. — Inclino a cabeça em desafio.

Em vez de me explicar, ele pergunta:

— Por que você atacou Farren?

Minha voz sai tensa ao responder.

— Porque ela insinuou que meu tio abusou de mim quando eu era criança. Entre outras coisas.

Ele ergue as sobrancelhas.

— Você precisa ser mais casca-grossa.

— Terminamos aqui ou você vai me cortar do Programa por atacar sua recruta favorita? Porque, se for o caso, aceito o castigo de bom grado.

— Resolveu ir para a prisão militar, então?

Cerro os dentes.

— Vou entender isso como um não. — Cross desvia de mim, seus passos preguiçosos, mas calculados, enquanto começa a me rodear. — Quanto à sua punição...

Ele faz uma pausa, pensativo. Mas há um brilho exagerado em seus olhos. Algo profundamente inquietante.

— Um tapinha no pulso? — sugiro.

— Você atacou uma colega. Isso não pode passar impune. E sua insubordinação também não. Parece até que você se esqueceu da hierarquia de poder nesta sala, Pombinha. Você não manda aqui. Eu mando. Fale direito comigo.

— Ou... — Sorrio para ele. — Você pode ir se foder.

Ele ignora.

— Insubordinação tem consequências. Mas quer saber? Vou te dar uma chance de escapar da punição.

Ele abre a porta do escritório, caminha até a mesa e se apoia nela, fazendo um gesto com a cabeça na direção da porta escancarada.

— Vá até a porta. Se conseguir passar por mim, está livre para ir. Se não, todos os membros da Célula Preta vão correr a noite inteira, do anoitecer ao amanhecer.

Olho para ele e para a porta. Estamos à mesma distância dela. Se eu pegá-lo de surpresa e disparar...

Ele se afasta da mesa e dá alguns passos à frente, reduzindo o espaço entre nós.

— Vamos ver se você é tão descoordenada assim e se é mesmo um peso morto...

Avanço contra ele, desferindo um soco em seu abdômen. Ele desvia com facilidade, agarrando meu pulso e torcendo-o para trás. Estremeço, mas giro o corpo, usando o movimento para me soltar.

Cross sorri de canto, claramente impressionado com a manobra.

— Nada mau.

Giro e chuto a lateral do seu corpo, depois disparo em direção à porta. Mas ele agarra meu tornozelo e me desequilibra, me jogando com tudo no chão de concreto. Antes que eu consiga me recuperar, ele já está por cima de mim, me imobilizando com seu peso. Seu rosto está a poucos centímetros do meu, os olhos brilhando.

— Vai ter que fazer melhor do que isso, Pombinha.

Cerro os dentes e arqueio o quadril, tentando derrubá-lo, mas ele se mantém firme como uma barra de ferro. Consigo sentir cada centímetro do corpo dele contra o meu, e isso... é... enlouquecedor. Me reviro, soltando um dos braços e desferindo um golpe em seu queixo. Ele agarra meu punho, abrindo um sorriso.

— A porta está lá. E você está aqui. Não me parece um grande progresso.

Lanço um olhar furioso para ele. Minha respiração sai rápida e entrecortada. Inspiro fundo, juntando forças, e uso a mão livre para empurrar seu peito. Ele é puro músculo, e por um instante, me distraio com a sensação. Ele aproveita minha hesitação e, com um movimento rápido, me vira de bruços, prendendo meus pulsos atrás das costas.

— Parece que você não vai chegar até a porta. — Sua voz é um rosnado baixo.

Eu me debato debaixo dele, a frustração aumentando.

— Isso não é justo. Você pesa tipo uns cinquenta quilos a mais do que eu.

Ele se inclina, os lábios roçando minha orelha.

— A vida não é justa, Darlington — responde Cross com frieza. — E eu também não sou.

A raiva ferve dentro de mim. Com um surto repentino de energia, viro o corpo de lado, consigo soltar uma perna e acerto um chute forte em seu abdômen. Ele solta um grunhido, afrouxando a pegada o suficiente para que eu escape. Me ergo num salto, ofegante.

— Belo golpe — ele comenta, massageando a lateral do corpo.

Não perco tempo respondendo. Disparo em direção à porta, mas Cross é mais rápido. Ele me agarra pela cintura e me puxa para trás, me jogando contra a parede. A dor se espalha pelo meu corpo, já machucado e coberto de hematomas pelos golpes de Kess.

Ergo o olhar para ele, o peito subindo e descendo com a respiração acelerada.

— Você é um babaca.

— Só estou garantindo que você entenda as consequências de me desafiar.

Essas palavras me causam um arrepio estranho, e odeio que ele tenha esse poder sobre mim. Empurro seu peito, tentando afastá-lo. Ele nem se move.

— Teimosa — ele resmunga.

E é assim que Xavier Ford nos encontra. O tenente entra no escritório com passos rápidos, mas para no instante em que nos vê, travados em um embate silencioso.

— Capitão? — Parece que está segurando o riso.

Cross o encara.

— A Célula Preta vai correr hoje de noite. Se certifique de que os recrutas saibam a quem agradecer de novo.

Ford me encara com seus olhos escuros.

— Entendido.

— E da próxima vez que Darlington atacar um dos meus recrutas, a recompensa será duas noites na Zona C.

— Sim, senhor.

Cross me solta e volta para a mesa.

— Está dispensada, Darlington.

No fim da semana, as notas da primeira fase são disponibilizadas nos nossos dispositivos. Tenho que fingir que me importo, como todos os outros. Como Lyddie, que se importa até demais. Durante o intervalo da tarde, quando Hadley anuncia que as notas estão disponíveis, todos os meus colegas viram lobos famintos, atacando seus dispositivos.

Minha nota é quarenta e nove por cento.

Sorrio por dentro. Perfeito.

Por fora, faço cara de desânimo. Lyddie não deixa de notar.

— Posso ver? — ela pergunta.

Viro o dispositivo para ela. Ela faz uma careta, como se minha nota a deixasse fisicamente enjoada. Ou talvez ache que seja contagioso.

Lyddie faz uma expressão de tristeza.

— Sinto muito. — Ela está prestes a dizer mais alguma coisa, mas hesita.

— O quê?

— Posso ser sincera?

— Eu ficaria irritada se não fosse.

Ela sorri de leve.

— Você não se esforça.

Ah, jura?

Dou de ombros de novo.

— Já te disse, não sou boa com essas coisas de sala de aula. É difícil demais para mim.

Na verdade, é bem fácil quando você não está tentando.

— Você precisa se dedicar — diz ela com uma expressão séria. — Até Kaine estuda os mapas depois que as aulas do dia acabam.

Reparei nisso. Ontem à noite, ele passou horas olhando atentamente para o dispositivo, lendo sobre os vários postos avançados e instalações espalhados pelo Continente.

Lyddie interpreta meu silêncio como se eu estivesse ofendida.

— Não estou querendo te deixar pra baixo.

— Ah, não. Eu não fiquei. Você está certa. Eu deveria estudar mais.

Ela estende a mão sobre a mesa e segura a minha, apertando firme.

— Eu te ajudo — diz ela com determinação. — Uma hora de estudo toda noite antes que apaguem as luzes.

A sinceridade em seu rosto me causa uma pontada de culpa. Agora me sinto uma idiota.

— Não precisa fazer isso.

— Eu quero. Você... — As bochechas dela ficam coradas. — Sei que estou sendo presunçosa. Ainda não nos conhecemos tão bem, e você nem deve me considerar uma amiga...

— Considero, sim — digo para tranquilizá-la, e não é bem uma mentira. Aqui dentro ela é, sem dúvida, minha aliada mais próxima.

— Também te considero uma amiga. Você é engraçada. E mais esperta do que pensa. Aprende rápido... olha só como sua pontaria melhorou.

Claro, porque ser incompetente é difícil. Existe uma linha tênue entre parecer ruim em algo e parecer que você está se sabotando de propósito.

— Eu não quero que te cortem. Então você vai ter que estudar, garota. Uma hora todas as noites. Combinado?

— Combinado — digo, e o rosto dela se ilumina. Pela simples ideia de *me ajudar*. Meu Deus, eu queria poder odiá-la, mas não consigo.

Kaine e Lash se juntam a nós, colocando as bandejas na mesa. Da mesa da Brigada dos Psicopatas, sinto os olhos assassinos de Kess perfurando a lateral da minha cabeça.

Sinto um enorme prazer em ver que os hematomas no rosto dela ainda não sumiram. No dia seguinte ao meu ataque, ela estava cheia de marcas pretas e roxas na pele.

Quando os médicos colocaram o nariz dela no lugar e a mandaram de volta para os alojamentos, eu esperava uma retaliação naquela noite. Que ela tentasse me sufocar enquanto eu dormia. Que me arrastasse para fora da cama e me segurasse enquanto Anson fazia todas as coisas nojentas que passavam pela cabeça dele.

Mas nada aconteceu. Não sei se os instrutores a advertiram ou se ela só está esperando o momento certo, mas não sou ingênua a ponto de acreditar que Kess vai deixar isso passar.

— E então? — Kaine pergunta.

— Oitenta e oito — Lyddie diz, e cora quando ele responde:

— Mandou bem, Lyds.

— Eu vou ser reprovada — digo para eles e mordo um pedaço de pão.

Kaine sorri.

— Se eu não te conhecesse, diria que está tentando ser cortada de propósito.

Congelo.

— Claro que não. Por que eu faria isso?

— Ah, sei que não. Você precisa provar seu valor aos superiores. Mas, puta merda, boiadeira, você não consegue passar numa prova nem que sua vida dependa disso.

— Lyddie vai me ajudar a estudar — digo, fingindo um tom defensivo.

Lash fica calado, como sempre. Ele raramente se envolve nas nossas conversas, a menos que sejam sobre política, e eu tento evitar esse assunto a todo custo. Mas, quando resolve falar, tem opiniões fortes.

Betima se junta a nós, se acomodando na cadeira ao lado de Kaine.

— O que vocês vão fazer com o passe de lazer nesse fim de semana? — ela pergunta.

Kaine dá de ombros.

— Ainda não sei. Talvez eu beba até ficar inconsciente pra compensar esta semana.

Ele não é o único recruta reclamando das restrições de álcool na base. Podemos usar nossos créditos para comprar bebida no armazém, mas só podemos beber na área de convívio — e apenas aos fins de semana.

Eu não estou nem aí para isso de ficar bêbada, e é a primeira vez que ouço falar desse passe de lazer.

— A gente ganha um passe de lazer? — pergunto, sem conseguir evitar um lampejo de esperança. Essa pode ser minha chance. Minha oportunidade de fugir. Vai ser difícil me rastrear depois que eu sair da base.

— É um passe de domingo. Chegou através do nosso dispositivo — Lyddie franze a testa. — Tem que escanear o polegar para ativá-lo. Você não recebeu?

Sinto um nó na garganta quando começo a suspeitar de algo. Pego meu dispositivo.

— Onde estava?

— Na pasta de comunicação.

Abro a pasta e... nada.

— Minha pasta está vazia.

Ela pega o dispositivo da minha mão para conferir. A ruga em sua testa se aprofunda.

— Que estranho. Você não recebeu.

Olho para os outros.

— Todos vocês receberam o passe de lazer?

Eles assentem.

Que merda. Por que eles podem sair da base no domingo e eu...

Cross.

Que inferno, só podia ser. Não tem a menor possibilidade de ele permitir que eu saia desta base.

— Já volto — murmuro, arrastando a cadeira para trás.

Encontro Hadley e Struck sentados a uma mesa no canto. Cada um está concentrado no próprio tablet sem conversar, mas ambos erguem a cabeça assim que me aproximo.

— Por que eu não recebi um passe de lazer para o domingo? — questiono.

Hadley me encara brevemente antes de voltar os olhos para a tela.

— Você não foi aprovada.

— Todo mundo foi.

Struck parece se divertir.

— Você não é todo mundo, Darlington.

Se eu continuar rangendo os dentes desse jeito, vou acabar quebrando um.

— Quero falar com o capitão.

— Não — Hadley responde sem erguer a cabeça.

Olho para Struck.

— Pode me levar até o capitão, por favor?

— Ele é um homem ocupado, Darlington. Não tem tempo para ficar lidando com reclamações de recrutas.

— Ele sempre arruma tempo quando quebro uma de suas preciosas regrinhas. — Olho furiosa para ela, que continua impassível. — É disso que precisa? Ótimo. Então toma.

Agarro a bandeja de Hadley da mesa e a arremesso contra a parede, bem acima da cabeça de Struck.

Pedaços de ensopado de carne se espalham pela parede e escorrem, parecendo grossas camadas de lama. Algumas ervilhas caem no cabelo escuro da instrutora.

O refeitório inteiro fica em silêncio. Ela me encara, incrédula.

Então, uma risada corta o silêncio. O meio-irmão de Cross.

Sorrio para ela, mostrando todos os dentes.

— Posso ver o capitão agora?

Ela tira as ervilhas de cima de si e as joga no chão.

— Não.

Mais tarde, na cama, ainda estou fervendo de raiva. O barulho do dormitório não me traz nenhum alívio — respirações ritmadas, roncos vindos da cama de Glin Cotter. Já estamos todos começando a odiar o pobre coitado. Mais alguns dias desses roncos infernais e temo que Anson vá cortar a garganta dele enquanto ele estiver dormindo.

Deitada na cama, encaro o teto. Os roncos arrítmicos de Glin preenchem o quarto, mas minha mente não sossega. Viro a cabeça em direção à cama de Kaine. O cobertor cinza está puxado até o pescoço e enrolado em seu corpo. Ele parece uma múmia dormindo.

Já é tarde, então quando procuro por Lobo, fico surpresa quando ele se conecta comigo. Lobo costuma dormir cedo e acordar cedo.

— Por que você está acordado?

— Estresse.

— Estresse — repito, provocando.

— É. Minha semana foi uma merda. E aí, ontem à noite… — Ele não continua.

— Ontem à noite o quê?

— Pesadelo. Só isso.

— O do afogamento?

Uma risada ressoa na minha cabeça.

— Qual é a graça? — pergunto, mas o som me conforta. Ouço essa risada praticamente desde sempre. É um lembrete de que, embora Jim tenha partido, não estou completamente sozinha.

— Acabei de me dar conta de uma coisa — diz Lobo.

— E o que seria?

Ouço um ruído e olho para o lado. Kaine está se mexendo enquanto dorme. Ele virou o rosto na minha direção, mas as pálpebras continuam fechadas. Ele nem imagina que estou tendo uma conversa inteira bem ao lado dele.

— Que sabemos tudo um sobre o outro e, ao mesmo tempo, nada. Não sei qual foi a sua designação de trabalho. Não sei sobre sua família. Pra falar a verdade, nem sei qual é o seu setor.

— Eu também não sei o seu. — Mas acredito que ele seja do sul, já que fala do mar o tempo todo.

Mas ele tem razão. Não sabemos informações básicas, do tipo que amigos próximos compartilham sem esforço. Tio Jim me ensinou a importância do sigilo, e por mais que eu goste de Lobo, jamais arriscaria minha segurança ou a do meu tio por causa de um estranho na minha cabeça. Omiti muitos detalhes importantes ao longo dos anos. A fazenda. Jim. Meu nome verdadeiro.

— A gente não sabe nem o básico um do outro, mas você é especialista nos meus pesadelos recorrentes. — Isso faz com que ele ria de novo.

— O básico não importa. O que realmente importa são as coisas essenciais.

Seus medos. As inseguranças. Que o som favorito dele é o da chuva batendo no asfalto e que a parte do corpo de que mais gosta são as mãos. Que perdeu a virgindade aos dezesseis anos e que a única mulher para quem já deu flores foi a mãe. O que a mãe dele faz da vida? Não tenho ideia. Mas isso não faz a menor diferença para mim.

— Você acordou antes da água encher seus pulmões? — Sei que, às vezes, ele desperta, sobressaltado, bem quando está afundando.

— Não.

Estremeço. Nunca me afoguei em um pesadelo antes. Isso acontece com Lobo o tempo todo. Certa vez, ele me descreveu a sensação, e parecia pura tortura.

— Não quero nem pensar nisso. Por que você não consegue dormir?

— Estresse — imito.

Ele ri.

— Fique à vontade pra desenvolver a resposta.

— Eu me sinto... presa. — Escolho bem as palavras. Não posso, de jeito nenhum, contar que estou treinando para o Comando. Confiamos um no outro, sim, mas os Mods ficam paranoicos com esse tipo de coisa. — Não estou onde deveria estar, e isso está me sufocando. Odeio me sentir numa armadilha.

— Então escape da armadilha.

— Falar é fácil.

— Besteira. Dá pra escapar de qualquer armadilha. A questão é até onde você está disposta a ir.

— Ah, é mesmo?

— Uhum. — A voz dele é um murmúrio grave na minha cabeça. Viro para o outro lado e deixo que ela me envolva como um cobertor, afastando-me de Kaine. — Pensa bem. Animais caem em armadilhas o tempo todo, certo? Mas os espertos, os que se recusam a ser presos, sempre encontram uma saída. Os coiotes brancos, por exemplo. Se você não estiver bem em cima deles na hora que são pegos, quando for checar a armadilha, já terão sumido.

— Porque eles são conhecidos por arrancar a própria pata pra escapar!

— Como eu disse, tudo depende de até onde você está disposta a ir. O coiote branco prefere perder uma perna a ficar preso. E você, o que está disposta a sacrificar?

— Minha perna é que não.

— Certo. Então deixa a armadilha vencer. Ou… bom, sempre dá pra seguir o caminho do urso-de-chifres.

Estremeço de novo, porque, de todos os predadores que vagam pelo Continente, o urso-de-chifres é o de que eu menos gosto. Eles são raros e, sem dúvida, belíssimos, mas se você topar com um, é bem difícil sair vivo. São criaturas furiosas. Talvez porque tenham surgido de uma mutação. Vítimas da radiação. Como eu, suponho. Mas o urso-de-chifres é muito mais feroz do que eu. São conhecidos por atacar e dilacerar sem nenhum motivo. Tio Jim matou um na Floresta Sombria quando eu tinha sete anos, mas não antes de um daqueles chifres letais perfurar a lateral do corpo dele e lhe arrancar um pedaço. Comemos bem naquela noite, mas passei semanas tendo pesadelos com aqueles chifres.

— Você sabe o que um urso-de-chifres faz quando cai numa armadilha, né? Ele até poderia roer a própria pata como o coiote branco, mas se mantém vivo o máximo de tempo possível, mesmo fraco, mesmo à beira da morte. Ele aguenta firme e, quando o caçador aparece para recolher o corpo, usa os chifres para lhe cortar a garganta. O coiote branco foge, mas o urso fica pra levar o inimigo junto.

Mordo o lábio.

— Acho que prefiro viver a morrer por vingança. E você?

Silêncio.

— Lobo?

— A vingança é supervalorizada. Arranque essa perna fora. Boa noite, Margarida.

Viro para o outro lado, ainda inquieta. Glin ronca ruidosamente na cama dele, e eu me impeço de gemer de frustração antes de me sentar. *Arranque essa perna fora*. Não. Ainda não cheguei a esse ponto. Mas preciso fazer *alguma coisa*.

Com as palavras de Lobo ecoando na cabeça, deslizo para fora da cama, tomando cuidado para não acordar ninguém. Visto a calça do uniforme por cima do short de dormir e enfio os pés nas botas.

Pelo que sei, as portas podem estar ligadas a alarmes. Os soldados podem surgir do nada e me derrubar no chão. Mas não estou tentando fugir. Pelo menos não esta noite. Se me pegarem andando por aí, posso dizer que só queria dar uma volta. Não seria exatamente uma mentira. Preciso de ar fresco. Não consigo pensar direito neste quarto sufocante, respirando o mesmo ar que vinte desconhecidos.

Chego até a saída do centro de treinamento e hesito por um instante antes de empurrar as portas. Nenhum alarme. Só silêncio. O ar fresco da noite me envolve. Olho para trás. Tudo quieto.

Deslizo para a escuridão.

17

Queria me lembrar mais dos meus pais. Gostaria de lembrar como eram, mas o rosto deles não passa de sombras nas profundezas da minha mente, vagas e indefinidas. A maior parte do que sei sobre eles veio do tio Jim, mas às vezes tenho algumas lembranças nebulosas. A voz suave da minha mãe dizendo que tudo ficaria bem. A risada do meu pai. O cheiro cítrico do sabonete dele.

Nem sei o nome deles. Nas raras vezes em que Jim falava dos dois, era sempre "sua mãe", "seu pai", "seus pais". Sei que ela era uma Mod. Coronel do Comando. Sei que ele era um Primal. Um soldado. Sei que os dois serviram na Brigada de Estanho.

Tio Jim me contou certa vez, depois de ter tomado meia dúzia de copos de uísque, que minha mãe era a mulher mais corajosa que ele já conheceu. Que agia tão friamente sob pressão, de forma tão inabalável diante do perigo, que dava a impressão de que nem tinha o gene do medo.

— Então ela era que nem eu. — Foi a minha resposta. Um sorriso leve surgiu nos meus lábios, mas desapareceu quando ouvi a resposta *dele*.

— Não. Você, Wren, é imprudente. E imprudência não é a mesma coisa que coragem.

Contraí os lábios, ofendida.

— Se jogar de cabeça no perigo não é um ato de coragem — ele continuou, a voz áspera e impassível. — Sua mãe pensava muito bem antes de fazer qualquer coisa. Ela entrava em cada situação de olhos bem abertos. Sabia exatamente o que estava fazendo e por quê.

Ouço essas palavras na minha mente agora, enquanto me movo como uma sombra pela base.

A Rebelião não virá me salvar. Isso está mais do que claro. Eles não se importam que Julian Ash tenha sido executado, e não se importam que Wren Darlington esteja nas garras do Comando. Preciso bolar um plano para salvar minha própria pele.

Um plano de verdade. Em que eu precise pensar, repensar e pensar de novo antes de colocar em prática. Preciso seguir o exemplo do tio Jim e o da minha mãe, e ter um pouco de cautela. Não posso sair roubando uma moto só porque ninguém estava olhando. Encontrar uma forma de sair desta base vai exigir um plano bom e sólido.

E todo plano bom e sólido começa com uma coisa.

Uma missão de reconhecimento.

Sei muito bem onde estou. Isto é uma base militar. O perímetro com certeza é ultrasseguro. Ou... pode haver um ponto fraco. Talvez dois. Talvez alguém cometa um erro algum dia. Saia do posto para mijar. Esqueça o crachá no estande de tiro. Tio Jim me ensinou a explorar os erros dos outros, a tirar vantagem das fraquezas deles.

A cada passo, uma nova dose de adrenalina corre pelas minhas veias. Há câmeras por toda parte. Pequenos pontos vermelhos piscando. Guardas posicionados nas torres. Sei que me veem, mas ninguém reage. Ninguém grita para eu voltar para o meu alojamento.

É estranho.

Chego a um pátio e dou de cara com um muro imenso de pedra. Na base do muro, há dois portões de metal negro. Estão abertos, mas tudo o que vejo além deles é um breu absoluto. Engulo em seco quando percebo que sei onde estou. Sei o que há do outro lado daquele túnel.

Eu me aproximo dos portões no mesmo instante em que um soldado patrulhando o topo do muro nota minha presença.

Ele se sobressalta.

— O que você... — Então ele leva a mão à orelha e para de falar. Apesar do olhar estreito de desconfiança, me deixa passar pelos portões.

Já não estranho mais. Sei o que está acontecendo. Mas, neste momento, não me importo.

Caminho pelo túnel escuro e silencioso, concentrada no brilho pálido de luz à distância. Meus passos são leves contra o chão pavimentado. Quando alcanço a luz, entro na Praça Sul.

Fico parada no centro do pátio aberto. É depressivamente familiar. A terra vermelha sob as solas das minhas botas. O patíbulo. Os refletores fixados na parede iluminam a estrutura de madeira, como se fosse o palco de uma produção teatral da Companhia. Parece inofensivo quando não há ninguém ajoelhado nele, implorando pela própria vida. Não que o tio Jim tenha feito isso. Ele era orgulhoso demais.

A imagem do seu rosto áspero surge na minha mente. Quase consigo ouvir sua voz ríspida me mandando terminar as tarefas.

Lágrimas ardem nos meus olhos. Viro as costas para o patíbulo e olho para os portões atrás de mim. Depois, levanto a cabeça e examino o muro, sua borda de pedra muito acima de mim.

Nervosa, me aproximo do portão, firmo o pé na primeira barra de ferro e começo a subir. Quando chego ao topo, me balanço para cima e me agarro ao muro. Procuro um ponto de apoio para os pés na pedra, tateando qualquer lugar onde possa firmar os dedos.

Ainda assim, ninguém me impede.

Subo mais alto. Meus dedos se agarram à superfície áspera enquanto me impulsiono para a saliência que contorna o muro. Ela é larga o suficiente para que eu caminhe sem medo de perder o equilíbrio. Percorro uns quinze metros antes de parar para apreciar a vista. Além da base, a cidade se estende diante de mim como uma tela negra à espera de tinta. Luzes fracas piscam na escuridão. Prova de que ali existe uma civilização.

Eu me viro e encaro a plataforma de execução, seis metros abaixo. As lembranças me invadem. Jim caindo no chão, o corpo crivado de balas. O sangue encharcando sua camisa. Suas últimas palavras ressoando na minha mente.

Adeus, passarinho.

A dor lateja como uma ferida fantasma. Fecho os olhos, tentando conter as lágrimas, mas, dessa vez, elas ameaçam cair de verdade.

— Cuidado, Darlington. Um passo em falso e você vira uma pomba ferida no chão.

Não fico nem um pouco surpresa ao ouvir a voz dele.

Eu me sento na beirada, balançando os pés no vazio enquanto olho para baixo, de onde Cross me observa. Maldito, só parece ficar mais atraente.

Em vez de responder, desvio o olhar.

Os portões não fazem barulho enquanto ele sobe. Isso me incomoda. Rangeram quando eu subi. E ele sobe de forma tão silenciosa que eu nem sequer perceberia sua presença, não fosse minha visão periférica captando lampejos de sua silhueta se aproximando.

Ele se junta a mim, mas continua de pé. Tem uma arma presa na cintura.

— Você não vai precisar disso — digo, com um toque de divertimento na voz. — Eu não estava tentando fugir.

— Você não pode fugir, Pombinha. Não teria passado dos alojamentos se eu não tivesse deixado.

Estreito os olhos.

— Cada centímetro deste lugar está repleto de câmeras e alarmes silenciosos. Minha equipe de segurança me alertou assim que viu você sair dos alojamentos. Do mesmo jeito que me avisaram quando viram você roubando uma moto no quadrante leste.

— Por que mandou me deixarem em paz?

— Queria ver para onde você iria. — Ele encara a plataforma de execução antes de fazer uma pergunta inesperada. — Você presenciou a incitação?

Ignoro o leve sobressalto de ansiedade.

— Sendo bem sincera, eu estava ocupada demais tentando descobrir como subir naquele patíbulo e salvar meu tio. Não notei o que o pelotão estava fazendo até as pessoas na plateia começarem a gritar.

Cross continua me observando. Sinto aqueles olhos azuis percorrendo cada centímetro do meu corpo, incluindo as partes que ficam à mostra demais na fina regata branca que me deram para dormir. Já fiz vários pedidos para mandarem minhas coisas de Z, e todos foram negados. Aposto que é coisa do Cross. Nada de passes de lazer. Nada de pijamas confortáveis. Ele não tem o menor interesse em me fazer me sentir à vontade aqui.

Depois de um breve silêncio, ele tira a arma do coldre. Meu corpo enrijece.

Mas tudo o que faz é abaixar o corpo alto e se acomodar ao meu lado, sentando-se na beirada. Ele coloca a arma entre nós e dá risada ao notar meu olhar fixo nela.

— Tenta a sorte — murmura ele, a covinha aparecendo quando sorri. — Vai animar minha noite.

Finjo que sua proximidade não está acelerando meus batimentos. Que o cheiro amadeirado dele não está confundindo meus sentidos.

— Ah, isso não é emocionante o bastante pra você? Me seguir no meio da noite, me impedindo de viver o luto em paz?

— Então sua escapada noturna é pra isso? Pra ter um momento de luto?

— Você fala como se não acreditasse.

— Acredito em muito pouco do que você me diz, Darlington.

Não consigo evitar um sorriso. Mas assim que volto a olhar para o patíbulo, meu bom humor se esvai. Faço um gesto em direção ao que está abaixo de nós, minha voz adquirindo um tom mais ríspido.

— O que vocês fazem aqui é desumano.

Cross dá de ombros.

— Eu não faço porra nenhuma. O pelotão não está sob minha alçada. Isso é com a Brigada de Estanho.

Penso naqueles oito homens e mulheres que atiraram no corpo do meu tio com tanta disposição, com tanta satisfação. Fecho os punhos e os pressiono contra minhas coxas. Meu desejo de vingança não diminuiu nem um pouco nessa última semana.

— Dito isso... — Cross inclina a cabeça na minha direção. — Pergunte a si mesma o que é mais desumano: livrar a sociedade do mal ou fazer pessoas inocentes sofrerem para manter o mal vivo?

— Meu tio não era mau.

— O que acontece lá embaixo vai muito além do seu tio. Antes da Última Guerra, existiam penitenciárias espalhadas pelo mundo inteiro. Como sociedade, abrigávamos milhões de criminosos. Dávamos roupa, comida. Assassinos frios e estupradores de crianças vivendo melhor que muita gente livre. Até os condenados à morte tinham décadas de vida antes da execução. Comiam três refeições por dia, enquanto quem nunca matou ou estuprou a muito custo conseguia se alimentar. O mal drenava os poucos recursos que sobravam dos inocentes.

Dou uma risada irônica.

— Não foi você que me deu uma lição sobre como a vida não é justa?

— E não é mesmo. Só estou dizendo que o pelotão tem uma função agora. Talvez, na Era Antiga, existisse espaço para misericórdia. Mas não há mais.

— Meu tio nunca machucou uma criança ou matou alguém. — Alguém que não merecesse, pelo menos.

— Seu tio era uma ameaça para a Companhia.

— Ele era um fazendeiro.

— Ele era um desertor. Era Aberrante. E colocou em risco a única coisa que meu pai valoriza acima de tudo: a ordem.

Meu pai. É a primeira vez que o ouço dizer isso. E é o lembrete de que preciso para convencer meu coração de que ele não tem motivo nenhum para estar acelerado agora.

Esse homem, por mais atraente que seja, é meu inimigo.

— O General é obcecado em corrigir os erros da Era Antiga. Meus irmãos e eu crescemos ouvindo isso, que a humanidade se destruiu. Que deixou o caos reinar. Que incentivou as pessoas a serem inúteis. Crianças passavam anos na escola, até os vinte. Adultos também. Um bando de idiotas patéticos desperdiçando tempo, desperdiçando recursos. Se você não é produtivo, é destrutivo.

— E é nisso que você acredita? Que eficiência e ordem estão acima de tudo?

A voz dele fica áspera.

— Eu acredito que a humanidade é programada para se autodestruir, não importa o ambiente. Era Antiga, Era Nova. Aberrantes no topo, Primais no topo. Sempre encontraremos um jeito de nos destruir. Somos uma espécie condenada.

— Isso é bem deprimente.

Ele fica em silêncio por um instante. Esse não é o Cross Redden que conheci desde que cheguei aqui — sarcástico, impiedoso, violento. Esse Cross é introspectivo demais para o meu gosto.

Quando ele fala de novo, sua voz sai sem emoção:

— Eu sei o que você está fazendo, e não vai funcionar. Você acha que fracassar nos testes e se sabotar no campo de tiro vai fazer com que te descartem, mas não vai. Já te disse, ou é o Programa ou a prisão militar.

A vontade de resistir a isso faz meu estômago revirar.

— Você sabe que o meu lugar não é no Comando. Só estou aqui por causa dos supostos crimes do meu tio.

— Então me diga... a que lugar você *pertence*? Onde deveria estar agora que Julian Ash está morto? Você nunca mais terá autorização para voltar ao seu setor.

— Você nem quer que eu fique na sua preciosa Brigada de Prata — retruco, a frustração apertando meu peito. — Você mesmo disse que não confia em mim.

— Minha confiança pode ser conquistada.

Bem, a minha não, quase retruco. Porque nunca vou confiar em Cross Redden. Nem no pai dele. Nem em ninguém nesta base.

— Ah, claro, tenho certeza de que você pretende confiar cegamente em mim. — Dou uma risada amarga. — Você nem sequer aprovou meu passe de lazer.

Ele ri de volta, um som baixo e debochado.

— Então é por isso que estamos aqui? A bebê está se sentindo excluída?

— Vai se ferrar.

— Se quer um passe, vai ter que provar que merece. Pode até ser que esteja aqui por causa das ações do seu tio, mas elas não definem quem você é. Agora a escolha é sua. Pode deixar o orgulho e o ressentimento te prenderem ou pode superar isso e agarrar a oportunidade que recebeu.

Me encolho com essas palavras.

— A oportunidade de ser forçada a viver uma vida que eu nunca quis?

— Às vezes, tudo o que nos resta é aceitar nosso destino, Pombinha. Lutar contra ele só causa dor de cabeça. — Ele dá de ombros. — Você tem a chance de se provar, de traçar um novo caminho. Sugiro que não desperdice isso.

Lanço um olhar furioso para ele, sentindo a raiva borbulhar por dentro.

— E se eu não quiser provar nada? E se eu só quiser que me deixem em paz?

Ele solta um riso nasalado, divertido.

— Isso não vai acontecer. Não aqui. — Ele se levanta com um movimento fluido, surpreendentemente ágil para alguém do tamanho dele. — Você tem uma hora. Se não estiver de volta aos alojamentos até lá, dei ordens para os sentinelas te arrastarem pelo cabelo.

— Nossa, como você é cavalheiro.

— Não sou, não. Nem um pouco.

Quando ele vai embora, volto a encarar a plataforma de execução, e uma centelha de ressentimento se acende dentro de mim — uma faísca de desafio contra esse "destino" que escolheram por mim.

Já aceitei muitos destinos.

Aceitei que meus pais estão mortos.

Que Jim se foi.

Que minha mente é uma arma e que, se soubessem metade do que sou capaz de fazer, enfiariam uma bala no meu crânio.

Aceitei que nunca vou confiar em ninguém o suficiente para mostrar quem eu sou de verdade, porque isso sempre será perigoso demais.

Mas não vou aceitar *esse* destino. Não fui "destinada" a ser uma prisioneira do Comando. E que o inferno me leve antes que eu me submeta a isso.

18

Quase todos os meus colegas deixam a base aos domingos. Nas horas que passo sozinha na cama me surpreendo ao perceber que sinto falta de Lyddie. Sinto falta até das investidas insistentes de Kaine. Minha antiga vida parece escorrer pelos meus dedos. Tana mal me responde. Deve estar cansada de eu só procurá-la para pedir que entre em contato com a Rebelião por mim, para lutar pelo meu resgate. Mas estou presa e ela não. Não importa o que Cross diga, nunca vou aceitar que esta é minha vida agora.

Passo o tempo pesquisando coisas na Conexa. Sei que estão monitorando minhas buscas, mas minha curiosidade sempre foi uma pedra no meu sapato. Infelizmente, os resultados não ajudam em nada. Quando pergunto: "Conexa, quem é Julian Ash?", tudo o que aparece são letras vermelhas piscando na tela.

INFORMAÇÃO RESTRITA.

Quando pesquiso a frase "Atentado no Posto Solar", que Struck e Ford mencionaram durante meu interrogatório, recebo a mesma mensagem. Quando procuro pelo nome "Cross Redden", nem mesmo o aviso aparece. Tudo o que vejo é:

RESULTADO NÃO ENCONTRADO.

Irritada com a falta de respostas, abro um caminho e tento cutucar Lobo, mas ele não me deixa conectar. Com um resmungo de frustação, viro de lado e me entrego ao tédio.

Na manhã seguinte, começamos a segunda fase do Programa. Espero até que os alojamentos estejam vazios antes de pegar minhas coisas e ir tomar banho. Todos deveriam estar no refeitório agora, então fico paralisada quando escuto barulhos vindos de um dos boxes do banheiro.

Um gemido abafado. Uma voz feminina sussurrando o nome de Roe.

Kess.

A porta treme no batente enquanto me aproximo na ponta dos pés, indo em direção aos chuveiros. Entre todas as pessoas em quem eu apostaria que se pegariam durante o treinamento, Kess e Roe não estariam no topo da minha lista. Ela parece combinar mais com Anson. Dois perfeitos sádicos, um casal sociopata.

Durante o café da manhã, Hadley anuncia que passaremos a semana fazendo exercícios práticos e algumas simulações de operação, além de aprender sobre as diversas tecnologias utilizadas na Brigada de Prata e continuar reforçando nossos escudos. Mas, antes de começarmos o dia, temos mais um teste nos esperando em nossos dispositivos.

Esse é curto e direto.

Quais são suas três maiores fraquezas?

Penso na pergunta. Pela primeira vez, opto por ser sincera. Acima de tudo porque não acho que a verdade possa me prejudicar.

Impulsividade.
Falta de paciência.
Aprendizado em sala de aula.

Eles já devem ter percebido a terceira com base nas minhas notas.

Depois da prova, cada um de nós recebe um codinome para ser usado no rádio. Me faz sentir como se estivesse em um daqueles filmes de espionagem que passam no cinema em Hamlett. Os espiões Aberrantes sempre perdem, é claro. E se for um espião Primal se infiltrando em uma célula Aberrante, então os Primais vencem. Obviamente. Propaganda é o passatempo favorito do General.

O codinome de Lyddie é Gaio-Azul. O de Kaine é Condor.

O meu é...

Toco no ícone do meu perfil.

Fico boquiaberta. Aquele desgraçado.

Kaine se inclina sobre meu ombro e ri. Estamos reunidos em uma sala grande na ala de tecnologia do prédio principal.

— Pomba Ferida — ele lê em voz alta. — Não sei se isso é legal ou um mau presságio.

— Má liderança — resmungo. — O capitão está mandando um recado.

Betima sorri.

— E você entende tudo o que se passa na cabeça do capitão, é?

Percebo que Ivy franze a testa ao ouvir isso. Ela está ao lado de Betima e nem tenta disfarçar que está escutando a conversa. Ela não gosta de mim. Mas tudo bem. Eu também não gosto dela.

— Certo, vamos começar. — A voz grave de Ford ecoa da porta.

Ele entra a passos largos, vestindo uma camisa preta e calças cáqui militares. É a primeira vez que o vejo sem o uniforme azul-marinho, e me pergunto de onde ele veio esta manhã.

— Este é o Tenente Hirai. Comunicações.

Um homem baixo e atarracado, de uns vinte e poucos anos, dá um passo à frente. Ele não tem os dois dentes da frente, mas isso não o impede de exibir um sorriso banguela.

— E aí! — ele nos cumprimenta.

— O Tenente Hirai sabe tudo sobre a tecnologia desta base. Comunicações, câmeras, bloqueadores de sinal. Qualquer dúvida sobre tecnologia deve ser direcionada a ele. Ele vai equipar vocês com os comunicadores que usarão durante as operações.

Hirai ergue um estojo preto do tamanho de um cubo de açúcar e o abre com um estalo, revelando o item que tem dentro. O comunicador é do tamanho da unha do meu mindinho. Fino, bege e tão pequeno que só dá para ver quando reflete a luz.

— Isto aqui — diz Hirai, absolutamente encantado — não é um comunicador qualquer. É o sonho de qualquer agente. Estou falando de tecnologia de ponta, extremamente versátil, tecnologia que vale bilhões de créditos. O tipo de tecnologia que faz você querer chorar de emoção só de olhar.

— Que esquisitão — Kaine sussurra para mim, e eu seguro o riso.

Hirai pressiona o dedo indicador contra o pequeno estojo e depois o levanta. O disco bege gruda na ponta do dedo dele.

— Este carinha aqui foi projetado exclusivamente para dar a vocês uma vantagem tática em campo. Tem capacidades avançadas de processamento de áudio que filtram ruídos de fundo e melhoram a clareza da fala. Ele até detecta movimentos inimigos só pelo som.

Tento não erguer a sobrancelha. Uau, caramba. Será que a Rebelião sabe dessa tecnologia?

Hirai fica ainda mais animado.

— Ele vem equipado com um sensor biométrico embutido, capaz de monitorar seus sinais vitais em tempo real, galera. Tempo! Real! Os dados são enviados diretamente para o Centro de Comando. Assim, temos informações cruciais sobre a condição física dos nossos agentes.

Ainda sorrindo, ele distribui os comunicadores para cada membro da nossa célula.

— O microfone é ativado por voz — explica. — Para de transmitir e receber após dois segundos de silêncio. Também dá para iniciar e interromper a transmissão por comando de voz.

Ford, que parecia entediado até agora, olha para o grupo de recrutas. Juro que ele me encara por um instante.

— Toda e qualquer operação é gravada, registrada e avaliada. Cada palavra que vocês disserem será transmitida para o centro de comunicações. E, ao final de cada missão, vocês vão devolver seus comunicadores para Hirai. Isso também vale para qualquer arma. Todas as armas são etiquetadas e escaneadas de volta no sistema assim que vocês retornarem à base.

— Vamos sair da base? — Bryce pergunta, e sinto um leve fio de esperança se acender em mim.

— Para algumas operações, sim. Mas não esta noite. — Ford lança um olhar para Hirai.

— Primeiro vocês precisam se acostumar com esse aparelho no ouvido — diz o entusiasta da tecnologia, animado.

Fomos dispensados pelo resto do dia, mas devemos nos apresentar de novo ao nosso líder de célula depois do jantar. Tyler Struck carrega um mapa 3-D na tela holográfica e diz que temos cinco minutos para estudá-lo.

O projetor exibe um labirinto de aço e sombras. Como eles esperam que a gente memorize essa disposição em cinco minutos?

Lyddie compartilha do mesmo sentimento.

— Eu não vou me lembrar de todos esses corredores, Wren — ela sussurra, desesperada.

— Não se preocupa. É nosso primeiro exercício tático. Tenho certeza de que eles esperam alguns erros da gente. — Ou, no meu caso, um fracasso.

Já que meu plano é fracassar.

A essa altura, não acho que haja muito o que eu possa fazer para convencer Cross a me dispensar, mas, ainda assim, parece errado me sair bem.

Nossos objetivos são enviados para os dispositivos. Parece bem simples. Precisamos nos infiltrar em um local sem alertar os guardas do perímetro ou do interior, localizar nosso alvo e eliminá-lo. É uma missão cronometrada, realizada em duplas, com duas equipes no percurso ao mesmo tempo.

Minha dupla é Kess.

Kess, entre tantas opções.

Não sei que sádico achou que seria uma boa ideia me colocar com a pessoa que apanhou de mim, mas Struck explica que as duplas foram formadas de maneira aleatória, o que me parece conveniente demais.

Kess me encara furiosamente quando me aproximo. Ainda está um pouco roxo ao redor do seu nariz, e sinto uma satisfação perversa ao notar isso.

Kaine está do meu outro lado. Ele faz dupla com Roe, e os dois vão estar no percurso junto com a gente.

— Vou acabar com você — Kaine diz, piscando para mim.

Enquanto isso, minha parceira me ameaça com um olhar mortal.

— Se você me ferrar nessa missão, eu vou quebrar seus dentes — ela murmura.

— Como está seu nariz? O pessoal da enfermaria cuidou bem de você quando esteve lá?

Os olhos dela brilham de raiva.

— Até que os hematomas estão curando rápido — acrescento com um sorriso simpático. Kaine dá uma risadinha.

Apesar de cada músculo do corpo dela parecer pronto para me atacar, Kess fica de boca fechada quando Struck e Ford se aproximam.

O exercício tático está acontecendo em um armazém de dois andares nos arredores da base. Kess e eu começamos no térreo, enquanto Kaine e Roe vão se infiltrar pelo telhado. Somos informados que ambas as duplas estão a uma distância igual do alvo, no segundo andar.

— A primeira dupla a alcançar o alvo ganha cinco créditos de Luxo em suas contas. Depois de eliminar o alvo, vocês devem sair pelo caminho que a outra dupla usou para entrar. Ou seja, a equipe do telhado sai pelo térreo, e a equipe do térreo sobe pelo telhado. Quem terminar no menor tempo ganha mais cinco créditos. — Ford dá um sorriso sarcástico. — A dupla com o pior desempenho vai correr antes das luzes se apagarem.

— Não entendo por que não fazemos todos esses exercícios táticos como simulações — Lash comenta. — Não seria mais fácil?

Struck revira os olhos antes de responder:

— Seria muito mais fácil — ela concorda. — E é por isso que não usamos simulações. A realidade virtual não substitui a vida real.

Nós nos posicionamos. Kess e eu ficamos ao lado do armazém, a fachada sombria escondendo o que quer que esteja lá dentro.

— Equipes 1 e 2, vão. — A voz de Struck soa em meu ouvido, sinalizando o início da operação.

Com as armas em mãos, Kess e eu nos movemos ao longo da parede. Ela toma a dianteira. Quando chegamos ao final, ela espreita, nem um centímetro além da borda, antes de se encostar de novo na parede.

Ela ergue dois dedos.

Dois guardas.

Assinto e me aproximo para dar uma olhada. Dois homens de uniforme escuro patrulham o perímetro, misturando-se perfeitamente às sombras. Eles escaneiam a área em busca de qualquer sinal de intrusão.

Estamos em uma missão furtiva, então não queremos chamar atenção. Nossa única tarefa é eliminar o alvo, nada além disso. O que significa que não podemos agir até os guardas se afastarem.

Assim que eles desaparecem em um dos cantos, Kess e eu avançamos até a porta sem fazer barulho. Apesar de não estarmos trabalhando junto com a equipe do telhado, a voz brincalhona de Kaine invade meu fone de ouvido.

— Pomba Ferida, pode entrar.

Cerro os dentes. Maldito Cross.

— Infiltramos o telhado. Câmbio?

— Não estamos trabalhando juntos, Condor! — sibilo, e a risada dele faz cócegas no meu ouvido.

Kess e eu entramos no armazém. Diversos corredores se ramificam da entrada principal, sumindo na escuridão como veias em uma fera metálica gigante. Merda. Só consigo lembrar o caminho até a escada. Todo o resto é uma grande lacuna no meu cérebro.

Nossos passos são abafados pela espessa camada de poeira que cobre o chão de concreto. Cada sombra parece pulsar com um perigo iminente, cada canto escondendo ameaças invisíveis. Sei que é tudo falso, mas me deixo levar por um momento. Em outras circunstâncias, eu me sairia muito bem nesse programa de treinamento. Meu sangue está fervendo com a adrenalina.

Kess e eu avançamos com precisão silenciosa. Avisto o primeiro alarme: uma linha azul, fina como uma navalha, atravessando o chão. Passamos com cuidado por cima dela. Ao virarmos uma esquina, dois guardas emergem da escuridão, armados. Sem hesitar, nos esgueiramos de volta e ficamos coladas à parede, esperando que eles passem.

— Agora — Kess comanda, a voz mal passando de um sussurro.

Seguimos em frente, subindo uma escada estreita. Kess assume a dianteira de novo. Ela segura a arma com naturalidade e se move como um fantasma. Ela é boa. Odeio admitir isso, mas é verdade.

No meio da escada, um degrau range alto sob o peso dela.

Congelamos.

Tudo continua em silêncio.

Solto o ar devagar e continuo subindo.

Enfim chegamos ao topo, nosso alvo perigosamente próximo, mas mergulhado na escuridão. De acordo com a contagem regressiva no dispositivo em meu pulso, estamos indo muito bem. Não me lembro desta parte do mapa, então fico feliz em seguir Kess, que parece saber exatamente aonde está indo.

Ela para no meio de um corredor e ergue a mão. Paro também, seguindo seu olhar até as linhas azuis brilhando à frente. Teremos que rastejar por baixo delas para chegar ao final do corredor. E um guarda pode aparecer a qualquer momento.

Com um aceno de Kess, eu vou primeiro. Rastejo sobre os cotovelos, mantendo a cabeça o mais baixa possível.

— Anda logo, vaca.

Minha adorável companheira, que deveria me dar cobertura, claramente ainda não domina o conceito de camaradagem. Ou de incentivo. Ou de emoções humanas. Resisto à vontade de dar um chute para trás, bem na cara dela.

Depois de passarmos pelos alarmes, ficamos de pé e seguimos em frente. Por um instante, me deixo levar pela missão de novo. Não faço ideia de onde Roe e Kaine estão. De repente, quero vencê-los. Quero chegar ao alvo primeiro. Estamos virando a esquina seguinte quando ouço:

— Alvo eliminado.

É Roe.

Kess suspira, irritada, e se vira para me fuzilar com o olhar, como se eu fosse culpada por eles terem chegado primeiro. Mas a missão ainda não acabou. Chegamos à porta marcada no mapa. Kaine e Roe já se foram.

Kess abre a porta devagar, localiza o boneco que serve como nosso alvo e pressiona o cano da arma contra ele para ativar o sensor. Depois murmura com uma voz amarga no microfone:

— Alvo eliminado.

Agora só falta subir até o telhado. Se nos apressarmos, talvez consigamos superar o tempo de Kaine e Roe, mas eu nunca tive a menor intenção de concluir essa missão.

O alarme está camuflado sob uma camada de poeira na base da escada que leva ao telhado. É fácil não percebê-lo se você estiver desatento.

— Anda logo, Kess! — apresso-a. — Precisamos ir mais rápido. Corre!

— Espera...

Fingindo não ouvir, avanço e disparo o alarme.

O som estridente corta o ar, ecoando pelas paredes. O caos se instala quando os guardas do armazém entram em ação, seus passos reverberando pelo corredor enquanto dois deles vêm direto na nossa direção.

A voz sarcástica de Ford ressoa pelo fone de ouvido.

— Bang. Vocês morreram.

— Sua idiota de merda — Kess rosna, as palavras carregadas de veneno.

Dou de ombros, me esforçando para não rir.

— Foi mal. Não vi o alarme.

Ela ferve de raiva durante todo o caminho que leva para fora do armazém. Assim que avista nossa líder de célula, marcha direto até ela.

— Ela me fez perder! — O rosto de Kess está vermelho de raiva. Ela encara Struck, implorando com o olhar. — Posso tentar de novo com outro parceiro?

Struck ri.

— Não.

Quando todas as pontuações são registradas no sistema, Kess ainda não se acalmou nem um pouco. Assim que verifica seu dispositivo e vê a palavra *reprovado* ao lado dos nossos nomes, ela entra em colapso.

— Sua cuzona idiota de merda!

Ela avança para cima de mim, mas Ford se coloca entre nós.

— Já chega. — Ele parece entediado. — Vão tirar as armas.

Somos obrigados a entregar nossas armas ao final de cada exercício, junto com qualquer outra que estivermos carregando. Mas... só o rifle é escaneado, percebo, enquanto observo meus colegas se desfazendo de seus equipamentos. Facas e bainhas são largadas em uma longa mesa de metal, espalhadas de qualquer jeito.

Alguém vai *mesmo* perceber se uma faquinha desaparecer? Struck talvez perceba — ela está observando todos tirarem as armas, o olhar afiado como o de um falcão. Mas, quando chega minha vez, alguém resolve chamá-la bem nesse momento. Ela se vira para responder.

Aproveito a oportunidade e deslizo uma das adagas, junto com a bainha, para debaixo do cós da calça. É fina, tem uns dez centímetros no máximo. Com certeza não escolheria essa arma em outras circunstâncias, já que me sinto vulnerável sem meu rifle, mas prisioneiros não podem se dar ao luxo de escolher, certo?

Nas camas, ouço Kess do outro lado do quarto reclamando para a Brigada Psicopata sobre nossa desclassificação. Ivy também está lá. Ela tem andado muito com eles. E sempre me olha com desconfiança, como se eu a tivesse ofendido pessoalmente.

Mais tarde, antes do toque de recolher, dou de cara com aqueles mesmos olhos desconfiados no espelho do banheiro. Ela está no lavatório ao lado do meu, prendendo o cabelo claro em um rabo de cavalo. Ela tem aquele tipo de beleza que desperta insegurança em qualquer mulher. Acho que precisa ser assim para chamar a atenção de alguém como Cross. Porque ele tem um tipo de beleza que não existe na natureza.

Ivy resolve falar:

— Por que você ainda está aqui? — A voz dela está carregada de suspeita.

— Como assim?

— Você não sabe atirar. Não sabe lutar. Não sabe segurar uma faca direito...

— Estou dando o meu melhor — digo com toda a inocência.

Ela ignora.

— E, mesmo assim, anda por aí como se fosse melhor do que todo mundo. É o maior exemplo de arrogância sem fundamento que já vi. Você é uma das piores recrutas do Programa.

— Hmm. Não acho que eu seja arrogante. — Aperto os lábios. — Mas aceito sua crítica construtiva e farei o possível para aprender com ela.

Ela tensiona o maxilar.

— Por que ele ainda não te cortou?

Ergo uma sobrancelha. Sei muito bem quem é *ele*, mas me faço de tonta.

— Quem?

— Cross. Ele não tolera esse tipo de incompetência de ninguém. Por que ainda não te cortou?

— Não sei. Pode ser que eu dê algo que ele não consegue abrir mão.

É uma baita mentira, mas Ivy não sabe disso. Pelo brilho nos olhos dela, percebo que a ideia não a agrada nem um pouco.

— Aproveita enquanto pode. Ele vai te descartar rapidinho.

— Que nem ele fez com você? — Sorrio para o reflexo dela.

Os lábios dela estremecem, e suas bochechas ficam coradas. Deixo-a para trás, ainda me fulminando pelo espelho.

FASE 2

Instrutor — Struck (S), Ford (ST)

Estudante — Wren Darlington, R56

Kess Farren, R22

Aula — Treinamentos e exercícios táticos

Missão — Eliminar alvo

Objetivo — Infiltrar-se e se deslocar pelo local sem ser detectado, neutralizar o alvo e sair sem deixar rastros

Nota — REPROVADA

OBSERVAÇÕES DO INSTRUTOR

A dupla foi desqualificada. Darlington tropeçou no alarme.

19

As aulas de proteção mental continuam fazendo com que eu me sinta exposta. Parece que a cada pergunta feita, a cada informação compartilhada, sinto um ataque direto a mim.

— Eles conseguem ler sua mente se não estiverem na mesma sala que você? — pergunta um recruta chamado Minh.

Tyler Struck balança a cabeça.

— Não. É preciso compartilhar do mesmo espaço energético.

— Mas eles se comunicam por telepatia a longas distâncias.

— Telepatia é diferente de leitura mental. Depois que uma conexão telepática se forma, pode ser acessada de qualquer lugar. Mas a conexão inicial precisa ser feita pessoalmente.

Nem sempre. Lobo e eu nos conectamos de forma espontânea quando éramos crianças, em dois setores diferentes. Sem nos conhecermos.

Mas não vou dividir isso com a turma. Posso ser imprudente, mas não sou burra. Não vou fornecer munição que eles possam usar contra mim.

No final de cada aula, a mulher Modificada, Amira, aparece para testar nossos escudos. Meus colegas passaram a tolerar melhor a presença dela. Menos Bryce. Sempre que Amira entra pela porta, Bryce faz uma careta como se tivesse acabado de chupar um limão azedo, como se estivesse horrorizada por ser submetida a tamanhas atrocidades. Ela já deve ter feito uma reclamação ao pai, que tem um nível de acesso privilegiado.

Eu, por outro lado, estou ocupada lutando contra o impulso de me aproximar de Amira toda vez que a vejo. A tentação de me conectar com outra Mod continua forte.

Depois do jantar, Lyddie me arrasta para a área de convívio para uma sessão de estudo, mantendo sua promessa de me ajudar a melhorar minhas notas. Eu me sinto culpada por ela investir tanto tempo e esforço em mim quando, na verdade, estou indo mal de propósito. Mas, sendo bem sincera, meu desempenho horrível nos testes não é culpa apenas da minha autossabotagem.

Sou uma pessoa inteligente. Observadora. Estratégica. Tenho uma memória excelente — basta um olhar para o pasto norte da fazenda, e eu consigo dizer se até um único fio de grama está fora do lugar. Mas me obrigue a decorar códigos, coordenadas e jargões militares, e tudo vira uma bagunça sem sentido. Nunca fui boa em ficar encarando telas.

Lyddie recruta Kaine, Lash e Betima para estudarem com a gente hoje à noite. Porque "quanto mais cabeças, mais conhecimento". Um dos muitos ditados sábios de De Velde. Por mais irritante que Lyddie seja, não posso negar que estou começando a gostar dela.

Já tive amigos Primais antes. Não é como se Tana e eu tivéssemos nos isolado em Hamlett e nunca tivéssemos falado com um único colega Primal. Já transei com homens Primais. Na verdade, *só* transei com homens Primais.

Mas é diferente fazer amizade com um Primal *aqui*. Em um lugar feito para caçar, localizar e punir pessoas como eu.

Amanhã cedo temos mais um teste de códigos. Cada instalação do Comando tem seu próprio código. O Posto Vermelho é P12. O depósito de armas no Setor F é AF6. O campo de aviação perto da Floresta Sombria é T299. Eu não fazia ideia de quantos postos avançados, depósitos e campos de pouso existiam no Continente, e ser deixada de lado pela Rebelião me irrita profundamente, já que eu poderia estar *ajudando*, droga.

— Uau, tem um posto avançado da Brigada de Prata no Porto Sul! — exclama Lyddie, olhando para a fonte. — É lá que atracam os navios mercantes que vêm de Tierra Fe.

Eu me animo.

— Você acha que algum dia vamos viajar pra lá? Talvez pra algum exercício tático?

Eu aceitaria essa missão em um piscar de olhos. Tio Jim me disse que os ancestrais da minha mãe eram de Tierra Fe, antes mesmo de o lugar se chamar Tierra Fe.

Kaine ri.

— Vão atirar em você assim que puser o pé lá. Para eles, somos pagãos sem deus.

— Eu já estive lá uma vez — diz Betima, nos pegando de surpresa.

— Sério? — Lyddie arregala os olhos. — Como é?

— Insuportável de tão quente. Muito verde. Assustador.

— Como você conseguiu isso? — pergunta Lash.

— Bom, meu pai trabalhava em um barco pesqueiro — começa Betima.

Lyddie faz um som de pena, mas Betima não parece ofendida. Não é segredo para ninguém que, em termos de status, a pesca comercial está entre as últimas opções de trabalho. Os pescadores são transportados de helicóptero e basicamente largados no meio do oceano. Com nossas costas devastadas e quase sem áreas seguras para atracar, os pescadores precisam ser levados até seus barcos. E as fábricas de processamento de peixe não operam mais em terra; tudo acontece em navios-processadores — mais uma designação pouco desejável. Eu não gostaria de passar a vida inteira em um barco. Nem um milhão de passes para a costa tornaria isso divertido.

— Quando eu tinha uns dez, talvez onze anos, fui com ele em uma pescaria de bacalhau, e nosso barco foi pego por uma tempestade. Ficamos à deriva por dias, e quando me dei conta, um barco de patrulha veio em alta velocidade na nossa direção, com um monte de homens furiosos apontando armas para nós. Um deles chegou bem perto do meu pai, acusando-o de tentar burlar o tratado. Mas nosso barco estava bem destruído. Velas rasgadas. Motor inundado. Eles perceberam que não éramos uma ameaça e nos rebocaram até o porto. — Ela revira os olhos. — Nem deixaram a gente pisar em terra firme. Tivemos que esperar no barco até uma nave da Companhia nos buscar. Imagino que nosso barco tenha ido parar num ferro-velho em Tierra Fe depois disso.

— Eles não deixaram vocês passarem do porto? — pergunta Lyddie.

— Não. Eles não querem a gente lá. Você devia ter visto o jeito que nos olharam. Como se fôssemos lixo. Como se nem merecêssemos respirar o mesmo ar que eles.

Parece familiar.

Ignoro minha amargura.

— Vivo dizendo pro meu pai — ouvimos alguém dizer com a voz arrastada — que aqueles babacas não deviam ter carta branca por lá.

Levo um susto quando Roe entra na conversa. Ele se acomoda em outra mesa, as pernas longas esticadas. Então, leva um tubo metálico fino ao nariz e aspira, e só então percebo que ele está usando um estimulante.

Fico me perguntando como ele conseguiu contrabandear drogas recreativas para dentro da base. Estimulantes não são ilegais, mas custam uma fortuna, e duvido que o Comando tenha permissão para usá-los em serviço.

Não parece o tipo de coisa que o General aprovaria em missões.

Kaine coloca meus pensamentos em palavras:

— Como você conseguiu estimulantes aqui na base? — ele pergunta, rindo.

— Meu sobrenome pode não ser Redden, mas o sangue do General corre nas minhas veias. Eu posso fazer o que quiser.

Ele aperta o tubo e inala o estimulante de novo.

— Você já foi para Tierra Fe? — pergunta Lyddie, olhando para ele por cima do ombro.

Roe assente.

— Lugarzinho de merda. O continente inteiro. Eles dizem que perdemos a fé em Deus e que, por isso, não merecemos estar na presença deles, mas isso parece conveniente demais, não acha? Não me surpreenderia nem um pouco se estivessem criando uma nova toxina em algum laboratório por lá. — Ele dá de ombros. — Ou aperfeiçoando a toxina que já existe.

— A toxina Aberrante da Última Guerra? — Betima franze a testa. — Já foi toda erradicada.

— Não acredito que você é ingênua a ponto de acreditar que não sobrou nenhum vestígio dessa toxina.

— Não sobrou — Lyddie rebate. — Minha mãe é chefe da Biotecnologia. Ela saberia.

— Talvez ela saiba e só não tenha te contado. — Roe parece se divertir.

Lyddie se recusa a acreditar. Ela pega seu dispositivo e diz:

— Conexa, o que aconteceu com a biotoxina que criou os Aberrantes?

A tela se ilumina, e uma voz monótona ecoa:

— *Todas as doses da biotoxina aerotransportada foram destruídas na Última Guerra, há mais de um século e meio. O laboratório onde a biotoxina se originou, localizado nos Continentes Perdidos, foi destruído após os níveis de radiação serem considerados seguros.*

— Viu? — Lyddie diz, triunfante.

— E o que isso prova? — Roe pergunta, desafiador. — Que uma voz no seu comunicador esteja dizendo que é verdade? Aposto que essa merda ainda está circulando por aí. E aposto que eles tão conspirando com os Aberrantes, contrabandeando suprimentos para a base secreta deles.

Betima parece cética.

— Os Aberrantes têm uma base secreta? Onde?

— Perto da Floresta Sombria, pelo que ouvi dizer.

— Isso está com cara de boato — ela diz. — Se houvesse um esconderijo Aberrante nos setores, a gente já teria encontrado.

— Talvez não. Eles são ratos, lembra? E o que os ratos fazem de melhor? — Roe ri, respondendo à própria pergunta: — Se escondem nas sombras, como os ratos que são.

Ele se levanta da cadeira. Esfrega o nariz. Um brilho maníaco surge em seus olhos — os estimulantes claramente começaram a fazer efeito.

— Você viu a Kess? — ele pergunta a uma jovem na mesa ao lado.

Ela balança a cabeça, um tanto apreensiva. Roe causa essa reação nas pessoas.

— A toxina *foi* destruída — Lyddie insiste assim que ele vai embora.

— É melhor que tenha sido mesmo — diz Betima, e não demora para que a conversa se torne política, o que faz com que Lash entre na discussão. Ele argumenta que o Golpe foi necessário, mesmo admitindo que o domínio do General sobre nossas vidas às vezes beira o extremo.

Quando o assunto chega ao Expurgo dos Sangue de Prata, me surpreendo ao ouvir ninguém mais ninguém menos que Lyddie questionando as táticas do General.

— Não sei se precisava ter *matado* todos eles. Deveria ter outra solução. Ainda mais depois do que aconteceu na Encosta de Valterra. Havia tantas crianças lá.

— E agora? — Betima pergunta para ela. — Ainda acha que é errado matar todos eles?

Lyddie morde o lábio.

— Talvez? Não sei.

Lash responde, balançando a cabeça com vigor:

— Continuamos a neutralizá-los porque nos recusamos a voltar ao que era antes do Golpe. Quando o Severnismo corria solto pelos setores. Quando os Primais eram cidadãos de segunda classe.

Reviro os olhos para ele.

— Você nem estava vivo quando o Presidente Severn estava no poder.

— Não, mas meus pais estavam. Meu pai é cirurgião, sabia?

— Não.

— Ele só começou o treinamento depois que eu nasci. E sabe quantos anos ele tinha quando nasci, Darlington? Trinta. Dos dezesseis aos trinta, ele limpou esgotos. Era o garoto mais inteligente da turma, e aqueles malditos Aberrantes o mandaram para o Saneamento. Por quê? — Lash contorce a boca em um sorriso de desdém. — Porque ele era um reles sangue-ruim. O sangue dele não era da elite. Ele não conseguia se curar usando alguma energia tóxica que corria dentro dele. Precisava usar o cérebro para isso. Mas Severn e seu gabinete não deixaram.

— Não estou dizendo que o governo de Severn foi bom — retruco, recuando um pouco, e voltamos a memorizar os códigos.

Isso me assombra. A expressão de puro nojo no rosto de Lash. Passo a noite inteira com essa imagem na cabeça. Eu gosto dele, é sensato. Inteligente. E, mesmo assim, nem ele consegue enxergar que não somos pessoas ruins.

Eu não quero mais estar aqui.

O pânico me causa um frio na barriga quando esse pensamento se impõe em minha mente.

Eu preciso sair desta base. Ainda não sei como, mas *preciso*.

Lash não está errado. O antigo líder Mod do Continente tratou os Primais de forma abominável. Reconheço isso, mas Severn não representa todos os Mods. Eu não ajo como ele. Há pessoas boas no Continente cujo único objetivo é viver em paz. Elas não querem oprimir ninguém. Não querem se sentir superiores. Só querem *viver*.

Lyddie e os outros estão na área de convívio para mais uma sessão de filme, mas não estou com vontade de socializar hoje. Sozinha no banheiro, tiro meu uniforme e visto minha roupa de dormir. Não guardo mais nada no armário da minha cama. Meus poucos pertences estão todos aqui, no meu armário do banheiro, incluindo a faca que peguei depois da nossa primeira operação.

Faz alguns dias que não tenho uma conversa de verdade com Tana, então a procuro, sentindo a garganta apertar de desespero no momento em que nos conectamos.

— Não aguento mais ficar aqui, Tan.

— Não tem mesmo como você fugir?

— Não. Tem câmeras por toda parte, e alarmes também, e o capitão me vigia como um falcão. Consegui enganar todo mundo, fingindo ser uma Primal, mas ele ainda não confia em mim. Acha que eu sabia que Jim era Modificado. Provavelmente pensa que estou ajudando a Rebelião também. — Quase rio, sem conseguir controlar meu sarcasmo. — Eu adoraria ajudar aqueles desgraçados. Mas eles não me deixam ajudar! Não dão a mínima pra mim.

— Polly parou de me responder, e eu não sei quem mais contatar, amiga. A rede não está rodando nenhuma operação por Hamlett porque a vila está sendo vigiada de perto. O Comando acha que Jim teve ajuda por aqui.

— Eles desconfiam de você ou do seu pai?

— Não sei. Mas estou com um pressentimento ruim. Sinto como se estivessem me vigiando o tempo todo.

Sou uma péssima amiga.

Nem perguntei como *ela* está desde que ferrei com nossas vidas no Dia da Liberdade. Fiquei tão concentrada no meu próprio problema, no meu próprio cativeiro, que nem parei para pensar no que a morte de Jim significou para as pessoas que o conheciam. Griff tem ajudado a Rebelião há quase oito anos, desde que Tana começou a manifestar seus dons, aos doze.

— Você está segura? — pergunto, preocupada.

— Dentro do possível, considerando o que corre nas minhas veias.

— Justo.

— Preciso ir. Meu pai quer que eu ajude a repor o estoque do bar. Falo com você amanhã, beleza?

— Beleza. Te amo, Tan.

— Também te amo.

Eu me recosto no armário, exausta. Quero ir para casa.

Não existe mais casa.

Não importa. Quero minha fazenda. Quero meu tio. Quero a porra da minha vida de volta.

— Olha só você aí, toda sozinha.

Eu me assusto quando ouço uma voz baixa atravessar o ambiente.

Anson.

Disfarço um suspiro. A última coisa de que preciso agora é do olhar faminto desse cara e daquele sorriso presunçoso.

— Sabe... — Ele inclina a cabeça, e o cabelo longo desliza pelo ombro. — Acho que é a primeira vez que ficamos sozinhos.

Meu corpo fica tenso quando ele atravessa a sala, o andar tranquilo contrastando com o brilho intenso nos olhos. Seu sorriso só cresce a cada passo.

Forço um sorriso tenso, a pele formigando de desconforto.

— É mesmo? Nem reparei.

— Eu reparei. Eu sempre reparo em você, Darlington.

Ele se aproxima mais, invadindo meu espaço pessoal.

— Não — advirto.

— Não o quê?

Ele sorri de novo, e eu cerro os punhos ao lado do corpo. Fico completamente imóvel enquanto ele se inclina na minha direção, a respiração quente roçando meu pescoço.

— Eu não fiz nada.

Ainda.

Quando ele dá um passo para trás, recuo na direção do meu armário.

— Sabe o que eu gosto em mulheres como você, Wren?

Ouvir meu nome saindo da boca dele faz meu estômago se revirar. Mas me recuso a demonstrar qualquer fraqueza.

— Gosto desse fogo em você. — Ele passa a língua no lábio inferior. — Roe vê alguém como você e quer apagar a chama. Ele não gosta do fogo... quer as cinzas. Ele é doente, caso não tenha percebido.

— E você não é?

Meus instintos gritam para eu sair dali, mas me recuso a deixar que ele me intimide. Ainda assim, dou mais um passo para trás, até sentir o toque frio do metal no meu braço nu. A porta do meu armário está aberta.

— Não, eu não quero apagar seu fogo.

Consigo alcançar o armário, fechando os dedos em torno do aço frio da adaga que roubei.

— Quero ver você queimar...

Entro em ação, agarrando o braço dele e o empurrando contra os armários. Ao mesmo tempo, pressiono a adaga na garganta dele.

Anson congela. Ele foi pego desprevenido.

— Não me testa — aviso, apertando ainda mais a faca. — Porque você está me irritando, e eu não tenho medo de usar isto.

A raiva lampeja nos olhos dele, mas antes que ele possa reagir, ouvimos passos no corredor. Logo, vejo uma silhueta familiar na soleira da porta.

Cross.

Ele fica ali por um instante, observando a cena. Seu olhar oscila entre mim e Anson, a expressão indecifrável.

— Ou corta a garganta dele ou solta de uma vez — diz Cross, por fim, com um tom neutro muito diferente da tensão no ar.

Lanço um olhar fulminante para ele.

— Cai fora, capitão. Isso não é problema seu.

Ele olha para Anson.

— Booth. Você está dispensado.

— Nossa conversa ainda não acabou — digo, mantendo a faca contra a garganta de Anson.

— Acabou, sim. Ele já foi dispensado.

Cerro a mandíbula. Depois, abaixo a lâmina.

Anson me lança um olhar venenoso antes de deslizar para fora do vestiário como a cobra que é, o som de seus passos sumindo aos poucos.

Eu me viro para encarar Cross, furiosa com a interrupção.

Imune à minha expressão carregada, ele se aproxima, o olhar fixo no meu, com uma intensidade que me faz perder o ar.

— Ele começou. — Não me importo se pareço infantil.

Cross assente, abrindo um sorriso irônico.

— Onde conseguiu essa faca?

Eu poderia mentir, mas não minto.

— Roubei do armazém depois de uma operação.

Ele solta uma risada baixa. Odeio o quanto gosto desse som rouco.

Ele me encara, esperando.

Sem dizer nada, cerro os dentes e giro a lâmina no ar algumas vezes. Pego-a pelo cabo, giro mais uma vez e, a contragosto, entrego para Cross.

— Tão obediente — ele murmura.

— Não se acostuma.

— Nem sonharia com isso.

Ele continua me observando. Pensativo. Quando volta a falar, é impossível decifrar seu tom.

— Amanhã é noite de arena. Os recrutas podem ir.

Eu o encaro sem piscar.

— Você deveria ir.

Para minha surpresa, ele me devolve a faca.

— Guarde no armário. Só use se ele voltar.

Fico parada, observando enquanto ele sai do vestiário, sem entender nada do que acabou de acontecer.

20

Noite de arena. Ainda não tenho certeza do que me espera, mas todo mundo da Célula Preta vai, então aceitei ir com Lyddie. Ouvi Ivy dizer para Bryce mais cedo que a arena serve de entretenimento além de ser um meio de extravasar. Como os passes de lazer são raros, essa é uma forma de combater o tédio constante que naturalmente assola o Comando.

Nos alojamentos, os recrutas estão se arrumando ao meu redor, e sinto uma pontada de constrangimento. Não é algo comum para mim, já que não costumo me preocupar com as roupas que tenho nem com o meu estilo. Mas vejo minhas colegas vestindo saias curtas, calças jeans justas e tops minúsculos, e isso desperta uma onda de insegurança em mim.

Lyddie trocou de roupa e agora está de calça jeans e camiseta listrada, com o cabelo preso em uma trança.

— Você não precisa usar o uniforme — diz ela, me observando. — Devia colocar outra roupa.

Eu me mexo, desconfortável, na beirada da cama.

— Eu não tenho outra roupa.

— Ah. Espera. Então é por isso? Achei que você preferisse ficar de uniforme o tempo todo.

— Não. Eles não me deixaram trazer nenhum item pessoal. Pegaram minha fazenda, minhas roupas. Perdi tudo que tinha... — Minha voz vai sumindo.

Os olhos de Lyddie se enchem de compaixão.

— Eu não sabia disso.

— É, bom... — Faço um gesto para o meu uniforme azul-marinho. — Você está olhando para todo o meu guarda-roupa.

— Queria que a gente fosse do mesmo tamanho. — Ela reflete por um instante. — Já sei!

— Tá tudo bem...

— Betima! — ela chama. — Temos uma emergência!

E então Lyddie me puxa até a cama de Betima, na parte da frente do alojamento, enquanto faço o possível para esconder um sorriso. Eu gosto do esforço que ela faz para ser minha amiga.

— Wren não tem nenhuma roupa além do uniforme — ela informa à nossa colega.

Betima se surpreende.

— Você não trouxe nada de casa?

— Não deixaram.

Por causa do meu tio. Vejo quando ela liga os pontos e assente com um ar sério.

— Entendi.

— Pensei que talvez você pudesse emprestar algo para a Wren. — Lyddie parece esperançosa. — Vocês duas têm mais ou menos a mesma altura e o mesmo porte.

— Tirando os peitos. — Betima dá um sorriso e aponta para o próprio peito reto. — No caso, eu não tenho nenhum, e você tem de sobra.

Dou uma risadinha.

— Mas sim, acho que consigo achar alguma coisa.

Vamos até as fileiras de armários do outro lado do alojamento. Betima revira o dela.

— Aqui. Experimenta estes.

Uma calça jeans escura vai parar nas minhas mãos.

Normalmente, evito trocar de roupa nos alojamentos, do mesmo jeito que tomo banho nos horários mais vazios, mas Betima está esperando, então, com dedos hesitantes, desabotoo minha calça. As outras recrutas do dormitório não estão prestando atenção em nós, e se Betima se incomoda com a pele rosada das cicatrizes na minha coxa, não demonstra. Ela me avalia enquanto fecho o zíper da calça. Seus quadris são mais estreitos que os meus, então a calça fica mais apertada na cintura e no quadril. Mas, no geral, serve.

— Perfeito — diz ela, jogando uma blusa para mim. — Experimenta esta.

Tiro a camisa do uniforme, ficando só de sutiã. Que bom que Anson não está aqui. Sei muito bem para onde ele olharia se estivesse.

Ela me passa um cropped preto de alças finas e com um decote perigosamente grande. Passo pela cabeça, mas mal consigo puxá-lo sobre o peito.

— Não precisa de sutiã — aconselha ela. — É preto. Não dá pra ver seus mamilos.

Sem o sutiã, o tecido fica bem mais confortável, embora eu esteja bastante ciente do jeito que meus mamilos endurecem contra o pano. A blusa termina logo acima do meu umbigo, deixando a barriga à mostra, e o decote é mais ousado do que uso normalmente.

— Você está uma gata — diz Lyddie com um sorriso tímido. — Amei.

— Valeu. — Olho para Betima. — Tem certeza de que não se importa?

— Nem um pouco.

Sento na cama para amarrar os cadarços. As botas pretas combinam bem com o jeans e o top.

— Você trouxe maquiagem? — Lyddie pergunta para Betima. — O tom de pele da Wren deve ser mais próximo do seu do que do meu. — A pele de Lyddie é mais branca que os lençóis das nossas camas.

Betima pega seu nécessaire.

— Vamos para os espelhos.

Ela e Lyddie saem correndo em direção aos lavatórios, e eu tenho que acelerar o passo para acompanhá-las. É a primeira vez em muito tempo que me sinto... jovem. Livre. Como quando Tana e eu começamos o ensino médio e descobrimos o quanto gostávamos de nos arrumar e flertar com garotos bonitos. Ou com garotas bonitas, no caso de Tana. Por um instante, esqueço onde estou e logo me repreendo. *Você não está em Hamlett. Você é uma prisioneira do Comando.*

Mas, às vezes, é bom esquecer.

A arena de que todos vivem falando fica dentro de um armazém no setor norte da base. Enquanto caminhamos até lá juntas, sinto uma irritante sensação de companheirismo com Lyddie e Betima, algo que eu adoraria ignorar. Há também um espírito de comunidade no ar, conforme os soldados chegam em grupos, enchendo o armazém.

Quando entramos, só consigo ver os pilares de concreto e as sombras. Vozes ecoam na escuridão, ondas de risadas reverberando nas paredes de concreto. Meu olhar acompanha os corpos que desaparecem por um corredor escuro.

— Vem, acho que é por aqui — diz Lyddie, os olhos brilhando nas sombras. Ela me puxa pela mão e seguimos a multidão.

Ao virarmos uma esquina, o som das risadas estrondosas fica mais alto, e agora consigo ouvir o ritmo acelerado de uma música dançante e sinto o baixo vibrando sob meus pés. Um instante depois, emergimos em um espaço vasto e aberto, uma arena improvisada iluminada por luminárias trêmulas penduradas em fios pretos presos à estrutura do teto.

Vejo o centro da arena no mesmo instante. Não é fundo, talvez um metro e meio abaixo de nós, e é cercado por uma borda de concreto. Não há assentos nesse espaço enorme, então os soldados estão se acomodando nas bordas. As luzes fortes projetam sombras na areia dentro da arena. É de um tom bege-amarronzado, com algumas manchas escuras espalhadas. Só quando nos aproximamos percebo que essas manchas são marcas de sangue.

— Eita, esse negócio é intenso — comenta Betima, concentrada no espetáculo dentro da arena.

Uma multidão de espectadores empolgados vibra enquanto dois lutadores trocam golpes em um borrão de movimento. A cada soco e chute, o público ruge, o ambiente carregado de adrenalina. Não há árbitro. E também não parece ter regras, concluo, observando um dos homens acertar o adversário com o cotovelo na garganta.

Betima me passa uma garrafa de uísque. Ela usou seus créditos no armazém para comprá-la, e dou um gole com cuidado antes de passar para Lyddie.

Beber não é novidade para mim, mas preciso manter o foco a cada segundo que estou aqui. Não posso baixar a guarda, sobretudo depois do que aconteceu com Anson. No momento, estou armada com a faca que Cross me permitiu manter. Peguei no meu armário enquanto Lyddie e Betima passavam rímel, e ela está bem segura dentro da minha bota direita. Tudo que preciso fazer é me abaixar e já estará na minha mão. Eu me recuso a deixar Anson ou qualquer outra pessoa dessa base me pegar desprevenida de novo.

Uma gargalhada alta do outro lado da arena chama a minha atenção. Ergo uma sobrancelha ao avistar Xavier Ford entre um grupo de soldados. Ele está sentado na borda... com Tyler Struck no colo.

Eu me viro para minhas amigas.

— Vocês sabiam que eles estavam juntos?

— Não fazia ideia — responde Lyddie. — Os dois mal se olham no centro de treinamento.

Eles estão fazendo muito mais do que se olhando agora. Ford desliza a mão pelas costas de Struck antes de enfiá-la sob a camisa dela. Consigo vislumbrar seus dedos acariciando a pele nua enquanto os lábios dele percorrem seu pescoço. Ela ri e sussurra algo no ouvido dele. Seja lá o que for, faz com que ele levante a cabeça e sorria para ela.

Um dos homens do grupo se vira para Ford, e meu coração acelera quando percebo que é Cross. Vestindo uma calça preta e camiseta branca, ele segura uma garrafa entre os dedos longos, balançando-a pelo gargalo. Reconheço o vidro transparente. Cidra de vodca. Já notei que a seleção de bebidas alcoólicas nesta base é bem limitada. Até agora, só vi uísque e cidra de vodca no armazém.

Lyddie e Betima se aproximam da borda da arena, encontrando um espaço perto de um pilar tão rachado que parece prestes a desmoronar a qualquer momento.

Volto a olhar para Cross, como se meu olhar fosse atraído por um ímã. De repente ele move a cabeça, e aqueles olhos azuis encontram os meus. A expressão dele é indecifrável. Mas não deixo de notar como seu olhar desliza do meu rosto para a minha barriga exposta, antes de subir de novo. Um arrepio quente percorre meu corpo.

— O capitão está te encarando — diz Betima com um sorrisinho safado.

— Talvez ele esteja encarando você — retruco.

— Claro que não. É você.

Fico sem graça, mesmo quando um leve arrepio de prazer percorre minha barriga. Me envergonho da reação. Sinto raiva. Não deveria ser tão vulnerável a esse homem só porque ele é atraente.

Eu não quero me sentir atraída por ele. Não quero saber dele.

— Muito bem, crianças! Quem é o próximo?

Uma voz retumbante corta o burburinho, atraindo nossa atenção de volta para a areia. O dono da voz é um homem parrudo de cabeça raspada, que desfila até o centro da arena com um sorriso largo.

— Quem tem uma rixa pra resolver na areia? Ou só quer sair ensanguentado?

O público explode em risadas. Olho novamente para Cross.

Agora ele tem companhia.

Uma jovem baixinha, com o cabelo escuro e brilhante caindo pelos ombros, pestanejando para o capitão. Ela está no meio de uma frase quando ele desvia o olhar.

Na minha direção.

Levanto a garrafa de uísque e tomo um gole. Quando uma gota do líquido cai no meu lábio inferior, passo a língua por cima, e ele estreita os olhos.

— Deixa comigo! — grita uma voz feminina.

A multidão se move, abrindo espaço para uma mulher de rabo de cavalo alto e calça jeans rasgada. Apesar da baixa estatura, ela é tão musculosa que não consigo deixar de encará-la. Caramba.

A oponente dela é uma garota alta e magra como os fios de capim-doce da minha fazenda.

— Aposto cinco créditos que a Mel leva essa! — ouço alguém declarar.

— Fechado — responde o amigo, rindo. — Collie vai quebrar o braço dela que nem um graveto.

— Elas vão quebrar ossos? — Lyddie pergunta, alarmada.

— Duvido — eu a tranquilizo. Mas, pensando bem, talvez quebrem.

O cara de cabeça raspada grita por cima da música:

— Lembrem-se das regras... todo mundo sai da arena vivo. Boa sorte, garotas.

Regras, no plural? Parece que a única regra é essa, mas fico aliviada em saber que pelo menos não está liberado matar ninguém lá dentro. Imagino que os oficiais nunca permitiriam que a noite de arena existisse se os soldados acabassem morrendo. O General precisa de seus capachos, afinal.

O ar vibra de expectativa. Quando a luta começa, entendo de imediato por que todo mundo espera ansiosamente pela noite de arena.

Esses soldados não estão aqui só para treinar. Eles estão aqui para ver sangue.

As mulheres avançam uma contra a outra como animais enfurecidos, os punhos no ar. Estremeço ao ouvir o som de osso contra carne ecoando pela arena. Logo, sobrancelhas abertas e narizes quebrados começam a sangrar, mas nenhuma delas parece querer desistir.

O tempo todo estou ciente da presença de Cross. Sua acompanhante de olhos verdes não desgruda dele, deslizando os dedos pelo seu braço nu. Ele não parece muito interessado em corresponder às investidas dela.

É estranho vê-lo em um ambiente social. Vê-lo rir. Vê-lo fazer outras pessoas rirem. Quando se inclina para sussurrar algo no ouvido de Struck, ela joga a cabeça para trás, encantada. Ele é engraçado? Nunca me pareceu ser.

Na arena, a mulher magricela finalmente desiste quando a sra. Músculos a imobiliza com uma chave que ameaça quebrar todos os ossos de seu braço.

Enquanto uma nova luta começa, Kaine e Lash abrem caminho pela multidão e se juntam a nós. O olhar de Kaine se torna mais intenso quando ele repara nas minhas roupas. Seu olhar para no contorno do meu decote.

— Encarar é falta de educação — repreendo.

Com um sorrisinho, ele se aproxima mais de mim.

— Eu nunca disse que era educado, boiadeira.

Kaine arranca o uísque da mão de Betima e começa a flertar descaradamente comigo, até eu ficar em dúvida se devo jogá-lo na arena ou beijá-lo até ficar sem fôlego. Estou mais inclinada para a segunda opção quando somos interrompidos por mais alguns colegas. Alguém arrasta Kaine para longe, e eu fico sozinha enquanto a luta seguinte começa.

— Você sabe se arrumar.

Eu me assusto quando Roe aparece ao meu lado. Ele observa minha barriga nua com seus olhos escuros, e sinto como se estivesse sendo arranhada por uma unha áspera.

Não respondo ao elogio. Mantenho meu olhar fixo à frente. Infelizmente, isso significa olhar diretamente para Cross, que ainda está conversando com a garota de cabelo brilhante.

Roe segue meu olhar e dá risada.

— Nem adianta. Você não faz o tipo dele.

Olho de canto de olho para ele.

— Ah, não. Estou arrasada.

— Ele gosta das frágeis — continua o meio-irmão de Cross, como se eu não tivesse dito nada. — Assim ele pode cuidar delas, ficar por perto para que não se machuquem. Bancar o herói. — Roe ri de novo. Acho que está bêbado. Ou chapado de estimulantes. Provavelmente a segunda opção. — E isso é uma ironia e tanto, né? Porque no fim, é ele quem acaba machucando todas elas.

A visão que Roe tem do irmão não bate com a que eu venho formando aos poucos. Não consigo imaginar Cross com uma mulher frágil. Suspeito que isso o irritaria.

— Tipo a coitada da Eversea. Tentou tanto agradar ele...

— Não sei de onde você tirou a ideia de que me importo com isso — digo a Roe.

— Quem está encarando meu irmão é você. — Nós dois observamos Cross rindo de algo que Ford disse. Isso arranca outra risada de Roe. — Não se deixe enganar.

— Pelo quê?

— Pelo jovem capitão. Ele é um bastardo sem coração.

— Eu achei que você fosse o bastardo — digo com inocência, apreciando como aquela risada some rapidinho do rosto dele.

Antes que ele possa retrucar, um murmúrio percorre a multidão.

— Ah, essa vai ser boa — diz alguém perto de nós.

Olho para a arena a tempo de ver Xavier Ford pular sobre a borda e cair na areia.

Cross pula logo atrás.

21

Cross caminha até Ford com uma elegância despreocupada. Ele troca algumas palavras com o tenente, que ri e lhe dá um empurrão amistoso.

— Ele e Xav são melhores amigos de infância — diz Roe, aproximando a boca do meu ouvido.

Estremeço com a proximidade. Ele tem apenas dezoito anos, mas tudo nele me causa desconforto.

— Isso não quer dizer nada para ele, olha só.

Dou alguns passos para o lado, esperando que Roe entenda a indireta. Ele não entende. Continua perto, claramente se divertindo com o meu desconforto.

Volto a olhar para a areia e minha garganta fica seca quando meu capitão e meu tenente tiram as camisetas. As peças são jogadas de lado, revelando dois peitos nus. Tendões e músculos.

Os dois se posicionam no centro da arena. No começo, parece quase uma provocação. Seus movimentos são fluidos, ensaiados, enquanto um ronda o outro. Ford sorri. Cross passa a língua nos lábios. O ar fica pesado, tenso. A expectativa pesa sobre a arena improvisada. Até o volume da música parece diminuir.

Ouço Lyddie soltar um barulho de surpresa quando eles avançam um contra o outro de repente.

Puta merda.

A ferocidade dos dois me deixa sem fôlego. Eles são rápidos como um raio, trocando golpes com uma intensidade selvagem que beira a brutalidade.

Não consigo desviar os olhos dele. Ele é impiedoso. Implacável. Cada golpe é preciso, calculado para causar exatamente o dano que pretende. Ele faz o oponente sangrar primeiro, abrindo o lábio de Ford e fazendo um fio vermelho escorrer por seu peito. O tenente revida com um soco que faz a cabeça de Cross ir para trás, e enquanto Cross tenta recuperar o equilíbrio, Ford enterra o joelho na barriga dele com tanta força que temo por seus rins.

— Isso é pura selvageria — suspira Betima. Ela parece impressionada.

A luta continua. Os gritos da multidão se misturam à linha de baixo frenética da música e aos sons de grunhidos e respirações pesadas vindos da areia. Cada golpe ressoa com uma força esmagadora, enviando ondas de choque pelo meu corpo, acendendo um fogo quente e feroz dentro de mim.

Eu. Não. Consigo. Desviar. O. Olhar.

Tento afastar os pensamentos da minha mente, mas é inútil. A visão de Cross, seus músculos se contraindo com o esforço, o rosto retorcido em uma expressão cruel, desperta algo primitivo em mim.

Fome.

Odeio tanto ele quanto a mim mesma por isso.

Engulo em seco, sentindo as bochechas queimarem, meu coração martelando no mesmo ritmo violento da luta. É brutal. Nunca vi nada assim. Cross agarra a cabeça do outro e a enterra na areia. Ford se encolhe de lado, cuspindo terra e sangue. Cross avança, montando sobre o tenente, e desfere o golpe final sob o rugido ensurdecedor da multidão, tão alto que parece estremecer o prédio inteiro. Por fim, ele rola para o lado e fica deitado na areia, respirando pesado.

E então eles começam a rir.

Ford começa, soltando risadas ofegantes enquanto passa a palma ensanguentada pelo rosto. Cross apoia os nós dos dedos na testa enquanto seu corpo treme de tanto rir. Depois, ele se levanta e estende a mão. Ajuda Ford a se pôr de pé e, assim, de repente, voltam a ser melhores amigos.

Mas eu vi. O que Roe tentou me mostrar antes. *Isso não quer dizer nada para ele, olha só.* Apesar da leveza no final, houve momentos durante a luta em que eu soube, sem a menor dúvida, que Cross Redden seria capaz de matar o amigo de infância.

Facilmente.

Sem remorso.

Mordo o lábio enquanto o vejo sair da arena.

Roe se inclina de novo.

— Tenho certeza de que se você pedir, ele trepa com você.

— Cala a boca — resmungo, virando o rosto para longe dele, e dou de cara com Kaine nos observando.

— O pequeno general está te incomodando? — pergunta Kaine.

É assim que a gente chama Roe pelas costas. Não sou a única que percebeu o ar de superioridade dele. Essa crença infundada de que tem alguma autoridade, quando, na verdade, não passa de um moleque mimado cujo único mérito é ter irmãos mais velhos com cargos mais altos e o sobrenome do pai.

— Só sendo ele mesmo — respondo, e Kaine passa o braço sobre meus ombros.

— Vem, você precisa ouvir isso. Lash quase fugiu para um acampamento dos Fiéis quando era criança.

Deixo que ele me guie até Lash, porque isso parece uma boa história.

As lutas duram horas. Uma depois da outra. Narizes quebrados, socos e mais socos. Créditos de Luxo indo de uma conta para a outra a cada aposta. Em algum momento, saio de fininho para procurar um banheiro. No espelho, encaro meus lábios brilhantes de gloss e os cílios carregados de rímel. Sinto que voltei a ser eu mesma e, ao mesmo tempo, que uma estranha me observa de volta.

Retorno para a arena, abrindo caminho com os cotovelos para chegar ao meu grupo. Acabo de avistar a cabeça loira de Kaine quando Cross intercepta meu caminho.

Ficamos nos olhando por um momento. Engulo em seco, tentando manter uma expressão indiferente.

— Pombinha — ele me cumprimenta.

— Capitão. — Faço uma pausa. — Bela luta. Mas acho que você podia ter pegado mais pesado com ele.

Os olhos de Cross brilham com um ar de diversão enquanto ele se apoia no pilar atrás de si. Um leve sorriso ameaça surgir nos cantos de sua boca antes de sua expressão mudar e ele ficar sério.

— O que meu irmão estava te dizendo?

Sangue escorre de sua têmpora esquerda, e ele usa a camisa para limpá-lo. Ele não parece notar ou se importar com o fato de que o tecido branco está manchado de vermelho.

— Ele acha que estou a fim de você — digo, dando de ombros. — Mal sabe ele que eu não transo com babacas.

— Claro — Cross concorda. O sorrisinho volta. — Só com soldados submissos e sem graça do Cobre.

— Jordan não era submisso — agora sou eu quem se diverte. — Não na cama, pelo menos.

— Duvido muito.

— Você parece bem interessado em saber sobre as habilidades sexuais dele. — Cross não responde, e eu dou um passo para trás. — Se me der licença...

Antes que eu consiga sair, ele agarra minha mão. Meu coração dispara, apesar dos meus esforços para fingir indiferença.

— Wren! — Betima me chama, e um alívio imediato percorre meu corpo com a interrupção.

Sem dizer mais nada, desvio de Cross e volto para perto dos meus amigos. Mas não consigo me concentrar no que estão dizendo. Nem no uísque que Betima me oferece, nem na luta que está começando na areia.

— Acho que vou voltar para o alojamento — digo para o grupo.

Vejo a decepção estampada no olhar de Lyddie. Seus olhos estão vidrados pelo álcool, e as bochechas estão em um tom vivo de vermelho.

— Ah. Tá bom. Acho que a gente pode...

— Não, podem ficar. Eu consigo voltar sozinha numa boa.

— Tem certeza?

— Absoluta.

— Tá bom. — Ela me puxa para um abraço apertado. — Fiquei tão feliz que você veio!

Aceno com a cabeça.

— Até amanhã.

Depois de me despedir dos outros, abro caminho pela multidão. Estou quase na porta quando sinto os pelos da minha nuca se arrepiarem.

Tenho a sensação de que estou sendo seguida, mas, ao olhar por cima do ombro, só consigo ver soldados rindo, conversando e bebendo. Acelero o passo até a saída, buscando refúgio no corredor vazio.

Não escuto passos além dos meus. Não vejo nenhum movimento além das sombras que eu mesma projeto. Mas a sensação de não estar sozinha se recusa a ir embora.

Então, não fico surpresa quando ele me agarra.

Mal tenho tempo de piscar antes de ser empurrada para as sombras, e de repente sinto o concreto gelado contra a pele nua na base das minhas costas. Sei quem é. Mesmo na escuridão, reconheço o cheiro amadeirado de Cross e seus ombros largos. Ele põe a mão grande na minha barriga, me pressionando contra a pilastra. O outro braço está acima da minha cabeça, com a palma espalmada contra a pedra.

Está escuro demais para que eu consiga enxergar a expressão dele, mas sinto seus olhos cravados em mim. Seus lábios estão a milímetros de distância. Por um momento, o silêncio ondula entre nós, o ar pesado de tanta tensão.

Engulo em seco.

— O que eu te disse sobre me tocar sem permissão? — Era para ser uma provocação. Mas dá para ouvir o tremor na minha voz.

— Foi só pra você não se desequilibrar. — Ele desliza a mão pela minha barriga antes de afastá-la. Depois, se inclina para perto do meu ouvido, a voz doce como mel. — Manda eu colocar a mão de volta.

Fico sem ar.

— Você está bêbado — digo.

— Um pouquinho, talvez.

Reprimo uma risada.

— É isso que você faz quando bebe? Encurrala seus recrutas no escuro?

— Nunca nem olhei para uma recruta antes.

Antes de você. É isso que ele está insinuando?

— Devo ser especial, então.

Ele não responde.

Eu poderia me mover. Ele não está mais me segurando. Sim, a mão dele ainda está apoiada na pilastra. Sim, seu corpo alto ainda está a centímetros de mim, tão perto que sinto seu calor.

Mas eu poderia me mover.

— Não consigo te entender, Pombinha.

— Não é sua função me entender.

— Na verdade, é sim.

Cross me observa. Meus olhos começam a se acostumar com a escuridão. Consigo distinguir os contornos de seu rosto. Os lábios perfeitamente desenhados. Quando inspiro, sinto o cheiro de pinho e especiarias, misturado ao odor metálico de sangue, um lembrete de que, minutos atrás, ele estava esmurrando outro homem.

Ele fica tanto tempo em silêncio que não consigo deixar de perguntar, sussurrando:

— O que foi?

— Qualquer outra mulher já teria me pedido um beijo. A essa altura, já estaríamos indo para o meu quarto.

Meu ventre se contrai. Tentador. Tentador o suficiente para minha boca secar.

Apesar do meu bom senso, estendo a mão e toco o rosto dele.

— É isso que você quer? Que eu peça para ir para o seu quarto?

Ele solta um suspiro com os dentes cerrados quando deslizo os meus dedos pela linha de seu maxilar. Meu Deus, que maxilar forte.

— Porque posso te garantir que isso não vai acontecer. Não estou interessada, capitão.

Vejo seus lábios se curvarem antes que ele se incline de novo. Seu hálito roça meu ouvido.

— Para de mentir.

Abro a boca para protestar, mas as palavras se perdem na minha garganta, sufocadas pela intensidade que emana dele. É impossível negar a atração entre nós.

De algum jeito, encontro o que preciso. Controle. Equilíbrio. Força para vencer a fraqueza que me domina na presença dele.

Endireito os ombros.

— Você está bêbado. Vai arrumar outra pessoa pra incomodar esta noite.

Um xingamento abafado escapa de seus lábios. Depois de um longo instante, ele se afasta e me deixa ir embora.

22

Para o treinamento urbano desta noite, uma nave do Comando nos transporta até o Ponto, pousando em um estacionamento pavimentado, tendo como pano de fundo armazéns espalhados, pequenas fábricas e prédios baixos. Um cheiro forte paira no ar, uma mistura de fumaça de escapamento com um odor queimado que me faz questionar o que exatamente estão fazendo nesses prédios. Enquanto meus companheiros se reúnem à espera de instruções, estou ocupada olhando para todos os lados, procurando uma rota de fuga. Se a rede não estivesse me ignorando, eles poderiam ter aproveitado essa oportunidade. Tentado um resgate enquanto eu estava fora da base.

Você não é importante o suficiente para ser resgatada.

Ah, é. Eu tinha esquecido.

Kaine sorri e se aproxima, parando do meu lado.

— Espero que não tenha medo de altura.

— Não. E você?

— Não tenho medo de nada, boiadeira.

Acredito nele. Ainda não vi Kaine sequer vacilar em qualquer um dos exercícios e simulações que executamos nesta semana, nem mesmo naqueles que fizeram meu estômago se revirar de apreensão.

Desvio o foco para a tarefa que temos pela frente. A noite se estende sobre os dois prédios como um manto pesado. A missão de hoje é simples: escalar o primeiro prédio até o telhado e pular para o segundo, um andar abaixo.

Mencionei que vamos fazer tanto a escalada como o salto sem nenhum equipamento de segurança?

Bryce fica hesitante ao saber disso.

— Numa operação real, usaríamos um arnês — diz ela, soltando um suspiro irritado.

— Usariam mesmo? — Struck lança um olhar divertido para Ford, e eu me lembro dela sentada no colo dele. De Ford beijando o pescoço dela. — Ei, Xav, a gente usou arnês naquela noite em que escalamos um penhasco enquanto rastreávamos o acampamento dos Fiéis?

Ele ri pelo nariz.

Struck volta sua atenção para Bryce, falando com severidade:

— Escuta, Granger, sei que seu papai deu um jeitinho para você entrar no Programa, mas ele não está aqui para facilitar as coisas pra você agora.

Tento não erguer uma sobrancelha. Todo mundo cochicha que Bryce é uma protegida, mas é a primeira vez que um instrutor diz isso em voz alta.

— Então sobe no prédio ou sai da minha frente — Struck esbraveja.

Ford dá uma risada abafada. É raro Struck perder a paciência, mas até eu tenho que admitir que Bryce mencionando o papai toda hora já cansou. Só dá para ouvir "meu pai é da Inteligência do Comando" um certo número de vezes antes de querer socá-la.

Somos divididos em quatro grupos, e nos dizem que a equipe que completar a missão mais rápido ganha créditos de Luxo. Vai ser difícil sabotar essa, a menos que eu decida despencar para a morte, o que não me parece uma boa ideia. Estou no time com Lyddie, Roe e um recruta chamado Jones. Não faço a menor ideia de qual seja o primeiro nome dele. Tudo que sei é que ele é a versão masculina de Bryce, outro protegido cujo pai é um dos capitalistas mais ricos do Continente.

Há uma escada de metal na lateral do primeiro prédio, mas algumas partes estão faltando. Vamos ter que escalar a parede quando chegarmos nesses pontos.

Nosso time é o primeiro. Ford acena quando nos posicionamos.

— O tempo começa agora.

Roe assume a dianteira, seguido por Lyddie e depois por mim, com Jones fechando o grupo.

Subimos a escada em um ritmo constante. Quando chegamos ao primeiro vão entre os degraus, meu coração acelera. O exterior desgastado do prédio de tijolos cinzentos não parece muito resistente. Cada apoio de mão parece instável; cada passo, uma aposta.

Abaixo de mim, a cabeça dos nossos companheiros e instrutores ficam cada vez menores. Acima, o céu negro se estende infinitamente, indiferente à nossa presença. Meu coração bate forte, a adrenalina correndo nas veias e aguçando meus sentidos.

Lyddie começa a diminuir o ritmo, e eu tento encorajá-la.

— Você consegue, Lyds. Enfia as unhas nesse buraco no tijclo e tenta alcançar o próximo degrau com a outra mão.

Mas ela não é tão atlética quanto os outros recrutas. Seu ponto forte é a sala de aula. Ela tem dificuldade para encontrar apoios para os pés e, mesmo quando consegue, é um esforço para se projetar e alcançar a escada.

O ar fresco do verão castiga minhas bochechas enquanto me agarro à parede, esperando que ela avance, meus dedos latejando com o esforço. Finalmente, *finalmente*, chegamos ao topo. Lyddie se joga da beirada. Eu vou logo atrás dela.

Quando meus pés tocam o cascalho que cobre o telhado, meu coração bate ainda mais rápido. O prédio tem apenas cinco andares, então não consigo ver a cidade inteira daqui, mas tenho alguns vislumbres do horizonte. Luzes piscando. Janelas emanando um pálido brilho amarelo. Imagino todos os cidadãos obedientes em suas casas e apartamentos arrumados, indo dormir para acordar cedo e ir para o trabalho. Ganham créditos Req para gastar em comida, itens básicos. Créditos Luxo para coisas mais sofisticadas. Têm escolas para os filhos. Ruas seguras. Talvez Cross tenha razão. Talvez eu devesse aceitar essa vida. Há coisas bem piores do que...

Balanço a cabeça para sair desse devaneio. No que estou pensando? Não existe nada pior do que servir ao General. Nada.

— Vamos. — A voz de Roe me puxa de volta para a realidade.

Eu me aproximo da beirada do telhado e me preocupo quando sinto a boca seca de repente. Ah. O salto é mais assustador do que eu esperava.

O rosto de Lyddie perde a cor quando ela segue meu olhar.

— Vai dar tudo certo — digo a ela. — Vai acabar em questão de segundos.

Roe está irritado com a hesitação de Lyddie.

— Chega dessa merda. Você já atrasou a gente na escada. Não vou deixar você fazer a gente perder. Corre e pula logo.

Ela engole em seco, visivelmente nervosa.

— Eu... não consigo.

Percebo que nem preciso sabotar o exercício. Basta deixar Lyddie desistir. Mas quando vejo a angústia estampada em seus olhos castanhos, penso em todas as sessões de estudo que ela me forçou a participar. Em como sempre se oferece para ajudar, sem que eu tenha feito nada para merecer.

— Ei. — Encosto nela de leve com o ombro. — Você consegue. Não é tão alto assim. Quando aterrissar, rola no chão pra absorver o impacto, beleza?

— Beleza — ela sussurra.

— Anda logo — Roe rosna.

— Ela vai — retruco, irritada. — Pula. Ela vai logo atrás de você.

Ele me encara por um instante, depois dá um passo para trás, ganha impulso e salta. Seu uniforme preto se mistura à escuridão.

Lyddie está ainda mais pálida agora, suas sardas se destacando na pele.

— Você consegue, Lyddie. Eu prometo.

Depois de mais um segundo de hesitação, ela dispara. Não consigo evitar o orgulho que cresce no peito ao vê-la cruzar o céu noturno como um pássaro desajeitado. Ela aterrissa sem muita habilidade, mas pelo menos está inteira.

Agora é minha vez. Uma onda de adrenalina percorre meu corpo. Me concentro no segundo telhado e, com uma corrida e mais um surto de energia, me lanço do topo do prédio, meus músculos se tensionando como uma mola ao me jogar no vazio.

Por um instante de tirar o fôlego, me sinto leve. Flutuo livremente enquanto formo um arco no ar, e então o tempo volta ao normal, a gravidade assume o controle e meus pés aterrissam com um baque seco sobre a pedra fria do telhado oposto. Solto um grunhido de triunfo e rolo para o lado antes que Jones se choque contra mim ao completar o salto.

Corremos para a beirada e descemos por outra escada de metal. Quando os quatro chegam ao chão, Tyler para o cronômetro.

Roe me encara e diz:

— Uau. Você não estragou tudo dessa vez.

— Deve ter sido sua incrível habilidade de liderança.

Ele dá risada e se afasta, indo em direção a Anson e Kess.

Lyddie e eu assistimos às outras baterias. Kaine e Betima estão no grupo seguinte e parecem fazer um bom tempo. O terceiro time tem Ivy e Bryce, esta última saltando com uma facilidade e confiança que eu não esperava de alguém tão tenso.

Enquanto esperamos na parte de baixo e observamos os corpos voando pelo ar, Lyddie entrelaça o braço no meu.

— Não acredito que fizemos isso.

— Eu sei.

Ela encosta a cabeça no meu ombro, a voz carregada de gratidão quando acrescenta:

— Obrigada. Você me ajudou a passar por isso.

Ah, droga. Estou baixando a guarda com ela. Está ficando cada vez mais difícil impedir que essas pequenas sementes se transformem em uma amizade de verdade. É a mesma coisa com Kaine, sou vítima do charme dele. E Betima me fisga com seu sarcasmo afiadíssimo.

Em outra vida, em um universo alternativo, eu poderia me ver sendo amiga dessas pessoas. Ou talvez seja exatamente onde estou agora, parada no cruzamento de algum universo paralelo, encarando caminhos divergentes, um deles me oferecendo uma realidade alternativa. Talvez eu devesse não apenas aceitar meu destino, como Cross sugeriu, mas *acolhê-lo*.

Me permitir me importar com essas pessoas com quem passei três semanas exaustivas, me importar de verdade com elas.

Abrir mão do meu desejo infantil de me tornar uma integrante valiosa da Rebelião, como Jim e meus pais.

Esquecer que sou Modificada. Bom, essa parte nem deve ser tão difícil. Telepatia é o único dom que uso regularmente, de todo modo. Posso cortar meus laços com Tana. Com Lobo.

Posso começar do zero nessa nova realidade. Por que não me entregar a ela...

Um grito rasga o ar, estilhaçando a noite como vidro.

Eu não consigo entender direito o que estou vendo. Um borrão passa acima da minha cabeça, se movendo tão rápido que desaparece quando pisco.

Então a ficha cai, e eu assisto, horrorizada, ao corpo despencando do céu.

Um recruta acabou de despencar daqueles cinco andares que eu garanti a Lyddie que eram seguros. Ele não atinge o chão, mas sim a cerca de aço enferrujado que separa os dois prédios.

Empalado por um dos postes pontiagudos.

A bile sobe pela minha garganta. É Glin Cotter. Reconheço seus cachos negros e seus ombros largos. Normalmente, Cotter anda com os ombros retos, cheio de orgulho. Agora, estão caídos, seu corpo curvado de forma grotesca sobre o poste, como uma oferenda doentia aos deuses.

Começo a correr, com Betima e Kaine logo atrás de mim. Glin ainda está vivo, mas está gritando. Gritando com um tipo de agonia que faz o corpo inteiro se encolher.

Kaine chega primeiro.

— Ei, campeão, tá tudo bem. Não se mexe. Para de se mexer.

Glin continua se debatendo, os gemidos de dor rasgando sua garganta. Roe se junta a nós, ajudando Kaine a tentar mantê-lo imóvel. As mãos de Betima tremem quando ela toca o ombro de Glin em um gesto de conforto, mas não há muito que ela possa fazer. A dor do garoto é palpável, seu rosto contorcido enquanto luta para respirar. Somos testemunhas impotentes de seu sofrimento.

Betima fecha os dedos em volta do braço de Glin, tentando acalmá-lo, mas ele se sacode e acerta o cotovelo no rosto dela. Ela solta um ruído de dor, mas não desiste.

— Me ajuda! — Glin implora entre gemidos altos e angustiados. — Tira isso de mim. Me ajuda.

Struck e Ford se aproximam com urgência para examinar o recruta ferido.

— Não se mexe, Cotter — diz Ford, a voz baixa. — Deixa eu dar uma olhada.

Olhar o quê? Tem uma barra de metal enferrujada saindo do peito dele.

Betima começa a se afastar. Abraça o próprio corpo, tremendo como se tivesse acabado de entrar em um freezer. Puxa as mangas para baixo o máximo que pode e se encolhe ainda mais. Está em choque.

— Segura os braços dele — ordena Ford, enquanto Cotter continua se debatendo.

Embora esteja com o rosto verde agora, Betima se inclina para ajudar a imobilizar os braços trêmulos de Glin.

Eu, por outro lado, começo a recuar devagar, porque não há nada que eu possa fazer por ele. Ele não vai sobreviver a isso. Ninguém sobreviveria.

Os gritos de Glin diminuem até se tornarem gemidos baixos.

— A-ajuda... Me aj... udaa...

Ele está morrendo.

Betima tenta acalmá-lo, mas é um esforço inútil. Ele pisca e então se vai. Olhos vidrados. Vazios. Mortos.

Um gemido atormentado escapa dos lábios de Betima. Ela solta o braço de Glin e cambaleia alguns passos para trás, antes de se curvar e vomitar no asfalto.

— Coitado do Glin. — Ouço Lyddie sussurrar.

Corro para envolver Betima em um abraço reconfortante, afastando a franja dela da testa enquanto ela esvazia o estômago. Então, um arrepio percorre meu corpo. Ergo a cabeça e vejo Roe ali perto, a expressão carregada de suspeita enquanto me observa. Sua testa está franzida, como se, de alguma forma, eu fosse responsável pelo que aconteceu com Glin esta noite.

Desvio o olhar e volto a atenção para Betima.

O peso da tragédia desta noite paira no ar. Ninguém fala muito quando voltamos para a base. No alojamento, o burburinho de sempre é substituído por um silêncio sombrio. Betima parece especialmente abalada com o acidente de Glin. Durante o caminho de volta, seus olhos tinham um brilho opaco, e ela ainda parece estar em choque. Enquanto todos os outros se despem e se preparam para dormir, percebo que ela sai de fininho pela porta, ainda vestida com a roupa toda preta da missão.

Deixo as cobertas de lado e me levanto para segui-la. Kaine me lança um olhar questionador, se oferecendo para vir junto, mas balanço a cabeça.

Quando saio do alojamento, ela já está no meio do corredor.

— Ei, espera — chamo. — Eu vou com você. — Hesito ao perceber que estou sendo intrometida. — A não ser que você queira ficar sozinha.

Betima para e me espera.

— Não, tudo bem. Vou subir no telhado. Preciso de um cigarro.

Subimos a escada no fim do corredor. Nunca estive no telhado da instalação de treinamento antes, mas pelo visto é um lugar bastante popular, porque há bitucas de cigarro e restos de baseados espalhados pelo chão.

— Isso aqui tranca por fora? — pergunto, segurando a porta metálica que dá para a escada.

Ela balança a cabeça, então deixo a porta se fechar.

Caminhamos até a beirada, de onde dá para ver a base. Observo os diversos anexos até parar na instalação principal — o prédio onde fui mantida quando cheguei aqui pela primeira vez. A sala de interrogatório. A prisão disciplinar. Parece que foi em outra vida.

Um estalo suave rompe o silêncio. Betima abre a tampa de um isqueiro metálico e acende um baseado enrolado perfeitamente em papel marrom.

— Não sabia que você fumava — comento.

— Não fumo com frequência. Gosto de guardar para as noites em que vejo uma pessoa ser empalada numa cerca e escuto seus gritos de agonia.

— Parece uma boa ocasião para isso.

Ela dá uma tragada profunda. O peito sobe quando puxa a fumaça e desce devagar ao expirar. Um cheiro mentolado, medicinal, flutua na minha direção.

— Quer? — oferece.

Balanço a cabeça. Nunca fui fã. Jim gostava de fumar euca às vezes à noite, dizendo que descia de forma mais suave para os pulmões do que a cannabis, que antes era encontrada livremente pelo mundo todo. Ouvi dizer que ainda há muita produção de cannabis em Tierra Fe. Cocaína também. Mas é quase impossível achar no Continente, a menos que você tenha contatos duvidosos.

Enquanto ela dá mais um trago no baseado de euca, ergo a cabeça para o céu.

— Mal dá pra ver as estrelas aqui.

— Poluição demais. Você é de Z, né? Dá pra ver as estrelas lá?

Assinto.

— O céu é lindo. Cheio de estrelas.

Ela dá outra tragada longa e solta uma nuvem densa de fumaça, que logo se dispersa com a brisa.

— Não tinha como salvar ele — digo baixinho. — Espero que saiba disso.

— Eu sei. Ele estava morto no instante em que aquele espeto atravessou o corpo dele. — Betima morde o lábio. — Só nunca tinha segurado alguém enquanto... — Ela solta o ar em um sopro entrecortado. — Eu não fazia ideia de como era horrível sentir alguém morrendo.

— A morte é bem horrível. — A imagem do tio Jim caindo no chão invade minha mente. O sangue escorrendo dos buracos de bala no peito dele.

— Você já lidou muito com isso?

— Meus pais morreram, mas eu era tão jovem quando aconteceu que nem sei se isso me afetou de verdade. Meu tio foi a primeira pessoa próxima que perdi. E você?

Ela assente.

— Já perdi amigos.

A porta range atrás de nós.

Nós nos viramos ao mesmo tempo e vemos uma figura surgir no vão da porta, a lâmpada acima dele projetando sombras duras em seus traços já marcantes. A expressão de Roe é ilegível enquanto ele caminha pelo telhado, as botas estalando contra o cascalho.

Meu corpo enrijece quando percebo Anson logo atrás dele. Mas nada de Kess. Não sei se isso é um bom ou um mau presságio.

— O que vocês querem? — pergunto, desconfiada da aparição repentina.

Roe dá de ombros.

— Vi vocês subindo e achei que era o momento perfeito pra bater um papo.

Betima solta o baseado e o esmaga com a ponta da bota. Ela me olha. Faço que sim com a cabeça.

— A gente já estava terminando — ela diz.

Vamos em direção à porta. Anson para na frente dela. Sorrindo.

Meus músculos se retesam quando Roe se aproxima com seu andar insolente, mas ele simplesmente passa por nós, seguindo em direção ao lugar onde Betima deixou o baseado cair.

— Por que desperdiçar euca das boas? — ele diz com um tom de censura, estalando a língua, enquanto se abaixa para pegá-lo. Limpa a sujeira e o cascalho, e, ao se levantar, molda o cigarro de novo.

É aí que reparo na coronha lisa de uma arma saindo da cintura dele.

Um alarme dispara na minha cabeça, alto e insistente. Olho para Anson.

— Sai da frente — ordeno.

Ele cruza os braços. Não se move.

— Fogo? — Roe pede, erguendo o baseado.

Betima franze a testa para ele.

— Posso mandar Anson te revistar — ele sugere.

Ela estreita os olhos. Depois de um instante, joga o isqueiro para ele.

Roe o pega sem dificuldade e abre a tampa, acendendo o cigarro. A ponta brilha, laranja, quando ele puxa a fumaça bem fundo. Soltando um som de satisfação, exala uma grande nuvem no céu noturno.

— Manda o seu cão de guarda sair da frente — rosno para Roe. — Não estou no clima para os seus joguinhos hoje.

— Joguinhos, é? — Ele prende o baseado entre o polegar e o indicador, dando mais uma tragada.

Dou um passo na direção do brutamontes bloqueando nossa saída.

O sorriso de Anson se alarga.

Eu poderia derrubá-lo. Ou pelo menos empurrá-lo o suficiente para que Betima e eu conseguíssemos abrir a porta. Mas não confio em Roe com aquela arma.

— Onde conseguiu essa arma? — pergunto.

Roe ignora a pergunta.

— Meu pai adora jogos. Sabia disso? Tem um em especial que ele não se cansa de jogar. — Ele ri do meu olhar cético. — Dá pra acreditar? O General Merrick Redden organizando jantares e fazendo os convidados brincarem. Infelizmente, não sou mais convidado para as ceias dele. Não depois da última.

Apesar da tensão pesada no ar, me afasto da porta e caminho lentamente na direção de Roe. Betima me acompanha. Não desistimos. Continuamos alertas. Mas está claro que não vamos sair daqui até Roe terminar... seja lá o que for isso.

— Enfim, o jogo favorito dele é um mistério de assassinato. Todo mundo pega uma carta, mas só uma é a do assassino. O restante dos jogadores tem que adivinhar quem é o culpado, enquanto ele vai circulando pelo salão, "matando" os outros.

Ele oferece o baseado para Betima, que hesita antes de aceitar.

— Eu tinha dezesseis anos quando o General finalmente me convidou. O precioso Cross e o perfeito Travis participavam desde pequenos. Mas eu? Demorou dezesseis anos para o bastardinho dele ganhar um convite para o jantar. — Ele ri baixinho para si mesmo.

Betima tenta devolver o baseado, mas ele balança a cabeça.

— Eu fiquei lá, aguentando aquele jantar entediante, fingindo que não ouvia as esposas cochichando sobre mim, sobre quem era a minha mãe. Bando de fofoqueiras. Depois, fomos todos levados pra sala de estar. O convidado de honra da noite era um figurão capitalista. Odeio esses desgraçados.

Também não sou fã. Os capitalistas são os mais ricos da elite, donos da maior parte das corporações do Continente. Um pequeno grupo de homens e mulheres favorecidos pelo General, sempre prontos para conspirar com a Companhia.

— Antes do jogo, Travis me puxou de canto e disse que o capitalista seria o assassino.

Não consigo evitar uma risadinha.

— O General manipula os jogos nas festas dele?

— Claro. E, obviamente, a gente tinha que deixar o capitalista ganhar. Travis disse que meu pai sempre faz isso com os convidados importantes. Enche a bola deles. Infla o ego deles até que se sintam como um monarca da Era Antiga. Mesmo que seja só num jantar. Mas... eu? Eu não deixo as pessoas ganharem. Querem ser melhores do que eu? Então têm que ser de verdade. — Ele ri. — Por que as coisas têm que ser fáceis pra eles?

— Se nunca foram pra *você*, né? — Esse garoto à minha frente é ao mesmo tempo previsível e imprevisível. Odeio gente paradoxal.

— Exatamente.

— Deve ser difícil andar ereto — digo — com esse peso todo nos ombros.

— Engraçado que — ele continua, ignorando a provocação — mesmo se Travis não tivesse me contado, eu teria adivinhado que era ele o assassino. Todo mundo sempre dá um sinal. O dele era alisar a sobrancelha esquerda com dois dedos sempre que mentia. E ele continuava errando, esquecendo com quem tinha ficado sozinho. — Roe dá de ombros. — É fácil perceber quando alguém está tentando te enganar.

Algo no tom dele faz meu coração acelerar. Olho para a porta. Anson continua no mesmo lugar, cutucando as unhas, sem prestar atenção.

— Certo, Betima. — Me afasto de Roe, oficialmente sem paciência. — Vamos.

Ouço um farfalhar atrás de mim.

— Você não vai a lugar nenhum, Wren.

Quando olho por cima do ombro, fico paralisada.

Ele está apontando a arma para mim.

Ignorando as batidas descontroladas do meu coração, faço uma expressão indiferente.

— Não sei o que você está planejando aqui ou por que está fazendo isso, mas seu irmão não vai gostar nada de saber que você está mantendo duas das recrutas dele na mira de uma arma, no alto de um telhado.

Betima assente, concordando.

— A gente vai embora. Já cansei dessa merda.

Trocamos um olhar, depois encaramos Anson de novo. Podemos derrubá-lo.

Então, ouvimos um clique. Roe destravando a arma.

— Na verdade, acho que meu irmão vai se preocupar mais com o fato de que temos uma Aberrante entre nós.

Meu sangue gela.

Por um milagre, consigo manter os ombros retos, a mandíbula travada, mesmo enquanto meus joelhos ameaçam ceder e minha respiração fica entrecortada com o pânico que inunda meu corpo. Ao meu lado, Betima se enrijece. O olhar dela voa para mim, como se perguntasse: *O que está acontecendo?*

— Ok, já chega — solto, ríspida.

— Já chega do quê? De mentir? Concordo.

Roe ri e se aproxima com passos despreocupados, diminuindo a distância entre nós. Ele para a poucos metros, e um suor frio se espalha pela minha pele.

Ele sabe.

De algum jeito, ele sabe a verdade.

— O problema de vocês — ele continua — é que se parecem com a gente, andam como a gente, falam como a gente. Mas... e, pela primeira vez, meu pai e eu concordamos em algo, vocês *não* são como a gente. São imperfeitos. Não deveriam existir.

Ele mira a arma na altura do meu peito, o que me diz que prestou atenção nos treinos de tiro. Sempre mirar no alvo maior. A cabeça parece uma escolha mais estilosa, mas é muito fácil errar.

— Vamos, Betima. — Minha voz mal se sobrepõe ao som do meu próprio coração descontrolado.

— Mas sabe qual é a única coisa boa em vocês? — ele continua, impassível, mesmo quando nos viramos de costas para ele e avançamos na direção de Anson.

— Sai da frente, Anson — rosno.

— ... É que, no fim, vocês também erram. Que nem aquele idiota no jantar do meu pai. Achava que era mais esperto que todo mundo, enquanto deixava a própria identidade escancarada para o grupo. — A risada sem emoção de Roe me causa calafrios. — Só demora um pouco mais com vocês, imperfeitos. Tem que ter paciência. Esperar pelo deslize. Mas vocês nunca conseguem se esconder por muito tempo. Nunca.

Eu preciso *sair daqui.*

Olho de Anson para Roe. Outra onda de pânico me atinge, ameaçando afogar qualquer pensamento racional. Estou a segundos de me lançar contra Roe e tentar arrancar a arma da mão dele. Ou de investir contra Anson e arriscar levar um tiro na nuca. Porque ficar aqui, à mercê deles, não é uma opção. Me movo um centímetro para a frente, com a cabeça girando na tentativa de bolar um plano.

— Wren — Betima diz em alerta, como se soubesse que estou prestes a fazer algo impulsivo. Ela balança a cabeça, e eu paro.

— Garota esperta. — Roe assente, aprovando. — Mas não foi tão esperta antes, né? Você cometeu um deslize.

Paro. Não faço ideia do que ele está falando. Não sei o que fiz.

— Eu vi suas veias quando você tocou nele.

Minhas veias?

A clareza me atinge no mesmo instante em que Roe estende o braço, e eu assisto, horrorizada, enquanto ele pressiona o cano da arma contra a testa de Betima.

Ela congela, todo o sangue parecendo escapar de seu rosto.

E então, as palavras dela ressoam na minha cabeça.

Eu não fazia ideia de como era horrível sentir alguém morrendo.

Sentir alguém morrendo.

— Empata — Roe diz, dando voz aos meus pensamentos. — É o meu palpite.

Antes que eu possa processar as implicações devastadoras disso, noto o dedo dele apertando o gatilho.

— Você é maluco — Betima diz com a voz trêmula.

— Não. Eu vi suas veias. E vi o seu rosto. Você sentiu o que ele estava sentindo. Você *sentiu* quando Cotter morreu. Foi por isso que passou mal.

— Não, eu passei mal porque vi um dos nossos ser empalado por...
— Por que você não cala a porra dessa boca?
O mundo se estilhaça ao meu redor quando Roe aperta o gatilho.

23

O tempo se arrasta. O tiro ecoa pela noite escura. Betima cai no chão, seu sangue manchando o cascalho como tinta derramada.

Fico ali, paralisada pelo choque.

Betima estava se escondendo bem debaixo do nariz de todo mundo. Levantava a mão na aula, fingia não saber nada sobre Mods. *Eles conseguem implantar imagens na minha mente?* Ela me enganou completamente.

Não espero para descobrir o que Roe pretende fazer comigo em seguida. Empurro Anson para o lado e escancaro a porta, disparando escada abaixo. Meus passos ressoam pelo vão da escada. Não consigo respirar. Meu coração parece prestes a explodir.

Irrompo no andar térreo e ouço gritos no corredor. Soldados se aproximam às pressas. Me jogo para o lado, mas alguém me agarra. É Hadley.

— O que você fez? — ele questiona.

— Nada.

— O que você fez?!

— Foi Roe. E Anson — consigo sussurrar.

Ele franze a testa.

Faço um gesto com a cabeça em direção à porta.

— Eles ainda estão lá em cima. Com o corpo dela. Betima.

Ele pisca algumas vezes. Então dá uma ordem:

— Volte para os alojamentos. Fique lá até alguém aparecer.

Pela primeira vez, não sinto aquele ódio incontrolável por Hadley. Estou ocupada demais pensando no sangue de Betima se espalhando pelo chão.

Ele atirou nela.

Ele *atirou* nela, porra.

— Wren! O que aconteceu?

Assim que entro cambaleando no alojamento, as pessoas vêm na minha direção de todos os lados. Meu estômago revira, e eu corro para o banheiro, onde caio de joelhos e vomito no vaso.

Ouço a voz de Lyddie do lado de fora da cabine.

— Você está bem?

Depois que tudo sai, me levanto e me forço a sair. Inspiro fundo, voltando o olhar para a parede de espelhos, onde meu reflexo me encara. Estou pálida. Meus olhos parecem mortos. Mortos como Betima.

Outras mulheres entram atrás de Lyddie. Ivy. Bryce. Kess. As expressões delas variam entre medo e confusão. Ou, no caso de Kess, aquele maldito sorrisinho.

— O que está acontecendo? — Bryce pergunta.

Eu a ignoro e me concentro em Kess. Uso cada grama de autocontrole para não avançar nela de novo. Para não arrancar aquele sorrisinho à força.

— Você sabia que ele ia matá-la? — rosno.

— Do que caralho você está falando?

— Betima. Roe. — Minhas mãos começam a tremer, então as pressiono ao lado do corpo. — Ele a matou.

— Meu Deus — Lyddie sussurra. — Por quê? Por que ele faria isso?

— Ele a acusou de ser Aberrante e enfiou uma bala na cabeça dela.

— Betima era Aberrante? — Lyddie engasga. — Não. Eu não acredito nisso.

— Roe é um cara esperto — Kess diz, e o sorrisinho reaparece. — Se ele disse, então é verdade.

Passo por ela, incapaz de olhar para aquele rosto horrível por mais um segundo. Cambaleio de volta para as camas. Cada passo parece me puxar para baixo, como se eu estivesse afundando em areia movediça. Minhas pernas pesam com o fardo do que acabei de testemunhar. A cena se repete na minha cabeça sem parar, um ciclo interminável de choque. Ainda ouço o disparo, o baque do corpo de Betima no chão, o silêncio terrível que veio depois disso. Betima. Morta. Morta em um instante.

Meus companheiros me olham com atenção enquanto passo pelas camas até chegar na minha. A de Kaine está vazia. Queria saber aonde ele foi, mas estou entorpecida demais para perguntar.

Eu me sento no colchão, apoiando as costas na parede fria de concreto, e abraço os joelhos. Uso cada gota de força dentro de mim para não desabar em soluços.

— Ei.

A voz suave de Lyddie atravessa a névoa do meu luto. Levanto a cabeça e a vejo parada a poucos passos, os olhos cheios de preocupação.

— Ei — repito, sem emoção.

— Posso sentar?

— Pode.

Ela se acomoda ao meu lado, mas não diz nada. Não precisa. Sua presença por si só já é um conforto, um lembrete de que não estou completamente sozinha neste lugar.

Ficamos sentadas em silêncio por um tempo. As vozes baixas dos outros recrutas preenchem o ambiente, mas ninguém vem falar com a gente.

— Ele atirou na cabeça dela, Lyds — digo por fim. A dor no meu peito parece uma ferida real.

— Ainda não consigo acreditar. — Ela se aproxima mais e apoia a cabeça no meu ombro.

Esse gesto me lembra tanto de Tana que dá vontade de chorar. Sinto falta da minha melhor amiga.

— Você acha que é verdade? — ela pergunta. — Que Betima era um deles?

Eu sou um deles.

Betima era uma das *minhas*.

Mas não posso contar isso para Lyddie. E não estou com paciência para entrar em um longo debate sobre se os Mods deveriam ou não existir.

Felizmente, somos interrompidas por Kaine, que joga seu dispositivo na cama e olha na nossa direção. Pela primeira vez, ele parece sério.

— Você já soube, né? — pergunto.

— Lash acabou de me contar.

Engulo em seco.

— Ela morreu.

— Se era Aberrante, era questão de tempo — ele responde, e mais uma vez estou brigando comigo mesma, porque, por mais que eu queira arrancar os olhos dele por dizer isso, essa é exatamente a resposta que se espera de um Primal.

— É — murmuro, fazendo que sim com a cabeça. — Ela teria sido condenada por encobrimento.

Ele assente também.

— E teria enfrentado o pelotão de fuzilamento.

— É verdade.

Lyddie aperta meu braço de leve antes de se levantar da cama.

— Vou dormir. Com certeza teremos mais respostas de manhã.

Betima ainda estará morta de manhã.

Sinto o olhar de Kaine sobre mim, e quando levanto a cabeça para encará-lo, vejo algo que acalma, pelo menos um pouco, a raiva que estava sentindo dele.

Dor.

A dor no rosto dele é real. Perder Betima o machucou. Talvez não tanto quanto feriu a mim, mas pelo menos, de alguma forma, ele vê isso como uma perda.

— Você devia trocar de roupa — ele aconselha. — As luzes vão apagar logo.

Mal termino de puxar a camiseta de dormir pela cabeça quando o aviso dele se concretiza. A escuridão engole o quarto, e tenho que tatear até conseguir me enfiar debaixo das cobertas.

Eu me deito em posição fetal e resisto ao impulso de chorar. De soluçar até meus olhos ficarem inchados e a exaustão me consumir. Mas não posso demonstrar fraqueza aqui, então puxo o cobertor até o pescoço e fico deitada no escuro, sentindo o peso esmagador da minha situação me sufocar.

Estou cercada de pessoas, mas sozinha. Sempre estive sozinha. Mesmo com Jim na minha vida, a solidão nunca desapareceu.

Eu queria ter pais.

Eu queria ter uma mãe para me confortar e dizer que vou superar isso.

Um pai para me cobrir e prometer que vai ficar ao meu lado até eu dormir.

Mas meus pais não estão aqui. Morreram há muito tempo, e não consigo evitar a sensação de que, de alguma forma, eu os decepcionei. Como alguém igual a mim poderia se comparar a alguém como meu pai? Minha mãe? Não me lembro de nenhum dos dois, mas pelos poucos detalhes que tio Jim me deu, sei que eram mais corajosos do que eu jamais poderia sonhar em ser.

Os dois sacrificaram a vida pela Rebelião. Lutaram contra a maré da opressão e se recusaram a recuar. Não buscavam vantagens nem glória. Dedicaram a vida a um senso profundo de dever, a fazer o que era certo, fosse qual fosse o preço. Meu pai nem era Modificado, e mesmo assim ficou ao lado da minha mãe, ao lado do povo dela.

Como eu deveria seguir os passos deles se sou tão patética quando comparada aos dois? Acabei de ver uma amiga ser assassinada a sangue-frio. Meu pai se jogou na frente das balas para proteger os aliados. Eu fugi. Minha mãe encarou um pelotão de fuzilamento. Eu fugi.

Não posso seguir os passos deles.

São grandes demais para mim.

— Wren. — A voz de Kaine é um sussurro rouco. — Você está bem?

Não sei como ele percebeu. Quando me viro e murmuro "não", ele ergue um canto do cobertor, me convidando.

Eu devia recusar. Mas estou desesperada por conforto, por um lembrete de que não estou completamente sozinha.

Eu me arrasto para a cama de Kaine e me aconchego ao seu lado. Ele envolve meu ombro com o braço e puxa o cobertor sobre nós. Seu corpo é quente. O coração bate em um ritmo constante sob minha bochecha.

Queria poder falar com ele telepaticamente. Despejar meus pensamentos em sua mente, compartilhar minha dor. Por um instante, me sinto tentada a me conectar com Lobo, mas me distraio quando Kaine segura minha mão e entrelaça nossos dedos.

— Vai ficar tudo bem — ele murmura.

Então, ele leva nossas mãos unidas até os lábios e beija meus dedos. O gesto doce desencadeia uma onda de emoções que inundam meu peito.

Eu me apoio no cotovelo e o encaro. Seus traços bonitos estão envoltos em sombras, mas vejo quando ele passa a língua pelos lábios.

— Wren...

Antes que eu mude de ideia, o beijo.

Ele emite um som rouco de surpresa. Ou talvez de aprovação. Aprovação, eu decido, quando ele segura a parte de trás da minha cabeça e desliza os dedos pelo meu cabelo.

Ele me beija com uma intensidade que eu não esperava. Na verdade, começamos de trás para a frente. Primeiro com uma paixão avassaladora que me faz arfar, sua língua explorando minha boca, seus quadris se arqueando contra mim, minha coxa se encaixando na dele. E justo quando estou sem fôlego, com o coração batendo tão rápido que tenho medo de que pare, o beijo se transforma em algo mil vezes mais suave.

Os lábios de Kaine roçam os meus em carícias lentas e delicadas. Ele passa os dedos pelo meu cabelo, enquanto percorre a lateral do meu corpo com a outra mão antes de deslizá-la por baixo da minha camisa. Quando sua palma alcança meu seio, um choque de desejo percorre meu corpo. Ele aperta de leve, acariciando meu mamilo com o polegar, e um gemido desesperado escapa dos meus lábios.

Não sei se por culpa desse som ou por ele ter recobrado o juízo por conta própria, mas Kaine afasta a boca da minha com um movimento brusco.

Quando fala, sua voz está rouca e carregada de pesar.

— Por mais que eu queira isso, nós dois sabemos que não é o momento certo.

Ele tem razão. Quero desesperadamente esquecer o que aconteceu com Betima esta noite, mas esse não é o jeito certo. Não aqui. E com toda a certeza não agora, quando consigo ouvir a respiração das outras pessoas ao redor e o farfalhar de lençóis conforme alguém se mexe durante o sono.

Concordo e me sento. Kaine dá um beijo no meu ombro antes de me deixar sair da cama dele e voltar para a minha.

Acordo na manhã seguinte ao som da voz de Hadley, ordenando que fiquemos em posição de sentido. Todo mundo deve ter dormido melhor do que eu, ou seja, não devem ter passado a noite inteira acordados encarando o teto, porque ninguém parece grogue ou desorientado. Duas fileiras de rostos atentos, embora cansados, encaram Hadley, que está acompanhado de Tyler Struck na frente do alojamento.

Uma parte de mim reza para que eles anunciem que Betima sobreviveu ao ferimento na cabeça, que na verdade não era uma espiã Aberrante e que vai voltar para a Célula Preta assim que receber alta da enfermaria.

É óbvio que nada disso acontece.

Em vez disso, Hadley informa ao grupo que "uma das nossas" trabalhava para o inimigo e que a situação foi resolvida. Struck então diz que devemos esquecer isso e retomar nossas atividades normais como de costume.

Os instrutores vão embora, e eu fico ali, encarando a porta vazia, sem acreditar.

Eles. Só. Podem. Estar. De. Sacanagem.

A gente tem que fingir que Betima não foi assassinada? Seguir com a rotina? Ir para a aula de proteção mental e para o estande de tiro e nos prepararmos para outro exercício tático hoje à noite?

Para piorar as coisas, até mesmo meus amigos, por mais abatidos que estejam, aceitam as ordens sem questionar e começam a se arrumar para começar o dia.

É difícil não gritar com cada pessoa nesta sala. Mas por que gastar meu fôlego? Eles não se importam com a morte de Betima. E com certeza não vão se importar quando *eu* estiver morta. Esse é exatamente o destino que me espera se eu não encontrar um jeito de sair daqui.

Agora mais do que nunca, eu preciso dar o fora. O irmão psicopata de Cross atirou na cabeça de uma garota, e ninguém está nem aí. Estou em perigo, e vou continuar em perigo enquanto estiver presa nesta base militar cheia de Primais que compartilham a crença de Roe Dunbar de que os Aberrantes precisam morrer. De que precisam ser exterminados.

— Você vem? — Lyddie pergunta da porta. Está indo para o café da manhã.

— Como você consegue sentir fome? — pergunto, tentando esconder minha decepção.

— Não consigo. Mas temos que seguir as ordens. — Ela morde o lábio. — Anda, vamos.

Balanço a cabeça.

— Já vou. Preciso mandar uma mensagem primeiro.

Para ninguém. Porque ninguém se importa comigo. Tana está lidando com os próprios problemas. A rede não dá a mínima para a minha existência.

— Oi.

Kaine sai do banheiro, vestindo o uniforme azul-marinho de mangas curtas, o cabelo ainda úmido do banho.

Eu me lembro do que fizemos ontem à noite e sinto meu rosto esquentar.

— Oi.

Ele abre um sorriso triste.

— Tudo bem entre a gente?

As coisas deveriam estar estranhas entre nós, considerando que eu praticamente me joguei na cama dele e o ataquei, mas me surpreendo ao perceber que não estão.

— Tudo ótimo. Foi mal por ontem à noite.

— Está tudo bem. — Kaine se aproxima do pé da minha cama, onde estou sentada. Ele olha para mim, e sua voz fica mais grave. — Eu gosto de você, Darlington. Você sabe disso.

— Eu sei.

E eu gosto dele também.

Mas nenhum homem neste Continente vale a pena o bastante para me fazer ficar aqui por mais um segundo sequer.

É perigoso demais, e a noite passada só serviu para provar isso.

— O que quero dizer é que se acontecer de novo em outras circunstâncias... — Ele dá de ombros, aquele brilho típico dançando em seus olhos. — Eu não reclamaria.

Reprimo um sorriso.

— Anotado.

— Você vem tomar café da manhã?

— Daqui a pouco. Te encontro lá.

Depois que ele sai, escapo do alojamento e sigo na direção oposta ao refeitório.

Já conheço o caminho até o escritório dele. Deus sabe quantas vezes já estive lá.

Vou pedir para ser dispensada. Se for preciso, aceito ir para a prisão. Mas sei que ele não quer me prender, então talvez haja outra solução. Um meio-termo que possamos negociar.

Desacelero ao ouvir vozes do outro lado da porta de Cross. Alguém está no escritório com ele.

— Nem pensar.

Reconheço o tom de voz firme e autoritário. É o mesmo que já ouvi centenas de vezes nas transmissões da Companhia.

O General está aqui.

Eu me aproximo, apesar do meu instinto dizer para não fazer isso. Mas as vozes estão baixas, e não consigo entender muito bem o que dizem. Grudo o corpo na parede ao lado da porta, tentando captar a conversa.

Com certeza há câmeras me filmando. Não me importo. Vou assumir a culpa se Cross me interrogar depois. *Sim, eu bisbilhotei você e seu pai. Não, não estou arrependida. Por favor, me expulsem do Programa. Me libertem desse pesadelo.*

— ... vaca Aberrante. — O xingamento cruel do General ecoa pelo corredor.

Meu estômago se revira ao perceber que estão falando de Betima.

Eu me aproximo mais um pouco da porta, que está ligeiramente entreaberta. Então, arrisco espiar pela fresta.

Lá está ele. Merrick Redden, em carne e osso.

Odeio cada parte do rosto dele com todas as minhas forças. Os traços severos. A ruga profunda que atravessa sua testa. Os olhos, afiados e penetrantes. Nenhum sinal de calor ou compaixão neles, só uma frieza calculista de quem não tolera ser contestado.

— ... ações inaceitáveis. — Cross soa calmo, e dá para ver que ele não tem medo de contestar. — Ele é uma ameaça para os outros recrutas.

Roe. Ele só pode estar falando de Roe.

— Inaceitáveis? Ele fez exatamente o que precisava ser feito para proteger nossos interesses. Eliminou uma ameaça à nossa sociedade, como foi treinado para fazer.

Meu sangue gela, porque o aval do General às ações de Roe é um lembrete aterrorizante da doutrinação implacável que permeia cada aspecto da nossa sociedade.

— Ele matou outro recruta sem justificativa — Cross dispara. — Nem sabemos se ela era mesmo uma sangue de prata. Não havia nenhuma prova que confirmasse a acusação dele.

— Ele agiu por instinto e confiou no próprio treinamento. Prestou um serviço ao eliminar um possível inimigo. Sei que você acredita que eles são úteis como mão de obra. Que gosta de superlotar nossos campos enviando os Aberrantes para lá, recomendando sentenças de trabalho ao Tribunal em vez da morte. Mas, às vezes, a resposta é a morte, filho. Diferentemente de você, Roe entende isso.

— Eu quero ele fora do meu programa, porra.

— Nada disso. Ele fica.

A frustração se agita dentro de mim. O General vai deixar Roe ficar? Aceitar cegamente a palavra dele de que viu as veias de Betima cintilarem, prateadas? E se Roe estiver errado?

— Senhor. Com todo o respeito, foi o senhor quem instituiu o Tribunal porque não acredita em justiça feita com as próprias mãos.

— Eu acredito no meu filho.

— Roe é um delinquente.

Nunca ouvi Cross parecer tão irritado. E não posso negar que estou impressionada por ele estar enfrentando o homem que comanda o Continente. Esse homem e sua crença distorcida de que só ele tem a chave para manter a ordem e a estabilidade. Que o mundo inteiro está à beira do caos e que apenas com ele no comando podemos evitar essa catástrofe.

— Ele não tem disciplina. Não respeita as autoridades. Passa mais tempo enfiando estimulantes no nariz do que estudando. Não está pronto para a Brigada de Prata. É jovem demais.

— Ele já é um homem-feito.

— Não, ele é um risco. — Cross solta um rosnado de frustração. — Quero ele fora daqui.

— Ele fica — Redden repete.

Já ouvi o bastante. Dou meia-volta e desapareço no corredor, tentando conter a fúria que está prestes a transbordar.

Qual é o *problema* dele? Está tomando decisões com base nas palavras de um garoto de dezoito anos?

Minha fúria se dissipa em um instante, engolida por um desespero avassalador que quase me faz cair. Recupero o equilíbrio e sigo apressadamente para os alojamentos. Se Roe vai ficar, então eu vou embora. Não vou passar mais uma noite nesta prisão, torcendo para que maníacos armados como Roe Dunbar não descubram o que sou.

Uma hora depois, ainda estou obcecada por isso no campo de tiro, tão distraída que erro todos os disparos. Felizmente, Ford já está acostumado com a minha falta de habilidade. No intervalo da tarde, fico distraída enquanto todos conversam ao meu redor, me perguntando o que Jim faria se estivesse no meu lugar agora.

Mataria todos.

Tio Jim mataria todos eles.

Infelizmente, essa não é uma solução viável.

Então como? Como posso tornar minha fuga mais fácil?

O dilema continua me assombrando durante nossos treinos da tarde. Eu me sento no chão, assistindo sem de fato prestar atenção enquanto Lyddie e Bryce trocam golpes no tatame.

De uma coisa eu sei: Cross Redden não vai me expulsar do Programa, não importa quão baixas sejam as minhas notas.

Sei que não quero voltar para a prisão.

Sei que levará mais do que algumas horas para elaborar um plano de fuga infalível.

Minha única saída agora é forçar Cross a agir. Fazer algo que me tire do jogo — hoje — sem que pareça premeditado.

Dá pra escapar de qualquer armadilha. A questão é até onde você está disposta a ir.

De repente, ouço a voz de Lobo na minha cabeça. Faz semanas que não penso naquela conversa. Agora, enquanto as palavras do meu amigo mais antigo ecoam na minha mente, vejo uma solução ao meu alcance.

Não sou o urso-de-chifres.

Sou o coiote branco.

— Darlington. Farren. Para o tatame.

Levanto a cabeça ao ouvir a ordem de Ford. Kess está sorrindo como se tivesse acabado de ganhar um passe de lazer para uma praia civil. Não nos enfrentamos desde a manhã em que quebrei o nariz dela na nossa briga extraoficial no refeitório.

— Kess parece um animal selvagem — Lyddie sussurra enquanto me levanto em um pulo.

Ela não está errada. Nossa colega está praticamente babando de vontade de me acertar de novo.

Respiro fundo, giro os ombros e me balanço na ponta dos pés, tentando relaxar.

O ar fica pesado com a expectativa enquanto Kess e eu pisamos no tatame. O olhar dela é feroz, transbordando confiança.

— Esperei por isso por um bom tempo, Darlington. — Ela mostra os dentes. — Perdi noites de sono.

Sorrio para ela.

— Que fofo da sua parte pensar em mim no seu tempo livre.

— Calem a boca e lutem — Ford resmunga, revirando os olhos.

Kess parte para cima de mim no mesmo instante. Ela é uma adversária forte. Rápida. Impiedosa. Seus punhos voam como flechas, e cada golpe é calculado e preciso. Se eu não odiasse tanto essa garota, talvez até gostasse de lutar com ela. E se eu não tivesse um objetivo bem definido agora, talvez esmagasse a cara dela com todo o prazer. Mas cada um dos meus movimentos é guiado por uma única missão.

O suor escorre pela minha testa enquanto bloqueio os golpes dela. Nem todos; deixo que ela acerte alguns, porque foi esse o padrão que estabeleci desde que cheguei aqui. Cada ataque fraco que dou é recebido com um contra-ataque mortal dela, e cada esquiva é seguida de uma finta. Nossa respiração fica cada vez mais pesada.

Chegou a hora de acabar com isso.

Arrancar minha própria perna.

Com uma súbita onda de adrenalina, deixo que ela acerte um soco na minha barriga. Então, permito que o impacto me desequilibre e, no segundo em que Kess me joga no chão, giro o corpo, me posicionando de forma vulnerável.

— Protege o flanco — ouço Ford rosnar.

— Tira o braço de debaixo do corpo! — Kaine grita para mim.

Tarde demais.

Com um movimento rápido, Kess se posiciona sobre mim, prendendo meu antebraço esquerdo com os joelhos. Desvio a mão para o lado, torcendo o pulso, e uso a outra para arranhar suas coxas, praticamente a incentivando a pressionar os joelhos com mais força contra mim. Sinto o estalo nauseante do meu osso ao forçar meu pulso a dobrar em um ângulo nada natural.

Dor.

Uma dor lancinante, ardente, insuportável. Ela percorre cada terminação nervosa do meu corpo.

Ouço exclamações dos colegas chocados. Kess só recua quando Ford a arranca de cima de mim à força.

— Você quebrou ossos, Farren. Acabou. Você venceu.

Lyddie se aproxima correndo, horrorizada.

— Você está bem?

Cerro os dentes por causa da dor.

— Acho que quebrei o pulso — consigo dizer, quase engasgando.

A tontura nubla minha mente e sinto dificuldade em me levantar. Respiro fundo e olho para minha mão. O ângulo grotesco em que ela pende do pulso me deixa enjoada de novo, e agora estou vendo estrelas.

Malditos coiotes brancos.

— Leve a garota para a enfermaria — Ford rosna para Hadley, enquanto faço de tudo para não desmaiar.

24

Estou sentada na maca desconfortável da enfermaria, segurando meu pulso quebrado contra o peito. Se o assunto é arrancar minha própria perna, até que não foi tão ruim. A dor diminuiu e agora não passa de uma pontada. Ainda dói, mas nada comparado a antes.

Também pode ser por causa da injeção de fentafina.

Mas, ainda assim.

A porta se abre de repente. Ergo o olhar, esperando ver a médica que tirou meus raios X.

É Cross. Ele entra a passos largos, vestindo seu uniforme azul-marinho, a testa marcada por uma ruga profunda.

— A dra. Harumi disse que está fraturado em vários pontos — comento, prestativa. — Um dos ossos do carpo está completamente estilhaçado.

Ele assente.

— Eu soube.

— Ela recomendou cirurgia. E um gesso. Oito semanas.

— Olha só pra você, tão entendida de tratamentos médicos. — Ele se aproxima da maca. — Por que não desistiu?

— Não dava. Meus braços estavam presos.

— Um pedido verbal teria bastado.

— Ela não ia permitir.

Ele assente de novo.

O jeito impassível dele me incomoda.

— Cross. — Fico constrangida ao perceber o tom suplicante na minha voz.

Uma sobrancelha se ergue.

— Não posso treinar assim.

— Não. — Ele concorda enquanto se vira de volta para a porta. — Não pode.

As palavras dele não são nada animadoras. Ele não se renderia tão facilmente.

E estou certa.

Fico ali sentada por mais duas horas antes que alguém apareça. Um homem de uns vinte e tantos anos, talvez trinta, cabelo bem curto e corpo esguio.

Ele é Modificado.

Percebo no mesmo instante, já que as mangas curtas deixam seus antebraços e pulsos à mostra. No pulso direito, vejo a faixa preta. Sem nenhum traço de vermelho.

Tento disfarçar meu desgosto. Um lealista.

— Olá, Wren — ele diz, aproximando-se da maca. Ele transmite uma sensação de tranquilidade e segurança, mas seu olhar afiado me atravessa como se pudesse ler cada pensamento meu. — Eu me chamo Ellis. Ouvi dizer que você quebrou o pulso.

— Quem é você?

— Acabei de falar. — Ele ri.

— Você entendeu o que quis dizer.

Ellis sorri ao notar que encarei seu pulso. Em vez de responder minha pergunta, diz:

— Você deve ser alguém muito importante.

— Por que diz isso?

— Porque mandaram uma nave de alta velocidade até o Posto Vermelho só para me buscar. Me trouxeram de volta sem nem me deixarem pegar meus equipamentos.

Sei, graças às sessões de estudo que Lyddie tem me enfiado goela abaixo, que o Posto Vermelho é o posto do Comando mais ao norte. Bem na ponta do setor A.

— Quem é você? — repito.

Ele caminha sem pressa até a parede onde fica a tela do raio X. Liga a luz e observa minha radiografia enquanto continuo a examiná-lo. Veste uma calça cáqui e uma camisa branca de colarinho. Não é um soldado. Talvez seja médico.

— Você é o cirurgião?

Ele abre um sorriso.

— Tipo isso. — Ele observa meu pulso machucado enquanto caminha de volta até a maca.

Quanto mais ele se aproxima, mais minha guarda sobe. Tudo nesse homem me deixa nervosa.

Ellis esfrega as mãos.

— Eles não costumam solicitar meus serviços para recrutas — ele admite.

Os serviços dele?

Olho para a mão dele de novo, mas a faixa preta já não é mais o que importa. Outra coisa me chama a atenção: a marca de sangue bem no centro da palma, um círculo perfeito de cerca de dois centímetros.

Ele dá de ombros.

— Como eu disse, você deve ser importante o bastante para merecer a cura.

Recuo por instinto, meu coração martelando no peito.

— Eu não preciso de cura. Preciso de cirurgia.

— Cirurgia para seu pulso.

— Isso.

— O pulso que eu posso consertar agora, em menos de cinco minutos, sem necessidade de recuperação.

Fico tonta com as implicações dessas palavras. Quebrei meus *ossos* e, em vez de me deixarem passar por uma cirurgia, trouxeram um curandeiro. A sensação de derrota me atinge em cheio quando percebo que estou sem saída. Tentei me livrar da armadilha à força, e falhei.

Nunca vou sair desta base.

Cross não vai deixar.

— Posso? — Ellis faz um gesto em direção ao meu braço.

A amargura revira meu estômago. Junto com ela, sinto impotência e uma vontade desesperada de chorar.

Apenas faço que sim com a cabeça.

Ellis coloca as mãos no meu antebraço e o estica com cuidado. Seus movimentos são firmes e precisos, e uma onda de dor atravessa meu corpo.

— Logo vai parar de doer — ele promete, fechando os dedos ao redor do meu pulso e antebraço.

Prendo a respiração, esperando pelo fluxo de energia que presumo que virá.

Em questão de segundos, acontece. Uma sensação de formigamento se espalha por mim, começando na ponta dos dedos e subindo pelo braço como fogo descontrolado. Mordo o lábio ao sentir os ossos do meu pulso se realinhando, a dor sumindo. Um calor estranho penetra minha carne, como os raios de sol atravessando as nuvens em um dia tempestuoso.

Nunca fui curada por um Mod antes. É impressionante como a dor começa a desaparecer tão rápido. O calor fluindo sob minha pele. A sensação de formigamento nos ossos. Eu consigo *sentir* os pedaços se unindo novamente a cada segundo que passa. A energia da cura me envolve, selando meu destino.

— Você não tem nenhuma pergunta — murmura Ellis.

Olho para o homem, que me observa com curiosidade.

— O quê?

— Todo mundo que eu curo faz perguntas. Como eu faço isso. Como meu simples toque pode restaurar ossos e aliviar feridas apenas com o poder da minha mente.

— Não me importa como você faz, contanto que funcione.

Mas não posso negar que há algo de fascinante no modo como ele trabalha, a palma de suas mãos pressionada sobre mim, como se pudesse comandar a própria realidade com a força da vontade.

Quando ele enfim retira as mãos, flexiono meu pulso recém-curado, maravilhada com a força que agora percorre meus músculos. Então me lembro do que me levou a quebrá-lo e meu bom humor desaparece por completo.

— Obrigada — digo, tensa.

— Foi um prazer.

Assim que ele vai embora, fecho os olhos, tentando conter as lágrimas de frustração. Não era para ser assim.

A dra. Harumi volta para me examinar, satisfeita com a minha recuperação milagrosa, e depois me dispensa. Volto para o alojamento sem ânimo. Perdi o jantar, mas não me importo. Minha fome sumiu junto com qualquer esperança de sair desta base.

— Wren! — Lyddie salta da cama. — Seu pulso!

— Novinho em folha — brinco, sem muita convicção, erguendo a mão.

Kaine, que estava lendo em seu dispositivo, senta na cama. Ele está sem camisa, o cabelo todo bagunçado.

— Tem um curandeiro na base? — pergunta, surpreso.

— Trouxeram um de um posto avançado.

— Uau. — Aqueles olhos verdes, que costumam ser tão brincalhões, se estreitam. Kaine é muito mais perspicaz do que seus sorrisos malandros fazem parecer.

— Pelo menos é bom saber que não vão deixar nossos ossos quebrarem por aqui — comenta Lyddie.

— Vou ter que quebrar de novo amanhã — debocha Kess da cama dela.

— Vai se foder, Kess — resmungo. Já deu dessa escrota por hoje.

— Você está bem? — Lyddie pergunta.

— Só cansada. Vou me trocar pra dormir.

Vou até o banheiro e encaro meu reflexo no espelho. Meu rosto está... brilhando. O olhar opaco contrasta com o brilho repentino da minha pele. Seja lá o que Ellis fez comigo, a energia dele parece estar fluindo em mim, de dentro para fora.

Eu me enfio na cama, me sentindo muito cansada, pronta para esquecer o mundo inteiro. Mas então sinto o cutucão na minha mente e percebo que o mundo não se esqueceu de *mim*.

Pela primeira vez em semanas, desde a noite em que cheguei ao Ponto desesperada para resgatar Jim, consigo falar com Declan.

A rede decidiu me agraciar com sua presença.

Fecho os olhos com força, cada músculo do meu corpo tremendo. Esse é o nível da minha fúria quando abro a conexão.

— Seu filho da puta! Você me deixou aqui pra apodrecer!

— Se eu soubesse que você ia fazer todo esse drama, ter a mantido a conexão fechada.

— O que você quer?

Estou cansada. Puta da vida. Me sentindo a pessoa mais traída do mundo. Mas, apesar de tudo, uma fagulha de esperança se acende, eclipsando o desespero que ameaça me engolir desde o momento em que Roe matou Betima.

— Adrienne vai te encontrar amanhã à noite.

— Quem caralho é Adrienne?

— Meia-noite. No estacionamento no lado oeste da base.

— Tem câmeras por toda parte...

— Não vai ter amanhã.

— Como...

— Meia-noite — ele repete, antes de sua voz desaparecer da minha cabeça.

25

Tenho a sensação de que estou indo direto para uma armadilha. Apesar das garantias de Declan, passo o dia inteiro remoendo nossa conversa, imaginando como isso pode acabar me ferrando. Ele disse que não haveria câmeras. Nem alarmes. Mas devo simplesmente confiar nele de olhos fechados?

Será que estou disposta a correr esse risco?

Penso nessa pergunta durante o jantar e, quando termino de comer, decido que sim, vale a pena arriscar. Ontem à noite, depois que Ellis me curou, eu me resignei ao meu destino. Aceitei a derrota. Mas parece que o destino tem outros planos.

Pela minha experiência, sei que tenho certa margem com os seguranças. Cross já me deixou circular pela base antes. Se me pegarem nas câmeras, espero que ele permita de novo.

Quando faltam quinze minutos para a meia-noite, saio do alojamento sem fazer barulho, vestindo meu uniforme preto da operação e botas. Se algum dos meus colegas ainda está acordado e nota minha saída, não fala nada. No corredor, fico dolorosamente consciente das luzes vermelhas piscando nos cantos do teto. As câmeras estão ligadas. Merda.

— Declan — resmungo quando ele se conecta. — As câmeras.

— Eu te garanto que é seguro, Darlington. Vai. Ela não vai esperar se você se atrasar.

Ela. Adrienne. Seja lá quem essa mulher for.

Com o coração acelerado, corro para a saída dos fundos da instalação de treinamento. Declan me avisou para não usar as portas da frente. Contorno o prédio e sigo pela fachada sem vida enquanto caminho. "Fique perto das paredes", ele tinha alertado.

Sinto o peso da missão sobre mim enquanto atravesso a base. Evitar os sentinelas é mais fácil do que eu esperava. Os que estão nas torres parecem estar olhando para o sul, e me pergunto se a rede armou alguma distração que não estou vendo.

Declan me disse para ir até o estacionamento do lado oeste, mas de repente me sinto desorientada. O pânico forma um nó no meu estômago enquanto me encosto na parede atrás de uma das torres de vigia.

Mando um pedido de socorro telepático:

— Não sei onde fica a entrada desse estacionamento.

Um segundo depois, uma dor aguda explode atrás dos meus olhos. Ele está projetando alguma coisa.

— Você podia ter me avisado — resmungo.

— Quem tem tempo pra isso? Se concentre.

Ele projetou um mapa simples da base. Meu destino está marcado ali, bem claro.

— Ela vai estar no túnel. Caminhe até vê-la.

Continuo andando, o coração quase saindo pela boca quando chego aos portões enormes de arame grosso. O estacionamento tem um lote ao ar livre e uma estrutura coberta. Eu me esgueiro até a entrada da estrutura. Lá dentro, encontro fileiras de caminhões utilitários e veículos blindados, iluminados pelo brilho esverdeado das luzes no teto. São silenciosos e imponentes, seus exteriores elegantes se fundindo nas sombras.

Preciso passar por uma fileira de tanques para chegar ao túnel de transporte. Observo os canos das armas. Eles estão apontados para o céu, mas parte de mim delira que, a qualquer momento, alguém vai aparecer, virar todos eles para baixo e começar a atirar em mim.

Diante de uma entrada escura, meu coração dispara ainda mais. O túnel me recebe com uma brisa morna, mas, de alguma forma, em vez de calor, ela faz até meus ossos gelarem.

Ele me disse para andar até encontrar Adrienne. Eu me movo com cuidado, mais uma vez temendo que seja uma armadilha. A cada passo, a escuridão me engole cada vez mais, e o único som que ouço é o eco das minhas pegadas no chão de cimento.

Por fim eu a vejo. Uma figura envolta em sombras, me chamando com um gesto.

Engulo em seco ao notar um vulto escuro em movimento, e então pisco diante de um clarão repentino.

Ela projetou uma luz na parede a partir do comunicador fino em sua mão. Não é um dos modelos fornecidos pela Companhia. É algo que nunca vi antes.

Analiso a mulher que me convocou. Ela é mais jovem do que eu esperava. No máximo uns trinta e poucos anos. Está vestindo preto da cabeça aos pés: calça de couro, regata canelada sob uma jaqueta curta e um gorro de tricô cobrindo a cabeça. Com a mão livre, ela puxa o gorro para trás, e uma cascata de cabelos vermelhos desliza sobre seus ombros.

— Darlington. — Não é uma pergunta.

Mesmo assim, respondo:

— Sim.

— Sou Adrienne.

Nunca tinha ouvido esse nome antes da noite passada, mas suspeito que ela seja importante. E embora não haja uma única arma à vista — a menos que tenha algumas surpresas desagradáveis sob aquela jaqueta —, tenho a nítida sensação de que ela poderia me matar em um piscar de olhos.

Permaneço alerta, sem ignorar nem por um segundo essa sensação de perigo.

— A rede tem me ignorado há semanas — digo, em um tom acusador.

— Porque você não é importante.

Fico tensa.

— E Jim também não era, então?

— Você quer dizer Julian? — Ela dá uma risada seca. — Aquele homem não passava de uma dor de cabeça.

— Você o conhecia.

— Claro. Julian Ash pôs a rede inteira em risco com as ações dele...

— Que ações? Me salvar?

— ... e ainda teve a ousadia de fazer exigências. "Me coloquem no setor de recursos", ele dizia. "Deixem passes de viagem à minha disposição", ele dizia. — Sua voz debochada ecoa pelo túnel.

— E você deu o que ele queria — retruco.

— Na época, a decisão não cabia a mim.

— Mas agora você dá as ordens?

— Sorte a minha. Fiquei encarregada de decidir o que fazer com mais um problema deixado por Julian Ash. O que ele largou pra mim.

— Achei que eu não era importante.

— E não era. Mas, pelo visto, eles gostam de você. Trouxeram um curandeiro só pra te atender. Uma recruta.

— Como sabe disso?

— Temos olhos por toda esta base.

O medo sobe pela minha coluna.

— Devíamos falar assim, alto?

— Instalamos bloqueadores. Nada está sendo gravado, e as câmeras estão em um loop dentro de um raio de três quilômetros. Vou me conectar com você se decidir que você vale meu esforço.

Tento não demonstrar minha irritação.

— O que eu preciso fazer pra te convencer?

— Entrar para a Elite de Prata.

Isso me pega de surpresa.

— Por quê?

— Porque temos uma vaga pra preencher. Acabamos de perder uma das nossas melhores agentes.

Fico confusa por alguns instantes. Então, quase engasgo quando minha ficha cai, as peças enfim se encaixando.

— Betima.

Os lábios de Adrienne se curvam.

— Eu disse pra não mandarem uma empata, mas fui voto vencido. — Ela faz um som de desdém. — Eles são um risco enorme. Emoções extremas podem ativar as habilidades deles de repente.

Acho que é melhor não contar a ela sobre minha habilidade de incitar, então, já que isso só acontece de forma espontânea. Não vou arriscar minhas chances de sair daqui.

Se bem que, pelo que parece, ela não *quer* que eu vá embora.

Ela quer que eu fique aqui.

— Se eu entrar para a Elite — digo devagar —, o que acontece depois?

— Então você vai trabalhar para a rede. Fazer o que mandarmos.

— E o que vocês vão me mandar fazer?

— Qualquer coisa. Tudo.

— Eu não sigo instruções às cegas.

— Então o seu lugar não é na Rebelião. — Ela faz menção de se virar.

— Espera.

Ela se vira de volta, os olhos faiscando de irritação. Está escuro demais para que eu consiga distinguir a cor deles.

— Arrisquei minha pele pra vir aqui hoje e não preciso de uma novata de vinte anos questionando nosso protocolo. Você não tem voz aqui. Nenhuma. Zero. Você não vai tomar nenhuma decisão. Não vai usar a própria cabeça pra fazer o que acha certo. A menos que seja para improvisar em uma operação e proteger seu disfarce. Mas as missões, os objetivos... são decididos pelos adultos, e o seu papel como uma boa menina é executá-los. Seu único trabalho é fazer exatamente o que mandarem.

Eu a encaro, a mandíbula cerrada.

— Você apoia o General, Darlington?

Recuo diante da pergunta inesperada.

— Claro que não.

— Pois bem, o reinado dele vai acabar... mas só se agentes como você fizerem o que precisa ser feito. O que for necessário pra salvar o nosso povo. — Ela faz uma pausa, e parte da dureza em seu tom se dissipa. — Ash contou de você ao longo dos anos.

— Sério?

— Ele disse que nunca viu ninguém atirar como você. Falou pra te procurar se algum dia precisássemos de um atirador de elite.

Fico surpresa. Eu não fazia ideia. Jim passou tanto tempo tentando me manter *longe* da rede, resmungando que não queria me ver nas missões deles e, ainda assim, falava das minhas habilidades como atiradora para eles? A emoção aperta minha garganta. Acho que ele sempre soube que, um dia, eu acabaria trabalhando para eles.

Se eu escolher trabalhar para eles.

Estudo o rosto de Adrienne. Ela não é a mulher mais bonita que já vi, mas seus traços são interessantes. Com toda a certeza não é um rosto fácil de esquecer, e me pergunto se é por isso que nunca a vi antes. Rostos inesquecíveis não costumam ser úteis para quem trabalha infiltrado.

— Você quer que eu entre para a Elite de Prata?

Ela assente.

— Não tenho como garantir que consigo entrar. Só vamos saber quem foi selecionado na última etapa, e meus instrutores disseram que as notas não necessariamente influenciam no processo de escolha. E se as notas forem *mesmo* um critério... — Mordo o lábio. — Isso pode ser um problema.

— Por quê?

— Porque eu só tiro notas baixas no Programa.

Ela fica em silêncio por alguns instantes. Tenho a sensação de que está se comunicando com alguém.

— Se você está tentando falar com Tana ou com algum dos meus contatos, eles não sabiam — digo. Não quero que Tana se ferre por isso. — Não contei para ela que estava sabotando tudo de propósito.

Adrienne parece irritada.

— Ainda faltam cinco semanas. Dê um jeito de reverter isso.

Faço que sim com a cabeça.

Mas não faço ideia de como convencer Cross de que, do nada, desenvolvi um interesse genuíno em me destacar.

Seus olhos encontram os meus, e então sinto um formigamento no fundo da cabeça. Um convite para me conectar.

Aceito.

— Declan será seu mediador. As ordens virão dele.

A voz dela preenche minha cabeça. Me surpreende, porque é um daqueles raros momentos em que a voz mental soa quase idêntica à voz falada.

— Mas saiba que ele não toma as decisões. Tudo vem de cima e é repassado até chegar a você. Entendido?

— Entendido.

— Tenha uma boa noite, Darlington.

Ela se vira e desaparece no túnel.

Fico parada por um momento. Então passo a mão na testa, me perguntando no que fui me meter. Posso continuar no meu plano de tentar ser dispensada. Torcer para que Cross não me mande para a prisão ou para o Tribunal e que me deixe voltar para o meu setor.

Mas para onde eu voltaria?

A fazenda se foi. Meu vilarejo está sob vigilância. Pessoas como Betima estão sendo executadas por um merdinha covarde de dezoito anos. Porque, no fim das contas, é disso que se trata. Eles podem vomitar toda a merda que quiserem sobre nosso sangue ser tóxico e sobre sermos aberrações que não deveriam existir, mas a verdade é que eles têm medo de nós. E é por isso que querem nos exterminar.

Eu não vou deixar isso acontecer.

Não vou assistir mais ninguém que eu amo ser executado.

Então... Elite de Prata, aí vou eu.

26

Hoje vamos atirar no deserto. Exercícios de atiradores de elite. Em outras palavras, minha chance de dar a volta por cima.

Quando fazíamos operações na cidade, usávamos flutulicópteros, mas, para o deserto, embarcamos em um jato de alta velocidade. É minha primeira vez em um avião, o que surpreende meus amigos.

— Sério? Você nunca andou de avião? — Lyddie pergunta do assento ao meu lado.

— Meu tio e eu nunca tivemos créditos de Luxo pra gastar — admito. — Se precisávamos viajar pra longe, íamos de trem.

— Ah, voar é superestimado demais — diz Kaine, do outro lado. — Você não perdeu nada.

— Você já voou muito? — pergunto a ele.

— Algumas vezes. Minha mãe gostava de usar os passes de lazer para nos levar à Ponta do Brejo — explica, referindo-se a uma pequena ilha no canto sudoeste do Continente, perto do setor V. — Só dá pra chegar lá de avião, já que não tem onde atracar.

— Você é tão sortudo. Eu nunca vi o mar — Lyddie diz para ele. — Meus pais preferem passar o tempo livre nas montanhas.

— Eu amo o mar — Kaine responde. — Mas da primeira vez que voei sobre ele, senti tanto enjoo que vomitei na minha mãe.

Eu rio pelo nariz.

— Que sexy.

Ele se inclina na minha direção e sussurra no meu ouvido:

— Vem pra minha cama hoje à noite e eu te mostro o que é sexy.

Sinto um arrepio. Ai, ai. Já faz alguns dias desde minha visita à cama de Kaine, movida pelo luto, e tirando aquela manhã seguinte, esta é a primeira vez que ele toca no assunto. Acho que não contou a ninguém, porque não ouvi nenhum comentário, e ninguém me perguntou nada. Quanto a mim, não abri a boca, nem mesmo para Lyddie. Se ela soubesse que fiquei com Kaine — e no alojamento, ainda por cima —, não me daria um segundo de paz.

Não posso dizer que me oponho a isso acontecer de novo, mas não em um quarto cheio de gente. E com toda a certeza, não para esquecer que uma das nossas amigas foi assassinada.

Ficamos menos de uma hora no ar e já nos preparamos para pousar. Aterrissamos em uma pista estreita e subimos em caminhões que nos levam até o acampamento do Comando no deserto. A região não é uma planície aberta, mas um emaranhado de colinas e formações rochosas irregulares. Esta manhã, recebemos outro conjunto de uniformes — trajes para usar no deserto. Tenho que admitir que é bom vestir algo diferente de azul-marinho ou preto. A nova roupa ajuda a nos camuflarmos melhor na paisagem.

Começamos com alvos fáceis, e acerto todos os tiros. Eu me saio bem o suficiente para Jones erguer uma sobrancelha e comentar, arrastando as palavras:

— Alguém anda praticando depois das aulas.

Alguém anda atirando assim desde os dez anos.

Kess torce o nariz.

— Foi sorte.

— Passei a noite inteira lendo dicas de atiradores no meu dispositivo — minto. — Como calcular o vento. Diferentes níveis de ampliação. É bem mais interessante do que eu imaginava.

Kaine está mordendo o lábio, tentando não rir. Lash me olha com desconfiança. Enquanto isso, os olhos de Lyddie brilham, cheios de esperança.

— Viu? Eu disse que você tem potencial! E às vezes os livros ensinam *mesmo*!

Ah, essa garota. Sempre tenho vontade de dar um abraço nela. Estou me afeiçoando a ela de um jeito que nunca achei possível. É que ela é tão... positiva. Sim, adora uma fofoca, mas tem um coração enorme.

— Vamos reposicionar para um ponto mais alto — Ford ordena. — Uma dupla por vez. Darlington, Eversea. Vocês primeiro.

Ótimo. Fiquei em dupla com Ivy.

Pela cara amarrada dela, Ivy também não está nem um pouco feliz com isso.

Jogo a alça do rifle sobre o ombro e sigo pelo caminho. Subimos até o ponto de observação seguinte, onde olho para ela e pergunto:

— Quer ser a primeira a observar?

— Tanto faz — ela resmunga.

Eu me posiciono de bruços, com o rifle à minha frente. É o REMM-4, minha mais nova obsessão. Queria que estivéssemos fazendo isso sob o manto da escuridão, assim poderia testar aquela mira noturna, mas imagino que um exercício diurno seja uma apresentação melhor para a Nova e Melhorada Recruta 56.

Ivy se acomoda ao meu lado com um binóculo, enquanto o sol escaldante castiga nossa cabeça. Deitamos de bruços no topo da formação rochosa, nosso uniforme camuflado se misturando perfeitamente à paisagem árida. O deserto se estende à nossa frente, uma vastidão de colinas, areia desbotada pelo sol e rochas irregulares, o horizonte tremeluzindo sob o calor implacável. Apesar de tão estéril, há uma beleza estranha nesse lugar.

Cerrando os olhos contra o reflexo da luz, ajusto a mira do rifle, meus dedos tremendo de expectativa. Parece que faz uma eternidade desde a última vez que tive a oportunidade de atirar. Passei semanas disparando armas todos os dias, mas sem sentir emoção nenhuma. Nenhuma adrenalina em tentar *e acertar* um tiro difícil.

Agora me permiti confiar nos meus instintos. Ou melhor, a Rebelião me permitiu.

Eu me sinto mais livre do que nunca.

Ivy ajusta o binóculo, observando o horizonte em busca do nosso primeiro alvo. Não sabemos com antecedência onde estão. Cabe à observadora localizá-los. Cada uma tem direito a cinco disparos, e todos os alvos possuem sensores que informam aos instrutores onde acertamos.

— Alvo 1 localizado — Ivy diz.

— Onde?

— Duas horas, uns quinhentos metros à frente. — Há um tom de provocação na voz dela. — Talvez seja difícil demais pra você. O vento está horrível.

Pois é. Os grãos de areia não param de voar na minha cara. Um dia péssimo para tiros de precisão. Ou talvez seja exatamente por isso que Ford escolheu o dia de hoje para testar alvos de longo alcance.

— Acho que dou conta. — Localizo o alvo na mira. Parece um saco de areia preso a um poste.

Com a mão firme, ajusto meu disparo novamente para compensar o vento e a distância. A cruz da mira se alinha bem no peito do alvo — um tiro certeiro à minha espera. Meu dedo paira sobre o gatilho, esperando o momento exato. Por fim, pressiono o gatilho, e o tiro ecoa pela paisagem.

A bala corta o vento com precisão letal.

Bem no centro.

Ivy olha na minha direção.

— Andei treinando — digo, despreocupada. — Onde está o segundo alvo?

— Seis horas. Seiscentos metros.

Eu me inclino para a frente, mas antes que possa mirar, outra coisa chama a minha atenção.

Uma moto se aproxima do acampamento na base da colina, onde o restante do nosso grupo está reunido. Os pneus levantam poeira. O corpo ágil se curva sobre a moto. O piloto não está de capacete nem usando o uniforme azul-marinho. Ele veste calça cáqui apropriada para o deserto e uma camisa branca, o cabelo escuro bagunçado pelo vento.

Encontro-o na mira e dou zoom. Aquele rosto. Meus olhos focam nos lábios dele, lembrando o quão perto estavam dos meus naquela noite na arena. À luz do dia, os olhos dele são de um azul impressionante.

Estou muito consciente da presença de Ivy. Ela levanta o binóculo.

— O capitão chegou — avisa.

Como se para enfatizar isso, a voz de Ford ecoa pelos nossos fones de ouvido:

— Caprichem hoje, crianças. Temos plateia. Não me façam passar vergonha. Primeira dupla. Próximo alvo.

Esse segundo alvo é mais complicado. O ângulo e a direção do vento vão dificultar as coisas.

Controlando a respiração, alinho o tiro. Sinto o olhar de Ivy queimando a lateral da minha cabeça, sua análise silenciosa quase palpável. Ignoro a pressão e concentro toda a atenção no alvo.

O estampido do meu rifle corta o ar. Acertei em cheio, outro tiro perfeito bem no centro.

Ivy está boquiaberta agora. Uma vez pode ter sido sorte. Duas? Nem tanto.

— Quem foi? Eversea? — Ouço a voz impressionada de Ford no meu ouvido.

— Darlington — respondo, num tom convencido.

— Bom. Até um relógio quebrado acerta a hora duas vezes ao dia.

Lanço um olhar fulminante para ele, mesmo sabendo que não pode me ver.

— Próximo alvo.

O terceiro alvo está a uns oitocentos metros de distância. O ângulo é ainda mais difícil. Olho para Ivy, que ergue a mão.

— Não. O vento está mudando. Espera.

Tenho que admitir, ela tem um bom instinto.

Espero. Então, disparo.

Em cheio.

E no seguinte.

Em cheio.

E no outro.

Em cheio.

Mas meu comunicador continua irritantemente silencioso.

Ajusto a mira até onde Cross está com Ford, perto da tenda branca do refeitório. Os dois tomam café e riem de alguma coisa. A cena me irrita. Sei que mais tarde eles vão ver meus resultados quando tudo for transmitido para seus tablets, mas eu queria que prestassem atenção *agora*. Qual é o sentido de me esforçar tanto se esses idiotas nem sequer estão olhando?

Murmurando, irritada, observo o acampamento. Está a uns mil e duzentos metros de distância, mais ou menos. Percorro a área com a mira até encontrar um alvo adequado.

— Ei, ST — chamo Ford pelo comunicador.

Ele responde com impaciência:

— O que foi?

— À sua esquerda. Na mesa perto da fogueira. Aquilo ali é o seu cantil?

— É, por quê?

Passo a língua pelos lábios de repente secos. Acertar um alvo a essa distância, com o vento uivando e o sol castigando a gente... é imprudente, até pra mim.

Ajusto minha posição e volto a olhar pela mira. O contorno do cantil está distorcido pela ondulação do calor que dança no horizonte. O vento movimenta meu rabo de cavalo, tornando a tarefa ainda mais complicada.

Mas só se vive uma vez, não é?

Atiro.

Uma explosão de água se espalha em todas as direções quando a bala fura o metal. O líquido escorre pela mesa e respinga no chão.

Sorrio.

O silêncio domina o canal de comunicação.

A expressão de Ivy é uma mistura de choque e incredulidade. Pela mira, vejo a surpresa nos olhos de Ford. Mas não nos de Cross. Os lábios dele se curvam em um sorriso, e então ouço sua voz no meu fone de ouvido:

— Ninguém gosta de exibidos, Pombinha.

Hoje mandei bem. Não tem nem discussão. E, mesmo assim, quando conferimos nossas pontuações no refeitório mais tarde, o número que me encara na tela não faz o menor sentido.

Sessenta e cinco por cento.

Eu me levanto em um rompante e marcho até a mesa onde os instrutores estão conversando entre si.

— Nenhum outro recruta dessa turma conseguiria acertar o tiro que dei hoje — rosno para eles. — E vocês me deram sessenta e cinco? Estão de brincadeira?

Xavier Ford levanta a cabeça, se divertindo, os olhos escuros brilhando.

— Foi o capitão que te avaliou hoje. Resolva com ele.

Filho da puta.

Tiro 70 na nossa aula de Combate seguinte, apesar de ter esmagado o rosto etéreo de Ivy contra o tatame.

Setenta e dois em Alvos em Movimento, mesmo tendo errado apenas três tiros em trinta.

Sessenta e cinco em Arco e Flecha. Esse eu mereci.

Arremesso de Facas? Sessenta e dois! Isso é injusto. Minhas facas perfuraram todos os alvos como lâmina na manteiga. Perfeição.

— Ele está fazendo de propósito — reclamo durante o lanche da tarde, depois de mais de uma semana suportando notas medianas.

Lyddie engole o purê de batatas e tenta me tranquilizar.

— Não. Os instrutores são justos. Eles não te dariam notas baixas sem motivo.

É exatamente o que Cross está fazendo. E ele convenceu os outros instrutores a seguirem o exemplo.

É revoltante. Agora que estou me esforçando de verdade, ninguém reconhece. Não sou perfeccionista como Lyddie ou Bryce, mas mereço reconhecimento, caramba.

Na aula de proteção mental, fico um pouco menos irritada quando Amira me diz que meu escudo é o mais forte de todos ali.

— É impressionante, de verdade — ela diz, e eu finjo corar com o elogio, quando na verdade, ele tem mais é que ser impressionante mesmo. Treinei com Julian Ash.

Toda vez que vejo Amira, a vontade de me conectar com ela fica mais forte, mas me recuso a me colocar em risco depois do que aconteceu com Betima. Não posso baixar a guarda. Hoje, no entanto, me dou conta de que agora tenho um jeito de confirmar o risco.

Depois da aula, procuro Declan para perguntar.

— Amira é uma agente da rede? Está infiltrada aqui?

A resposta dele não ajuda em nada.

— Não podemos divulgar a identidade dos nossos agentes.

De início, interpreto isso como uma *confirmação* de que ela é uma de nós. Mas então resolvo testar minha teoria.

— E Lyddie De Velde, ela é uma agente?

E recebo a mesma resposta genérica:

— Não podemos divulgar a identidade dos nossos agentes.

Tento com Bryce e ouço a mesma resposta. Tenho certeza de que as duas não são Modificadas, até porque já estive na mente de Lyddie e ela nem reagiu à invasão psíquica. A menos que, assim como eu, ela tenha dominado a habilidade de esconder o choque físico, mas não conheço muitos Mods que consigam fazer isso.

À tarde, participamos de outro exercício tático na base. Faço dupla com Bryce, o que significa que com certeza vamos tirar nota máxima. Ela é boa e *rápida*. Temos um minuto para escalar uma parede, plantar um explosivo na borda de uma janela no segundo andar e chegar à zona segura antes da explosão.

Executamos tudo perfeitamente. Bryce até sorri de empolgação quando terminamos. Foi um sucesso absoluto.

Mas, no jantar, quando os resultados do dia chegam, Bryce tira 100.

Eu tiro 80.

Oitenta! Fazendo exatamente a mesma coisa.

Solto um rosnado e Kaine ri de mim.

— Certo — ele concorda —, estou começando a achar que talvez seja algo pessoal.

— Eu te disse que era pessoal.

Ainda estou fervendo de raiva no banho. *Sei* que isso é coisa do Cross. E sei que preciso resolver antes de perder mais tempo. Só falta um mês para o fim do Programa.

Abro um caminho e chamo Declan de novo.

— Não vou conseguir entrar na Brigada de Prata, muito menos na Elite. O capitão me odeia.

— Adrienne não vai gostar disso — ele responde.

— Mas tenho uma ideia. Tem como você me arranjar os esquemas dos alojamentos dos oficiais? Tudo que sei é que fica em um prédio separado em algum lugar da base.

— Vou ver o que posso fazer.

Ele me responde enquanto estou me preparando para dormir, projetando uma planta na minha mente. É um vislumbre rápido, e faço ele repetir para que eu possa tentar memorizar.

— Valeu, já peguei.

Agora vem a parte difícil.

FASE 3

Instrutor — Ford (ST)

Estudante — Wren Darlington, R56

Aula — Treinamento e exercícios táticos

Nota — 60%

OBSERVAÇÕES DO INSTRUTOR

Talvez Darlington não leve jeito para operações secretas. Convencida demais.

27

De manhã, puxo Kaine para o lado enquanto seguimos para o refeitório.

— Ei, hoje, na aula de Tecnologia, você pode criar algum tipo de distração?

Os olhos dele brilham de curiosidade, e um sorriso começa a se formar em seu rosto, mas ele não facilita para mim.

— Desculpa, boiadeira — diz ele, com um tom exageradamente sério —, mas não faço nada sem saber o motivo.

Suspiro e me inclino para mais perto, explicando. O sorriso dele se alarga.

— Seu desejo é uma ordem.

Mais tarde, é difícil segurar o riso enquanto observo Kaine em ação. Estamos todos reunidos em volta de uma mesa, ouvindo o Tenente Hirai tagarelar sobre as complexidades de um drone de vigilância acionado por voz, quando Kaine pisca para mim e, de propósito, esbarra em Anson.

Ótima escolha. Anson tem o pavio mais curto que já vi. Tenho a impressão de que ele passa o tempo todo esperando uma oportunidade para explodir e machucar alguém.

— Foi mal — diz Kaine para Anson. — Tropecei tentando enxergar melhor o drone. — Ele dá um tapinha no ombro do cara.

— Não encosta em mim, porra — rosna Anson. Ele empurra Kaine, porque a violência parece estar programada em seu DNA, fazendo-o cambalear para trás.

A briga cumpre seu papel de desviar a atenção da grade destrancada do depósito atrás de Hirai. Começo a me esgueirar na direção dela.

Kaine finge estar confuso.

— Eita, calma aí. Não queria causar confusão. É só o meu jeito de pedir desculpa.

Ele dá um tapa amigável no braço de Anson, mas como não há nada de amigável na natureza de Anson, ele se aproxima de Kaine sem hesitar.

— Eu disse pra não encostar em mim.

Kaine endireita os ombros, provocando-o ainda mais.

— Você tem uns acessos de raiva bem sérios, cara.

Anson solta um suspiro irritado e o empurra com força de novo.

— Chega! — Hirai contorna a mesa e se coloca firmemente entre os dois, e eu aproveito a oportunidade para entrar pela grade sem ser notada.

Sei exatamente o que estou procurando, e levo apenas três segundos para pegar. Com mãos ágeis, enfio o objeto no bolso, depois saio da grade e corro até Kaine, puxando-o para longe de Anson.

— Para de causar confusão — repreendo-o.

Vejo que ele está se segurando para não rir.

Naquela noite, espero até que todos estejam dormindo antes de sair da cama, já vestindo meu uniforme preto. Ativo o bloqueador de sinal e o prendo no cinto. Isso impedirá as câmeras de gravarem enquanto saio às escondidas do centro de treinamento. Assim que o aparelho ficar fora do alcance, as gravações voltarão ao normal, mas a menos que alguém esteja prestando muita atenção, minha cama, à primeira vista, parecerá ocupada, com o travesseiro criando um volume e dando a impressão de ter alguém sob o cobertor.

Lá fora, o ar quente do verão envolve tudo. Em algum lugar da base, alguém está fumando euca, porque o cheiro mentolado flutua na brisa. Os sentinelas devem estar entediados no turno da madrugada.

Com o bloqueador em mim, as câmeras não vão me capturar e os alarmes não vão disparar. Mas os guardas não transmitem sinais que possam ser burlados. Vou precisar evitá-los. Espero até o vigia da primeira torre virar a cabeça antes de avançar.

Com passos cautelosos, sigo para o extremo sul da base, onde ficam os alojamentos dos oficiais. Longe de olhares curiosos. Os soldados dormem perto do centro de treinamento, mas os oficiais têm privacidade.

Alguns minutos depois, chego ao prédio de dois andares, observando a fachada cinza e o telhado reto. De acordo com o mapa que Declan projetou para mim, meu alvo está no segundo andar.

Confio inteiramente no dispositivo preso ao meu cinto e entro no prédio, rezando para que as câmeras no teto não me detectem. Até agora, ninguém apareceu correndo. Nenhum alarme disparou. Queria levar esse bloqueador de sinal para o alojamento e esconder no meu armário, mas sei que isso não é uma opção. Logo ele será tomado de mim.

Subo um lance de escadas e paro diante da porta de Cross. Pressiono a maçaneta com um toque leve. Trancada. Para abrir, é preciso escanear a impressão digital. Tudo bem. Eu já esperava por isso.

Congelo ao ouvir vozes baixas do outro lado da porta.

Ele não está sozinho?

Espero, deixando alguns segundos passarem, mas agora ouço apenas uma voz. Talvez ele esteja falando no comunicador.

Subo as escadas até o telhado e espio pela borda, observando a varanda logo abaixo. A escada de incêndio que desce do teto não chega até lá.

Reprimindo um gemido, desço a escada até onde consigo e faço o resto sozinha, escalando a parede como um daqueles macacos da Floresta Sombria. Deus, eu odiava aqueles bichos. Eles eram tão fofos. Aquelas carinhas rosadas. Aí abriam a boca e revelavam três fileiras de dentes afiados como navalhas, capazes de rasgar a garganta de qualquer um.

Depois de viver naquele pesadelo, não sobra muito o que temer.

Minhas botas mal fazem barulho quando piso na varanda. A porta foi deixada aberta para que a brisa da noite pudesse entrar. Ele não está preocupado com invasores, porque sabe que os alarmes espalhados por todo o prédio vão alertá-lo. Ou talvez até antes disso, no momento em que uma sombra atravessar uma de suas preciosas câmeras. Os soldados da central de segurança devem acordá-lo a cada vez que um recruta espirra. O que significa que posso entrar sem me preocupar. É isso que acontece quando as pessoas ficam complacentes.

Puxo minha faca. A mesma que ele me devolveu. Gosto da ironia.

Um gemido baixo ecoa pelo apartamento.

De mulher.

Meus ombros se enrijecem de repente. Então ele não está sozinho.

Algo agudo e desagradável aperta meu peito, mas eu ignoro. Não importa. Deve ser melhor assim.

Os aposentos de Cross são espaçosos, mas sem ostentação. Uma sala de estar agradável, cozinha arrumada. Eu me movo como um fantasma. Não existo. Ele acha que não tenho habilidade para agir nas sombras? *Pois veja só, babaca.*

Sigo pelo corredor ao lado da cozinha, passando por duas portas fechadas até chegar à última, entreaberta. Meu coração acelera quando espreito para dentro.

Eles estão na cama.

— Faz tanto tempo que eu queria isso.

Não reconheço a voz dela. Agradeço por isso. Ainda assim, não gosto da sensação quente no meu sangue. Não deveria me importar com quem ele está.

Eu me aproximo mais, inclinando o corpo para ter um ângulo melhor.

Ela está sentada no colo dele. Os dois ainda estão vestidos, mas a camisa de mangas compridas dele está desabotoada, revelando vislumbres tentadores de seu peito. Uma das mãos está afundada no cabelo preto e longo dela. Fios caem sobre o rosto dele quando ela se inclina para beijá-lo. Com a outra mão, Cross segura a bunda dela, puxando-a para si enquanto ela começa a se mover contra ele.

Ele solta um gemido rouco, profundo, que sinto reverberar em mim.

Inspiro. Espero.

— Por favor — ela implora. — Eu preciso de você.

Ele a vira, prendendo-a sob seu corpo forte. A mulher enrosca os braços ao redor do pescoço dele.

Expiro. Espero.

Quando ele fica de joelhos e começa a abrir o cinto, eu ajo.

Cross percebe no último segundo, rosnando de raiva, mas já é tarde demais. Seguro a faca contra ele, pressionando a lâmina em sua garganta.

A mulher grita e se arrasta para perto da cabeceira da cama. Coloca as mãos contra o peito como se tentasse se cobrir, embora ainda esteja completamente vestida.

Agora eu a reconheço. O cabelo brilhoso. Ela estava na arena algumas semanas atrás. Agarrada a ele. Tentando seduzi-lo. Fazendo de tudo para chamar a sua atenção.

Acho que conseguiu.

— Que porra é essa?! — ela grita.

Cross continua de joelhos enquanto eu me abaixo atrás dele, mantendo a faca rente à sua jugular.

Impassível, ele vira a cabeça devagar. A lâmina pressiona os tendões do seu pescoço, e uma linha vermelha desabrocha em sua pele. Seus lábios se curvam em um sorriso debochado.

— Veio pra participar ou assistir?

— Você sabe por que estou aqui.

Ele volta a olhar para a cama, e eu movo a faca um milímetro para não cortá-lo de novo.

— Você precisa ir embora — ele diz à mulher.

Os olhos dela, assustados, disparam na minha direção.

— Relaxa, não vou enfiar a faca nele — digo.

Em um gesto de boa-fé, afasto a lâmina do pescoço de Cross. Limpo os filetes de sangue na minha calça e guardo a faca na bainha.

Cabelo Brilhoso nos observa, alternando o olhar entre nós dois. A cada vez que me encara, seus olhos escurecem, desconfiados.

— Você quer mesmo que eu vá embora? — ela pergunta.

— Quero.

Reprimo um sorriso. Não sei por que isso me satisfaz tanto, o fato de ele não dar a mínima para mantê-la aqui.

A indiferença dele claramente a irrita. Ela desliza para fora da cama, a saia curta balançando ao redor das coxas firmes. A mulher para por tempo suficiente para agarrar um par de sandálias do chão e sai pisando duro, ainda descalça.

— Ela não precisava ir embora — digo com doçura. — Podíamos ter conversado com ela aqui.

— Não fazia sentido deixá-la ficar se você não quer se juntar a nós.

— Prefiro morrer.

Cross olha para a minha faca.

— Vou ter que confiscar isso?

— Você teve sua chance. Agora vai ter que lutar por ela.

Ele suspira. Passa a mão pelo cabelo, depois sai da cama e se levanta. Desvio o olhar ao perceber que a calça dele está aberta. Ele fecha o zíper, mas, em vez de abotoar a camisa, a puxa pelos ombros e a joga sobre os lençóis bagunçados.

Quero passar a hora seguinte examinando suas tatuagens e percorrendo cada uma com as mãos. Perguntar o que significam. *Se* significam alguma coisa. Talvez ele só goste de asas detalhadas e chamas com linhas enigmáticas de texto se entrelaçando no meio.

— Por que você está no meu quarto, Pombinha?

— Porque você está sabotando minhas chances de passar no Programa.

Para minha surpresa, ele joga a cabeça para trás e ri.

— Ah, essa é boa, vindo de você. Você vem sabotando suas próprias chances desde o começo.

— E agora estou indo melhor. — Ergo o queixo.

— Sim. E por quê?

Eu sabia que ele ficaria desconfiado. Tudo bem. Estou preparada para isso.

— Não tenho mais para onde voltar.

A confissão sombria, dita no meu tom monótono e desanimado, paira no ar entre nós.

Cross me observa por um momento antes de sair do quarto e seguir para a cozinha. Vou atrás dele, vendo-o abrir um armário e pegar uma garrafa de uísque. Há dois copos no outro armário. Ele coloca um sobre o balcão e aponta para o outro, em silêncio, esperando minha resposta.

Faço que sim com a cabeça, mesmo sabendo que é uma péssima ideia. Não deveria estar bebendo com ele.

Ele nos serve. O líquido escuro se movimenta quando ele empurra o copo na minha direção.

Ele observa meus lábios quando dou um gole hesitante.

— Você deu minha fazenda para outras pessoas.

— Dei.

— Você não vai me deixar voltar para Z.

— Não.

— O que acontece se, em vez da prisão, você me mandar para o Tribunal?

Ele reflete por um instante.

— Não há muitas provas de que você conspirou com seu guardião, então provavelmente te condenariam ao trabalho forçado. Na melhor das hipóteses, um posto em uma fábrica.

— Não estou interessada. — Balanço a cabeça e tomo mais um gole. O álcool queima minha garganta quando desce.

— Você também não estava interessada em entrar para o Comando.

— Caso não tenha reparado, sou teimosa.

— Ah, eu reparei.

Fico em silêncio por um momento, observando os traços impecáveis dele, as linhas fortes do pescoço ao inclinar a cabeça para trás para beber o uísque. Estou me esforçando muito para não encarar o peito nu dele, e me sinto grata pelo balcão que serve de barreira entre nós.

Toda vez que estou perto desse homem, esqueço que não deveria me sentir atraída por ele. Fico esperando que essa sensação desapareça. Que eu possa estar no mesmo ambiente que Cross sem sentir essa força magnética me puxando para ele.

O fato de isso parecer completamente unilateral torna tudo ainda mais frustrante. Não posso usar o comportamento dele na noite de arena como prova de que sente algo por mim, porque não estou convencida disso. Ele estava bêbado. Homens dizem absurdos quando estão bêbados, e qualquer pessoa aleatória pode parecer atraente quando o álcool está alimentando sua libido.

— Não sou como você. Não consigo "aceitar meu destino" sem mais nem menos — digo, repetindo as palavras dele. — Preciso pensar antes.

— Sério? Agora você pensa antes de agir? Foi por isso que veio para o meu quarto?

— Pensei muito bem em como entrar no seu quarto.

A covinha aparece.

— Você se esforçou demais pra ficar sozinha comigo.

— Menos do que você imagina. — Não consigo evitar um sorriso presunçoso. — Sou melhor do que todos os outros recrutas aqui. Você acha que Lyddie conseguiria pegar um bloqueador bem debaixo do nariz do Hirai?

Desprendo o pequeno dispositivo preto do meu cinto e o coloco sobre o balcão, empurrando-o na direção dele.

Ele o pega antes que caia.

— Espero que saiba que acabou de garantir uma advertência para o Hirai — diz Cross.

— Ótimo. Ele merece. Se alguém é tão desatento assim, tem que ser punido à altura. Na verdade, todos os guardas pelos quais passei sem ser notada deveriam levar uma advertência. Quem montou a escala de sentinela também, porque é previsível pra caramba. Duas noites de observação e qualquer um consegue mapear a rotina deles. Quando o Soldado 4615 vai fumar o cigarro de euca. Quando o Soldado 380 vai dar uma mijada no túnel atrás da Praça Sul.

Cross estreita os olhos.

— Eu não estava me esforçando antes — digo a ele.

— Deu pra ver.

— Mas estou disposta a me esforçar agora.

— Você deixou Farren esmagar seu pulso para ser eliminada.

— Talvez isso tenha sido um pouco... extremo.

— Um pouco — ele repete, se divertindo.

— Em minha defesa, eu tinha acabado de ver seu irmão matar uma das minhas colegas. — Minha mandíbula se contrai. — Não dou a mínima para o que ele diz. Não acredito que Betima era uma Aberrante. E também não acredito que meu tio era. Mas se você insiste que sim, tudo bem. Vou aceitar sua palavra.

Pego meu copo e tomo quase metade do líquido antes de colocá-lo de volta na mesa.

— Você estava certo, tá? Não posso voltar. Jim está morto. E seja lá o que ele fosse, prefiro que minha lembrança dele seja como o homem que me salvou quando eu era criança. Sei que você acha que estou mentindo, mas estou te dizendo que não sabia o que ele era. Se ele era um agente da Rebelião, eu não sabia. Se realizava missões para eles, eu...

— Não acreditamos que ele fosse um agente — Cross me interrompe. — Ele se escondeu depois que desertou. Ficou inativo por quinze anos.

— Por que ele desertou, para começo de conversa? Tentei encontrar respostas na Conexa...

— Eu sei. Suas buscas são sinalizadas e enviadas diretamente para mim. — Ele ergue uma sobrancelha. — Você pesquisou meu nome também.

Não adianta negar.

— Você não existe no sistema do Comando. E na Conexa, é só o filho do General.

Ele dá de ombros.

— É tudo o que sempre fui. O filho do General.

Suspeito que ele esteja certo. No momento em que descobri quem era o pai dele, passei a vê-lo somente como a prole de Merrick Redden. Talvez isso tenha sido um erro da minha parte. Se quero destruir este lugar por dentro, talvez precise entender melhor as peças do jogo.

Cross fecha os dedos longos ao redor do copo de uísque. Suas mãos são hipnotizantes. Grandes. Irradiando força. Observo seu pescoço se movendo enquanto ele engole. E o peito dele me provoca. Por que ele tem tantos músculos?

— Cross.

Nós dois percebemos o tom de desespero na minha voz.

— Vai me fazer implorar?

Não deixo de perceber um brilho faiscante em seus olhos.

— Acho que eu gostaria disso.

Cerro os dentes.

— Você venceu. *Por favor*. Quero outra chance.

— Quer, é?

— Você disse que não dá segundas chances, mas ainda assim estou pedindo uma. Disse para eu não desperdiçar a oportunidade que está me dando, e eu prometo que não vou. Nunca mais.

Segurando o copo, ele contorna o balcão e vem na minha direção. Meus batimentos aceleram, mas ele continua andando até a sala de estar e se encosta na lateral do sofá, levando o copo aos lábios.

Cross me olha nos olhos, mas é ele quem desvia primeiro, passando a mão pelo cabelo bagunçado. Procuro não pensar no motivo de estarem bagunçados. Ou no porquê de eu me importar.

Ignoro minha frustração e tento mais uma vez convencê-lo. É impossível saber no que esse homem está pensando ou se alguma coisa do que digo faz sequer sentido para ele.

— Cross — repito.

Vejo algo mudar em seu rosto. Não consigo decifrar, mas acontece sempre que digo seu nome.

— Por mais que seja difícil admitir, acho que você tem razão. Talvez seja hora de deixar o passado para trás e olhar para o futuro. Parar de lutar contra a corrente do destino e começar a nadar com ela.

Ele lambe uma gota de uísque no canto da boca.

— Isso foi bem poético da sua parte.

— Não sou poeta. Sou pragmática. Sei o que vai acontecer comigo se eu fracassar no Programa, e não vou deixar isso acontecer. Quero um lugar na Brigada de Prata. E essas malditas notas baixas estão começando a me irritar.

— Coitadinha.

Olho irritada para ele.

— Me avalie direito ou vou registrar uma reclamação com o Capitão Radek.

— Acha que me denunciar para o capitão administrativo é uma ameaça? — Ele ri. — Sou filho do General, lembra? Eu nunca erro.

— Está errado em não me avaliar com base no mérito. Por favor. Me deixa provar que mereço.

Cross fica em silêncio por tanto tempo que acho que vai me dar um chega pra lá. Ele volta para a cozinha para encher o copo, e eu me esforço para não reparar no jeito como seus bíceps se flexionam enquanto ele serve a bebida.

Por fim, ele dá de ombros e diz:

— Tudo bem.

O alívio percorre meu corpo.

— Obrigada.

— *Se* você melhorar suas notas teóricas. Trabalho de campo e pontaria excepcional não são o suficiente para te colocar na Brigada de Prata.

— Excepcional, é? — Não consigo conter o prazer de ouvir isso.

Ele me encara, e dessa vez não desvia o olhar. O magnetismo está de volta, tentando me puxar para ele, mas a pergunta que faz em seguida me traz de volta à realidade.

— Onde aprendeu a atirar assim?

Uma dor aguda atravessa meu peito.

— Meu tio me ensinou. Comecei com uma pistola, que ele colocou na minha mão quando eu tinha... — Me detenho antes que a idade verdadeira escape. *Cinco.* — Sei lá, nove? Dez? — Tento parecer casual, torcendo para que ele acredite que minha pausa foi só para lembrar a idade. — Ele costumava montar alvos por toda a fazenda...

Por toda a nossa clareira na Floresta Sombria.

— E a gente ficava lá por horas.

Até a luz ir embora.

— Ele queria que eu soubesse me proteger dos coiotes brancos, dos lobos...

Dos predadores que rondavam na escuridão.

— ... sem falar nos Fiéis que invadiam a propriedade para tentar roubar nosso gado. Peguei o jeito bem rápido. Ele dizia que tenho bons instintos.

— Tem mesmo — diz Cross, pigarreando. — Mas estou falando sério. Comece a passar nos testes do dispositivo.

— Vou tentar. — As palavras saem a contragosto, como se estivessem arrancando um dente podre com um alicate. Mas, por dentro, estou comemorando.

Espero até sair dos aposentos dele — pela porta da frente — antes de deixar meu sorriso aparecer.

28

Vamos saltar de um avião hoje à noite.

Isso é incrível.

Não que eu esteja me divertindo. Estou me esforçando muito, mas muito mesmo, para me lembrar de que o Comando é uma instituição inimiga e que estou aqui para destruí-lo por dentro.

Mas... isso é foda demais.

Estou parada na porta aberta da aeronave, a noite se estendendo diante de mim. O som dos motores abafa as batidas ritmadas do meu coração. Abaixo de nós, o deserto se espalha, banhado pelo brilho prateado da lua.

— Isso é foda demais! — Kaine grita contra o vento. Ele está tão empolgado quanto eu.

Meu coração está disparado, a apreensão se agitando dentro de mim. Respiro fundo e me firmo contra a rajada de vento, e o peso do meu equipamento é como uma presença reconfortante nas costas. Hoje é noite de treino de paraquedismo. Em outras palavras, não há espaço para dúvidas, muito menos para hesitação.

— Muito bem, prestem atenção! — Ford exclama, sua voz cortando o rugido do vento. — Confiem no seu equipamento e todos vão chegar ao chão em segurança. A zona de pouso está bem delimitada. É só mirar ali e vocês vão se dar bem.

— Acho que não consigo fazer isso — geme um recruta da Célula Vermelha. O rosto dele está ficando verde.

Ford revira os olhos.

— Isso aqui é fácil comparado aos saltos que vocês um dia terão que fazer. Numa missão de verdade, não vão ter o luxo de escolher onde pousar. Vão saltar direto para o coração da cidade, num estacionamento, num telhado. Sua vida depende da sua capacidade de se adaptar.

Lyddie aperta minha mão com mais força. Ela não a soltou desde a decolagem.

Vejo-a mordendo o lábio enquanto encara a escuridão abaixo. Consigo praticamente sentir as ondas de ansiedade irradiando dela.

— Ei — digo, colocando uma das mãos em seu ombro para encorajá-la. — Você consegue. Você é mais forte do que imagina.

— E se algo der errado? — Ela solta um palavrão nada típico dela. — Merda! Por que eu achei que seria uma boa ideia me juntar à Brigada de Prata?

— Vai dar tudo certo. Você vai conseguir.

— E se eu errar a zona de pouso e acabar perdida no meio do nada?

Aperto o ombro dela e digo com firmeza:

— Agora é tarde pra voltar atrás. Você está aqui. Todos nós estamos. E a única saída é seguir em frente. Você consegue, Lyds. Acredito em você.

Por um momento, ela hesita, seu olhar oscilando entre mim e o iminente salto no escuro. Então, ela assente com determinação e ajeita os ombros.

— Vamos, em posição! — Ford grita, o vento bagunçando seu cabelo. Ele faz um sinal para nos alinharmos. — Sutler, vai!

Num instante, Kaine já desapareceu pela porta.

Sumiu.

— De Velde!

Ao sinal, observo com orgulho enquanto Lyddie avança até a borda. Ela respira fundo e salta.

— Darlington!

A adrenalina percorre minhas veias. Sem hesitar, eu me lanço no abismo, mergulhando na escuridão sem olhar para trás.

Eu. Amo. Isso.

Por um breve instante, estou suspensa entre o céu e a terra, uma rajada de ar atravessando minhas roupas enquanto o rugido dos motores se dissipa ao longe.

Então, com um tranco seco, meu paraquedas se abre, estalando no ar com um som estrondoso que ecoa pela noite. Enquanto desço lentamente, o deserto se desenrola sob mim como uma imensa colcha de retalhos. O silêncio me envolve, quebrado apenas pelo sussurro ocasional do vento e pelo ritmo constante das batidas do meu coração.

A cada segundo que passa, o chão se aproxima. Examino o terreno abaixo, procurando a zona de pouso designada. Não há margem para erro.

Finalmente, meus pés tocam a areia fofa, levantando uma espiral de poeira no ar. Tropeço ao aterrissar, lutando para recuperar o equilíbrio.

— Te peguei, boiadeira — ouço uma voz, e então vejo Kaine, me firmando com a mão forte.

— Valeu.

Ele me encara, um sorriso brincando em seus lábios.

— O quê? — pergunto.

— Você devia ver a sua cara agora. Puro prazer.

— Foi incrível — admito, e ele passa um braço pelos meus ombros enquanto seguimos para nos juntar aos outros.

Vamos passar a noite no deserto. O Comando tem uma base por aqui, e conforme o efeito da adrenalina do nosso salto de paraquedas noturno começa a diminuir, seguimos até o acampamento. As tendas se espalham pela extensa faixa de areia, os tecidos ocres tremulando suavemente na brisa noturna. No centro do acampamento, há uma fogueira apagada.

Ford, Hadley e Cross estão nos esperando quando nos aproximamos. Meu coração dá piruetas ao ver o capitão. Vestido de preto, o rifle pendurado em um dos ombros, a barba de um dia cobrindo o queixo. Prefiro quando está barbeado, mas não posso negar que gosto desse ar selvagem.

Para a nossa surpresa, a noite ainda não acabou. Nossos superiores nos fazem correr por um percurso de obstáculos que nos deixa imundos. Rastejamos como cobras pela areia e disparamos sobre o terreno irregular até ficarmos exaustos. E então, quando um recruta chamado Franks resmunga que nunca vamos usar isso na vida real, Cross sorri para ele e nos faz correr tudo de novo. Vai se foder, Franks.

Mais tarde, as sombras dançantes no rosto dos meus colegas reunidos são projetadas pela fogueira crepitante, enquanto comemos e bebemos sob as estrelas. Por um breve momento, o mundo desaparece, e sinto um lampejo de paz sob o céu infinito.

Até que Lyddie diz:

— Que saudade da Betima. — E o encanto se desfaz, substituído por uma dose cruel de realidade.

— Então você não acredita nele? — Lash inclina a cabeça na direção da fogueira, para onde Roe está sentado com Anson e Kess. — Que ela era Aberrante?

Lyddie hesita.

— Não sei. Ele jura que viu os braços dela ficarem prateados quando Glin morreu, mas eu estava bem ali. Não vi nada. Wren, você viu?

Balanço a cabeça.

— Kaine?

— Eu estava ocupado demais cuidando do espeto enfiado no peito do Cotter pra prestar atenção em qualquer outra coisa, Lyds.

Estremeço com a lembrança. Olho para Roe e fecho a cara quando ele sorri para mim. Se é que dá para chamar aquilo de sorriso. Ele mostra os dentes, mas dá para ver que não é sincero. Não troquei uma palavra com ele desde que enfiou uma bala na cabeça de Betima. Desde que ouvi o General dizendo para Cross que Roe fez um grande favor ao mundo.

E por falar no General, a voz dele ecoa de repente na noite.

Eu me assusto, pensando que de alguma forma ele saltou de paraquedas diretamente no acampamento, até perceber que o som vem do dispositivo de alguém. Estão projetando a mais recente transmissão do General Redden para os setores.

— *... a única maneira de garantir que a filosofia destrutiva que chamamos de Severnismo seja erradicada* — diz Redden. Detesto o tom severo e frio com que ele fala. — *Ideias são como ervas daninhas. Elas brotam nas menores rachaduras e prosperam na negligência. E se não forem contidas, se espalham. Crescem. Invadem. É nosso dever, como cidadãos leais do Continente, arrancar essas ervas antes que criem raízes. Os Aberrantes não terão permissão para envenenar nossa mente e dominar nossa sociedade...*

— Vou tomar banho — digo, me levantando.

Todo mundo já aproveitou os chuveiros ao ar livre para tirar a areia e a sujeira do corpo, mas esperei que esvaziasse. Com as células Preta e Vermelha acampadas aqui esta noite, quanto menos olhos nas minhas queimaduras, melhor.

Os chuveiros ficam na parte mais afastada do acampamento, mas ainda visíveis da fogueira. São apenas alguns boxes simples, separados por divisórias de madeira que oferecem pouca privacidade. Dou uma olhada e vejo que estão vazios, o que só reforça minha decisão de ir.

Chego lá no exato momento em que Cross surge do outro lado. Ele tinha sumido depois do percurso de obstáculos, então achei que não fosse passar a noite no acampamento. Mas aqui está ele.

Com um olhar breve que reconhece minha presença, Cross passa por mim em direção a um dos chuveiros.

E então começa a tirar a roupa.

Minha boca fica seca como se estivesse cheia de areia. Não consigo fazer nada além de encará-lo enquanto ele tira a camisa. Depois as botas. Quase engasgo quando ele abaixa a calça.

A bunda dele me provoca. Bronzeada e musculosa. Vi vários recrutas tomando banho menos de uma hora atrás, até flagrei um ou outro de frente, mas nada acelera meus batimentos quanto Cross nu entrando no chuveiro.

A divisória, por sorte, esconde a parte de baixo do corpo dele, me poupando de passar ainda mais vergonha. Já estou aqui, encarando-o como uma completa idiota.

Ele abre o chuveiro e inclina a cabeça na direção do jato de água, molhando o rosto e o cabelo.

Puta que pariu. Que corpo.

— Nunca te disseram que é falta de educação encarar? — Ele faz um som de desaprovação. — Cadê sua educação, Pombinha?

Desperto do transe e percebo que ele virou a cabeça na minha direção com um sorrisinho sarcástico. E, mesmo assim, ainda não consigo desviar o olhar. Seu cabelo escuro está jogado para trás, destacando seus traços marcantes. Filetes de água escorrem pelos ombros largos e pelas linhas definidas do peito. Cada gota parece realçar ainda mais os contornos do corpo dele, brilhando sobre sua pele bronzeada.

Ele exala uma masculinidade bruta que me hipnotiza.

— Você vai tomar banho ou só vai ficar aí me olhando?

Cerro os dentes, me obrigando a resistir ao seu apelo sexual. E daí que ele fica lindo pelado? Desde quando perco o controle na frente de um homem atraente?

Sem dizer nada, entro no box ao lado do dele e começo a me despir. É uma tentativa inútil de preservar a modéstia — ele é tão alto que consegue ver tudo no meu lado. Eu poderia ter escolhido outro chuveiro que não fosse ao lado dele, mas estou fingindo que nada me abala.

Tiro a camiseta e a penduro sobre a divisória de madeira. Quando tiro o sutiã, juro que ouço a respiração dele falhar por um instante, mas, de relance, vejo que seu rosto ainda está sob o jato de água.

Apesar das mãos trêmulas, consigo tirar a calça. Depois, a calcinha. Penduro essas peças também e, dessa vez, sei que não imaginei o som da sua inspiração aguda.

Abro o chuveiro e me posiciono sob a água quente. Pelo canto do olho, vejo Cross passar as duas mãos pelo cabelo, afastando os fios da testa. Ele me lança outro olhar antes de deslizar a barra de sabão pelos músculos definidos do peito.

Ele sorri quando engulo em seco audivelmente. O desgraçado está me provocando.

Beleza. Eu também sei provocar. Inclino a cabeça para trás para molhar o cabelo e me viro de frente para ele, saboreando a forma como seus olhos brilham com um calor intenso. Mas então aquele olhar febril desliza pelo meu corpo, queimando cada centímetro exposto, e meu coração parece esmurrar meu peito com força.

Cross, descaradamente, desce ainda mais o olhar. Sei o exato momento em que observa minha coxa, porque seus olhos se estreitam, afiados. Ele não pergunta sobre as queimaduras.

Em vez disso, pergunta:

— Você está transando com ele?

Franzo a testa. Por essa eu *não* esperava.

— Quem?

— Sutler. Você passa muito tempo com ele.

— Ah, capitão, que fofo da sua parte notar. — Ensaboo as mãos e deslizo os dedos pelos ombros e seios.

Os olhos de Cross chegam a faiscar.

— E se eu estivesse? — provoco, sem conseguir evitar o desafio na voz. — Existe alguma regra contra socializar com os colegas?

— Mesmo que existisse, imagino que você a quebraria. — A voz dele é baixa. Rouca. Mas seu rosto continua ilegível. — Está?

Reprimo um sorriso.

— Não.

A expressão dele não muda. Ele começa a enxaguar o corpo, e eu não resisto a dar outra olhada furtiva.

Guardo cada detalhe na memória: o contorno do maxilar, as linhas do abdômen, a bunda começando a aparecer sob a divisória. Ele é uma obra de arte, esculpida em mármore, desenhada à mão, banhada pelo luar.

— Você está transando com Ivy? — A pergunta escapa antes que eu possa impedir.

Cross me lança um olhar intenso.

— Não.

— Roe disse que ela é o epítome do seu tipo. — Uma força estranha tomou conta das minhas cordas vocais. *Cala a boca, Wren.*

— Roe é a última pessoa que deveria falar por mim.

Cross desliga o chuveiro e sai do box, pegando uma toalha para se secar. Ouço sua risada rouca enquanto se afasta, mas me recuso a olhar por cima do ombro. Estou ofegante, tremendo, apesar da água quente que escorre pelo meu corpo.

Meu coração ainda está acelerado quando termino o banho e volto para a fogueira. Vamos dormir ao ar livre esta noite. Desdobro meu saco de dormir perto de Lyddie. Kaine está do outro lado.

Ele me encara com um olhar pensativo.

— Já acabou o joguinho do banho?

Mostro o dedo do meio para ele, mas Kaine nem pisca.

— Não sabia que o capitão e eu estávamos competindo.

— Não tem competição nenhuma — resmungo.

— Espera, o quê? — Lyddie se senta de repente, olhando de um para outro. — Está rolando alguma coisa aqui? Meu Deus. Vocês estão...

— Não — interrompo, e Kaine me encara com um sorriso safado.

Ela franze a testa.

— E você e o capitão...

— Não. — Dessa vez, minha voz sai ainda mais firme.

Do outro lado da fogueira, percebo um par de olhos claros grudados em mim como uma sanguessuga. Ivy. Não sei se ela ouviu alguma coisa, mas se Kaine percebeu que eu e Cross tomamos banho lado a lado, tenho certeza de que Ivy também notou.

— Preciso de água — digo de repente.

Desvio o olhar de Ivy e sigo em direção à tenda de suprimentos para encher meu cantil.

Quando saio, encontro Xavier Ford parado do lado de fora da lona, fumando um cigarro. Ele me observa enquanto dá uma tragada.

— O quê? — murmuro.

— É raro ver ele assim.

Nós dois sabemos de quem ele está falando.

— Assim como?

— Fora de controle. — Ford larga o cigarro no chão e o apaga com a bota. — Sabe, Darlington, tem pouquíssimas coisas que eu gosto em você.

— Nossa, obrigada. Estou até emocionada.

— Mas essa... essa eu acho divertida. — Rindo, ele se afasta em direção às tendas dos oficiais, enquanto eu volto para a fogueira e para os meus colegas.

29

Graças às aulas de reforço da Lyddie, melhoro na minha próxima prova escrita e tiro 85. Mas ainda assim, prefiro os exercícios táticos e os treinamentos. A adrenalina de saltar de um avião.

Lá pela Fase 5, começo a me perguntar se sou viciada em adrenalina.

Hoje estamos fazendo um exercício chamado Esperar pelo Resgate. Eu e Kaine somos os reféns. Roe nos vigia, checando a cada vinte minutos, pontualmente. O restante dos nossos colegas faz a segurança do perímetro ou compõe a equipe encarregada de nos resgatar. Agora, todos usamos macacões com sensores nas simulações. Se levamos um tiro falso, o sensor informa aos instrutores onde fomos atingidos ou se morremos em ação.

— Isso é um saco — Kaine resmunga.

Olho para a fresta de luz que passa por baixo da porta de metal. Kaine bate levemente a cabeça contra a parede de blocos de concreto atrás de nós, passando as mãos algemadas pelo cabelo loiro. Ele está tão inquieto quanto eu.

No começo, ficamos animados por termos sido designados para esse exercício juntos, mas, conforme os minutos se transformam em horas, somos corroídos pela impaciência. Cada vez que nossa equipe de resgate falha em se infiltrar no armazém, precisa começar tudo de novo. Kaine e eu estamos sentados nesse quarto frio e apertado há uma eternidade, e até agora ninguém conseguiu nos resgatar.

— Odeio ter que deixar meu destino nas mãos dos outros — murmuro. — Passamos a manhã toda esperando. Por que eles são tão incompetentes?

— Acho que a gente deveria dar um susto no generalzinho na próxima ronda dele. — Kaine me lança um olhar esperançoso.

Sorrio.

— Tô dentro.

E é exatamente o que fazemos.

Quando a porta range e revela a silhueta sombria do nosso cão de guarda, Kaine e eu entramos em ação. Nossos movimentos são sincronizados quando avançamos juntos, derrubando Roe antes que ele consiga reagir.

Nos sentimos fodões quando conseguimos sair do armazém alguns minutos depois, mas a vitória dura pouco. Assim que emergimos à luz do dia, Ford já está nos esperando de braços cruzados. Hadley está por perto, nos encarando com uma expressão carrancuda. Odeio os dias em que treinamos com a Célula Vermelha, porque significa que tenho que olhar para a cara dele.

— Vinte minutos — Ford diz com um tom de reprovação. — Tudo que vocês precisavam fazer era esperar mais vinte minutos, e teriam passado no exercício.

— Nós nos resgatamos sozinhos — protesto.

— Esse não era o objetivo, Darlington.

Eu o encaro, séria.

— O objetivo era ser resgatado.

Nosso instrutor resmunga, irritado.

— Não, não era.

— Então o que a gente devia ter feito? — Kaine resmunga, igualmente irritado.

— Esperar pelo resgate! É o nome da porra do exercício, Sutler. Esperar pelo Resgate — Ford soletra para nós. — O objetivo desse exercício é ensinar vocês a terem paciência e disciplina.

Bom, quando ele fala desse jeito, fica claro que meu fracasso era inevitável. Minha natureza impulsiva não combina com as restrições desses parâmetros de missão. O desejo por ação sempre queimará dentro de mim como um fogo incontrolável.

— Então por que nos colocaram juntos? — Aponto para Kaine com o polegar. — Ele é mais impaciente que eu!

Ford me encara como se dissesse, *exato*, depois se afasta para se dirigir ao resto do grupo.

Fico confusa por um segundo, até que, de repente, entendo o significado daquele olhar. Não estão nos agrupando de forma aleatória nesse treino, mas com base nas fraquezas que relatamos na Fase 2. É por isso que vivo fazendo dupla com Kaine, mesmo sendo óbvio que não trabalhamos bem juntos. Somos parecidos demais.

— O que você colocou como suas fraquezas? — pergunto a ele. — Quando aquela pergunta apareceu no nosso dispositivo.

Dá para ver nos olhos dele quando entende.

— Imprudente. Impaciente.

— Eu coloquei impulsiva e impaciente. E péssima em provas escritas. — Olho de canto de olho para ele. — Qual foi sua terceira resposta?

— Bonito demais.

Dou um riso debochado.

— Então o que ele está dizendo é que a gente precisa pensar antes de agir e exercitar mais a paciência? — Kaine suspira de forma dramática. — Que chatice.

— Eu sei.

Voltamos para o grupo para o relatório. Ford anuncia que todos os guardas da Célula Preta passaram na missão. Todos os membros da equipe de resgate também passaram.

— E os nossos reféns, Sutler e Darlington — finaliza, com um olhar bem-humorado na nossa direção. — Vocês foram reprovados.

— Que palhaçada — resmungo. — Em teoria, o grupo de resgate também falhou. Porque eles não resgataram a gente.

Do grupo de resgate, Kess me mostra o dedo do meio.

Ford praticamente rosna de frustração.

— Eu já disse que o resgate não era o objetivo do exercício. O objetivo era desempenhar um papel e seguir as ordens. Todo mundo fez isso, menos os dois imbecis aí.

A bronca é merecida. Aff. Odeio quando Ford está certo. Ele vira um idiota arrogante.

Sei muito bem que minhas fraquezas tendem a me puxar para baixo. *Sei* que ajo por impulso e que isso é uma idiotice. Eu nem estaria nesta base se não tivesse tomado a decisão impulsiva de correr até o Ponto Sacro para tentar impedir a execução de Jim.

Se tivesse ouvido Griff, Tana, Declan e todo mundo que me avisou para não ir, talvez eu...

Estaria aqui de qualquer jeito, percebo. Ou teria virado uma fugitiva. Talvez até começado meu próprio acampamento dos Fiéis em algum lugar nas montanhas.

— Seeen-tido!

Todos ficam em posição de sentido ao comando de Hadley, e o som de passos no asfalto me faz olhar por cima do ombro.

Meu coração parece parar.

Jayde Valence.

Ela caminha em nossa direção com passos firmes e determinados. O cabelo platinado está preso no habitual coque baixo, a expressão sempre séria. A marca de sangue em sua bochecha parece um ataque pessoal a mim.

Meu corpo entra em alerta no mesmo instante. Se ela veio por minha causa, preciso estar pronta para despistar minha mente em um piscar de olhos.

Ela se move com uma aura de autoridade. Tem algo grandioso nela. Algo assustador. Foi marcada pela natureza, mas sua presença seria imponente mesmo sem o círculo vermelho no rosto.

Quantas habilidades será que ela tem? Três? Quatro? Tio Jim me contou que só os Mods mais poderosos são marcados, e que nunca conheceu um

Mod marcado que tivesse menos de três habilidades. Eu mesma tenho quatro. Que eu saiba, pelo menos. Talvez haja uma quinta, sexta ou sétima, adormecida dentro de mim, esperando para se manifestar no momento mais inconveniente possível. Mas, se houvesse outra, já teria aparecido a essa altura. Acho. Espero.

Jayde para entre Ford e Hadley, encarando os recrutas. O grupo inteiro se cala quando seus olhos penetrantes percorrem a linha de soldados, sua intensidade me causando um arrepio na coluna.

Ela está aqui por minha causa, com certeza.

Tem que estar.

Mantenho a postura ereta, firme como uma estátua, fria por fora, um desastre por dentro. Respiro fundo para acalmar o coração acelerado enquanto espero ela chamar meu nome.

— Você — ela dispara.

Eu estava no meio de uma expiração, o que me faz ter um engasgo.

Ela está falando com um dos meus colegas.

Não o conheço. Ele faz parte da Célula Vermelha, um garoto de rosto infantil chamado Peter, com quem troquei um total de zero palavras em cinco semanas.

— Qual o nome dele? — ela pergunta para Hadley, e não para o próprio Peter.

— Peter Berghman. Recruta 31...

Jayde o interrompe com um aceno de mão. Ela volta sua atenção para Peter, fazendo um gesto para que ele se aproxime.

O garoto dá um passo hesitante para fora da formação, os olhos arregalados de medo. Mal saiu da adolescência, tem um tufo de cabelo indomável e treme de leve ao se movimentar.

— Berghman, você vai fazer com que seis soldados morram — ela diz, sem rodeios.

Franzo a testa. Alguns murmúrios confusos se espalham pelo grupo.

— O-o quê? — ele balbucia.

— Daqui a oito meses, você vai cometer um erro grave. Suas ações vão levar à morte de seis soldados da Brigada de Prata.

Ele balança a cabeça, incrédulo.

— Eu nunca...

— Não é uma questão de intenção. É um fato.

Peter fica pálido, abrindo e fechando a boca sem emitir nenhum som enquanto tenta processar o que acabou de ouvir.

— Mas... — Ele enfim consegue falar. — Não estou entendendo. Eu nunca faria nada para machucar meus colegas.

— Eu vi o resultado — ela diz, de forma incontestável. — Suas ações são irreversíveis.

— Que ações? Eu nem fiz nada!

Seus protestos são ignorados. Jayde faz um sinal para Hadley, que dá um passo à frente.

— Berghman, você está dispensado do Programa — Hadley ordena, firme.

Peter fica boquiaberto.

— Isso é... loucura. Eu não vou matar ninguém.

Ignorando-o, Hadley segura Peter pelo braço e o observamos, em um silêncio atônito, enquanto ele é escoltado para fora.

Jayde volta a nos encarar com um olhar cortante.

— A vida dos nossos soldados é valiosa demais para ser posta em risco. Seja de propósito ou não, aquele garoto ia acabar causando mortes. Deveriam se sentir gratos por ele ter sido cortado.

Assim que ela vai embora, as conversas explodem entre os recrutas.

— Ele nem fez nada de errado. — Lyddie está indignada.

— E se a visão dela estiver errada? — questiona um dos recrutas.

Outro discorda rapidamente.

— Pelo que ouvi, Valence é famosa pela precisão. Nunca teve uma visão errada.

Merda. Isso não parece nada bom. Por um instante, sinto um tremor de medo, mas logo o ignoro, porque não tenho tempo para me preocupar se Jayde tem ou não visões sobre mim. Há perigos muito mais urgentes na minha vida agora.

— Aberrações como ela nem deveriam ter permissão pra estar nesta base — Bryce resmunga.

Diversas pessoas olham surpresas para ela. É raro ouvir alguém criticar a Companhia.

Quando percebe os olhares, ela fica na defensiva.

— Eu nunca questionaria a liderança do General, mas me parece perigoso apostar nisso. Confiar em um deles.

— Ela serve ao General há dez anos — alguém rebate.

Mas Bryce, teimosa, não recua.

— Isso não a torna menos perigosa.

Acho engraçado como as habilidades de Jayde inspiram não só medo mas respeito. Hadley acabou de expulsar um cara do Programa com base apenas na palavra dela, o que já diz muita coisa. Ainda assim, todo mundo aqui tem pavor desse gigantesco e assustador poder que ela tem. Essa parte é ainda mais interessante.

Entre todas as habilidades possíveis, não considero a premonição uma grande ameaça. Ver o futuro não é algo que eu gostaria, particularmente falando, mas qual seria o pior estrago que poderia causar com isso? Dizer a alguém que vai morrer de um jeito horrível? Acabar com o sonho de um recruta de servir ao Comando?

Existem habilidades muito mais perigosas por aí.

* * *

Passo a noite toda pensando na visita de Jayde. Eu me pego subindo as escadas até o telhado. É a primeira vez que venho aqui desde que Betima foi assassinada, e a lembrança me sufoca. Fico olhando para a mancha escura no cascalho onde o sangue dela se acumulou.

Não consigo acreditar que Roe ainda está aqui depois de matar um recruta.

Eu me aproximo da beira do telhado. Os treinos de hoje foram cansativos, mas agora estou elétrica. Não consigo parar de pensar na dispensa repentina de Peter. Todo mundo aceitou sem questionar a palavra de uma vidente que previu um destino sombrio para ele, confiando cegamente nessa visão. Não conheço outros precogs. Não sei dizer quanto as previsões deles são precisas. E se ela estiver errada?

E quem garante que, se tivessem contado a Peter sobre o erro, ele não teria conseguido corrigir as coisas?

Queria poder conversar com o tio Jim a respeito disso. Às vezes, ainda tento me conectar com ele, buscando sua assinatura energética, e não encontro nada além do vazio. Não sei por que continuo tentando. É uma tortura autoimposta, mas não consigo parar.

Em vez disso me conecto com Lobo, porque a solidão está me corroendo. Sinto falta de Tana. Sinto falta da minha vida.

— Ei. — A voz dele me envolve como um cobertor quente.

— Ei. Como está o mar hoje?

— Sempre calmo onde estou.

— Você já viu algum barco? — Nunca estive em um barco. Para ser sincera, não me parece muito convidativo.

— Estou olhando pra um agora. O mesmo de sempre, ancorado na enseada. Casco branco com uma faixa azul. Uma bandeira vermelha tremulando no mirante do capitão.

— Tem nome?

— Tá longe demais pra ver.

— A gente devia dar um nome pra ele.

— Sou péssimo com nomes. Escolhe você.

— Tá bom. Que tal Nau É Bem Assim?

— Puta merda, Margarida.

— Ou então Maracutainha? — Dou risada da minha própria piada, mas fecho a boca rápido quando lembro que estou a céu aberto.

A risada dele faz cócegas no meu ouvido.

— Você não é tão engraçada quanto acha que é.

— Você riu.

— De você, não com você.

— Continue se iludindo, Lobinho.

Fico em silêncio por um momento, olhando para o horizonte. Eu me lembro da expressão arrasada de Peter ao ser punido por um crime que não cometeu. Acusado de matar seis pessoas que ainda estão vivas.

— Você acredita em destino?

— Não sei… Talvez? Às vezes sinto que tenho controle sobre o meu destino, mas aí algo acontece e fico me perguntando se não existe uma força maior mexendo os pauzinhos.

— Mas se essa força maior existe, então de que adianta tentar? Se tudo já está determinado, nossas ações e escolhas não significam nada, certo?

Ele fica em silêncio por um momento, pensativo.

— Talvez nossas escolhas sejam os catalisadores que põem os eventos em movimento. Talvez nosso destino não seja exatamente predeterminado, mas influenciado pelas decisões que tomamos.

Franzo a testa, tentando assimilar a ideia.

— Então você está dizendo que até temos controle sobre o nosso destino, mas que esse controle é limitado pelas circunstâncias em que nos encontramos?

— Isso mesmo. Talvez a gente não consiga mudar a trajetória principal da nossa vida, mas podemos ajustar os detalhes ao longo do caminho. É como navegar em uma corrente marítima. Não podemos mudar o curso dela, mas podemos escolher qual caminho seguir enquanto somos levados por ela.

Passo a mão pelo cabelo enquanto encaro a base escura à minha frente. Acho que é um pensamento reconfortante, a ideia de que ainda temos algum controle sobre a nossa vida. Mas, no fundo, não consigo afastar a inquietação que se instala. Fico me perguntando o que o futuro reserva para mim. Se meu caminho já está traçado ou se ainda tenho o poder de moldar meu próprio destino.

Volto para os alojamentos. As luzes estão apagadas, mas alguns recrutas ainda estão acordados, o rosto iluminado pelo brilho pálido de suas telas. Kaine também está acordado, o cobertor na altura da cintura. Seu peito nu é uma mistura de sombras e músculos.

Ele me observa enquanto amarro as botas.

— Você está bem? — ele murmura.

— Não estou com sono. Vou dar uma volta.

— Não deixe Hadley te ver.

Não faz diferença. Sei que aquelas câmeras vão seguir cada um dos meus passos. E sei que Cross vai saber que saí do quarto.

O que *não* sei é se quero que ele me encontre ou que me deixe em paz.

O ar da noite está quente quando saio da instalação. Minha mente não para. Ando sem rumo, e o som suave dos meus passos é a única coisa que rompe o silêncio da base adormecida. Acabo perto da Praça Sul de novo, onde penso no tio Jim e na manhã em que ele me deixou.

Bem quando começo a sentir o peso da solidão, ouço passos atrás de mim.

— Sempre me fazendo correr atrás de você. — Sua voz grave quebra o silêncio, me causando um arrepio.

Eu me viro para encará-lo. Ele está a alguns metros de distância, a silhueta iluminada pela pálida luz prateada da lua.

— Não estou te obrigando a nada. Você não precisava ter vindo. Sabe que não vou fugir.

Cross se aproxima.

— Então eu devia ter ficado no meu quarto?

— Se quisesse, sim.

Por fora, ajo com indiferença. Mas, apesar de todo o meu esforço, não consigo negar como meu coração acelera sempre que ele está por perto.

Eu deveria dar um passo para trás, aumentar a distância entre nós, mas não consigo me mover.

— Então não faria a menor diferença pra você — ele diz lentamente — se eu não estivesse aqui agora.

— Nem um pouco.

— Não faz diferença pra você se eu estiver com outra pessoa. Com Ivy, talvez. Se eu encontrá-la, levá-la para o meu quarto e tirar toda a roupa dela. Passar as mãos e a língua por cada parte do corpo dela.

Ignoro o calor do ciúme no peito.

— Acha mesmo que eu ligo com o que ou quem você passa seu tempo? — Nossos olhos se encontram. — Eu não ligo.

— Acho que você sente prazer em mentir pra mim.

O ar está carregado de tensão, e o espaço entre nós parece diminuir a cada segundo. Desvio o olhar, arrancando um som rouco de frustração dele.

— Você me deixa maluco — Cross diz, a voz áspera.

— E?

A expressão dele se fecha com meu tom despreocupado.

— Não estou tentando te enlouquecer — digo, dando de ombros, como se quisesse provar que não me importo. — Foi você quem me trouxe aqui, lembra?

— Acredite em mim, eu lembro. Você só tem me causado dor de cabeça desde o momento em que invadiu meu quarto na estalagem. — Ele rosna um palavrão. — Tenho um trabalho a fazer, a porra de uma brigada para comandar, Elites para supervisionar, e passo o tempo todo me perguntando qual vai ser a próxima loucura em que Wren Darlington vai se meter.

É difícil me concentrar no que ele está dizendo quando meus lábios formigam com vontade de descobrir o gosto dele.

— Eu não me envolvo com recrutas. — A mandíbula dele está tensa, carregada de frustração.

E agora *sou eu* quem está frustrada. Frustrada e irritada, furiosa com o quanto cada parte de mim o deseja desesperadamente.

Ele não se envolve com recrutas?

Bom, eu não me envolvo com caras cujos pais são responsáveis por matar milhares de pessoas como eu.

Não me envolvo com caras que acham que sou defeituosa e que me descartariam sem pensar duas vezes se soubessem a verdade.

— Eu te pedi pra se envolver comigo? — Em um feito quase impossível, minha voz sai firme. Fria.

Os olhos azuis dele se acendem.

— Não, você só tira a roupa e entra no chuveiro comigo num desafio para que eu perca o controle.

— Eu não entrei no chuveiro com você. Entrei no chuveiro ao lado do seu. E, se bem me lembro, foi você quem tirou a roupa primeiro. — Ergo uma sobrancelha. — Pelo visto, se tem alguém aqui que precisa controlar os hormônios, esse alguém é você...

Num piscar de olhos estou sendo empurrada para dentro do túnel, a luz da lua engolida pelas sombras.

Cross me prende contra a parede, seu rosto a poucos centímetros do meu. Sinto o calor de sua respiração na pele. A eletricidade que sua proximidade traz.

— Você quer mesmo falar de controle agora? — diz ele, me mantendo no lugar com um aperto firme na minha cintura. — Porque, pelo que me parece, quem tem problema com controle aqui é você.

Tento me desvencilhar dele.

— Você está me machucando.

É mentira.

— Mentira. — A risada dele aquece minha bochecha. — Você não é frágil nem indefesa. Você é uma tempestade de fogo, e vai queimar tudo no seu caminho se não aprender a se controlar.

Odeio que ele consiga me entender tão bem. Que veja além da minha fachada, diretamente para a tempestade de emoções caóticas dentro de mim. Estou sempre prestes a perder o controle. Sempre senti isso, minha vida inteira, essa sensação perigosa.

O toque de Cross desliza pela minha cintura, subindo pelo braço, até chegar ao meu rosto. Ele traça a curva da minha bochecha com o polegar. Não consigo reunir forças para dar uma bronca sobre me tocar sem permissão, porque estou gostando demais disso.

— Nunca fui assim com as mulheres — ele murmura. — Não corro atrás. Não imploro. — Ele grunhe. — Mas você... você me faz querer destruir todas as suas barreiras.

Um fino feixe de luar entra no túnel, iluminando o rosto dele. Os olhos, carregados de desejo, se prendem aos meus. Me desafiando a agir.

Desvio o olhar, incapaz de suportar a intensidade por mais tempo.

— Olhe pra mim — ele ordena.

Obedeço, e um suspiro trêmulo me escapa quando o polegar dele roça meus lábios em um convite silencioso.

Ficamos ali, presos na escuridão, em uma batalha silenciosa de vontades.

— É uma péssima ideia. — Minha voz mal passa de um sussurro, abafada pelo som do meu coração disparado.

— Deve ser.

O rosto dele está perto demais de novo, a boca pairando sobre a minha.

Os últimos fios da minha força de vontade estão se desfazendo dentro de mim. Quando ele solta um gemido abafado, eu o sinto em cada parte do meu corpo.

— Preciso saber o seu gosto. Me deixa provar.

Passo a língua pelos lábios, e ele geme de novo.

— Me. Deixa. Provar.

Não consigo me mover. Não consigo desviar o olhar. Minha respiração sai curta, entrecortada com nossos lábios a milímetros de distância.

Engulo em seco, o nó na minha garganta denunciando meu nervosismo, e acabo me inclinando, irresistivelmente atraída para mais perto. E então, em uma explosão de desejo contido, a represa se rompe e eu o agarro, meus dedos se prendendo ao tecido de sua camisa quando o puxo para mim.

Os lábios dele colidem contra os meus em um beijo feroz. Sem hesitação. Sem controle. Naquele momento único e eletrizante, todo meu corpo desperta em chamas.

Enterro as mãos em seu cabelo, trazendo-o para ainda mais perto, o mais perto possível. Meu corpo se molda ao dele, e não há espaço entre nós. Os lábios de Cross devoram os meus, e cada centímetro da minha pele arde com a sensação. O mundo ao redor desaparece.

Ele aprofunda o beijo, sua língua perseguindo a minha. Faminto. Selvagem. Como se quisesse me devorar. Me possuir. Suas mãos descem pela minha cintura, deslizam para a minha bunda, percorrem cada curva do meu corpo, enquanto me explora com a língua.

— Eu sabia que ia ser assim. — Ele respira com dificuldade.

Só consigo gemer em resposta, puxando-o para outro beijo. Cada toque da sua língua acende um fogo de desejo dentro de mim.

Não quero que acabe nunca, mas, então, vozes atravessam a névoa. Levo um segundo para perceber que são apenas os guardas na torre da Praça Sul conversando. Tarde demais. Cross e eu já nos afastamos, e é como se o tempo tivesse parado, me deixando presa em um nevoeiro de desejo puro, intenso, avassalador e sem saída.

Enquanto tento recuperar o fôlego, uma sensação estranha me toma. Medo. Não dele, mas do quanto eu quero continuar beijando-o. Há uma intensidade quase primitiva entre nós, algo que desafia qualquer lógica.

— Estou dispensada? — sussurro.

Ele parece tão atordoado quanto eu. Baixa a cabeça em um aceno. Saio apressada do túnel, deixando Cross Redden imerso nas sombras.

FASE 5

Instrutor — Ford (ST)

Estudante — Wren Darlington, R56

Kaine Sutler, R42

Aula — Treinamentos e exercícios táticos

Missão — Esperar pelo Resgate

Objetivo — Cumprir o papel designado e seguir as instruções

Nota — REPROVADOS

OBSERVAÇÕES DO INSTRUTOR

A dupla foi desclassificada. Os babacas arrogantes se salvaram sozinhos. Numa operação real, provavelmente teriam se matado e/ou levado a equipe de resgate junto.

30

Agora nos fazem correr de manhã cedo. Hadley enfiou na cabeça que alguns dos recrutas da Célula Vermelha não têm o condicionamento físico que ele esperava. E, de alguma forma, isso significa que a Célula Preta precisa sofrer as mesmas consequências, ou seja, as duas células agora têm o prazer de correr ao amanhecer.

— É cedo demais pra isso — ouço Kess resmungar.

Pela primeira vez, concordo com ela.

O sol está começando a nascer sobre a base, tingindo o horizonte de dourado. Corremos em formação, os pés batendo contra o asfalto, os passos ecoando em uníssono. A manhã está fria, e minha respiração sai em pequenas nuvens de vapor conforme exalo, irritada. Quem foi que inventou a corrida? Isso não podia ter ficado para trás na Era Antiga?

Olho para Kaine. Gotículas de suor brilham em sua testa, mas ele parece tranquilo, como sempre. O cara leva tudo na esportiva, sem trocadilhos.

Lyddie, por outro lado... A coitada mal conseguiu correr oitocentos metros antes de começar a ofegar. Quando eu a cutuquei para incentivá-la a acelerar, ela olhou feio para mim e disse:

— Eu vim pra entrar na Inteligência, não pra fazer parte de uma unidade de corrida sádica. — As palavras saíram entre arfadas, o que me fez rir.

Alguns de nós são como Lyddie, estão concentrados em entrar para a Inteligência, mas sei que muitos são como eu, determinados a conseguir um lugar em uma unidade de campo, especialmente na Elite. Operações que envolvem alta adrenalina e postos de alto sigilo. Queria ao menos saber quais são os critérios para entrar na Elite de Prata. Os instrutores não estão lá muito dispostos a compartilhar essa informação.

Agora restam apenas vinte de nós na Célula Preta. Acho que a Célula Vermelha está reduzida a dezoito membros. Dos trinta e oito recrutas que sobraram, não faço ideia de quantos serão selecionados para a Elite. Só me resta trabalhar que nem uma condenada para compensar as três primeiras semanas que estraguei.

Dobramos uma curva na estrada, e agora a base se estende à nossa frente, um vasto complexo de prédios e áreas de treinamento banhados pela luz suave da manhã. Ao nosso lado, Hadley late ordens para aumentarmos o ritmo ou a formação. Ele é insuportável.

Quando voltamos ao centro de treinamento, a base já começa a ganhar vida. Soldados seguem suas rotinas matinais. Veículos roncam ao fundo.

Sinto o corpo inteiro se acender quando noto Cross na entrada. Vestindo um uniforme de combate, ele conversa com Struck, Ford e um homem musculoso de pele escura.

Não consigo desviar meus olhos traidores de Cross e um choque elétrico percorre meu corpo.

Não consigo esquecer. Do beijo. Do seu toque. Do cheiro. A sensação dos lábios dele nos meus. Engulo em seco, cada parte do meu corpo se lembrando dele. Meus dedos formigam com a lembrança da maciez de seu cabelo. Meus seios ainda guardam a sensação de serem esmagados contra seu peito, o martelar acelerado do seu coração.

Eu não devia tê-lo beijado.

Que ideia ridícula.

Como se sentisse minha presença, Cross vira a cabeça na minha direção. Nossos olhares se encontram, e meu coração idiota bate como uma borboleta presa no peito.

Coração burro do caralho.

Nós nos encaramos por mais tempo do que seria apropriado. Vislumbro um traço de sua covinha antes que ele desvie o olhar e volte a atenção para seus subordinados.

Hadley nos manda esperar e vai se juntar ao pequeno grupo.

— Wren?

Viro a cabeça ao ouvir meu nome.

Jordan.

Faz pouco mais de um mês, mas parece que foi há uma vida inteira que estive na cama com esse homem.

Ele se aproxima com passos firmes, uniformizado. O emblema da Brigada de Cobre está estampado ali, junto com duas estrelas de bronze — eu me lembro dele dizendo, naquela noite na estalagem, que esperava conquistar uma terceira. No outono, começaria a escola de oficiais.

Kaine sorri para mim quando me afasto do grupo para falar com Jordan, cujos olhos se iluminam de alívio. Ele se move como se fosse me abraçar, mas para no último segundo, deixando os braços caírem ao lado do corpo. Depois, olha rapidamente para os oficiais da Brigada de Prata.

— Fico tão feliz em te ver — diz Jordan, em um tom baixo. — Você está bem? Fiquei preocupado.

— Comigo?

— Tentei te encontrar depois que executaram seu tutor. Tudo que me disseram foi que você tinha sido detida. — Ele nota meu uniforme de treino. — Não sabia que tinham te recrutado.

— No começo, não recrutaram. Fiquei presa por alguns dias, mas depois que a Tenente-Coronel Valence confirmou que eu não sabia o que meu tio era, me permitiram entrar no Programa.

— Eu disse a eles que você era inocente — Jordan afirma, e não faço ideia do que fiz para merecer aquela confiança toda. Nem sou *tão* boa assim na cama.

— Você falou de mim pra eles?

— Falei. Depois que descobri que te pegaram na Praça Sul. Falei a eles que não havia a menor possibilidade de você saber que seu tutor era um imperfeito e que você era leal ao Comando.

Pobre Jordan, com sua fé mal direcionada.

Ele dá outra olhada discreta para os oficiais e então levanta a mão até meu rosto, roçando os dedos de leve na minha bochecha. Sinto o olhar de Cross queimando minhas costas. E, como esperado, sua voz cortante atravessa o ar como um chicote.

— Darlington. Pare de confraternizar. Retorne para sua célula.

— Desculpa — digo a Jordan. — Tenho que ir.

— Agora que sei que você está na base, vou te procurar depois.

Hesito.

— Acho melhor você não fazer isso.

Ele aperta ligeiramente os lábios.

— Acho que isso dificultaria as coisas pra mim — explico, indicando discretamente o capitão com a cabeça.

Jordan entende o recado.

— Entendi. Entro em contato pelo seu comunicador primeiro.

— Darlington! — Cross vocifera.

Eu me afasto de Jordan e volto para o grupo, onde Kaine me olha com uma sobrancelha erguida, curioso.

— Nem pergunte — digo, suspirando.

Por fim, os oficiais resolvem notar que estamos aqui. Ford toma a palavra:

— Parabéns, senhoras e senhores. Vamos começar as OSES esta semana.

Operações secretas. *Isso*. Estava ansiosa por essa fase.

— Obviamente não vamos largar vocês no meio do nada sem supervisão, então cada um terá um agente responsável durante a missão. Vamos fazer isso em etapas. Cinco de vocês vão hoje à noite. O cronograma já foi enviado para seus dispositivos.

Estamos usando nossos dispositivos de pulso durante a corrida, então verifico o meu e sorrio ao ver que estou no grupo desta noite.

— Meu nome não está nesse cronograma. — A acusação vem de Roe, que encara o irmão mais velho sem constrangimentos.

A expressão de Cross continua impassível.

— Como eu disse ao General ontem à noite, ainda não temos uma cobertura sólida para você.

— Que papo-furado, irmão.

— É o que temos pra hoje, *irmão* — responde Cross, sem dar mais atenção a ele.

Quando volto para o alojamento, um dossiê foi carregado no meu dispositivo. É uma biografia detalhada da minha identidade falsa, e me deram duas horas para memorizá-la. Não é muito tempo, mas não estou preocupada. A empolgação causa um frio na minha barriga enquanto leio minha história de fachada.

Mais tarde, Tyler Struck vem ao alojamento buscar as mulheres que estão em operação esta noite. No caso, apenas Bryce e eu. Seguimos de carro até o prédio em que fica a Brigada de Prata e a acompanhamos por uma série de salas até chegarmos ao local que ela chama de "Vestuário". Lá dentro, encontramos araras cheias de roupas.

Bryce encara uma delas, repleta de vestidos, antes de se virar para a instrutora.

— Soldado Struck? Não me sinto confortável com minha cobertura.

Struck ri. E essa é a resposta dela. Rir.

O brilho de indignação nos olhos de Bryce me faz segurar a vontade de dizer: *Ah, não deu pra ligar para o papai e pedir pra te tirarem dessa fase?*

Se eu ganhasse um crédito de Luxo a cada vez que ouço *meu pai é da Inteligência do Comando*, eu compraria o armazém inteiro.

— Com que frequência a Brigada de Prata faz operações secretas? — pergunto a Struck.

Ela dá de ombros.

— Depende do que está rolando nos setores.

— E tem algo rolando agora?

Ela dá de ombros de novo.

Entendi. Só me contam o que eu preciso saber.

— Escolham as roupas que quiserem — diz ela. — Mas não se esqueçam da cobertura e se vistam de acordo.

Apesar de estar visivelmente contrariada, Bryce escolhe um dos vestidos mais curtos que já vi, o que me faz questionar sua identidade secreta. Talvez as reclamações dela tenham fundamento.

— Vamos estar armadas? — ela pergunta, examinando o tecido sedoso. — Não tem como esconder uma arma neste vestido.

— Vocês terão uma faca pequena. Deve dar pra prender uma bainha na coxa.

— Uma faquinha? Só isso? — Bryce está cada vez mais irritada. — Como vamos nos defender?

— O que você acha que estamos tentando ensinar a vocês há um mês? Você vai ter uma faca e seus punhos. Só isso. Agora, já terminou de choramingar ou vai querer que eu segure sua mão também?

Bryce retorce os lábios. Está na cara que Struck não gosta dela.

— Você vai supervisionar nós duas? — pergunto enquanto remexo os cabides.

Struck balança a cabeça.

— Você foi designada para Hadley.

Aff. Ótimo. Viro o rosto para que ela não veja minha careta.

Enquanto continuo vasculhando as araras em busca de uma roupa decente, ela recebe um alerta no comunicador e sai da sala para verificar. Quando volta, seus olhos brilham de animação.

— Falei cedo demais — diz ela. — Você foi reatribuída.

— Para quem? — pergunto, desconfiada.

— Quem você acha?

Estou sozinha no banco de trás de um carro preto e elegante, sendo levada para um destino desconhecido. Conforme as luzes da cidade passam borradas pela janela, fico cada vez mais apreensiva. Não faço ideia de para onde estou indo ou o que devo fazer. A única certeza que tenho no momento é a história que memorizei mais cedo.

— Pomba Ferida, está me ouvindo?

Ouço a voz de Ford no meu ouvido, cortesia do estimado fone do Tenente Hirai.

— Puta que pariu — rosno. — Quero um codinome diferente.

Ele ri.

— Resolve isso com o capitão.

— Certo, e onde ele está mesmo? Porque me disseram que ele seria responsável por mim, mas estou aqui sozinha neste carro, e não faço ideia do que devo fazer.

— Ele vai estar em campo com você, mas sou eu quem está comandando a operação. Então, quer ouvir seu objetivo ou prefere continuar reclamando?

Como assim, Cross vai estar em campo comigo? A falta de detalhes me dá nos nervos.

Quando o carro freia de repente, dou um pulo no banco. Espio pela janela escura. Parece que estamos em um beco.

— Seu local de operação se chama Refúgio. Pertence a uma mulher chamada Shenise Nelson. É um bordel ilegal disfarçado de hospedaria, com um pub no andar de baixo.

— Se vocês sabem que é um bordel, por que ainda não fecharam o lugar?

— Às vezes, é mais vantajoso deixar os criminosos onde estão. Nelson é uma ameaça de baixo nível e é útil para coletar informações quando precisamos.

— Então estou indo atrás de informações? O que preciso descobrir?

— Você não prestou atenção nas aulas desta semana inteira? Coletar informação é um trabalho delicado. Você se infiltra. Vai extraindo pequenas informações, grão por grão, até encontrar a peça valiosa de que precisa. Seu objetivo é fazer contato e perguntar sobre um emprego. Você está lá porque não quer se candidatar para os Serviços Humanos... tem regras demais e não rende muitos créditos.

Faço que sim com a cabeça, mesmo sabendo que ele não pode me ver.

— Vou entrar sozinha?

Estou surpresa que Cross confie em mim para executar essa missão. Para sair do carro e simplesmente andar pela rua sozinha. E se eu fugir? E se conseguir escapar?

— Você nunca está sozinha, lindinha. Já devia saber disso.

Ford não está blefando. Ao sair do carro, sinto dezenas de olhares sobre mim. Com certeza estou sendo vigiada.

A rua está movimentada para esse horário — passa das dez, e o toque de recolher da cidade é próximo da meia-noite. Nunca estive no Ponto Sacro depois do anoitecer, e fico fascinada pelo brilho das luzes neon e pelos vultos apressados dos pedestres. Estou no coração do distrito de entretenimento do Ponto. Percorro as fachadas das lojas até encontrar meu alvo. Refúgio.

Estou andando pela calçada impecável, já na metade do caminho, quando ouço um zumbido baixo acima de mim. Um movimento rápido chama a minha atenção, e ergo os olhos, engolindo em seco. Um drone automatizado sobrevoa a rua, seus olhos mecânicos escaneando o ambiente em busca de qualquer sinal de perturbação ou comportamento fora do padrão. Ele segue seu caminho, mas me deixa inquieta.

Paro em frente ao Refúgio, um prédio de tijolos com uma fachada adornada com detalhes de latão polido e janelas de vidro fosco no térreo. Assim que entro, uma onda de sons me envolve. A sala principal vibra com o burburinho das conversas, intercaladas por risadas e pelo tilintar dos copos. Mesas redondas estão espalhadas pelo bar, ocupadas quase exclusivamente por homens.

Faço questão de olhar em volta com hesitação. Esfrego os braços fingindo constrangimento, atraindo alguns olhares que finjo não notar. O vestido que escolhi para a missão de hoje à noite é curto, mas não exagerado — o tecido para logo acima dos joelhos. Sensual, mas sem exageros; o decote em V mostra um pouco de pele, sem revelar demais. Decidi que minha identidade falsa seria um equilíbrio entre provocação e modéstia, e este vestido cinza-claro sem mangas realça minhas curvas sem mostrar demais.

Caminho até o bar com minha bolsa. Um acessório preto elegante que guarda o comunicador que Hirai me deu na base quando retirei meu fone de ouvido. Eu me sento no banco, me mexendo de forma um pouco desajeitada ao cruzar as pernas.

A bartender se aproxima. Uma mulher de cabelo curto e tatuagens.

— O que vai querer? — pergunta, a voz rouca.

— Quantos créditos por algo que não seja sintético?

— Provavelmente mais do que você pode pagar, querida.

— Ah. Ok. Então uísque sintético.

Quando percebe minha decepção, o rosto dela se suaviza.

Tiro meu comunicador da bolsa e estendo para que ela possa escanear, descontando cinco créditos de Luxo da minha conta.

Para minha surpresa, ao se virar para o bar, ela pega uma garrafa da bebida pura. Não aquela fabricada em laboratório em algum canto da capital.

Ela dá uma piscadinha para mim.

— Nosso segredinho? — pergunta, e sinto um aperto no peito, porque essas duas palavras ditas com tanta leveza me fazem pensar em Morlee Hadley e nos doces que ela escondia na minha mão quando Jim não estava olhando.

Sorrio com gratidão.

— Obrigada.

— Alguma ocasião especial?

— É meu aniversário. — Dou de ombros. — Achei que seria interessante ver como a elite vive por uma noite.

— Então, feliz aniversário, querida. — Ela desliza o copo na minha direção.

— Obrigada.

Dou o primeiro gole e quase gemo alto. Puta merda. O gosto do uísque puro é uma surpresa. O sabor encorpado dança na minha língua com uma intensidade ardente e desce com muito mais suavidade do que qualquer bebida sintética que já provei.

— Bom, né? — A bartender sorri ao ver minha reação.

— Bom é pouco.

Giro o copo nas mãos. Até a cor do uísque parece mais... viva. O líquido dourado brilha diante de mim, seus tons âmbar cintilando como luz do sol engarrafada.

A mulher se afasta para atender outro cliente, e eu me viro no banco, observando o ambiente. Vejo alguns soldados do Comando, o que, pensando bem, faz sentido. Soldados gostam de beber e de companhia.

Pelo canto do olho, percebo a bartender voltando. Eu me viro de volta, hesitando antes de perguntar:

— Sabe onde posso encontrar a Shenise?

Ela franze a testa.

— Me disseram que eu devia falar com ela — acrescento.

— Sobre o quê? — Ela mede as palavras com cuidado. Está claro que não confia em ninguém. E com razão.

— Oportunidades de trabalho.

— Todas as vagas são fornecidas pela Companhia — responde, como se estivesse recitando de um manual.

— Eu sei — retruco, fazendo uma expressão bem-humorada. — Já tenho um trabalho. Estou procurando algo por fora. — Mordo o lábio. — Algo bem por fora.

— É seu aniversário de verdade?

Assinto.

— Engraçado o que você escolheu fazer no seu aniversário. Procurar bicos.

— Nem tanto. O que mais eu faria? Não tenho família. Não tenho amigos suficientes pra justificar pedir uma permissão pra reunir gente. Tinha um namorado, mas ele terminou comigo semana passada, então... aqui estou. — Dou outro gole no líquido mais delicioso já criado pela humanidade.

Ela continua me analisando. Parece até uma parede de concreto, de tão impenetrável.

— Tudo bem. Deixa pra lá. — Dou de ombros de leve e volto a encarar o salão.

Sinto quando ela se afasta. Ouço a mulher atendendo outro cliente com sua voz rouca.

Enquanto bebo meu uísque, finjo estar perdida em pensamentos. O tempo passa. Cinco minutos. Dez. Quinze. Meu fone está gravando tudo, mas Ford não faz contato. Cross não está em lugar nenhum.

Estou pensando seriamente em desistir e voltar para a área de reagrupamento quando outra mulher surge atrás do balcão. Ela tem lábios carnudos, cabelo longo e veste uma calça jeans justa que realça suas curvas, além de um top minúsculo que mal cobre os seios. Não consigo definir sua idade exata. Talvez esteja chegando nos trinta, mas há algo na sua postura firme, autoritária, que a faz parecer mais velha.

A bartender sussurra algo para ela, inclinando a cabeça na minha direção.

Meu coração acelera quando a recém-chegada contorna o balcão e para ao meu lado. Ela me analisa com olhos castanhos e desconfiados.

— Ouvi dizer que estava me procurando.

Brinco com a alça fina da bolsa.

— Você é Shenise?

Ela assente.

— Qual é o seu nome?

— Gilly.

— Você mora no Ponto, Gilly?

— Moro. Fui transferida de G faz um mês. Trabalho na Administração.

— Pasha disse que você está procurando trabalho. — Ela estreita os lábios. — Por que veio até o Refúgio pra isso? O que te fez pensar que aceitamos gente que não é designada pela Companhia?

— Uma amiga me disse para te procurar se eu precisasse de alguma coisa.

Shenise não cede.

— Que amiga?

Mordo a bochecha por dentro, demonstrando hesitação.

— Eu... hum... Não quero trair a confiança dela.

— Então, receio que não temos mais nada pra conversar, Gilly. Talvez seja melhor você procurar em outro lugar por...

Ela para no meio da frase, os olhos grudados na porta.

Sigo seu olhar, e meu coração para por um instante.

Cross acabou de entrar.

31

O bar não irrompe em sussurros. A conversa não cessa. Mas percebo os olhares para Cross conforme ele passa com seu uniforme azul-marinho, as quatro estrelas prateadas exibindo o poder que carrega, impondo respeito.

Além disso, ele é tão bonito que homens e mulheres não têm escolha senão olhar.

Seu andar exala confiança, com movimentos calculados, enquanto atravessa o salão em direção a uma mesa no canto do bar. Já há dois homens sentados ali, mas isso não é um problema. Assim que Cross se aproxima, os dois param de conversar, os copos suspensos a meio caminho dos lábios. Então, eles põem as bebidas na mesa e saem para dar lugar a ele.

Meu coração dispara quando o vejo se acomodar em uma das cadeiras desocupadas. Ele está lindo. Tentador.

— Com licença — chama Shenise antes de girar nos calcanhares.

Assim que ela se afasta o suficiente para não ouvir, me viro para a bartender, Pasha. Eu me atrapalho com a alça da bolsa.

— O que é isso? — sibilo. — Algum tipo de armadilha?

Ela franze a testa.

— O quê?

Finjo um tom de desespero.

— Por que um capitão do Comando está aqui? Você me denunciou porque eu perguntei...

— Relaxa, querida — ela me interrompe com uma risada. — Você acha que ele está aqui por sua causa? Nossa. Você é muito ingênua mesmo.

Deixo transparecer uma mistura de alívio e confusão no rosto.

— Então por que ele está aqui?

— Atendemos uma clientela variada, e alguns deles, como você pode ver, ocupam cargos altos na sociedade. Na verdade, temos uma clientela bem fiel dentro do Comando. Eles não vêm aqui para causar problemas. Estão aqui para relaxar, como todo mundo. — Ela dá de ombros. — De tempos em tempos, ele vem aqui aliviar a tensão.

Fico boquiaberta.

— Ele é um cliente?

— Isso mesmo.

Olho para a escada que leva ao segundo andar.

— Mas vocês...

— Administramos uma hospedagem respeitável para viajantes que passam pelo Ponto Sacro — ela completa, em um discurso impecável. — Oferecendo acomodações limpas e confortáveis.

Pressiono os lábios, contendo um sorriso.

— Ah, claro.

Do outro lado do salão, Shenise conversa com Cross. Ele ri de algo que ela diz. Ela toca no ombro dele de leve antes de deixá-lo, rebolando de volta para o bar.

Pasha dá um sorriso discreto e aponta para mim com a cabeça.

— Ela achou que você tinha chamado o Comando por causa dela.

— Ah, querida. Você não vale a atenção deles. Nem a minha — acrescenta Shenise, sem rodeios. — A menos que tenha decidido me contar quem te indicou pra gente.

Meu dossiê incluía uma página inteira sobre a fonte da minha indicação. Eu poderia ter começado com essa informação, mas achei que teria mais chances de parecer confiável para Shenise se mostrasse um pouco de hesitação em dedurar minha "amiga".

— Você promete que ela não vai se meter em encrenca? — Deixo minha apreensão transparecer.

— Claro. — Deve ser mentira dela, mas como Pasha disse, meu alter ego é muito ingênuo.

Falo mais baixo:

— O nome dela é Olive. Ela trabalhou aqui no ano passado, antes de ser transferida e ter que sair do Ponto Sacro. Nós trabalhamos juntas em G, e quando ela soube que eu viria pra cá, disse pra te procurar. — Passo a língua pelos lábios secos. — Desculpa. Talvez tenha sido um erro.

— Como ela está? — Shenise me surpreende com a pergunta.

Com um sorriso hesitante, respondo:

— Ela está bem. Está grávida.

Estou começando a me acostumar com esse papel. Já estou me sentindo como se fosse mesmo Gilly, cuja amiga Olive, de G, está grávida de sua parceira, Jessa.

Pasha sai para entregar a bebida de Cross. Pura, claro. Só o melhor para o Capitão Redden. Ela se demora na mesa dele para bater papo, mas finjo que não percebo.

— Me desculpa por aparecer assim do nada — digo a Shenise. — Acho que passei dos limites. Mas estou sozinha no mundo. Minha conta de Luxo está quase zerada e esse novo trabalho que me deram paga uma miséria. — A amargura transborda na minha voz. — Se eu quiser construir qualquer tipo de vida nesta cidade, preciso de créditos. Preciso de aliados.

— Uma escolha interessante de palavra.

— Acho que dá pra fazer amigos nos setores. Mas aqui? Não sei se isso é possível.

Ela fica em silêncio por um momento, mas, antes que possa responder, Pasha volta, com uma expressão intrigada.

— Shen — ela diz com um aceno, e as duas desaparecem por uma porta atrás do bar.

Puxo meu comunicador da bolsa e finjo ler alguma coisa, mas não demora nada para Shenise voltar. Ela me encara, e dá para ver que está se divertindo.

— O capitão quer você.

Ergo as sobrancelhas na hora.

— Desculpa. O quê?

— Ele quer que você faça companhia para ele.

— Ah. E se eu... não quiser fazer isso?

Ela começa a rir. Um som baixo e melódico.

— Você disse que queria trabalhar. Vamos considerar isso uma entrevista de emprego.

— Hum... Está bem. Acho que consigo. — Engulo em seco. — É só ir até lá? Devo dar um oi?

Pasha parece estar segurando a risada.

— Oi é um bom começo.

Shenise suspira.

— Talvez tenha mais sucesso se não agir como um ratinho assustado.

Respiro fundo, ajusto a barra do vestido e finjo me recompor. Então, como se tivesse encontrado uma reserva secreta de coragem dentro de mim, endireito os ombros e me afasto do balcão.

Ele acompanha cada um dos meus movimentos com o olhar. Não estou tentando andar de forma sedutora, mas ele me observa como se quisesse me devorar.

Quando chego até ele, dou uma olhada rápida para a mesa ao lado, a qual três soldados estão sentados. Eles me encaram com curiosidade antes de voltarem à conversa em tom baixo.

Olho para Cross.

— Você queria falar comigo?

— Sim. — Seus olhos brilham com um interesse descarado. — Sente-se. Tome uma bebida comigo.

Estou prestes a me acomodar na cadeira ao seu lado quando ele balança a cabeça, rindo baixo.

— Aí não, lindinha. — Ele dá um tapinha no próprio joelho. — Aqui.

Ouço os soldados rindo atrás de mim. Hesito por um instante. Quando olho para o bar, vejo Shenise me observando como um falcão.

Engolindo um suspiro, me sento no colo dele.

Quando meu vestido sobe um pouco, ele põe a mão na minha coxa nua, do lado sem as queimaduras. A parte inferior das cicatrizes na outra perna fica visível, um pedaço de pele rosada e marcada aparecendo por baixo do vestido. Percebo os soldados olhando e puxo o tecido para baixo, ignorando a vergonha queimando meu rosto.

— Melhor? — Tento manter a voz firme, mas nós dois ouvimos o tremor que escapa.

— Muito melhor. — As palavras dele são como um carinho, suaves e tentadoras.

Cross envolve minha cintura com seu braço forte, me puxando para mais perto.

— Como você se chama?

— Gilly. E você?

Ele não responde. Em vez disso, pega o copo. Meu rosto está tão perto do dele que consigo sentir o cheiro do álcool quando ele dá um gole. O líquido pálido umedece seu lábio inferior, e quando ele passa a língua para absorvê-lo, lembro da sensação daquela boca explorando a minha.

— Me conte mais sobre você, Gilly.

Repito a mesma história que disse a Shenise sobre minha transferência de G. Que trabalho na Administração. Que sou nova na cidade. Que não conheço ninguém.

Durante toda a conversa, ele toca minha perna. Acaricia meu joelho. Aperta minha coxa sobre o tecido fino do vestido.

E cada toque me leva ainda mais a um estado inquietante de desejo. Sinto como se fosse explodir de dentro para fora.

Não sei qual papel devo interpretar. Estou aqui em busca de trabalho, basicamente me oferecendo como prostituta, mas também preciso parecer nova nesse tipo de serviço, uma garota ingênua vinda dos setores. Olho para o bar.

Shenise não parece impressionada com minha atuação. Merda.

Os jovens da mesa ao lado arrastam as cadeiras para trás. Quando passam por nós, acenam com respeito para Cross, e um deles murmura:

— Capitão Redden.

— Redden? — repito, surpresa.

Ele assente, abrindo um sorriso.

— Você é parente do General?

— Sou filho dele.

Cruzamos olhares por um instante, e o jeito como me observa é como um toque físico.

Com um leve sorriso, ele passa a mão pelo ouvido e murmura:

— Desativar comunicação.

Ele acabou de desligar nosso canal.

O que significa que não estamos mais transmitindo para o Comando quando ele se inclina e murmura no meu ouvido:

— Eu estava errado antes. Você daria uma ótima prostituta, Pombinha.

Meu corpo enrijece. Queria poder socar a cara dele. Em vez disso, faço carinho. Ele se retesa, quase imperceptivelmente, quando deslizo os dedos ao longo de sua mandíbula, sentindo a aspereza da barba por fazer sob minha pele. Então, um sorriso discreto se forma no canto de seus lábios. A covinha aparece, e uma onda de satisfação me invade ao perceber que fui eu quem a fez surgir.

— A bartender disse que você vem aqui com frequência — comento, erguendo uma sobrancelha. — Não achei que fosse do tipo que paga por isso.

— Por bebidas? — Ele ergue o copo. — Não posso simplesmente chegar e roubar.

— Você nunca subiu?

— Não. — Ele parece se divertir. — E se tivesse subido?

— Se isso te satisfaz, beleza.

— Sou fácil de agradar — ele diz, os lábios roçando minha orelha.

Por um momento, me perco na sedução inebriante desse jogo. Na ilusão de que quero estar no colo dele. De que estou aqui para entretê-lo.

O calor que emana dele atravessa o tecido do meu vestido. Suas mãos encontram minha cintura, puxando-me ainda mais para perto. A proximidade é insuportável.

Com o coração acelerado, aproximo a boca do seu ouvido e sussurro:

— Quanto tempo preciso ficar sentada aqui?

— O tempo que eu quiser — ele sussurra de volta.

Minha mandíbula se contrai. Eu me forço a relaxar, com um sorriso hesitante. Um sorriso doce e educado, bem ao estilo de Gilly. Mas o jeito que ele me olha não tem nada de doce ou educado.

Enquanto ele desliza a mão pela minha coxa, seu olhar se fixa no meu rosto, e percebo um brilho de espanto ali.

— O quê?

— Seus olhos... Essa cor. É como... — Ele para, pensativo. — Ouro líquido — completa. — Com faíscas de sol dançando dentro.

Não consigo deixar de rir.

— Mais cedo, tentei descrever um copo de uísque puro e disse algo parecido. Acho que o uísque é mais impressionante.

— Não. Não é.

Minha respiração falha por um instante.

— Aposto que todos os garotos de Z faziam fila pra ficar com você, só pra poder sentar e fitar esses olhos.

— Que nada. Eles viviam me zoando por causa deles — confesso.

— Até parece. Por quê?

— Acho que, dependendo da luz dentro da escola, meus olhos ficavam completamente amarelos. Quando eu tinha doze anos, um garoto, Oden, cismou que eu era uma bruxa.

Cross sorri, e é uma visão e tanto.

— Uma bruxa.

— Aham. Estávamos no meio de um módulo sobre mitologia na escola, aprendendo sobre bruxas, lobisomens e criaturas sobrenaturais, e a professora projetou a imagem de uma mulher assustadora com olhos amarelos brilhantes, lançando um feitiço em um homem indefeso. Oden e os amiguinhos insuportáveis dele começaram a gritar *bruxa!* sempre que eu entrava na sala. — Resmungo ao lembrar. — No começo, isso me incomodava muito. Não entendia por que estavam sendo tão cruéis com algo que eu não podia controlar. Mas aí — dou de ombros — minha melhor amiga, Tana, me incentivou a aceitar isso. Ela dizia que bruxas eram mulheres poderosas, independentes e que não se curvavam às expectativas da sociedade. Então, quando fui para a escola de novo e ele gritou *bruxa*...

— Você encheu ele de porrada.

Fico boquiaberta. Uma risada ameaça escapar.

— Como você adivinhou?

Ele passa os dedos pelo meu queixo, deixando um rastro de arrepios.

— Porque eu acho que, mesmo aos doze anos, você já era uma força da natureza, Pombinha.

Ele acaricia minha bochecha em um toque leve como pluma. Os segundos parecem se estender, a tensão sexual entre nós se sustentando como um fio prestes a se partir.

— Chega de falar de mim — solto de repente. — Agora me conta mais sobre você, capitão. Você gosta do seu pai?

A mudança brusca de assunto o pega de surpresa.

— Que tipo de pergunta é essa?

— Só curiosidade. Você nunca fala dele.

— Não tem muito o que dizer.

— Então a resposta é não.

— Não disse isso. — Ele se inclina para pegar o copo, o corpo se aproximando do meu, o cheiro amadeirado dele me envolvendo.

Fico um instante em silêncio, pensando.

— Acho que eu não ia querer que o General fosse meu pai.

— Por quê?

— Pressão demais. Ele comanda o Continente. Um homem assim deve esperar excelência dos filhos.

Cross aperta minha coxa. Não sei se é um aviso ou um reflexo dos seus sentimentos em relação ao General.

— E o restante da sua família? — pergunto quando ele não responde. — Você gosta dos seus irmãos?

— Roe é um merda.

— Difícil discordar disso — digo, e Cross ri baixinho. — E o outro? Trevor? Travis?

— Travis. Ele é... muito determinado.

— Interessante.

— O quê?

— De todas as palavras que poderia ter usado, você escolheu essa. — Dou de ombros. — E sua mãe?

— Chega de papo-furado.

Sinto uma pontada de decepção. É raro Cross se abrir, e eu quero saber mais.

Ou talvez não queira. Já é ruim o bastante estar atraída pelo meu inimigo. Talvez seja melhor não enxergar esses lampejos de humanidade nele.

É difícil me concentrar com essas emoções conflitantes brigando dentro de mim. Eu não estaria passando por isso se Hadley estivesse me supervisionando. Por outro lado, a ideia de ter que sentar no colo dele me dá náuseas.

Prefiro o colo de Cross.

Até demais.

Desviando o olhar, ele toca o ouvido para reativar o comunicador. Então, antes que eu possa piscar, ele desliza a mão para debaixo da minha saia e sua boca encontra meu pescoço.

Um arrepio percorre meu corpo. Uso toda a minha força de vontade para não gemer quando seus lábios percorrem a linha do meu pescoço. Beijando. Provando.

— Gostosa pra caralho — ele murmura. Ele sobe os beijos pelo meu pescoço até a minha orelha, então diz: — Agora me empurre. Diga que não consegue fazer isso, que não está pronta pra esse tipo de trabalho, e saia.

Mas eu não quero. É tão bom aqui no colo dele. Ele é quente, musculoso, e está beijando meu pescoço. Quero ficar aqui para sempre, e me odeio por isso.

— Vá para a área de reagrupamento e retorne à base.

Ele me segura pelo queixo e vira meu rosto na direção do dele, a boca a milímetros da minha.

— Me empurre.

Dou um tapa no rosto dele e me afasto de seu colo às pressas.

Seus olhos brilham de fúria.

— Volta aqui!

— Desculpa. — Agarro minha bolsa e corro até o bar, onde Shenise está. — Desculpa — digo a ela, angustiada. — Não consigo fazer isso. Não consigo. Não sou... Talvez um dia, mas hoje, não. Hoje, não dá.

Não dou tempo para ela responder. Giro nos calcanhares e saio do bar conforme foi ordenado. Meus saltos batem contra o asfalto enquanto sigo para o beco de onde vim. O carro preto ainda está lá, esperando.

Nem sei qual era o objetivo dessa missão. Se fui bem ou não. Só sei que meu corpo ainda está pegando fogo com o toque de Cross.

Quando entro no banco de trás do carro, ouço a voz dele no meu fone de ouvido:

— Pombinha. Venha ao meu escritório para o relatório.

32

Espero no escritório dele.

Já está tarde. Quero vestir meu pijama e ir para a cama. Quero desligar meu cérebro e parar de ficar obcecada pelas reações traiçoeiras do meu corpo a ele.

Mas sua majestade, o Capitão Cross, quer um relatório.

Ando pelo espaço amplo, nem um pouco constrangida em bisbilhotar. Não há objetos pessoais sobre a mesa dele. Apenas uma holotela e um tablet. A mesa de reuniões estava uma bagunça nas últimas vezes em que estive aqui, mas esta noite há pouca coisa sobre ela, apenas uma pilha de mapas.

Mapas de *papel*, o que acho fascinante. No centro da mesa há um projetor, então presumo que também usem holomapas, mas o simples fato de haver qualquer coisa feita de papel aqui já me parece estranho.

Cross não parece ser do tipo que curte a Era Antiga. E embora eu também não seja, nem de longe, admito que seria incrível ter um livro de papel. Folhear páginas de verdade, sentir o toque delas. Conseguir qualquer produto de papel é praticamente impossível, a menos que você esteja disposto a pagar uma fortuna. A Última Guerra destruiu grande parte do planeta e, mais de um século depois, a madeira ainda é um recurso escasso. As árvores replantadas não crescem como deveriam. Há "florestas" inteiras a leste da Floresta Sombria que mais parecem um mar de gravetos frágeis.

A porta se abre.

Cross me vê encostada na mesa de mapas. Ele observa minhas pernas nuas, desce o olhar até meus tornozelos, até os saltos baixos presos aos meus pés. Depois sobe até o meu decote. Percebo que uma das alças do meu vestido está caindo pelo ombro e a ajeito. Ele acompanha esse movimento também.

— Você mandou bem — diz, me surpreendendo com o elogio.

— Sério? Porque estou com a sensação de que não fiz nada. — A autocrítica pesa sobre mim. — Pedi um trabalho e estraguei tudo.

— Você fez exatamente o que deveria fazer.

— Mas Ford disse que o objetivo era conseguir o trabalho.

— Não, o objetivo era especular sobre ele. Criar um contato. Você não ia conseguir esse emprego hoje à noite, Wren.

Meu coração dá uma leve acelerada quando ele diz meu nome.

— Shen não é burra. Ela não vai colocar uma desconhecida no círculo íntimo dela assim, do nada.

— Ah.

— Ah? — Ele me olha como se estivesse se segurando para não rir. — Não vai argumentar?

— Não. Você está certo.

— Repete isso. *Você está certo.* Quero ouvir de novo.

— Nunca — prometo.

Ele relaxa, tira a arma do coldre e a coloca sobre a mesa. Depois vem até mim. Para a menos de um metro de distância. A tensão entre nós é densa e palpável, como uma tempestade prestes a cair.

— Você é perigosa — murmura.

Mais do que ele imagina.

Dou uma risada baixa.

— Acho que o perigoso aqui é você.

— Eu sou mesmo — ele concorda. — Principalmente agora.

— O que tem de tão especial agora?

— Seu vestido. Seus olhos. — Cross observa meu corpo antes de voltar a olhar para o meu rosto. — Esse corpo se esfregando em mim a noite toda. Me provocando.

— Parecia que era você quem estava se esfregando. E me provocando.

— Você gostou.

— Não. Eu estava interpretando um papel. Fiquei imaginando Jordan, da Cobre, o tempo todo.

Ele solta um rosnado. Um som de exasperação tingida de raiva. Mas logo abre um sorriso arrogante.

— Que pena que você não vai poder vê-lo de novo.

Estreito os olhos.

— Não ficou sabendo? Jordan foi enviado em uma missão de última hora. Está indo para o Posto Vermelho. Ninguém sabe quando ele volta. A missão pode durar meses. Anos, até.

Fico boquiaberta.

— Você mandou ele embora?

— Mandei.

— Por quê?

— Porque ele encostou em você hoje de manhã.

Eu não deveria me sentir atraída por homens assim. Possessivos. Convencidos. Implacáveis. Mas a ideia de que consegui despertar ciúme nele me provoca um arrepio de excitação.

— Você estava com ciúmes — digo.

— Estava. E não gosto de me sentir assim.

— Sinto muito.

— Não, você não sente.

— Você tem razão. Não sinto.

Seguro firme na beirada da mesa com as duas mãos e ergo meu corpo, me sentando nela. Cross olha para a barra do meu vestido, que subiu um pouco.

— Como você se queimou? — pergunta de repente, me pegando de surpresa.

— Uma panela de água fervente caiu em mim quando eu era criança. Foi um acidente.

— Deve ter doído muito. — Ele soa estranhamente gentil.

— Foi insuportável.

Ele assente, sem desviar os olhos de mim. Seu olhar passa das minhas coxas para a curva dos meus seios sob o decote.

Gosto da forma como ele me olha. Sei que não deveria, mas não consigo evitar. Meu coração nunca bateu tão forte por ninguém.

Um gemido baixo escapa de sua garganta.

— Darlington.

— O quê?

— Estou tão louco por você que não consigo mais pensar direito.

Conheço bem essa sensação.

— Achei que você não se envolvesse com recrutas — lembro a ele.

— E não me envolvo.

Ele se aproxima, até restar apenas um braço de distância entre nós. Se quisesse, poderia estender a mão e tocá-lo. Poderia puxá-lo para mim e ceder ao desejo palpável. Desejo *mútuo*, porque, se a tensão estampada no rosto dele significa alguma coisa, é que ele sente a mesma vontade sufocante que eu.

— Nunca coloquei meu cargo em risco por causa de uma transa. — Ele passa a mão pelo cabelo, afastando os fios da testa. — Não sinto ciúmes de um zé-ninguém de merda da Cobre.

Mordo o lábio para não rir.

— Quis arrancar a mão dele por ter encostado em você. Quero arrancar os olhos do Sutler por ter olhado pra você.

O brilho selvagem nos olhos dele faz meu coração disparar de novo. Eu me lembro da sensação incômoda no peito quando invadi o quarto dele e o encontrei na cama com a srta. Cabelos Brilhantes.

E começo a me perguntar... talvez seja melhor resolver isso de uma vez. Encarar a tensão, ceder a ela e deixar que passe. Aí, quem sabe, eu consiga usar meu cérebro de novo sem ficar pensando nesse cara o tempo todo.

— Uma vez — solto de repente.

Ele se retesa.

— Uma vez o quê?

— Vou deixar você me ter uma vez. Só uma. Aqui e agora.

O calor explode nos olhos dele.

— E depois que eu sair por aquela porta, acabou. É pra matar a vontade. E não vai acontecer de novo.

O silêncio se instala enquanto Cross considera minha proposta. Eu daria qualquer coisa para que ele não me afetasse assim. Mas, por mais que tente, não consigo ignorar essa atração magnética, o jeito como seu olhar desmonta minhas defesas.

Por um instante passageiro, me render parece inevitável.

Passo a língua pelos lábios. E isso basta. Ele avança, empurrando minhas coxas para abrir espaço, se encaixando entre elas. Enfia a mão no meu cabelo, puxando os fios castanhos e inclinando minha cabeça para trás com firmeza.

Arquejo, meus dedos se agarram à camisa dele, meu corpo se curva contra o dele, implorando em silêncio por mais. Um sorriso discreto surge em seus lábios quando ele me puxa para mais perto, as mãos deslizando pela minha coluna em um movimento lento, preguiçoso, que contrasta com a chama intensa de seu olhar. Ele se inclina, a boca se aproximando da minha, provocando, em um movimento dolorosamente devagar que me faz soltar um gemido impaciente.

O sorriso dele aumenta.

— Pare de me provocar — resmungo.

A respiração dele se mistura à minha quando nossos lábios se roçam em uma carícia fugaz. Enquanto isso, ele continua explorando meu corpo com as mãos, deslizando-as pela minha cintura, arranhando meus braços. Cada toque faz faíscas arderem sob minha pele. Mas não é o bastante. Quero mais.

Com um resmungo impaciente, puxo sua camisa e o beijo. Com força. Com urgência.

— Você venceu — ele murmura antes de me beijar do jeito que exijo ser beijada.

Sua língua é quente e habilidosa, deslizando sobre a minha, arrancando um gemido da minha garganta. Ele engole o som desesperado e aprofunda o beijo até transformá-lo em algo bruto, selvagem. Cross mordisca meu lábio inferior antes de sua língua gananciosa voltar a invadir minha boca.

A intensidade do beijo me deixa sem fôlego. E suas mãos não ficam paradas enquanto ele acaba comigo com os lábios. Ele acaricia meus seios por cima do vestido, apertando, provocando. Meu sutiã é tão fino que seus polegares não encontram resistência para brincar com meus mamilos, que endurecem sob seu toque, latejando.

Gemo contra os lábios dele, que afasta a boca para dizer:

— Diz pra eu não parar.

Eu não conseguiria parar nem se quisesse. Qualquer pensamento racional desaparece da minha cabeça. O mundo se dissolve ao meu redor, e tudo o que resta em mim é um desejo único por *mais*. Eu quero mais.

— Não para — sussurro.

Sem aviso, sou tirada da mesa e colocada de pé, girando no ar antes de ser inclinada para a frente. Cross agarra o tecido do meu vestido com uma das mãos, puxando-o para cima até expor minha pele. Sua palma quente desliza suavemente pela curva da minha bunda.

Um arrepio percorre minha pele quando ele desliza a calcinha pelas minhas pernas. Eu a chuto para longe, prendendo a respiração, esperando o próximo movimento.

Ofego quando suas mãos voltam, apertando minha bunda.

— Perfeita — ele murmura, rouco. — Eu quis isso desde o segundo em que você ficou debaixo de mim na estalagem. — Ele se pressiona contra mim, e sinto cada centímetro seu. — Devia ter transado com você ali mesmo.

— E quem disse que eu queria? — Minha voz sai mais ofegante do que eu pretendia.

— Queria, sim. Se eu tivesse feito isso... — Ele desliza a mão entre minhas pernas, e meu corpo inteiro se contrai. — Você teria me impedido? — Ele me provoca, acariciando a carne quente e inchada que clama por ele. — Ou teria implorado por mais?

Ele enfia um dedo dentro de mim, e não contenho um gemido.

Ele ri, satisfeito.

— Você teria implorado — conclui.

Ele enfia mais um dedo, empurrando-os para dentro em um ritmo lento e torturante. Seus lábios encontram meu ombro, beijando, provando, e quando ele crava os dentes na minha pele, uma onda de prazer misturada à dor me faz arfar. Eu me empurro contra seus dedos exploradores, querendo mais. Meu corpo pulsa em um pedido silencioso por alívio.

— Gosto de você assim — ele provoca, sua voz quente contra a minha nuca. — Curvada. À minha mercê.

Engulo em seco, sentindo a boca salivar.

— Tem câmeras aqui?

Cross ri baixinho.

— Não. — Ele tira os dedos, acariciando minha entrada. — Mas por Deus, como eu queria que tivesse.

Estou entorpecida demais para responder. O prazer dança pelo meu corpo a cada vez que aqueles dedos habilidosos me preenchem. E, a cada vez que se afastam, tremo de desespero. Ele prolonga a tortura, movendo os dedos para dentro e para fora, sem pressa, insuportavelmente, e quando não aguento mais, me viro e rosno para ele:

— Para. De. Provocar.

— Me obrigue.

Maldito arrogante. Agarro a barra da camisa dele e a puxo para cima, praticamente arrancando-a de seu corpo. Sua pele brilhante, os músculos definidos e tensos, quase me fazem gemer de novo. Passo as mãos sobre seu peito, e ele solta um suspiro rouco, tomando uma delas. Seus dedos se fecham ao redor dos meus. Com força. Por um segundo, penso que ele vai me impedir de tocá-lo.

Ele faz o contrário.

Com os olhos fixos nos meus, ele arrasta minha mão pelos contornos definidos do abdômen até chegarmos à cintura de sua calça.

— Abre minha calça.

Meu Deus. Ele é exatamente o que eu esperava. Autoritário. Intenso. Continuamos nos olhando nos olhos enquanto abaixo seu zíper e enfio a mão em sua calça, encontrando seu membro grosso, quente e pulsante. Quando o envolvo com os dedos, vejo o primeiro sinal de que Cross não está tão no controle quanto finge. Seu pescoço se move quando ele engole pesado. O peito se ergue em uma respiração entrecortada. Aperto a mão ao redor dele, que responde empurrando o quadril contra meus dedos.

Aprecio o som rouco e desesperado que ele faz quando o solto, mas só para tirar meu vestido e abrir o sutiã. O olhar quente de Cross devora cada centímetro da minha pele nua, e ele sobe uma das mãos para brincar com meu seio, provocando meu mamilo. Com a outra, empurra a calça para longe.

Eu o seguro de novo, a expectativa crescendo dentro de mim, inchando, latejando. Seu olhar desce até o ponto entre minhas coxas, para o lugar onde mais o quero. Suas pálpebras pesam. Ele lambe o lábio inferior. Então, com um sorriso de canto, ele afasta minha mão e assume o controle, guiando o pau entre minhas pernas e enfiando a cabeça grossa.

Nós dois gememos com o primeiro contato. Cross me observa, me ajustando a ele, os lábios pairando sobre os meus, e quando os entreabro para puxar o ar, ele me beija de novo. Quente e faminto, enquanto seus quadris avançam. Enquanto ele me preenche, de novo e de novo. Fundo. Forte.

Enlaço as pernas ao redor de sua cintura e me preparo para o que vem. Ele é tão gostoso, mas ainda não é o suficiente. Preciso de *mais*. Sempre mais. Empurro os mapas que cobrem a mesa e me apoio nos cotovelos, puxando-o comigo.

Ele ri, satisfeito, e cobre meu corpo com o dele, me pressionando contra a madeira. Ele me fode com mais força, investindo os quadris com precisão, o rosto enterrado na curva do meu pescoço. Os sons que ele solta fazem meu sangue arder, me fazem tremer. Gemidos roucos contra minha orelha. A respiração pesada. Um grunhido abafado quando arranho suas costas musculosas.

— *Isso* — ele geme.

E de repente, me lembro dele me provocando semanas atrás.

Gosto de pegar pesado.

Então o arranho de novo e saboreio o jeito como ele estremece.

Meu entusiasmo vacila quando ele passa a palma da mão sobre as cicatrizes grossas e irregulares que cruzam a minha coxa. A insegurança me atinge, e eu guio sua mão para minha outra coxa. Lisa, sem marcas.

— Esta aqui é mais gostosa de tocar — digo baixinho.

— Cada parte do seu corpo é gostosa de tocar — ele sussurra no meu ouvido.

Seus lábios tomam os meus mais uma vez, enquanto ele reduz o ritmo. Pontadas de prazer percorrem meu corpo como eletricidade estática. Por um momento impulsivo, me sinto tentada a abrir um caminho e checar se o escudo dele está abaixado, procurar uma brecha e me infiltrar, descobrir se ele está dizendo a verdade, se isso é tão bom para ele quanto é para mim. Mas descarto o impulso. Mesmo que a mente dele estivesse aberta e eu pudesse lê-la, acho que não ia querer saber. Eu só quero *sentir.*

— Estou perto — aviso, erguendo o corpo para encontrar seus movimentos.

— É? — Ele beija meu pescoço de novo. — Deixa que eu te levo lá.

Ele desliza os dedos hábeis entre nossos corpos, encontrando o ponto sensível que pulsa no mesmo ritmo do meu coração. Ele o massageia em círculos, enquanto continua se movendo, o pau se afastando antes de me preencher de novo, fundo. O formigamento começa no meu centro, me provocando, formando um nó, cada vez mais apertado até que a tensão se torna insuportável.

No instante em que a língua de Cross invade minha boca, no instante em que ouço seu gemido, o nó explode em uma onda avassaladora de prazer. Grito, cerrando os olhos enquanto o orgasmo me despedaça. Tenho uma vaga consciência dos dedos dele cravados em meu quadril, do gemido baixo que escapa quando ele alcança o próprio clímax.

Nós dois respiramos com dificuldade. Seu corpo desaba sobre o meu enquanto ficamos ali, nus, sobre a mesa, nos acalmando dessa euforia.

Uma euforia que evapora tão rápido que me atordoa.

O que foi que eu fiz?

Ele é filho do General.

A onda de vergonha que me invade é tão repentina que sinto vontade de chorar. Uma coisa é ser imprudente. Outra coisa é isso.

Não estou preocupada com uma gravidez. Todas as cidadãs em idade fértil recebem injeções anuais, um protocolo que o General implementou há mais de uma década. Precisamos informar à Companhia quando quisermos formar uma família. Eu me preocupo com o meu julgamento. Com a minha moral. Com a porra da minha alma.

O que caralho...

... eu fiz?

Eu me sinto enjoada de repente. E fico ainda pior quando ele sai de mim, e outra onda de prazer me atravessa. Fico vazia sem ele. E sinto o desejo crescendo de novo.

— Wren.

Ele quase nunca diz meu nome, então ouvir sua voz rouca me pega de surpresa.

— Eu te machuquei? — Ele soa rouco, com uma expressão preocupada.

— Não. Está tudo bem.

Desço da mesa, apressada, procurando minhas roupas espalhadas. Ele me observa por um instante enquanto me visto, então pega a própria calça. Faço o possível para não olhar para ele. Não posso me distrair com seu corpo nu. Não posso me permitir... *querer* de novo.

— Eu estava falando sério — digo para ele.

— O quê?

— Quando eu sair por aquela porta, isso não vai acontecer de novo. Então, espero que você tenha matado a vontade.

— Você matou? — Ele inclina a cabeça, pensativo.

Olho nos olhos dele e respondo:

— Sim.

Quando volto para os alojamentos, vou direto para o banheiro. Eu deveria tomar um banho, mas não quero tirá-lo de mim. Ainda sinto o gosto dele.

Levo um susto ao ver Bryce nas pias. Ela trocou o vestido curto por uma camisa de dormir branca de manga longa e uma calça cinza de algodão.

Ela olha para o meu reflexo no espelho.

— E aí, como foi?

Faço que sim com a cabeça.

— Bem. E você?

— Foi... — Ela sorri. — Incrível.

Engulo em seco e desvio o olhar.

— Sim. Foi mesmo.

FASE 6

Instrutor — Ford (ST), Redden (CAP)

Estudante — Wren Darlington, R56

Aula — OSEs

Missão — Operação Secreta no Refúgio

Objetivo — Estabelecer contato com o alvo e perguntar sobre trabalho

Nota — APROVADA

OBSERVAÇÕES DO INSTRUTOR

Darlington tem ótimo instinto em campo. Sabe seguir ordens, mas não hesita em assumir o comando quando necessário. Mandona às vezes, mas sabe quando ceder o controle. — CR

33

— Esta é a sua zona de partida — diz Ford alguns dias mais tarde, apontando para a holotela. — E estes dois corredores aqui... são a zona de perigo. Você não vai querer estar lá quando o cronômetro zerar.

O exercício de hoje se chama Soldado Caído. Estou fazendo dupla com Lyddie, e teremos que executá-lo duas vezes. Na primeira, eu estarei ferida, e ela precisará me levar para um local seguro. Na segunda, trocamos de papel.

Queria conseguir me concentrar, mas só consigo pensar em Cross Redden dentro de mim. Seus dentes cravando meu ombro enquanto ele gozava.

Me sinto retesar inteira, e engulo um palavrão, afastando a lembrança. Jim sempre me disse para não ficar remoendo meus erros.

— A carga que vocês prepararam vai explodir exatamente quarenta e seis segundos depois que eu der o sinal. O inimigo lançou algumas bombas de fumaça no corredor, então a visibilidade será baixa. Ah, e vocês não podem carregar o colega.

— Você quer que a gente faça o quê? Arraste nosso colega pelo chão? — pergunto, irritada.

— Faça o que for preciso. Só se certifiquem de estar fora da zona de perigo antes de a carga explodir.

Parece bastante simples. Só que, quando seu colega é um peso morto e você tem menos de um minuto para concluir a missão, a coisa fica bem mais complicada. Somado a isso há uma fumaça tão densa que não é possível enxergar um palmo à frente, dois corredores para atravessar antes de alcançar a zona segura e pronto, o exercício se torna praticamente impossível.

Quando chega a vez de Lyddie, não conseguimos nem avançar um metro e meio antes de o cronômetro zerar.

Falhamos.

Trocamos de papel e voltamos para a zona de partida. Assim que Ford rosna um "Vai" no meu fone de ouvido, entramos em ação, mergulhando no corredor tomado pela fumaça. Lyddie se joga no chão, assumindo o papel de Soldado Caído.

Não faço ideia de para onde estou indo. Não enxergo porra nenhuma. Vou precisar tatear a parede enquanto arrasto Lyddie e, ao mesmo tempo, tento encontrar a rota de fuga. Uma coisa é ver os dois corredores projetados na holotela; outra bem diferente é atravessá-los completamente às cegas. Mal passamos pelo primeiro corredor quando percebo no visor no meu pulso que temos apenas catorze segundos restantes.

A fumaça fica cada vez mais espessa, dificultando a respiração, mas me recuso a desistir.

— Vamos — incentivo Lyddie.

— Não vamos conseguir, Wren.

O cronômetro chega a zero.

Falhamos.

No refeitório, mais tarde, ouvimos alguns colegas comentando sobre o exercício. É a mesa de Bryce, e Ivy está lá. Como ela não está acompanhada da Brigada Psicopata, me sinto bem mais à vontade para me intrometer na conversa.

— Como você sabe disso? — pergunto.

Ivy me lança um olhar desconfiado.

— Sei o quê?

— Acabei de ouvir Bryce dizer que há duas missões com aprovação obrigatória. Como você sabe que Soldado Caído é uma delas?

— Porque eu já passei pelo Programa — responde ela, seca.

— Você chegou até o fim? — Por algum motivo, presumi que ela havia sido cortada logo no começo.

— Cheguei — responde Ivy, tensa.

— E você falhou no Soldado Caído?

— Não. — Seus olhos claros brilham; ela está se divertindo. — E também não falhei hoje.

— Espera, você passou?

— Todos nós passamos — Bryce se intromete com um sorriso convencido.

— Mas nenhum de vocês tirou seus parceiros de lá — resmungo.

— Sabe... — começa Ivy —, você passa a impressão de ser uma cretina insensível...

— Obrigada.

— ... e ainda assim, tem tanta compaixão que é patético.

— Como assim?

— Eles deixaram bem claro desde o primeiro dia o que pensam sobre compaixão. Vocês não deveriam chegar à zona segura, pelo menos não as duas pessoas. Era para você deixar seu parceiro para trás — explica ela com um tom condescendente.

Droga. Faz sentido. Parece algo que o Comando incentivaria. Os oficiais daqui adoram promover a unidade... até fazerem o contrário. E então, de repente, é cada homem e mulher por si.

Imagino que seja por isso que todos da mesa da Brigada Psicopata estão de bom humor hoje. Nenhum deles hesitou em abandonar o parceiro.

Mas não consigo fazer isso.

No dia seguinte, repetimos o teste. Dessa vez, a minha dupla é Kaine, e olho para ele com determinação enquanto esperamos nossa vez.

— Tem que ter um jeito de passar sem ter que abandonar seu parceiro.

— Você pode me abandonar — ele sugere. — Não vou me ofender.

Claro, eu poderia fazer isso só para marcar esse exercício como concluído no meu dispositivo, mas gosto do desafio. Sinto que posso passar nesse teste. Não posso carregá-lo, e arrastá-lo seria difícil demais, mas *tem que* ter um jeito de vencer.

Não tem jeito.

Mesmo depois de memorizar o percurso e contar os passos exatos entre a zona de partida e a zona segura, não há tempo suficiente para completar esse maldito exercício.

Quando recebemos a ordem de trocar de papel, meu querido amigo Kaine não pensa duas vezes antes de me abandonar assim que começa. Ele dá um beijo estalado na minha bochecha e diz:

— Foi um prazer te conhecer, boiadeira. — E, então, o desgraçado dispara para longe.

Lyddie segue o exemplo e larga Kess para trás, mas isso mal parece um problema para ela. E, com a informação privilegiada de Ivy se espalhando pela Célula Preta, todos os nossos colegas fazem o mesmo, abandonando seus parceiros sem pestanejar.

Só uma recruta é reprovada no teste. Adivinha quem.

Não me surpreendo quando sou chamada ao escritório de Cross mais tarde.

A essa altura, conseguiria chegar lá de olhos vendados. Meus passos ecoam pelo caminho polido que leva ao prédio ao lado do centro de treinamento. Depois de alguns corredores, chego à porta já conhecida. CAPITÃO DE OPERAÇÕES.

Ela se abre com um zumbido antes que eu possa bater.

Minha respiração falha ao entrar. Ele está encostado na mesa, vestindo uma camisa preta e calças camufladas. Não o vejo desde a noite em que fizemos a OSE juntos, a noite em que fez meu corpo pegar fogo como ninguém tinha feito antes.

Engulo em seco, afastando a lembrança. Me blindando contra ela.

— Você só tem mais uma chance no Soldado Caído — ele informa.

Fico confusa. Por algum motivo, esperava que ele mencionasse o que aconteceu. Neste escritório. Naquela mesa. Olho para o lugar, e quando ele percebe, um sorrisinho surge no canto de sua boca.

— Amanhã é sua última oportunidade — acrescenta.

— Não vou deixar meus amigos para trás — reclamo. — Coloque Kess como minha dupla. Melhor ainda, Anson. Eu adoraria dançar sobre o corpo dele ainda vivo até o final do percurso.

— Esse não é o objetivo. Não é para ser fácil abandonar seu parceiro.

Olho para ele com um desafio evidente no rosto.

— Em todos esses meses que você me conhece e considerando o tanto de tempo que passo neste maldito escritório, me surpreende que ainda não tenha percebido o que realmente importa pra mim.

Ele ergue uma sobrancelha.

— É mesmo? E o que importa pra você?

— Lealdade.

Ele dá uma risada irônica.

— Você acredita, de verdade, que alguma dessas pessoas é leal a você?

— Algumas delas.

Tenho certeza absoluta de que Lyddie é. Kaine também. Sim, ele me deixou para trás hoje no corredor, mas sei que, em uma crise real, ele jamais faria isso.

— Acho que é fácil abandonar o parceiro quando o exercício é falso, mas não estamos aqui para treinar algo falso. Estou pensando no que eu faria se estivesse enfrentando essa situação na vida real. — Dou de ombros. — E sei que nunca deixaria um colega pra trás. Não se eu tivesse respeito ou carinho pela pessoa. Sei que você acha que compaixão é fraqueza...

— E *é* fraqueza — ele me interrompe, direto. — E, nesse cenário, é o que vai te matar.

— Então eu morro com um amigo. Pelo menos ele não precisa morrer sozinho.

— Sabe o que eu acho? — Ele se aproxima. — Acho que essa sua confiança está mal direcionada. Essa honra que você acredita ter. Agora é fácil bancar o herói, porque o perigo *é* só uma simulação, mas sua escolha pode ser bem diferente quando sua vida estiver de fato em risco. Quando o instinto de sobrevivência falar mais alto.

— Talvez. Mas aqui, *nesta* situação, com essas variáveis, eu não vou fazer. Vou repetir seu exercício amanhã, mas não consigo me imaginar fazendo uma escolha diferente.

— Mesmo que isso signifique ser eliminada?

A dúvida me atravessa como uma lâmina. Sou a pessoa mais teimosa que conheço. Se for pareada com Lyddie ou Kaine amanhã, não sei se consigo deixá-los naquele corredor.

Mas também prometi a Adrienne e à Rebelião que chegaria à Elite.

Será que vale a pena arriscar meu lugar no Programa por causa de um único exercício ridículo? Se é isso que vai me impedir de chegar à Brigada de Prata, talvez precise deixar meus princípios de lado e comprometer minha honra.

Mas será que é mesmo honra? De verdade?

Honra foi meu tio Jim enfrentar o pelotão de fuzilamento sem piscar, sem implorar para não morrer. Honra foram meus pais infiltrando a Companhia para tentar melhorar a vida dos Modificados.

Sei exatamente o que Jim me diria agora: *Faça o que for preciso para sobreviver, passarinho.* Mas meus pais... suspeito que eles dariam um passo a mais. *Sobreviva para ajudar os outros a fazerem o mesmo.*

— Já acabamos por aqui? — pergunto a Cross.

— Não.

Era otimismo demais achar que ele me deixaria ir sem tocar no assunto.

— Penso em você antes de dormir.

Entreabro os lábios, chocada.

Ele se aproxima com passos firmes, determinado, a mandíbula tensa. Quando dou por mim, ele já está me puxando contra seu corpo. Me deixando sentir quanto está duro por minha causa.

— Penso nisso.

Ele passa a mão pela minha cintura, subindo pela lateral do meu peito, pelo meu colo, até que seus dedos alcancem minha nuca e se embrenhem no meu cabelo.

Encaro seus olhos azuis, cheios de desejo, e digo:

— Eu não penso em você nem um pouco.

Em vez de se ofender, ele gargalha de repente. Enrola uma mecha de cabelo nos dedos.

— Não estou acostumado com isso — admite.

— Com o quê?

— Ser a pessoa que perde o controle.

— Não estou acostumada a ser quem *está* no controle. — E começo a rir também.

Ele ergue as sobrancelhas, surpreso.

— O quê?

— É a primeira vez que ouço você rir.

— Não é verdade.

— Sem sarcasmo.

— Ah. Justo.

Seus lábios se curvam. Gosto de vê-lo sorrir. Gosto daquela covinha.

Mas é justamente esse calor gostoso que me puxa de volta para a realidade.

— A gente concordou que isso nunca mais aconteceria — lembro.

— Talvez devêssemos reconsiderar isso.

Devagar, ele me encosta na porta, me envolvendo com seu cheiro, provocando a pele nua do meu braço com a ponta dos dedos ásperos. Posso sentir a ereção dele, quente e feroz contra meu corpo.

E, meu Deus, como eu quero me entregar a isso, me perder no calor do seu toque.

— Ou... talvez a gente devesse manter o combinado — me forço a dizer.

Me desvencilho do toque dele e empurro a porta, deixando para trás sua expressão frustrada.

Mais tarde, no fim do dia, quando estou guardando meu dispositivo, percebo que houve uma atualização nas minhas notas. Clico para ver e descubro que minha nota no Soldado Caído mudou de REPROVADA para APROVADA. Fico me perguntando como ele vai explicar *isso* para os instrutores.

Reprimo o sorriso que ameaça surgir.

Compaixão é fraqueza, né? E o que isso faz dele, então?

Deixo o dia escorrer pelo ralo enquanto tomo banho sozinha, pensando em Cross e em como seria fácil me perder nele de novo. Meu corpo se lembra da sensação. Está faminto por senti-la de novo. Mas uma voz baixa no fundo da minha mente sussurra um aviso. Isso nunca daria certo. Nossas lealdades jamais seriam conciliáveis, e o que me assusta é que, toda vez que os lábios dele tocam os meus, eu simplesmente não me importo com isso.

Ao deslizar o sabonete pela coxa, sinto quando ele passa pela rede de cicatrizes rosadas e avermelhadas, elevadas e irregulares como o relevo acidentado de uma cordilheira sobre minha pele. Passo os dedos pelo contorno das cicatrizes, um lembrete claro e inegável do motivo pelo qual não posso me entregar a Cross de novo. Mesmo que eu quisesse esquecer quem sou e quem ele é, não posso. Meu próprio corpo não me deixaria.

Quando as luzes se apagam, me acomodo sob o cobertor e, para minha surpresa, pego no sono mais rápido do que o normal. Mas parece que se passaram apenas alguns minutos quando sou arrancada da cama bruscamente. Por instinto, procuro uma arma, mas não há nada ao alcance. Minha faca está no armário do banheiro.

Um grito fica preso na minha garganta quando sou arrastada para fora dos lençóis, os pés descalços tocando o chão frio. Ouço outros sons ao redor. Ofegos. Xingamentos sussurrados. Um grito agudo.

Então sinto uma picada afiada na lateral do pescoço e tudo escurece.

34

Não enxergo nada.

Nem mesmo minha própria mão quando a levanto para massagear as têmporas. Por um momento, me pergunto se estou de volta à Floresta Sombria. Essa escuridão sufocante parece uma viagem para casa. Mas não sinto o perfume das árvores. Da terra. Quando respiro fundo, o que invade minhas narinas é o cheiro de metal e graxa. Estou em um ambiente fechado. Mas onde?

Meu coração dispara. Estou deitada no chão, que parece ser de metal e coberto de sujeira. Passo a mão pelo braço para limpar a fuligem enquanto tento me sentar. Sinto o ar frio em meus braços e pés descalços.

Isso é algum tipo de exercício. Sei disso porque me lembro de pessoas ofegantes, gritando no alojamento. Duvido que um agente da Rebelião tenha simplesmente entrado e conseguido sequestrar toda a turma de treinamento. Também me lembro de ter lido a lista de fases quando o Programa começou. Passamos a semana inteira aprendendo táticas de interrogatório.

Isso deve ser para testar o nível de resistência.

Com dificuldade, consigo me virar de bruços. Minha cabeça lateja como se alguém tivesse tentado rachá-la com um martelo. Respiro fundo, e é nesse instante que percebo que não estou sozinha. Há outra pessoa respirando aqui comigo.

— Quem está aí? — pergunto. Juro por tudo que é sagrado, se for Anson...

— Wren?

Ivy.

Melhor, mas não muito.

— Sim, sou eu — digo, pigarreando, porque minha voz sai como se eu estivesse falando com a boca cheia de terra. — Você está bem?

— Sim. — Ela solta um gemido de dor. Ouço um farfalhar de tecido. Acho que está tentando se sentar.

Apoio as costas na parede fria e puxo os joelhos contra o peito, abraçando as pernas.

— Onde estamos?

— Se for como da última vez, nos trilhos do trem. Vagão ferroviário.

— Última vez — repito, desconfiada.

— É. Foi onde nos levaram para o módulo de RAI.

Então eu estava certa. Isso é Resistência a Interrogatórios. Pela primeira vez, fico grata por Ivy estar aqui, porque ao menos ela pode me dizer o que esperar.

— E como funciona? — pergunto. — A gente só fica aqui sentada enquanto eles entram e tentam nos fazer falar?

— Basicamente.

— E como fazem isso? Tortura?

— Ninguém vai arrancar suas unhas com um alicate, se é isso que te preocupa. — Ela não parece feliz. — Mas não vai ser agradável.

— Que belo eufemismo, hein, Eversea? — Uma voz arrasta as palavras, e eu quase dou um pulo, assustada.

Tem mais alguém aqui.

Roe.

— Caramba, Roe — Ivy resmunga. — Há quanto tempo você está acordado?

— O tempo todo.

Nós nem sequer ouvimos a respiração dele. Talvez Cross esteja errado e esse moleque *possa* ser um trunfo para a Brigada de Prata.

— Um aviso teria sido legal.

— E eu alguma vez já fui legal, Eversea? — A risada dele atravessa a escuridão. — Ah, e caso eu não tenha dito recentemente, é patético ver todo o esforço que você está fazendo pra tentar reconquistar meu irmão.

Ivy não responde.

— E só pra você saber, não vai funcionar.

— Vai se foder, Roe.

— Quanta animosidade. Onde estava toda essa hostilidade quando você puxava meu saco durante os jantares com o General? "Roe, você está se tornando um jovem tão bonito" — ele imita, rindo sozinho.

Não posso deixar de rir. Consigo imaginar a situação perfeitamente. Qualquer coisa para conquistar a aprovação de Cross.

— Você perdeu seu tempo — Roe diz para ela. — Ele nunca ia ficar com você.

— Ah, é? E por que não? — Agora ela soa cansada. Ouço um som abafado, como se Ivy tivesse apoiado a cabeça na parede de metal atrás dela.

— Porque você o amava demais. E ele não quer ser amado assim.

Surpreendentemente perspicaz, vindo do pequeno general.

— Enfim, pra responder à sua pergunta, Darlington, isso não vai ser nada agradável. Meu irmão me preparou pra isso.

— Cross? — Ivy ri, debochada. — Duvido muito que ele tenha te ajudado a se preparar. Ele nem quer você no Programa.

— Não o Cross. Travis. Ele me disse o que podia esperar.

— E o que a gente pode esperar? — pergunto, já que, pelo que tudo indica, Ivy não quer dividir o que sabe.

— Bom, para começar, podem dar as boas-vindas aos próximos cinco dias da vida de vocês.

Um arrepio percorre minha coluna.

— *Cinco* dias? Ivy, é verdade?

— Não lembro quanto tempo durou da última vez. Pareceu uma eternidade — ela admite. — Cada hora parecia duas semanas.

Nenhum dos dois está me convencendo sobre esse exercício.

— Eles tiram você daqui de tempos em tempos — ela continua. — Pedem pra você revelar algo sobre o Comando. Depois, te jogam de volta aqui. Sem comida, sem água, sem luz, sem dormir.

— Sem dormir?

— Você vai ver. — Ela suspira. — Mas sem tortura. O básico. Uns tapas, uns chutes. Às vezes, te submetem a afogamento simulado.

— Ah, sim, afogamento simulado. Coisa básica. — Não consigo evitar a risada, e, para minha surpresa, ela também ri. — Se você aguentar os cinco dias inteiros sem falar, acabou? Eles te soltam?

— Isso mesmo.

— Tá. Acho que não pode ser tão ruim assim, considerando que você já passou por isso e sobreviveu. Então... — Dou de ombros, mesmo sabendo que nenhum dos dois pode me ver.

Ivy fica em silêncio. Roe também não parece ter mais nada a dizer.

Encosto a cabeça e me preparo para o que parece ser a pior festa para a qual já fui convidada, com a pior lista de convidados da história da humanidade.

Mas, pensando bem, ainda é melhor do que ficar presa aqui com Kess e Anson.

Da primeira vez que vêm me buscar, jogam um saco preto de lona sobre minha cabeça e me arrastam pelos braços. Não dizem uma palavra. Acho que são dois homens, mas não tenho certeza. Minhas pernas se arrastam pelo chão enquanto tento me equilibrar.

Eles me jogam em outra sala. Arrancam o saco da minha cabeça, e meus olhos lacrimejam com a enxurrada repentina de luz depois de horas na escuridão. Ivy estava certa. Estamos em um trem. Um vagão de carga. Há apenas uma faixa estreita de janelas perto do teto, e os feixes de luz da manhã que passam por elas quase me cegam. Ao longo das laterais do vagão, correntes robustas e amarras estão presas às paredes, prontas para fixar a carga durante o transporte. Ganchos metálicos enormes pendem do teto, e eu me pergunto se vão me pendurar ali. De repente, sou empurrada para uma cadeira fria de metal.

Me deparo com dois homens que nunca vi antes. Por um segundo, me pergunto se isso de fato faz parte do exercício do Comando.

— Onde ficam os arsenais clandestinos da Brigada de Prata? — um deles pergunta.

É um homem musculoso, de uns vinte e poucos anos, com olhos e pele escuros. Seu parceiro parece mais velho. Um loiro baixo, de barba por fazer.

Os arsenais clandestinos são depósitos de armas cujas coordenadas tivemos que memorizar na semana passada. Eles não estão registrados em lugar nenhum. Reservas clandestinas de armamento que poderiam fortalecer a Rebelião, caso decidam usá-las, ou enfraquecer a Brigada de Prata, caso optem por destruí-las.

Respiro fundo e digo:

— Wren Darlington. Recruta 56. Brigada de Prata. — É a única informação que temos permissão para dar, de acordo com o que aprendemos nesta fase.

— Não foi isso que perguntei, sua puta.

Ele me dá um tapa na cara. Forte. Minha bochecha arde de tanta dor.

— Onde estão os arsenais clandestinos?

— Wren Darlington. Recruta 56. Brigada de Prata.

Depois de mais dez minutos disso, eles enfiam o saco na minha cabeça e me arrastam de volta para o outro vagão. A escuridão me recebe de novo, quase reconfortante. Não tenho medo do escuro. Para mim, isso é só mais uma manhã qualquer na Floresta Sombria.

— Não foi tão ruim assim — digo para Ivy.

— Você diz isso agora.

A porta se abre com um solavanco. Agora é a vez de Roe.

— Tirem as mãos de mim, seus filhos da puta — ele cospe as palavras enquanto o arrastam.

Quando ele some, pergunto:

— Você ia mesmo nos jantares de família com ele? Porque isso parece um pesadelo.

O riso debochado de Ivy ecoa pelo vagão.

— Não era divertido.

As primeiras oito horas não são tão horríveis. De verdade. Os dois homens nos arrastam para fora, repetem a mesma pergunta por dez, quinze minutos, nos batem um pouco e nos jogam de volta no vagão. Minha barriga ronca de vez em quando e minha boca está seca, mas, fora isso, estou bem.

Até que durmo. De alguma forma, meu corpo sucumbe ao sono, mas não por muito tempo. Sou arrancada da inconsciência pela sensação de estar sendo mergulhada em água gelada. Não. Não estou submersa. Está vindo de cima. Borrifadores. Eles instalaram aspersores de água no vagão. Filhos da puta.

Agora nós três estamos deitados no chão frio e encharcados. Tremendo. E é aí que percebo que isso vai ser muito mais difícil do que imaginava.

O pior de tudo é o balde. A cada vez que ouço o som alto e constante de Roe mijando nele, sinto vontade de vomitar.

— Como você consegue produzir tanta urina — murmuro no escuro — sem beber nada há vinte e quatro horas?

Ele só ri e volta para o canto dele. Cada um de nós escolheu um canto, com o maldito balde ocupando o quarto canto. Rezo para não precisar usá-lo mais do que o necessário. É humilhante, e agora entendo por que Ivy odeia tanto esta fase. Fazer suas necessidades com duas pessoas ouvindo, sendo que nenhuma das duas gosta muito de você, é uma forma diferente de humilhação. Mas imagino que seja esse o objetivo deles.

Dia 2. Eu acho. Toda vez que pego no sono, aqueles malditos aspersores despejam água gelada sobre nós, então não faço ideia de quanto tempo se passou. Minha barriga dói. Quando me arrastam de volta para o outro vagão, percebo que estou bem mais fraca.

O interrogatório continua. A mesma pergunta é repetida sem parar. Onde estão os arsenais clandestinos. Diga onde estão os arsenais. A repetição é uma tática. É feita para me enlouquecer, me fazer desistir. E, puta merda, quero gritar para eles calarem a boca. Mas me mantenho firme.

— Wren Darlington. Recruta 56. Brigada de Prata.

O sr. Músculos cospe na minha cara. A gosma escorre pela minha bochecha e se mistura ao sangue que ainda pinga do meu lábio. Passamos dos tapas aos socos de verdade. Ele usa o punho agora, acertando minha mandíbula com força.

Caio da cadeira com o impacto brutal. O gosto metálico do sangue inunda minha boca. Mas, ainda assim, me recuso a ceder.

As horas e os dias se misturam. Perco completamente a noção do tempo. A fome se torna uma companheira constante. Estou com tanta sede. Poderia lamber o chão, mas os aspersores transformaram a terra em lama, e me recuso a beber água suja. Além disso, Roe já tentou, e ouvimos ele vomitando no nosso balde na manhã seguinte. Ou noite. O tempo não existe dentro deste vagão.

Estou encharcada porque os aspersores dispararam de novo. Meus dentes batem com tanta força que o som ecoa nas paredes de metal. Alto o bastante para Roe xingar, irritado, e me mandar calar a boca. Ele está muito quieto hoje. Ivy também. Não há camaradagem entre nós três. Não criamos laços. Não compartilhamos histórias. Estamos molhados, com frio, famintos, cansados, com sede e putos da vida.

Quando nossos captores devolvem Ivy para nós e ouço seus gemidos derrotados enquanto ela se arrasta de volta para o canto, percebo que posso aproveitar esse momento.

Com as defesas expostas, a mente deles está ao meu alcance.

Começo por Ivy, cuja mente está completamente aberta. Ela nem ao menos tentou erguer um escudo. A culpa corrói meu estômago, mas a ignoro.

As pessoas têm muitas ideias erradas sobre a leitura de mentes. Acham que um Mod consegue ver a vida inteira delas. Suas lembranças. Mas só conseguimos ouvir o que estão pensando naquele momento. Não estou preocupada com lembranças vívidas de Ivy na cama com Cross. O que me preocupa é que os pensamentos dela sejam consumidos por ele, o que me provoca um leve e incômodo ciúme.

Mas Ivy não está pensando em Cross.

Você consegue. Você precisa conseguir.

Pela Delia.

Ivy quer entrar para a Brigada de Prata por causa da irmã mais velha.

Delia. Morreu de um câncer ósseo raro que as câmaras de regeneração do Ponto não conseguiram erradicar completamente.

Eu me encolho, a culpa aumentando conforme o luto de Ivy me envolve por completo. Não deveria ter invadido a privacidade dela. E, ainda assim, mesmo sabendo que estou errada, desvio o foco para Roe.

O escudo dele continua firme. É bem forte, também. Eu poderia tentar forçar, procurar uma brecha, mas não tenho energia mental para isso agora, então abraço os joelhos com mais força e fecho os olhos.

Ivy começa a resmungar em algum momento do dia 4.

— Não aguento mais. Estou tão cansada. Meu estômago está se contraindo de dor.

Roe debocha dela do canto onde está.

— Aguenta, Eversea. Você está cansada e com fome. Grande merda.

Ele é um babaca tão insuportável que sinto a necessidade de encorajá-la.

— Ignora ele. Você consegue, Ivy. Você já sobreviveu à RAI antes. Só precisa fazer de novo.

— Não — ela murmura.

— Não o quê?

— Eu não consegui antes. Por que você acha que não estou na Brigada de Prata, sua imbecil?

Sou pega de surpresa. Não pela ofensa, mas pela revelação.

— Você foi reprovada na RAI?

— Aguentei três dias.

Paro por um instante.

— Certo. Bem. Tenho quase certeza de que já se passaram mais de três dias, então você está indo melhor do que da última vez. Agora só precisa aguentar firme.

Falar é fácil. Para mim também. Fico ali tremendo por horas. O sono me escapa, e aqueles malditos aspersores garantem que eu não tenha nenhum momento de descanso.

Quando nossos captores vêm me buscar de novo, meus dentes batem sem parar ao dizer:

— Wren Darlington. Recruta 56. Brigada de Prata.

Eu me pergunto como Lyddie está se saindo. Ela é tão delicada. Kaine consegue passar por isso com os pés nas costas. Mas Lyddie, não. Quando o homem barbudo puxa minha cabeça para trás pelo cabelo para me socar na cara, percebo que quero desesperadamente que Lyddie consiga passar. Ela pode não ser a melhor soldada, mas é esperta. Pode até ser brilhante. Acho que se sairia bem na Inteligência.

Quando sou jogada de volta na escuridão como um saco de lixo, Ivy ainda está gemendo no canto dela.

— Eversea — chamo por ela. — Como é morar em K? Ouvi você falando pra Bryce que cresceu lá, né?

— O quê? — Ela parece atordoada.

— Nunca estive lá — digo, incentivando-a a continuar. — Fiquei curiosa.

Acho que ela percebe que estou tentando distraí-la, porque há um traço de gratidão em sua voz quando responde:

— Já foi bem melhor.

— Como assim?

— Os controladores eram mais tranquilos. Davam mais margem, fingiam que não viam se a gente chegasse depois do toque de recolher. Mas virou um inferno depois do rezoneamento. Quando K se incorporou ao L, o presidente do setor deles assumiu.

Isso acontece bastante, a rezonificação. Eram vinte e seis setores quando o sistema foi implementado. Acho que agora restam dezoito. Alguns foram incorporados pelos vizinhos devido à diminuição da população. Mas a maioria foi engolida por desastres naturais, enquanto a costa avança cada vez mais sobre o Continente. Os diques que foram reforçados pelos engenheiros da Companhia por ordens do General não vão durar para sempre.

— É um lugar muito bonito — Ivy continua, num tom nostálgico. — Você pensaria que, por estar tão perto da Floresta Sombria, seria assustador ou algo assim, mas, sendo sincera... a névoa negra ao longe faz o pôr do sol ser lindo.

— Você já foi à Floresta Sombria?

— Não. — Ela parece horrorizada com a ideia. — Não conheço ninguém que tenha entrado lá e saído vivo.

— Roe — chamo. — E você?

Ouço a voz dele.

— Só até a borda. Uns três metros dentro da névoa, no máximo. Foi ideia do Travis.

— Ele te levou lá? — Ivy parece surpresa.

— O General tinha negócios em K quando eu tinha doze anos. Levou a gente junto, mas ficamos entediados e fugimos de fininho. Meus irmãos me desafiaram a entrar. Travis disse que não era nada de mais se eu tivesse uma lanterna. O babaca não me contou que elas não funcionam lá dentro.

Como se eu já não soubesse. Há algo errado na forma como a luz reflete na Floresta Sombria. Na verdade, ela não reflete. Tudo é escuro. Sempre. Jim e eu aprendemos essa lição quando ele tentou levar diferentes fontes de luz em nossas caçadas. Lanternas não funcionavam. Tochas. Nem mesmo o isqueiro dele.

Eu achava aquilo fascinante. Cada vez que ele tentava acender o isqueiro, nada acontecia, mas quando estávamos em uma das raras clareiras com luz do sol, bastava um clique para uma chama laranja aparecer. Queria que pudéssemos estudar esse fenômeno e descobrir o motivo. Ou talvez a Companhia já tenha feito isso e só não queira compartilhar.

— Você gosta do Travis? — pergunto para Roe.

— Acho que sim. — O tom dele é hesitante.

— Quais as diferenças entre ele e o capitão? — Detesto demonstrar curiosidade sobre a família dele, mas essa é uma dinâmica que ainda não consegui entender.

Roe pensa por alguns instantes.

— Travis é muito prático. Calculista. Ele faz as coisas pra te testar, pra ver se você vai ser útil pra ele. Tem uma mente científica. Não se deixa levar pela emoção como Cross.

Ivy solta uma risada debochada.

— *Cross* e *emoção* não são duas palavras que eu colocaria na mesma frase.

— Você não sabe porra nenhuma sobre o meu irmão. Sobre nenhum dos dois — ele rosna. — Você não teve que crescer com eles.

— Você mal cresceu com eles. Morou com sua mãe até ela morrer.

— Passei tempo suficiente na propriedade pra saber como eles são. Como todos eles são. Principalmente ela.

Franzo a testa na escuridão.

— Quem?

Ele faz um som de desdém.

— Sabia que ela nunca desce quando estou lá? Nem uma vez.

— Quem? — pergunto de novo.

— A santa Vinessa do General. Minha madrasta. A vadia nem se dá ao trabalho de descer as escadas quando estou por perto. Finge que nem existo. Quando eu era criança e ia visitá-los, lembro de ser obrigado a ficar na sala enquanto o General ficava lá em cima com a família de verdade. — Roe dá uma risada rouca. — Às vezes, ele me deixava esperando por horas. Sentado lá, igual um convidado indesejado.

A amargura ferve sob as palavras de Roe. Consigo ouvir o peso de anos de mágoa e rejeição na voz dele, mas não consigo sentir muita pena. Ele matou Betima sem um pingo de arrependimento. Ele não é um garotinho incompreendido. É um homem perigoso.

— Nunca entendi por que ela me odiava tanto. Minha mãe trabalhava nos Serviços Humanos, tudo bem, mas não teve culpa que o General tomou gosto por ela. Nem culpa por ele a ter engravidado. Naquela época, anticoncepcional nem era obrigatório. — Roe solta um som de desprezo. — Ele que não conseguia manter a calça fechada.

— Vai ficar contando seus dramas o tempo todo enquanto estivermos aqui ou já acabou? — pergunto em um tom educado.

— Você é uma escrota, Darlington.

O sr. Músculos e o Barbudo são uns babacas. Estão comendo sanduíches enormes de rosbife bem na minha cara. A intenção é me fazer implorar pela comida? Parte de mim quer implorar. Minha barriga dói tanto que sinto câimbras, como aconteceu com Ivy. Pelo menos não estou completamente desidratada. Cada vez que os aspersores me despertam com um choque, inclino a cabeça depressa e tento capturar um pouco do líquido com a boca. Mas eles param tão rápido que nunca consigo mais do que algumas gotas.

Eles me jogam de volta no vagão, que fede a terra, urina e fezes. Me encolho no meu canto e ouço os soluços baixos de Ivy. Quando ouvimos passos se aproximando da porta um tempo depois, Ivy solta um gemido. Agora é a vez dela.

— Você consegue, Eversea — digo, minha voz carregada de confiança. — Falta pouco.

Parte de mim acha que ela não vai voltar do interrogatório. Ela está tão destruída que é só uma questão de tempo até ceder.

Mas ela volta, e quase me enoja a pontada de orgulho que sinto dela.

— Bom trabalho, Eversea.

— Obrigada — ela murmura de volta, e não há mais nenhum traço de hostilidade na voz dela.

35

Saímos exaustos, completamente derrotados. A luz machuca meus olhos. Passo o caminho inteiro de volta à base semicerrando as pálpebras para tentar suportá-la.

A primeira coisa que faço é tomar um banho quente. Dura duas horas. Esfrego a lama do corpo e lavo o cabelo. Meu couro cabeludo coça, e nem quero imaginar o que estava rastejando naquele chão imundo do vagão.

Depois de praticamente arrancar minha própria pele de tanto esfregar, vou até o refeitório e sou recebida por um mar de rostos inexpressivos. Todo mundo ao meu redor parece em choque. Até Kaine está mais quieto.

— Foi horrível — comenta ele, apático.

— Nem foi tão ruim assim — retruco.

— Vai se ferrar.

Lyddie está pálida, as mãos tremendo enquanto cutuca a comida. É uma refeição farta. Ensopado com carne de verdade. Batatas encorpadas. Molho espesso. Eu devoro tudo.

Temos quatro dias de folga antes de precisarmos voltar para as aulas. Checamos nossos dispositivos e descobrimos que recebemos passes de lazer para dois dias. Uma noite fora.

Todo mundo, menos eu.

Tenho que admitir que, dessa vez, fico incomodada em não poder sair da base. Não quero ficar aqui. Quero ir para a minha fazenda. Quero cavalgar e sentir o vento do verão no rosto. Mas me recuso a chorar na frente dessas pessoas.

Enquanto meus amigos aproveitam a liberdade, perambulo pela base, tentando afugentar a solidão que ameaça me sufocar. Nem Cross está aqui. Ele não está mais correndo atrás de mim, e não sei se deveria ficar decepcionada com isso ou aliviada, já que foi o que eu pedi.

Não, não é verdade. Eu *sei* como deveria me sentir.

Mas não é como me sinto.

Na minha caminhada noturna, tento entrar em contato com Lobo, mas quando ele não responde, tento falar com Tana. Ela me deixa conectar e me cumprimenta com um tom desanimado. Parece tão infeliz quanto eu.

— Estou com saudade — confesso.

— Estou morrendo de saudade — ela responde com um gemido. — Está horrível aqui, Wren.

— Ainda tem muitos soldados por aí?

— Tem. São tantos que os alojamentos da estação do Controlador Fletcher já estão lotados, então os que sobram estão ficando na estalagem. E isso quer dizer que tenho que lidar com eles todos os dias.

— Eles estão te incomodando?

— Ainda não. Mas estão sempre observando todo mundo. Sempre tem pelo menos meia dúzia deles no pub, do momento em que abre até fechar, de olho no meu pai.

— Merda. Está bem, me avisa se notar algo estranho ou se começarem a te importunar.

Volto para o centro de treinamento e tento ler um romance policial no meu dispositivo. Mas me entedio rápido, então resolvo ir até a área de convívio, onde encontro apenas alguns membros da Célula Vermelha com quem nunca me preocupei em interagir.

Lyddie e Kaine voltam no domingo. Lash também, trazendo histórias sobre a animada visita a casa. Segundo ele, seus pais conseguiram uma permissão para fazer uma reunião de aniversário para a mãe, e um dos convidados quase morreu engasgado com um osso de frango no jantar.

No dia seguinte, entramos na sala de aula cavernosa onde, dois meses antes, eu entrei desejando estar em qualquer outro lugar. Hoje, vamos receber nossas pontuações finais do Programa e descobrir quem conseguiu entrar na Brigada de Prata. Semanas de treinamento culminaram neste momento, e há certa eletricidade no ar enquanto todos permanecem de pé, aguardando nossos instrutores.

A sala não está tão cheia quanto naquele primeiro dia. Dos cinquenta e seis recrutas que começaram o Programa, restam trinta e seis. Eu me lembro de Ford zombando que metade de nós estaria fora até o fim, mas esse número ainda é maior do que cinquenta por cento.

Entrelaço as mãos, a ansiedade me causando frio na barriga. Eu *acho* que passei no Programa. Pelo menos, espero que sim. Não sei se meu desempenho ruim nas primeiras fases vai voltar para me assombrar.

Minha inquietação só aumenta quando Ford, Hadley e Struck entram na sala, e Hadley começa a ler uma lista com onze nomes. O meu não está entre eles, e tento conter a sensação esmagadora da derrota até que...

— Obrigado pelo interesse na Brigada de Prata — Hadley diz aos onze recrutas. — No entanto, vocês não foram aceitos dessa vez.

O alívio quase me faz perder o equilíbrio.

Hadley mantém um tom impassível, ignorando as expressões decepcionadas.

— Apresentem-se aos seus comandantes ou procurem o Capitão Radek para instruções sobre o retorno aos seus setores.

Os recrutas rejeitados saem marchando pela porta. Agora somos vinte e cinco, um pouco abaixo dos cinquenta por cento que Ford mencionou. Pelo visto, ele não estava brincando.

O capitão administrativo, Deron Radek, entra na sala para falar conosco.

— Bem-vindos à Brigada de Prata. Vocês receberão seus postos e uniformes nos próximos dias — diz ele sem rodeios. — Até serem realocados para seus novos alojamentos, permanecerão nos alojamentos atuais.

Dito isso, ele sai da sala. Gosto do jeito do Capitão Radek. Direto ao ponto.

— Suas pontuações finais foram carregadas em seus dispositivos — Ford avisa. — Se tiverem dúvidas, enviem uma comunicação para o Capitão Radek. Dispensados.

E é isso.

Os três instrutores deixam a sala, e eu encaro a porta vazia, franzindo a testa. Tudo isso parece incrivelmente anticlimático.

Parabéns, você entrou na Brigada de Prata, até mais.

Lyddie, por outro lado, compensa a falta de entusiasmo dos nossos superiores dando um gritinho de alegria. Ela se vira para mim com uma expressão de quem acabou de ganhar uma viagem exótica para os Continentes Perdidos.

— Conseguimos!

— Conseguimos — repito.

Ela me envolve em um abraço apertado antes de fazer o mesmo com Kaine. Os outros também estão comemorando. Lash. Kess. Anson.

Ivy.

Aceno com a cabeça para ela, meu jeito de parabenizá-la. Ivy retribui o gesto antes de se virar para abraçar Bryce.

Percebo que Roe também passou. Parece que o General conseguiu o que queria.

— Quero ver minha pontuação final — Lyddie diz, apressada, puxando seu dispositivo do bolso.

Eu também. Estou curiosa para ver como consegui virar o jogo, mas, ao mesmo tempo, decepcionada porque ninguém mencionou a Elite de Prata, que era meu único objetivo. Não faço ideia se consegui cumprir a única coisa que a Rebelião me pediu.

Quando abro meu dispositivo, em vez de uma pontuação, encontro uma tela que diz:

Teste disponível: 1

Clico na mensagem e uma nova página aparece com a descrição do teste. Está escrito:

Elite

Ao lado, há uma data e um horário. Está marcado para amanhã à tarde. Mordo o lábio para conter a animação.

Lyddie espia por cima do meu ombro e solta um gritinho de surpresa.

— Você foi pré-selecionada! Esse deve ser o teste final pra entrar na Elite.

— Recebi a mesma mensagem — Kaine diz, virando seu dispositivo para me mostrar.

Outros começam a reagir ao aviso. No final, somos doze. Doze dos vinte e cinco recrutas foram pré-selecionados. O número parece alto. Quantos de nós vão conseguir uma vaga?

Acho que vou descobrir amanhã.

Enquanto seguimos para a porta, vislumbro Roe e um arrepio percorre meu corpo. Sua expressão é mortífera, o que me faz pensar que talvez o General não tenha conseguido o que queria, afinal.

Roe não foi pré-selecionado.

É noite de arena, então todo mundo decide comemorar o fim do Programa assistindo aos nossos colegas se espancarem. Ainda não tenho roupas casuais para além do conjunto que peguei emprestado de Betima, mas me parece errado usá-lo esta noite. Sinto um aperto no peito ao me lembrar dela. Lyddie me disse que o restante das coisas de Betima foi devolvido ao setor dela. Fico me perguntando o que aconteceu com sua família. Será que foram detidos? Interrogados para revelar se sabiam ou não que ela era Aberrante?

Lyddie interrompe meus pensamentos.

— Vamos perguntar à Soldado Struck se podemos pegar algo do guarda-roupa da OSE emprestado.

Antes que eu possa protestar, ela atravessa o refeitório correndo para falar com nossa agora ex-instrutora. Struck olha na minha direção e dá de ombros.

Lyddie volta para nossa mesa e avisa:

— Ela disse que tudo bem, desde que você devolva pela manhã.

E é assim que acabo entrando no galpão naquela noite com um vestido vermelho justo e um decote tão ousado que provavelmente me levaria direto para a prisão, se Cross não fosse meu capitão.

Os olhos de Kaine quase saltam das órbitas ao me ver.

— Caramba, boiadeira, está tentando me matar? — A voz dele sai grave, cheia de desejo.

Fazia tempo que ele não me olhava assim, embora eu nunca tenha achado que seu interesse estivesse perdido. Percebi que Kaine leva o Programa a sério e sempre coloca o treinamento em primeiro lugar. Por mais que goste de flertar, ele nunca se distrai, e as últimas fases foram extremamente intensas, exigindo toda a nossa atenção.

Esta noite, porém, ele só presta atenção em mim.

— Sabe o que eu acho? — Ele espera Lyddie e Lash passarem na nossa frente antes de se aproximar para sussurrar no meu ouvido. — Acho que a gente devia dar meia-volta e voltar para os alojamentos. Eles vão estar vazios...

Há uma ou duas semanas, talvez ficasse tentada. Agora...

Agora sei como é ter Cross nu e gemendo no meu ouvido.

Faço que não com a cabeça, meio arrependida, aliviada por ele não conseguir ler minha mente, que está um caos.

— Temos um teste amanhã. Não posso me dar ao luxo de me distrair.

Kaine faz biquinho, mas logo assente.

— Tem razão.

Fico aliviada por ele ter desistido tão rápido, mas me pergunto o que vou dizer quando o assunto surgir de novo. Não posso contar a ele que transei com Cross, e muito menos que ele virou minha cabeça do avesso. Que usei esse vestido por causa dele. Que eu...

A culpa cria um nó na minha garganta quando, de repente, algo fica claro para mim.

Esqueci por que estou aqui.

O que estou fazendo? Esta não é a minha vida. Não devia estar usando vestidos provocantes e comemorando com os Primais. Nem sequer entrei para a Elite, droga. *Esse* é o objetivo. Não beber uísque e me divertir nas lutas com meus amigos.

Eles não são meus amigos.

Eles não são meus aliados e eu não sou um deles.

Esta não é a minha vida.

Paro no meio do caminho e toco o braço de Kaine.

— Vou ao banheiro — murmuro, então dou meia-volta, girando com o meu sapato prateado de tiras. Preciso sair daqui. Voltar para os alojamentos.

Não pertenço a este lugar.

Estou no meio do corredor quando o vejo.

Ele caminha ao lado de Ford e de um dos homens que me interrogaram no vagão. O sr. Músculos, cujo olhar cruza com o meu por um instante antes de me ignorar como se nunca tivesse me visto na vida. Como se não tivesse me socado o rosto por cinco dias seguidos.

Meu vestido mal cobre minhas coxas. Sei que Cross percebe.

Ele diz algo para Ford e o sr. Músculos, que seguem adiante sem ele.

Ford dá uma risadinha ao passar por mim, me deixando sozinha com Cross no corredor escuro.

Continue andando, ordena uma voz na minha cabeça.

Cinco segundos atrás, eu tinha decidido que este não é meu lugar. Que me envolvi demais e não enxergo mais minha missão.

Nem a realidade.

Mas basta olhar uma vez para aqueles olhos azuis penetrantes, e fico paralisada.

Ele dá um sorriso discreto.

— Você vestiu isso para mim?

— Sim — admito, e me odeio por isso.

— Está indo embora?

Faço que sim com a cabeça.

Depois, faço que não.

O sorriso dele aumenta, curvando seus lábios e suavizando sua expressão.

— Sim ou não, Pombinha?

Em vez de responder, apoio a mão em seu peito e o empurro para trás. O sorriso fica ainda maior. Em um ato atípico de submissão, ele me deixa conduzi-lo. Pelo corredor, dobrando a esquina, até estarmos escondidos atrás de uma das colunas de concreto.

Foi aqui que ele me agarrou da primeira vez que vim. Quando estava me provocando. Quando disse que eu o queria tanto que quase podia sentir o gosto.

Bem, agora já provei. Já senti o sabor dos seus lábios, e quero sentir de novo.

Mais uma vez não vai ser o fim do mundo, vai?

Ele segura minha cintura, puxando meu corpo contra o dele.

Luto para manter a compostura, mesmo quando meu sangue ferve de desejo. No fundo, não posso negar a onda de adrenalina que seu toque me traz. A expectativa que revira dentro de mim.

— Eu quero — ele rosna no meu ouvido.

— Eu sei.

Ele ri, e o som rouco dispara um choque elétrico pelo meu corpo.

— Me diz que você também quer.

Em resposta, enrosco os braços ao redor do pescoço dele e puxo sua cabeça para baixo. Seus lábios capturam os meus com uma intensidade que me rouba o ar. Ofego, e ele aproveita a brecha para deslizar a língua habilidosa pela abertura dos meus lábios. Gemo baixo quando a ponta dela provoca a minha.

— Adoro esse som. Os sons que você faz quando eu te faço sentir bem.

Ele aperta minha bunda e me levanta, me encaixando nele. Enrosco as pernas em sua cintura e gemo de novo quando ele empurra os quadris. Sinto cada centímetro dele. Ele poderia transar comigo aqui mesmo — ou até lá fora, na frente de todo mundo — e eu não ligaria. O desejo é insuportável. Arranho sua pele, beijo sua boca com tanta fome que me sinto zonza. Desesperada.

Estamos sem fôlego quando ele se afasta.

— Vem para o meu quarto hoje à noite?

Assinto. Porque meu desejo por ele ultrapassa tudo o que achei que pudesse sentir.

— *Cross*...

E é nesse momento que ouvimos o nome dele ecoando pelo corredor. Uma voz cantada.

Franzimos a testa. De repente, percebemos. O silêncio. O som das risadas e da música vindo da arena improvisada desapareceu.

Tudo o que ouço agora é:

— Cross... Cadê você, Cross?

Ele me põe no chão. Seus lábios estão inchados dos nossos beijos, mas dá para ver que sua mente já não está mais aqui comigo. Com a expressão fechada, ele avança pelo corredor.

Corro atrás dele. Seus passos são longos, determinados. Ele some de vista antes que eu consiga chegar à sala principal. Abro caminho pela multidão estranhamente silenciosa. Quando alcanço a beirada, olho para baixo e o vejo na arena.

Roe.

O rosto dele se ilumina ao avistar Cross, que emergiu da multidão alguns metros à minha frente.

— Aí está você, capitão. — O sarcasmo escorre de cada palavra, sobretudo quando ele diz *capitão*. Acho que ele está sob efeito de estimulantes. Sempre está.

Cross não responde. Apenas encara o irmão mais novo, um metro e meio abaixo, esperando.

— Estou desafiando você — provoca Roe.

— Ah, é? — Cross debocha.

O silêncio na sala é sepulcral. Percebo muitas expressões hesitantes, confusas. Mas sei o que está acontecendo.

Roe quer descontar no irmão a Elite que não conseguiu.

— Faz tempo que a gente não sai no tapa. Desde moleque.

— Melhor continuar assim — diz Cross, sem emoção.

— Que nada. Acho que já passou da hora. — Os olhos de Roe brilham, e de repente ele se vira para a plateia. — O capitão da Brigada de Prata, pessoal! — Ele faz um gesto exagerado com o braço. — Vamos lá, deem uma força pra ele.

Ninguém diz uma palavra. Todos sentem a tensão. Ela paira sobre nós como uma nuvem de tempestade.

— Desce aqui, irmão — Roe fala, e um arrepio me toma diante do ódio estampado em seu rosto.

Isso é algo que vem se acumulando entre eles há muito tempo. A vida inteira, provavelmente. Eu me lembro do ressentimento na voz de Roe no vagão de trem. *Você não sabe porra nenhuma sobre o meu irmão. Sobre nenhum dos dois. Você não teve que crescer com eles.*

Cross é quatro anos mais velho. Eu me pergunto se Roe o idolatrava quando eles eram crianças. Me pergunto se Cross correspondia. Me pergunto se o aviso de Roe para Ivy durante a RAI não tinha a ver com ela, mas com ele mesmo.

Porque você o amava demais. E ele não quer ser amado assim.

— Está com medo, irmão?

Percebo o momento exato em que Cross aceita que precisará fazer isso. Roe não vai desistir. Ficaria ali a noite inteira se fosse preciso.

O olhar de Cross cruza o meu por um instante. Então, sem dizer uma palavra, ele se impulsiona sobre a borda e salta os quase dois metros até a arena. Seus pés aterrissam com força na areia compactada.

— Você quer mesmo fazer isso? Então vamos nessa.

Ele não tira a camisa. Não faz nada além de ficar a menos de um metro de Roe e esperar.

Roe franze a testa.

Então, avança contra o irmão.

Cross dispara um gancho de direita que acerta Roe no olho, seguido de um soco tão rápido que eu teria perdido se piscasse. Roe mal tem tempo de reagir antes do segundo golpe atingir em cheio seu queixo, fazendo-o cambalear para trás.

Mas o adolescente se recusa a desistir. Ele é orgulhoso demais. E se joga de volta na luta.

Ele é golpeado sem trégua, cada soco o atingindo com uma força esmagadora enquanto o irmão mais velho desfere uma chuva impiedosa de ataques. Roe solta um grunhido de raiva. Cospe o sangue que escorre de seu nariz, de sua bochecha, de sua boca. Balança os punhos em um ataque desordenado, tentando desesperadamente se defender, só que, por mais esforço que faça, não consegue se proteger de Cross.

Não há competição. Nenhuma. Sob qualquer perspectiva. É constrangedor.

E ainda assim, ele não cala a boca. Não admite a derrota.

— É só isso que você consegue fazer? — provoca, respirando com dificuldade, enquanto filetes de sangue escorrem por seu rosto e caem na areia. — Que piada.

Os ombros de Cross se enrijecem. Ele decide acabar com aquilo.

Com um golpe final e impiedoso, Roe cai na areia como uma pilha de carne e sangue, o corpo moído pela surra. Ele encara o irmão com os olhos inchados.

— Vai se foder, Cross.

— Você quem pediu, irmão — diz Cross, frio e impiedoso. — Considere isso uma lição.

— Você é um babaca do caralho!

— E você é um pirralho mimado.

— Vai se foder! — Roe grita.

Cross apenas balança a cabeça e o deixa ali, destruído e caído na areia, se esforçando para respirar.

Enquanto sobe o barranco, Cross lança um olhar rápido na minha direção. Depois desvia o olhar e desaparece na multidão.

36

Na tarde seguinte, nós, os doze selecionados, nos encontramos na academia. Nenhum instrutor apareceu ainda, e meus companheiros tentam adivinhar o que está acontecendo enquanto aguardamos orientações.

— Acho que todos nós passamos — diz uma das garotas da Célula Vermelha.

— Eles não vão deixar doze soldados entrarem pra Elite — retruca Noah Jones. — Aposto que selecionaram doze porque sabem que alguns de nós vão fracassar no último teste.

Bryce está ao meu lado. Não posso negar que estou surpresa por vê-la aqui, embora, pensando bem, ela tenha se destacado em algumas partes do treinamento. E a garota não tem medo de nada, isso eu admito. Foi a primeira a saltar do avião nos treinos de paraquedismo.

— Papai! — O rosto dela se ilumina quando um homem atravessa a porta de repente.

Bryce corre até um homem alto, de cabelo escuro, com cinco estrelas no uniforme da Brigada de Prata. Um coronel. Ele não a abraça. Em vez disso, só acena, seco, como se estivesse cumprimentando uma colega de trabalho.

— Veio assistir ao meu último teste? — Ouço-a perguntar, e, do meu outro lado, Kaine me cutuca na costela.

— Não sabia que podia trazer convidados — ele murmura com a voz arrastada, e eu seguro o riso.

Não me surpreende que Bryce quisesse que o pai estivesse aqui para ver sua grande conquista. Nos últimos dois meses, tudo o que ela fez foi tagarelar sobre como ele é importante.

Analiso os outros que foram pré-selecionados. Eu, Bryce e Kaine. Kess. Jones. Anson, é claro. Aquele psicopata é capaz de cumprir qualquer missão que recebe. Os outros seis recrutas são membros da Célula Vermelha.

Ainda estou tentando entender qual foi o critério de seleção quando Cross entra na academia, seguido por Ford e Struck. O trio cumprimenta o pai de Bryce, o coronel, que permanece encostado na parede, dando espaço para eles.

Não vejo Cross desde que ele saiu furioso do ringue na noite passada.

Penso em como, por um instante, estive a segundos de ir embora com ele, antes de vê-lo espancar o próprio irmão sem nem piscar.

Ele nem sequer olha na minha direção ao falar com o grupo.

— Vocês estão aqui porque foram considerados para entrar na Elite. Temos seis vagas disponíveis.

Meu estômago se revira. Seis vagas para doze recrutas. Isso não está me cheirando bem.

— Decidir quem fica com as vagas é simples — diz ele. — Dois de vocês vão entrar numa sala, e apenas um vai sair.

Todos ficam boquiabertos.

— O quê? Eu não vou matar ninguém — protesta Jones.

— Eu falei alguma coisa sobre matar? — Cross responde, entediado. — Cada sala tem duas facas. Façam o que quiser com elas. Se seu oponente desistir, ele está fora. — Ele observa o grupo. — Se desistir, ainda será membro da Brigada de Prata. Será designado para uma unidade e seguirá sua vida. O vencedor entra para a Elite.

É simples e ridículo ao mesmo tempo.

— Por que vocês não escolhem com base no mérito? — reclama um dos caras da Célula Vermelha.

— Isso é mérito. O melhor sai da sala primeiro. Então, seja o melhor.

Kaine e eu trocamos um olhar. Entre os doze, há seis homens e seis mulheres, então, a menos que as duplas sejam mistas, apenas três mulheres vão entrar para a Elite.

Analiso minhas possíveis oponentes. Não quero enfrentar Kess. Já dei uma surra nela antes, é verdade, mas ela é um monstrinho cruel. Uma das garotas da Célula Vermelha parece ser a melhor opção. Pequena, franzina, sem nenhum músculo aparente.

Mas quando meu nome é chamado primeiro, vem seguido de "Granger".

Vou enfrentar Bryce.

Isso me causa certo alívio. Vai ser fácil. Tenho certeza absoluta de que posso fazê-la desistir. Bryce sabe disso também — percebo a derrota tomar conta do seu rosto no instante em que escuta nossos nomes.

Eles nos atribuem um número de sala, a 3, e nos mandam embora antes de ouvirmos qualquer outro par ser chamado. Bryce e eu seguimos pelo corredor em silêncio. Ao entrar na Sala 3, encontramos um espaço completamente vazio. Sem móveis, sem janelas. Imagino que o espelho na parede seja do tipo usado em interrogatórios.

Duas facas estão no chão de concreto.

Me pergunto com quem Kaine foi pareado. Espero que tenha sido com Anson e que ele corte a garganta daquele desgraçado.

A porta se fecha de repente atrás de nós. Ouvimos o clique eletrônico da trava se ativando.

Bryce olha para cima, para a câmera piscando no canto do teto. Depois, estuda o espelho. Então, com uma expressão de tristeza, se inclina para sussurrar no meu ouvido:

— Por favor, me deixa ficar com essa.

Sinto uma pontada de compaixão.

— Você sabe que não posso.

Minha missão é entrar para essa unidade. Esse é meu único objetivo. Além disso, nós duas sabemos que essa garota não duraria um minuto em um esquadrão de elite. Ela não é boa o bastante.

Ela tensiona a mandíbula.

— Então parece que vamos ter que lutar pela vaga.

— Parece que sim.

Nós nos encaramos por um momento. E tenho que admitir que ela me pega completamente desprevenida quando dispara para a frente como um foguete, agarrando uma das facas e chutando a outra para longe.

Eu me jogo atrás da lâmina que desliza pelo chão, conseguindo fechar a mão em torno do cabo frio no exato momento em que sou atacada. Desvio de Bryce, mas ela é boa. Rápida. Corta o ar com um golpe, então gira o corpo para se proteger da minha lâmina. Seguro seu pulso e a puxo para mim, enquanto acerto um soco em seu queixo. Sua cabeça vai para trás, mas ela não solta a faca.

— Cuzona — ela rosna.

Bryce avança de novo. Consigo fazê-la tropeçar antes que a faca possa afundar na minha pele, e nós desabamos no chão, lutando pelo controle. A lâmina assobia rente ao meu ouvido. Solto um palavrão quando sinto uma ardência no pescoço. Ela me cortou de leve. Dou uma cotovelada na garganta dela, e Bryce engasga.

Eu não esperava uma luta tão brutal.

Ainda mais com Bryce.

Com um grito de fúria, esmago o cabo da faca contra o rosto dela. Não quero usar a lâmina. Não quero machucá-la. Mas tenho uma sensação terrível de que ela não vai desistir. Não com o pai dela atrás daquele espelho.

Arfando, consigo prendê-la sob mim, imobilizando seu pulso com meu joelho e tornando a faca dela inútil. Ela olha para o espelho.

— Desiste — imploro.

Ela continua lutando. Tem muita força de vontade dentro dela. Está melhor do que quando treinamos juntas. Sei que a presença do pai está impulsionando cada um de seus movimentos.

Num piscar de olhos, ela vira o jogo. Agora é ela quem está em cima de mim, socando minha cara. Sinto uma onda de dor na maçã do rosto. Ela agarra meu pulso e o bate contra o chão, uma, duas vezes, com força suficiente para que eu solte o cabo por instinto. Minha faca desliza pelo chão, indo parar do outro lado do cômodo.

Bryce solta um grito vitorioso, mas consigo me desvencilhar com um chute e rolar para o lado, engatinhando na direção da faca. Acabo de alcançá-la quando uma queimação aguda percorre meu braço. Ela me cortou. Que desgraçada. Um jato de sangue brota do ferimento. E então ela está em cima de mim de novo, montada nos meus quadris.

— Desiste — ela rosna. Feroz.

— Não — solto entre os dentes.

A saliva dela espirra no meu rosto.

— Ou eu saio desta sala como Elite ou morta, Wren.

Bryce não está mentindo. Ela prefere morrer a envergonhar o pai. Ela prefere *morrer, de verdade*.

Mas eu estou tão determinada quanto ela. Eu *preciso* disso. Preciso pelo tio Jim. Preciso disso se quero me vingar dos responsáveis pela morte dele. Se quero destruir essa organização por dentro.

Você quer mesmo morrer nesta sala?

Minha mãe estava disposta a morrer pelos Modificados. Talvez eu também esteja. Talvez seja a minha vez de lutar.

Com uma onda de adrenalina, viro o jogo, segurando a faca com mais força. Preciso que ela desista. De algum jeito, preciso *obrigá-la*. Bryce investe contra mim, mas cravo a lâmina em sua coxa, arrancando um grito estrangulado seu.

— Desiste — peço.

— Não.

Ela tenta cravar a faca na minha garganta, mas consigo desviar. Arranco minha lâmina da perna dela e imploro com o olhar. Tem sangue por toda parte. No chão, nas nossas roupas.

— Por favor, Bryce, desiste logo.

A respiração dela sai entrecortada. De repente, percebo que ela não parece nada bem. Seu rosto está sem cor, mais pálido que as paredes.

É quando noto o quanto o corte foi profundo. O sangue escorre da ferida como a água de uma torneira aberta. Ela ainda tenta me acertar, mas sem força. Vejo sua energia se esvaindo, as pálpebras tremulando.

— Bryce. — Dou um tapa no rosto dela. — Bryce!

Os olhos dela se fecham de vez. O sangue se espalha sob nós, formando uma poça cada vez maior.

O horror se agarra à minha garganta. Acertei a artéria femoral.

Nunca vi ninguém sangrar tão rápido.

Ofego, tentando puxar o ar que parece não entrar nos meus pulmões. Meu coração bate descontroladamente contra as costelas enquanto engatinho para longe de Bryce, deixando-a morta no meio da sala.

37

Cambaleio para o corredor, coberta de sangue.

Atordoada.

Kaine está parado do lado de fora de outra porta, chocado ao me ver.

— Wren. O que aconteceu? Você está bem?

— Matei a Bryce.

Minha respiração sai irregular, e a realidade do que acabou de acontecer me atinge como uma onda gigante.

Então, as lágrimas começam a cair.

Sem dizer nada, Kaine me envolve nos braços, me puxando para perto enquanto desabo contra ele, meu corpo tomado por soluços silenciosos.

— Ela não desistia. Enfiei a faca nela e acertei uma artéria sem querer. — Minha voz sai rouca. Não consigo parar de tremer.

Ele me abraça com mais força, acariciando meu cabelo.

— Está tudo bem. Você está bem.

— Eu... eu não queria... eu só queria que ela parasse.

— Está tudo bem — ele repete. — Você fez o que precisava pra se proteger.

As palavras de Kaine não trazem nenhum alívio. O peso do que fiz só torna a culpa e a vergonha ainda mais insuportáveis quando uma porta se abre e um homem sai. O pai de Bryce.

Meu Deus. O *pai* dela.

O medo percorre meu corpo quando nossos olhares se encontram. Minhas mãos estão manchadas com o sangue da filha dele. Sei que ele está vendo.

Para minha total surpresa, ele não me condena nem com os olhos nem com palavras. Apenas acena com a cabeça, como quem diz *bom trabalho*, e segue pelo corredor, passando direto pela sala onde o corpo ensanguentado e imóvel de sua filha está.

Solto um suspiro trêmulo, desabando contra Kaine mais uma vez. Me sinto vazia. Destruída.

— Está tudo bem. — Ele desliza os dedos pelo meu cabelo, suaves e reconfortantes. — Eu prometo.

— Sutler. Darlington.

A voz cortante de Cross ecoa pelo corredor.

Kaine e eu nos afastamos. Minhas pernas estão fracas quando me viro e vejo Cross parado no meio do corredor. Sem expressão, ele me examina dos pés à cabeça. Seus olhos se fixam no sangue antes de se voltarem para Kaine.

— Você está dispensado, Sutler. Apresente-se nos seus novos aposentos.

Kaine parece relutante em ir, mas quando assinto de leve, ele se afasta, me deixando sozinha com Cross. Meu coração está longe de estar sob controle.

Quando Cross fala de novo, seu tom é frio, impassível.

— Você não tinha escolha. Ela ia te matar.

— Vai se foder.

— Ela não iria desistir.

— Vai se foder — repito, engolindo em seco. As lágrimas ameaçam cair de novo, mas me recuso a chorar na frente dele. — Estou dispensada?

— Antes, vá para a enfermaria. Faça um curativo nisso. — Ele aponta para o meu braço.

— Já parou de sangrar — murmuro.

— Mande examinar — diz ele, em um tom que não deixa espaço para discussão. — Leve-a para a enfermaria.

Só então percebo que ele está falando com alguém atrás de mim. Olho por cima do ombro e vejo Tyler Struck se aproximando.

Apesar dos meus protestos, ela me acompanha até o prédio da enfermaria. Do lado de fora, ela para e toca meu braço, os olhos brilhando de compaixão.

— Ela era uma protegida, Darlington. Não iria desistir.

— Eu sei disso — respondo, sem emoção. — Mas isso não ajuda em nada. Mais alguém morreu hoje?

Ela balança a cabeça.

— Todo mundo desistiu.

— Ah, que ótimo. Então eu sou a única assassina do grupo.

Passo por ela e entro na ala da enfermaria, onde uma das enfermeiras limpa os cortes no meu braço e pescoço, passa um creme regenerativo e me dispensa sem nem pôr um curativo.

Nos alojamentos, vou direto para os chuveiros, apesar de ter recebido ordens para evitar molhar o creme regenerativo por pelo menos uma hora. Não me importo. Preciso limpar o sangue. A vergonha. Tiro a roupa e entro no primeiro box disponível, abrindo a torneira. Fico parada sob a água quente, observando o sangue escorrendo para o ralo em espirais rosadas.

Por que ela não desistiu?

Por que ela não desistiu, *porra*?

Por que você *não desistiu?*, a voz dentro de mim dispara, dura e implacável.

A voz está certa.

Por que estou culpando a garota morta?

Fui *eu* quem fez isso. Escolhi matá-la. Poderia ter mandado a Elite para o inferno e ter desistido da luta. Poderia ter deixado Bryce vencer. Mas não fiz isso. Sou tão ruim quanto ela. Tão patética quanto ela.

Eu me encosto na parede de azulejos, nua, derrotada. Então, abro um caminho e falo com Adrienne, indo direto ao ponto assim que ela se conecta.

— Estou na Elite de Prata.

— Excelente. Entraremos em contato.

E é isso.

Excelente. Entraremos em contato.

A vida de uma mulher em troca de duas frases, quatro palavras. Quatro. Palavras. E tudo o que precisei fazer foi matar alguém cujo maior crime foi querer agradar o pai. Sim, Bryce era insuportável às vezes. Presunçosa. Uma garota mimada e arrogante. Mas não merecia morrer.

Fecho a torneira e me visto no vestiário. Há uma mensagem no meu dispositivo mandando que eu arrume minhas coisas e me apresente em um prédio na base.

No alojamento, encontro Kaine esperando ao lado da minha cama. Seu olhar fica mais suave quando me aproximo.

— Tudo bem, boiadeira?

— Não. Mas um dia vai ficar.

Ele me observa enquanto fecho o zíper da mala.

— Tem um caminhão lá fora pra levar a gente para o novo alojamento. Esperei por você.

— Valeu.

Depois de um momento de hesitação, ele me puxa para um abraço. Não hesito nem por um segundo: encosto o rosto em seu peito musculoso e passo os braços ao redor da cintura dele.

— Eu não queria matá-la — minha voz sai abafada, meu rosto amassado contra a camisa dele.

— Eu sei. — Ele faz carinho em minhas costas, num gesto reconfortante. — A gente faz muita coisa que não quer fazer.

— Você sabe quem mais passou para a Elite?

— Aff. Sei. — Levanto a cabeça a tempo de vê-lo fazer uma careta. — Kess. Anson.

Óbvio.

— Jones. Você e eu, claro. E a sexta vaga ficou com uma mulher da Célula Vermelha.

Ele me solta e sorri de leve.

— Vem. Vamos ver nossa nova casa.

Os alojamentos dos soldados ficam em um prédio de três andares do outro lado da base. Meu quarto é no primeiro andar. Kaine ficou no terceiro. Nós nos despedimos no térreo, e ele promete me encontrar mais tarde no refeitório. Digo a ele que provavelmente vou pular o jantar. Esfaquear alguém na artéria femoral e vê-la sangrar até a morte em segundos acaba com o apetite de qualquer um.

Observo meu novo quarto e gosto do que vejo. É um quarto com suíte e uma pequena área de estar. A cama é de casal, uma evolução em relação às camas do alojamento. A poltrona na sala de estar parece confortável. E, dentro do armário do quarto, encontro cabides com roupas. Não apenas uniformes, apesar de haver algumas versões diferentes, com minha nova identificação do Comando, uma única estrela indicando que já não sou mais uma recruta, mas uma soldada. Mas também encontro vestidos simples de algodão, suéteres, duas calças jeans. Duas gavetas na parte inferior do armário guardam meias, sutiãs, roupas íntimas e pijamas. Não faço ideia de quem escolheu tudo isso, mas fico grata enquanto visto uma calça folgada e uma regata.

Acabo de desfazer a mala com meus poucos pertences quando ouço alguém bater na porta.

Ao abri-la, encontro Cross parado na soleira.

— Vai mandar eu me foder de novo? — ele pergunta.

Balanço a cabeça.

— Vai me dizer que já matou a vontade de mim?

Balanço a cabeça outra vez.

— Ótimo.

Ele entra no quarto com determinação, sua figura alta pairando sobre mim enquanto me conduz para trás, até a pequena escrivaninha da sala. Com um movimento firme, me ergue e me senta sobre o móvel, seu olhar passando pelo meu corpo como uma carícia quente, percorrendo cada detalhe, se concentrando na forma como a regata se molda aos meus seios sem sutiã.

Ele brinca com a cintura da minha calça, deslizando os dedos longos por baixo do tecido para provocar minha pele, e me encara, esperando uma resposta.

Assinto.

Nenhum de nós fala enquanto ergo os quadris para que ele possa tirar minha calça. Ele a desliza pelas minhas pernas, junto com a calcinha, e joga as peças para o lado. Depois, apoia as mãos nas minhas coxas, observando meu rosto. Então, ainda me olhando nos olhos, afasta minhas pernas.

Inspiro fundo. Esperando para ver o que ele fará em seguida.

Sua voz sai rouca quando pergunta:

— Ainda está pensando no que aconteceu?

— Estou.

— Eu vou te fazer esquecer.

Ele se ajoelha diante de mim, e consigo dar um sorriso fraco.

— Gosto de te ver de joelhos.

Um sorriso perverso brinca em seus lábios.

— Este é o único contexto em que você vai me ver de joelhos. Então aproveite enquanto pode.

Enquanto observo, ele traça um caminho de beijos pela parte interna da minha coxa, cada vez mais perto de onde eu mais preciso dele. Quando sua boca finalmente me encontra, arqueio as costas em puro prazer, enroscando os dedos no seu cabelo escuro para mantê-lo ali.

Ele ri baixinho e ergue os olhos para mim.

— Não vou a lugar nenhum. Não tem nenhum outro lugar onde eu queira estar agora.

Cada lambida, cada toque de seus lábios na minha pele sensível, apaga a dor e a culpa viscerais que me seguiram para fora daquele quarto minúsculo.

Ele é implacável. Atento. Minucioso. Como se seu único objetivo na vida fosse me fazer me sentir bem, me fazer esquecer. E ele consegue. Meu mundo inteiro se resume ao que ele está fazendo com a língua.

Ele solta um gemido de aprovação ao deslizar o dedo até minha entrada e sentir o quanto estou molhada por ele. Então, me penetra com delicadeza. Devagar.

Mordo o lábio para conter um gemido de puro êxtase.

Os olhos azuis e hipnotizantes dele estão cravados no meu rosto enquanto seu dedo se move dentro de mim. Com o polegar, ele esfrega o ponto sensível que pulsa e implora por ele.

— Eu te disse que queria que você desse um jeito de se controlar. Você se lembra?

Faço que sim com a cabeça. O olhar dele me hipnotiza.

Ele enfia outro dedo, e deixo escapar um gemido suave.

— Não quero isso agora.

— Você quer que eu perca o controle? — Minha voz sai rouca.

— Não, não quero que perca o controle. Me dê o controle. Me dê o que eu quero. Pode fazer isso?

Antes que eu possa responder, ele abaixa a cabeça e desliza a língua sobre o ponto dolorosamente sensível.

Me apoio nos cotovelos, deixando meu corpo ceder. Minha cabeça bate na parede, mas não me importo. Tudo o que consigo fazer é mover os quadris no ritmo da língua e dos dedos dele, meus calcanhares apoiados em seus ombros largos. A tensão cresce dentro de mim. O prazer dança pelos meus músculos, deixando-os fracos, tornando minha respiração irregular.

— Isso — Cross murmura, e então me segura firme quando meu corpo inteiro se desfaz.

Meu mundo explode. Nada mais existe além do prazer que me percorre em ondas incontroláveis.

Ainda estou flutuando nesse êxtase quando ele se levanta e puxa minha regata pela barra. Ele a joga no chão, e agora estou completamente nua diante dele. Exposta. Levo as mãos até sua camisa, ajudando a tirá-la, enquanto exploro seu corpo definido. Linhas e músculos esculpidos. Sinto-o estremecer quando passo a mão pelo seu peito, subindo até o rosto. Acaricio sua barba curta, a aspereza sombreando sua mandíbula.

— Tira a calça — sussurro.

O olhar dele continua fixo no meu enquanto abre o botão de uma vez. Puxa o zíper. Eu o ajudo a tirar a calça e aperto sua bunda firme assim que meus dedos a tocam. Ele percorre minha mandíbula com beijos, descendo pelo pescoço, deixando um rastro de fogo por onde passa.

Quando a língua dele encontra meu mamilo, por um momento esqueço que deveria estar tirando a roupa dele. Ele o suga e um gemido rouco escapa de mim. Ele ainda brinca com meus mamilos quando me lembro que quero senti-lo dentro de mim.

— *Calça* — rosno.

Rindo baixo, ele chuta a calça para longe, e seu pau salta livre, grosso e duro. Ele já me fez gozar sem sequer me beijar, e de repente tudo o que quero é sentir sua boca na minha. Puxo sua cabeça para baixo, e ele entende o recado, tomando meus lábios com os seus. Então, ele me envolve nos braços, e eu enlaço minhas pernas em sua cintura enquanto nossos beijos se aprofundam. Com passos firmes, ele atravessa o quarto e me deita no colchão, curvando o corpo forte sobre o meu.

— Faz dias que estou pensando nisso — murmura ele. — Eu só consigo pensar em você.

Quando deslizo a mão entre nós para envolvê-lo, vejo o calor acender em seus olhos.

— Também estava pensando nisso — admito.

Eu o guio para dentro de mim, e ambos xingamos quando ele joga os quadris para a frente. Depois, eu o enlaço com as pernas, aprofundando o contato.

Solto um murmúrio de satisfação.

— Nessa exata sensação.

Ele tira o pau devagar, num deslizar torturante, e então investe de volta.

— Essa sensação?

— Isso.

Fecho os olhos, me rendendo ao prazer de tê-lo dentro de mim, me provocando. Quando os abro, ele está me observando. Não gosto disso. É intenso. Intenso demais. Então, enrosco os dedos em seu cabelo e o beijo de novo, nossas línguas se encontrando com desespero e vontade.

A cama chacoalha enquanto ele me fode. O prazer se acumula novamente, se retorcendo dentro de mim como um nó apertado. Amo o peso dele sobre mim, seu corpo sólido me prendendo, a pressão de seu quadril contra meus calcanhares enquanto eu os finco ali, tentando puxá-lo para ainda mais perto.

Ele investe outra vez, decidido a arrancar de mim até a última gota de prazer.

Seus lábios encontram os meus, e ele me beija enquanto outro clímax explode em meu corpo. Ofego em meio ao êxtase, e ele acelera, os movimentos ficando irregulares até que, por fim, afunda dentro de mim, enterrando o rosto no meu pescoço, soltando um gemido rouco ao gozar.

Ficamos ali deitados por um minuto. Quando ele se vira para o lado e me puxa para cima dele, deixo que o faça, mesmo sabendo que não deveria. Deveria pedir que vá embora. Não deveria criar um precedente de ficarmos juntos depois do sexo.

Mas estou exausta demais para me mover. Satisfeita demais. E gosto de sentir a palma da mão dele acariciando minhas costas. Do atrito dos calos contra meu ombro. É viciante demais.

Há tantas perguntas que quero fazer, mas não posso me permitir conhecê-lo melhor, então falo sobre o Programa.

— Você deixou o Anson entrar na Elite. Sabe que ele é um psicopata sem alma, né?

Cross ri baixinho.

— Sei muito bem. Mas ele se move como uma sombra e mata sem hesitar.

— E é isso que você quer que ele faça? Mate pra você sem hesitar?

— Entre outras coisas. Todos foram escolhidos por suas habilidades. Pelo que eu acho que podem acrescentar à unidade.

Eu já suspeitava que a Elite fosse responsável por assassinatos, mas sua confirmação me deixa inquieta. Me pergunto quantas pessoas Cross já mandou matar. Quantas vezes *ele* mesmo seguiu ordens para cumprir a vontade do General.

A lembrança é o suficiente para me fazer sentar e pular da cama. Enquanto vasculho o chão em busca das roupas espalhadas, sinto o olhar dele percorrendo cada centímetro do meu corpo nu.

— Vai me dizer que já matou a vontade de novo? — ele pergunta, com um tom bem-humorado.

— Não. — Não adianta mentir. A atração entre nós só cresce. — Vou querer te ver pelado de novo.

— Temos uma evolução.

— É até onde dá pra ir — aviso.

— Você confia seu corpo a mim, mas nada além disso.

— Correto.

Ele se apoia em um dos cotovelos e passa a mão pelo cabelo.

— Acho que não preciso nem falar, mas... — Ele fica sério. — Isso fica entre nós, Darlington. Sou seu superior. Ninguém pode saber que estou...

— Prestando serviços à sua subordinada?

Ele ri pelo nariz.

— Não se preocupa, capitão. Seu segredo está seguro comigo. Agora... — Olho para ele em expectativa.

Isso o faz rir de novo.

— Entendi. Meus serviços não são mais necessários.

— Correto de novo.

Rindo, ele se levanta e começa a procurar pela calça. Tento não prestar atenção no jeito como seus músculos se contraem a cada movimento. Tão gracioso. Como os felinos elegantes da Floresta Sombria. Certa vez, um dos mais corajosos entrou na clareira, e me lembro do arrepio que senti ao vê-lo se mover. Músculos se movendo sob a pele lustrosa. Quase rítmico. Aquele gato era belo e letal. Assim como Cross.

— Vou deixar você com seus afazeres, então — ele diz.

Quase fico decepcionada, mas, por mais que quisesse passar a noite inteira na cama com ele, preciso estabelecer limites, deixar claro o que ele pode esperar. Estou usando ele. Ele precisa saber disso.

Eu o acompanho até a porta, mas, de repente, ele me agarra e me empurra contra ela. Aperta minha bunda e me puxa contra seu corpo. Com a outra mão, segura meu rosto enquanto me beija. Quando ele finalmente afasta os lábios, estou ofegante.

— Por enquanto, estou fazendo do seu jeito, Pombinha. Mas só até eu não querer mais.

Ele sorri ao me soltar. Com as mãos trêmulas, abro a porta para deixá-lo sair.

Cross pisa no corredor no exato instante em que Ivy se aproxima.

Todos ficamos imóveis. A expressão dele se fecha, e seus ombros se retesam. Depois de um longo e desconfortável silêncio, ele acena para Ivy e se afasta a passos firmes.

Ela me encara por um instante, então põe o polegar no leitor da porta bem em frente à minha.

Eu não fazia ideia de que o quarto dela era logo ali.

Merda.

Sem demonstrar qualquer emoção, ela entra e fecha a porta com um clique seco.

38

— Vou pra minha primeira reunião.

No dia seguinte, aviso Declan enquanto sigo para a sala de guerra. Pelo visto, a Elite de Prata tem um bloco inteiro de salas na base.

— Nos informe quando terminar — diz Declan. — Precisamos saber quais são os objetivos deles no momento.

— Entendido.

A sala de guerra da Elite é, claro, mal iluminada. Não há janelas nesta base, então isso não chega a ser surpresa. Uma mesa longa ocupa a maior parte do espaço, cercada por cadeiras pretas acolchoadas, e há uma holotela na parede. Eu estava animada para finalmente descobrir quem faz parte dessa unidade misteriosa, então não consigo esconder a decepção ao entrar e encontrar apenas Ford, Struck e os outros cinco novatos.

Sento-me ao lado de Kaine e começo a mexer no novo dispositivo que recebi na noite passada. Outra descoberta decepcionante é que não tenho o nível de acesso que achei que teria. Quando procurei por "Julian Ash" ontem, recebi o mesmo alerta de ACESSO NEGADO. Quando procurei por mim mesma, no entanto, descobri que meu nome não está mais no sistema. Nem o nome de Kaine e dos outros recrutas da Elite. Fomos apagados do banco de dados. Como se não existíssemos mais.

Cross entra um momento depois. Em vez de se sentar, ele fica de pé junto à holotela.

Kess olha ao redor, seu cabelo preto na altura do queixo balançando.

— Esta é a unidade toda? — Ela também parece confusa.

— Não. Minha equipe tem dezesseis integrantes — responde Cross. — Os outros estão em campo agora.

Quando nossos olhares se cruzam, lembro dele dentro de mim e sou obrigada a desviar o olhar. Juro que escuto uma risada abafada, mas, quando volto a encará-lo, Cross está impassível.

Continuo esperando que alguém me confronte sobre Cross. Lyddie, talvez. Ou Kaine, apesar de eu não saber se ele ainda tem contato com Ivy agora que não treinamos mais juntos.

Até agora, ninguém veio me perguntar se estou dormindo com o capitão da Brigada de Prata. O que significa que ou Ivy ficou de boca fechada, ou as pessoas sabem e, por algum motivo, decidiram não se meter.

— Este — diz Cross, ativando a holotela — é Jasper Reed. Vocês encontrarão dossiês sobre ele em seus dispositivos.

A foto na holotela mostra um homem no final dos vinte anos. Um homem muito bonito, não consigo deixar de notar. Reed tem cabelo escuro e uma covinha charmosa no queixo.

Ara Zebb, a recruta da Célula Vermelha que também entrou para a unidade, começa a analisar o arquivo em seu dispositivo.

— Ele comanda o mercado clandestino?

Cross assente.

— Reed é um contrabandista que comete todo tipo de crime no Ponto. A maior parte da sua operação envolve o tráfico de drogas. Antes, trazia opiáceos de Tierra Fe, mas fechamos essa rota no ano passado. Ainda assim, os entorpecentes continuam chegando. Suspeitamos que tenham montado um laboratório em algum lugar nos setores.

Ele desliza a holotela, e um mapa aparece no ar, mostrando um zoom das áreas ao leste do Ponto Sacro.

— Farren, Zebb — diz às duas mulheres —, vocês vão com Tyler investigar. Tentem descobrir onde essas drogas estão sendo produzidas.

Ele substitui o mapa por uma foto que parece mostrar caixas de suprimentos médicos.

— Outro passatempo favorito de Reed é contrabandear suprimentos para fora do Ponto e trocá-los com os Fiéis.

— Trocar o quê? — pergunto. — O que os Fiéis poderiam ter que fosse valioso pra ele? Não é como se estivessem nadando em créditos.

Ford responde dessa vez:

— Favores. Rotas de fuga. Lugares para se esconder caso a equipe dele precise.

— No mês passado, desmontamos um acampamento dos Fiéis e encontramos um verdadeiro arsenal de suprimentos médicos que só poderiam ter vindo dos hospitais da Companhia — explica Cross. — E o General não gosta nem um pouco de ver seus recursos sendo roubados bem debaixo do nariz.

— Por que não eliminamos logo esse Reed? — Anson pergunta, abrindo um sorriso perturbador que deixa bem claro o quanto ele adoraria matar Jasper Reed com as próprias mãos. — Cortar a cabeça da cobra.

— Matá-lo pode parecer a solução mais fácil, mas não é a mais eficaz. Sim, ele é a cabeça da cobra — Cross concorda —, mas arrancar uma cabeça não mata a fera. Há outros esperando nos bastidores, prontos para tomar o lugar de Reed.

Ara Zebb fala, hesitante:

— Mas se eliminarmos a cabeça, não vai pelo menos atrapalhar as operações deles?

— Talvez temporariamente. Só que, mais cedo ou mais tarde, alguém vai preencher o espaço. Precisamos desmantelar a operação de Reed peça por peça, desde a base. Cortar seus recursos, interromper suas rotas de abastecimento, derrubar seus tenentes. — Ele dá de ombros. — A cabeça pode esperar enquanto trituramos o corpo.

— Darlington, Sutler, vocês vêm comigo — Ford diz, olhando na nossa direção. — Partimos para o Setor C pela manhã. Um dos nossos informantes acha que sabe onde estão armazenando os suprimentos médicos.

Cross aponta para Anson e Jones.

— Vocês dois vêm comigo.

— Fazer o quê? — pergunta Jones.

Quando Cross lança um olhar rápido na minha direção, sinto um aperto no peito. Algo me diz que estou prestes a ser testada.

E, como eu esperava, ele desliza o dedo pela holo. As informações sobre Jasper Reed desaparecem e, no lugar, surge uma fotografia de Hamlett.

— Essa é a minha vila — digo de imediato. — O que a Brigada de Prata quer com Hamlett?

— Z é o local que supostamente abriga uma célula da Rebelião. Já estávamos monitorando o setor, mas depois que descobrimos que Julian Ash apareceu em Hamlett, redirecionamos a maior parte da nossa vigilância para lá.

Tento manter a expressão neutra, apesar do olhar perfurante dele.

— Quero ser designada para essa missão.

— Não.

Não posso deixar de protestar.

— Mas é o meu setor.

— Exato. E é por isso que você não vai. Você e Sutler vão para o C com Xavier. — O tom firme dele não deixa espaço para discussão.

— O que Anson e Noah vão fazer em Hamlett? — insisto.

Cross cruza os braços e lança um olhar severo para todos na sala.

— É o seguinte. Vocês pertencem à mesma unidade, mas isso aqui não é um trabalho em equipe. Todo mundo continua no esquema de informação restrita. Não se preocupem com o que os outros estão fazendo, entenderam? Os detalhes das operações deles não fazem diferença pra vocês nem pra sua missão.

Sinto um peso no estômago ao perceber que ele não vai mesmo me dizer o que planeja fazer em Hamlett.

Depois que a reunião termina, fico na sala de guerra, esperando Ford e Struck saírem antes de marchar até Cross.

— É a minha casa — rosno para ele. — Tenho amigos lá.

Ele ergue uma sobrancelha.

— Se seus amigos não fazem parte de uma célula da Rebelião, então não têm nada com o que se preocupar.

— Foi você quem disse que meu tio não trabalhava mais para a Rebelião. Você disse que ele estava inativo.

— Isso não tem nada a ver com o seu tio. Faz seis meses que estamos monitorando Hamlett.

Seis meses?

Minha mente dispara. Isso foi muito antes de Jim ser executado. Muito antes de eu matar um coiote branco com um tiro que chamou a atenção do Comando... De repente, tudo faz sentido. Foi por isso que Cross estava lá naquela noite. Não estava comemorando o Dia da Liberdade. Estava a serviço da Elite.

Saber que estávamos sendo vigiados havia seis meses faz meu estômago embrulhar. Griff usa os túneis para contrabandear Mods para fora dos campos de trabalho. Tana trabalha na estalagem e repassa informações para a rede. Os dois estão completamente envolvidos com a Rebelião.

— Seu helicóptero parte em uma hora. É melhor você ir.

Olho feio para Cross.

— O quê? — pergunta ele.

— Prefiro quando você está me fazendo gozar.

Ele quase ri.

— Dispensada, Darlington.

Estou prestes a me virar para sair quando alguém bate na porta. Um homem na casa dos vinte anos, bem parecido com Cross, entra na sala.

Travis Redden. O coronel.

— Estou interrompendo? — pergunta ele.

Ele não está de uniforme; veste uma camisa cinza e calça preta. Seu cabelo é alguns tons mais claros que o de Cross, mas os olhos são mais escuros, de um azul intenso como o céu noturno. Embora não seja tão alto e musculoso quanto o irmão mais novo, é igualmente atraente.

— Soldado, este é o Coronel Redden — anuncia Cross.

Começo a fazer uma saudação, mas Travis sorri e diz:

— Não precisa. Não sou muito das formalidades. — Ele me observa por um momento antes de se dirigir ao irmão: — Novo membro da Elite?

Cross assente.

— Preenchemos seis vagas na sessão de verão. Darlington é uma das melhores.

Permaneço alerta, estudando Travis do mesmo jeito que ele me avalia. Eu me lembro de Roe dizendo que ele é prático, e de Cross afirmando que ele é obstinado. Seus olhos transbordam inteligência. Esse é o tipo de homem que percebe tudo. Não deixa passar um único detalhe.

— Mas não Roe — murmura Travis, com um sorriso de cumplicidade.

— Não. Ele vai conseguir um bom posto na Brigada de Prata.

Isso faz o coronel rir.

— Você é frio como gelo, irmão.

Eles parecem despreocupados com minha presença ali, mas, ainda assim, faço menção de sair.

— Estou dispensada, senhor? — Quando Cross assente, sorrio educadamente para Travis. — Prazer em conhecê-lo, coronel.

— Igualmente, soldado.

A primeira coisa que faço quando volto para o meu quarto é me reportar para Declan.

— Me designaram pra um contrabandista chamado Jasper Reed. Vou para o Setor C rastrear onde Reed esconde os suprimentos médicos roubados que fornece aos Fiéis.

— Divirta-se. Reed é um pé no saco.

— Vocês também não gostam dele? — Olha só, a Rebelião e o Comando finalmente têm algo em comum.

— Nada nos agradaria mais do que amarrá-lo a um foguete e lançá-lo direto para o sol. Ou recrutá-lo. Mas essa segunda opção está fora de questão pra ele.

— A Elite também está conduzindo outra missão em Hamlett. Você precisa avisar Griff e Tana.

— Eles já sabem.

Por mais distante que esteja me sentindo de Tana ultimamente, tenho quase certeza de que minha amiga *não* sabe dessa nova ameaça. Sim, ela percebeu que o número de soldados aumentou e sente que está sendo vigiada, mas duvido que ela ou Griff tenham noção da real extensão dos esforços do Comando.

— Não é só uma simples vigilância. Cross tem gente…

— Cross?

— Capitão Redden — corrijo depressa. — Ele acabou de designar dois Elites para acompanhá-lo em uma missão lá. Não quis me dar os detalhes.

— Você sabe quando vai acontecer?

— Não. Mas imagino que seja em breve. Por favor, só avise Griff pra ficar alerta. Vou avisar a Tana.

— Não. Não vai, não.

A indignação ferve dentro de mim.

— Ela é minha melhor amiga.

— Você não deve lealdade a mais ninguém além da Rebelião.

Cerro a mandíbula.

— Você responde à Adrienne — continua Declan. — Você responde à rede. Tudo o que descobrir dentro da Elite deve ser repassado a nós, e se decidirmos que a informação precisa chegar a outra pessoa, nós é que vamos passá-la. Guarde tudo o que sabe pra você, combinado?

Mordo o lábio.

— Combinado.

Mas, quando ele encerra a conexão, decido que não está combinado porcaria nenhuma. O que custaria avisar Tana e Griff para tomarem mais cuidado? Alertá-los de que a Brigada de Prata está conduzindo uma operação em Hamlett?

Se algo acontecer com eles que eu poderia ter evitado nunca me perdoaria.

Não há dúvida nenhuma quando abro outro caminho.

— Essa missão é uma droga — diz Kaine alguns dias depois.

Eu o encaro, sorrindo ao ver sua expressão de desânimo. Estamos alojados no setor C, dividindo um quarto com duas camas de solteiro. Já faz três dias que estamos aqui, e não posso discordar de seu comentário: essa missão é uma droga.

Até agora, a Elite de Prata tem sido uma enorme decepção.

Desde que chegamos nesse setor, tudo o que fizemos foi visitar estabelecimentos duvidosos em busca de informações ou esperar enquanto Ford conversa com seus diversos informantes. Ou melhor, Xavier. Agora temos permissão para chamar nossos antigos instrutores pelo primeiro nome, o que ainda me soa estranho.

Me recosto na cabeceira da cama, rolando a tela do meu dispositivo.

— Ele é tão bonito.

— Quem?

Toco na tela para projetar a imagem do rosto de Jasper Reed.

— É aceitável — Kaine comenta.

— Mas você é melhor, né?

— Óbvio.

Estou lendo o dossiê de Reed. Ele é um cara interessante. Parece que é leal a quem estiver pagando mais créditos no momento. Nada é mais perigoso do que uma pessoa cuja lealdade muda como o vento. Também me chama a atenção o fato de que sua rede anda contrabandeando suprimentos para as terras sem lei. A maioria dos cidadãos não se importa se os Fiéis vão sobreviver ou não.

Passo pelas imagens do acampamento dos Fiéis que a Brigada de Prata destruiu há seis meses. Eles foram encontrados morando em um sistema de cavernas no setor G.

— Você já sentiu pena deles? — A pergunta me escapa. — Dos Fiéis?

— Como assim?

Toco na tela para projetar a fotografia.

— Essas pessoas... Elas só querem paz. Às vezes, me pergunto se é justo impor a ideia de sociedade do General a elas.

Kaine franze a testa, refletindo.

— Não cabe a nós decidir isso. Nosso dever é cumprir ordens.

— Eles só querem ser livres.

— Estão roubando da Companhia.

Não posso insistir mais sem levantar suspeitas, então dou de ombros, deslizo o dedo no ar e a projeção desaparece.

Felizmente, a voz de Xavier no meu comunicador me livra de ter que explicar por que, de repente, passei a sentir empatia pelos Fiéis.

— Temos informações — ele diz. — Vamos.

O hospital é um prédio pequeno e sem graça. Um lugar deprimente comparado ao do Ponto Sacro, com suas janelas brilhantes e alas de alta tecnologia. O hospital do Ponto tem duas câmaras de regeneração. Aqui, parece que ainda usam a medicina bárbara da Era Antiga. Fazem transplantes de coração rudimentares quando poderiam simplesmente cultivar um novo em laboratório. Mas, para a Companhia, essa gente não vale o investimento, imagino. Guardam os corações perfeitos para os membros da elite. Deixam que essas pessoas se virem com um órgão retirado de outro corpo, sem garantia de que o organismo vai aceitá-lo.

O informante de Xavier disse que Reed está movimentando o contrabando através desse hospital, com a ajuda de funcionários que escondem os suprimentos no porão. Kaine e eu acessamos o porão por um dos lados do prédio, enquanto Xavier entra sozinho pelo outro. Descemos sorrateiramente por um corredor comprido, onde os tubos de iluminação fluorescente crepitam alto demais para o meu gosto. Parece que vão explodir a qualquer momento e incendiar o hospital inteiro.

Nossos passos ecoam nas paredes de concreto, abafados pelo linóleo desgastado do chão. O informante disse que não há ninguém aqui durante o dia, que os suprimentos são retirados à noite, mas mesmo assim aperto o cabo da arma, com os sentidos aguçados enquanto nos aproximamos de uma bifurcação. Kaine e eu trocamos um olhar. Sem uma palavra, nos separamos, cada um seguindo um caminho diferente.

Eu me movo com cautela, examinando cada sombra em busca de qualquer sinal de movimento. O cheiro de desinfetante paira no ar.

De repente, um som abafado chama a minha atenção — um murmúrio fraco vindo de detrás de uma porta fechada logo à frente.

Levo a mão ao comunicador no ouvido.

— Condor, ouço sinais de vida.

Há uma janela na porta. Espio por ela e franzo a testa. Tem gente lá dentro.

— Pomba Ferida. — Ouço a voz de Ford no meu ouvido e xingo mentalmente esse maldito codinome que me seguiu do treinamento para a vida real. — Relatório.

— Tem pessoas aqui, K.

— Não estamos procurando pessoas. Estamos procurando suprimentos.

— Eu sei, mas... Isso é...

Não consigo compreender direito o que estou vendo. Essas pessoas... Algumas estão presas a camas hospitalares, imobilizadas por algemas de couro nos pulsos. Não parecem estar com dor, mas em estado de agitação. Um paciente de avental cinza passa vagando diante da janela.

Contrariando meu bom senso, puxo a maçaneta da porta. Ela se move, abrindo uma fresta. Metade de mim espera um alarme disparar, mas nada acontece.

Esqueço meu objetivo. A missão. Entro no cômodo grande, que parece ser uma enfermaria inteira repleta de pessoas de avental cinza. Cerca de vinte delas. Os que estão andando para lá e para cá mal notam minha presença. Do outro lado da sala, há uma parede de armários e algo que parece um freezer. Através do vidro, vejo tubos de sangue e frascos com um líquido transparente.

Respiro fundo e me aproximo da cama de uma mulher morena com ombros ossudos e dedos longos, que estão retorcidos em seu colo. Ela arregala os olhos ao me ver, mas não acho que esteja me enxergando de verdade. Ela sente minha presença, no entanto. Seu olhar vago se transforma em puro desespero.

Ela começa a falar. Não, a murmurar. Repetindo a mesma frase:

— Cala a boca. Cala a boca. Cala a boca. Cala a boca. Cala *a boca*.

Choramingando, ela cobre as orelhas com as mãos e se balança, sentada de pernas cruzadas na cama.

Meu coração para quando percebo seus braços. As veias.

Ela é Modificada.

— Cala a boca. Cala a boca. Cala a boca cala a boca cala a boca *cala a boca cala a boca*.

As veias dela brilham e se movem, ondulando como enguias finas rastejando sob a pele, mas não de forma constante. O brilho prateado pisca e some. Para e recomeça. Seu corpo, sua mente, estão falhando como um aparelho prestes a pifar.

A mulher na cama ao lado arranha as próprias têmporas em silêncio. Diferentemente da vizinha, ela tem uma faixa preta tatuada ao redor do pulso, a marca que confirma que é uma Mod. Mas não tem a faixa vermelha.

Observo a fileira de camas ocupadas. Nenhuma das tatuagens que vejo tem a faixa vermelha. Eles não são escravos.

Mas são Mods. A maioria, pelo menos. Nem todos têm as veias pulsando, mas não sei dizer se é porque não estão usando seus dons. As veias que estão visíveis parecem estar presas nesse ciclo intermitente de falhas. Como luzes piscando.

— Wren? — A voz confusa de Kaine vem da porta.

Eu o ignoro. Me aproximo da cama seguinte, onde um jovem de cabelo escuro está deitado, encarando o teto com um olhar vazio. A cena me causa um arrepio tão forte que apresso o passo. A paciente seguinte está imobilizada. Balbucia frases sem sentido, em um murmúrio quase incoerente.

— No jardim com as janelas, mas eu vi... quando ele viu... às vezes nas montanhas... Henry, mas então ninguém. Quando ela morreu... e depois juntos, água para Keren...

Não faz sentido nenhum.

Cada paciente parece mais perdido e desconexo do que o anterior.

— Darlington. — Agora, ouço a voz de Ford.

Eu me viro para a porta.

— O que é isso? — pergunto ao tenente.

Fico surpresa ao ver um lampejo de tristeza no olhar dele.

— O que *é* isso? — repito. — Por que eles estão aqui?

— Eles estão fragmentados.

É então que entendo. Lembro de uma conversa que tive com Jim há muito tempo, lá na Floresta Sombria, quando ele tentou me explicar o que acontece quando uma mente não é forte o suficiente para suportar nossos dons. Na época, não me pareceu real, a ideia de que abrir caminhos e se conectar com outras mentes poderia ser demais para aguentar, que poderia destruir alguém. Que alguns leitores de mentes não eram capazes de filtrar ou se conectar quando queriam, que seus escudos não eram tão bons para reter a barragem de vozes vindas de outras mentes.

Agora estou cercada por uma sala inteira de pessoas com mentes fragmentadas e é impossível ignorar o medo que faz meus joelhos fraquejarem. E se *meu* cérebro não tivesse sido forte o suficiente? E se eu tivesse acabado em um lugar como este?

Por que eles estão em um lugar como este?

A pergunta me paralisa. Sim. Por quê? As doenças mentais não são toleradas no Continente; o General acha que tratá-las é um desperdício de recursos. A esquizofrenia talvez seja a condição mais próxima do que esses fragmentados estão passando, mas é raro encontrar alguém com essa doença. Se o General não tolera doenças mentais nem entre os Primais, por que manteria Mods vivos em uma ala hospitalar?

— Por que vocês não matam todos eles? — pergunto a Xavier, mas sei a resposta para minha própria pergunta quando olho para a parede do outro lado da sala.

O freezer.

Os frascos de sangue.

Uma onda de horror me atinge como um tsunami.

— Estão fazendo *experimentos* neles?

— Não faço ideia do que acontece aqui — ele responde. — E não é problema meu, porra. Estamos aqui em uma missão. Vamos, Darlington.

Relutante, viro as costas para os Mods fragmentados. Dou três passos em direção à porta quando uma das pacientes sem amarras estende a mão e agarra meu braço. E começa a gritar. Um grito estridente, cortante, interminável. Quando tento me soltar, ela me agarra com mais força, as unhas quebradas arranhando minha pele, abrindo cortes.

Há um alvoroço na porta quando três atendentes de branco entram às pressas para afastá-la de mim.

— Está tudo bem, Eleanor. Tudo bem. Você está bem.

Dois homens a conduzem de volta para a cama, enquanto a terceira atendente, uma mulher corpulenta de ombros largos, se vira para nós com um olhar furioso.

— Saiam daqui! — ela rosna. — Não me importa de que brigada vocês são. Vocês não deveriam estar aqui.

Prendo a respiração, sentindo meu coração prestes a saltar do peito, porque não, eu *não* deveria estar aqui. Não deveria. Enquanto corro para a porta, rezo a um deus em que não tenho permissão para acreditar. Rezo para que isso nunca aconteça comigo. Para que nunca chegue o dia em que eu não consiga fechar um caminho ou silenciar as vozes.

As palavras de Jim naquele dia na clareira ecoam na minha mente:

Nossos dons nem sempre são uma dádiva, passarinho. Às vezes, são uma maldição.

Encontramos a sala de suprimentos. Xavier chama uma equipe da Brigada de Ouro para desmontá-la e isolá-la. Depois do que vi no porão do hospital, o restante parece sem importância. Eu me conecto com Adrienne bem na frente de Xavier e Kaine enquanto seguimos para o campo de pouso. Compartilho com ela sobre a ala fragmentada e, embora sua voz transpareça nojo, ela me surpreende por não parecer nem um pouco surpresa.

— Eu sei.

— Como assim, você sabe?

— Existem lugares assim por todo o Continente. Não é novidade. Nem todo mundo consegue lidar com os dons que recebemos.

— E isso dá ao General o direito de fazer experimentos com eles?

— Claro que não.

— Eu quero matar esse homem — rosno para Adrienne.

— Se controle. Você não está aqui pra ser o fogo que incendeia o mundo, Wren. Você é só uma lasca de lenha.

Kaine olha para mim enquanto prendemos os cintos no helicóptero.

— Tudo certo, boiadeira?

— Não gostei dessa operação — digo, sem emoção.

— Acho que ninguém gostou.

— Mudando de assunto — diz Adrienne —, precisamos que você fique de olho quando estiver nos setores. Nossa investigação sobre a execução de Julian está oficialmente estagnada.

— E o que mais vocês precisam investigar? Ele foi assassinado, porra. Fim de papo. — Não consigo evitar o tom de amargura.

— Ouvimos boatos de que havia um incitador na multidão naquele dia.

Meus pulmões travam, como se o ar tivesse sumido.

— Estamos tentando verificar essa informação, mas tudo leva a um beco sem saída. Você estava lá naquele dia... viu alguma coisa?

— Não. Como eu disse para Tana, percebi que o pelotão de fuzilamento agiu estranho, confusos por um momento, mas não parecia que estavam sendo controlados por alguém.

De algum jeito, uma lasca de oxigênio consegue entrar. Meu suspiro desesperado sai como um chiado, e Kaine estende a mão, segurando a minha.

— Darlington. Olha. Eu sei que foi... bom, foi horrível. Mas você precisa tirar isso da cabeça — ele diz, com a voz suave.

— Vou tentar — digo em voz alta.

Em silêncio, digo:

— Se havia um incitador lá naquele dia, a única certeza que eu tenho é que não era eu. Se é esse o rumo que a conversa está tomando.

— Não. Nós já sabemos disso.

Eles sabem?

— A rede mantém registros de todos os incitadores conhecidos. Todo agente é obrigado a declarar suas habilidades e as da família, principalmente se forem dons mais raros. Julian relatou os seus quando você manifestou aos doze anos.

Não sei como continuo de pé com essa onda de emoções prestes a me derrubar.

Julian Ash.

Tio Jim.

Não sei o que fiz para merecer esse homem, mas sempre fico impressionada com o quanto ele cuidou de mim ao longo dos anos. Até onde foi para me proteger. Mesmo nos bastidores, ele estava tentando me manter segura.

Nunca senti tanta falta de alguém como sinto dele.

Estamos no ar há alguns minutos quando Xavier recebe um alerta. Ele toca o fone de ouvido, depois solta o cinto e marcha até a cabine.

— Mudança de planos. — Escuto ele dizer ao piloto. — Vamos para Z.

Meu corpo enrijece.

— Z? — repito, quando ele volta para o assento.

— Cross pediu reforços. — Ele me olha com um sorriso irônico. — Parece que você vai voltar pra casa.

39

A estação do controlador em Hamlett é um modesto complexo de tijolos localizado a cerca de um quilômetro e meio da praça central da cidade. Abriga o escritório do Controlador Fletcher, um pequeno dormitório para soldados de passagem, uma sala de conferências e algumas celas e salas de interrogatório. É tão estranho estar de volta aqui, dirigindo pelas ruas estreitas onde eu andava de bicicleta. A praça parece minúscula agora. Talvez eu tenha crescido demais. O que é irônico, já que não passei os últimos meses explorando o grande e vasto Continente. Fiquei isolada na base.

Ainda assim, Hamlett parece menor agora.

Insignificante.

Cross nos encontra do lado de fora do complexo, mas, em vez de nos dar qualquer informação, ele e Xavier se afastam para conversar. Minha ansiedade só aumenta enquanto sou forçada a ficar ali, esperando, sem fazer ideia de por que estamos aqui.

Apesar do nervosismo, não consigo evitar notar como ele está bonito. O uniforme do Comando e a camiseta preta estão coladas em seu corpo alto, e o suor brilhando em sua testa revela o calor da noite. O verão já acabou, mas Hamlett continua sufocante até em meio ao outono.

Quando os dois retornam, Cross me encara e fala de forma lacônica:

— Você conhece bem Griff Archer?

O sangue gela nas minhas veias. Fico em dúvida sobre qual é a melhor forma de responder, mas não tenho muito tempo para pensar.

— É o dono do pub. E o pai da minha melhor amiga.

— Certo. Sua amiga. Tanya, não é?

— Tana. — Cerro os dentes. — O que está acontecendo aqui? Achei que vocês precisavam de reforço.

— Precisamos. Vamos precisar de uma equipe quando fizermos Archer ceder.

Sinto como se uma explosão gelada estourasse no meu peito. Respiro fundo para me recompor. Minhas mãos estão trêmulas.

— Como assim, "ceder"?

— Ele passou o dia inteiro sendo interrogado.

Olho para o prédio no mesmo instante.

— Por quê?

— Archer e a filha tentaram fugir. Conseguiram despistar nossa vigilância algumas noites atrás e, de algum modo, saíram de Z sem serem detectados. Ontem à noite, foram parados em um posto de controle em S, onde Archer tentou atropelar dois soldados da Cobre com a caminhonete. Trouxemos os dois de volta para Z para serem interrogados.

A culpa me aperta por dentro. Isso é culpa minha. Fui eu quem avisou que a Brigada de Prata estava aqui. Eles devem ter planejado a fuga logo depois que falei com Tana.

Meu estômago se revira, a bile queimando minha garganta. Achei que estava ajudando ao dar aquele aviso. E agora...

Acho que vou vomitar, de verdade.

— Acreditamos que eles saíram por um túnel.

É preciso um esforço absurdo para não reagir.

— Estamos procurando há semanas, sem sucesso. Fizemos vários sobrevoos com imagens térmicas. Não encontramos um único sinal de calor subterrâneo.

Sim, porque o túnel inteiro é reforçado com aço. Imagens térmicas não enxergam através de metal.

Ainda assim, estou surpresa que a Inteligência do Comando não saiba da existência de um túnel que foi construído por Primais. Tudo bem, foi cem anos atrás. Registros se perdem. Mapas são queimados. Mods se aproveitam da ignorância.

Tento afastar minha náusea.

— Cadê a Tana? — pergunto a Cross.

— Está detida na estalagem.

— Quem está de sentinela?

— Booth.

Anson? Não. Nem fodendo. Não quero aquele esquisito perto da minha melhor amiga.

O pânico ameaça levar a melhor sobre mim, mas respiro fundo e penso nas minhas opções. Preciso entrar em contato com Tana. Agora.

Mas minha tentativa de conexão não dá em nada. Ela está sendo vigiada, então.

— Vamos entrar — diz Cross. — Tyler e Hadley devem estar terminando com Archer.

Sinto as pernas tremendo a cada passo. Espero que esteja disfarçando bem meu pavor. Mas acho que sim, porque ninguém me olha duas vezes nem pergunta se estou bem. Mas, assim que entro na estação, um rapaz que me parece vagamente familiar me olha de um jeito estranho. Demoro um instante para reconhecê-lo. Ele é o assistente do controlador.

— Wren!

E por falar no controlador.

O homem grande e barbudo atravessa a recepção e, para minha surpresa, me puxa para um abraço. Fletcher e eu nunca fomos próximos. Acho que nunca nos cumprimentamos, quem dirá com um abraço.

— Estávamos preocupados com você — diz Fletcher.

— "Estávamos"?

— Todo mundo na vila. Você nunca respondeu às minhas chamadas.

— Eu não recebi nada seu.

Resisto à vontade de lançar um olhar fulminante para Cross. Porque, se alguém do mundo exterior tentou entrar em contato comigo pelos canais oficiais, foi por culpa dele que as mensagens não chegaram até mim.

— Estive treinando no Programa — digo a Fletcher.

— Foi o que ouvi dizer. — Com um olhar cauteloso, ele observa Cross. Está claro que Fletcher não confia nele. — Enfim, bom te ver. — Ele aperta meu ombro de leve. — Fico feliz que esteja bem.

— Podemos deixar essa reunião pra outra hora? — Ninguém deixa de notar o sarcasmo na voz de Xavier.

Deixando Fletcher e sua equipe para trás, Cross nos conduz a uma pequena sala de reuniões, onde Tyler e Hadley o atualizam.

— Ele ainda não revelou a localização do túnel — Hadley informa.

Mantenho a expressão neutra. Sei exatamente onde fica o túnel. Eu o usei para sair da cidade quando fui resgatar Jim. Acho que seria capaz de desenhar um mapa de todo o sistema.

— Ele não está falando nada — diz Tyler. — Se ele for sangue de prata, não está usando os dons. Nos certificamos de que os braços dele não estejam cobertos. Mesma coisa com a garota.

Eu me sinto enjoada de novo. Tana está sozinha na estalagem. Com Anson vigiando-a com aqueles olhos de cobra nojentos. Seu olhar repugnante.

Tento me conectar com ela de novo, torcendo para que Anson tenha saído para mijar ou algo assim, mas o canal dela continua fechado.

— Me deixa falar com Griff — solto, interrompendo Tyler no meio da frase.

Cross ergue uma sobrancelha.

— Não.

— Eu o conheço desde que tinha oito anos. Se ele for falar com alguém, vai ser comigo — insisto. — Garanto a você que se esse túnel de fato existe, ele vai me contar.

— Ou — rebate Cross — usamos a filha como barganha para fazê-lo falar.

Olho para ele, indignada.

— Vocês não vão usar minha amiga como moeda de troca.

Ele fica completamente sério.

— Essas pessoas fazem parte de uma célula da Rebelião. Elas não são suas amigas.

— Eu sei. Já entendi o que você quer dizer. — Cerro os dentes. — Mas os conheço praticamente minha vida toda, e se você estiver certo, se eles estiverem mesmo trabalhando para o inimigo, eu consigo fazê-los falar. Se eu prometer a Griff que Tana ficará segura, ele vai nos contar o que quisermos saber.

— Quem disse que ela vai ficar segura? — Xavier murmura, arrastando as palavras.

Olho para ele como se quisesse matá-lo.

— Vocês não vão machucá-la.

— Não cabe a você decidir. Os dois serão enviados ao Tribunal para julgamento.

— *Não* — apelo para Cross. — Por favor, se eu conseguir fazer com que ele revele a localização do túnel, você pode me prometer que eles não vão para o pelotão de fuzilamento?

Do outro lado da sala, Hadley intervém com sua típica firmeza:

— Ajudar o inimigo é traição, Darlington. A pena é a morte.

— Às vezes, as pessoas são enviadas para campos de trabalho forçado — rebato. — Às vezes, são mais úteis vivas do que mortas. Tipo a sua mãe.

Ele prende a respiração.

— Ah, sim, ouvi falar da sua mãe Aberrante — digo com frieza, feliz em vê-lo empalidecer. Depois, volto a atenção para Cross. — Por que Tana e Griff não podem ser condenados ao trabalho forçado?

— Porque ainda não sabemos a extensão dos crimes deles.

Cross está claramente perdendo a paciência comigo, mas eu o pressiono mais uma vez.

— Se eu conseguir fazer com que ele revele onde está o túnel, você poupa a vida deles? Pode me garantir isso?

Ele hesita.

— Por favor.

Após um instante, Cross cede.

— Vou falar com o General.

O fato de Griff não estar amarrado me diz que ele não tentou resistir. E claro que não tentaria, não com a vida da filha em risco. Ele jamais arriscaria o bem-estar ou a segurança de Tana.

Ele está sem camisa. Querem poder ver seus braços caso ele use alguma habilidade, o que é uma perda de tempo, porque Griff não é Modificado. Mas eles não sabem disso.

Ele me observa enquanto me aproximo da mesa e, embora sua mandíbula quadrada continue tensa, percebo que sua expressão fica mais suave.

— Bom te ver, garota. — A voz grave e familiar de Griff faz meu peito doer.

— Você está bem? — pergunto. — Eles te machucaram?

— Não.

Não me importo que nossa conversa esteja sendo gravada, que estejamos sendo vigiados. Tocar no prisioneiro não faz parte dos protocolos de interrogatório, mas mesmo assim aperto sua mão ao me sentar na frente dele.

— Acabei de chegar — digo. — Disseram que Tana está na estalagem. Ela está bem. — Assim espero.

— Você falou com ela?

A pergunta tem duplo sentido. Quando balanço a cabeça, sei que ele entende que não consegui me conectar com ela. Vai ser impossível ter essa conversa com todo mundo ouvindo. Há tantas coisas que quero dizer, mas não posso.

— Acabou — digo a Griff.

Por um instante, ele parece surpreso.

— Seja lá o que vocês estiverem fazendo aqui, tem que parar. Nós vamos encontrar o túnel.

Eu digo "nós", mas ele sabe que quero dizer *eles*, ou ao menos rezo para que saiba. Rezo para que confie em mim o suficiente para entender que nunca trairia a nossa gente.

— Consegui que meu capitão prometesse que, se você nos der a informação de que precisamos, você e Tana não serão feridos.

O riso debochado de Griff ecoa pelas paredes.

— Ah, claro, garota. Tenho certeza de que o General vai deixar dois suspeitos de operar para a rede saírem daqui como se nada tivesse acontecido.

— Não. Mas o filho dele está disposto a negociar.

Ele ergue as sobrancelhas grossas.

— Capitão Redden — esclareço. — Ele está lá fora agora. E me deu autorização para te oferecer um acordo. É verdade. Você sabe que eu nunca te passaria a perna.

Aperto a mão dele de novo.

— Não é um truque. Não é uma armadilha. Acabei de arriscar minha pele lá fora lutando por você. Mas se não ajudar eles... quer dizer, nós — me corrijo depressa, torcendo para que ninguém tenha percebido —, vão mandar vocês dois para o Tribunal. E você sabe que a sentença favorita do Tribunal é o pelotão de fuzilamento.

Vejo a dor em seus olhos. Ele sabe o que a filha é e sabe o que vai acontecer se descobrirem que ela é Modificada.

— Trabalho forçado, é? Você acha que eu quero minha filha passando o resto da vida escravizada em uma mina de sal?

— Pelo menos ela vai ter uma vida. Por favor, Griff. Faça um acordo. Diga como a Rebelião opera aqui em Hamlett. No Setor Z. Dê a localização do túnel que eles usam para contrabandear os Aberrantes e eu prometo que sua vida e a de Tana serão poupadas.

— Wren!

A voz dela corta minha mente de repente, me pegando desprevenida. Por um instante, não consigo esconder a surpresa. A última vez que alguém criou um caminho sem minha permissão foi quando Lobo se infiltrou na minha mente, ainda na infância.

— Você está bem? — Griff pergunta, franzindo a testa.

— Estou. — Engulo em seco, com medo. — Desculpa, eu só estava pensando na Tana. Não quero que nada aconteça com ela, Griff. E a única maneira de evitar isso é se você falar comigo.

— Wren! Preciso de você.

40

Com a telepatia, às vezes é difícil interpretar com exatidão as emoções de alguém. Sim, é possível captar o tom dependendo do quanto você está concentrado, mas pode acabar perdendo nuances. O que você escuta nem sempre corresponde ao que a pessoa está sentindo.

Mas não há nenhum mal-entendido agora.

Terror e desespero.

É isso que Tana está sentindo.

É impossível me concentrar em Griff, então me recosto na cadeira, esfregando as têmporas como se tentasse amenizar uma dor de cabeça.

— O que está acontecendo? — pergunto a Tana. — Você está bem?

— Preciso de você. Onde você está? Não sei o que fazer.

— Estou em Hamlett.

— É sério? — O alívio dela me atinge como uma rajada de vento. — Por favor, vem. Estou na estalagem. Você precisa vir o mais rápido possível.

Engulo o pânico crescente. Não faço ideia de como vou conseguir sair daqui.

— Que tal eu chamar o capitão aqui pra que ele possa confirmar o acordo? — digo para Griff, arrastando a cadeira para trás. — E vou pegar um café pra nós. Preciso de cafeína. Parece que minha cabeça vai explodir.

Griff não é burro. Ele me conhece bem e entende o significado do meu olhar.

— Você pode confiar no Capitão Redden. Eu prometo, o acordo é real.

Pelo menos, espero que seja. Cross disse que pouparia a vida deles, e eu preciso acreditar que ele vai cumprir a palavra.

Griff faz que sim com a cabeça. Quando nossos olhares se encontram, percebo seu pedido silencioso. Ele sabe que estou indo atrás de Tana.

Saio para o corredor e dou de cara com Cross, que me encara com a testa franzida.

— Por que você saiu? Que merda foi aquela?

— Ele precisa ouvir você confirmar o acordo — minto. — Vi na cara dele que precisava escutar isso de uma autoridade. Ele ainda me vê como uma garotinha. Deve achar que não tenho poder pra garantir um acordo.

É uma desculpa convincente, e Cross acredita.

— Eu falo com ele — diz. — E esse café me parece uma ótima ideia. Traz um pra mim também.

— Wren! Por favor. Me ajuda.

— Estou tentando. Me diz o que aconteceu.

— Preciso de você. Quarto 4.

— Eu só preciso de um pouco de ar — solto de repente.

A expressão de Cross se fecha ainda mais.

— Só por um minuto. Eu só... Foi difícil ver ele assim. Preciso de um momento para me recompor antes de continuar.

— Não demore.

— Já volto — garanto.

Mantenho o passo controlado até virar a esquina. Então saio em disparada como minha égua quando escuta um trovão, correndo em direção à saída.

Lá fora, a estação de controle está vazia. Daqui até a praça central e a estalagem é cerca de um quilômetro e meio. Eu poderia tentar correr, mas temo ser capturada antes de chegar lá.

Não posso arriscar pegar nenhum dos caminhões do Comando, então analiso a área até encontrar uma moto preta, coberta de poeira, encostada em uma parede. O bloqueio no sensor de toque não está ativado.

Com apenas um instante de hesitação, jogo uma perna por cima da moto.

Vou devolvê-la. Não estou roubando. Só preciso chegar até Tana.

— Tana, fala comigo — digo, acelerando pela estrada.

Ela não responde, mas continuamos conectadas. Sei que ela está me ouvindo.

— Estou a caminho.

— Por favor, vem logo. — A voz dela é um sussurro. A angústia em suas palavras se espalha pela minha mente como uma pedra quicando na água, criando ondas.

Ainda estou com o fone de ouvido, mas a linha permanece silenciosa. Nada de Xavier, Hadley ou Cross gritando para eu dar meia-volta e voltar para a base. Ainda não perceberam que sumi.

Em poucos minutos, chego à estalagem, abandonando a moto na praça. Não há guardas do lado de fora. Entro e encontro a recepção vazia. O lugar está tão silencioso que sinto um arrepio.

Subo correndo até o segundo andar. O quarto 4 fica no fim do longo corredor. No topo das escadas, diminuo o ritmo, deixando o instinto de treinamento assumir. Não faço ideia do que vou encontrar ali dentro, e entrar arrombando a porta, com a arma em punho, não é uma opção.

Percorro o corredor acarpetado com cuidado e aviso Tana que cheguei.

— Estou quase na sua porta. Me deixa entrar.

Ouço um ruído baixo. A maçaneta começa a girar, uma fresta da porta se abrindo.

Do outro lado, grandes olhos castanhos e aterrorizados encontram os meus. Um segundo depois, Tana solta um soluço sufocado e me puxa para dentro, trancando a porta atrás de nós.

A cena diante de mim me paralisa.

Lá está Anson, estirado na cama, em uma poça de sangue.

Morto.

Completamente, indiscutivelmente morto. Olhos sem vida fixos no vazio.

Fico sem ar e cambaleio para trás.

— Meu Deus. Tana... O que aconteceu?

As mãos dela tremem sem parar quando abraça o próprio corpo, esfregando os braços.

— Eu... eu não queria... Ele... ele me atacou.

Dou um passo hesitante, meu olhar alternando entre Tana e o corpo na cama. O cabelo longo dele está molhado. Encharcado de sangue. O buraco da bala não está bem entre os olhos. Está mais para o lado esquerdo, perto da testa. Não há respingos na cabeceira, apenas nos lençóis, e a direção do sangue indica que foi projetado para o pé da cama, o que me diz que ele provavelmente estava por cima dela, voltado para a cabeceira. Parece que Tana o virou quando saiu de debaixo dele.

A calça do uniforme dele está desabotoada.

O vestido dela está rasgado.

O gosto ácido da bile sobe pela minha garganta, e meu coração se estilhaça em um milhão de pedaços quando entendo a gravidade do que aconteceu.

— Eu o matei. — Ela está claramente em estado de choque. Me encara sem piscar, o rosto úmido de lágrimas.

— Ei. Tana. Me escuta. Está tudo bem. Você está bem.

Eu a puxo para um abraço forte, e no instante em que meus braços a envolvem, ela começa a tremer. Sem parar. A respiração sai em soluços instáveis.

— Vai ficar tudo bem, querida. Eu prometo. — A promessa soa vazia sob o peso da verdade.

— Esperei até ele... até ele estar... distraído. Foi o único momento em que baixou a guarda...

Ela murmura. Ofegante. Tremendo nos meus braços, e a fúria me atinge como um chicote estalando no ar.

Mal consigo respirar. Estou tão furiosa. Ele encostou nela. Ele...

Viro o rosto, desviando de Anson. Eu sabia que ele era perigoso desde o momento em que nossos olhos se cruzaram no dia da orientação, e estou feliz que esteja morto. Só queria que alguém o tivesse matado antes que ele machucasse minha melhor amiga.

— Peguei a arma dele. — As lágrimas dela encharcam minha camisa. — Atirei na cara dele.

Faço carinho no cabelo escuro dela.

— Está tudo bem. Vamos dar um jeito nisso.

Como?, minha mente grita.

Como vamos "dar um jeito nisso"? Ela matou um soldado da Brigada de Prata.

Eu me afasto um pouco, seguro o rosto dela e enxugo as lágrimas com os polegares.

— Tana. Eu preciso que você me escute agora, entendeu?

Ela não pisca. Parece atordoada.

— Você não matou ele.

— O quê? — A confusão é nítida no rosto dela.

— Você não matou ele. *Eu* matei. Entrei no quarto e encontrei ele em cima de você. E eu matei ele. Entendeu?

Tana volta a tremer.

— Wren, não. Você vai ser mandada para o Tribunal.

— Não se eu disser que foi legítima defesa. — Vou até o armário, procurando algo para ela vestir. Encontro um cardigã masculino e entrego para ela. — Aqui. Coloca isso. Você está tremendo.

Não sei como estou conseguindo manter a compostura.

A arma caiu no chão depois que ela atirou em Anson, e eu me abaixo para pegá-la. Caminho ao redor da cama até o lado direito de Anson. Ele era destro, eu me lembro. Enrolo seus dedos em torno da arma e posiciono seu indicador no gatilho. Ele morreu há pouco tempo, então os dedos ainda não estão rígidos. Consigo manipulá-los com facilidade.

Endireito a postura e saco minha própria arma. Não tenho um silenciador, e rezo para que ninguém ouça o que estou prestes a fazer. Se ouvirem, vamos ter que agir ainda mais rápido.

— Vem cá. — Com um toque suave, empurro Tana para a poltrona no canto do quarto. — Fica aí um segundo.

Ela me encara, assustada, enquanto me vê levantar a arma.

— O que você está fazendo?

— Montando a cena — digo, e dou um tiro na porta.

A história se desenrola na minha cabeça.

Saí da estação para ver se Tana estava bem. Não suportava a ideia de ela estar presa.

Entrei no quarto e encontrei Anson atacando a prisioneira.

Quando me viu, ele atirou. Por sorte ele errou e a bala atingiu a porta.

Eu reagi. Tiro fatal. Levo a legítima defesa muito a sério.

Qualquer um que analisar a cena com atenção vai perceber que os respingos de sangue não batem com a minha versão, mas a única coisa boa no sistema de justiça do General é que ninguém se dá ao trabalho de investigar muito a fundo. Suspeitos não têm o benefício da dúvida, e não há tempo nem recursos para investigações longas e detalhadas.

Tudo que preciso é que Cross acredite na minha palavra.

Como se tivesse ouvido meus pensamentos, sua voz furiosa explode no meu fone de ouvido:

— Cadê você, Pombinha?

Olho para Tana.

— Você vai conseguir seguir o plano?

Apesar das lágrimas e dos tremores incontroláveis, ela faz que sim com a cabeça.

— Ótimo. — Toco no meu fone de ouvido. — Estou na estalagem. Houve um incidente.

— Que incidente? — Cross pergunta.

— Matei Anson.

Cross não engole essa.

Dá para ver pela maneira como ele examina a cena. Seus olhos azuis se movem entre mim e Tana. Céticos. Calculistas. Mas ele suaviza o olhar quando percebe o estado do vestido dela. Suspirando, ele se vira para a cama, avaliando o sangue nos lençóis. O buraco na cabeça de Anson.

Xavier entra logo depois, praguejando alto o bastante para fazer Tana se encolher na poltrona, abraçando o próprio corpo.

— Que porra é essa, Darlington? — Xavier questiona.

— Ele atirou em mim — respondo, a voz fria. — Vim ver minha amiga e a ouvi gritar. Arrombei a porta, encontrei Anson em cima dela e mandei ele parar. Ele se virou e atirou em mim.

Para reforçar minha fala, aponto para a bala cravada na porta atrás de nós.

— Eu atirei de volta — concluo.

Todos ficam em silêncio.

Os dois trocam um olhar. Depois, se concentram no corpo de Anson, em Tana tremendo na cadeira.

Passo um braço protetor sobre os ombros dela.

— Está tudo bem. Você está segura agora. — Olho para Cross. — Ele a atacou. Foi legítima defesa. — Percebo como isso soa e acrescento: — Eu me defendi depois que ele atirou em mim.

Ele esfrega a testa.

— Puta merda.

— Capitão? — Xavier chama, cauteloso.

Por fim, Cross ativa o comunicador no ouvido.

— Hadley, precisamos de uma equipe de limpeza na estalagem.

Ouço a resposta de Hadley pelo canal.

— Entendido.

— Cadê meu pai? — Tana pergunta. Já não parece tão atordoada. Está voltando a si.

— Ele está sendo transportado neste exato momento — diz Cross. Ele olha para mim. — Ele revelou a localização do túnel.

O olhar de Tana se enche de medo.

— Transportado para onde?

— Para a mina no Setor D. Foi condenado a trabalho forçado.

Um som sufocado escapa de seus lábios, e aperto de leve seu ombro em um gesto de conforto.

— Você vai para X cumprir sua sentença — informa Cross.

Ela olha para mim no mesmo instante.

— Do que ele está falando?

— Sinto muito — é tudo o que consigo dizer. Mas com o cardigã cobrindo seus braços, consigo transmitir mais do que um pedido de desculpas. — Foi a única forma de salvar você do pelotão de fuzilamento. Vocês foram acusados de traição. Vou entrar em contato com a Rebelião assim que puder e tentar tirar você de lá.

Ela me encara, atônita.

— Eu não vou para um campo de trabalho forçado.

Cross corta as objeções dela.

— Você não tem escolha.

Mas o olhar dela continua fixo em mim.

— Wren. Você não pode deixar que façam isso.

— Você não pode deixar que me levem, porra!

— Eu também não tenho escolha. Lutei pra conseguir esse acordo.

— Isso é maior do que nós duas, Tan. Você sabe que é. Vou encontrar um jeito de tirar você de lá. Prometo.

— Você... — A respiração dela acelera enquanto me encara, horrorizada. Pura traição.

Por um instante, temo que ela vá expor o que sou. Que estamos nos comunicando telepaticamente.

Então ela olha para o corpo de Anson e se sobressalta como se tivesse levado um choque. É como se, de repente, se lembrasse do que aconteceu, do que ele fez com ela. E os últimos pedaços do meu coração se estilhaçam ao ver toda a luz desaparecer dos olhos de Tana. Ela está destruída. Devastada.

Aquela expressão fica gravada na minha mente, me assombrando por muito tempo depois de Xavier escoltá-la até a porta.

* * *

Já é tarde quando voltamos para a base. Não falo com ninguém. Tentei me conectar com Tana umas cem vezes, mas ela não me deixa entrar. Ou não quer falar comigo, ou não consegue. E eu aposto na primeira opção.

Deixei que eles levassem minha melhor amiga para um campo de trabalho forçado. Fiquei lá parada, vendo aquilo acontecer. Pior: facilitei o acordo.

Diante do espelho do banheiro, encaro meu próprio reflexo e murmuro:

— Quem é você, porra?

A Wren de alguns meses atrás teria lutado até a morte para salvar a amiga.

Mas, o tempo todo que Tana implorava para eu fazer alguma coisa, só conseguia pensar nos meus pais e em tudo que sacrificaram pela Rebelião. Trabalhei feito uma condenada para chegar até a Elite, e lutar por Tana significaria destruir o disfarce que construí, o voto de confiança que conquistei.

Se é que alguém ainda confia em mim depois dessa noite. Encobrir a morte de Anson foi uma loucura sem tamanho.

Arrisquei o pescoço até onde pude por Griff e Tana. De que adianta para a rede se eu acabar em um campo de trabalho forçado, cavando sal ou carvão ao lado deles? Posso fazer mais aqui, infiltrada na Elite de Prata.

Então, continuo olhando no espelho. Para os olhos dourado-amarelados e a pele bronzeada que dizem que herdei da minha mãe. Para o cabelo castanho e as maçãs do rosto do meu pai. Quanto mais encaro meu reflexo, menos reconheço a mulher diante de mim.

A mulher que convenceu Griff a aceitar um acordo em vez de lutar, que deixou Tana ser levada, que matou Bryce Granger.

Eu não sei mais quem sou.

Segurando as lágrimas, entro no chuveiro e aumento a temperatura ao máximo. Até minha pele ficar vermelha, ardendo. Imagino minha identidade sendo queimada junto com a vergonha do que fiz.

— O que você está fazendo?

Cross surge como uma silhueta difusa no meio da cortina de vapor. Quando sua imagem se torna mais nítida, consigo distinguir a preocupação em seu rosto.

Não sei como ele entrou nos meus aposentos. E não pergunto. Ele é um soldado muito melhor do que jamais serei. Quando me encara através do vidro embaçado, sua expressão se suaviza. Então, ele tira a camisa e abre a calça. Nu, entra no box e fica atrás de mim. Não me viro para encará-lo. Não quero ver seus olhos. Ele envolve meu corpo com os braços fortes, os antebraços cobrindo meus seios, o peito musculoso pressionado contra minhas costas. Não sei quanto tempo ficamos assim, cercados por vapor e silêncio. Ele me abraça, e eu deixo.

Até me lembrar de quem está me confortando.

Desligo o chuveiro e o empurro para sair. Enquanto tateio em busca de uma toalha, ele me observa com um misto de emoções. A preocupação ainda está ali. Mas a suspeita é mais forte.

— Em algum momento você vai ter que parar de mentir pra mim.

— Eu não menti. Ele machucou minha amiga. — As palavras têm um gosto amargo em minha boca.

Cross pisa no tapete do banheiro. Com uma delicadeza que nunca vi antes, ele afasta o cabelo molhado da minha testa, prendendo-o atrás da minha orelha. Ele passa o polegar pelo meu lábio inferior.

— Eu sei. Eu vi. Mas também sei que, se eu fizer um teste balístico na bala na cabeça de Anson, ela não terá saído da sua arma. E se eu analisar a bala da porta, não será da arma dele.

Ergo uma sobrancelha.

— Você quer mesmo ter esse trabalho todo? Um esquisito sádico a menos no Continente, e minha melhor amiga vai passar o resto da vida em uma mina de sal. Que outro desfecho você queria?

Um músculo se contrai na mandíbula dele.

— Você quer mesmo continuar falando disso? Analisando cada detalhe? Por que você está aqui, Cross?

— Vim ver se você está bem.

— Bom, como pode ver, estou bem. Então, se não se importa, eu gostaria de ficar sozinha agora.

Ele cerra o maxilar, e os músculos das bochechas se retraem quando ele murmura:

— Ótimo.

Depois que ele sai, me encolho na cama, abraçando os joelhos contra o peito. Deitada ali, entorpecida e exausta, me dou conta de uma coisa. Não sobrou ninguém.

Jim. Tana. Griff. Até Betima, a única pessoa nesta base para quem eu talvez pudesse revelar minha identidade, se foi.

Estou sem aliados.

Estou completamente sozinha.

41

Faz quase dois meses que mal tenho notícias de Tana. Isso parte meu coração. Quero saber como ela está. Quero dizer que a amo. Não consigo nem imaginar como Tana está lidando com o que Anson fez com ela. Sozinha. Sem ninguém com quem conversar.

Falei com ela algumas vezes. Ela se conecta comigo de vez em quando, apenas para informar que está bem, mas tenho a impressão de que não é verdade.

Como Elite, agora tenho autorização e já falei com os guardas do campo de sal. Posso acessar os registros diários do lugar. Consigo ver quando Tana registra a entrada na mina e a saída. Eles trabalham doze horas por dia. Já vi fotos dos alojamentos femininos. Parecem confortáveis. Todas têm tempo livre. A comida parece razoável.

Mas uma gaiola dourada ainda é uma gaiola.

E eu a coloquei lá.

Ela não deveria me perdoar nunca mais.

— Precisamos das coordenadas, Wren.

A voz de Adrienne ecoa na minha cabeça. Depois que Tana e Griff foram detidos, ela assumiu o posto de Declan e virou o meu contato silencioso. Suspeito que não confiem mais em mim. E não deveriam. Fui eu quem avisou Tana que a Brigada de Prata estava operando em Hamlett. É por minha culpa que eles tentaram fugir e foi por minha culpa que foram pegos.

Tudo o que posso fazer agora é me concentrar em cumprir meu papel aqui. Porque se eu não conseguir as informações de que a Rebelião precisa, se não sabotar, não me infiltrar e não fizer tudo o que eles me mandarem fazer, bem, então tudo isso terá sido em vão.

Preciso fazer valer a pena.

Mas sinto falta da minha melhor amiga. Sinto falta de Jim. Até o Lobo sumiu. Não é algo incomum, às vezes passamos meses sem nos falarmos. Mesmo assim, o silêncio dele pesa, e só aumenta a sensação sufocante de que estou completamente sozinha.

Mas não estou sozinha.

Tenho Kaine. Lyddie.

Cross.

Sim, com toda certeza tenho Cross. Quase todas as noites. Ele é um vício que não consigo largar, e ultimamente nem quero. Quando estamos juntos na cama, é o único momento em que consigo desligar minha mente e simplesmente... sentir.

Não preciso pensar no fato de estar cercada por Primais o dia inteiro, todos os dias.

Não preciso me preocupar em manter minha fachada.

Não preciso fazer nada além de me perder na sensação. E o fato de Cross ter aprendido a não levar isso mais a sério do que deveria é apenas um bônus. Ele não tenta mais me consolar. Sabe que eu não aceitaria.

Hoje, minha missão é conseguir as coordenadas de um arsenal clandestino no oeste. Os infames arsenais clandestinos da Brigada de Prata que meus falsos captores tentaram arrancar de mim à força durante o Programa. Agora, conheço esses captores.

O sr. Músculos é Theo, sério e de fala mansa quando não está espancando alguém. O barbudo é Ezra, um tenente que conta as piadas mais sem graça do mundo.

Uma das vantagens de estar em uma unidade de elite é não ter uma rotina fixa. Sem posto de sentinela ou tarefa diária para a qual eu tenha que acordar em um horário determinado, cumprir minhas funções e voltar para meus aposentos.

Posso dormir quando quiser. Ir ao refeitório quando quiser.

Entrar na sala de guerra quando quiser.

Não está trancada. Nunca está. Eles não esperam que estejamos tramando uns contra os outros.

O brilho fraco das holotelas ilumina o cômodo escuro, projetando sombras fantasmagóricas sobre a mesa grande. Fazer isso no escuro seria praticamente anunciar minhas intenções secretas, então acendo a luz principal antes de me aproximar de uma das telas.

Não posso ser óbvia demais. Não posso digitar coordenadas específicas, ou a busca será registrada. O que posso fazer é abrir um mapa de todos os arsenais clandestinos ativos e projetá-lo para Adrienne usando minha mente.

— Enviando — aviso.

Foco no mapa por menos de cinco segundos antes de ela responder:

— Registrei.

— Não precisa de mais tempo?

— Memória fotográfica. Posso repetir pra você, se isso te deixar mais tranquila.

Ignoro o tom condescendente.

— Não precisa. Mais alguma coisa?

— Não. Entraremos em contato.

Ela corta a conexão, e eu mudo para outro mapa. Dessa vez, insiro um comando de busca. Uma informante nos disse ontem que acha que Jasper Reed movimenta suas drogas pela costa. Dou zoom, analiso a área e clico em um local aleatório. Pronto. Se alguém quiser saber por que esse mapa foi acessado, essa é a justificativa.

— Desculpa, não sabia que tinha alguém aqui.

Meu corpo enrijece quando Travis Redden entra na sala de guerra.

A semelhança é impressionante. E inquietante. Sei exatamente como é sentir a boca do irmão dele na minha, e agora estou encarando uma boca tão parecida que chega a ser assustador.

Mas a postura dele é mais rígida. Não que Cross seja maleável; ele também é inflexível. Mas percebo um toque de crueldade em Travis. Do mesmo jeito que acho que Cross pode matar sem hesitar, acredito que este homem também possa — só que Travis sentiria prazer nisso.

— Darlington, certo?

— Sim. Boa noite, coronel. Se está procurando o capitão, não sei onde ele...

— Ele vai me encontrar aqui — Travis me interrompe.

— Ah. Certo. — Fecho o mapa e me afasto da holotela. — Desculpa, só precisava pegar algumas coordenadas. Tenho suspeitas sobre... — Paro de falar. — Han. Acabei de perceber que não sei qual é o seu nível de acesso.

Ele ri.

— O mais alto possível. Mas tudo bem. Não preciso de detalhes do que você está fazendo. — Ele se apoia na borda da mesa. — Está gostando da nova unidade?

— É ótima.

Ele começa a percorrer meu corpo com o olhar, bem devagar, e isso me deixa desconfortável.

Forço um sorriso.

— Enfim, preciso ir.

Travis continua sua inspeção, concentrado no meu cabelo solto.

— Você não é o tipo de mulher que ele costuma escolher.

— Ele quem?

— Meu irmão.

Roe disse a mesma coisa. Até entendo o ponto de vista deles, considerando que Cross namorou Ivy antes. Mas Ivy não é tão frágil quanto eles parecem pensar. Afinal, ela está na Brigada de Prata. Passou pelo Programa pela segunda vez e se destacou.

— Não sei por que está comentando isso — minto. — Não estou saindo com o seu irmão.

A menos que... Cross tenha dito algo a ele?

Ou talvez Ivy? Se ela relatou ter visto Cross no meu quarto e isso arriscar meu lugar na Elite...

Pode apostar que vou confrontá-la na próxima noite de arena, sem a menor dúvida.

— O Capitão Redden é meu superior — acrescento. — Ele não se envolve com subordinadas.

Travis ri de novo.

— Entendi, foi mal — diz, com suavidade.

— Boa noite, coronel.

Saio para o corredor no exato momento em que Cross vira a esquina.

Pelo jeito como os olhos dele brilham ao me ver, qualquer um diria que estou nua, e não de uniforme completo.

— Não te vi o dia todo — ele acusa.

— Você passou o dia inteiro fora da base — retruco.

— Verdade. A culpa é minha. — Ele me empurra suavemente contra a parede, falando em um tom provocador. — Fui um menino mau.

Assim que o corpo dele toca o meu, meu cérebro derrete e esqueço até do meu próprio nome. Esqueço tudo, exceto quanto eu o desejo. Acontece o tempo todo. Isso me pega desprevenida durante o dia. Estou conversando com Kaine ou lendo um dossiê no meu dispositivo e, de repente, estou pensando no olhar intenso de Cross, no toque habilidoso dele. É enlouquecedor, essa atração implacável que só parece ficar mais forte a cada dia.

Por mais que eu tente negar, não dá mais para fugir da verdade. Estou desesperadamente obcecada por Cross Redden.

— Espera eu pegar uma coisa e vamos para o seu quarto? — ele murmura, a respiração quente contra minha pele.

Faço um gesto com a cabeça em direção à sala de guerra.

— Seu irmão está te esperando lá dentro.

— Merda. Verdade. Temos que discutir a segurança do Jubileu de Prata. Está bem, eu passo lá em uma hora, mais ou menos. — Ele aproxima os lábios do meu ouvido. — Quero você me esperando na cama.

Sei que deveria dizer não. Mas sabemos que estarei lá.

Tomo café da manhã com Lyddie no refeitório na semana seguinte. É bom vê-la, e adoro acompanhar seu crescimento. Hoje ela não está com o cabelo trançado, mas caindo solto sobre os ombros. Ela praticamente irradia felicidade enquanto me conta sobre o coronel para quem está trabalhando na Inteligência. Ela adora sua nova missão.

— Sinto tanto a sua falta — ela diz.

— Eu também sinto a sua — respondo, e estou falando a verdade.

Conseguimos comer juntas de vez em quando na base, mas o cronograma da Elite é imprevisível demais. De repente, sou enviada para uma missão de três dias, ou passo um dia inteiro infiltrada no Ponto com Kaine, então às vezes é difícil encontrar tempo para ela.

Lyddie me observa por cima da xícara de café.

— Kaine acha que você está saindo com alguém.

Meu corpo fica levemente tenso.

— Por que ele acha isso?

— Ele disse que você está com cara de quem anda transando. — *Ela* parece estar se segurando para não rir.

— Manda ele cuidar da vida dele.

— Então não é verdade? — ela insiste.

— Não. Minha vida sexual é tão parada que chega a doer. E a sua?

As bochechas de Lyddie coram.

— Também.

Nosso café da manhã é interrompido por uma convocação de Xavier. A mensagem vem pelo meu dispositivo, já que só usamos os comunicadores no campo.

Sala de guerra. Agora.

— Merda. Preciso ir. — Termino o café em um só gole antes de me levantar.

— Está tudo bem? — ela pergunta, apreensiva.

— Só uma reunião.

— Te mando mensagem depois. Precisamos planejar nosso dia de compras para escolhermos os vestidos do Jubileu.

A última coisa em que estou pensando é no Jubileu de Prata ridículo do General. Quem é que quer comemorar vinte e cinco anos do punho de ferro desse homem enfiado no nosso cu?

Todo mundo aqui.

Certo.

Às vezes esqueço que estou cercada por Primais que realmente gostam e respeitam o General Redden.

Chego à sala de guerra ao mesmo tempo que Kaine.

— Como está a Lyds? — ele pergunta.

— Intrometida. — Olho no fundo dos olhos dele. — Ela me contou que vocês dois conversam sobre minha vida sexual.

— Óbvio.

— Cuidado, ou vou começar a contar pra todo mundo da *sua* vida sexual.

— Você não tem tanto tempo livre assim, boiadeira.

Não fico nem um pouco surpresa ao saber que ele não passou esse tempo em celibato. Em uma realidade alternativa, ele e eu estaríamos terminando o que começamos na noite em que Betima morreu. Várias vezes por dia, sem dúvida.

Mas, nessa realidade, me vi presa no feitiço de Cross Redden. Por mais que tente resistir, não consigo ficar longe dele.

E acho que Kaine já percebeu que nosso momento passou. Ele ainda flerta comigo, mas ultimamente parece muito mais concentrado em servir na Elite de Prata.

E, pelo jeito, em dormir com metade da base.

— Ooh — provoco. — Alguém especial?

— Todas são especiais pra mim. — Os lábios dele se curvam em um quase sorriso. — Na hora.

Quando entramos na sala de guerra, a tensão no ar é palpável. Cross está na frente, com a expressão sombria. Ele espera que todos se sentem antes de falar.

— Acabamos de receber informações de que a Rebelião bombardeou um dos nossos depósitos de armas.

Meu coração dispara. Puta merda, eles fizeram mesmo. A rede usou as coordenadas que passei na semana passada.

— O dano ao depósito em si foi mínimo... os idiotas erraram o alvo.

Xavier ri.

— Mas destruíram metade da floresta ao redor — Cross acrescenta, projetando uma transmissão ao vivo da área atingida.

Fico boquiaberta. Parece que a área inteira foi achatada como uma panqueca.

— Bomba de açúcar? — Ezra pergunta, coçando a barba enquanto estuda a tela.

— Que porra é uma bomba de açúcar? — Kaine pergunta, sorrindo.

Theo, que descobri ter uma mente científica, responde à pergunta:

— O inimigo tem testado um novo artefato incendiário.

Cross aperta os lábios.

— Usando tecnologia que roubaram de nós.

Theo assente.

— Chamamos de bomba de açúcar, mas acho que os cientistas da capital deram outro nome, mais sofisticado. Não lembro qual. Enfim, nossos pesquisadores desenvolveram um processo para extrair e refinar açúcares naturais em um composto que libera uma quantidade imensa de energia armazenada quando detonado. Quando essa merda é ativada, a reação gera uma onda de explosão comparável às bombas atômicas usadas na Última Guerra. Não na escala, mas na intensidade.

— Tem radiação? — pergunto.

— Não.

— Mas a bomba não atingiu nosso arsenal — Tyler comenta, olhando para Cross.

— Correto.

Ford dá uma risada sarcástica.

— Acho que o piloto fodão deles está perdendo a mira.

Kaine se recosta na cadeira.

— Aposto que foi algum novato. Pelo que ouvi, o piloto famoso nunca erra.

— Errou hoje de manhã. — Cross dá de ombros. — E agora sabemos que eles estão intensificando os ataques. Escolhendo alvos de nível mais alto. Precisamos descobrir como encontraram aquele arsenal.

Espero que ninguém consiga enxergar por trás da minha expressão neutra. Por dentro, estou tentando conter a empolgação. O fato de eu ter contribuído para o bombardeio, de ser a razão pela qual estamos reunidos nesta sala de guerra, faz meu coração acelerar.

É eletrizante pensar que contribuí para desencadear todo esse caos.

Dois dias mais tarde, esbarro em Ellis do lado de fora do refeitório. A presença de um Mod na base de comando nunca é um bom sinal, mas há algo ainda mais inquietante nele. Ainda me lembro da sensação estranha dos meus ossos literalmente se juntando por causa dele.

Nenhum ser humano deveria ter tanto poder.

Não que o meu poder seja menos perigoso. A capacidade de incitar é muito mais destrutiva. Ellis cura, melhora as coisas.

Eu as destruo.

Ele acena com a cabeça para mim quando nos cruzamos no corredor. Forço um sorriso educado e continuo andando.

Levo o café aos lábios, saboreando o gosto intenso. Toda vez que pego uma xícara no refeitório, me recuso a desperdiçar uma gota sequer. O que servem aqui na base é feito com grãos de verdade, importados de Tierra Fe, o único produto de exportação que espero que nunca acabe. E esse medo faz sentido, já que não é segredo para ninguém que o tratado comercial entre o Continente e nossos vizinhos do sul está por um fio há anos.

Pelo menos evitou uma guerra. Quando os primeiros Mods começaram a surgir, nos anos após a Última Guerra, Tierra Fe quase declarou outra contra nós. Eles nos viam como demônios saídos do inferno, e um conflito religioso quase irrompeu entre os continentes que restavam. Foi o governante do Continente na época que conseguiu impedir isso. Um Primal que garantiu à liderança de Tierra Fe que os Aberrantes seriam contidos.

E de fato foram.

Pensar naqueles asilos para Aberrantes me faz lembrar do que vi naquele hospital do Setor C. Um quarto cheio de pessoas com a mente fragmentada.

Sinto uma tristeza profunda. É devastador saber que estejam presos ali sem nem fazer ideia, a mente tão destruída para que compreendam o que está acontecendo com eles. Mas talvez seja melhor assim. Talvez a inconsciência seja um estado mais pacífico de existência. Aquelas pessoas fragmentadas não sabem que estão presas, mas pessoas como Tana, como Morlee Hadley, que estão trabalhando em campos de trabalho forçado... *sabem* que são prisioneiras.

Pensar em Tana me causa um aperto no peito. Nossas conversas telepáticas são raras ultimamente. Ela nunca admitiria, mas me culpa por estar onde está.

Um alerta pisca na tela do meu dispositivo, me arrancando dos meus pensamentos sombrios. Paro de andar e o tiro do bolso.

Reporte-se à enfermaria

Fico desconfiada no mesmo instante. Estou em perfeita saúde. Apesar de ter batido a cabeça quando estava treinando com Kaine na academia outro dia. Por diversão. Para falar a verdade, ser parte da Elite de Prata não é tão emocionante quanto dizem. Passo a maior parte do tempo esperando. Fazendo vigilância. Mataria por um pouco de ação agora. Nem lembro a última vez que atirei com meu rifle.

Meus passos são cautelosos enquanto sigo até o prédio da enfermaria. Chego ao mesmo tempo que Kaine aparece pelo corredor oposto.

Ele sorri para mim.

— Você também foi convocada?

— Aham.

Acontece que todos fomos. Todos os membros da Elite que estão na base.

Kess entra sozinha. Ela cortou o cabelo. Agora tem franja. O visual é austero, mas combina perfeitamente com ela. Desde a morte de Anson, perdeu seu maior aliado e tem se mantido reservada nas reuniões.

Ara Zebb e Noah Jones chegam juntos, nos cumprimentando com um aceno de cabeça. Vários soldados que ainda não conheço bem esperam na porta. Theo está entre eles, seus bíceps enormes se flexionando enquanto ele passa a mão pelo cabelo raspado.

Cross entra com Xavier e Tyler. Meu coração acelera quando ele para ao meu lado. Mas então vejo Ellis entrando, e meus batimentos disparam por outro motivo.

— Vamos começar — diz Cross sem rodeios. — Theo, você primeiro.

— O que é isso? — pergunto.

— Exames médicos obrigatórios.

Tento não franzir a testa enquanto vejo Theo caminhar até um dos leitos estreitos do hospital. Ele tira a camisa, mas não para por aí. Também tira a calça. Fica só de boxer e se senta na cama enquanto Ellis se aproxima.

Um alerta acende dentro de mim.

— Eles não deveriam fazer isso em uma sala de exame privada?

Cross dá de ombros.

— Não tem motivo. Só leva alguns minutos. Não é como se ele fosse fazer uma cirurgia.

Fico parada na enfermaria, minha ansiedade aumentando a cada segundo enquanto observo Ellis cuidar de Theo. Os outros mantêm distância, respeitando a privacidade dele, mas eu não consigo deixar de ouvir o exame.

Ellis passa os dedos pelo braço esquerdo de Theo, se concentrando em um corte irregular no antebraço.

— Como isso aconteceu? — murmura Ellis.

— Um prego me cortou quando pulamos uma cerca no Ponto.

— Está infeccionado. Não passou pomada regeneradora?

Theo faz uma expressão de culpa.

— Passei, mas molhei o machucado algumas vezes.

— Não se preocupe. Vou cuidar disso.

Olho de canto de olho para Cross:

— Isso não é um desperdício das habilidades dele?

— Não. Precisamos de todos os nossos soldados em plena forma.

— Já temos pomadas regenerativas e lasers para curar quase tudo — argumento.

— Isso é mais rápido — solta Xavier, com deboche.

Ele não está errado. Nem eu consigo esconder meu deslumbramento quando o corte feio e avermelhado no braço de Theo literalmente desaparece diante dos nossos olhos. A pele muda. Incha. As bordas irregulares se alisam conforme Ellis passa a palma da mão sobre elas, a testa franzida em concentração. Quando ele levanta a mão, é como se o ferimento nunca tivesse existido. Tudo o que resta é a pele lisa e escura.

— Cara, isso é impressionante — comenta Kaine.

Kess é a próxima. Eu preferia que ninguém jamais a curasse, então desvio o olhar da sessão dela.

Estou extremamente consciente da presença de Cross. Ele não diz nada, mas sinto seus olhos em mim. Sinto o calor.

— Para — aviso em um tom baixo que só ele consegue ouvir.

— Parar com o quê? — ele murmura de volta. — Não estou fazendo nada.

— Você está pensando. E eu sempre sei no que você está pensando.

— Estou sempre pensando em te levar pra cama.

— Exatamente.

O momento tenso se dissolve quando outra onda de ansiedade me atinge. Kess é dispensada, e Ellis pergunta:

— Quem é o próximo?

— Melhor acabar logo com essa merda — Xavier diz, tirando a camisa e caminhando até a maca.

Quando ele abaixa a calça, noto o jeito que os olhos de Tyler brilham em aprovação. Não posso culpá-la por apreciar a vista. O corpo de Ford é bonito de se olhar.

— Está sentindo alguma dor aqui? — Ouço Ellis perguntar alguns segundos depois. Suas mãos estão no abdômen de Xavier. — Algo parece errado.

Xavier faz uma careta.

— Sim. Tem estado sensível ultimamente. Acho que ainda está dolorido por causa da noite de arena no fim de semana passado.

— Não. Acho que uma pedra está se formando em seus rins.

— Como você pode saber disso sem um ultrassom ou algo assim?

— Já fiz isso vezes suficientes para reconhecer. Vamos resolver isso, certo?

Ellis pressiona as palmas contra a pele bronzeada de Ford, a concentração mais uma vez marcando seu rosto.

Quando chamam meu nome, o frio na barriga já tomou conta de todo o meu corpo.

— Preciso mesmo fazer isso? — pergunto a Cross, em uma última tentativa. — Não estou ferida. Nem um arranhão.

— Sutler bateu sua cabeça no chão ontem à noite.

— Foi mal — Kaine diz do lugar onde está agora, ao lado de Ara e Jones.

— Minha cabeça está ótima — insisto.

— Não vou te mandar para o campo com uma concussão, então deixa ele fazer o trabalho dele, Darlington. Para de ser tão difícil o tempo todo.

Xavier ri de novo.

Rangendo os dentes, me aproximo da maca onde Ellis está. Já me acostumei à total falta de pudor desta base, então nem hesito antes de tirar a camisa. Mas a calça, por outro lado...

Meus dedos tremem quando desabotoo o botão, e uma onda de constrangimento me atinge quando minhas coxas ficam expostas para o resto da sala. Nem todos aqui viram minhas queimaduras.

— Sua cabeça, você disse? — Ellis pergunta quando me sento.

— Não sofri uma concussão.

Isso não o impede de segurar a parte de trás da minha cabeça e fazer sua própria análise. O calor do toque dele se espalha pelo meu couro cabeludo, e eu nem tinha percebido que estava com dor de cabeça até que, de repente, ela some.

Nossa, que merda. Agora entendo por que o General mantém Mods como Ellis por perto. Podemos ser ativos muito úteis para ele, principalmente no meio militar.

Após cuidar da minha cabeça, Ellis passa as mãos pelo meu corpo.

Ouço um barulho baixo vindo de onde Cross está. Ah, ele não gosta de ver Ellis me tocando? Problema dele. Foi ele mesmo quem pediu por isso.

Quando o curandeiro encontra as cicatrizes feias e enrugadas que marcam minha coxa, eu me contorço, desconfortável. Nunca me senti tão exposta sob o olhar atento de alguém.

— É uma queimadura muito antiga — ele comenta.

Assinto.

— Da infância.

Ele não toca nas cicatrizes. Apenas inclina a cabeça e diz:

— Posso remover todas essas marcas agora, se você quiser.

42

O medo explode dentro de mim.

— Não vai demorar nada — garante Ellis, enquanto meu coração dispara como um cavalo desgovernado. Galopando para um precipício de pânico. — Se você quiser se deitar...

— Não!

Não queria falar tão alto. Agora todo mundo vira a cabeça para mim. Ninguém estava prestando atenção antes, mas agora todos os olhares estão sobre mim, e eu me amaldiçoo por ter perdido o controle.

Não posso deixar que ele me cure.

Nem fodendo vou deixar que me cure.

Engulo em seco, minha mente trabalhando rápido para desviar a atenção dele sem levantar suspeitas. Eu sei exatamente o que há sob todas essas cicatrizes. Uma marca de sangue que me denunciaria como inimiga deles.

Ou pelo menos a marca *estava* lá. Não tenho como saber se foi completamente queimada ou se ainda está adormecida sob camadas de pele, como aquele famoso vulcão submerso que, segundo os livros de história, engoliu metade dos Continentes Perdidos em menos de uma hora. Ouvi dizer de um Mod que tentou arrancar a própria marca de sangue e descobriu que ela estava sob tantas camadas de pele que ficou com um buraco na mão.

De qualquer forma, não posso correr o risco de ela ainda estar lá. Isso não só me denuncia como uma Mod, mas como um dos tipos de Mods mais poderosos que existem. Tio Jim fez de tudo para apagá-la.

E agora esse desgraçado enxerido está prestes a desfazer todo aquele trabalho duro e doloroso em questão de segundos.

— Não — aviso, quando Ellis faz menção de colocar as mãos em mim. Dou um jeito de me livrar do toque.

Ele ergue as sobrancelhas, surpreso.

— Deve doer.

— Não dói.

E nem estou mentindo. Sim, minha coxa lateja em dias chuvosos, o que nunca fez sentido para mim. Sim, há um incômodo quando a pele fica muito esticada. E, tá, às vezes os nervos esquecem que foram incinerados, e eu sinto uma dor fantasma, um choque repentino se mexo a perna do jeito errado. Mas dá para lidar com isso. Nunca foi uma dor forte o bastante para que eu não pudesse ignorá-la.

Agarro minha roupa. Minhas mãos estão tremendo. Sinto o peso do olhar de Ellis sobre mim, e isso faz minha pele formigar.

— Se o problema for eu tocar você tão perto de uma área íntima, podemos chamar a Soldado Struck. Ela pode garantir que nada inconveniente aconteça.

— Não é por isso que eu não quero. Não me importo com as cicatrizes, está bem? Vai tratar outra pessoa.

— O que está acontecendo aqui? — Cross se aproxima com passos firmes.

— Ele quer curar minhas queimaduras — solto, ríspida.

— Certo... E tem algum motivo pra você estar resistindo?

— Tem. Não quero que elas desapareçam.

Cross me observa com atenção.

— Darlington. Não consigo entender qual o problema aqui.

O pânico me corrói enquanto tento pensar em uma desculpa, qualquer desculpa, para justificar minha recusa.

— Com todo respeito, eu prefiro não fazer isso — falo, por fim, minha voz tremendo apesar de todo o meu esforço para controlá-la. Minha garganta está tão travada que mal consigo engolir. — Não vou fingir que nunca sofri um acidente quando era criança.

— Não é uma questão de fingir. É só para curar você — Ellis insiste.

— Não, isso apagaria uma parte de mim.

Eu finalmente enxergo. Há uma saída. E minha voz para de tremer, se tornando firme.

— Eu sei que são feias, mas agora fazem parte de mim. Me fazem lembrar de onde estive, do que passei. Todas essas cicatrizes são mais do que queimaduras, são lembranças. — Aponto para uma cicatriz branca e discreta do lado esquerdo da minha clavícula. — Como esta aqui. Foi de quando um garoto horrível, Oden, me empurrou para dentro de um arbusto cheio de espinhos. Um dos espinhos atravessou minha camisa e cortou minha pele enquanto eu tentava sair. Anos depois, já no ensino médio, Oden me chamou pra sair, e por um instante esqueci o quanto ele foi babaca comigo na infância. Até que um dia, ao me olhar no espelho, vi essa cicatriz e lembrei que não dava para confiar naquele cretino.

A história do arbusto é real. Todo o resto é mentira. Eu não precisava de uma cicatriz velha e desbotada para me lembrar de dispensar Oden. Mas a história parece convincente.

Olho para minha coxa, onde o tecido de cicatrizes se espalha como um mapa do meu passado.

— Elas fazem parte de mim — repito. — Eu me sentiria estranha sem elas. Então, por favor, não encoste em mim.

Prendo a respiração, torcendo para que interpretem minha sinceridade como convicção, não como desespero.

Ellis assente.

— Como quiser, soldado — diz, e sinto um alívio enorme quando ele se afasta para tratar o próximo soldado.

Mais tarde naquela noite, Cross bate na minha porta. Hoje é noite de arena, mas depois de batalhar para manter as cicatrizes que tio Jim me deixou, estou estranhamente emotiva e resolvi ficar no quarto. Passei a maior parte da noite perdida em lembranças. Os três anos que passamos na escuridão. Os doze anos na fazenda. Sinto falta dele. Pra caramba.

Cross entra nos meus aposentos, o cabelo escuro bagunçado, uma garrafa de sidra com vodca na mão. Seus passos estão ligeiramente trôpegos.

— Você está bêbado? — pergunto, achando graça.

— Não, mas tô me sentindo bem.

— Ou seja, está.

Ele ri. E gosto demais desse som.

— Passei o dia inteiro pensando em uma coisa — diz, colocando a garrafa na minha escrivaninha. — Desde os exames de saúde.

Quando dou por mim, ele já arrancou a camiseta branca. Ele a joga na poltrona onde costumo me aconchegar para ler antes de dormir.

— Algum motivo especial pra você estar compartilhando suas ideias sem camisa?

Ele sorri, e aquela covinha na bochecha fica ainda mais aparente. Ele fica tão gostoso quando sorri. Parece até mais jovem. A expressão que costuma fazer, debochada e indiferente, faz com que ele tenha certo ar de maturidade, mas então ele sorri para mim, e lembro que ele só tem vinte e dois anos.

— Me dá sua mão — ele diz.

Entro na brincadeira e coloco minha mão na dele. Parece minúscula em sua palma enquanto ele me acaricia com seus dedos longos. Ele pressiona minha mão contra o lado direito do peito e a move para a frente e para trás.

— Era pra eu estar sentindo alguma coisa?

— Dois anos atrás, eu tinha uma cicatriz aqui. Do tamanho de uma tampinha de garrafa. — Ele dá uma risada. — Parecia que eu tinha três mamilos.

Não consigo deixar de rir.

— Você pediu para Ellis sumir com ela?

— Sim.

— Como você se machucou?

— Meu irmão me acertou com uma flecha.

Fico boquiaberta.

— O quê? Qual irmão?

— Qual você acha?

— Verdade, que pergunta idiota. É óbvio que foi Roe. Como isso aconteceu?

— Viagem de caça, uns dois anos atrás. Eu tinha vinte, ele tinha dezesseis. O General queria que a gente passasse um tempo juntos para fortalecer os laços fraternais. Acho que o Roe reclamou que eu nunca dava atenção para ele. Aí fomos pra floresta com umas bestas, nos separamos pra rastrear um cervo, e adivinha só? Opa. Ele me confundiu com um coiote branco. Me acertou na bunda sem querer.

— Sem querer.

— Foi o que ele disse. Mas, com ele, pode tanto ser como não ser. Não acho que ele me odeie o suficiente pra querer me matar, mas...

— Ele tem ciúmes de você.

— Sempre teve. Meu pai... Ele venera minha mãe de um jeito que nunca, nunca fez com a mãe de Roe. Ele cuidou dela quando ela engravidou, mas nunca se importou de verdade. Só existe uma mulher que Merrick Redden vai amar na vida. E essa mulher é Vinessa.

É a primeira vez que ouço Cross dizer o nome da mãe.

— Que nome bonito. — Hesito. — Por que ela nunca aparece em público?

— Ele não gosta que ela se exponha. Nunca gostou que a gente fizesse isso também.

Assinto. O General sempre faz seus pronunciamentos sozinho. Acho que nunca vi uma foto dele com a família em eventos. Eu vi Vinessa Redden parada ao lado dele na sacada do Capitólio uma vez, durante os fogos de artifício do Dia da Liberdade, mas, fora isso, o General mantém a família longe dos holofotes.

— Ele não arrisca. Tem medo de atentados. Mas estou divagando.

— Verdade. O psicopata do seu irmão te acertou no meio da floresta.

Cross solta uma risadinha.

— Acertou. E aquela cicatriz sempre foi um lembrete de que eu nunca poderia confiar completamente nele. Em nenhum deles.

— O Travis também já te acertou?

Ele sorri de leve.

— Algo do tipo. Enfim, depois que a cicatriz sumiu e eu parei de vê-la no espelho todo dia, esqueci que um dia já existiu.

— O fato de ele ter executado outro recruta a sangue-frio não serviu de lembrete?

— Não. E para de bancar a espertinha.

— Foi mal.

— O que eu estava tentando dizer é que você me fez pensar mais cedo. Sobre como a gente não pode apagar nossas cicatrizes porque precisa delas para lembrar.

Percebo que ainda estou com a mão no peito nu dele e, sem querer, deslizo os dedos pelos músculos definidos. Ele solta um som de satisfação.

— Se você não parar de me tocar... — ele avisa.

— O quê? — pergunto, com um sorriso provocador. — O que você vai fazer?

Os olhos dele ardem.

— Eu não tinha terminado de falar.

— Ah, agora você virou o sr. Tagarela?

— Acho que você desperta esse lado em mim.

Ele segura minha mão. Mantendo-a pressionada contra o peito, desliza-a para o outro lado, bem acima do coração. Sinto as batidas fortes contra minha palma.

— Elas não são feias — ele diz. — Você falou mais cedo que sabe que as cicatrizes são feias, mas não são.

Ele me empurra delicadamente para o quarto. A parte de trás dos meus joelhos bate na cama, e eu me sento na beirada. De repente, Cross está de joelhos na minha frente, puxando minha calça de linho folgada.

Ele lambe os lábios quando minhas pernas nuas se revelam, mas seu olhar se prende à minha coxa. À pele enrugada, às marcas rosadas.

— Elas não são feias. — Ele passa os dedos sobre as cicatrizes, seguindo os contornos irregulares.

Uma onda de insegurança me invade.

— Entendi — digo, tentando me afastar do toque dele. — Você não acha que são feias.

— Eu acho que são lindas.

— Agora você está me zoando.

— Não. — Ele passa a palma da mão pela extensão marcada. — Não importa se você ganhou isso por causa de uma panela de água fervendo ou de um ataque inimigo na Última Guerra. Ainda assim, é uma marca de batalha. Um testemunho da sua força. É linda pra caralho.

Minha garganta está seca. E meu coração vacila quando ele beija a cicatriz.

É tão íntimo que me sinto levemente desconfortável, então tento quebrar a tensão ao dizer:

— Só pra você saber, não sinto nada aí.

Ele ri baixinho e apoia a outra mão na minha outra coxa. A que não tem marcas de queimaduras.

— E aqui? Não sente nada?

— Sinto tudo — sussurro, apoiando os cotovelos na cama quando ele acaricia minha virilha.

Ele ainda está beijando minha cicatriz quando seus dedos me invadem. Eu solto um gemido quando o prazer toma conta do meu corpo.

— Linda pra caralho — ele repete, e segue beijando meu corpo até o ponto onde mais preciso dele.

Ele passa a noite comigo. Isso quase nunca acontece. Mas, quando acordo, ele ainda está na minha cama, deitado de lado, com o braço dobrado sob a cabeça. Meu olhar se prende às tatuagens dele. Já estive próxima delas muitas vezes desde que nós dois começamos a... nos divertir juntos. Mas minha decisão de manter certa distância emocional significa evitar saber mais sobre ele. Significa que não posso perguntar por que ele escolheu asas e fogo, ou o que aquelas frases enigmáticas significam.

Lembranças da neve eterna.
Quando o vento se volta contra você.
Um único segundo.

Minha curiosidade beira o insuportável, e o fato de não conseguir decifrar essas palavras enigmáticas corrói meu cérebro como um verme dentro de uma maçã.

O que isso quer dizer, droga?

Quando me mexo no colchão, os olhos dele se entreabrem.

— Te acordei? — murmuro.

— Não, não estava dormindo.

Estendo a mão e passo a ponta dos dedos por sua barba por fazer.

— Você fica todo desgrenhado de manhã.

Ele abre um sorriso sutil.

— É, preciso me barbear e tomar um café.

— Você parece cansado. Dormiu mal?

— Não. Mas não dormi muito.

— O que te manteve acordado?

Em vez de responder, ele observa meu rosto, os olhos azuis brilhando com um sentimento que não consigo decifrar.

— A gente nunca vai confiar um no outro de verdade, vai?

A pergunta me pega de surpresa.

— Por que isso agora?

— Não sei. Só um pensamento que tive durante a noite. Se é possível confiar completamente em alguém.

— Cross, você é inteligente demais pra perguntar uma coisa dessas, quando nós dois sabemos que a resposta é não.

— Eu sei. — Ele se vira de costas, suspirando. — Mas, nossa, imagina como isso seria bom pra caralho.

Seria mais do que bom. Confiar em alguém com cada pedaço do meu ser. Abrir meu peito e deixar essa pessoa ver tudo por dentro. Todas as partes feias, distorcidas. Todos os meus segredos, meus medos, minhas inseguranças sufocantes. Mostrar tudo sem medo de julgamento ou traição.

Mas o mundo não permite esse tipo de luxo.

— Pode confiar em mim — digo, me aninhando ao lado dele. — Quase sempre.

Ele dá uma risada curta.

— Quase sempre.

— Uhum. Você pode confiar em mim na maior parte do tempo. — Deslizo a mão pela pele quente e definida do peito dele, e aproveito o arrepio que percorre seu corpo. — Pode confiar que eu não vou mentir pra você. Às vezes.

— Estou honrado. — Seu riso sai abafado.

Meus dedos descem pelo corpo dele, brincando com seus músculos, seguindo a linha tentadora dos pelos mais abaixo.

— Pode confiar que eu vou fazer você se sentir bem.

— Ah, é?

— Uhum.

Minha boca segue o mesmo caminho dos meus dedos até encontrá-lo, quente e duro para mim. Envolvo-o com os lábios e sou recompensada com um gemido baixo.

No fundo da minha mente, não consigo afastar a sensação incômoda de que estou chegando a um ponto sem volta com Cross. Que logo vai ser tarde demais para recuar, e essa bolha quente que me envolve quando estou com ele vai estourar e destruir tudo ao meu redor.

Mas, por ora, deixo as dúvidas de lado e escolho me agarrar à frágil ilusão de felicidade.

43

— Isso é um encontro? — A pergunta escapa da minha boca antes que eu a contenha. Por um segundo, torço para que ele não tenha me ouvido por causa do barulho das hélices e do vento forte entrando pelas laterais do helicóptero. Mas então ele ri, e minhas bochechas esquentam de vergonha.

Cross me olha de canto de olho.

— Não.

— Então por que estou de vestido?

— Eu pedi pra você usar um vestido?

Hesito ao perceber que, na verdade, não. Tudo o que ele disse foi *vamos sair da base. Você não precisa usar o uniforme.*

Reprimo um gemido frustrado, mas ele acaba escapando mesmo assim.

— Inferno. Eu transformei isso num encontro.

— Tudo bem, Pombinha. Você não seria a primeira.

Ele dá um tapinha tranquilizador no meu braço, e estreito os olhos para ele.

Sinto um frio na barriga quando o helicóptero se inclina bruscamente para a esquerda antes de se estabilizar. O sol do fim da tarde se aproxima do horizonte, tingindo tudo com tons suaves de rosa e laranja. É lindo. Estamos sobrevoando algum ponto do Setor W, e meu instinto me faz virar para o oeste. Minha garganta se aperta de saudade. Da minha fazenda. Da minha égua.

— Você sente falta — Cross diz, como se lesse minha mente.

— Sinto. — Desvio o olhar.

Não faço ideia de onde ele está me levando, mas não reclamo, porque é bom sair da base para fazer algo além de uma missão. Também é bom quando ele estende a mão e segura a minha. Ele acaricia os nós dos meus dedos com a ponta áspera dos seus.

Viro a cabeça na direção dele.

— O que você está fazendo?

— Tocando sua mão... Posso fazer isso?

— Acho que sim.

Ele parece segurar um sorriso enquanto volta a encarar a porta aberta.

Enquanto isso, meu coração está fazendo coisas ridículas no peito. Cambalhotas. Piruetas. Uma dança idiota.

Observo seu perfil esculpido e mordo o lábio. Há tantas coisas que eu queria dizer a ele, mas me obrigo a me ater aos fatos.

Você é meu inimigo.

Seu pai me odeia.

Você me mataria se soubesse quem eu sou.

Nós nunca poderíamos ter um futuro.

Nós nunca ficaremos juntos.

Afasto a mão da dele e entrelaço os dedos no colo. Eu me recuso a olhar para ver a expressão dele.

Um veículo nos aguarda na pista depois que pousamos. A parte de cima é aberta e, assim que pegamos a estrada, o vento faz meu cabelo chicotear, voando para trás. Tiro o prendedor do pulso para amarrá-lo, mas Cross me interrompe.

— Não. Deixa solto.

E, por algum motivo, eu obedeço.

Fico me perguntando se é assim que as pessoas normais se sentem. Aquelas que não estão sempre preocupadas, que estão felizes com a própria vida, com seu cargo, seu alojamento. As que aceitaram de bom grado o modo de vida do General. Que se renderam completamente a ele — aos postos de controle, às transmissões, às regras. Que fazem tudo pelo bem maior e, por isso, podem se permitir momentos assim, podem sair dirigindo pelo interior e aproveitar a vida.

Cross estaciona em uma clareira no meio da mata e anuncia que teremos que percorrer o restante do caminho a pé, mas quando pergunto para onde estamos indo, ele se recusa a responder. Só diz para confiar nele. Diz que vai valer a pena.

Confiança.

Uma palavra importante para se jogar assim ao vento. A conversa que tivemos na cama semana passada ainda ecoa na minha mente. De certa forma, confio nele. Talvez não com meus segredos, mas com meu corpo, com certeza. Sei que ele me protegeria em campo do mesmo jeito que faria com qualquer outro agente da Elite.

Levando em conta que o sobrenome dele é Redden, isso já é confiar nele em um nível muito maior do que achei que seria capaz de fazer.

Estou de sandálias e vestido, nada apropriado para trilhas, então só aguento dez minutos antes de começar a resmungar de irritação e soltar um palavrão a cada vez que um galho espeta meu dedo do pé.

Cross para de andar e sorri.

— Vem cá.

Ele aponta para as próprias costas, e, antes que eu perceba, já estou com as pernas em volta da cintura dele, os braços enlaçados em seus ombros, e estamos rindo enquanto ele me carrega pela floresta. Nunca me senti tão leve em toda minha vida. Mesmo quando criança, me sentia adulta. Odeio o fato de que Cross Redden, dentre todas as pessoas, consiga despertar esse lado em mim.

— Acho que posso me acostumar com isso — digo no ouvido dele. — Você me carregando por aí.

— Não conta pra ninguém. Vai arruinar minha reputação de macho alfa.

— Que nada, só vai fazer as mulheres suspirarem ainda mais.

— É bem capaz — ele diz, convencido, e eu dou um soco no ombro dele. — Está bem, agora você vai ter que ir andando. Acha que dá conta?

— Vou fazer o possível.

Seguimos entre as árvores e os arbustos até chegar a um penhasco rochoso, imponente à nossa frente. Os buracos e as rachaduras na pedra parecem ótimos apoios para os pés, mas não tem a menor chance de eu escalar isso.

— Não dá pra subir com esse sapato.

— Não se preocupa. Não vamos subir. — Cross aponta para o chão. — Vamos descer.

É então que vejo o buraco na base do penhasco.

Lanço um olhar desconfiado para ele.

— Você me trouxe aqui pra me matar?

Ele ri.

— Não. Tem jeitos bem mais fáceis de te matar. Um tiro na cabeça. Te sufocar enquanto dorme.

— Você é tão romântico.

Isso arranca mais uma risada dele.

— Eu gosto disso.

— Disso o quê?

— Dessa sua versão menos insuportável.

— Não finge que você não gosta da versão insuportável.

— Eu adoro. Mas essa também é legal. — Ele esfrega as mãos na frente da calça camuflada. — Vem. Prometo que você vai querer ver o que tem lá embaixo.

— Beleza, vamos.

Ele estranha.

— Não foi tão difícil assim te convencer.

— Caso você não tenha notado, não precisa de muito esforço para me convencer a fazer coisas idiotas. Irresponsabilidade é meu nome do meio.

— E você tem? — ele pergunta.

— O quê?

— Um nome do meio.

Balanço a cabeça.

— Acho que não.

— Você acha que não?

— Quando o tio Jim me encontrou na beira da estrada, eu só sabia meu primeiro nome.

Cross hesita, me observando como se quisesse fazer mais uma centena de perguntas. Em vez disso, ele se agacha diante da fenda escura e começa a descer devagar. Sua cabeça desaparece na borda, restando apenas os dedos à vista. Ele fica pendurado por um instante e, então, some. Ouço um baque suave quando ele aterrissa lá embaixo.

Eu me inclino para espiar a abertura e encontro seu rosto bonito me encarando lá de baixo, emoldurado pela escuridão.

— Sabe, eu poderia ir embora agora mesmo... — grito para ele — e te deixar aí para morrer.

— Sabe — ele diz, me imitando —, eu posso subir de volta.

— Me deixa sonhar em paz, por favor.

— Você vem ou não?

Me ajoelho e me viro, descendo ao longo da parede irregular. Desço devagar, até minhas pernas ficarem soltas no ar e eu estar completamente pendurada.

Ouço a voz abafada de Cross, arrastada e despreocupada.

— Isso. Fica assim, desse jeito. Estou adorando a vista.

— Vai se foder.

Pulo os quase dois metros, minhas sandálias batendo forte contra o chão repleto de rochas. Dou uma olhada ao redor, tentando entender o que parece ser uma rede de cavernas, com diversas passagens abertas em todas as direções. Cross toca o dispositivo em seu pulso e, um segundo depois, uma tocha acende, iluminando nosso caminho.

— Pra onde estamos indo? — pergunto enquanto ele assume a dianteira.

— Você vai ver. Fica por perto e veja bem onde pisa. Eu devia ter te avisado para vir de botas.

— Acho que você fez isso de propósito. Queria me deixar vulnerável.

— Não existe um pingo de vulnerabilidade em você, Wren.

Meu coração acelera. É raro que ele me chame pelo nome e, quando chama, sinto um calor suave se espalhando por mim.

Conforme descemos mais fundo na caverna, a luz do dispositivo dele se apaga de repente e a escuridão me envolve como um manto, preenchendo o corredor estreito com uma sensação inquietante de isolamento. O único som é o gotejar constante da água ecoando nas paredes.

— Foi mal. — A tocha acende de novo, mas a escuridão não tinha me incomodado. No escuro, me sinto em casa.

É possível que qualquer outra pessoa se sentiria sufocada quando os caminhos estreitos se afunilam ainda mais, mas sigo de perto os passos de Cross, movida pela curiosidade. Depois do que parece uma eternidade de túneis sinuosos e passagens apertadas, finalmente chegamos ao nosso destino. Ao sair para a câmara imensa, suspiro, surpresa, diante da cena que se revela.

— O que é isto?

Observo as paredes da caverna, maravilhada. O mar de flores me deixa sem fôlego. Elas brotam por toda a parte, vibrantes, de cada rachadura e fresta, com pétalas se abrindo em uma explosão de cores que transformam a caverna em um caleidoscópio vivo. E elas *brilham*. Um brilho etéreo banha a câmara com uma luz iridescente. É extraordinário.

— Como elas crescem no escuro? — pergunto, me virando para Cross. — E como brilham? Elas geram a própria luz?

— Elas sobrevivem na escuridão. Algum tipo de mutação — ele explica. — Mas elas não estão brilhando. É a adagalita.

Franzo a testa.

— O quê?

Ele gesticula para eu me aproximar. Quando colhe uma das flores, percebo que ela não está crescendo entre rachaduras na rocha, mas sim no meio de uma pedra preciosa. Adagalita. Eu me lembro de ter aprendido na escola que esses sistemas de cavernas começaram a ser descobertos cerca de cinquenta anos depois da Última Guerra. Muitas coisas morreram com os bombardeios e a radiação, e nunca mais voltaram a crescer. Na Floresta Sombria, vi plantas híbridas que não existiam antes da guerra. Ursos com chifres. Árvores cujas raízes cresciam para cima e para fora, em vez de se aprofundarem no solo. A adagalita é uma dessas anomalias. Espeleólogos encontraram paredes inteiras dessas pedras preciosas moldadas como adagas retorcidas, longas e pontiagudas, brilhando como vaga-lumes brancos. A adagalita quase sempre é branca, embora eu já tenha visto alguém com um pingente azul dessa pedra — vários tons mais escuros que o cobalto.

Mais adagalitas pendem do teto como lustres de cristal, com tentáculos gelados que cintilam sob a luz. Do outro lado da caverna, há um lago de água reluzente como prata líquida, como veias Modificadas, refletindo o espetáculo de cores que dançam pelas paredes.

— Isto é incrível.

Estendo a mão para tocar uma das flores delicadas. As pétalas são macias sob meus dedos, e respiro o perfume adocicado. É como se a caverna estivesse viva. Uma entidade pulsante, que respira e vibra no ritmo do coração da terra.

Sinto um aperto na garganta, admirada.

— Nunca vi nada assim. É tão lindo.

Eu me viro e vejo Cross me observando.

— O quê?

— Achei que você fosse gostar. Eu poderia ter comprado flores sintéticas. Um buquê bonito numa jarra com água. Mas isso não combina com você. — Ele gesticula em direção às flores que praticamente explodem das paredes da caverna. — Isso sim é a sua cara. Selvagem. Misteriosa.

Dou risada. Mas, ao mesmo tempo, uma parte de mim está encantada. Essa é a coisa mais romântica que um homem já fez por mim.

Dou um passo à frente, encurtando a distância entre nós.

— Eu não preciso de flores.

— Sei que não. Você nunca espera nada de ninguém e sempre mantém as pessoas à distância. Mas isso só me dá mais vontade de te impressionar.

É uma vulnerabilidade inesperada vinda de Cross. E está ficando cada vez mais claro que ele não é nada do que imaginei. Ele é bruto, mas também gentil. Letal, mas tem compaixão, mesmo que insista que isso é uma fraqueza.

— Você quer me impressionar?

— Quero. — A voz dele sai grave.

Ele me puxa para perto, e seus lábios estão a milímetros dos meus quando seu pulso vibra, nos fazendo dar um pulo para trás.

— Desculpa. — Ele olha para o dispositivo no pulso. — Alerta. — Uma ruga se forma entre suas sobrancelhas. — Me dá um segundo.

Ele se afasta alguns metros, e eu o observo tocar a orelha. Percebi que ele quase nunca está sem um comunicador. Na verdade, acho que nunca o vi tirá-lo nem à noite, quando está dormindo. *Quando* ele dorme. Porque isso também é raro.

— Merda. — Ouço ele praguejar. — Já estou a caminho.

Franzo a testa quando ele volta para perto de mim.

— Está tudo bem?

Cross balança a cabeça e segue em direção à saída da caverna.

— Temos que ir.

— O que aconteceu? Pra onde vamos?

— Tenho que ver minha mãe.

Ele não vai me levar de volta para a base. Disse que é uma emergência, e antes que eu perceba, já estou usando o cinto do helicóptero de novo, a caminho da propriedade dele no Ponto Sacro.

A casa do General.

Sinto um leve enjoo, mas a sensação vem acompanhada de uma onda de expectativa. Esse é o tipo de acesso que a rede sonha em ter. E sinto apenas um resquício de culpa quando entro em contato com Adrienne, ainda no carro no campo de pouso. Parece errado estar ao lado de Cross e usar telepatia para passar informações ao seu inimigo, mas ignoro minha consciência e aproveito a oportunidade.

— Estou prestes a entrar na mansão do General.

— O quê?! — Ouço a empolgação em sua voz. — Como?

— Estou com Cross.

— E pensar que, no começo, não queríamos você.

— É, valeu.

Ainda guardo rancor por terem me deixado apodrecer por três semanas. Se Betima não tivesse sido assassinada e não houvesse um buraco a ser preenchido, era bem provável que eles ainda estivessem ignorando meus pedidos de socorro.

— Acho que não vou poder circular livremente, mas...

— Faça o que puder. Qualquer informação é um trunfo. Qualquer coisa que pareça importante.

— E se ele estiver lá?

— Mate-o.

— O quê?

— Brincadeira. Isso não resolveria nada.

— Não resolveria?

— Um general morto não desmantela o sistema. Se você quer mudanças, precisa fazer mais do que eliminar o líder. Precisa reprogramar a cabeça das pessoas. Erradicar a ideologia.

Eu me pergunto se ela percebe a ironia. Se tem noção de que está repetindo exatamente o que o General Redden diz em suas transmissões. Ideias são ervas daninhas. Não permita que elas se espalhem. Mas, pelo menos, Adrienne tem uma abordagem ligeiramente diferente. Ela não quer apenas arrancar as ervas daninhas. Quer plantar algo novo no lugar. Acredito que isso seja admirável.

— Chegamos — anuncia Cross.

— Preciso ir. Te atualizo depois.

A casa do General não é nada do que eu esperava. Quando se fala em *mansão* e *propriedade*, a gente imagina torres, telhados imponentes e jardins deslumbrantes. Mas essa casa não é assim. A construção imponente mais parece uma fortaleza monolítica, angulosa e rígida. O exterior é um mar de vidro e concreto. Não transmite calor algum, apenas frieza e hostilidade.

Olho para Cross com desconfiança.

— Foi aqui que você cresceu?

Ele assente.

É o oposto da casa de fazenda onde fui criada, e sinto um pouco de pena dele. Eu já sabia que o General era um homem severo, mas isso aqui parece um mausoléu.

Ao entrarmos, a atmosfera opressora se torna ainda mais evidente. O pé-direito é mais alto do que aparentava do lado de fora, mas essa é a única coisa remotamente agradável nesse lugar.

Cross me conduz até a sala de estar. É um espaço imenso, mas os móveis são escassos e minimalistas. Nada de sofás macios ou poltronas aconchegantes. Nenhum tapete felpudo ou manta tricotada. Em vez disso, tudo parece impessoal. Até as obras de arte nas paredes são frias e distantes, cores apagadas e formas abstratas que não revelam nada sobre a personalidade ou os gostos de quem mora aqui.

Espero que algum funcionário apareça para nos receber. Afinal, estamos falando do General do Continente. Ele deveria viver cercado de luxo, sendo servido a todo momento, mas a casa é tão silenciosa quanto o mausoléu que parece ser.

— Não tem mais ninguém aqui? Governanta? Mordomo?

Cross faz que não com a cabeça.

— O General não permite que ninguém circule livremente pela casa. A equipe só pode entrar quando os guardas dele estão por perto para supervisionar.

— Parece uma prisão.

— E é — ele diz apenas. — Se não se importar em esperar aqui... — Ele franze a testa com relutância, como se essa fosse a última coisa que quisesse fazer agora. — Preciso subir pra ver minha mãe.

— Claro.

Ficar sozinha aqui é um grande sinal de confiança.

Ou pelo menos é o que eu acho.

Assim que ele desaparece escada acima, com um corrimão de metal e vidro, logo percebo que não há nada de útil para descobrir neste lugar. Nenhuma informação relevante. A cozinha parece intocada, como se nunca tivesse sido usada de verdade. Está impecável, sem nada sobre os balcões. Perambulo pelo primeiro andar, e embora tenha certeza de que câmeras registram cada um dos meus passos, isso não me incomoda tanto. A curiosidade já me dominou.

Quanto mais exploro, mais percebo o tipo de vida que Cross leva. E é triste. É frio. Toda porta que encontro está fechada e exige uma digital para abrir. Cada maçaneta que tento girar emite um som de erro, indicando que o acesso foi negado. Acabo diante de outra escada, no extremo oposto da casa. Depois de hesitar por um instante, subo o primeiro degrau.

Odeio tudo neste lugar. Parece que cada centímetro foi meticulosamente planejado para criar uma barreira de isolamento, de solidão. Para ser sincera, acho que Roe teve sorte de não crescer aqui.

Há duas alas no andar de cima, e sigo na direção da escada por onde Cross subiu. Algumas portas nesse lado estão abertas. Espio para dentro e vejo um quarto, depois outro, e mais um. Tudo impecável. As camas estão perfeitamente arrumadas. A mobília é moderna. Me pergunto qual desses era o quarto de Cross. De Travis. De Roe, quando vinha visitar. Não há nenhum objeto pessoal, nenhuma fotografia ou lembrança que revele algo sobre a vida do General ou de sua família. Estou caminhando por uma casca vazia de concreto e vidro.

Quando ouço um murmúrio baixo vindo de algum lugar à minha frente, sigo o som. O pior que pode acontecer é ele gritar comigo. Mandar eu cair fora. Mas minha curiosidade é maior do que o medo de levar uma bronca. Além disso, a essa altura ele já deveria saber como eu sou. É claro que não vou ficar sentada esperando. Não depois de ele soltar um enigmático *preciso ver minha mãe* e depois me deixar sozinha na casa dele.

Sigo a voz dele até um arco alto com portas cinza-chumbo. Espio por elas e encontro o único cômodo dessa mansão que tem alguma personalidade.

O quarto é luxuoso, com as paredes pintadas de azul-claro, em vez do branco e cinza do resto da casa. Em um canto, há uma área aconchegante com poltronas macias e uma chaise longue branca. No centro, uma imensa cama com dossel, sua estrutura imponente coberta por sedas brancas esvoaçantes. A colcha tem um tom vibrante de azul-real, e as mesas de cabeceira exibem vasos de porcelana transbordando de flores vermelhas.

Me aventuro mais para dentro e percebo que o cômodo tem formato de L. Depois da curva, há outra área de estar, com portas duplas que se abrem para um terraço de pedra e uma parede de janelas com vista para os jardins bem cuidados, ainda verdes apesar do frio do inverno. Li que, antigamente, as plantas dessa região morriam no inverno, as árvores perdiam as folhas e o solo se cobria de gelo. Mas já faz décadas que o Continente não vê temperaturas assim.

Uma mulher está de pé diante das janelas, de costas para mim. Veste uma camisa branca e uma saia azul esvoaçante que chega aos tornozelos. O cabelo longo e escuro cai solto pelas costas.

Cross está ao lado dela, falando com frustração:

— Você precisa comer. Não pode fazer isso de novo.

Ela não responde.

— Mãe. Não vamos passar por isso de novo. Não quero ter que te ligar a tubos mais uma vez. Por favor.

Como se sentisse minha presença, ele vira a cabeça na minha direção.

— Pelo amor de Deus, Wren. Eu mandei você esperar lá embaixo.

— Desculpa, eu só... — Minha voz some. Não há desculpas. Estava sendo enxerida.

A mãe dele não reage ao som da minha voz. Não parece se importar com o fato de uma estranha estar no quarto dela.

Franzindo a testa, dou mais um passo à frente.

— Wren. Volta lá pra baixo. — Ele parece exausto.

— Ela está bem?

— Não, não está.

— Como posso ajudar?

— Não tem como ajudar.

— Cross...

A mulher se vira tão rápido que me sobressalto. Um par de olhos azuis espaçados encontra os meus, o olhar tão vazio que me causa arrepios. A completa falta de expressão é assustadora para caramba.

Mas ela não fica assim por muito tempo. Por um instante, percebo que a mãe de Cross registra minha presença, porque a confusão se espalha por seu rosto. Então ela pisca e balança a cabeça, e seu olhar oscila entre confuso e vazio. De um lado para outro. Confusão. Pisca. Vazio. Pisca. Como se o cérebro dela estivesse lutando para mantê-la no presente.

Um desconforto se revira no fundo do meu estômago. Eu já vi essa expressão antes. Esse mesmo olhar errático.

Ou estou ficando completamente louca ou a mãe do Cross é Modificada.

44

Antes que eu consiga sequer começar a processar essa ideia chocante, Vinessa Redden leva as mãos às orelhas e solta um gemido de angústia.

— Mãe — diz Cross com preocupação.

Ela o ignora. Seus ombros estreitos começam a tremer. O gemido se dissolve em soluços discretos, enquanto a boca se abre e se fecha, como se tentasse falar, mas não conseguisse. Fico olhando, sem acreditar.

— Mãe, vem cá. Está tudo bem.

Ele a conduz pelo braço até a área de estar e a ajuda a se sentar em uma cadeira. Com uma delicadeza infinita, afasta suas mãos das orelhas.

— Está tudo bem — repete. — Espera aqui. Eu já volto.

Os soluços vão diminuindo. Ela o encara, o olhar vazio voltando ao rosto.

Cross dá meia-volta e caminha em direção à porta. Me apresso para segui-lo.

— Cross. O que está acontecendo?

Ele acelera o passo.

— Ela é Aberrante? — questiono.

Ele atravessa o corredor até outra porta e passa o polegar no scanner para destravá-la. É um escritório, com uma parede inteira de estantes de vidro e um bar completo no canto. Sem dizer uma palavra, ele se serve de uma bebida e toma um longo gole.

— Há quanto tempo ela está assim? — pergunto da porta.

Ele finalmente reconhece minha presença.

— Catatônica? Talvez nos últimos cinco anos.

— E antes disso?

— Tinha que ser sedada o tempo todo. Era violenta demais. As vozes a deixavam furiosa.

Vou até ele e tiro o copo de sua mão, virando o resto da bebida antes de devolvê-lo. Ele rapidamente enche o copo de novo.

— Ela é Aberrante? — insisto, porque ele não me respondeu da primeira vez.

Cross balança a cabeça.

— Esquizofrênica.

A resposta me surpreende. Não parece certa. Mas também não sinto que ele esteja mentindo.

Por um momento, ele afunda o rosto nas mãos. Então, levanta a cabeça e encontra meu olhar confuso.

— Ela era normal durante a maior parte da minha vida. Começou aos poucos. Acho que eu tinha uns doze anos quando ela começou a ficar irritada, paranoica. Dizia que seus pensamentos pareciam embaralhados. Que estava com dificuldade para se concentrar. E, um dia, disse que ouvia vozes na cabeça. Que estava ouvindo e vendo coisas que não existiam.

— E você tem certeza de que ela não é Aberrante?

— As veias dela não ficam prateadas, nem quando ouve as vozes.

Isso não quer dizer nada. Sim, se Vinessa for Modificada, ela seria a primeira Mod que conheço cujas veias não ficam prateadas, mas sei que Mods assim existem porque, bom, *eu* existo.

E se ela for uma Mod... Bem, a ironia de a esposa do General ser uma das imperfeitas tóxicas que ele tanto despreza chega a ser cômica.

— O que seu pai fez quando ela foi diagnosticada?

— Ele a escondeu. Escondeu minha mãe do mundo. — Cross faz um gesto na direção da suíte dela. — Ela não sai daquele quarto há anos, a não ser para caminhar no jardim com o General.

— Vocês têm funcionários pra cuidar dela?

— Ela cuida de si mesma. Na maior parte do tempo, pelo menos. Ela se levanta. Se veste. Come as refeições que entregam a ela. Caminha no jardim. Só não fala uma palavra desde que eu tinha dezessete anos.

— Mas antes disso, ela era histérica e paranoica?

Ele assente.

— Quando as vozes estavam mais altas. Antes de ficar completamente catatônica, ela nos disse que estavam ficando mais baixas. Sussurrando, em vez de gritar.

Penso nas pessoas fragmentadas na ala do hospital, aquelas que ainda são violentas e lutam contra o que quer que esteja acontecendo dentro da própria mente.

— Ela acabou enlouquecendo por causa das vozes e agora está assim. Não fala. Fica confusa. E de vez em quando para de comer do nada. Nosso cozinheiro ligou dizendo que ela não come há dois dias. Normalmente, quando isso acontece, precisamos chamar um médico e colocar uma sonda alimentar. Mas ela odeia isso. — Ele faz uma careta. — Eu não quero isso pra ela.

— Eu... Isso é tão confuso. Como ele discursa naquelas transmissões sobre erradicar a fraqueza da sociedade quando a esposa dele tem uma doença mental? Ele não mandou fazer eutanásia em umas trinta pessoas quando o Comando desmantelou aquele centro psiquiátrico ilegal no Setor B?

Não há um pingo de humor na risada de Cross.

— Ele adora falar de fraquezas, né? Ele pode até não admitir, mas sabe muito bem qual é a fraqueza *dele*. Minha mãe. Ele nunca permitiria que alguém fizesse eutanásia nela.

Quando Cross tentou segurar minha mão no helicóptero mais cedo, eu me afastei. Dessa vez, sou eu quem procura sua mão. Entrelaço meus dedos aos dele e toco seu rosto com a outra mão, acariciando seu queixo.

— Cross. Eu sinto muito.

Vários segundos se passam. Então, ele suspira.

— Preciso voltar e ver se ela está bem.

— Quer que eu faça algo pra ela comer? — pergunto. — Sopa? Talvez, se eu tentar alimentá-la, ela ache que sou uma enfermeira ou algo assim e aceite melhor.

— Você faria isso?

— Claro. Não quero ver ninguém sofrer. Sei que às vezes pareço uma cretina, mas tenho coração.

Descemos até a cozinha impecável da casa e entramos no freezer industrial. Ele pega uma sopa já preparada, descongela e aquecemos no fogão antes de subirmos com a bandeja.

— Mãe — ele diz. — Esta é Wren.

Ela está de volta à janela, olhando para fora.

— Ela trouxe sopa pra você. Quer experimentar?

Há algo incrivelmente terno na maneira como ele fala com ela. No jeito como afasta uma mecha de cabelo de seu rosto.

Ela pisca.

— Que tal provar um pouco de sopa?

Ele a conduz até a mesa, onde deixei a tigela, e ela não se opõe.

— Isso é um bom sinal — ele diz, rouco.

— Fico feliz. Quer que eu tente? — Aponto para a tigela.

— Vamos ver como eu me saio primeiro. — Ele mergulha a colher na sopa e leva até os lábios dela. — Experimenta isso — pede Cross.

Ele toca de leve nos lábios dela, e sua boca se abre e fecha automaticamente em torno da colher. Quando ela engole, vejo o alívio inundar seu rosto.

— Quer que eu espere lá embaixo? — pergunto.

— Não. Não sei por quê, mas você a deixa mais calma. Pode ficar aqui?

— Claro.

Odeio isso. Odeio o fato de me sentir tão ligada a ele agora, o quanto ele está sendo gentil. O quanto está vulnerável. Odeio sentir compaixão pelo General, logo por ele.

E, mesmo odiando fazer isso, abro um caminho para a mente de Vinessa Redden, porque preciso ter certeza.

Uma pontada quente de dor percorre minha mente no mesmo instante. Rompo a conexão, abalada com a tentativa. Nunca tentei ler uma mente fragmentada antes, e é... puro caos. Nem sequer consigo confirmar se ela é uma Mod — as frequências na mente dela são tão *instáveis*, tão voláteis, que é impossível permanecer lá por mais de um segundo.

Massageio as têmporas e me aproximo das portas do terraço. Do outro lado do vidro, vejo um gramado bem cuidado. Uma piscina retangular. Bancos de ferro dispostos na mesma distância ao longo do caminho de pedra que margeia a grama. Parece uma instalação militar em miniatura.

Desvio o olhar para a parede, onde um quadro a óleo está pendurado. Ele retrata um mar tranquilo em uma pequena enseada. Bonito e sereno. Fico me perguntando quem o escolheu.

Olho por cima do ombro. Cross ainda está dando sopa para Vinessa. Com uma paciência infinita. Esse homem duro e implacável com quem passei meses, mostrando um lado mais gentil. Um garoto tentando ajudar a mãe.

Pego uma pequena estatueta de um farol sobre o aparador. Examino-a.

— Ela gosta do mar?

— Ela cresceu em F, antes de todo o setor ser inundado. Era o lugar favorito dela no mundo. Aquele quadro é da cidade em que ela cresceu. — Ele aponta com a cabeça.

Dessa vez, presto mais atenção nos detalhes. É de fato encantador. Uma enseada tranquila pintada em tons pastéis. O mar azul e o céu sem nuvens. Um único veleiro desliza pelas águas serenas. Tem velas brancas, casco branco, uma faixa azul-marinho na base e uma bandeira vermelha tremulando no mirante do capitão.

Não consigo distinguir o nome do barco porque está longe demais...

Uma onda de choque me toma quando percebo que estou olhando para uma cena que já me foi descrita antes.

Muitas vezes.

Pelo Lobo.

45

Não pode ser.

Não tem como Cross Redden ser o Lobo.

Não tem como isso ser possível.

Ele não é Modificado.

Mas a mãe dele é.

Ou, pelo menos, tenho quase certeza de que é, mas isso não significa nada. Ter pais Modificados não é garantia de que a criança também será uma Mod. Nem mesmo dois Primais podem ter certeza de que gerarão uma criança *Primal*. A mutação causada pela biotoxina pode ficar dormente em algumas pessoas. Qualquer um poderia nascer como eu, como ela.

Como ele?

Não. De jeito nenhum.

Mas aquela pintura é... perturbadora. É...

Uma coincidência. O mundo está cheio de coincidências. Como o fato de um dos oficiais do Comando, que foram à minha fazenda me ver atirar, por acaso conhecer o Jim de quinze anos atrás e, por acaso, ter reconhecido ele. Aquilo foi uma coincidência. Um capricho do destino.

Mas isso... Acreditar que Cross pode ser meu amigo mais antigo, a pessoa que eu mais amo neste mundo depois do tio Jim, é tão absurdo que me dá vontade de rir.

Ainda assim, isso me atormenta por dias depois da nossa visita à propriedade do General.

Cross sai da base para uma missão, o que me deixa aliviada, porque não sei o que fazer com essas suspeitas martelando na minha cabeça. Entro no piloto automático. Tomo café da manhã com Lyddie. Faço uma missão de reconhecimento com Kaine. Janto com Kaine, Ivy e Lash, o que deveria ser desconfortável, mas estou tão distraída que nem me importo de estar dividindo a mesa com a ex-namorada de Cross.

Penso na mãe dele, trancada naquela prisão de concreto, e me pergunto se Ivy chegou a conhecê-la. Parece improvável. Se alguém de fora da família soubesse que a mãe de Cross é esquizofrênica, isso teria vazado em algum momento.

Será que Roe sabe? Encontrei com ele no refeitório ontem à noite e quase deixei a pergunta escapar. Mas suspeito que ele não faça ideia. Eu me lembro do tom amargo dele no vagão, reclamando de como Vinessa Redden nunca descia quando ele visitava o pai. Acho que ele sentiria um tipo perverso de satisfação se soubesse que ela estava doente. A mãe *dele* era melhor do que a mãe de Cross. Ele teria gritado isso aos quatro ventos.

Procuro por Vinessa no Conexa. Encontro fotos dela quando os filhos eram mais novos. Ela fez algumas aparições ao lado do General, mas isso era raro, mesmo naquela época. Ele sempre foi rígido com a segurança da família, então suponho que não tenha sido tão estranho quando ela sumiu completamente da vida pública. Agora está escondida na mansão de concreto dele, catatônica, olhando para o vazio, para uma cena que Lobo já descreveu para mim.

Não tem como.

Preciso descobrir se é verdade.

Mas como descobriria sem me revelar? Não posso simplesmente virar para ele e dizer *ei, você é meu amigo telepata?* sem que ele saiba que tenho essa maldita telepatia. E essa não é uma informação que eu deveria sair distribuindo sem ter certeza de que *ele* também tem.

Quando ele volta para a base e me procura no refeitório, ainda não cheguei a nenhuma solução. Nenhum plano.

Tudo que sei é que meu coração dispara ao vê-lo caminhando na minha direção. Xavier o acompanha, acenando ao passar por mim. Cross para.

— Você voltou — digo.

Por um instante, acho que vai me beijar, mas então ele adota uma postura mais profissional.

— Acabamos de chegar. Vamos ter uma reunião amanhã na sala de guerra.

Faço que sim com a cabeça.

— Vem para o meu quarto hoje à noite? — A voz dele sai baixa. Rouca.

É raro que Cross me convide para o espaço dele. Mas não ficamos a sós desde que descobri a verdade sobre sua mãe, então talvez ele esteja querendo mais privacidade, caso eu toque no assunto.

Faço que sim de novo.

— Te chamo no comunicador antes de sair.

Eu o deixo e vou me sentar com Kaine, que mais uma vez está comendo com Lash e Ivy. Antes dessa semana, eu sentia que não via Lash há séculos.

No meio da refeição, percebo que Lash está comendo apenas com uma das mãos. A outra está debaixo da mesa, repousando sobre o joelho de Ivy.

Tento não erguer as sobrancelhas. É sério isso? Porque, sendo sincera, não sou contra. Gosto do Lash. Acho que ele é um cara decente, tirando o fato de que me estrangularia com as próprias mãos se soubesse que sou Modificada.

Sinto um frio de expectativa na barriga enquanto me encaminho para os alojamentos dos oficiais mais tarde naquela noite. A calça jeans que estou usando era de Betima. Ainda penso muito nela. Não a conhecia tão bem quanto gostaria, mas sei que ela não merecia morrer.

Cross abre a porta e me recebe com um dos seus sorrisos debochados.

— Esperava que você estivesse pelada.

Dou risada pelo nariz.

— Bem que você queria, né?

— Desesperadamente.

— Operação bem-sucedida? — pergunto, enquanto ele me deixa entrar.

— Muito. Encontramos um acampamento dos Fiéis nas colinas perto de D.

— Eles estão trabalhando com Reed?

— Bom, eles têm suprimentos que só podem ter conseguido na cidade, então suponho que sim. Mas não quero falar disso.

— Do que você quer falar, então?

— Não quero falar.

E então a boca dele está na minha.

Você é o Lobo? Quero perguntar enquanto ele me beija. *É você? Você é o Lobo?*

Mas não sou suicida. Não posso fazer essa pergunta do nada, não sem um plano. Mas só de pensar que posso estar beijando Lobo agora, sinto um arrepio. Uma onda de alegria que me pega de surpresa.

A percepção me atinge com força e rapidez.

Eu *quero* que ele seja o Lobo.

Quero demais. Porque, além do tio Jim, Lobo é a pessoa em quem mais confio neste mundo. Não quero mais que ele seja só uma voz na minha cabeça. Quero que ele seja um homem de carne e osso. Com músculos, pele quente e um coração pulsando sob a minha palma quando a pressiono contra seu peito.

Ele me conduz até o quarto. Tira a camisa. Minhas roupas logo seguem o mesmo caminho. A calça dele. Ele me joga na cama com ferocidade.

— Eu penso em você a cada segundo do dia — ele murmura, beijando meu pescoço. — É meu ponto fraco.

Mordo o lábio.

— Não quero ser seu ponto fraco.

— Tarde demais. — Ele se apoia nos cotovelos, os olhos azuis cravados em mim com tanta intensidade que quero desviar o olhar, porque não sei retribuir esse tipo de intimidade.

Normalmente, ele me deixaria fazer isso, mas não hoje.

Hoje, ele segura meu rosto com uma das mãos, o polegar forte me mantendo no lugar enquanto desce a outra para segurar sua ereção.

— Olha pra mim — ele diz.

Quando nossos olhares se encontram, ele desliza a ponta grossa do pau entre minhas pernas.

— Olha pra mim enquanto eu faço isso. Só dessa vez, Wren.

Mordo o lábio de novo, e seu polegar em minha bochecha vai até meus lábios para soltá-lo, alisando a linha que ficou marcada.

— Não se esconda mais de mim.

Por um momento, me permito acreditar que estou olhando nos olhos do Lobo. Me derreto sob ele, e ambos gememos quando ele entra em mim. Enrosco as pernas ao redor de seu corpo, e logo estamos nos movendo em perfeita sintonia. Estamos tão conectados.

— Nunca foi assim com ninguém — ele admite.

— Eu sei.

Quando fecho os olhos de novo, ele solta um grunhido de desaprovação.

— Não. Não se esconda.

É insuportável. Parece que ele está enxergando minha alma, e eu não quero saber o que ele vê. Não quero. Eu traí Tana. Deixei que a levassem para não comprometer minha identidade. Deixei que eles matassem Jim. Fiquei ali, assistindo enquanto ele morria. Eu...

— Ei. Onde você foi parar?

Pisco algumas vezes.

— Volta pra mim — Cross sussurra. — Estamos bem aqui.

Ele desliza a mão entre nós, tocando meu ponto mais sensível, e um choque de prazer percorre meu corpo. O ritmo acelera. Mais e mais rápido. Penetrando mais e mais fundo, enquanto o polegar brinca com aquele ponto pulsante, só dele.

Quando solto um gemido, ele assente em aprovação.

— Isso. Se entregue pra mim. Se entregue por completo.

Não por completo. Não posso me entregar por completo para ele. Mas isso... isso eu posso entregar.

Ofego quando o clímax me atinge, movendo os quadris para absorver cada gota de prazer. Não demora muito para que ele também chegue lá, estremecendo, seus lábios encontrando os meus em um beijo ardente.

Depois, ficamos deitados ali. Sem fôlego. Ele nos vira, e eu me aconchego ao lado dele, minha cabeça sobre seu peito. Ouço seu coração desacelerar, só para acelerar de novo quando pergunto:

— Como está sua mãe?

— Bem. Voltou a comer. Vou vê-la no fim de semana e levá-la para uma caminhada. — Ele faz uma pausa. — Obrigado por ser tão gentil com ela.

— Imagina.

O silêncio se instala entre nós.

Você é o Lobo?

Estou desesperada para perguntar. Preciso saber, mas, a menos que revele quem eu sou, não faço ideia de como descobrir. Fico deitada ali, sentindo o peito dele subir e descer. Estou começando a ficar com sono, mas tento me manter acordada, porque sei que ele vai ficar. Ele quase não dorme...

Sinto um aperto na garganta. Acho... acho que pode haver um jeito.

Arrasto os dedos pelo peito dele em carícias lentas.

— Ainda dormindo só três ou quatro horas por noite?

— Às vezes cinco.

— Até que não é tão ruim. Você sempre teve insônia, ou isso começou quando entrou para o Comando?

— Acho que sempre tive. Mas não é nada de mais. Nunca precisei dormir muito pra funcionar.

— Também passei por uma fase em que não conseguia dormir direito — confesso. — Mas era por causa de um pesadelo recorrente.

— É mesmo? — Ele acaricia meu cabelo distraidamente. Meu ombro nu.

Estremeço.

— Era horrível. Acontecia comigo o tempo todo. Mas já faz um tempo.

— Como era o pesadelo?

Eis a minha chance.

Respiro fundo, me preparando para o que estou prestes a fazer.

— Sempre começa do mesmo jeito. Estou nadando numa caverna linda. Explorando. Então vejo algo brilhando na água. Não consigo distinguir o que é, então nado na direção da coisa.

Ele continua acariciando meu cabelo. Seu corpo está quente. Relaxado. Me pergunto se a pintura da mãe dele não significava nada e se estou seguindo na direção errada. Mas já é tarde demais para voltar atrás.

— Nado mais fundo na caverna e, de repente, tudo fica confuso. Não sei mais onde estou, como voltar pra cima. Então começo a ficar sem ar.

Ele para de acariciar meu cabelo.

— Estou presa na caverna, e é como se todo o peso do mar estivesse me esmagando. Procuro por uma saída, desesperada, mas as paredes se estendem sem fim. Meus pulmões ardem. Não sei por quanto tempo ainda consigo prender a respiração.

Ele afasta os dedos do meu cabelo.

— Entro em pânico. Minha visão começa a embaçar, a escuridão se fechando ao meu redor. E então vem aquela sensação sufocante de pavor, porque sei que não tenho escolha. *Preciso* respirar. Abro a boca e inspiro fundo, e a água invade meus pulmões. Meu corpo todo começa a se debater, lutando contra isso, mas não adianta. Estou sufocando, morrendo...

Ele se move tão rápido que nem vejo acontecer.

Em um piscar de olhos, estou deitada de costas com uma faca no pescoço.

Os olhos de Cross estão selvagens, ardendo. Cada músculo do seu corpo está tenso enquanto ele me encara e pergunta:

— Quem é você?

46

Não consigo me conter.

Começo a rir.

Risadas histéricas, ofegantes, que fazem meu corpo tremer. Ele entreabre os lábios, surpreso, mas minha crise de riso é incontrolável. Tudo o que consigo fazer é estremecer debaixo dele, enquanto sou mantida imobilizada com uma lâmina no pescoço. Cada vez que rio, sinto a ponta da faca arranhar minha pele. Logo vai cortar de verdade. E isso só me faz rir ainda mais.

— Quem é você? — ele repete, a respiração saindo em um chiado. — Quem te contou essa história?

— Posso... — tento falar entre as risadas. — Posso te perguntar uma coisa?

Ele levanta a faca. Só alguns milímetros. Ainda está tenso como uma cobra prestes a dar o bote. Pode me esfaquear a qualquer momento.

— Seu animal favorito ainda é o lobo?

Ele congela, me encarando, como se não conseguisse entender o que estou perguntando.

— Porque a minha favorita não é mais a margarida. Minha flor favorita, quer dizer.

A respiração dele fica irregular. A faca sobe mais um pouco.

— Já foi, um dia. — Quando eu morava na Floresta Sombria, mas nem mesmo o Lobo sabe de onde eu vim. — Mas então as margaridas selvagens começaram a tomar conta do pasto norte da fazenda, se espalhando como ervas daninhas, e as vacas ficaram sem grama por causa daquelas margaridas idiotas. Aí deixou de ser. — Dou uma risadinha. — Minha flor favorita, quer dizer.

Percebendo que não sou uma ameaça, Cross abaixa a faca. Agora ela pende frouxa em seus dedos. Consigo ver sua mente trabalhando, tentando entender tudo isso.

Quando ele fala, é uma única palavra rouca:

— Como?

— Não sei. — Sento e me encosto na cabeceira da cama. — Só me dei conta disso algumas noites atrás.

Ele me lança um olhar inquisitivo.

— O quarto da sua mãe. A pintura dela. O casco branco, a faixa azul, a bandeira vermelha. — Começo a rir de novo. — Esse tempo todo achei que você morava perto do mar. Não percebi que estava descrevendo um quadro.

Cross me encara como se nunca tivesse me visto na vida.

— Margarida? — ele diz por fim, com a voz levemente trêmula.

— Lobo. — Um sorriso se espalha pelos meus lábios. — Enfim nos encontramos.

Nós nos encaramos.

E, de repente, estou em seus braços. Ele me abraça com força, como se tentasse me fundir no corpo dele.

— Eu não faço a menor ideia de como isso está acontecendo. Isso está mesmo acontecendo?

Agora ele está na minha cabeça. Lobo. Mas soa diferente, porque sei como é a voz do *Cross*.

— Sua voz não é tão rouca quanto você acha que é.

Ele sorri para mim.

— E a sua é mais aguda do que você pensa.

— Minha voz não é aguda — digo em voz alta, tentando ouvir a mim mesma. Aos meus ouvidos, soa mais grave.

— É, sim. — Ele balança a cabeça, como se ainda estivesse tentando assimilar tudo. — Como isso é possível?

Sei muito bem o que ele está sentindo. É estranho e eletrizante. Assustador também. Eu o conheço desde os seis anos, mas esta é a primeira vez que nos encontramos.

E ele é Cross Redden.

Cross Redden.

As implicações disparam na minha mente. Por um instante, me preocupo que ele possa me entregar, até lembrar que me entregar significaria entregar *a si mesmo*.

— Você é Modificado — acuso.

Ele fica sério.

— Mais alguém sabe?

— Não.

— Como? Como você conseguiu manter isso em segredo?

Cross se senta ao meu lado, as pernas compridas esticadas à sua frente.

— Não sei. Acho que, mesmo aos oito anos, quando, de repente, me vi dentro da cabeça de outra pessoa, tive a sabedoria de nunca contar isso a ninguém.

— Ninguém da sua família sabe?

— Não, só você sabe.

— Quais são os seus dons? — pergunto, curiosa.

— Só telepatia, e nem acho que sou muito forte. Só consegui fazer isso com você. Não faço ideia de como me conectei com sua mente tantos anos atrás, mas fico feliz que tenha acontecido. Me fez sentir menos sozinho.

— Meu tio me disse que é comum crianças formarem conexões espontâneas quando suas habilidades começam a se manifestar. Elas ainda não sabem como usar nada direito. É como se a mente delas surtasse.

Cross parece igualmente curioso.

— Quais são os seus?

— Só telepatia.

A culpa se instala em mim. Ele não precisa saber que também sou uma leitora de mentes e projetora. Que posso incitar. Ou melhor, que às vezes incito sem querer, em momentos aleatórios e inadequados, sem nenhum padrão para como faço isso.

Mas Cross não é burro.

— A execução de Julian Ash — ele dispara.

Me apresso em negar.

— Não fui eu.

Pela primeira vez na vida, estou mentindo deliberadamente para meu amigo mais próximo. Isso me rasga por dentro. Nunca achei que mentiria para o Lobo. Só por omissão. Mas agora não sei mais em que nível de confiança estamos. Porque Lobo não é mais Lobo. Ele é Cross Redden.

Ele me olha, desconfiado.

— Foi Jim — digo a ele.

— Ash? Jayde não percebeu nada que indicasse que ele era um incitador quando leu a mente dele.

— Bom, não sei o que te dizer, porque foi ele. Acho que ele não sabia muito bem como controlar. Só vi acontecer uma outra vez ao longo dos anos, e mesmo assim não deu certo. Ele disse que incitar exigia muito controle, e que não era algo que ele queria treinar. Não gostava da ideia de interferir no livre-arbítrio das pessoas. — Engulo em seco. — Mas ele interferiu na execução. Acho que, quando sua vida está em perigo, você faz qualquer coisa para se salvar.

— Então, você *sabia* que seu tio era um Aberrante.

— Óbvio.

Um sorriso discreto surge em seus lábios.

— Eu sabia que você estava mentindo pra mim. Mas, por um momento, você quase chegou a me convencer.

De repente, ele prende a respiração.

Franzo a testa.

— O que foi?

— Seu escudo resistiu à Tenente-Coronel Valence. Wren, você faz ideia do quanto isso é extraordinário?

— Talvez ela não seja tão boa quanto diz.

— Não, ela é a melhor. Já a vi ler a mente de alguém a mil metros de distância. Se consegue enxergar a pessoa, consegue puxar a energia dela para si.

Estremeço. É um pensamento ameaçador, inquietante. Pela primeira vez, sou grata por ter um alarme interno que me avisa sempre que alguém tenta invadir minha mente.

O silêncio paira entre nós. Continuamos nos observando. Ele estende a mão, toca meu rosto. Traça cada linha e cada curva como se quisesse memorizá-las pelo toque.

— Eu não acredito que é você — ele diz.

— *Eu* não acredito que é *você*.

Ele me puxa para o colo dele, e eu encosto a cabeça contra seu peito. Há algo muito reconfortante nisso. É raro que eu me sinta segura. Protegida. Mas, neste momento, eu me sinto. Com Cross me segurando. Com Lobo me segurando.

Um nó se forma na minha garganta. Há tantas coisas que quero dizer, perguntar, mas ele fala antes que eu consiga:

— Você está trabalhando para a Rebelião?

Ergo a cabeça no mesmo instante.

— Merda — ele diz ao notar minha expressão. — Você está.

— Sim, mas é meio recente. Só comecei depois que Jim morreu.

Ele me olha, desconfiado de novo.

— Você precisa parar com isso — repreendo-o.

— Parar com o quê?

— De duvidar do que digo agora. Você duvidou de mim alguma vez quando eu era Margarida?

— Nunca.

— Então não comece agora. — Engulo a onda de culpa que tenta me invadir. Sei que menti para ele sobre a incitação. Mas esse é um segredo que vou levar para o túmulo.

— O que você já fez por eles? — Cross pergunta, antes de soltar um palavrão. — O arsenal de armas. Você entregou os esquemas para eles?

Assinto, arrependida.

Quero perguntar de que lado ele está, se de fato acredita na visão do pai para o Continente. Quero perguntar como ele consegue conviver com o fato de condenar Mods à morte. De nos mandar para campos de trabalho forçado. Quero saber o que ele pensa de pessoas como nós, ainda mais levando em conta que a mãe dele...

As palavras escapam antes que eu consiga segurá-las:

— Ela é Modificada. Sua mãe. Você sabe disso, né?

Ele esfrega a ponte do nariz. Parece que preferia estar falando sobre qualquer outra coisa.

— O General pode até viver em negação, mas acho que, no fundo, você sabe o que ela é. Já conheceu algum Mod cuja mente foi fragmentada?

Ele abaixa a cabeça, assentindo.

— Você não vê as semelhanças?

— Os sintomas dela são parecidos com esquizofrenia...

— Isso não é esquizofrenia, Cross. A mente dela está fragmentada porque ela é Modificada. E eu acho que você sabe muito bem disso. Como o General não percebe?

— As veias dela não brilham.

— Você sabe que isso não quer dizer nada. Alguns Mods, um grupo raro, não têm veias prateadas. — Mudo para a telepatia para provar meu ponto. — Como eu. — Olho para os braços dele. — E, pelo visto, como você.

Ele pragueja baixo.

— Você suspeitava que ela era Modificada, apesar das veias, porque as suas também não brilham.

A mandíbula dele se contrai.

— Wren. Você não pode contar pra eles.

— O quê?

Ele muda para a telepatia.

— Você não pode contar para a Rebelião que sou Modificado. Se usarem essa informação contra mim, se isso chegar até meu pai, meus irmãos... Eles vão me matar.

Sinto um aperto no peito.

— Então o que vamos fazer?

— Não sei.

— Por que você não fala com eles? Talvez possa entrar para a rede também.

A ideia me enche de esperança, mas ele descarta no mesmo instante. Incrédulo.

— Eu não vou trabalhar para a Rebelião.

— Mas vai trabalhar para o Comando? Vai ajudar seu pai a exterminar todas as pessoas que são como você? — A raiva cresce dentro de mim.

— Alguma vez você já me viu matar um Mod? — ele pergunta, desafiador.

Hesito. Pensando. As palavras do General ecoam na minha mente. Acusando Cross de superlotar os campos de trabalho com Aberrantes. O irmão dele matou Betima sem hesitar. Mas Cross... Ele poupa vidas.

— Eu faço mais bem aqui do que faria em qualquer outro lugar — diz, alto. Com um resmungo, ele passa as mãos pelo cabelo. — Isso é... muita coisa. Não é algo que a gente possa resolver em uma noite, Wren. — Ele faz uma pausa. — Margarida. — Sua expressão fica mais suave quando ele toca meu rosto de novo. — Isso é inacreditável.

Sim, é. Penso na nossa conversa sobre livre-arbítrio e destino e, pela primeira vez na vida, me pergunto se talvez alguns acontecimentos sejam inevitáveis. Predestinados.

Talvez eu estivesse destinada a acabar aqui, com ele.

Os lábios dele se aproximam dos meus quando o alarme soa.

Praguejando, ele pega o comunicador da mesa de cabeceira e olha para a tela.

— Merda. Precisamos ir. Agora.

— Por quê? O que aconteceu?

— Um caça da Rebelião acabou de cair perto de um dos nossos depósitos de armas.

47

Cross nos dá as instruções no bombardeiro. É o B-8, uma nova aeronave tática sobre a qual aprendemos durante o Programa. Nosso instrutor passou um bom tempo elogiando esse modelo experimental de três assentos, com seu sistema de armamento ar-terra de última geração. Levamos dois deles para a operação: eu, Cross e Xavier em um; Kaine, Tyler e Jones no outro.

— Nosso radar detectou um jato voando sozinho, de forma errática e em baixa altitude — diz Cross pelo comunicador. — Quando conseguimos enviar um drone, o caça já tinha caído na floresta. As imagens mostram os motores em chamas e a cabine vazia. Marcas no solo indicam que o piloto se afastou, se arrastando do local da queda.

— Ele ainda está na área? — pergunta Xavier do assento do piloto. Ele conduz o jato pelo céu escuro com destreza, me fazendo desejar ter prestado mais atenção nas aulas de Fundamentos de Voo. Novos operativos da Brigada de Prata não têm permissão para pilotar nenhuma aeronave sem treinamento extra, então pelo menos não preciso me preocupar com a possibilidade de desempenhar esse papel tão cedo.

— É isso que vamos descobrir — responde Cross. — O avião está a um clique do nosso depósito, que foi desativado há alguns anos. Eles podem ter informações desatualizadas e achar que ainda está ativo. A inteligência acredita que estavam tentando bombardeá-lo quando o avião caiu.

O B-8 inclina enquanto nos aproximamos do destino. Do alto, mal dá para ver o depósito de armas. Só percebo onde ele está porque Cross aponta para mim.

Não parece uma instalação militar. Escondido no terreno acidentado de um vale isolado, o depósito é pequeno e discreto, pouco mais que um conjunto de prédios sem identificação espalhado entre as árvores. O armazém principal parece um celeiro. Forçando os olhos, consigo distinguir caixotes velhos empilhados perto de uma cerca de arame enferrujada e outros pedaços de entulho espalhados pelo chão empoeirado.

— Qualquer um pode simplesmente entrar aqui — digo, surpresa. — Esse armazém nem parece feito de aço reforçado.

— A ideia é exatamente essa, estar à vista de todos. A intenção sempre foi parecer inofensivo. Quando estava em operação, todo o complexo era equipado com explosivos. Cheio de minas terrestres. Sensores de movimento. Drones de segurança. Já abrigou um arsenal de armas e munições. Mas foi abandonado há anos.

Assim que aterrissamos, nos dividimos em duas equipes: uma para investigar o avião, outra para garantir a segurança do perímetro do depósito. Fico com Cross e Xavier de novo, avançando pela floresta em busca do caça.

Algo parece... errado. Fico me perguntando se eles concordam, mas não digo nada enquanto seguimos pela escuridão. Sinto o cheiro de fumaça quando estamos a cerca de um quilômetro de distância. Combustível de avião.

Quanto mais nos aproximamos da área da queda, mais sinto o frio na barriga crescer.

— Fiquem atentos — murmura Cross. — A gente não sabe onde está se metendo.

Ajusto a pegada na arma. Um rifle de precisão seria grande demais para essa missão, então estou equipada com a versão menor do REMM-4. O 3. Ele é igualmente letal e vem com a mesma mira noturna do modelo maior.

Meus sentidos continuam em alerta máximo enquanto nos aproximamos da carcaça fumegante do jato abatido. Cross gesticula para que eu suba até um ponto mais alto e cubra os dois, indicando que ele e Xavier vão investigar. Aceno em concordância e subo pelo terreno rochoso. Eles não se movem até que eu esteja posicionada, então se aproximam do avião. Graças à mira noturna do rifle, consigo vê-los claramente no escuro.

Observo a área em busca de qualquer sinal de movimento. Tudo parece calmo, mas ainda assim me sinto vulnerável, exposta.

— Limpo — diz Cross alguns minutos depois.

— Temos um rastro de sangue — diz Tyler pelo comunicador. — Seguindo em direção ao prédio principal agora.

— Tenha cuidado, Dixie — Xavier alerta, usando o codinome dela.

— Pomba, está vendo alguma coisa?

Demorou, mas Cross por fim parou de usar o "ferida" no *meu* codinome, o que foi um alívio.

Observo a área de novo.

— Não tem ninguém aqui.

— Bom, com certeza tem alguém *aqui* — Kaine comenta. — Estou vendo pegadas ensanguentadas por toda parte.

— Dixie. Prossiga com cautela — diz Cross. — Qualquer sinal de problema, recue e espere por nós.

— Entendido.

A linha fica em silêncio. Mas só por alguns segundos.

Tyler volta, e sua inquietação é evidente.

— Capitão, tem algo errado aqui...

Há uma explosão à distância.

Ouço pelo comunicador um estrondo ensurdecedor que dura apenas um instante antes de o sinal ser cortado e o silêncio tomar conta. Já estou de pé. Cross e Xavier vêm correndo.

— Dixie! — Xavier grita. — Responda.

Nada. O canal está mudo, tão silencioso que é assustador.

Sem hesitar, disparamos na direção da explosão. Vejo as chamas assim que alcançamos o depósito, ardendo ferozmente na lateral do prédio principal, uma fumaça espessa escapando pelo buraco deixado pela explosão.

— Condor — digo, pressionando o comunicador com urgência.

Silêncio.

— Kaine, responde. Por favor.

— Tyler. — Ouço o medo na voz de Xavier.

— Kaine.

— Jones. Tyler, droga.

Abandonamos os codinomes ao implorarmos por uma resposta.

Silêncio.

Mesmo com meus instintos gritando *perigo!*, corro em direção ao armazém, mas só dou cinco passos antes de ser puxada para trás. Cross se coloca na minha frente no exato momento em que uma segunda explosão faz a noite estremecer.

Um clarão cegante ilumina a escuridão como mil sóis, lançando ondas de brasas e destroços na nossa direção.

Nós nos jogamos no chão, e assisto, impotente, enquanto o depósito de armas se transforma em um inferno, as chamas devorando tudo, colunas grossas de fumaça negra subindo para o céu. A força da explosão estilhaçou janelas, e chove cacos de vidro. Um deles se crava na bochecha de Xavier.

Quando ele tenta se levantar, Cross dá uma ordem:

— Fique no chão.

Um cheiro enjoativo preenche o ar. Doce. Misturado ao fedor acre da fumaça. Com o fogo fora de controle, as paredes do depósito começam a rachar e ranger. Com uma série de estalos ensurdecedores, elas começam a desabar, enquanto as chamas continuam consumindo tudo.

— Que porra de bomba foi essa? — Meus olhos ardem enquanto encaro o prédio, completamente impotente. — Nunca vi uma explosão assim.

— Bomba de açúcar — diz Cross.

O prédio foi reduzido a escombros fumegantes. Ninguém poderia ter sobrevivido à segunda explosão. À primeira, talvez.

Mas à segunda, não.

A ardência nos meus olhos piora, e já não é só por causa da fumaça. Lutando contra as lágrimas, fico de pé.

— Precisamos... Eles ainda podem estar...

Dou alguns passos em direção ao incêndio, mas mesmo a seis metros de distância, o calor é tão intenso que queima os pelinhos do meu rosto.

Cross me segura.

— Fica parada. Quer morrer queimada?

— *Eles* estão morrendo queimados. — O vômito sobe pela minha garganta. — Precisamos ir até eles.

— Eles morreram, Wren — Cross diz, confirmando meus piores pensamentos. — Ninguém sobrevive a isso.

Agora é Xavier que tenta correr para o fogo. Quando Cross o agarra por trás, segurando-o à força, Xavier acerta uma cotovelada na garganta de Cross.

Cross exclama:

— Recue, Tenente!

— Tyler está lá dentro!

— Eu sei. — Ele parece completamente derrotado.

Vários minutos longos e dolorosos se passam. O fogo continua a consumir tudo. Continuamos parados, olhando para o lugar em chamas onde antes havia um prédio inteiro.

A esperança explode dentro de mim quando, de repente, ouço estática no meu ouvido. Prendo a respiração, esperando a voz tranquila de Kaine me garantir que está tudo bem, que nenhuma explosão conseguiria deter alguém tão charmoso e irresistível.

Mas o chiado some tão rápido quanto começou.

— O que foi isso? — Xavier pergunta. — Vocês ouviram?

— Tem algo errado — Cross diz, a expressão ficando ainda mais séria.

— Claro que tem algo errado! Seu filho da puta desgraçado! Você só ficou parado e deixou eles morrerem. Devia ter me deixado tentar.

— Preferia ter morrido também? É isso?

Enquanto os dois se encaram, eu percebo outro som. Uma rajada de vento. O ronco distante de um motor. Viro a cabeça, e juro que vejo um borrão escuro no céu. Franzo a testa.

— Precisamos ir para o campo de pouso.

Cross ergue uma sobrancelha.

— Acho que acabei de ver um avião.

Sem mais discussões, partimos, atravessando a vegetação em direção ao campo de pouso. Quando nos afastamos das árvores, ficamos paralisados.

Dos dois B-8s que nos trouxeram até aqui, só um continua lá.

Era uma armadilha.

As peças do quebra-cabeça se encaixam. Eles derrubaram o caça de propósito. O piloto nunca entrou no depósito. Armou a cilada e ficou esperando. Esperou que fôssemos até o local da queda, que a equipe de Tyler investigasse. Usaram o acidente como distração, uma cortina de fumaça para encobrir o verdadeiro objetivo e, enquanto estávamos distraídos com o caos da explosão, eles roubaram um dos nossos bombardeiros mais avançados.

Nossos?

A confusão embaralha minha mente. Percebo que estou me considerando parte do Comando.

Digo, o bombardeiro deles.

Meu povo roubou o bombardeiro *deles*.

Mas os limites estão se desfazendo. Meu Deus, eles estão se desfazendo.

— Os aviões têm câmeras — digo. — Deve ter alguma gravação, certo? Mostrando quem pegou?

Cross me lança um olhar cínico.

— Eles roubaram nosso bombardeiro bem debaixo do nosso nariz. Você acha mesmo que não tinham um plano pra desativar as câmeras?

Ao lado dele, Xavier está em silêncio. Seu olhar está perdido; o rosto, pálido. Fico confusa por um segundo, até que a lembrança me atinge como um tapa.

Tyler se foi.

Jones.

Kaine.

Um soluço fica preso na minha garganta.

— Verifique o perímetro — Cross ordena a Xavier, que se limita a assentir, apático.

Assim que ele está longe da gente, a voz de Cross ressoa dentro da minha cabeça.

— Você sabia disso?

Olho para ele, boquiaberta.

— O quê?

— Você está trabalhando com eles. Sabia o que estavam planejando?

A dor me atinge antes que eu consiga ficar com raiva.

— Juro que não fazia ideia.

— Você quer que eu acredite que foi pega de surpresa como nós?

A dúvida dele é evidente. A raiva também.

— Eu não sabia.

Ele agarra meu braço. Com força. Me mantém no lugar enquanto crava o olhar no meu. Não acredita em mim.

— Juro, Cross. Eu não sabia. Nunca, jamais, levaria eles todos para uma emboscada. Não faria isso com Kaine. — A agonia me rasga por dentro ao pensar na possibilidade de nunca mais ver o sorriso travesso de Kaine. — Ele é meu amigo mais próximo aqui.

Meus olhos voltam a arder. Dou um passo para trás e tiro a mão dele do meu braço.

— Eu não sabia.

Então, me viro e vou ajudar Xavier a garantir a segurança do perímetro.

Os funerais acontecem dois dias depois, em um pequeno cemitério dentro da base. É uma cerimônia deprimente. Três caixões cobertos com bandeiras estão lado a lado. Vazios, é claro. Nossos três companheiros eram apenas cinzas quando conseguimos enviar uma equipe para vasculhar o local da explosão.

Olho para a bandeira da Companhia, o fundo azul-marinho com o brasão branco no centro. Todos estão de pé em formação respeitosa, mas a maioria das pessoas não expressa emoção alguma, nem mesmo luto. *Eles* podem não se importar, mas eu estou de luto. De luto por um jovem de cabelo dourado e olhar travesso.

Choro pelo meu amigo. Não me importo se é errado. Não me importo que, seis meses antes, eu teria comemorado secretamente a morte de três Primais. Três soldados do Comando, ainda por cima. Bônus! Tana e eu teríamos tomado um drinque na praça da cidade e brindado à morte deles.

Mas Tana não está aqui.

E não há nada a comemorar.

O peso da perda me esmaga. Sei que ele era o inimigo... mas não parecia ser. Olho para o retrato de Kaine, projetado atrás de seu caixão, e meu peito se contrai com a dor. Em seguida, encaro a imagem de Tyler. Mas isso não ajuda em nada. Ainda não a conhecia bem fora do trabalho, mas sabia que ela era alguém importante para Xavier.

Ele não chora por ela como eu choro por Kaine. Apenas fica ali, de uniforme de gala, sério, maxilar travado.

Quando pedem que o comandante se aproxime, Cross avança até os três caixões. Em vez de um discurso exaltando as virtudes deles, ele apenas recita os nomes, patentes e setores.

— Tyler Struck, 2º soldado, Setor A. Kaine Sutler, 1º soldado, Setor D. Noah Jones, 1º soldado, Ponto Sacro.

Ao ouvir o nome de Noah, um gemido baixo ecoa, e quando me viro, vejo um homem de cabelo negro como a noite e um olhar assassino. Ele veste um terno sob medida, impecavelmente ajustado ao corpo esguio. A roupa cara e o relógio cravejado de diamantes denunciam riqueza e privilégio, exalando poder. E é um dos poucos aqui visivelmente dominado pelo luto.

Deve ser o pai de Jones, o capitalista. Me pergunto por que ele pôde comparecer, enquanto as famílias de Kaine e Tyler estão notavelmente ausentes. Lyddie, que aperta minha mão como se fosse sua tábua de salvação, me disse que o General não gosta de "espetáculos emocionais" em seus funerais.

O pai de Noah está ao lado de Travis Redden, que parece ter dificuldade em manter a compostura. A máscara de indiferença se rompe de tempos em tempos, revelando vislumbres da fúria malcontida.

Com um arrepio, percebo que cabeças vão rolar por causa disso.

O enterro é breve e direto, do jeito que o General gosta. Ele nem se deu ao trabalho de vir, nosso ilustre líder, que valoriza tanto suas forças militares. A cerimônia se encerra com o corte das bandeiras. Dois guardas de honra avançam em sincronia e esticam a bandeira da Companhia para Cross. Ele leva a mão ao cinto e saca uma faca da bainha, a lâmina prateada brilhando sob a luz da manhã. Seu rosto permaneceu impassível desde que chegamos, mas, na hora de rasgar a bandeira, percebo o movimento sutil de sua garganta, um indício de emoção.

Nunca entendi essa tradição. Cortar a bandeira ao meio, mas sem rasgá-la por completo. Dizem que representa resiliência ou alguma bobagem do tipo. *Danificada, mas não destruída.* Eu me lembro do General dizendo exatamente essas palavras no funeral televisionado de um coronel da Brigada de Estanho. Imagino que alguns soldados mortos não sejam dignos de sua atenção como um coronel.

Cross rasga os pedaços de tecido azul e branco, um por um. Os guardas se movem em perfeita sincronia ao recolocar as bandeiras sobre os caixões. E é isso. Estamos dispensados.

Quero falar com Cross, mas ele está cercado por oficiais. Eu me mantenho à distância, esperando que fique livre, apesar do olhar sério que ele me lança por cima do ombro em certo momento. Não trocamos nenhuma palavra nesses dois dias. Ele tem me evitado. Mandei uma mensagem pelo comunicador, que ele ignorou. Não veio até meu quarto. Não me permite me conectar como Lobo e não me deixa falar como Cross.

Ele acha que eu sabia da emboscada, mas eu não menti quando insisti que não sabia. Nos últimos dois dias, tenho amaldiçoado a Rebelião por não me contar nada, e a conversa que tive com Adrienne a respeito disso, depois que voltamos para a base naquela noite, não fez a menor diferença para me acalmar.

— Não gosto de ser deixada de fora. Sou da Elite. Eu poderia…

— Poderia o quê? O que você poderia ter feito? Tornado a operação ainda mais bem-sucedida do que já foi? Conseguimos o que queríamos sem você.

— O avião.

Ela não confirmou nem negou.

— Não é você quem dá as ordens. Somos nós. Se tivéssemos precisado de você nessa missão, você teria feito parte dela. Mas não precisávamos. Na verdade, se você soubesse com antecedência, poderia ter colocado tudo a perder.

— O quê? Você não confia em mim? — retruquei com amargura.

— Não se trata de confiança. Se trata de sinceridade. Suas reações. Toda a operação foi exatamente o que precisava ser. Você estava indo investigar uma aeronave que caiu. Se soubesse que era um chamariz, poderia ter dado alguma pista pra eles.

— Eu sou melhor do que você imagina.

— E pior do que *você* pensa. Você é jovem e arrogante. Dito isso, tem coisas vindo por aí. Vamos precisar da sua ajuda com o Jubileu.

A expectativa me corroeu por dentro.

— O que vocês estão planejando?

— Entraremos em contato. — Foi tudo o que ela disse, e não tive mais notícias desde então.

Tento parecer indiferente enquanto sigo Cross à distância, discretamente. Como um cachorrinho carente.

Ajeito a postura quando ele vai falar com o pai de Jones. O homem está claramente furioso. Seja lá o que Cross está dizendo, o sr. Jones não está aceitando. Quando sua voz começa a se elevar, Travis toca em seu braço e o afasta do irmão.

Quase quinze minutos se passam antes de Cross se desvencilhar da multidão e marchar em direção à entrada do prédio.

Um nó de ansiedade se forma em meu peito. Preciso falar com ele. Cross tem que saber que eu não tive nada a ver com aquela emboscada. Acelero o passo atrás dele, observando-o desaparecer pela porta. Perco-o de vista, mas sei para onde está indo. Nossa sala de guerra não fica neste prédio, mas o escritório dele, sim.

Chego à porta — CAPITÃO DE OPERAÇÕES — a tempo de ouvir o som de vidro se estilhaçando. Estou prestes a empurrá-la quando percebo que ele não está sozinho.

— Como você deixou isso acontecer, porra?

Travis.

— De que *merda* serve essa porra de unidade de Elite se vocês deixam os próprios homens morrerem numa emboscada?

— Talvez você devesse dar uma olhada no espelho, coronel — a voz de Cross é gélida. — Você é o chefe de Inteligência.

— E você é meu homem em campo! Você devia saber disso. Como explico para Wexton Jones que o único filho dele está morto? Que morreu porque meu irmão o levou direto pra uma armadilha?

Cross não responde.

— Dê um jeito nisso — rosna Travis.

— Sinto muito que isso esteja atrapalhando sua amizade com Wexton Jones. — Cross agora está debochando. — Sei que você tinha grandes planos pra ele, quando o General se aposentasse e você assumisse o comando. Esse ainda é o seu sonho, Trav?

O irmão não responde.

— Porque você está se iludindo se acha que o General algum dia vai passar o comando pra qualquer um de nós. Pra alguém que baniu Deus, o complexo de Deus dele é enorme. Acha que é o único capaz de liderar o povo. Manter a ordem. Conter os Aberrantes.

— Do que caralho você está falando? *Dê um jeito* nisso. Encontre quem roubou nosso avião. Faça o seu trabalho.

Ao ouvir passos se aproximando, me escondo na primeira porta aberta que vejo. Espero até não ouvir mais os passos furiosos de Travis no corredor.

Há um momento de silêncio, depois outro som vindo do escritório de Cross. Mais vidro se quebrando.

Mordo o lábio. Está claro que agora não é a melhor hora para falar. Mas talvez isso seja até melhor.

Há algo que preciso fazer antes, de qualquer forma.

48

O sol já se pôs quando enfim crio coragem para ir até o quarto dele, e parte de mim se surpreende ao ver que ele me deixa entrar. Sem dizer nada, Cross mantém a porta aberta. Entro e ele a fecha atrás de mim.

Estou com roupas casuais. Tiro a jaqueta, ficando apenas de calça jeans e regata. Ele olha para mim rapidamente antes de se afundar na poltrona ao lado do sofá.

A ansiedade se mistura com a frustração, criando um nó na minha garganta. Isso é insuportável. Dói saber que Lobo — Cross — está com raiva de mim. Ainda estou tentando mudar a forma como penso nele. Mas vou ter que me adaptar, porque ele já não é mais exatamente o Lobo, meu amigo de infância. Lobo era um garoto. Cross é um homem.

— Meu tio não me encontrou na beira da estrada.

Cross volta a me encarar.

— Ele me tirou da cidade escondido quando eu tinha cinco anos. Meus pais faziam parte da Rebelião. Trabalhavam pra derrubar o sistema por dentro. Meu pai morreu em campo. Minha mãe foi executada por encobrimento.

Me sento no sofá e olho para ele com arrependimento.

— Sempre que falei com Lobo sobre o meu "pai", eu estava me referindo a Jim. A verdade é que não lembro dos meus pais. Nunca os conheci. Na verdade, não me lembro de nada antes de Jim me levar para a Floresta Sombria.

Ele fica boquiaberto.

— Pois é — confirmo, com a voz seca. — Vivemos na escuridão por quase três anos. Bom, nem sempre era escuro. Encontramos uma clareira gramada, um bolsão de sol, que recebia umas cinco horas de luz por dia. Meus pais pediram para ele me proteger, e foi o que ele fez. Quando julgou que era seguro, voltamos para os setores e nos instalamos em Z. E de fato moramos na fazenda pelos últimos doze anos. Eu sabia que ele era Modificado. — Não uso a palavra Aberrante, porque Jim não era uma aberração. Ele não era defeituoso.

— Mas ele nunca trabalhou para a Rebelião. Nem eu, não até depois da execução dele. Fui recrutada depois que entrei no Programa. Ou melhor, depois que você me forçou a entrar.

Os cantos da boca de Cross se curvam em um sorriso.

— Eu menti quando disse que tenho apenas uma habilidade.

O sorriso dele desaparece.

Me levanto e começo a desabotoar a calça.

— O que você está fazendo?

— Fui ver Ellis mais cedo. — Mordo o lábio, achando graça, hesitando só um instante antes de perguntar: — Você sabia que ele trabalha para o seu inimigo?

Cross solta o ar entre os dentes.

— Puta merda.

— Sinto muito. Confirmei com meu contato antes de procurá-lo. Ele está infiltrado aqui há anos.

Puxo o zíper para baixo.

— Pedi pra ele curar minhas cicatrizes. Não sabia se ainda estaria lá. Mas...

Por baixo da calça, estou usando uma calcinha branca. Minhas mãos estão trêmulas de nervosismo. Tiro a calça, deixando-a no chão.

Cross prende a respiração ao ver minhas coxas nuas.

As queimaduras desapareceram.

A marca de sangue ainda está lá.

— Eu não tenho só uma habilidade. Tenho quatro.

— Quatro. — Ele parece segurar o riso. — Tá. Bom. Já sei qual é uma. Quais são as outras três?

— Eu consigo ler sua mente. — Aperto os lábios. — Na verdade, não, não consigo ler a *sua* mente... seu escudo é de outro mundo. Pode baixá-lo só um pouco?

Há desconfiança em seu olhar.

— Por favor. Prometo que não vou abusar do privilégio.

Quando ele assente, olho em direção à sacada, me concentrando na vista além da porta de vidro. Empurro a imagem para a mente dele.

Ele suspira.

Dou um sorriso sem graça.

— Sou uma projetora.

— Claramente.

— E... — Engulo em seco. — Consigo incitar.

— Puta merda, Wren.

— Eu sei. Se serve de consolo, não tenho nenhum controle sobre esse poder.

— Como isso serviria pra me consolar? — Ele protesta, depois solta o ar devagar, tentando se acalmar. — Então foi você, na execução?

— Desculpa por ter mentido. Não sabia se podia confiar em você. — Mordo a bochecha por dentro. — Mas sim, fui eu. Talvez você não acredite em mim, mas não fiz de propósito. Foi mais ou menos como quando a gente se conectou sem querer quando crianças. Você abriu um caminho e estendeu a mão sem nem perceber o que estava fazendo. Foi o que aconteceu na execução. Eu estava assistindo horrorizada enquanto o pelotão se alinhava diante de Jim. Implorando mentalmente para que abaixassem as armas. E então... aconteceu.

— Aconteceu — ele repete, incrédulo.

— E não foi a primeira vez. Aconteceram outras vezes ao longo dos anos. Geralmente quando estou com raiva ou em pânico. Eu estava incitando naquela noite em que te contei, quando meu pai, Jim, jogou o carro para fora da estrada. Eu te disse que era eu quem estava dirigindo, mas não era. Sem querer, fiz com que ele girasse o volante e quase morremos.

— Merda.

— Jim tentou me treinar, mas esse nunca foi o forte dele. E há tão poucos incitadores conhecidos no Continente que eu nem poderia, sei lá, conversar com alguém pedindo conselhos. — Uma risada escapa. — Não sei usar esse poder. — A risada desaparece. — E mesmo que soubesse, não usaria.

Ele inclina a cabeça.

— É mesmo?

— É mesmo. Lembra quando falamos sobre livre-arbítrio? Bom, esse é um conceito muito importante pra mim. Gosto de pensar que estou tomando minhas próprias decisões. Que minhas ações são escolhas minhas. São poucas as pessoas que odeio a ponto de querer tirar isso delas.

A expressão de Cross se suaviza.

— Contei algumas mentiras pra você quando era Margarida, mas foi sempre por omissão. E você fez o mesmo. — Lanço um olhar significativo, e ele assente. — Como Wren, menti sobre muitas coisas desde que cheguei aqui. Me escondi de você.

Toco minha coxa, guiando o olhar dele para o círculo vermelho marcado ali. Para a razão pela qual não quis que Ellis me curasse.

— Jim me queimou pra apagar isso quando eu ainda era criança. Surgiu quando eu tinha sete anos. Ele não queria que ninguém soubesse o que eu era, nem a Rebelião.

Ele franze a testa.

— Seu tio escondeu isso deles?

— Sim. Ele sabia que eu seria usada como uma peça no jogo. Minha mãe também sabia. Foi por isso que me mandou embora. Ela foi a primeira pessoa que incitei, quando tinha cinco anos. Ela percebeu o quanto isso era perigoso, ainda mais se tratando de uma criança, então implorou para o meu tio me levar para bem longe. Além dele, você é a única pessoa pra quem já contei isso.

— Sua amiga não sabia?

— Só você. E agora Ellis, imagino.

O silêncio se alonga.

Então seu maxilar se contrai, e me assusto com o brilho de fúria que acende em seus olhos.

— Porra. Como você pôde fazer algo tão burro?

Fico boquiaberta.

— Você está com raiva de mim por dizer a verdade?

— Estou com raiva porque você se expôs. Porque removeu a única maldita camada de proteção que tinha entre você e seus inimigos.

Ele está certo.

Meu peito sobe e desce conforme respiro fundo, trêmula.

— Sei que foi imprudente.

— Você acha?

— Mas parecia uma boa ideia na hora.

— Por que você se colocaria em risco desse jeito?

— Eu... eu queria mostrar que você pode confiar em mim. Queria mostrar... quem eu sou. — O nó de emoção na minha garganta ameaça me sufocar. — Queria que você visse o que eu sou.

— Eu vejo exatamente o que você é, Margarida. Sempre vi.

Mal tenho tempo de processar o que ele disse antes que me beije. Nem chegamos ao quarto. Arrancamos as roupas às pressas. Começamos no sofá, mas ele é pequeno demais para nós, e com um suspiro de frustração, Cross me puxa para o chão, caindo sobre os cotovelos, os olhos brilhando enquanto me acomodo sobre ele.

Liberto-o, deslizando a mão lentamente, em um toque intenso que o faz praguejar. Então, ele entra em mim, e nós dois gememos.

— Melhor sensação do mundo — ele murmura.

O tempo parece parar, o mundo ao redor desaparece até restarmos só nós dois. Sempre foi assim. Só nós dois.

Ele sobe as mãos até meus seios, apertando, brincando com meus mamilos. Estremeço. Depois, tremo ainda mais quando ele desce aquelas mãos firmes pelo meu corpo. Seus dedos deslizam sobre minha coxa recém-curada, e é estranho... sentir. Passei tanto tempo sem nenhuma sensação ali que é como descobrir uma nova zona erógena. As sensações desconhecidas são deliciosas.

— Eu não sabia da emboscada.

Deve ser o pior dos momentos para dizer isso, mas as palavras escapam antes que eu consiga impedi-las.

— Eu acredito em você — Cross diz e me preenche tão fundo que solto um arquejo.

Seus olhos ficam enevoados de prazer enquanto me observa cavalgar sobre ele. Meu prazer aumenta ao ver o pulsar intenso em seu pescoço, ao sentir suas mãos explorando meu corpo. Seus lábios encontram meu mamilo quando me inclino sobre ele, perdendo o controle do ritmo.

O clímax nos encontra com segundos de diferença. Solto um gemido contra seu pescoço, e ele solta um grunhido contra o meu, dando uma última estocada enquanto sinto seu corpo pulsar dentro de mim. Ainda ofegantes, rolo para o lado. Exaustos e satisfeitos demais para nos movermos, ficamos deitados no chão, encarando o teto.

— Eu te amo — ele diz.

Pressiono os lábios para segurar o sorriso que ameaça escapar.

— Te amo desde que tinha oito anos. E ainda estou tentando assimilar tudo isso. Tentando juntar as duas partes de você. Margarida. Wren. — O arrependimento faz sua voz sair mais grave. — Sinto muito por ter descontado em você depois que perdemos Tyler. Sutler. Jones. Eles eram minha responsabilidade. Eu estava puto comigo mesmo, não com você. Travis está certo. Fui eu que os levei direto para uma armadilha.

— Você não sabia.

— Teria sabido se não estivesse tão distraído.

— Por minha causa. — Sinto um aperto no peito.

— Sim, mas isso não é culpa sua. Não é culpa sua que você era a Margarida esse tempo todo, ou... — Sua voz fica ainda mais rouca. — Ou que, agora que sei a verdade, passei a sentir mais medo do que nunca.

— Medo? — Franzo a testa e me sento. Meu cabelo cresceu tanto desde que cheguei aqui que ele cai como uma cortina sobre meus seios. — Medo do quê?

— Do que sinto por você. — O olhar dele encontra o meu e me paralisa. — Você está dentro da minha alma, Wren. Respiro e sinto você no meu peito. Você está dentro de mim. Sempre esteve, desde que éramos crianças, e só de pensar em te perder...

Minha garganta parece estar completamente fechada, mas de alguma forma consigo sussurrar:

— Você não vai me perder.

— É muito difícil te proteger.

— Você não precisa me proteger.

— Você é imprudente. Teria corrido pra dentro daquele depósito em chamas se eu não tivesse te impedido.

— Ele era meu amigo...

— Sua vida é mais importante pra mim — Cross me interrompe. — Você não entende? Sutler era um cara legal, mas a vida dele não importa comparada à sua. A única vida que importa pra mim é a sua. Eu rasgaria a garganta de qualquer um, queimaria o mundo inteiro, se isso significasse te manter segura...

— Eu também te amo.

Ele para, um sorriso brincando nos lábios.

— Eu sei.

Arrogante. Nunca disse essas três palavras para ninguém antes, e aqui está ele agindo como se fosse óbvio.

Mas então ele me puxa para cima dele de novo, e esqueço minha irritação.

Mais tarde, enquanto estamos deitados na cama dele, um de frente para o outro, deslizo os dedos pela pele quente do braço dele.

— Estas... — Passo levemente a ponta dos dedos sobre suas tatuagens. — São quase religiosas demais. Dá pra confundir com asas de anjo. Estou surpresa que seu pai tenha deixado.

Ele abre um sorriso de canto.

— Ele não deixou. Pelo menos não da primeira vez. Fiz a primeira tatuagem quando tinha dezesseis anos. Era só uma asinha na parte interna do pulso. Nada que justificasse um ataque de fúria. Mas ele me levou até o hospital no Ponto e me jogou na câmara de regeneração. Fez a tatuagem sumir.

— De alguma forma, isso não me surpreende.

— Fiquei tão puto que, na noite seguinte, voltei ao estúdio de tatuagem e fechei o braço inteiro.

Eu rio.

— Muito impulsivo da sua parte. Me parece um clássico da Darlington.

— Porra. É verdade.

— Então são asas de anjo? — Traço as penas detalhadas com os dedos. As linhas finas e as curvas delicadas.

— Não.

— Então são pássaros? Sério? Você zoou meu nome de passarinho e tem uma tatuagem de pássaro?

Ele sorri.

— Por que asas? — insisto.

— Sei lá. Acho que me lembram liberdade.

Olho para as chamas.

— E o fogo?

— Destruição. Um lembrete de que este mundo está sempre à beira do colapso.

Assinto, estudando seu braço. O que mais me intriga são as palavras entrelaçadas à arte.

— O que todas essas frases significam?

A voz dele é profunda, pensativa.

— Só palavras, frases que ficaram comigo ao longo dos anos. Lições que aprendi. Momentos que me mudaram.

Quero passar o restante da noite analisando cada palavra, mas, em vez disso, decido estragar o momento de paz fazendo outra coisa imprudente.

— A Rebelião está planejando alguma coisa para o Jubileu de Prata.

Ele fica tenso.

— E você só está me contando isso agora porque...?

— Só fiquei sabendo agora. E nem sei qual *é* o plano. Estou tão baixo na hierarquia que precisaria de uma escada infinita pra enxergar o topo.

— Vai ter civis participando do Jubileu.

— Imagino que, seja lá o que for que eles tenham planejado, não vai envolver os convidados. A rede nunca machucaria inocentes.

— Eles machucaram inocentes no depósito de armas — diz Cross, com a voz carregada.

— Três. As perdas foram mínimas.

— Nossa, Pombinha. Aposto que seu bom amigo Sutler ia adorar saber que a morte dele foi "mínima" pra você.

Me sento de repente.

— *Não* foi isso que eu disse, nem de longe. Não estou justificando nada, e me destrói ter perdido Kaine. Se eu tivesse participado do planejamento dessa operação, teria tentado convencê-los a explodir a bomba quando o galpão estivesse vazio. O que quero dizer é que os Mods não operam desse jeito. Eles não bombardeiam multidões... isso é coisa do General. Quantos morreram no Expurgo dos Sangue de Prata? Dezenas de milhares? E o bombardeio da Encosta de Valterra? Uma comunidade inteira de Mods foi exterminada. A Rebelião não ataca inocentes.

Diante da expressão cética dele, eu o desafio:

— Quando é que a Rebelião já causou um evento com muitas vítimas?

— Já houve atentados com bombas.

— Quantos civis morreram? — insisto.

Ele resmunga algo inaudível.

— Está bem. É verdade. Eles não atacam civis. Então o que estão planejando para o Jubileu? Meu pai é o alvo?

— Você se importaria se fosse?

Cross hesita antes de responder:

— Não sei.

Tem sido difícil na base sem Kaine. Eu não tinha percebido o quanto ele fazia parte da minha vida, o quanto gostava dos seus sorrisos provocadores, das suas investidas descaradas. Já faz uma semana e ainda espero entrar no refeitório e vê-lo lá, me entregando uma xícara de café. Tenho que me contentar com Lyddie, que anda mais grudada em mim ultimamente, se esforçando mais para dividir as refeições comigo desde a morte de nosso amigo.

— Sinto falta dele — ela diz hoje, no café da manhã.

Sinto um aperto no peito.

— Eu também.

Ela hesita.

— Posso te perguntar uma coisa sobre a Elite?

Franzo a testa, um alerta piscando dentro de mim.

— Claro, mas não prometo que vou saber responder.

— Você notou alguma tensão entre o Capitão Redden e o Coronel?

— O Coronel... Travis Redden?

— Isso. O clima anda bem tenso na Inteligência desde que o bombardeiro foi roubado. Travis está no limite.

— Achei que você não trabalhasse diretamente com ele.

— Ah, não trabalho. — Ela cora. — Entreguei um café pra ele uma vez, mas foi só isso. Mas ouço comentários dos outros soldados. E ontem, quando passei pelo escritório dele, ouvi ele falando com alguém no comunicador sobre a Elite.

Franzo a testa.

— O que ele disse?

— Disse que a unidade ficou complacente, mas que ele vai mudar isso. E então... — ela abaixa a voz — disse que está montando uma lista de oficiais de alta patente.

Abro a boca, em choque.

— Você acha que ele está tentando substituir o Cross?

— Não sei. Mas achei que devia te contar.

Para alguém que trabalha na Inteligência, Lyddie tem a língua solta. Esse é o único traço perigoso que ela nunca conseguiu superar durante o treinamento. Mas, pela primeira vez, agradeço sua personalidade fofoqueira. Sem perder tempo, entro em contato com Cross ali mesmo, bem na frente dela.

— Seu irmão pode estar tentando te tirar do comando da Elite.

Ele dá uma risada seca na minha cabeça.

— Primeiro ele vai ter que passar pelo nosso pai. O General não vai deixar qualquer um assumir o controle sem confiar plenamente nele.

— Ah, então seu pai confia plenamente em você, é isso? Diz ele, enquanto fala telepaticamente com a namorada Modificada.

Isso me rende a risada característica do Lobo. Eu não tinha percebido que, durante todo o tempo em que Cross me provocava com aquela covinha teimosa no rosto e com suas risadas raras, eu já tinha o ouvido rir minha vida inteira. E isso é incrível. Nos conectamos espontaneamente quando crianças e, agora, estamos ainda mais ligados. É a prova incontestável do nosso elo. Somos duas metades de algo fragmentado, atraídas uma pela outra por forças além do nosso controle.

Ele tem razão.

É assustador.

— Você vai usar o vestido que escolhemos na cidade? — Lyddie interrompe meus pensamentos.

— O quê?

— Para o Jubileu.

— Ah. Vou.

Pela primeira vez na vida, usei créditos de Luxo para comprar roupas, e até consegui encontrar um tecido que não fosse cinza, preto ou azul. O vestido que escolhi é de um verde-esmeralda intenso, que destaca meus olhos e deixa minha pele radiante. Quando me olhei no espelho, parecia outra pessoa, mas me senti linda. Quero que Cross me veja com ele.

— Vou passar no seu quarto antes da festa amanhã. Podemos arrumar nossos cabelos e fazer a maquiagem juntas.

— Me parece ótimo. — Aperto a mão dela e o gesto tem um fundo agridoce.

Começamos essa jornada juntos. Eu, ela e Kaine. Agora só restamos nós duas.

Mas acho que é melhor do que estar sozinha.

Naquela noite, Adrienne me procura e diz o que preciso fazer. É uma missão simples, e me dá a esperança de que eu não estava mentindo para Cross quando disse que eles não atacariam civis.

Na noite seguinte, sigo para os arredores da base, até o túnel próximo ao depósito de veículos, onde encontrei Adrienne pela primeira vez. O pacote que deixaram para mim está dentro de uma mochila preta e elegante, com o logo da Brigada de Prata, idêntica às que usamos em missões. Não faço ideia de como ela conseguiu. E não me importo.

Coloco as alças nos ombros e volto sorrateira para o pátio, fingindo estar à procura de algo. Oficialmente, estou aqui para encontrar Yemi, um das oficiais responsáveis pelo controle dos veículos.

— Aí está você — chamo, sorrindo para o homem corpulento enquanto ele desce do banco do motorista de um caminhão blindado. — Queria falar com você sobre pegar um carro emprestado no fim de semana. Tenho um passe de lazer.

Não é mentira. Eu tenho mesmo um passe. Disse à Lyddie que a acompanharia até a casa dos pais dela na cidade, algo que qualquer um pode confirmar perguntando a ela.

— Sem problema — diz Yemi, me guiando até sua cabine.

Ajusto a mochila nas costas, torcendo para que quem estiver monitorando as câmeras não perceba que entrei no pátio de veículos sem nada e agora estou saindo com uma bolsa.

49

Chegou a hora.

O Jubileu começa em breve, e tenho menos de uma hora para executar minha missão. Com a mochila no banco do passageiro, atravesso a base dirigindo o veículo que peguei emprestado até o imenso complexo onde o General realiza todos os seus eventos. Os capitalistas e outros membros da elite do Continente preferem o Elisiano, o único hotel da cidade grande o bastante para sediar reuniões desse porte. Eles compram permissões para comemorar as coisas mais fúteis. Uma filha se formando no ensino médio. Um filho conseguindo a primeira designação de trabalho.

O General, claro, não se importa com essas frivolidades. Sua fiel base do Comando basta, mesmo para celebrar um feito tão monumental para sua gestão. Segundo Cross, ele não dá a mínima para esse Jubileu. O General acredita que todas as festas são pura autossatisfação, ponto-final, mas as promove para fazer média. Hoje à noite, ele fará um discurso. Haverá dança. Comes e bebes. E então, todos serão dispensados de forma militar antes da meia-noite e escoltados para fora da base.

A Brigada de Cobre está encarregada do transporte. Os veículos civis vão entrar pelo posto de controle mais próximo ao local do evento. Serão revistados e escaneados, claro. Mais cedo, encontrei o Tenente Hirai no refeitório, e ele me disse que estava encarregado de fortificar o campo de força ao redor do complexo. Se algum convidado ignorar os múltiplos avisos e tentar sair da área permitida, vai ter uma surpresa desagradável na forma de uma descarga elétrica.

— Esperamos, de verdade, que a noite não acabe com um monte de civis mortos — disse ele com um tom meio resignado, e eu tive que rir.

— Você está com o pacote? — Adrienne pergunta.

— Estou.

Essa vai ser a parte complicada. Preciso instalar os explosivos no depósito dos fornecedores. Não na cozinha, mas em um grande almoxarifado, duas portas adiante. Adrienne projetou a planta para mim ontem à noite.

— Não vai ter ninguém lá dentro? — pergunto a ela, do mesmo jeito que perguntei ontem, quando recebi a missão.

— Não deveria ter.

Ótimo. Imagino que meu papel no plano seja criar mais uma distração. Os explosivos que estou carregando na mochila estão longe de ser suficientes para causar qualquer grande estrago no depósito, muito menos na base inteira. Mas ainda recebo apenas a informação necessária para cumprir minha função, sem nenhuma outra instrução para além de plantar os explosivos.

A Elite de Prata tem certos privilégios de segurança que fazem as brigadas inferiores morrerem de inveja. Meus movimentos raramente são questionados, e, se alguém me parar, basta escanear meu polegar para verem minha unidade e pronto, sem perguntas. Hoje, por sorte, ninguém sequer nota minha presença.

O local do evento está um caos. Caminhões de catering estacionados do lado de fora, soldados armados observando a equipe descarregar os itens e escaneando cada um deles. Mantenho a cabeça baixa e entro no prédio, evitando olhares no corredor. Ainda não ativei meu bloqueador, porque seria suspeito demais se, de repente, todas as câmeras do prédio parassem de funcionar. Então, estou muito ciente das luzes vermelhas piscando no teto, acompanhando cada um dos meus movimentos. Entro na cozinha e só então tiro o bloqueador da bolsa, ativo o dispositivo e volto para o corredor depressa, invisível para as câmeras.

No depósito, trabalho rápido para posicionar os explosivos, distribuindo-os pelo cômodo. Cada ruído, cada farfalhar de tecido, me deixa tensa. Quero me apressar, terminar logo, mas não posso me dar ao luxo de ser descuidada. Adrienne está contando comigo.

Não me pediram para armar os explosivos, apenas posicioná-los em pontos estratégicos e conectá-los ao sistema de ignição. Imagino que a detonação será remota. Depois de colar a última cápsula prateada na parede dentro de um armário de madeira ripado, ponho a mochila vazia sobre o ombro, o bloqueador quase saindo pelo bolso lateral.

Suspiro aliviada.

Consegui.

Missão cumprida.

Hora de dar o fora daqui.

Estou na metade do caminho até a porta quando ouço passos bem do lado de fora. Congelo.

Continue andando, imploro mentalmente para quem quer que seja. *Continue andando.*

A maçaneta começa a girar.

Merda.

Empurro o topo do bloqueador mais fundo no bolso, fora de vista, bem no instante em que a porta se abre e Jayde Valence surge no batente.

Meu coração para.

Ficamos nos encarando por um momento, até que sua voz firme e fria rompe o silêncio.

— O que você está fazendo aqui, soldado?

— Ah, eu estava procurando o fornecedor. Acho que o nome dele é Eman. — Engulo em seco, a boca completamente ressecada. — O pessoal da cozinha disse que ele pode ter entrado aqui pra pegar alguns suprimentos.

— O fornecedor.

— Isso.

Jayde fecha a porta atrás de si e entra no cômodo, analisando tudo ao redor. Meu coração volta a bater. Alto e insistente.

Os explosivos que posicionei estão invisíveis a olho nu. Distribuídos com precisão. Devo ficar bem, contanto que ela não olhe com muita atenção. Especialmente para a janela. Basta levantar as persianas, e ela vai encontrar os dois pequenos discos prateados que fixei na moldura.

— Mas como pode ver — concluo, com um tom leve —, ele não está aqui. Acho que preciso continuar procurando.

Dou um passo em direção à porta. Ela não se move.

— Tenente-Coronel? — chamo.

Ela sorri. A marca de sangue em sua bochecha parece ainda mais ameaçadora combinada com essa expressão bem-humorada.

— É muito raro — diz ela — o meu julgamento estar errado sobre alguém.

— Como é?

— Eu vi você posicionando os explosivos. O General não vai gostar nada disso.

O pânico explode dentro de mim.

— Eu não sei do que...

— Minha mente nunca falhou — Jayde me interrompe. — Nem quando eu era criança. Todas as visões que já tive se confirmaram com precisão absoluta. A visão de hoje à noite... — Ela aperta os lábios. — Reconheci seu rosto no mesmo instante. Eu mesma a interroguei depois da execução de Julian Ash.

— Sim, interrogou. E me inocentou — comento, endireitando os ombros. — Porque não fiz nada de errado.

Mesmo enquanto falo, minha mente já está criando distrações para impedir sua invasão. Mas ela não vem. Jayde apenas fica ali, balançando a cabeça, perplexa.

— Como? — pergunta.

— Como o quê?

— Como você conseguiu manter sua mente sob controle por tanto tempo? Isso é extraordinário.

— Eu não faço a mínima ideia do que você está falando. — Tento manter a voz firme, apesar do medo correndo pelas minhas veias.

— Não minta para mim, soldado. Posso ter cometido um erro no seu interrogatório, mas não sou idiota.

Nós nos encaramos. Meu estômago se revira de ansiedade. Desesperada, me conecto com Cross, que responde no mesmo instante.

— O que aconteceu?

— Preciso de você. Agora. Jayde Valence acabou de ter uma visão minha ajudando a Rebelião.

— Onde você está?

Dou minha localização e digo:

— Rápido.

Meus dedos formigam com vontade de alcançar a arma no meu quadril. Mas nada aconteceu ainda. Ela não puxou a própria arma, e eu não quero me revelar cedo demais.

Ainda mais revelador é que ninguém mais entrou correndo nesse cômodo. Não há nenhum som de passos pesados no corredor. Suspeito que não haja ninguém do lado de fora. A questão é: por que ela não trouxe reforços? Como a visão terminou, para que ela se sentisse confortável vindo sozinha?

Enquanto a observo, meus nervos estão à flor da pele, prontos para se romper ao menor sinal de provocação.

— Normalmente, eu mandaria uma equipe para prender você, mas precisei ver com meus próprios olhos. — Ela balança a cabeça de novo. Impressionada. — A visão era tão absurda. Eu *inocentei* você. E, no entanto, aqui estamos.

Arrogância, me dou conta.

É por isso que ela veio sozinha.

Ela confiava tanto na própria habilidade de ler mentes que não conseguia conceber a ideia de eu a ter enganado. Precisava confirmar. E talvez suas ações também sejam guiadas pela vergonha. Ela errou de forma tão colossal a meu respeito; será que realmente gostaria de ter uma plateia quando suas falhas viessem à tona?

Ou — reconheço com ironia, no instante em que sua mão alcança a arma tão rápido que mal tenho tempo de piscar — talvez ela seja apenas uma tenente-coronel altamente treinada, segura da capacidade de tomar conta de si mesma no campo.

— Eu não fiz nada de errado — protesto, enquanto ela aponta a arma para mim. O cano de aço está equipado com um silenciador.

— Me diga como você fez isso. Quem te treinou? Esse tipo de bloqueio exige um treinamento rigoroso. De anos. Décadas.

— Não faço ideia do que você está falando. Eu só tenho um escudo normal, que aprendi no ensino fundamental e aperfeiçoei no Programa.

Seus lábios se curvam em um sorriso condescendente.

— Certo, então. Vou descobrir sozinha. — Ela balança o cano da arma na direção do meu quadril. — Desembainhe sua arma. Coloque-a no chão e a chute pra mim.

Está claro que ela não está blefando, então sigo suas instruções. Ao me abaixar para pôr a arma no chão, deslizo a outra mão sutilmente em direção à minha bota.

— A faca também. Chute pra mim.

Merda.

Ela ri baixo.

— Minhas visões são muito detalhadas, soldado. Eu sei cada movimento que você está prestes a fazer.

— Cross. Anda logo, pelo amor de Deus.

— Estou tentando.

Estou desarmada quando me levanto. Mantendo a arma apontada para mim, os olhos impassíveis de Jayde buscam os meus. Sinto o momento exato em que ela invade minha mente, mas não reajo.

— Fascinante — ela murmura. — Você não sente o choque?

— Sinto. — Já desisti de negar a verdade. A essa altura, só estaria insultando a inteligência dela.

— Sente?

— Sim. Só ignoro.

O espanto toma conta de sua expressão.

— Fizemos testes com outros Aberrantes. Você tem ideia de que o choque que recebe quando outro Aberrante invade sua mente equivale a quase quinhentos volts? — Ela começa a rir. — E você simplesmente ignora.

Dou de ombros. É difícil me concentrar com essa sensação incômoda rastejando pelo corpo. Ela está dentro da minha mente, e eu estou tendo dificuldade em mantê-la distraída enquanto tento bolar um plano de fuga ao mesmo tempo.

Jayde acena com a cabeça, satisfeita.

— Aí está. Agora estou ouvindo você.

— Porque estou deixando. — Meu tom gelado contradiz as batidas frenéticas do meu coração.

Preciso encontrar um jeito de sair dessa.

— Cross, onde você está? — imploro.

— Estou indo o mais rápido que posso.

— Vem mais rápido.

— Você está se comunicando com alguém — ela acusa. — Quem?

Disfarço minha mente antes que ela descubra. Olho para minha arma descartada no mesmo instante. Está no canto da sala, a uns noventa centímetros de Jayde. Se eu tentar pegá-la, ela atiraria em mim antes que eu chegasse lá.

— Sim — ela diz, respondendo aos meus pensamentos. — Atiraria.

Eu poderia avançar nela. Ela ainda vai atirar, mas se eu conseguir fazê-la abaixar a arma, mesmo que só um pouco, tenho mais chances de não levar um tiro direto no peito.

A essa altura, não custa tentar.

— E o que estamos tentando? — Jayde pergunta distraidamente. Sua testa tem uma ruga profunda enquanto ela se concentra em saquear meus pensamentos.

Eu me aproveito disso. A única hora em que o escudo de uma Mod tão poderosa quanto ela pode mostrar alguma fraqueza é quando está usando esses poderes. Quando toda a sua concentração está voltada para outra coisa. Para mim. Estendo minha mente, abrindo um caminho até a dela. Quando encontro seu escudo, começo a empurrar.

— Suas veias... Elas não mudam.

Ela ainda está lendo meus pensamentos. Me sinto enjoada em saber que ela está fuçando na minha cabeça, mas continuo usando isso a meu favor. Na verdade, até ajudo, trazendo certos pensamentos à superfície, facilitando o trabalho dela.

— Você está trabalhando para a Rebelião. Ah, sua garota estúpida e tola.

Jogo toda a minha força mental contra o escudo dela. Atinjo com tudo o que tenho. Em minha mente, imagino uma rachadura se formando, alargando, estilhaçando nas bordas. Por alguma razão, seu escudo parece dourado, mas continuo. Descobri que lutar contra a própria mente é um exercício inútil. O dourado brilha mais forte, partículas cintilando na minha cabeça como poeira flutuando no ar. Fissuras finas e longas se espalham pelo escudo de Jayde, avançando como a superfície de um lago congelado prestes a se romper e...

Estou dentro.

Estou?

Não sinto mais a pressão do escudo dela tentando me repelir. Mas também não vejo nenhuma reação de surpresa. Não me parece que ela tenha dominado a habilidade de ignorar aqueles quinhentos volts. Parecia chocada demais com a possibilidade de alguém fazer isso. A menos que estivesse surpresa porque acreditava ser a única capaz de fazer isso.

Deixo minhas dúvidas de lado e me concentro em inserir um comando na mente dela.

Abaixe sua arma.

— Pare de se esforçar. Você não precisa tentar ler meus pensamentos — Jayde me assegura. — Eu mesma vou te esclarecer. Você está lutando pelo lado errado, Darlington. Nós não somos os vilões aqui.

Isso me faz perder o foco por um instante. Encaro-a, incrédula.

— Vocês mataram milhares de pessoas do seu próprio povo.

— Eles não são meu povo. Principalmente aqueles para quem você trabalha. Eles não são normais. Eles corrompem mentes. — Seus olhos cinzentos se tornam estranhamente magnânimos. — Se você se render agora, não vou te matar.

Não consigo evitar a risada.

— Aham. Sei.

— Não vou. — Percebo um brilho de empolgação. — Quero te estudar. Quero trabalhar com você.

Fico boquiaberta.

— Eu jamais trabalharia com você.

Abaixe sua arma.

Jayde abaixa a arma, só um pouco. Acho que nem percebe. O que aprendi com minha experiência com o pelotão de fuzilamento é que eles não ouviam o que eu dizia. Eu estava na mente deles, mas meus comandos não se traduziram em algo que pudessem interpretar de forma consciente. Eles não *ouviram* minha ordem para puxar o gatilho — eles simplesmente sabiam que deviam fazer isso.

— Gostaria que você reconsiderasse — ela me diz. — Você é extraordinária. Nunca encontrei alguém com uma mente tão forte.

— Ah, sim, tenho certeza de que essa é uma oferta sincera, e que vou entrar saltitando no Capitólio, onde você e eu trabalharemos juntas e felizes, nossos escritórios lado a lado.

— Claro que não. Você seria uma prisioneira. No começo, pelo menos — ela enfatiza. — Mas acho que, quando eu te ensinar tudo o que sei, quando te mostrar as possibilidades, você vai entender por que estou trabalhando com o General.

Quero ordenar que ela abaixe a arma de novo, mas sua voz animada, sua empolgação palpável, provocam em mim uma onda gelada de desconforto. Sinto meu estômago revirar. Um turbilhão de medo. Eu suportaria ser prisioneira. Ser jogada na prisão de novo.

Mas não suporto a ideia de ser prisioneira *dela*.

Eu me lembro daquele hospital cheio de Mods fragmentados. O freezer com frascos de sangue que me faz acreditar que algo horrível está acontecendo lá.

Essa mulher quer me estudar.

Não vou deixar isso acontecer.

— Poderíamos fazer grandes coisas. Imagine as possibilidades.

— Eu nunca trabalharia para ou com você. É por sua causa que meu tio está morto.

— Seu tio está morto por causa dele mesmo. — A expressão dela se fecha ao perceber que não está conseguindo nada comigo. — Sua mente é a mais forte que já encontrei. Seria um desperdício deixá-la ir.

Aponte a arma para si mesma.

Jayde é uma Mod tão poderosa que espero que ela sorria e diga *bela tentativa*. Mas ela não diz. Ainda está na minha cabeça. Por que não percebe o que estou tentando fazer? Queria saber algo, qualquer coisa, sobre essa minha habilidade. Funciona em uma frequência diferente?

Isso importa agora?

Aponte a arma para si mesma.

Jayde franze a testa quando sua mão se contrai, a arma tremendo. Sinto que ela está perdendo o controle da minha mente enquanto luta contra o impulso que estou alimentando em sua cabeça. Ela tenta resistir, mas minha determinação é mais forte. Não vou deixar essa mulher me estudar nem me condenar à morte. Eu me recuso a encarar o pelotão. Eu me recuso a deixar Cross. Me recuso.

Aponte a arma para si mesma.

— Se não vai trabalhar comigo, então este é o fim da linha para você — ela diz, irritada. — Mas, sendo sincera, é uma pena.

Aponte a arma para si mesma.

Ela destrava a arma, sua expressão voltando a ser gélida ao perceber que não vou "trabalhar" com ela.

A frustração cresce dentro de mim conforme meus comandos continuam sendo ignorados. Por que não está funcionando, droga? Sinto a mesma onda de energia que percorreu meu corpo na execução. Minha mente fervilha com um caleidoscópio de poeira dourada. E sei que ela sente *algo*. Ela acha que estou lendo sua mente. Percebe que estou fazendo alguma coisa. Então por que não está...

Tente dizer em voz alta. Ouvi dizer que às vezes ajuda.

A voz do tio Jim ressoa na minha cabeça. Um conselho dito há muito tempo, durante uma de nossas muitas sessões de treinamento. Ele parecia ter certeza de que vocalizar os comandos poderia ajudar a incitar a ação.

A essa altura, o que eu tenho a perder?

— Aponte a arma para a sua cabeça — digo, minha voz soando rouca.

— O quê?

Jayde começa a erguer o braço, mas para. Franze a testa para mim. Para a arma.

— Aponte a arma para a sua cabeça e puxe o gatilho.

A arma se ergue bruscamente, virando-se.

Ela arregala os olhos.

— O que você está fazendo?

— Aponte a arma para a sua cabeça e puxe o gatilho.

O cano agora está apontado para a têmpora dela.

— *Não* — ela rosna. — O que *é* isso?

— Puxe o gatilho.

Minha voz não vacila. Eu me recuso a morrer nas mãos dessa mulher.

— Puxe o gatilho — repito.

O rosto dela se contorce de dor enquanto luta contra meu comando. Sinto sua resistência desmoronando como um castelo de areia contra a maré. Se partindo.

— Puxe o gatilho, Jayde.

Com um estalo repentino e nauseante, Jayde me obedece.

50

O peso do que fiz me atinge com uma força brutal. Uma pressão esmagadora no peito me impede de respirar. Não consigo apagar da minha mente. Nem dos ouvidos.

O silvo da bala saindo da arma silenciada. Atravessando o crânio dela.

O medo em seus olhos ao puxar o gatilho contra a própria vontade.

A lembrança se repete sem parar na minha cabeça, cada detalhe gravado com uma clareza dolorosa. Uma torrente de emoções ameaça me sufocar. Remorso. Vergonha. Alívio. Eu a matei e isso me dá náuseas. Eu a matei, e isso me deixa aliviada. Agora ela nunca poderá contar a ninguém o que eu sou. Nunca poderá me prender. Me usar como cobaia. Me colocar diante de um pelotão de fuzilamento.

Eu me livrei de uma inimiga, e uma bem perigosa. E, mesmo assim, ao encarar seu corpo inerte no chão, a culpa me devora por dentro. A linha entre certo e errado se dissolve em tons de cinza, me deixando à deriva, sem saber como seguir minha própria bússola moral.

Prometi a mim mesma que jamais interferiria no livre-arbítrio de alguém.

E olha no que deu.

— Estou aqui.

Quando sua voz grave preenche minha cabeça, quase desabo de alívio. Puxo ele para dentro do cômodo e fecho a porta atrás de nós, trancando-a.

— Cuidado com o sangue — aviso.

Cross olha para o chão, absorvendo a cena. A arma na mão de Jayde. O buraco em sua têmpora. A pequena poça vermelha se espalhando ao redor de seu cabelo loiro.

— O que aconteceu? — ele pergunta, sombrio.

— Eu te disse, ela teve uma visão de mim. Descobriu quem eu sou. O que eu sou.

Mordo o lábio, incrédula. Tudo estava indo tão bem antes disso. De todas as coisas que poderiam sabotar a missão, essa era a última que eu esperava.

— Você atirou nela?

Faço que não.

Depois, faço que sim.

— Qual dos dois?

— Não sei. — Passo as mãos pelo cabelo, a vontade de arrancá-lo pela raiz me consumindo. — Eu a incitei.

Ele fecha os olhos por um instante.

— Cross.

Nenhuma resposta. Sem dizer nada, ele observa o ambiente ao redor, percorrendo o cômodo com o olhar. Uma cavidade se forma nas suas bochechas quando ele as suga para dentro. Está pensando.

Por fim, ele diz:

— Tá. Eu resolvo isso.

— Como assim, você resolve isso?

Ele já está pegando o dispositivo dele.

— Xavier — diz para a tela, então leva o comunicador ao ouvido. Pausa. — Preciso de você. Vou mandar as coordenadas. — Mais uma pausa. — Limpeza.

Quando ele guarda o dispositivo no bolso, eu o encaro com firmeza.

— Não. Não vou deixar você arriscar sua vida por algo que eu fiz.

— Minha vida já está em risco. — Ele me encara de volta. — Ela fazia parte do círculo interno do meu pai. Era tenente-coronel. Fazia parte da porra do Tribunal.

— Cross...

— Eu cuido das câmeras. Sai daqui.

— Eu não vou te deixar sozinho.

— Vai — ele rosna. — Estou falando sério, Wren. Volte para o seu quarto. Se prepare para a festa.

Fico boquiaberta.

— Nós não vamos para a festa!

— Sim, nós vamos. Você vai entrar naquele salão com seu vestido novo e sorrir para todos os seus superiores. Vai apertar a mão do General e dizer o quanto ama a Brigada de Prata. Vai parabenizá-lo pelos vinte e cinco anos de governo corajoso e impecável. Você me entendeu?

Cerro os dentes.

— Você me entendeu?

— Entendi.

— Ótimo. Agora cai fora daqui.

Por mais que eu não goste do tom dele, sei que não teria conseguido lidar com essa... limpeza... sozinha.

Pego minha mochila do chão.

— Devo usar meu bloqueador?

— Sim. Mantenha ele ativado até voltar para o seu quarto. Não quero nenhuma câmera captando você. Vai.

Faço que sim com a cabeça e saio, deixando-o ali para arrumar a confusão que fiz.

Minha ansiedade não diminui nem um pouco. Na verdade, só aumenta quando entro correndo no meu quarto, porque agora tenho privacidade para deixar todas as emoções turbulentas que venho reprimindo desde que matei Jayde virem à tona.

Como Cross vai explicar o sumiço de Jayde Valence do Continente? Como? Cross tem uma mente brilhante para manobras militares. Mas isso é...

Suicídio.

A palavra ecoa na minha cabeça, me forçando a me conectar com ele. Fico um pouco surpresa quando ele permite.

— Cross, ela se matou. Podemos fingir que foi suicídio.

— Vai para o seu quarto.

Ele corta a conexão.

Merda!

A frustração queima dentro de mim. Isso não é justo com ele. Nem com Xavier, por mais irritante que ele seja. Não cabe a eles consertar um erro meu.

Me obrigo a seguir as ordens de Cross. Tiro o uniforme e vou para o banheiro. Abro o chuveiro e fico ali, parada sob a água morna, tentando não chorar.

Gosto de pensar que cresci desde que cheguei aqui. Aprendi a ser mais paciente. Aprendi a confiar em alguém além de mim mesma. Até comecei a controlar meus impulsos. Mais ou menos. Às vezes.

Mas parece que todo esse progresso foi apagado no instante em que fiz uma mulher se matar.

Apoio o antebraço na parede de azulejos e encosto o rosto nela. Meu corpo fraqueja quando me dou conta de uma verdade difícil e deprimente.

Talvez eu seja um monstro.

Fiz uma mulher se matar.

Como isso não seria coisa de um monstro?

Com um soluço preso na garganta, me forço a sair do banho e me enrolo na toalha. No quarto, visto um sutiã e uma calcinha boxer. Enquanto escovo o cabelo, vejo um alerta no meu dispositivo. Lyddie, avisando que está a caminho para se arrumar comigo.

Tinha me esquecido que combinamos isso. Mas talvez ainda dê tempo de impedir. O quarto dela não fica neste prédio, fica perto da ala administrativa, do outro lado da base. Uma caminhada considerável, se ela não estiver dirigindo.

Estou prestes a mandar uma mensagem dizendo para ela não vir quando a porta se abre.

Mais cedo, falei para ela entrar sem bater.

Merda.

Lyddie entra saltitante, com um vestido branco delicado, com decote arredondado e saia plissada. Seu sorriso radiante ilumina o quarto.

— Oi!

Nunca fui tão grata por uma peça de roupa íntima. Ela cobre completamente minha marca de sangue.

O pânico me deixa sem ar quando percebo o quão perto estive de ser flagrada nua por ela. Cross tinha razão. Foi uma decisão imprudente deixar Ellis me curar.

Lyddie percebe minha expressão e dá uma risadinha.

— Alguém está parecendo meio surtada.

Alguém está prestes a ter um colapso nervoso.

Consigo forçar um sorriso.

— Foi mal, o dia foi meio caótico.

— Ah, não se preocupa. Logo, logo você vai esquecer tudo isso. Hoje à noite vai ser tão divertido — ela diz, animada. — Eu amo festas!

— Mal posso esperar. — Forço outro sorriso, tentando ignorar a preocupação corroendo meu peito. — Meu vestido está pendurado no banheiro. Vou vestir e aí podemos arrumar o cabelo...

— Wren! Suas cicatrizes!

Ela olha para minhas pernas nuas e solta um arquejo alto. Quando tento continuar andando, ela se apressa e puxa meu braço.

— Elas sumiram!

Sinto um arrepio desconfortável me percorrer.

— É. Trouxeram um curandeiro... — Paro de falar.

— Você deixou um curandeiro Aberrante tocar em você? — Ela estreita os olhos.

— Não tínhamos escolha. Nossa unidade tem que passar por esses exames de bem-estar. — Vou recuando em direção ao banheiro. — Ele disse que podia tirar as cicatrizes, então pensei: por que não?

— Deixa eu ver.

— Ah. Não tem nada de mais. Só pele lisa agora.

Lyddie já está bem na minha frente, estendendo a mão para minha perna. Ela toca a pele da minha coxa, o sorriso ainda no rosto, mas quando a borda da minha calcinha sobe um pouco, empurro o tecido de volta para baixo e me afasto em um movimento brusco.

O sorriso dela some.

— O que era aquilo?

— Nada. Eu já disse, agora é só pele.

— O que era aquela marca vermelha? — Ela me encara, confusa. — Era um hematoma? — pergunta, mas o horror crescente em seus olhos, revelando que ela sabe exatamente o que viu. — Wren, o que era aquilo?

— É só uma marca de nascença.

— Uma marca de nascença.

— É. Agora deixa eu me vestir pra gente...

Em um movimento completamente atípico para Lyddie, ela se lança para a frente e puxa o tecido da minha roupa para cima.

Eu congelo, observando a compreensão surgir em seu rosto enquanto ela examina a marca de sangue. A marca que revela o que sou de verdade.

Todo o sangue some de seu rosto. Sua mão voa até a boca.

— Ai, meu... *Pai* do céu — ela engasga, dando um passo para trás. — É uma marca de sangue.

— Lyddie... — começo, estendendo a mão para ela, mas ela se encolhe como se meu toque pudesse queimá-la.

— Meu Pai do céu, o que está acontecendo?

Pai do céu. Mesmo em puro pânico, Lyddie continua sendo Lyddie, se recusando a dizer *Deus* em voz alta, mesmo que tecnicamente não seja ilegal. O General não quer ninguém praticando religião ou adorando uma entidade superior, mas não dá a mínima se você disser a palavra. Uma palavra não o ameaça.

Mas Lyddie segue as regras ao pé da letra.

— Você é uma Aberrante? — A voz dela treme de incredulidade. — Como você pôde mentir para mim esse tempo todo? Ai, meu... *Pai*! — Toda aquela pose de certinha desaparece quando sua respiração começa a acelerar. — Como isso... Por quê...?

Minha mente corre, tentando encontrar um jeito de fazê-la entender que eu não sou uma ameaça.

— Eles sabem — solto de repente.

Ela pisca, confusa.

— O quê?

— Eles sabem que eu sou Aberrante. Cross e o General.

— O-o quê?

E assim, uma história inteira começa a sair da minha boca, fluindo como água de uma torneira aberta. É por isso que tio Jim gostava que eu conversasse com os soldados em Hamlett: eu tinha habilidade para improvisar. Agora isso está me salvando.

— Eu não tenho as faixas pretas — estendo os pulsos — porque estou infiltrada. Eles me recrutaram quando eu ainda estava no ensino fundamental.

— Eu não estou entendendo o que você está dizendo. Você... você é uma Aberrante...

— Sou. Mas sempre fui leal à Companhia. Meus pais ainda servem ao General no Setor Z. Nosso gado alimenta o Comando.

— Seus pais — ela repete. — Achei que seus pais estivessem mortos.

— Não, isso faz parte da minha cobertura. Eles me deram um tio Aberrante falso para que ninguém suspeitasse o que sou de verdade.

Ela me encara. Vejo a hesitação em seus olhos, o conflito entre confiar na melhor amiga Wren ou recuar apavorada da garota com a marca de sangue na coxa.

— Qual é a sua habilidade? — ela pergunta com a voz fraca.

— Telepatia, mas não tenho com quem usá-la. Não sou uma agente dupla, então não preciso interagir com outros como eu. Também posso ler mentes, mas não faço isso porque respeito a privacidade das pessoas. E posso curar.

Ela arregala os olhos.

— Você é uma curandeira?

— Sim. Por isso quiseram que eu entrasse para a Elite, porque posso curar os membros da unidade em campo.

Cuidado.

Estou começando a dar detalhes demais. As melhores mentiras são simples. Comuns. Recuo um pouco, me agarrando apenas ao que já disse.

— Eles sabem exatamente o que eu sou — reforço. — Sempre souberam.

— Por que suas queimaduras sumiram?

— O General achou que isso ajudaria a incentivar a união na Elite. É um gesto de confiança, para que meus colegas saibam que sempre podem contar comigo para dizer a verdade. Olha, Lyds, tem muitas coisas que eu quero te contar — digo, fixando meu olhar no dela —, e garanto que você pode me fazer mil perguntas depois, mas agora eu preciso que você me prometa que vai manter minha cobertura intacta. Você não pode contar isso pra ninguém.

— Kaine sabia?

— Não. Ele morreu antes que o General me instruísse a me revelar ao capitão. Cross ainda não contou à unidade.

— Contou o quê?

Dou um pulo de susto ao ouvir a voz de Ivy.

Ela está parada na minha porta. A porta que Lyddie não fechou direito.

Puta merda, esta noite ainda pode piorar?

O corpo de Jayde Valence ainda está largado em uma sala de suprimentos. Cross e Xavier estão tentando dar um jeito nisso. Lyddie está me olhando como se nunca tivesse me visto antes. E agora Ivy está aqui. A ex-namorada de Cross, que nunca gostou de mim. Podemos até ter uma relação mais amigável agora, mas ainda não somos amigas.

Antes que eu possa responder, Lyddie faz exatamente o que acabei de pedir para ela não fazer:

— Wren é uma agente Aberrante.

Ivy fica tão chocada que precisa se apoiar no batente da porta por um segundo.

— O quê?

Eu quero dar um tapa na cara de Lyddie, mas não posso fazer isso quando preciso que ela fique do meu lado.

— É verdade? — Ivy questiona.

Aceno com a cabeça.

— Só o General e seu círculo interno sabem. Cross vai falar com o restante da Elite amanhã. O General decidiu que saber minha verdadeira identidade ajudaria na coesão do grupo. — Mordo o lábio. — Sou lealista. Sempre fui. E juro que não sou uma ameaça. Hoje à noite, vou vestir um belo vestido, apertar a mão do General e agradecê-lo, com toda a devoção possível, por tudo o que fez por nós. Por confiar que estamos do lado certo da história. Tenente-Coronel Valence. Ellis. Eu. Nós não somos como os outros.

Lyddie está cedendo. Eu percebo.

— Todas nós sabemos o estrago que os poderes deles podem causar — continuo. — Mas eu não destruo. Eu curo.

E faço mulheres se matarem.

Mas isso não vem ao caso.

Dou um passo na direção de Lyddie. No mesmo instante, ela se afasta, assustada.

— Lyds, por favor. Já tive inúmeras chances de te machucar, mas nunca fiz isso. Eu não quero que nada aconteça com você. Tudo o que peço é: você pode, por favor, guardar esse segredo? Amanhã, Cross vai convocar uma reunião, e tudo será esclarecido. Vou dizer a ele que quero você lá. — Lanço um olhar para Ivy. — As duas. Vocês podem ler meu arquivo de cabo a rabo, se quiserem.

— Quero ver agora — Ivy diz, fria.

— Eu não tenho autorização. — Uma risada trêmula me escapa. — Ninguém na Elite está sequer no sistema. Não de forma oficial. Só o capitão pode acessar nossos arquivos. Por favor. Eu não sou uma ameaça pra nenhuma de vocês esta noite. Vamos a uma festa. Só isso. Todo o resto pode esperar até amanhã.

Me concentro em Lyddie, procurando qualquer resquício de confiança em seu olhar. Mesmo que seja só um traço.

— Você me conhece, Lyds. *Sabe* que sou uma boa pessoa. Por favor.

Ela hesita.

— Tudo bem — ela responde, por fim.

Uma onda de alívio me atravessa.

— Amanhã a gente resolve tudo — juro. — Só me promete que não vai dizer nada até lá.

Ela morde o lábio inferior, trêmulo.

— Não vou.

Quando olho para a porta, não vejo ninguém. Ivy se foi.

Ela saiu sem fazer a mesma promessa.

51

A melodia envolvente da orquestra me recebe assim que atravesso o arco da entrada do salão de baile. Os músicos estão posicionados em um dos dois palcos no espaço elegante. O segundo palco, do outro lado do salão, está vazio, decorado com cortinas azul-marinho e um pano de fundo em tons escuros de azul. Fico perto da entrada, observando a multidão e desejando estar em qualquer outro lugar.

Cheguei sozinha porque Lyddie foi encontrar os pais do lado de fora. Meu instinto gritava para não deixá-la sair do meu campo de visão, mas, a menos que eu a algemasse a mim, não dava para simplesmente dizer que ela não podia se encontrar com os pais. Ainda assim, só vou ficar mais tranquila quando tiver tanto ela quanto Ivy por perto de novo.

Aquela maldita Ivy. Onde foi que ela se meteu? Com quem falou? Não confio nela nem um pouco, mas, ao mesmo tempo, ela nunca contou a ninguém que viu Cross saindo do meu quarto naquele dia.

Endireito a postura. E... talvez eu possa usar isso a meu favor agora. Convencê-la de que Cross estava lá apenas para falar sobre minha identidade secreta.

Se eu conseguir encontrar essa mulher, claro.

Tem uma pista de dança, mas poucos casais se arriscam nela. Eles giram e deslizam pelo piso polido, suas risadas se misturando às conversas que preenchem o salão. Ao meu redor, oficiais uniformizados circulam entre civis vestidos com suas melhores roupas, criando um contraste marcante entre a formalidade militar e o glamour do Ponto Sacro.

Infelizmente, estou abalada demais por ter matado uma mulher hoje para conseguir admirar os vestidos de seda. Mas noto que há mais cor e vida neste salão do que jamais vi no General. Até suas transmissões são sempre feitas contra um fundo cinza — e, quando são ao ar livre, parece que até o clima se ajusta ao tom sombrio da ocasião, porque está sempre nublado.

Cross não está se conectando comigo, e isso está começando a me irritar. Sei que ele está ocupado dando um jeito na confusão que criei, mas estou preocupada com ele, e preocupada que ele esteja puto *comigo*.

Não é como se eu tivesse saído de casa decidida a matar Jayde hoje. Ela era uma precog. Teve uma visão. Isso estava completamente fora do meu controle, algo que eu nunca poderia prever porque, bem, *eu* não sou a porcaria de uma precog.

Um garçom me entrega uma taça de champanhe. Essa festa é chique o bastante para que eu nutra a esperança de ser champanhe de verdade, mas, ao dar um gole, sinto o sabor sintético descendo pela garganta. Anotado. O General até esbanja, mas nem tanto assim.

Finalmente, sinto Cross na minha mente.

— Estou a caminho.

— Vem logo. As coisas pioraram por aqui. Lyddie e Ivy viram minha marca de sangue.

— Puta merda. Você nunca devia ter removido a porra daquela cicatriz.

— Eu estava tentando provar meu amor por você, babaca. Fui burra e impulsiva. Em minha defesa, não achei que muita gente veria minhas coxas nuas. Geralmente estou vestida, a menos que esteja com você.

— Pelo amor de Deus, não me diga que você matou Lyddie e Ivy.

— Lyddie, não. Mas me livrei da sua ex-namorada.

— Margarida.

— É brincadeira. Inventei uma história de que estou infiltrada na Elite. Que sou sua arma secreta e que você vai fazer uma reunião amanhã pra informar todo mundo da nossa unidade.

— Puta que pariu.

— Eu sei. Sendo sincera, não faço ideia de como a gente vai sair dessa, mas precisamos bolar um plano. — Hesito. — Talvez eu precise ir embora.

— Nem pensar. Não vou perder você de vista.

— Lyddie gosta de mim. Ela não vai fazer nada que me coloque em perigo. Já Ivy... não sei.

Ainda não vejo nenhuma das duas, e minha frustração só cresce. Dou mais uma olhada pelo salão e pisco algumas vezes quando um rosto familiar chama a minha atenção.

Ou estou imaginando coisas, ou aquela era Adrienne.

Foi só um vislumbre rápido, mas juro que era o rosto dela. A boca carnuda e sensual. O nariz delicado. Traços que, isoladamente, não são tão marcantes, mas juntos formam um rosto impressionante.

Procuro de novo, mas não a vejo mais.

— Essa não deve ser a melhor hora pra dizer isso, mas... você está linda.

Ergo a cabeça e vejo Cross se esgueirando pela multidão, vindo na minha direção. Meu corpo relaxa ao vê-lo. Ele está com seu uniforme de gala, o paletó e a calça perfeitamente ajustados ao corpo largo. Suponho que, sendo filho do General, ele precise manter as aparências. Está de rosto limpo, recém-barbeado, e a covinha aparece quando ele sorri para mim.

Nosso relacionamento não é público, então ele não me cumprimenta com um beijo, nem um abraço. Apenas para ao meu lado, e um arrepio percorre minha nuca quando ele pede para se conectar comigo.

— Soldado Darlington — diz com formalidade.

— Capitão.

— Você fica incrível de verde. Deixa seus olhos de bruxa ainda mais amarelados.

Não consigo segurar o sorriso, mas ele some quando o rosto de Cross fica mais sério, assim como seu tom de voz.

— A lista de estragos a serem contornados só cresce.

— Eu sei. Desculpa, eu...

Perco o foco de repente ao avistar Ivy a alguns metros de distância, deslumbrante de azul. Ela segura uma taça de champanhe e nos observa. Desconfiada.

Não quero que nos vejam parados aqui, em silêncio absoluto, então falo em voz alta:

— Ivy vai me denunciar.

— Talvez ela não denuncie. E, aliás, sabe essa história de arma secreta? Pode não ser tão ruim. Teríamos que conseguir a faixa preta pra você...

— Eu não vou me tatuar como lealista — rosno na mente dele.

— Desculpa, você tem razão. Eu sei. Só que, agora, não vejo outra saída.

Não temos tempo para continuar nisso, porque a orquestra para de tocar e um silêncio tenso se espalha pelo salão quando o General entra.

Ele exala poder. Autoridade. Sua postura impecável é apenas parte disso. Está no jeito como ele olha para as pessoas, avaliando-as, como se pudesse decidir, ali mesmo, se alguém é digno de estar em sua presença ou até de existir. Sua habilidade para decisões instantâneas tem servido bem ao longo dos anos.

O General Redden avança pela multidão, acenando com a cabeça para alguns. Quando passa pelo filho, nem sequer registra minha presença. Ele só inclina a cabeça para Cross, que se afasta de mim no mesmo instante.

— Está na hora — murmura em minha mente.

— Do quê?

— Do discurso.

Ele não faz o menor esforço para disfarçar a falta de entusiasmo ao seguir o pai. Eles têm a mesma altura. E, quando Travis se junta a eles, formam um trio imponente em seus uniformes de gala. Roe é o último a subir ao palco. Está esfregando o nariz, e eu sei que acabou de tomar uma ou duas doses de estimulante. Seus olhos têm aquele brilho frenético.

Vejo Cross franzir a testa para ele, como se dissesse: *Você é incapaz de manter isso longe do nariz por uma única noite?* Roe responde com um sorriso insolente.

A sala mergulha em silêncio quando o General sobe os degraus do palco. Ele espera que os filhos fiquem devidamente alinhados atrás dele, seus uniformes escuros contrastando com o pano de fundo azul-claro. Só então se aproxima do púlpito.

Ele pigarreia. Quando começa a falar, sua voz ecoa firme, carregada de autoridade.

— Há vinte e cinco anos, eu cortei a cabeça da serpente.

Ótimo. E nem é força de expressão. Todo mundo viu a decapitação do Presidente Tack Severn, transmitida ao vivo na casa de todos.

— A violência é necessária na guerra. Necessária para a liberdade. E, depois de vinte e cinco anos, um quarto de século, é justo que reflitamos sobre os sacrifícios e triunfos que nos trouxeram até este momento. Vinte e cinco anos atrás, os Primais do Continente definhavam sob o domínio injusto de um regime corrupto e incompetente. Nossa sociedade estava fragmentada, e a vontade do povo, silenciada pela tirania. Os Aberrantes arrancaram o controle da sociedade das mãos de nossos ancestrais e nos transformaram em cidadãos de segunda classe. O Presidente Severn jogou fora a própria moralidade ao incitar as mentes tanto de seus inimigos Primais como de seus aliados Aberrantes. Mas juntos, os Primais permaneceram unidos e determinados a forjar um novo caminho... um caminho de liberdade e ordem. Sob minha liderança, nos libertamos das aberrações que tentaram nos destruir. Purificamos o Continente, erradicando traidores e restaurando a honra de nossas instituições.

Ele faz uma pausa dramática.

— Mas nossa jornada está longe de acabar. Ao olharmos para o futuro, devemos permanecer vigilantes diante da adversidade, firmes em nosso compromisso de preservar a paz e a estabilidade que lutamos tanto para conquistar. Eu não pedi para liderar... fui chamado para isso.

Eu me seguro para não revirar os olhos. Não é esse o discurso de todo grande tirano? *Ah, eu não queria isso. Por favor, tirem todo esse poder incômodo das minhas mãos.*

— Eu era um homem simples. Comandava um pelotão. Servi Severn com lealdade, e minha esposa estava no jardim, mas...

Estranho. "E minha esposa estava no jardim"? Ok. Digressão estranha.

Pelo canto do olho, percebo Ivy se esgueirando na minha direção. Sinto o corpo enrijecer, pronto para reagir, mas ela apenas se aproxima do palco para ouvir melhor.

— ... e, pouco antes de morrer, Severn disse a frase com que encerrava todas as suas transmissões. *Audaces fortuna iuvat.* A sorte favorece os audazes. Talvez a única verdade que ele tenha dito.

Redden omite de propósito a parte final do grito de Severn.

Et potentia fluit ad fortes.

A sorte favorece os audazes, e o poder flui para os fortes.

Até em seus últimos momentos, Severn ainda tentava atacar aqueles "sangues-ruins" que tanto desprezava.

— Fomos audazes no Golpe, e a sorte de fato nos favoreceu. Mas o mundo que ele descreveu não era possível, e pegamos o trem até lá quando meu filho tinha cinco anos e...

Ele para de repente. Sinto um frio estranho na barriga.

— Era o tipo de dia que faz você querer ficar em casa com sua família.

Do que ele está falando agora?

— Severn não era o tipo de homem que faria isso, e antes daquilo, eu sabia. Antes daquilo, ele sabia.

Vejo alguns convidados trocando olhares. Não sou a única pessoa confusa com esse discurso.

Redden pigarreia. Olha para os filhos.

— Esses três jovens atrás de mim carregarão esse legado quando eu me for. O que, espero, não aconteça antes de pelo menos cem anos, se o fundo de pesquisa que aprovei para a ala de regeneração do hospital der certo.

A tentativa de piada não surte efeito. Sobretudo porque todos ainda estão tentando processar o que ele falou antes.

Ele solta uma risada sem graça quando a plateia não reage.

— Eduquei meus filhos para acreditar que podemos ser tudo o que já tentaram fazer não foi bom.

Murmúrios de confusão se espalham pelo salão.

Ele contrai o rosto, como se começasse a sentir o mesmo que nós. A mesma perplexidade. Balança a cabeça. Pigarreia de novo.

— Vinte e cinco anos, e vejam tudo o que conquistamos. Nossa sociedade é uma engrenagem que funciona perfeitamente, e quando ela estava no jardim, ela me disse... — Ele para de falar e pisca algumas vezes. Passa a mão pelo rosto.

Olho ao redor, buscando respostas. E então a vejo de novo.

Adrienne.

É ela.

Está usando um vestido azul-escuro simples, de mangas longas e gola alta, o cabelo ruivo preso em um coque impecável na nuca. Está perto do palco, concentrada no General.

Meu estômago se revira. Ela está fazendo algo com ele. Mas o quê?

Redden continua perdendo o controle. Tosse, pigarreia, começa uma frase, para, tosse de novo, balança a cabeça, tenta mais uma vez, solta uma palavra, esfrega o rosto.

Ninguém sabe ao certo como reagir ao espetáculo à nossa frente. O discurso triunfante do General se transformou em uma sequência desconexa de palavras embaralhadas.

— E assim, meus camaradas, estimados convidados e honrados amigos — ele diz, depois hesita de novo. — Onde foi parar Vinessa?

Uma onda de apreensão cobre o salão como uma sombra densa. Ouço as vozes ao meu redor se tornarem sussurros cheios de tensão, pessoas trocando olhares enquanto observam Merrick Redden se desfazer diante de seus olhos.

— Onde está Vin?

Travis dá um passo à frente, mas o General ergue as mãos, afastando-o como se fosse uma ameaça. Travis aperta os lábios.

— Onde ela está? O que você fez com minha esposa?

— Senhor — Travis tenta acalmá-lo, mantendo a voz firme enquanto se aproxima com cautela. — Talvez seja melhor pegarmos um copo de água. Sua garganta parece seca.

Redden o encara como se ele fosse um lunático. Depois, o empurra para o lado com força.

— Estou fazendo um discurso, garoto.

Travis troca um olhar com Cross, que se aproxima com passos lentos e calculados. Roe continua parado, mas não parece mais se divertir com a situação. Agora, só há medo em seu rosto.

A tensão no salão cresce à medida que o General insiste em concluir o que começou. Só que agora o discurso não faz o menor sentido.

— E por isso, quero que ergam seus copos a mais vinte e cinco anos. Cross não está, mas todo mundo, sim. E eu a vi ali e pensei, sim. Ou foi não?

A voz dele fica cada vez mais errática. Os gestos, descontrolados. Então, Redden franze a testa e começa a bater o punho contra a própria têmpora.

Quando Travis agarra seu braço, ele surta de vez, reagindo com violência. Procuro Adrienne outra vez, mas a multidão inquieta se movimenta sem parar, bloqueando minha visão.

O General para de se bater. Depois, para de falar. Ele balbucia palavras incompreensíveis enquanto todos ao seu redor assistem, chocados, sem piscar.

No palco, sua figura se reduz a algo quase patético, e sinto um tremor ao vê-lo perder a sanidade ali. Se não soubesse o que aconteceu, se estivesse vendo apenas este momento isolado, poderia achar que ele era um Mod fragmentado. Mas eu *sei* o que aconteceu. Vi acontecer, agora mesmo, bem aqui. A uma velocidade absurda. Vi a mente dele se despedaçando diante dos meus olhos, como se alguém estivesse...

Corrompendo-a.

A voz de Jayde Valence ecoa na minha cabeça.

Eles não são naturais. Eles corrompem mentes.

A percepção me atinge como um soco no estômago no exato momento em que vejo Adrienne de novo. Tento encontrar seu olhar, mas ela já está se afastando do palco.

Enquanto isso, Travis tenta acalmar a multidão, inclinando-se sobre o púlpito.

— Está tudo bem, senhoras e senhores. Acho que temos um pequeno problema com a medicação para pressão alta.

Ninguém cai nessa.

Cross tenta ajudar Travis a conter o General, cujo olhar está completamente vazio. Ele entrou nesse salão com autoridade e está saindo como uma criança perdida, ora afastando os filhos, ora batendo no próprio rosto.

— Vai ficar tudo bem — diz Travis no microfone. — Vamos entender o que aconteceu. Ele vai ficar bem e...

O restante de suas palavras é engolido pela explosão.

52

O caos irrompe. Os soldados no local entram em ação de imediato, enquanto os oficiais gritam ordens e empurram quem estiver no caminho. Civis berram que uma bomba explodiu e correm em pânico em direção às saídas. Mas não estou preocupada. Sei exatamente de onde veio a explosão. Sei que não há risco de mais cargas detonarem. Estou ocupada demais acompanhando os movimentos de Adrienne.

— A sala de suprimentos! — alguém grita. — Estou vendo fumaça saindo de lá!

Chego ao arco de entrada e vislumbro outro lampejo vermelho. Adrienne. Cambaleando em direção à saída. Está curvada e se movendo mais devagar do que eu esperava.

Em segundos, estou em cima dela, puxando-a para trás. Quando ela tenta resistir, arrasto-a até um beco escuro entre o salão e a área de carga.

— O que você fez com ele? — pergunto.

Ela está péssima. Parece doente. Na verdade, mal consegue andar, os joelhos bambos.

— O que aconteceu com você? — pergunto sem pensar.

Quando ela desaba, eu a seguro por instinto, surpresa em sentir o quanto sua pele está fria. Ainda assim, seu rosto está encharcado de suor.

— Isso é normal. Reação n-normal. — Ela mal consegue falar.

De repente, me lembro das sensações físicas que tive na execução de Jim, quando mantive oito mentes sob meu controle psíquico. A tontura. O cansaço. O suor escorrendo na testa. Lembro do preço que paguei ao usar minha mente para incitar a vontade deles. Aconteceu com Jayde, mas em menor intensidade.

Observo o rosto de Adrienne.

— O que você fez com a mente dele?

Da última vez que nos encontramos, seus olhos estavam atentos, focados. Agora, estão opacos, perdidos.

— Não... é hora, Darlington. — A mão dela treme ao tocar o ouvido. — Sara. Onde você está?

Ao ouvir a resposta, ela se afasta de mim, mas tropeça de novo. Segura-se na parede para se estabilizar, oscilando como se fosse desmaiar.

— O que você fez com a mente dele? Você a corrompeu?

Ela olha na minha direção.

— Onde você ouviu esse termo?

— Foi isso? Foi isso que você fez?

— Darlington — diz ela em um sussurro sofrido. — Preciso chegar ao ponto de encontro.

— Você não vai chegar a lugar nenhum nesse estado. — Dou um suspiro pesado. — Deixa eu te ajudar. Pra onde você precisa ir?

Vejo o momento exato em que ela reconhece a própria fraqueza e se rende. Encostada na parede, faz um gesto com a cabeça na direção do portão de transporte.

— Vamos — insisto, guiando-a para a frente.

Ela se apoia em mim com força, e cada passo é difícil. Entrelaçamos os braços como se fôssemos apenas duas civis tentando sair da festa assustadora onde a bomba assustadora explodiu.

Com possíveis olhares sobre nós, tento a telepatia, mas não adianta. Sinto a assinatura energética dela, mas está fraca. Instável.

— Ainda não vai funcionar — ela murmura. — Gastei energia demais.

— Como você fez isso com o cérebro dele?

A respiração dela sai em arfadas curtas. Percebo o tom pálido da pele, o suor brilhando na testa.

— Como? — Aperto o braço dela.

— Não sei. Acontece naturalmente. É uma questão de... reconfiguração.

— Reconfiguração. — Estou com vontade de vomitar. — Você transformou o cara num vegetal bem na nossa frente. Nunca ouvi falar de uma habilidade assim.

— É rara — ela admite. — Mais rara do que a incitação.

Seguimos em direção ao portão, onde uma fila de carros espera para ser liberada. Atrás de nós, as pessoas continuam saindo do salão. Mas o caos parece... menos caótico. Os soldados do Comando já retomaram o controle da situação.

— Posso te explicar tudo depois — ela sussurra. — Só me deixa voltar pra base.

— Como você chegou aqui?

Estou começando a perceber que a Rebelião é muito mais poderosa do que a Inteligência do Comando sequer imagina.

Mal tinha terminado de formular esse pensamento quando outra explosão ecoa no ar.

Não está nem perto de onde estamos, pelo contrário, mas sinto a onda de choque percorrer o chão sob meus pés. A mesma força que senti com a bomba no depósito de armas. O céu se ilumina, chamas alaranjadas lambendo a escuridão enquanto o ar se enche de fumaça e de um cheiro adocicado e enjoativo.

Olho para Adrienne e a vejo desaparecer dentro de um carro que arranca como um morcego saindo de uma caverna.

Abro um canal para Cross, mas ele não responde. Preciso encontrá-lo. Descobrir o que está acontecendo. Mas não consigo voltar para o prédio. Estou correndo para o local quando alguém cruza meu caminho.

Roe.

— Pra onde você está indo com tanta pressa? — O tom dele é cheio de uma crueldade animada.

Eu me recupero do susto e lanço a ele um olhar irritado.

— Roe. Sai da minha frente.

Em vez de ceder, ele se aproxima.

— Qual a pressa? Está com medo de um pouquinho de fogo?

Cerro os punhos e tento passar por ele, mas ele volta a bloquear meu caminho.

— Não tenho tempo pra isso — solto entredentes.

Dou um salto para a esquerda, tentando passar por ele. Mas Roe é mais rápido. Ele estende o braço de repente, segurando meu ombro e me empurrando para trás. Surpresa, cambaleio, quase perdendo o equilíbrio.

— Você acha mesmo que vou deixar você fugir? Depois de tentar explodir uma instalação do Comando?

O frio na minha barriga é congelante. Merda. *Merda!*

Movida por puro desespero, reajo por instinto, acertando um soco em seu queixo. Ele bloqueia com facilidade e revida com um chute certeiro na minha barriga.

A dor explode nas minhas costelas com o impacto inesperado. Perco o fôlego, dobrando o corpo para a frente. Por um momento, fico paralisada. Roe sempre foi decente nas aulas de Combate, mas claramente andou treinando desde a surra que levou de Cross na arena.

Ele me cerca como um predador, debochando de mim:

— É só isso que você sabe fazer?

Endireito o corpo, a respiração trêmula.

— Você não quer fazer isso, Roe.

— Ah, quero, sim. Não tem nada que eu queira mais do que esmagar esse seu cérebro Aberrante contra o concreto.

Ivy.

Maldita Ivy.

O medo me rasga por dentro. Finjo um movimento à esquerda e giro para a direita, tentando despistá-lo. Mas ele me agarra de novo e me empurra contra a parede. Levo-o junto comigo, e caímos no chão, lutando pelo controle. Consigo acertar uma joelhada no estômago dele. Ele me castiga com um soco no queixo, fazendo minha visão se encher de pontos negros.

— Vocês, imperfeitos, me dão nojo — ele sibila, antes de se lançar sobre mim.

Caio de costas, a cabeça batendo forte no chão. Roe me imobiliza, seu olhar cravado em mim, ardendo de ódio puro.

Me debato para me soltar, mas ele é pesado demais. Meus batimentos ficam mais fracos, e Roe abaixa a cabeça devagar. Ele roça a boca na minha bochecha antes de se aproximar do meu ouvido.

— Quero te matar com as minhas próprias mãos — ele sussurra. — Mas...

De repente, ele se afasta. Ouço o som de passos apressados, e quando ergo os olhos, um grupo de soldados surge, apontando suas armas para mim.

Ninguém me impede quando me levanto às pressas. Mas não tento correr. Não quando estou cara a cara com meia dúzia de fuzis apontados para mim.

Com aquele andar preguiçoso e insolente, Roe se posiciona no centro do grupo. Inclina a cabeça, me avaliando de cima a baixo.

— Mostre onde está — ele ordena.

Franzo a testa.

— O que...

Mas ele não está falando comigo. Está puxando alguém para a frente, segurando o braço da pessoa com força e obrigando-a a ficar ao seu lado.

Lyddie.

— Eu juro que vi — ela diz para Roe.

Olho para ela, horrorizada.

— Lyds...

Ela me ignora.

— Está na coxa esquerda dela.

— Lyddie — imploro.

Mas nem sei pelo que estou implorando. É tarde demais. Ela já me entregou.

Não foi a Ivy, foi a Lyddie.

Ela *prometeu*.

Mordo o lábio para tentar controlar o tremor, mas não consigo conter a ardência quente das lágrimas.

Roe faz um sinal para um dos soldados, que dá um passo adiante.

— Não encosta em mim — aviso.

O desgraçado não escuta. Um rosnado de fúria escapa da minha garganta quando ele puxa a barra do meu vestido para cima, revelando minha coxa.

Minha marca de sangue.

O desespero me consome enquanto tento me conectar com Cross de novo. Por que ele não me deixa entrar? Eu *preciso* dele.

Com o coração disparado, me concentro em Lyddie, implorando em silêncio para que ela olhe para mim. Quando ela finalmente me encara, é com um ódio tão profundo e frio que sou obrigada a desviar o olhar.

Eu me viro de volta para Roe, o amargor retorcendo meus lábios.

— Vai me dar um tiro na cabeça agora?

— Infelizmente, me pediram pra pegar leve. — Roe lança um olhar para o soldado à sua esquerda. — Leve-a para a prisão militar.

Estou de volta onde tudo começou.

Na prisão militar.

Pelo menos consegui me conectar com Cross. Mas, quando contei onde estava, tudo o que ele disse foi "vou chegar o mais rápido que puder".

Isso foi horas atrás.

Horas.

Tive tempo para sentar e pensar. Para me torturar. Para tentar entender tudo o que aconteceu esta noite. A Rebelião está destruindo a mente das pessoas. Adrienne confirmou isso hoje. Mas em que escala? A capacidade dela de corromper tem algo a ver com a ala fragmentada do hospital que encontrei? Alguma daquelas pessoas foi corrompida em vez de fragmentada? Alguma era, na verdade, Primal? Pela aparência das veias, grande parte parecia Modificado. E não consigo imaginar Adrienne aceitando fazer experimentos nos nossos.

Mas também nunca teria acreditado que ela seria capaz de fritar o cérebro de um homem na minha frente, se eu mesma não tivesse visto.

Outro pensamento surge em minha mente. Será que a mãe de Cross foi corrompida? Ele tem razão e ela não é uma Modificada? Vinessa Redden é mais uma vítima nessa guerra centenária entre Primais e Mods?

Tenho tantas perguntas, e nenhuma resposta — a menos que Adrienne resolva me dar o ar da graça com sua presença psíquica. Mas ela também não está se conectando comigo.

Por mais que eu odeie incomodar Cross quando sei que ele já está atolado de problemas, não consigo controlar a impaciência.

— Cadê você, caramba?

— Reuniões — Cross responde, seco. — Eles destruíram todo o quadrante norte da base, incluindo um hangar cheio de caças.

Nossa. Isso foi um golpe pesado no Comando. Sim, ainda existem outros hangares, outras pistas, mas perder uma parte da frota assim... Acho que dessa vez o piloto deles acertou o alvo.

— Estão te perturbando? Por minha causa?

— Ainda não. Mas acho que vão. Por enquanto, estão distraídos demais com meu pai.

— Como ele está?

— A mente dele está frita. Parece vazio por dentro.

É difícil decifrar o tom de Cross. Como ele se sente com isso.

Na verdade, nem *eu* sei como me sinto ouvindo isso. O General é... foi... um homem cruel, perigoso. Matou milhares de pessoas. Mas há algo muito... patético, acredito eu, na forma como ele foi derrubado. Sem um tiro certeiro de um assassino ou uma bomba plantada com precisão. Nada do final grandioso que, suponho, ele sempre esperou.

O cérebro dele foi... reconfigurado, como Adrienne disse. Simples assim.

— Travis assumiu o controle. O Tribunal o nomeou como General.

Penso a respeito. Entendi. Pelo que vi, Travis é um homem prático. Lógico.

— Conseguimos convencê-lo de que estou ao lado dele?

— Depois de bombardearem nossa instalação mais valiosa? Duvido muito.

Minha respiração sai trêmula.

— Tente não entrar em pânico.

Ainda. Fica subentendido.

— Vou chegar assim que puder, ok?

— Ok.

Suspiro, me estico no colchão estreito e fico encarando o teto. Sinto um aperto no peito ao pensar em Lyddie. Acho que não deveria me surpreender com a traição dela. Eu a vi naquele dia na aula de proteção mental, a forma como se encolheu só de pensar que Amira poderia tocá-la. Como Lash, seu ódio pelos Aberrantes é tão enraizado que fui uma tola em acreditar que ela poderia ser mais tolerante. Que manteria minha marca de sangue em segredo.

Ela deve se sentir tão traída quanto eu.

Mesmo assim, quando penso nela me entregando, a raiva arde na minha garganta, porque eu nunca, jamais, faria isso com ela.

Você fez isso com Tana.

Perco o fôlego. Não fiz, droga. Não de propósito. Avisei Tana e Griff porque queria que tomassem cuidado. Para se protegerem. Fiz aquele acordo para mandá-los aos campos de trabalho forçado porque isso era mil vezes melhor do que ter que enterrar seus corpos.

Tana não fala comigo há semanas.

Não sei quanto tempo se passa, mas quando enfim ouço o teclado eletrônico zumbir, me sinto derrotada. Meu coração dispara quando Cross entra. Tropeço ao me levantar, depois hesito, sem saber se devo ir até ele.

— Não estamos sendo gravados. — Ele aponta para o bloqueador preso ao cinto.

Então abre os braços, e eu me jogo neles. Ele roça os lábios no meu cabelo, as mãos quentes nas minhas costas. Quando enfim nos separamos, percebo a seriedade em seu rosto.

— Travis declarou guerra contra todos os Mods.

Sinto um aperto no peito.

— O quê?

— Esse ataque à nossa base não vai passar impune, não se depender dele. Todos os Mods identificados estão sendo capturados e enviados para campos de trabalho forçado por enquanto, escravos *e* lealistas. Ele disse que vai decidir quem vive caso a caso.

— Mas eles foram leais a vocês todos esses anos — protesto.

— Não importa. Ou você é prisioneiro, ou está morto.

— E eu? Sou prisioneira ou estou morta?

Um silêncio pesado se instala.

— Cross.

— Marcaram sua execução. O Tribunal acabou de decidir.

Assinto, resignada.

— Eles nem falaram comigo.

— Não precisaram. Lyddie deu um testemunho contando sobre a sua marca de sangue.

É claro que ela fez isso.

— Alguém está procurando por Jayde? — pergunto, ainda que esse talvez seja o menor dos meus problemas agora.

— Encontraram o corpo dela hoje de manhã. Que tristeza que ela tenha se matado logo depois de Travis anunciar que até os lealistas seriam detidos.

Apesar de todo o caos e incerteza no ar, dou uma risada.

Cross pisca para mim.

— Sou muito bom no que faço.

— Deu pra perceber.

Ele fica sério.

— E meu trabalho agora é tirar você daqui. Andou em contato com a rede?

Balanço a cabeça, frustrada.

— Ninguém está se conectando. Vou tentar de novo agora.

Abro um caminho até Adrienne e, pela primeira vez desde que cambaleou para dentro daquele carro, ela me permite estabelecer a conexão. Sinto um alívio me dominar, mas quando falo, minha voz vem carregada de acusação.

— Onde você estava, caramba?

— Esperando minha habilidade de abrir um caminho voltar. Onde você está?

— Na prisão militar. Uma das minhas companheiras me entregou. Vocês precisam me tirar daqui.

— Não podemos. — Ela ainda parece cansada. — Os setores foram fechados. O espaço aéreo está sendo monitorado, então não podemos arriscar enviar uma aeronave. Vamos desaparecer por um tempo.

— O que ela está dizendo? — Cross pressiona.

— Que vão desaparecer por um tempo. Espera aí.

— Você vai me deixar aqui?

— Não podemos ir até você. — Ouço um pesar genuíno na voz dela. — Pelo menos, não agora. Mas quando puder, será bem-vinda no Punhal.

— Onde fica isso?

— É a nossa base. Fica depois da Floresta Sombria.

Fico rígida. Lembro dos meus companheiros falando sobre uma base secreta de Modificados, um esconderijo em algum lugar dentro das barreiras, mas essa é a primeira confirmação que recebo. Mas depois da Floresta Sombria? Como isso é possível?

— O que foi? — Cross pergunta.

Eu o ignoro enquanto Adrienne continua:

— Você foi essencial para a execução dessa missão. Já falei com a Autoridade em seu nome.

O termo desconhecido me faz franzir os lábios.

— O que é a Autoridade?

— O conselho que governa nossa base.

— Achei que você estivesse no comando.

— Estou. Mas não sozinha. Contei a eles como sua participação foi fundamental para termos acesso ao General. Para armarmos as cargas de isca. Sua admissão foi aprovada. Então, se puder aguentar firme até conseguirmos tirar você daí...

— Minha execução está marcada para amanhã de manhã.

O silêncio se prolonga.

— Sinto muito, Wren. Não podemos arriscar uma aeronave.

— E se eu for até vocês?

— A única forma segura de chegar aqui é pelo ar. Ninguém atravessa a Floresta Sombria a pé e sobrevive.

— Mas e se eu conseguir?

Depois de mais uma pausa, ela diz:

— Então, quando sair, faça a conexão comigo e nós iremos buscar você.

— Droga, Wren. O que ela disse?

Mordo a bochecha por dentro.

— Que não tem como me tirar daqui. Eles não vão me resgatar.

Cross solta um palavrão.

— Mas... talvez eu tenha um jeito de me salvar.

53

Ele me deixa de novo e só retorna de madrugada, com um bloqueador preso ao cinto e armado até os dentes. Não conversamos muito enquanto saímos sorrateiramente da prisão, percorrendo o labirinto de corredores até, enfim, emergirmos do lado de fora. Me sinto aliviada por poder respirar ar puro, mas, ao inspirar, percebo que ele não é tão puro assim. O cheiro de fumaça invade minhas narinas, misturado ao doce residual da bomba de açúcar que destruiu um hangar do Comando.

— Para onde estamos indo? — sussurro enquanto ele me conduz até um caminhão à espera.

Ele se senta no banco do motorista e eu me acomodo no assento do passageiro.

— Fique abaixada — ordena.

Mesmo a essa hora, a base ainda está movimentada. Suponho que seja isso que acontece quando uma parte dela é destruída por uma bomba inimiga. Não sei quanto tempo temos antes que alguém perceba que Cross está entrando em salas e depois sumindo das câmeras.

Ele dirige até um estacionamento — não o mesmo onde encontrei Adrienne, mas outro, perto da Praça Sul. Outro carro nos espera dentro do túnel.

Entramos pelo banco de trás e franzo a testa quando vejo Xavier no volante.

— Darlington — cumprimenta ele.

— O que você está fazendo aqui?

— Está tudo bem — Cross me assegura. — Pode confiar nele.

Não, mas posso confiar em Cross. Então, faço que sim com a cabeça.

Ninguém fala enquanto Xavier dirige para fora da base. Ou melhor, Xavier não fala. Aproveito o silêncio para compartilhar com Cross o pensamento que vem me assombrando a noite toda.

— Acho que a Rebelião corrompeu a mente da sua mãe.

— O quê?

— Não acredito que ela seja uma Mod. Mas não tenho nenhuma prova do que estou dizendo. Podemos exigir respostas da Adrienne quando chegarmos à base deles.

Ele fica em silêncio por um instante, a mandíbula tensionada.

— Aquele papo de não ferir civis não serviu de nada.

Entendo sua raiva. A simples ideia de que estão destruindo mentes civis nessa guerra contra a Companhia me revira o estômago. A única coisa que me conforta, depois do que Adrienne me contou, é que não há muitos corruptores no Continente.

— Acho que é uma habilidade rara. O fato de a maioria dos Primais na sociedade ainda ter a mente intacta me diz que não é algo que eles possam fazer com facilidade.

Seguro a mão dele, entrelaçando nossos dedos.

— Obrigada.

— Pelo quê?

— Por não deixar que me matassem. Por vir comigo. Por ser meu melhor amigo desde que eu tinha seis anos.

Nossos olhares se encontram.

— Eu te amo. — A voz dele soa rouca na minha mente.

— Eu também te amo.

No meio do caminho, abandonamos o carro. A Elite de Prata tem veículos escondidos em quase todas as áreas, e puxamos duas motos de dentro de um porão no Setor C. São motos de alta velocidade. Elas vão reduzir nosso tempo de viagem pela metade. Cross confere as baterias solares, depois monta na moto enquanto subo atrás dele. Xavier pega a outra, e aceleramos em direção ao Setor K.

Quando por fim chegamos na fronteira da Floresta Sombria, os dois ficam em estado de alerta. Eles observam a névoa negra sinistra que sobe do chão, pairando muito acima da copa das árvores, se misturando ao céu já escuro.

— Não é tão ruim assim — asseguro.

Os dois me encaram, incrédulos. Não consigo segurar o riso.

— Eu sobrevivi lá dentro por três anos, e vocês dois estão com medo de atravessar em três horas?

Na verdade, a caminhada vai ser bem mais longa que isso, mas não menciono esse detalhe. Eles já estão bem abalados. Pelo que me lembro do que Jim me disse, são pelo menos sete horas de caminhada até a clareira. E depois... ninguém sabe quanto tempo vai levar para atravessar o restante da Floresta Sombria.

Com a testa franzida, Xavier se agacha e confere rapidamente a mochila pesada, revisando os suprimentos.

Eu o encaro, desconfiada.

— Você vai com a gente?

— Com a gente? — Ele olha para Cross. — Você ainda não contou pra ela?

Fico sem ar no mesmo instante.

Meu coração acelera enquanto me viro para Cross.

— *Não*.

— Eu preciso. — A voz dele é áspera. Derrotada.

Avanço até ele e agarro sua camisa com força.

— Você não vai ficar pra trás. Você disse que viria comigo.

— Eu disse que viria com você até *aqui*. Pra garantir que você chegaria inteira. Mas não posso ir com você até a Rebelião.

— Cross, por favor. Não.

— Ei. — Ele acaricia meu rosto. — Eu não posso. Você sabe que não posso. Não vou deixar o Continente inteiro nas mãos do meu irmão. Nem de um, nem do outro. Se você achava meu pai impiedoso, Travis é ainda pior. E Roe? Ele vai matar Mods sem nem piscar. Você entende isso, né?

Mordo o lábio com tanta força que sinto o gosto de sangue na boca.

— Wren.

Solto o lábio e passo a língua pelo corte. O gosto metálico se espalha na minha boca.

— Por favor, não me obrigue a fazer isso sozinha.

— Você não vai estar sozinha. — Ele faz um gesto na direção de Xavier.

Nem me dou ao trabalho de olhar.

— Ele não é você — digo, teimosa.

— Alguém precisa manter Travis e Roe sob controle. Não faço ideia de como os setores vão ficar com eles no comando.

— Como assim "eles"? Travis não vai colocar Roe no poder.

— Não de forma oficial. Mas ele nunca tentou conter Roe antes. Vai deixá-lo solto, fazendo o que bem entender. Eu preciso estar aqui. — Vejo a tristeza em seu rosto. — Minha mãe está aqui. Também não posso deixá-la.

Sinto meu coração se despedaçar, os cacos afiados rasgando minhas costelas por dentro. Nem tinha passado pela minha cabeça que ele talvez não viesse comigo.

— Ótimo. — Ergo o queixo. — Então eu fico.

— Não. Se você ficar, vai morrer. Eu não posso te proteger aqui. Já estou numa situação delicada com eles por ter te escolhido para a Elite. Travis acha que você me enganou. E ele parece ter gostado bastante dessa ideia.

— Você vai ser punido por isso?

— Não. Ele precisa de mim. Mas suspeita que tivemos um envolvimento romântico. — Cross xinga baixinho. — Alguém disse que me viu saindo do seu quarto.

— Ivy — rosno.

Ele dá uma risada baixa.

— Na verdade... foi o Sutler. Acho que não fomos cuidadosos o suficiente.

Kaine?

Mesmo com o coração apertado pela perda do meu amigo, fico boquiaberta e indignada. Kaine me dedurou? Ele que agradeça ao fato de eu não gostar de falar mal dos mortos, aquele desgraçado.

— Eu disse ao Travis que estava levando alguns mapas impressos pra uma operação fora do radar. Acho que consegui convencê-lo. De qualquer modo, eu e ele nunca entramos num acordo quanto à forma de comandar a organização. Pode demorar um pouco pra recuperar a confiança dele, mas ele não vai me matar. E você... estará mais segura com a Rebelião.

— Será? — retruco. — Porque não faço ideia de que tipo de gente trabalha pra essa rede. Esses corruptores. Pelo que sei, estou indo direto pra um território ainda mais perigoso.

Xavier intervém:

— Relaxa, Darlington, você vai estar segura. Eu cuido de você.

Eu me viro para ele:

— Não quero que você "cuide" de mim. Eu quero *ele*.

— Caramba, você sabe mesmo destruir o ego de um homem. — Ele abaixa o olhar e continua arrumando a mochila.

Me aproximo mais de Cross. As lágrimas começam a brotar quando me inclino contra ele, buscando seu abraço.

— Não quero te deixar.

— Eu também não quero que você vá — ele diz, a voz áspera. — Mas você precisa ir.

Ele afasta uma mecha de cabelo solta do meu rosto, desalinhada pela nossa viagem em alta velocidade.

— Por favor, não me deixa — sussurro, envergonhada de que Xavier possa ouvir o tremor na minha voz.

— Não estou te deixando. Só estou ficando pra trás.

— Por quanto tempo?

— Até eu descobrir o que está acontecendo aqui. — Cross segura meu queixo com sua mão firme e experiente. — Prometo que vou te ver de novo. — Ele inclina a cabeça como se fosse sussurrar no meu ouvido, mas, na verdade, está criando um caminho, sua voz rouca envolvendo todos os meus sentidos.

— Eu ainda estou na sua mente, Margarida. Você pode falar comigo quando quiser, você sabe disso. Eu te amo. Nunca vou te deixar. Nunca.

Me agarro a ele, as lágrimas escorrendo enquanto enterro o rosto no seu peito.

— Eu não quero fazer isso sem você.

— Você nunca vai ficar sozinha de verdade. Você sabe disso. Vou estar aqui, a cada passo do caminho.

Atrás de mim, ouço Xavier escondendo uma das motos na vegetação. Quando o sol começa a surgir no horizonte, tingindo o céu com tons de laranja e rosa, Cross aponta com a cabeça para a luz fraca.

— O sol está quase nascendo — diz ele. — Você precisa ir.

— Eu não quero te deixar — repito.

— Passamos a vida inteira nos amando à distância. Podemos aguentar mais um pouco.

Engulo em seco e enxugo os olhos molhados.

— Você consegue, Pombinha. Você é a pessoa mais forte que eu conheço.

Meu coração pulsa forte quando ele me dá um último beijo. Cada emoção que sente por mim atravessa meu corpo como uma onda. Me agarro a Cross, minha boca grudada na dele. Não me importo que Xavier esteja olhando. Esse homem é tudo para mim. Não quero me despedir, mas não tenho escolha.

— Cuide dela — Cross diz a Xavier quando nos afastamos.

— Pode deixar.

Ele toca meu rosto uma última vez.

— Se cuida, Margarida.

— Você também, Lobo.

Com um nó na garganta, observo enquanto ele monta na moto. Ele liga o motor e parte como um tiro pela paisagem.

Ele foi a única pessoa com quem pude ser completa, verdadeira, inquestionavelmente eu mesma. E agora ele se foi.

Só desvio o olhar quando não consigo mais enxergá-lo. Em seguida, olho para a névoa negra e depois para Xavier.

— Você está pronto?

54

— Você cresceu aqui mesmo?

A voz de Xavier corta a escuridão.

— Só morei aqui por três anos — respondo. — Para. Para, droga.

— Parar o quê?

— Você está andando rápido demais. Precisa ir mais devagar e tomar mais cuidado.

— Como já te falei mil vezes, fui soldado por muito mais tempo que você — ele resmunga.

Paro. Tateio até achar o braço dele, já que não consigo enxergar. Meus dedos se fecham ao redor do bíceps dele, mantendo-o no lugar.

— Você não está entendendo. Isso não é uma operação da Elite de Prata. Um passo em falso e você afunda numa cova de areia negra. Então, por favor, fique perto de mim. Me siga e eu vou nos guiar para onde precisamos ir. E se você continuar teimando, vou sair da frente e deixar o urso-de-chifres te devorar.

Ele prende a respiração.

— Vai se ferrar. Não tem nenhum urso-de-chifres aqui.

— Relaxa. Ele não costuma aparecer de manhã.

— Agora é de manhã? — ele se engasga.

— Óbvio. Olha que dia claro.

Ele dá uma risada curta, contrariada.

— Acho que consigo entender por que ele gosta de você.

— Ele não gosta. Ele é obcecado.

Isso arranca outra risada dele.

Seguimos em frente.

O primeiro predador nos ataca trinta minutos depois que começamos a caminhada. Alguma espécie de felino. Difícil dizer no escuro. O bater forte de asas reverbera ao nosso redor quando meu tiro ecoa na escuridão e espanta os pássaros.

A respiração de Xavier está pesada. A minha também, quando pergunto:

— Você está bem?

Ele soa meio atordoado.

— Estou. O que foi isso?

— Acho que era um puma.

Me abaixo na escuridão e passo a mão na pelagem do animal morto, sentindo o ponto úmido onde a bala entrou. O pelo é mais áspero que o de um puma, e as pernas são mais curtas.

— Não, é um puma vermelho — digo, animada. — Eles são deliciosos.

— Você é uma mulher estranha, Darlington.

Continuamos andando. O som da água correndo, um murmúrio baixo e lento, logo preenche o silêncio incômodo. O alívio faz minha garganta formigar. Não consigo ver o riacho, mas posso ouvi-lo, e isso é o que importa.

— Precisamos seguir o som da água — digo para Xavier.

Depois do ataque do puma, ele parou de reclamar por eu estar na frente. Sinto sua presença atrás de mim. A respiração suave e ritmada. O eco lento dos passos. Sei que está frustrado com o nosso ritmo, com a escuridão sufocante. Perder um sentido essencial não é nada agradável, ainda mais para um soldado.

— Você é mesmo uma imperfeita?

— O quê? Achou que Cross estava mentindo pra você?

— Não, ele nunca mentiu pra mim. Só que você escondeu bem.

— Obrigada.

— Foi mal por ter escrito no seu relatório que você não levava jeito para operações secretas.

Jogo a cabeça para trás e solto uma gargalhada.

— Fico mais surpreso por ele também ser — Xavier confessa.

— Quem?

— Cross. Ele me contou ontem à noite.

— É? E o que mais ele disse?

— Ontem? Nada de mais. Só que é telepata. Mas teve outra vez... Uma noite, alguns anos atrás... Ele ainda estava com Eversea naquela época, mas já estava pensando em terminar com ela.

Não sei aonde ele quer chegar com isso, mas não o interrompo. A curiosidade faz meu estômago se revirar.

— Então, fomos para um bar na cidade. Bebemos uísque sintético até ficarmos trançando as pernas. Quando perguntei por que ele ia largar Ivy, ele fechou a cara e me disse: *Porque ela não é a garota dos meus sonhos*. Então eu ri e perguntei: *Tá, e quem é?*

— O que ele respondeu?

— Que a garota dos sonhos dele ama margaridas.

Sorrio no escuro.

— Disse que a amava desde sempre. Achei que era só papo de bêbado, falando uma besteira atrás da outra, então ri e falei: *Claro que sim, amigão.*

Sinto um cutucão nas costelas.

— Acho que ele estava falando de você, Darlington.

Abro um sorriso tão grande que parece que vai partir meu rosto ao meio.

Seguimos em frente. Devagar. Tão devagar que dói, que irrita. Como atiradora de elite, consigo ficar imóvel por horas. Mas aqui, dentro desse pesadelo negro, meu corpo está em alerta, meus pés inquietos dentro das botas, lutando contra o impulso de acelerar. Xavier sente o mesmo e logo desiste de acompanhar meu ritmo. Ele dispara na frente, mas solta um palavrão frustrado ao perceber que seu pé quase toca a borda do primeiro buraco negro.

Ouço o som do bico da bota sendo sugado para dentro da areia movediça, um barulho úmido como líquido passando por um canudo. Me lanço na direção dele, e puxá-lo de volta exige um esforço considerável. Ele quase perde a bota.

— Por que você se recusa a me ouvir? Não estou inventando merda nenhuma!

— Entendido — ele murmura.

— Ótimo. Agora anda devagar, fica atrás de mim, presta atenção onde pisa e, pelo amor de Deus, não toca em nada.

Vinte segundos depois, ele toca em alguma coisa.

Rosno no escuro, tão irritada que já nem me importo se os predadores ouvirem. Talvez ele mereça ser atacado por um puma.

— Por que minha mão e meu braço estão ardendo? — Ele solta uma sequência de palavrões. — Que merda foi essa?

— Você encostou em um monte de folhas de cimicífuga. — Senti o cheiro da planta a três metros de distância. Ela solta um odor azedo inconfundível.

— Era isso? Essa merda não é venenosa?

— É. Mas se você não esfregar ou coçar o braço, as bolhas somem em algumas horas. Só faz estrago de verdade se as folhas forem ingeridas. Quando são fervidas, corroem o estômago como ácido. E nunca coma um animal que matou com cimicífuga. A planta contamina a carne. Transfere o veneno para quem a come.

— Como é que você sabe dessas coisas?

— Cresci aqui — lembro a ele com uma risada irônica. — Meu tio me ensinou tudo sobre esta floresta. Tem um monte de híbridos de plantas venenosas por aqui, algumas muito mais letais que os animais.

— Eu odeio plantas — resmunga Xavier, e eu caio na risada.

* * *

Sete horas depois, chegamos à clareira. Sete horas de passos cuidadosos, mais um predador morto e um braço coçando e queimando por culpa da cimicífuga. E então, vemos.

Luz.

No instante em que tropeçamos na grama banhada de sol, Xavier suspira aliviado e cai de joelhos.

— Puta merda. — Ele balança a cabeça para mim, incrédulo. — Por que isso foi tão horrível?

— Agora é um péssimo momento para te contar que nem sei se já chegamos na metade do caminho?

Ele me lança um olhar mortal.

— Vai se ferrar.

Sorrindo, caminho até a pequena cabana que tio Jim construiu para nós muitos anos atrás. Não acredito que ainda está de pé. Doze anos se passaram e, na verdade, quase não mudou, só parece muito menor agora. Quando eu era criança, parecia gigantesca.

Passo a alça do meu rifle para o outro ombro e entro na estrutura de madeira. Estou... sufocada. Sobrecarregada de memórias. De repente, vejo os olhos de Jim se apertando nos cantos enquanto ele abria um de seus raros sorrisos. Vejo a mim mesma correndo atrás dos pássaros nessa clareira, enquanto Jim entalhava um pedaço de madeira ou assava um coelho no espeto sobre a fogueira.

E por falar em fogo...

— A gente devia acender uma fogueira — digo por cima do ombro.

Xavier observa, desconfiado, os fios de névoa que começam a se espalhar pela beira da clareira.

— Acha que dá pra pegar lenha ali sem problemas?

— Dá, sim. Só fica atento caso veja gatos e ursos-de-chifres.

— Vai se ferrar — ele resmunga de novo.

Entro na cabana, sorrindo ao ver os pedaços de barbante pregados na parede de toras e pendurados no teto. Todos os enfeites idiotas que obriguei tio Jim a exibir quando morávamos aqui. Penas. Um dente branco de coiote que encontramos na floresta. No canto da cabana, vejo nosso baú de suprimentos. Deveria vasculhá-lo, embora talvez seja mais sensato deixar a maior parte dos objetos aqui, caso eu precise voltar um dia. O pensamento é deprimente. Mas não é impossível.

Reviro a caixa de madeira, analisando os suprimentos de primeiros socorros, bálsamos e baterias solares. Duas pistolas e vários carregadores cheios de munição. Franzo a testa quando toco algo de plástico no fundo do baú. É uma sacola, percebo.

Com a testa franzida, puxo-a para fora e viro para examinar o conteúdo. Dentro do saco plástico há um envelope branco desbotado.

Meu coração dispara. Reconheço a caligrafia de Jim na hora.

Wren

A ansiedade aperta minha garganta. A vontade de ler a carta é tão grande que praticamente arranco o envelope do plástico protetor com as unhas. Antes que consiga abrir, ouço a voz abafada de Xavier do lado de fora da cabana.

— Ei. Vamos logo com esse fogo.

Merda. Não posso ler a carta agora. Não faço ideia do que tio Jim escreveria para mim, e a última coisa que quero é que o enxerido do Xavier fique espiando por cima do meu ombro.

Dobro o envelope e o enfio no bolso antes de sair para ajudar a fazer fogo.

Decidimos desmontar o acampamento, mesmo que provavelmente ainda sejam só duas da tarde. É mais ou menos nessa hora que a luz começa a sumir. Quando as sombras começam a dançar pela clareira, como agora.

— Vai estar um breu logo, logo — aviso a Xavier.

— Às *duas*? — ele reclama.

— Isso mesmo. Engole o choro, lindinho.

Acabamos de comer carne seca da mochila dele e uma lata de sopa que aquecemos no fogo. Ele usou um isqueiro para acender a chama e agora está brincando com ele, abrindo e fechando a tampa, friccionando-o de vez em quando para soltar um sopro de chama laranja.

— Por que isso funciona aqui, mas não lá dentro? — Ele inclina a cabeça na direção da névoa que nos cerca de todos os lados.

— Não sei. Deve ter algo a ver com o jeito que a luz se reflete nessa clareira.

— Você nunca foi até o fim? Nunca saiu pelo outro lado?

Balanço a cabeça.

— Eu tinha cinco anos quando viemos pra cá, e saímos quando fiz oito. Não tinha a menor chance do Jim me deixar perambular por este pesadelo nessa idade.

— *Ele* já tentou? Já te deixou aqui enquanto ia investigar?

— Já, mas o máximo que me deixou sozinha foi, sei lá, umas dezesseis horas?

Xavier faz as contas.

— Então, digamos que ele conseguiu chegar até o fim deste pesadelo... Isso dá oito horas pra ir e mais oito pra voltar. — Ele esfrega a testa, nada satisfeito. — Você está me dizendo que ainda temos pelo menos mais oito horas de caminhada amanhã?

— No mínimo. Talvez até precisemos acampar lá dentro.

— Mal posso esperar.

— Mas pelo menos hoje vamos dormir aqui — digo, tentando animá-lo.

Ele olha para a cabana.

— Fico com a cama de tamanho adulto.

Olho feio para ele.

— A casa é minha.

— Eu sou o convidado. E não vou dividir com você.

— Nem sugeriria isso — resmungo. Mas tudo bem. Minha cama de criança, como ele chamaria, na verdade não é tão ruim. De qualquer forma, sempre durmo encolhida.

— Beleza, então vou para a cama. Que tal tentarmos dormir umas sete horas para recarregar as energias para a viagem?

— Parece uma boa. Mas vou ficar aqui fora mais um pouco.

Ele lança um olhar cauteloso ao redor, avaliando o ambiente.

— Esses pumas vermelhos vão invadir a clareira de madrugada e tentar arrancar nossa cabeça?

— Pode ser que sim. — Não vou mentir para ele. — Mas enquanto mantivermos o fogo aceso, a maioria dos predadores deve ficar longe. Eles não gostam da fumaça. E se isso não der certo... é por isso que você dorme com um rifle.

— Boa noite, Darlington. Nos encontramos de novo de manhã. Ou à noite. Sei lá, perdi a noção do tempo aqui dentro.

Sorrio enquanto o vejo desaparecer dentro da cabana. No instante em que some, a empolgação se agita no meu estômago como pássaros alçando voo.

Agora posso falar com Jim.

Sua assinatura de energia não está mais na minha cabeça, sua voz se calou, seu corpo está cheio de buracos de bala, mas aqui, agora... posso falar com ele de novo.

Tiro o envelope do bolso e aliso as partes dobradas. Respiro fundo para me acalmar antes de romper o lacre e desdobrar a carta, meus dedos deslizando pelo papel delicado. Por um instante, as palavras se embaralham diante dos meus olhos, enquanto um turbilhão de emoções se agita no meu peito.

Pressiono os lábios para conter a alegria. Só de ver a caligrafia dele já sinto um sorriso enorme e bobo querendo escapar. Me sinto uma criança de novo. Encolho as pernas, trazendo os joelhos para perto, e seguro a carta à minha frente.

Wren,

Se você está lendo isto, então já devo estar morto. Porque se estivesse vivo, estaria aí com você agora e, com certeza, não deixaria você ler esta carta.

Uma risada sobe pela minha garganta. Ele continua sendo um babaca até por escrito.

Mas, se você estiver lendo isto, preciso que preste atenção, passarinho. Há coisas que você precisa saber.

Meu sorriso desaparece.

Quanto mais leio, mais fraco meu coração bate. Respiro fundo de novo, mas o oxigênio mal chega aos meus pulmões. Minha mente tropeça nas palavras, e sou obrigada a reler tudo para ter certeza de que estou entendendo direito.

Por que ele está me dizendo isso?

A clareira está silenciosa, exceto pelo estalar das chamas e pelo sussurro suave do vento. Meus lábios tremem enquanto olho para a cabana onde Xavier dorme. Meus dedos tremem. Tudo em mim treme.

Respirações curtas e trêmulas escapam da minha garganta, e fecho a mão lentamente ao redor da carta de Jim, amassando-a até formar uma bola apertada.

E, então, jogo a carta no fogo.

55

Levamos dois dias para chegar ao outro lado. Quarenta e oito horas em que discutimos e trocamos farpas. Em que falamos sobre Cross e o quanto sinto sua falta. Em que falamos sobre Tyler, e Xavier admite que, apesar de se importar com ela, nunca esteve apaixonado. Na verdade, ele confessa que nunca se apaixonou por ninguém. Por nenhum dos homens ou mulheres com quem já saiu. Confessa que, quando se trata de sexo, raramente pensa nas consequências dos próprios atos, se é que alguma vez já pensou.

Acabo descobrindo mais sobre Xavier Ford do que jamais quis saber, e quando por fim enxergamos a luz atravessando a névoa, a uns cem metros de distância, parece que já somos velhos amigos.

— Conseguimos, Darlington — ele diz, exultante.

Nós nos esquecemos completamente de que um urso-de-chifres pode surgir do mato e nos devorar vivos. Disparamos em um trote, o destino à nossa vista, e quando emergimos da escuridão, o que encontramos além dela é... inacreditável.

O vale montanhoso se estende diante de nós como um refúgio tranquilo, banhado pelo brilho pálido do sol da manhã. Um rio cristalino serpenteia pela paisagem. Ao longe, picos irregulares se erguem sobre nós. Apenas alguns estão cobertos de neve, mas isso não os torna menos majestosos. A grama não deveria estar tão verde e viçosa nessa época do ano, mas está. Não há uma única nuvem no céu. Tudo é glorioso.

— Vou fazer contato — digo, sem perder tempo para abrir um canal até Adrienne.

— Estou aqui.

O choque dela é evidente.

— Uau, veja só. Você conseguiu atravessar a Floresta Sombria. Estou impressionada, Darlington.

— Ótimo. Agora, cadê o suporte que me prometeram?

— Sabe suas coordenadas?

— Não — admito.

Tivemos que deixar toda nossa tecnologia para trás. Sem dispositivos.

Sem comunicadores. Até nossas armas do Comando ficaram na clareira, trocadas pelas do baú de suprimentos de Jim.

— Projete sua localização — ela pede.

Eu me concentro no que está ao meu redor e envio as imagens pelo canal até a mente dela.

— Pronto. Já sei onde você está. Não dá pra pousar aí. Está vendo aquela colina à esquerda, depois do rio?

— Estou.

— Sobe lá. Tem espaço para o helicóptero pousar.

A empolgação me faz prender a respiração. Isso está mesmo acontecendo.

— Quanto tempo até chegarem?

— Pouco. Estamos perto.

Corto a conexão e me viro para Xavier.

— Precisamos subir aquela colina. Vão nos buscar lá em cima.

Ele estreita os olhos escuros.

— Eles sabem que estou com você?

Hesito.

— Eu... acabei de perceber que não mencionei isso.

Ele passa a mão pelo cabelo e olha para trás, em direção à névoa.

— É sério? — Abro um sorriso. — Quer voltar lá? Sozinho? Refazer aquela caminhada infernal de três dias?

— Eu conseguiria — responde ele, dando de ombros.

— Olha, não vou te impedir se é isso que quer. Eu te disse desde o começo que não precisava vir comigo. Você não precisava estar aqui.

Ele xinga baixinho.

— Esse é o problema. Eu preciso, sim, estar aqui. Prometi a ele que não sairia do seu lado.

— Você prometeu que me levaria até a Rebelião. Não precisa continuar, Xavier. Não faço ideia do que vamos encontrar na base deles.

— E é exatamente por isso que você precisa de reforço. — A mandíbula dele se contrai, e sua determinação é evidente. — Ele nunca me perdoaria se eu deixasse você entrar lá sozinha.

— Você é um bom amigo — digo, caminhando até ele e tocando seu braço. — Mas estou oficialmente te liberando da promessa que fez ao Cross.

— Só quem me libera de uma promessa feita ao Cross é o próprio Cross. — Soltando um suspiro, ele ajusta a mochila nos ombros. — Vamos logo. Vamos subir essa colina ridícula.

Percebo que ele não vai ceder, então suspiro também e o sigo.

A subida não leva muito tempo. No topo, encontramos uma área plana, coberta pela mesma grama viçosa, um tapete verde que se estende por centenas de metros.

— E agora? — Assim que ele acaba de falar, o som distante de hélices corta o silêncio do vale.

Erguemos o rosto para o céu e vemos o helicóptero cinza avançando pelo ar na nossa direção. Meu coração dispara conforme ele se aproxima. Não consigo ver quem está pilotando, mas a porta lateral aberta revela duas silhuetas no interior.

A aeronave se inclina ligeiramente ao se aproximar, e consigo vislumbrar a copiloto. Parece ser uma mulher de cabelo acaju. Camisa branca. Rabo de cavalo longo.

Xavier e eu observamos enquanto o helicóptero se aproxima da grama, o trem de pouso afundando levemente na terra até a máquina parar com elegância. As hélices desaceleram, o zumbido diminuindo até se tornar um ruído de fundo quase imperceptível.

Forço a vista para tentar enxergar o lado de dentro da estrutura metálica, querendo identificar quem está lá dentro. Ouço um rangido e, pelo canto do olho, vejo a porta da copiloto se abrindo. A mulher salta do assento, o rabo de cavalo balançando sobre o ombro. A porta do piloto também se abre. Os dois passageiros dentro do helicóptero continuam imóveis. Acho que são dois homens, pelo corte de cabelo curto, mas posso estar errada.

A mulher caminha em nossa direção.

— Darlington?

Assinto.

O olhar afiado dela se volta para Xavier.

— Quem é ele?

— Xavier. Ele me ajudou a escapar da...

Minha voz morre na garganta.

Recuo, atordoada, e por um instante paralisante, meu mundo inteiro gira. Um suspiro entrecortado escapa dos meus lábios enquanto luto para processar o que estou vendo.

O piloto me observa com um olhar constrangido enquanto caminha na nossa direção. Seu cabelo brilha sob o sol da manhã. Ele passa a mão pelos fios e a deixa cair ao lado do corpo.

Nós nos encaramos por um momento. O canto da boca dele se curva em um sorriso malandro.

Mil pensamentos se sobrepõe na minha cabeça, mas, no meio do caos, um sobressai a todos os outros.

— Seu desgraçado de merda!

Avanço contra ele e, soltando um grito furioso, acerto um soco em cheio no seu queixo.

— Que porra é essa, boiadeira? — Kaine se afasta, chocado, esfregando o local.

— Que porra é essa? — repito, incrédula. Só consigo encará-lo. — *Que porra é essa?* Como é que você está vivo?

Bato no peito dele, meu corpo inteiro dominado pela raiva. Ele me deixa socá-lo, mas está sorrindo enquanto faço isso, o que só me enfurece ainda mais.

— A gente fez um funeral pra você! Eu *chorei*!

Isso o faz rir.

— Você chorou no meu funeral? Isso é bem fofo, na real.

A mulher de cabelo acaju lança um olhar de advertência para ele.

— Agora não, Gray.

— Quem é Gray, porra?! — berro.

Estou tão ocupada esbravejando contra meu amigo que até ontem estava morto que não vejo Xavier se mover. O tenente investe contra Kaine, quase derrubando-o no chão, mas Kaine se recupera a tempo e se esquiva para o lado.

— Seu filho da puta de merda — Xavier cospe as palavras, avançando de novo. — Você matou a Tyler.

Fico paralisada.

Ele tem razão.

Kaine entrou naquele prédio com ela. Mas *ele* saiu vivo, enquanto Tyler e Noah morreram.

Os dois homens do helicóptero saltam para ajudar Kaine a conter Xavier, que está furioso. Grito em protesto, mas eles me ignoram e o derrubam no chão, imobilizando-o. O horror cresce em mim quando puxam os braços dele para trás e o algemam.

— Se acalme — rosna um deles.

— Vai se foder — Xavier retruca.

— Parem com isso — digo a Kaine. — Solta ele. Ele me *ajudou*. Ele está ajudando a gente.

Meu amigo que não está morto não se convence.

— Vamos deixar Adrienne e a Autoridade decidirem isso.

— Ele arriscou a vida para me tirar da cidade — insisto.

— Não acho que eles vão se importar. — Kaine faz um sinal para os outros, e eles erguem Xavier.

Seus olhos escuros brilham como brasas incandescentes, e eu o encaro com uma expressão acusadora.

— Eu te disse pra ir embora — disparo. — Por que você não foi?

Xavier responde entre os dentes cerrados:

— Eu não quebro minhas promessas.

Assisto, desolada, enquanto o arrastam para o helicóptero. Sozinha com Kaine e a mulher, cerro os punhos e encaro os dois.

Kaine lança um olhar para ela.

— Pode nos dar um minuto?

Ela se afasta sem dizer nada.

— O quê? Agora é você que manda aqui? — pergunto, amarga.

— Às vezes — ele admite.

Uma sensação de impotência se instala no meu corpo.

— Você matou a Tyler? — pergunto, e sinto um aperto no peito quando vejo o arrependimento piscar em seus olhos.

— Struck foi dano colateral.

— Você deixou ela entrar num prédio que sabia que ia explodir. Como pôde fazer isso?

— Na guerra... a gente faz muita coisa que não quer fazer.

Percebo que são as mesmas palavras sombrias que ele disse no dia em que matei Bryce Granger.

Respiro fundo, tentando conter os pensamentos que se embolam, as emoções que me tomam. Não sei ao certo o que estou sentindo. Olho para ele e sinto raiva. Mas também alívio. Um lampejo de alegria. Meu amigo está vivo.

Minha mente está acelerada, tentando preencher todas as lacunas.

— Por que você se infiltrou no Programa? Pra roubar uma nova tecnologia? Um avião? Eles te colocaram lá por causa de um *avião*?

Ele dá de ombros.

— Bom, sim.

— Por quê?

— Porque eu sou o único que consegue pilotá-lo.

Fico boquiaberta. Demoro um segundo, mas então a ficha cai. Gray. Ela o chamou de Gray.

— Você é Grayson Blake — acuso. — O sr. Piloto Fodão.

Ele morde o lábio como se quisesse segurar a risada. Um daqueles sorrisos carregados de malícia que eu senti tanta falta desde que ele morreu. Ou melhor, não morreu. Filho da puta.

— Como você conseguiu esconder isso de mim? — questiono.

Ele ergue a sobrancelha.

— Olha quem fala, srta. Marca de Sangue. — Quando estreito os olhos, ele faz o mesmo. — É, Ellis contou pra gente.

Agora estamos aqui, parados, nos encarando. Até que Kaine, Grayson, seja lá qual for o nome dele, dá um longo suspiro.

— Eu sei que você deve ter um milhão de perguntas e que deve querer me socar mais algumas vezes...

— Muitas vezes — murmuro.

— Mas que tal a gente deixar isso pra quando chegarmos na base? Temos coisas mais urgentes pra resolver agora.

— Tipo o quê?

Ele aponta com a cabeça para o helicóptero.

— Por que você trouxe Xavier Ford com você, boiadeira?

— Ele me ajudou.

— Não me importa. E os outros também não vão se importar. Por que pelo menos não *avisou* a Adrienne? Algo tipo ei, Adrienne, estou levando um tenente do Comando comigo, beleza?

— Sendo bem sincera? Eu me esqueci. Estava aliviada por ter conseguido atravessar a Floresta Sombria quando entrei em contato com ela.

Os olhos dele brilham com humor antes de sua expressão ficar séria. Ele se aproxima.

— A gente precisa ir agora. Estamos perto demais da Floresta Sombria pra ficarmos aqui o dia todo. Mas antes de irmos, quero que você se pergunte se está pronta para uma guerra, Wren, porque é isso que te espera ao entrar nessa. O ataque à base do Comando foi só o começo. A Rebelião vai com tudo pra cima da Companhia.

Mordo o lábio.

— Mesmo que eu não quisesse isso, vocês não me deram escolha. — Faço um gesto em direção ao helicóptero. — Xavier me ajudou. Não vou deixá-lo apodrecer numa prisão da Rebelião. Ou pior, ser morto quando o único crime dele foi arriscar a vida por mim.

— Esse não foi o único crime dele — diz Kaine. Grayson. Vai levar um tempo para me acostumar com isso. — Mas logo você vai descobrir.

Dito isso, ele se vira em direção ao helicóptero. Olho por cima de seus ombros largos e vejo a mulher já sentada no banco de copiloto. Kaine olha para trás.

— Você vem?

Hesito pelo que parece uma eternidade. Vejo Xavier no helicóptero, algemado, o rosto sério. Se ele não estivesse ali, talvez eu considerasse voltar para a Floresta Sombria para desaparecer. As palavras de Jim continuam pairando na minha cabeça como um fantasma que se recusa a deixar o lugar onde morreu. Não quero me lembrar delas, mas lembro.

Olho nos olhos verdes familiares de Kaine. Ele me observa com uma intensidade que nunca vi antes. Ele não é o mesmo aqui.

— Só... me dá um segundo — digo, mordendo o lábio inferior.

Abro um caminho até Cross e rezo para que ele se conecte.

— Você está bem?

O alívio inunda meu corpo ao ouvir sua voz.

— Estou. Chegamos aqui. Não posso falar muito, mas só queria dizer... que te amo.

— Eu também te amo, Pombinha. Me chama quando puder.

Me sinto vazia quando o caminho se fecha. Incerta sobre o meu futuro.

— Wren? — Kaine insiste.

Os segundos passam. Um. Três. Quatro. Até que, por fim, faço que sim com a cabeça.

Endireito os ombros e o sigo até o helicóptero.

Wren,

Se você estiver lendo isto, então já devo estar morto. Porque se estivesse vivo, estaria aí com você agora e, com certeza, não deixaria você ler esta carta.

Mas se você estiver lendo isto, preciso que preste atenção, passarinho. Há coisas que você precisa saber.

Seu nome é Stella Hess.

O nome da sua mãe era Marina Serrano. Ela foi executada por encobrir a identidade Modificada da Companhia. Eu a amava profundamente, apesar do que ela era.

Seu pai se chamava Jake Hess. Ele morreu no atentado no Posto Solar, uma retaliação dos Modificados ao bombardeio da Encosta de Valterra.

O bombardeio que seus pais coordenaram.

Para a Rebelião, seus pais são conhecidos como os Traidores da Brigada de Estanho.

Eles são responsáveis pela morte de incontáveis Modificados. Sua mãe traiu o próprio povo, e seu pai a ajudou a fazer isso.

Eu te amo como se fosse minha filha.

E vou continuar te amando, mesmo depois que eu me for, passarinho.

Queime esta carta depois de ler.

— AGORA

AGRADECIMENTOS

Foi uma alegria absoluta escrever este livro. Wren, Cross e todo o restante da *Elite de Prata* (tio Jim!) me levaram em uma jornada insana, e eu amei cada segundo.

Dito isso, eu não teria sobrevivido a esse processo de escrita sem a ajuda de algumas pessoas incríveis:

Emily Archbold e Sam Bradbury, minha dupla dinâmica de edição, que sempre topavam uma ligação para discutir o enredo do livro (ou só para debater triângulos amorosos e Time Edward ou Time Jacob... Não tem debate aqui. Edward. É óbvio). Vocês guiaram este livro para sua melhor versão, e sou muito grata por isso.

Às equipes da Del Rey nos Estados Unidos e no Reino Unido, pelo apoio e entusiasmo com esta série, e pelo trabalho duro para colocá-la nas mãos dos leitores. Um agradecimento especial a Jordan Pace e Aoifke McGuire-France, minhas publicistas nos Estados Unidos e no Reino Unido, respectivamente. À equipe de marketing americana: Ashleigh Heaton, Tori Henson, Sabrina Shen, Maya Fenter e Kay Popple; e suas contrapartes inglesas: Issie Levin e Sophie Shaw.

Amy Musgrave, pela capa incrível!

Kimberly, por acreditar neste projeto desde o início e encontrar um lar para ele. E Jessica e Kristin, da Leo PR, por entrarem nessa e ajudarem a deixar as pessoas animadas com a série.

À minha família, sobretudo minha irmã favorita (você sabe quem é) — por aceitar que "mais cinco minutos" na verdade significa "mais três horas" de escrita e por não chamar a polícia quando eu desaparecia em surtos de escrita movidos a cafeína que duravam semanas. Você merece uma medalha por sua paciência.

Aos meus amigos, que agora sabem mais sobre dramas de personagens fictícios do que sobre eventos do mundo real. Obrigada por me deixarem mandar mensagens sobre pessoas imaginárias em horários esquisitos e por não terem entrado com um pedido de medida protetiva contra mim.

Um enorme agradecimento aos meus primeiros leitores e ao meu revisor, que apontou que eu uso a palavra *coração* demais.

A *você* que está lendo. Você deu uma chance a este livro, e sou imensamente grata por isso. Obrigada por achar que esses personagens valem o seu tempo e por me permitir compartilhar Wren Darlington e esse novo mundo distópico com você.

Por fim, a todos os contadores de histórias que vieram antes de mim e me inspiraram com mundos, palavras e personagens que ousaram sentir profundamente. Escrever é um presente, e dividir essa jornada com vocês tem sido a melhor parte.

TIPOGRAFIA Adriane por Marconi Lima
DIAGRAMAÇÃO Vanessa Lima
PAPEL Pólen, Suzano S.A.
IMPRESSÃO Bartira, janeiro de 2026